W0330020

btb

Aus Freude am Lesen

Insel der nackten Frauen: Tobias ist ein nur mäßig erfolgreicher Schriftsteller, der zudem an einer Schreibblockade leidet. Als sein Vater nach einem Unfall ans Bett gefesselt ist, entschließt er sich, Stockholm zu verlassen und nach Hause zu fahren, um ihm auf dem Bauernhof zu helfen. Dort erwartet ihn eine seltsam aufgeheizte Stimmung – und eine Stiefmutter, die attraktiver ist, als allen gut tut…

Die Skrupellose: Janna hat mit Gleichgesinnten eine Kommune gegründet, fernab von den Übeln der modernen Gesellschaft. Um autark leben zu können, fehlt es allerdings an weiblichen Nachkommen. Deshalb entführt Jannas Freund ein kleines Mädchen, möchte aber alsbald seine Tat ungeschehen machen. Allerdings hat er nicht mit Janna gerechnet, die fest entschlossen ist, ihre Ideen zu verwirklichen, und die dabei auch nicht vor einem Mord zurückschreckt …

Autorin: Inger Frimansson ist eine der bekanntesten Autorinnen Schwedens. Ihr erster Roman, »Gute Nacht, mein Geliebter« machte sie umgehend berühmt. Es wurde ausgezeichnet mit dem Schwedischen Krimipreis und begründete ihren Ruhm als »schwedische« Minette Walters.

Inger Frimansson bei btb: Gute Nacht, mein Geliebter. Roman (73289) · Der Beschützer. Roman (73819) · Der Schatten im Wasser. Roman (73524)

Inger Frimansson

Insel der nackten Frauen

Die Skrupellose

Zwei Romane in einem Band

btb

Die schwedische Originalausgabe von »Insel der nackten Frauen« erschien 2002 unter dem Titel »De nakna kvinnornas ö«, die Originalausgabe von »Die Skrupellose« erschien 2001 unter dem Titel »Ett Mycket bättre liv« bei Norstedts Förlag, Stockholm.

FSC
Mix
Produktgruppe aus vorbildlich bewirtschafteten Wäldern und anderen kontrollierten Herkünften
www.fsc.org Zert.-Nr. GFA-COC-001223
© 1996 Forest Stewardship Council

Verlagsgruppe Random House FSC-DEU-0100
Das FSC-zertifizierte Papier *Munken Pocket* für dieses Buch liefert Arctic Paper Munkedals AB, Schweden.

Einmalige Sonderausgabe März 2009

Umschlaggestaltung: semper smile, München
Umschlagfoto: plainpicture / C. Neunhöffer
Druck und Einband: CPI – Clausen & Bosse, Leck
SL · Herstellung: SK
Made in Germany
ISBN 978-3-442-74002-4

www.btb-verlag.de

Insel der nackten Frauen

Aus dem Schwedischen
von Paul Berf

Ende September

Sie weckte ihn im Morgengrauen. Ihre Stimme war von der Nacht noch heiser und klang verzerrt.

»Tobias … Wach auf, es ist so weit. Der Wind hat sich gelegt.«

Er hatte seine Hand zur Faust geballt und den Arm über dem Kopf unnatürlich abgewinkelt. Als die Stimme in sein Bewusstsein drang, schoss seine Faust vor, als wolle er sich verteidigen, und seine Finger schlugen gegen die Wand. Noch halb schlafend fluchte er.

»Verdammter Mist, ich komme gleich.«

Sie hatte im Flur Licht gemacht und unter ihrem Nachthemd erahnte er die Konturen ihres kräftig gebauten Körpers. Er stand auf, und die Haare fielen ihm in die Augen. Der durchdringende Tiergeruch hatte sich festgesetzt, hing in jedem Haar, fraß sich tief in die Hautzellen hinein. Er hatte die Mütze im Stall nicht abgenommen, doch das half nichts.

Bei seiner Ankunft am Donnerstag war ihm aufgefallen, dass auch sie so roch. Sie war sich dessen sicher nicht bewusst.

»Ich gehe mich anziehen.« Ihre Stimme war noch nicht ganz die normale Sabina-Stimme, klang schwerfällig und gepresst. Die Treppenstufen quietschten unter ihrem Gewicht, er hörte sie atmen.

»Okay, ich komme«, flüsterte er in den Raum hinein.

Tobias zog die Rollläden hoch und schob die Gardine zur Seite. Das Gras war mit Raureif bedeckt, scharf und kalt. Er hatte an die Wand gedrängt geschlafen. Im schwachen Säuseln der Heizung, dem Blutkreislauf des Hauses, hatte er dicht neben der großen Ader gelegen und sich am Lebendigen gewärmt.

Der eigene Geruch, intensiv und vertraut, hatte sich nun mit dem Geruch der Tiere vermischt. Die ganze Luft war von ihren Ausdünstungen und Lauten erfüllt.

Er roch nicht mehr nach sich selbst, und das gefiel ihm nicht.

Mitten im Zimmer stand er aufgerichtet und müde und suchte seine Kleider zusammen. Die Tapete war noch die gleiche wie früher, breite silberweiße Streifen zwischen Ornamenten. Die klobigen altfränkischen Möbel, die Couch mit ihrem Gobelinbezug. Kein Mensch schaffte es, längere Zeit auf den üppigen Polstern auszuharren, denn die Neigung der Rückenlehne war ein anatomischer Scherz. Als Kind hatte er sich zwischen den Märchenbäumen des Musters verkrochen, und seine Fingerspitzen waren über den rauen Samt gefahren.

Man konnte sie ausziehen und als Bett benutzen. Görel und er hatten frisch vermählt darauf gelegen, mucksmäuschenstill und atemlos, während sie sich liebten. Görel hatte sich in diesem Haus nie wohl gefühlt, nicht einmal dann, wenn sie alleine waren. Die ungewohnten Geräusche und das Knacken im Gebälk ließen sie verkrampfen, sodass sie von ihrem Stuhl aufstand und nervös zwischen den Fenstern hin und her ging:

»Ich weiß, dass da draußen jemand ist, Tobi, jemand, der ins Haus will!«

Es hatte ihn viel Mühe gekostet, sie wieder zu beruhigen.

Draußen hatten die Hunde bereits bemerkt, dass die Menschen wach waren. Er hörte ihr dunkles, ruhiges Bellen, sie kannten ihn. Ihren Ohren entging nicht der geringste Laut. Manchmal streckten sich ihre Kehlen plötzlich, und ihre

Schnauzen hoben sich zu einem Urlaut, dem Wolfsgeheul, gen Himmel. Ein Mensch am Waldsaum! Ein Reh!

Die meiste Zeit blieben sie im Zwinger. Sie waren keine Schoßhündchen, sondern Wach- und Jagdhunde, die darüber hinaus das Vieh zusammenhalten sollten.

Sabina stand in der Küche. Mittlerweile hatte sie sich angezogen und trug die grüne Jogginghose und den Pullover mit den viel zu langen Ärmeln. Sie hatte die Ärmel an den Handgelenken umgeschlagen, aber sie rutschten immer wieder herunter. Sie rieb sich die Hände mit Handcreme ein, knetete und massierte sie.

»Der Kaffee ist gleich fertig.«

Tobias nickte, setzte sich auf den Stuhl am Fenster und hörte ihre Fersen auf dem Teppich. Die Margarine, ein klebriges Buttermesser, das aus ihr herausragte, Leberwurstscheiben, die zusammenklebten und an den Rändern eingetrocknet waren. Jetzt schnitt sie Tomaten und die Kerne schwammen in ihrem Saft.

»Wenn du möchtest, kann ich dir auch etwas Grütze kochen, davon wird einem richtig warm.«

»Grütze?«

»Ja, Hafergrütze.«

»Nein danke, bloß nicht. Davon hat mir meine Mutter als Kind schon mehr als genug reingezwungen.«

Sie wandte ihm den Rücken zu. Ihre Haare hatte sie zu einem dicken Zopf geflochten, der warm glänzend auf dem Rücken hing.

»Hast du schlafen können?«, fragte sie.

»Ja, ich habe geschlafen.«

»Ist das Bett auch gut genug? Für jemanden wie dich?«

»Jemanden wie mich, jetzt hör aber auf.«

Ihre Augen waren wie schiefe Striche auf einer bleichen Fläche.

»Ich könnte mir vorstellen, dass du Besseres gewohnt bist, immerhin bist du schon mal im Fernsehen gewesen und so.«

Er gab ihr keine Antwort. Sie hatte das Klappbett vom Speicher heruntergeschleppt und zusätzlich noch eine zweite Matratze darauf gelegt. Wenn er ehrlich war, hatte er schon bequemer geschlafen. Aber sie hatte sich immerhin Mühe gegeben, und das rührte ihn. Langsam verstrich er Butter auf einer Scheibe Pumpernickel und zupfte ein paar Wurstscheiben auseinander. Ein Scharren an der Tür ließ ihn aufblicken. Sabinas Gesicht war weich und offen, sie sah ihn an und lächelte.

»Er hat es gelernt, er ist jetzt stubenrein«, sagte sie zufrieden.

Er war ein Welpe, ein Golden Retriever, nichts wirklich Nützliches. Der Alte hatte ihr den Hund gekauft, weil sie sich nach etwas Weichem sehnte. Sie öffnete die Tür, und ein Hauch eisig kalter Morgenluft strich entlang der Fußleisten ins Haus. Der Hund machte einen Satz über die Türschwelle, und seine Pfoten kratzten über den Fußboden. Sabina ging in die Hocke, und ihre Hand lag groß und platt auf dem Kopf des Welpen.

»Wie hast du ihn noch mal genannt?«, fragte er.

»Das hab ich dir doch schon gesagt. Frett.«

»Fred?«

»Nein, Frett, das hörst du doch.«

»Frett? Das klingt ja wie Frettchen, das ist doch ein Iltis.«

»Wie bitte?«

»Frettchen ist ein anderer Name für Iltis.«

»Er ist mir einfach so eingefallen. Er ist schön kurz, und der Hund hört auf ihn, wenn man ihn ruft. Er kommt sofort.«

Breitbeinig setzte sie sich ihm gegenüber hin, den kleinen Hund im Arm. Die hellen Pfoten lagen angewinkelt auf ihrem Arm. Auf einmal war er seltsam schüchtern, so als würde sie etwas von ihm erwarten, zum Beispiel, dass er etwas sagte oder seltsame Laute von sich gab.

»Frett«, sagte er nachdenklich. Die Ohren des Hundes bewegten sich.

»Sie sind ja so süß, diese kleinen Racker«, flötete sie.

»Sicher.«

Sie zog an den warmen Ohren des Hundes.

»Löwenbabys sind auch süß«, rutschte ihm heraus, »genau wie kleine Tiger.«

Auf der Treppe waren jetzt schwere Schritte zu hören. Adam war aufgewacht. Er war unrasiert, und seine strähnigen Haare hingen platt am Hals herab. Er ging geradewegs zum Tisch und ließ sich neben seiner Mutter auf einen Stuhl fallen. Der Hund gab leise schrille Laute von sich. Adam warf ihm einen verwirrten Blick zu.

»Du machst ihm Angst«, sagte Sabina. »Man muss sich ruhig verhalten, wenn man mit Tieren zusammen ist, das weißt du doch. Man darf nicht so einen Radau machen.«

»Ich hab Hunger.«

»Dann wirst du aufstehen müssen, damit ich an dir vorbeikomme.«

Er erhob sich schwerfällig, und Sabina zwängte sich hinter ihm vorbei und ließ den Hund zu Boden, der augenblicklich anfing, mit einer leeren Toilettenpapierrolle zu spielen.

»Adam, du und ich werden mitmachen«, hörte er ihre Stimme am Herd. »Außerdem kommt noch Hardy, Hardy Lindström, falls du dich noch an ihn erinnerst.«

Sie senkte die Stimme.

»Er geht uns manchmal ein wenig zur Hand. Es ist schwierig, Leute aufzutreiben, die Zeit haben, einem zu helfen. Außerdem versteht er sich gut mit Adam. Er hat ein paar Ideen für …«

Sie drehte sich um und warf einen Blick auf Adam.

»… eine Art Tournee.«

Tobias hatte das Bild eines großen und drahtigen Mannes mit einer Jesusfrisur vor Augen, der bei seinem letzten Besuch daheim mit einer Vespa angekommen war, ihm frech die Hand geschüttelt hatte, sich dann aber ganz offensichtlich nicht weiter mit ihm unterhalten wollte.

»Hardy ist mein Manager«, sagte Adam und klang auf einmal völlig normal. Er brach eine Scheibe Knäckebrot in zwei

Hälften. Umständlich zog er die eine Hälfte durch die Margarine und leckte sie anschließend mit der Zungenspitze ab.

»Lass das, verdammt noch mal«, sagte Tobias.

»Was tut er?« Sabina kam mit der Kaffeekanne. »Möchtest du noch eine Tasse, Tobias?«

Er nickte.

»Was denn für eine Tournee? Machst du immer noch diesen Elvis-Quatsch, Adam?«

Adams Arm landete auf dem Tisch, im Licht der Neonröhre war er breit und käsig grau.

»Sollen wir Armdrücken?«

»Nicht jetzt, doch nicht beim Frühstück, du Idiot.«

Er sollte so etwas nicht sagen, sollte mehr Geduld mit Adam haben. Irgendetwas stimmte nicht mit ihm, er konnte nichts dafür. Er war irgendwie zurückgeblieben. Adam war in der Stadt auf eine Sonderschule gegangen, aber Tobias bezweifelte, dass er dort viel gelernt hatte. Er konnte mit Müh und Not seinen Namen schreiben, interessierte sich fast schon krankhaft für Elvis Presley und liebte es, in einer glitzernden weichen Hose mit Nietengürtel und Schärpe herumzulaufen. Er hatte alle Elvis-Songs auswendig gelernt und sang sie wirklich gut, das musste man ihm lassen.

»Dann hat Hardy also frei?«, sagte er zu Sabinas Rücken. »Er hat keinen Job?«

»Früher hat er im Sägewerk gearbeitet, aber die haben kaum noch zu tun. Fünfzehn Mann sind entlassen worden.«

»Kommt er hierher?«

»Nein, wir treffen uns unten am Bootssteg. Trink jetzt deinen Kaffee, ich gehe mal hoch und schaue nach Carl Sigvard.«

»Wie geht es ihm heute?« Tobias machte eine Geste in Richtung Zimmerdecke. Sabina schüttelte den Kopf.

»Er liegt ziemlich viel wach. Er hat Schmerzen, will aber seine Tabletten nicht nehmen. Du weißt ja, wie er ist. Er ist schon immer gegen so was gewesen.«

»Dass er aber auch so verdammt stur sein muss. Ich habe immer gedacht, die Leute würden mit den Jahren vernünftiger. Bei ihm scheint das offensichtlich nicht der Fall zu sein. Wie alt ist er noch gleich? Fünfundsiebzig?«

»Sag bloß, du weißt nicht, wie alt dein eigener Vater ist? Weißt du etwa nicht, dass er am 3. August einundsiebzig geworden ist, vor weniger als zwei Monaten?«

Tobias trank von dem Kaffee, der bitter und heiß war.

»Jedenfalls ist er zu alt, um noch zu arbeiten. Normale Leute gehen in Rente, wenn sie fünfundsechzig sind, oder noch früher, wenn sie es sich leisten können.«

Sie ging vor dem Hund in die Hocke.

»Dein Vater ist ein Mensch, der niemals alt wird«, sagte sie leise.

Tobias stand auf der Treppe vor dem Eingang, und die Luft stach in den Nasenlöchern. Es war ein Grad unter Null. Alles stand still, war gänzlich erstarrt. Einige Sträucher hatten in der Nacht alle Blätter verloren, die der Johannisbeersträucher waren steif geworden und hatten sich gekräuselt. Er zündete sich eine Zigarette an und ließ den Blick über den Stoppelacker schweifen. Die Sonne kam langsam durch, sandte ihre ersten Strahlen herab und versuchte zu wärmen, aber es war zu spät. Man schrieb Ende September, und die Blätter der Birken waren bereits gelb und fielen zur Erde. Der Frost hing über dem Hof. Auf der Landstraße donnerte dicht gefolgt von zwei, drei Autos der Bus nach Räcklinge vorbei. Sie wollten ihn überholen, er sah ihre Schatten. Die Hunde bellten mit dunkler Stimme, waren noch träge und müde, obwohl es jetzt Morgen war.

Plötzlich traf ihn klatschend ein Schlag zwischen den Schulterblättern. Er fuhr herum. Adam stand in seiner karierten Jacke vor ihm, den Kragen hochgeschlagen, gut gelaunt.

»Love me tender«, sang er leise, zwischen seinen Zähnen hingen noch Essensreste.

»Lass das, verdammt! Wo hast du denn deine Mutter gelassen?«

Der große, grobschlächtige Mann machte ein paar erstaunlich geschmeidige Tanzschritte, schob das Becken vor und bewegte es mit rhythmischen Rucken.

»In the ge . . .hetto!«

Sabina hatte das Haus schon verlassen, kam ihnen entgegen und hatte Billy dabei, den Border Collie. Er würde ihnen helfen, die Ochsen zusammenzutreiben. Es ging um zwanzig Tiere, die den Sommer über auf der Insel Skamön geweidet hatten. Nun mussten sie nach Hause geholt werden. Die Kälte machte ihnen nichts aus, die Feuchtigkeit nach den herbstlichen Regenfällen dagegen umso mehr, sodass sie leicht eine Lungenentzündung bekommen konnten. Eigentlich hätten sie schon vor mindestens einer Woche heimgeholt werden müssen, aber es war zu windig gewesen. Erst jetzt war das Wetter umgeschlagen und kalt und windstill geworden.

Außerdem war da noch die Sache mit dem Alten. Sein Unfall hatte alle normalen Arbeitsabläufe und Gewohnheiten außer Kraft gesetzt.

Sie setzen sich ins Auto. Tobias nahm zusammen mit dem Hund auf der Rückbank Platz und Adam auf dem Beifahrersitz. Ihm blieb nur wenig Platz für seine Beine. Sabina fuhr, und im Wagen stank es nach Benzin.

»Hast du ein Leck im Tank?«, fragte er und lehnte sich zu Sabina vor. Er hätte sein Kinn auf ihr Schlüsselbein legen können, wenn er gewollt hätte. »Hier drinnen stinkt es wie Sau.«

»Ach, das war der Reservekanister. Bevor ich auf die Idee gekommen bin, ihn festzuspannen, lag er da hinten rum und leckte.«

Sie bog auf die Landstraße. Der Asphalt glitzerte. Der gesamte Stoppelacker lag jetzt in der Sonne und sah gelb und warm aus, aber seine Fingerspitzen waren eiskalt. Tobias hatte sich den Blaumann seines Vaters geliehen, den er über den eigenen ziehen wollte, sobald sie ans Wasser kämen. Er griff nach den Pfoten des Hundes, wärmte seine Finger zwischen dessen behaarten Zehen. Das Tier schaute ihn freundlich an.

»Wie bekommen wir sie auf das Floß?«, fragte er.

»Die Ochsen?«

»Ja.«

»Das Wichtigste ist, ihnen keine Angst zu machen, denn sonst werden sie widerspenstig und hysterisch und stecken sich gegenseitig damit an. Wenn nur ein Tier Angst bekommt, werden alle anderen auch ängstlich und verteilen sich auf der ganzen Insel, und wir bekommen sie nie zusammen.«

»Bekommen sie nicht schon eine Heidenangst, wenn sie uns nur an Land gehen sehen?«

»Na ja, sie sind ziemlich neugierig. Außerdem fahren wir regelmäßig zu ihnen raus und sehen nach ihnen. Einmal in der Woche ungefähr. Es könnte ihnen ja was passiert sein, manchmal sitzen sie irgendwo fest oder sinken im Morast ein. Einem der Ochsen ist das mal passiert, er hing mit dem Kopf zwischen ein paar Ästen fest, hatte krampfhaft versucht, wieder freizukommen und war völlig erledigt. Carl Sigvard musste zu ihm kriechen und versuchen, ihn loszumachen. Er war hinterher ganz schön kleinlaut.«

»Wer? Mein Vater?«

Sie lachte milde.

Ein Sattelschlepper mit Holzstämmen aus Viks Kvarnlunda fuhr vor ihnen. Adam packte Sabinas rechten Arm:

»Überhol ihn, überhol ihn!«

Sie versetzte ihm einen Schlag ins Gesicht.

»Ich habe dir doch gesagt, dass du mich nicht anfassen darfst, wenn ich fahre! Ich habe dir das bestimmt schon tausendmal gesagt, kannst du das nicht in deinen Kopf kriegen?! Es ist gefährlich, Adam, wir könnten im Straßengraben landen.«

Der große Mann schluchzte auf, und Sabina ließ sich sofort besänftigen.

»Schau mal, wir sind doch gleich da. Es ist witzlos, ihn noch zu überholen. Denkst du, Hardy ist schon da?«

Adam schluckte und verstummte.

»Love me tender«, ließ er dann hören. »Love me true.«

Wie sie das nur schafft, schoss es Tobias durch den Kopf. Adam war wie ein überdimensionales Kind. Grotesk. Er würde niemals normal werden. Sie würde ihn nie aus ihrer Obhut entlassen können, wie normale Eltern es tun, wenn die Kinder erwachsen werden. Sie würde erst dann nicht mehr für ihn verantwortlich sein, wenn einer von ihnen starb.

Er dachte daran zurück, wie es war, als Adam und Sabina einzogen. Wie lange war das jetzt her? Zehn Jahre? Adam war damals siebzehn gewesen. Der Alte hatte akzeptiert, dass er zur Familie gehören würde. Er konnte ihm sicher bei allem Möglichen zur Hand gehen, war bestimmt bärenstark, und auf einem Bauernhof konnte man jede helfende Hand gebrauchen. Wenn Tobias schon nicht bereit war, die Familientradition weiterzuführen und den Hof zu übernehmen.

Sabina hatte seinen Vater bei einem Fest im Dorf kennen gelernt. Der Heimatverein organisierte damals regelmäßig Tanzabende, von denen man sogar in den größeren Orten der Umgebung gehört hatte, sodass Leute von überall her herbeiströmten.

Der Alte hatte durchaus Kontakt zu Frauen gehabt, bis Sabina auftauchte, jedoch keine gefunden, die er im Haus haben wollte, und Sabina konnte er nicht ohne Adam bekommen.

Sie näherten sich dem See Fagerlången mit seinem Gewirr aus Inseln und Felseneilanden. Als Kind hatte Tobias seinen eigenen alten Nachen gehabt, mit dem er hinausrudern konnte. Schwimmwesten und ähnlichen Schnickschnack hatte es damals noch nicht gegeben. Es war trotzdem immer gut gegangen. Zwei-, dreimal war er hineingefallen, aber schwimmen konnte er ja, sodass er sich nur über die Bootskante hieven und die Kleider anschließend von der Sonne trocknen lassen musste.

Heute war das etwas anderes. Er hätte es nie gewagt, Klara

auch nur alleine zum Wasser hinuntergehen zu lassen. Man veränderte sich, wenn man ein Kind bekam, wurde so empfindsam.

Jetzt waren sie da. Glänzend und glatt breitete sich die Wasserfläche vor ihnen aus. Es war so kalt, dass ihm die Augen tränten. Tobias ging hinter eine der Fischerhütten und pinkelte, ehe er den Blaumann seines Vaters überstreifte. Er fühlte sich unbeweglich und unwohl darin. Mit einem trockenen, knisternden Geräusch rieb er seine Handflächen aneinander und schnäuzte sich anschließend.

Das Floß lag am Steg. Es bestand aus übrig gebliebenen Brettern und alten Ölfässern, die man hätte sanieren müssen, und die der Alte gerade deshalb für wenig Geld bekommen konnte. Zweimal im Jahr wurde es benutzt. Einmal im Frühjahr, wenn die Ochsen auf die Insel geschafft wurden, und dann ein zweites Mal im Herbst, wenn sie wieder nach Hause sollten. Die Weiden da draußen waren hervorragend, und der Alte hatte einen Teil des Grundes gepachtet. Er hatte Geld für die ganze Insel geboten, aber es war ihm nicht gelungen, sie zu kaufen.

Tobias ging zum Floß. Sabina beugte sich über den Motor und füllte mit Hilfe eines schmutzigen alten Trichters den Tank. Adam war ebenfalls an Bord gegangen und hielt sich am Geländer fest.

»Ich friere!«, sagte er mürrisch. »Ich habe meine Handschuhe auf der Treppe liegen lassen.«

Sabina öffnete den Mund, um etwas zu erwidern, aber im gleichen Moment tauchte hinter den Fischerhütten ein Mann auf. Sie hatten ihn nicht kommen hören, er musste schon dort gestanden und auf sie gewartet haben. Er musste geglotzt haben, als Tobias sich umzog, ohne sich bemerkbar zu machen. Das war ein unangenehmes Gefühl. Der Mann war zwischen fünfundzwanzig und dreißig Jahre alt. Er machte große Schritte in seinen Stiefeln, starrte zu Boden, hatte die Hände tief in den Taschen seiner Lederjacke vergraben. Über seiner Schulter hing ein großer grüner Militärrucksack. Es war Hardy Lindström. Tobias erkannte ihn jetzt wieder, seine Haare waren blond und gelockt unter dem Hut, und er trug einen kurzen, leuchtend gelben Bart, der gefärbt zu sein schien.

»Oh, gut, dass du hier bist, Hardy«, rief Sabina, und in ihre Stimme schlich sich ein flehentlicher Ton. Es war ihr endlich gelungen, den Motor anzuwerfen, der spuckte und stotterte. Hardy nickte. Seine mageren Beine machten einen Schritt über die Reling, und dann stand er bei ihnen auf dem Floß. Der Hund schlich zu ihm und beschnüffelte ihn. Er hatte nicht angeschlagen. Hardy schob ihn mit dem Fuß zur Seite. Die schwarzen Stiefel waren hochgeschnürt, und die Hose hatte er in die Stiefelschäfte gestopft.

»Hallo, Adam«, sagte er, »wie geht's, wie steht's?«

Ein Nerv in Adams linker Wange, gleich unter dem Auge, hatte angefangen zu zucken. Er grinste, Speichel hing in seinem Mundwinkel.

»Wie geht's, wie steht's?«, ahmte er nach.

»Bestens, Alter, bestens! Alles paletti.«

Erst jetzt schien Hardy auch Tobias zu bemerken. Sabina stand am Steuer und lenkte das Floß. Sie manövrierte das plumpe Fahrzeug zwischen den Bootsstegen auf den See hinaus.

»Schön, dass du uns helfen willst«, rief sie, und ihre Hände glitten über das Lenkrad.

»Wie ich sehe, habt ihr schon Verstärkung bekommen. Einen Profi aus Stockholm, was? Jemand, der sich mit so was auskennt?«

»Das ist doch nur Tobias, das siehst du doch. Ich weiß, dass ihr euch schon einmal begegnet seid.«

Hardy wandte sich halb ab, hob eine Hand zum Schutz gegen den Fahrtwind und zündete sich eine Zigarette an. Er machte keine Anstalten, den anderen eine anzubieten. Das Streichholz schaukelte noch einen Moment auf der Wasseroberfläche, wurde dann jedoch in einen Wirbel hinabgesogen und verschwand. Hardy rauchte ein paar gierige Züge, ging zu Adam und gab ihm einen Klaps auf den Rücken. Es war genau der gleiche, harte Schlag, den Adam zuvor Tobias versetzt hatte. Adam schüttelte sich, seine Pupillen flackerten unstet.

»Geht es dir gut?«, fragte Sabina.

»Inwiefern?«

»Na, ganz allgemein?«

»Alles in Ordnung.«

»Und wie geht es deiner Mutter?«

»Soweit ich weiß, fehlt ihr nichts.«

Tobias suchte ihren Blick, aber sie war ganz darauf konzentriert, das Floß zu steuern und Kurs auf Skamön zu halten. Es war die größte Insel im See, aber sie war unbewohnt, es gab nicht einmal ein Sommerhaus auf ihr.

»Skamön, die Schandinsel, was für ein Name«, rief er, vor allem um das Thema zu wechseln und es Sabina auf die Art etwas leichter zu machen. Er verabscheute auf einmal seine eigene Stimme, denn es schwang etwas in ihr mit, das ihn an seinen Alten erinnerte, ein Tonfall, den er nicht wahrhaben wollte.

In Hardys Augen regte sich ein Funken Leben.

»Weißt du eigentlich, warum die Insel so heißt?«

Tobias antwortete ihm nicht.

»Früher haben sie dort die Weiber ausgesetzt, die verheiratet waren, es aber trotzdem mit anderen Männern getrieben haben. Man hat sie dahin gebracht, wie wir es mit dem Vieh machen. Und zwar so nackt, wie Gott sie erschaffen hatte. Sie haben sich bestimmt gewünscht, sie wären Tiere, diese Huren.«

»Diese Huren«, wiederholte Adam, und der kleine Nerv unter dem Auge zuckte heftig.

»Hört auf«, murmelte Sabina.

»Aber das ist wahr. Sie sind da draußen verhungert. Wenn sie nicht vorher ins Wasser gegangen oder erfroren sind. Man hat ihnen weder Essen noch Kleider mitgegeben.«

»Das ist doch nur eine alte Legende«, meinte Tobias. »Glaubst du wirklich, dass da was dran ist?«

Hardy schob das Kinn vor, der gelbe Bart wippte.

»Man hat da drüben in den Felsspalten das eine oder andere gefunden. Ich auch. Du kannst mich ja mal besuchen und es dir anschauen.«

»Ach, Quatsch, das ist doch eine typische Wanderlegende! So wie die Geschichte von der Ratte in der Pizza.«

Das Motorengeräusch hallte knatternd über der öligen Wasserfläche. Skamön kam immer näher. Vor den Schilfröhrichten schwammen unbeeindruckt und ruhig ein paar Haubentaucher. Tobias konnte ihre Bernsteinaugen sehen. Die Paarungszeit war seit langem vorbei. Sie brauchten nichts mehr beschützen. Schon bald würden sie ihren charakteristischen Backenbart verlieren und ihr Wintergefieder bekommen.

Wenn er an den Winter dachte, bekam er Bauchschmerzen. Er musste unbedingt bald mit seinem neuen Buch fertig werden. Er musste dafür sorgen, dass Geld hereinkam. Das zweijährige Arbeitsstipendium des Autorenfonds lief Ende des Jahres aus. Jetzt musste er beweisen, dass sie auf den Richtigen gesetzt hatten, als sie beschlossen, ihm das Geld zu geben. Jetzt musste er etwas leisten.

»Haltet euch fest!«, warnte Sabina sie. »Wir legen an.«

Mit einem heftigen Ruck schob sich das Floß auf das sandige Ufer. Sabina zog die Unterlippe in den Mund. Ihr Gesicht hatte rote Flecken bekommen, der Zopf lugte unter dem Kopftuch hervor.

»Ihr wisst, worauf es ankommt«, zischte sie. »Immer schön ruhig bleiben. Dann läuft alles wie geschmiert.«

Wenn doch bloß die Sache mit dem Bein nicht gewesen wäre.

Er hatte mit seiner Mistgabel auf dem Heuboden gestanden, war geklettert wie eine Bergziege, mal aufrecht, mal auf allen vieren, seine alten Glieder waren so elastisch wie Gummi, waren es schon immer gewesen.

Doch dann war etwas Unerwartetes geschehen.

Es war ein zwar regnerischer, aber nicht kühler Tag Ende August gewesen, keine Hundstage, sondern regnerisches Wetter, sodass sie Gefahr liefen, die ganze Heuernte zu verlieren. Mehr als vier Wochen hatte es jetzt schon geregnet. Vielleicht hatte er sich Gedanken gemacht, die ganze Plackerei umsonst, dann die Saat, die verrottet, der Mähdrescher, der im Lehm abrutscht, weil er zu schwer ist, um den glitschigen Hang hochzufahren. Vielleicht hatten ihn solche Gedanken an jenem Morgen abgelenkt, denn plötzlich war Leere unter seinen Stiefeln, es gab keinen Widerstand mehr, und er fiel. Das Letzte, was er wahrnahm, war das Knirschen in seinem Schädel, als dieser auf dem Betonboden aufschlug.

Sabinas Gesicht war verschwommen, sie beugte sich über ihn, und ihre vollen Lippen standen offen. Trotz der Schmerzen sah er, dass sie zitterte. Hinter ihr stand der Junge, Adam, er sah seinen steifen Nacken, *Mama,* brachte er heraus, dumpfe Mamalaute, auf die Sabina nicht reagierte. Ausnahmsweise war sie nicht voll und ganz auf den Jungen konzentriert. Sie kniete im Mist, und ihre Fingerspitzen näherten sich ihm, aber sie schien sich nicht recht zu trauen, so als könnte er zerbrechen, sobald sie ihn berührte. Er schwebte von neuem davon, war aber dennoch irgendwie bei Bewusstsein, denn später konnte er sich an Details erinnern: dass er über den Boxen schwebte wie auf einer schaukelnden Matratze, so einer, die man aufblasen und im Wasser benutzen konnte. Ein Stück über ihr schwebte er, über ihren runden Schultern, dem gekrümmten Rücken, den verborgenen Haaren, dem Kopftuch, das sie immer trug, wenn sie zu den Tieren ging. Und auch das konnte er sehen, wie sie im Flur vor dem Spiegel stand, es um den Kopf legte und zuband, das verblichene Muster aus Blumen. Sie betrachtete ihr Bild im Spiegel, wenn sie dachte, dass niemand hinsah. Ihr Blick, in dem Befriedigung und Lust lagen.

Er hatte noch die nötige Kraft. Es würden noch viele Jahre vergehen, bis seine Kräfte schwanden.

Das hatte er immer gedacht.

In der Ferne erklangen Sirenen. Daraufhin öffnete er die Augen, und sie kniete immer noch vor ihm. Auch Adam war auf die Knie gefallen, seine fleischigen Wangen hingen schlaff herab.

Er wollte ihr Fragen stellen oder Vorwürfe machen.

»Du hast doch wohl nichts Unnötiges getan? Musstest du unbedingt einen Krankenwagen rufen? Und die mit Sirenen und allem Drum und Dran anrücken lassen?«

Etwas in der Art wollte er gerne sagen, brachte jedoch keinen Laut über die Lippen. Und dann spürte er die ersten Ansätze von Verwirrung.

Es waren zwei Mädchen, und sie trugen rote Overalls, und er dachte, dass sie bestimmt aus der Stadt waren, und ihre Füße waren so klein und sauber. Sie riskierten, im Mist der Tiere auszurutschen. Er roch den klinischen Geruch von Ölen, den süßen und klinischen Duft von Stadt.

Mit etwas Mühe gelang es den beiden, ihn auf die Trage zu hieven. Er hatte vor allem an seinen Kopf gedacht, spürte nun jedoch, dass in seinem Körper etwas anderes kaputtgegangen war. Das linke Bein fühlte sich unter dem Stoff der Hose so lose und eigenartig an.

»Wie heißen Sie, können Sie mir sagen, wie Sie heißen?«

Der blonde Pony des kleinen Mädchens. Als ob er seinen Namen nicht wüsste.

»Er heißt Carl Sigvard Elmkvist«, mischte Sabina sich ein, und als sie ihn in all seiner Gebrechlichkeit auf der Trage liegen sah, konnte sie die Tränen nicht länger zurückhalten.

Die Augenbrauen des Mädchens.

»Ich wollte es von ihm selbst hören. Carl Sigvard, wissen Sie, welcher Wochentag heute ist?«

Es war verrückt! Völlig verrückt. Und der verdammte Junge stand wie ein Fleischklops im Gang. Er hörte Adams heiseres, jaulendes Weinen, sie musste ihn auf der Stelle trösten, sonst würde er sich in einen Anfall hineinsteigern. Sabina würde ihn nie mehr beruhigen können.

An die Fahrt ins Krankenhaus erinnerte er sich nicht mehr, nur an das Warten auf einer schmalen, wackligen Pritsche, an Leute auf Stühlen in den Korridoren, an einen Sonnenstrahl auf dem glänzenden, staubigen Fußboden.

Schließlich kam ein Arzt zu ihm. Mein Gott, war er jung. Er stand in seinem weißen Kittel und mit seinen rosigen Wangen vor ihm.

»Sie haben es Ihrer robusten körperlichen Konstitution zu verdanken, dass Sie bei dem Sturz nicht umgekommen sind.«

Sie? Waren außer ihm noch mehr gefallen, hatte er widerborstig gedacht, als wäre das Ganze die Schuld eines anderen gewesen und nicht die Folge seines eigenen Missgeschicks auf dem Heuboden.

Über eine Woche musste er im Krankenhaus bleiben. Sie operierten ihn am Rücken und am Bein. Er hatte Risse und Brüche in seinem Skelett. Eigentlich war er kein Mensch, der sich was tat. Ein einziges Mal war er vorher im Krankenhaus gewesen, und zwar, als Tobias zur Welt gekommen war.

Sie gingen an Land. Sabina ließ Adam nicht aus den Augen, hatte den Finger an die Lippen gepresst, *leiiiise.* Der Hund blieb dicht bei ihr, er war nicht das erste Mal dabei und wartete nur auf ihre Kommandos.

»Wir bleiben erst einmal hier und lassen sie selber die Initiative ergreifen«, flüsterte Sabina. Sie ließ sich auf einem Baumstamm nieder, der weiter oben im Gras lag. Der Hund saß regungslos neben ihr und hatte den Blick auf ihren Mund gerichtet. Schon wenige Minuten später raschelte es im Laub. Die Tiere kamen. Zögernd, aber neugierig, der Atem kam wie Dampfstöße aus ihren Nasenlöchern.

Tobias stand mit einem Fuß auf einem großen Stein. Er trug seine eigenen Gummistiefel, die er aus der Stadt mitgebracht hatte. Er benutzte sie nur selten, hatte in den Keller gehen und sie suchen müssen. Er wackelte ein wenig mit den Zehen, fror, stand da und sah die Tiere immer mutiger werden, sah ihr braunweißes Fell, ihre Atemstöße, die ihn an das Geräusch von Heißluftballons erinnerten. Plötzlich sind sie einfach da, und der ganze Himmel ist voll von ihnen, und dann das Geräusch kontrollierter Atemzüge, das gleiche Geräusch wie bei gebärenden Frauen, eine beherrschte, sorgfältig erwogene Atmung. Aus den Augenwinkeln sah er Adam, sein schweres, verschlossenes Gesicht. Er war jetzt angespannt, weil er wusste, weil sein schwerfälliges Gehirn sich erinnerte, dass es da etwas gab, was er nicht vergessen durfte. Sein Blick ruhte auf dem Finger seiner Mutter, *schön still jetzt, Adam, stiiill.*

Der erste Ochse war nun schon auf dem Ufersand, ein kleines Stück von Sabina entfernt stemmte er die Hufe in den Boden und machte den Hals lang. Sein feuchtes graues Maul rückte dicht an Sabinas Kopf heran. Er runzelte die Stirn und schnaubte. War es das bunte Muster des Kopftuchs, das ihn anlockte, dachte er vielleicht, es wäre essbar? Sabina saß aufrecht auf dem Stamm, die rot verfrorenen Hände in den Schoß gelegt, die groben Handschuhe waren auf die Erde hinabgerutscht. Ein anderes Maul näherte sich ihnen, und sie machte eine Bewegung mit dem Fuß. Die Tiere zuckten zusammen und sprangen zur Seite. Sabina lächelte.

»Ihr Zuckerschnuten«, sagte sie leise. »Ihr seid so unglaublich neugierig.«

Hardy zählte.

»Ich sehe nur neunzehn.«

»Es müssten zwanzig sein, der Letzte kommt bestimmt bald, er merkt sicher, dass die anderen weg sind.«

Das Floß lag bereit, sie hatten Bretter zu einer stabilen Laufplanke zusammengelegt, und Hardy ging zurück und stellte an den Seiten Zäune auf. Er trieb Pflöcke in die Erde, und sie hörten ihn dumpf fluchen, denn an manchen Stellen war es schwierig, etwas in den Lehm zu schlagen.

»Ich glaube, sie haben Heimweh«, erklärte Sabina. »Sonst würden sie nicht so schnell kommen. Ich glaube, sie sehnen sich ins Warme.«

»Das würden sie nicht tun, wenn sie wüssten, was sie erwartet«, sagte Tobias trocken.

»Nein. Aber so ist es nun einmal.«

»Entrecôte und Beefsteak.«

»So darf man nicht denken. Das funktioniert nicht.«

Adam grunzte, hob die Hand und zeigte zum Wald hinauf.

»Da ist er, da ist er!«

Es kam Bewegung in die Hufe, und die Tiere zerstreuten sich

mit einigen erschreckten Sprüngen, blieben mit bebenden Körpern stehen, die Ohren auf Geräusche gespitzt.

Sabina seufzte.

»Es ist gut, dass du uns Bescheid sagst«, meinte sie. »Aber leg jetzt die Arme an den Körper, Adam, schau mal, so, ganz fest, du darfst nicht winken, denn sonst verjagst du die ganzen Tiere. Wir wollen uns verteilen. Ich glaube, es ist jetzt so weit.«

Der Hund hatte den Schwanz erhoben, jeder Muskel seines schwarzweißen Körpers war darauf eingestellt zu arbeiten. Als Sabina ihm das Zeichen gab, schoss er wie ein Strich ins Unterholz. Es knackte, und einzelne Tiere muhten laut, aber nicht in Panik. Die Ochsen waren in ihrem dritten Lebensjahr, zwei Sommer hatten sie bereits hier draußen verbracht und vielleicht erinnerten sie sich an die Wärme in ihren Verschlägen und das beruhigende Kauen der Kameraden, wenn sie ihr Heu wiederkäuten.

Wir wollen euch nichts tun, dachte Tobias. Jedenfalls im Moment nicht. Kommt jetzt, Jungs, geht an Bord! Mit Hilfe des Hundes brachten sie die Tiere dazu, sich auf den Ufersaum und weiter auf die Laufplanken zuzubewegen. Er hatte befürchtet, wenn die ersten Tiere auf die Holzplanken traten, könnte das Klappern der Hufe die nachfolgenden Tiere verängstigen. Doch das war nicht der Fall. Das Geräusch ging im Gedrängel dampfender Körper unter, und er folgte ihnen und scheuchte sie auf dem Floß nach Achtern. Dort standen sie dann dicht gedrängt und starrten ihn mit ihren sanftmütigen Augen an, sodass er Lust bekam, seine flache Hand auf einen warmen und runden Bauch zu legen, aber das würde sie nur aufregen. Es wäre dumm von ihm.

Sabina lief durch das flache Wasser, das bis zum Rand des Stiefelschafts reichte.

»Es fehlt tatsächlich einer, Tobias. Wir müssen ihn suchen. Kannst du das übernehmen, kannst du mit Hardy suchen gehen? Wir warten hier so lange und passen auf die Tiere auf.«

»Wo ist Hardy denn?«

»Er ist schon mal losgegangen, in die Richtung. Nimm den Hund mit. Wir warten hier und halten die Stellung.«

Die Stille. Er war sie einfach nicht gewöhnt. Er blieb hinter der Hügelkuppe stehen und hielt die Luft an. Der Hund war irgendwohin verschwunden, vielleicht war er bei Hardy. Er gehörte zu einer Rasse, die um jeden Preis die Herde zusammenhalten musste, das war ihr Instinkt.

Ein Trommeln über seinem Kopf ließ ihn zusammenzucken. Es war ein Specht. Tobias legte den Kopf in den Nacken und erhaschte einen Blick auf schwarzrotes Gefieder. Ein Schwarzspecht, erinnerte er sich. Seine Lehrerin in der dritten Klasse hatte sich erst zufrieden gegeben, als sie mindestens zehn verschiedene Arten voneinander unterscheiden konnten. Auf die Insel war sie mit ihrer Klasse allerdings nie hinausgefahren. Auch damals weideten hier schon Ochsen, und sie hatte Angst vor Kühen. Angst vor Kühen! Und dann nahm sie ausgerechnet eine Stelle auf dem Land an! Wie hieß sie noch? Es wollte ihm einfach nicht einfallen. Jedenfalls hatte sie ein Verhältnis mit dem Pfarrer, und es gab einen Skandal, denn der Pfarrer hatte schon eine Frau und vier Kinder.

Was wohl aus ihr geworden war?

Die Vergebung der Sünden war jedenfalls dem Pfarrer zuteil geworden. Er stand auch weiterhin jeden Sonntag auf der Kanzel und unterrichtete auch weiter die Konfirmanden, als wäre nichts passiert. Aber die junge Lehrerin? Tobias musste daran denken, was Hardy über Skamön gesagt hatte. Ohne sich dagegen wehren zu können, empfand er eine gewisse Erregung. Er hatte die Schultern hochgezogen, und es schauderte ihn in der rauen Kälte, die aus der Erde aufstieg und seinen Körper umschloss, durch die Gummisohlen eindrang und sich an den Knöcheln hinaufschlich.

Ich muss mich bewegen, schoss es ihm durch den Kopf. Ich muss den Ochsen suchen, damit wir endlich nach Hause kommen.

Rutschend kletterte er zu ein paar Felsspalten hinauf, sank auf die Knie, schaute hinab und hörte einen fremden Laut, ein kurzes und abgeschnittenes Muhen. Tatsächlich. Es war der fehlende Ochse. Er war braun und weiß und lag ein ganzes Stück unter ihm eingeklemmt zwischen den Steinen, und als er Tobias entdeckte, begann er den Kopf hin und her zu werfen und Laute auszustoßen.

»Ist ja gut, ist ja gut!« Tobias ließ sich mit den Fersen im Moos hinunterrutschen, fiel in den Sand, robbte das letzte Stück auf die Ellbogen gestützt. Das Tier war schwer verletzt. Vermutlich hatte es sich das Bein gebrochen, denn sonst wäre es längst aufgestanden und geflohen. So aber konnte Tobias zu ihm gehen und es berühren. Er legte die Hand auf die harte platte Stirn, auf der sich ein sternförmiger weißer Fleck im braunen Fell abzeichnete.

»Na, wie geht es dir, Kumpel?«, sagte er ratlos. »Hast du dir den Fuß verstaucht?«

Nein, es stand schlimmer um ihn, das wusste Tobias nur zu gut und griff nach dem Horn, es war warm und glatt. »Ist ja gut, ist ja gut«, sagte er erneut, als der große Tierkopf hin und her schwang und sich die Nasenlöcher weiteten. Der Geruch von Angst.

»Wie zum Teufel sollen wir dich nach Hause schaffen, wenn du hier solche Dummheiten machst?«

Neben ihm bewegte sich etwas, und der Ochse warf seinen Kopf so heftig nach oben, dass Tobias loslassen musste. Es war der Hund. Er hatte sie aufgespürt. Tobias griff in das Hundehalsband und brachte ihn dazu, Sitz zu machen. Der Collie atmete keuchend und knurrte leise.

Er sprach mit dem Hund.

»Was sollen wir mit ihm machen? Hast du vielleicht eine Idee, du bist doch auch früher schon mal dabei gewesen?«

Der Hund neigte den Kopf und schien nachzudenken. Seine Schnauze stand halb offen, die Zunge vibrierte rosig und nass. Dann hob er den Kopf und bellte.

Hardy kam den Hang hinunter. Er hatte den Hut in den Nacken geschoben, ein Zweig mit Blättern hatte sich im Hutband verfangen. Er schien ebenfalls gefallen zu sein, die Knie seiner Hose waren nass und lehmverschmiert.

Hardy ging ohne Zögern zu dem liegenden Tier und trat es in die Seite. Der Ochse muhte dumpf.

»Steh auf!«, brüllte er.

Tobias ließ den Hund los. Es wurde ihm ganz heiß im Bauch.

»Verdammt, was tust du denn da! Siehst du nicht, dass er verletzt ist?«

Hardys eisblaue Augen fixierten ihn.

»Woher willst du das wissen, bist du etwa Tierarzt oder was?«

»Das sieht doch nun wirklich jeder, dass dieses Tier verletzt ist.«

»Manchmal sind sie auch nur faul und haben keine Lust zu laufen.« Er hob den Fuß und holte zu einem weiteren Tritt aus. Tobias schoss in die Höhe.

»Warum bist du nur so verdammt aggressiv? Jetzt beruhig dich mal ein bisschen.«

Zu seiner Überraschung trat Hardy zur Seite. Mit Zeige- und Mittelfinger zupfte er eine krumme Zigarette aus seiner Brusttasche, zündete sie an, blies Rauch aus.

»Wir müssen überlegen, was wir jetzt tun sollen. Und zwar in Ruhe.« Tobias machte eine Geste in Richtung des liegenden Tiers. »Wir müssen eine Lösung finden.«

»Du findest ganz bestimmt eine«, erwiderte Hardy provozierend.

»Ich begreife nicht, was mit dir los ist. Habe ich dir vielleicht etwas getan?«

Hardy lächelte, und seine Lippen verschwanden im Bart. Er nahm den Hut ab, sah den Zweig und riss ihn mit einem Ruck herunter.

Die beiden Männer blieben eine ganze Weile so stehen und starrten sich an. Hardy ließ Rauch aus den Nasenlöchern quellen. Sein Nasenrücken sah seltsam aus, er schien gebrochen zu sein. Die Nase sah aus, als wäre sie nach einem Schlag nicht mehr richtig zusammengewachsen. Hardy stand da und biss die Zähne zusammen.

»Na, Tierarzt«, spuckte er schließlich aus. »Was sagst du?«

»Ach, jetzt hör schon auf, verdammt! Sabina wartet auf uns, wir müssen los.«

Ehe Tobias reagieren konnte, war Hardy zurück bei dem Tier und trat gegen seinen Schwanz.

»Steh auf, du verdammtes Mistvieh, kannst du auf deinen Beinen stehen? Wir haben es nämlich eilig, kapiert, der Tierarzt hier hat es eilig.«

Tobias wurde rot und heiß vor Augen. Er lief zu Hardy, rutschte aber in dem nassen Gras aus und wäre fast hingefallen. Hardy wippte auf den Fersen.

»Das war nur ein Test«, erklärte er ruhig, »um zu sehen, ob er uns was vorspielt oder nicht.«

»Du hast sie doch nicht mehr alle!«

»Bist du jetzt auch noch Psychiater? Nicht nur Tierarzt?«

Tobias machte auf dem Absatz kehrt und begann, den Hang hinaufzuklettern, auf allen vieren und am ganzen Leib zitternd. Plötzlich war ihm heiß. Die Kleider klebten an seinem Rücken, unter den Armen und am Bauch. Er nahm an, dass der Hund ihm folgte, aber als er sich nach ihm umsah, war er zu Hardy zurückgelaufen. Er wollte ihn rufen, ihn zu sich locken, aber seine Lippen waren so steif wie Baumrinde. Das Herz schlug ihm bis zum Hals, bis in die Trommelfelle hinauf, wie ein hartes und erstickendes Rauschen. Er stemmte sich über die Felskante und blickte sich um. Hardy sah ihm nach. Er hatte den Rucksack abgestellt, rauchte einen letzten Zug von seiner Zigarette und warf sie dann weg.

Tobias ging los. Sobald er außer Sichtweite war, begann er zu laufen. Er war unglaublich wütend und hätte am liebsten laut geschrien. Als er sich dem Ufer näherte, wurde er wieder langsamer, da ihm einfiel, dass er keine Panik auslösen durfte.

Sabina stand auf dem Floß und hielt Ausschau in die andere Richtung, die Tiere bildeten hinter ihr eine dichte weißbraune Wand. Einer der Ochsen muhte, und Tobias glaubte, vom Grund der Felsspalte eine Antwort zu hören.

Dann drehte Sabina sich um und erblickte ihn. Ihre Augen waren besorgt. Er strich sich über die Haare, um sich zu beruhigen und sie zu ordnen, kratzte sich am Hals.

»Was ist los, Tobias?«

Ihr Gesicht war blass und ängstlich erregt.

»Was ist passiert?«

Noch ehe er ihr antworten konnte, gab es im Wald einen Knall. Es war das Geräusch eines Schusses, und gleichzeitig begann der Hund zu jaulen.

Das Telefon klingelte. Offenbar war er eingedöst. Das lag an den Tabletten, die Sabina ihm dauernd aufnötigte. Er bekam einen trockenen Mund von ihnen und fühlte sich benebelt.

Er tastete nach dem Hörer. Sabina hatte eine Verlängerungsschnur besorgt, und das Telefon auf seinen Nachttisch gestellt.

»Ich kann ja nicht immer zugegen sein, ich muss doch auch Sorge für die Tiere tragen.«

Manchmal hatte sie eine seltsame Art, sich auszudrücken, und nahm Worte und Redewendungen in den Mund, die sonst schon lange niemand mehr benutzte.

Jetzt spürte er das kühle Bakelit in seiner Handfläche. Hatte er jetzt etwa auch noch Fieber, verdammt?!

»Elmkvist«, sagte er undeutlich. Die Zungenwurzel schwoll immer an, wenn er so dalag, und hinderte ihn daran, normal zu sprechen.

Er hörte eine dünne, leise Mädchenstimme.

»Hallo, hier ist Klara.«

»Klara, du bist's? Hier spricht Großvater.«

»Weiß ich doch.«

»Hm, so so, das weißt du also.«

Sie kicherte gekünstelt.

»Geht es dir wieder besser?«

»Ja sicher, viel besser.«

»Ist Papa da?«

»Nein.«

»Nicht?«

»Er ist draußen auf Skamön und holt die Tiere. Sie sind heute Morgen los, wie viel Uhr ist es jetzt?«

»Zehn Uhr neunundvierzig.«

Er hatte sich nie wirklich daran gewöhnt, wie die jungen Leute die Uhr lasen. Zehn Uhr neunundvierzig. Was hieß das? Er musste immer erst einen Moment nachdenken.

»Bist du nicht in der Schule?«, fragte er.

»Doch. Aber wir haben gerade Pause, ich rufe vom Handy aus an.«

»Aha.«

»Ich hab es schon auf Papas Handy versucht, aber er macht es nie an.«

»Nein, kann sein.« Er räusperte sich. »Geht es dir gut, Klara?«

»Ja, alles klar.«

»Soll ich Tobias bitten, dich zurückzurufen, wenn er kommt?«

»Nein, schon gut, es war nichts Wichtiges. Ich kann später noch mal anrufen.«

Für einen Moment blieb die Leitung still. Er dachte, dass es Geld kostete, viel Geld, mit einem Handy zu telefonieren. Das musste sicher Tobias bezahlen. Oder Görel, die Mutter des Mädchens. Aber die hatte bestimmt kein Geld, der Junge im Übrigen auch nicht.

»Was machst du, Großvater?«, hörte er sie sagen und gleichzeitig wurde das Stimmengewirr hinter ihr lauter, sie stand auf dem Schulhof, die Pause ging zu Ende.

»Ich liege hier einfach so rum. Aber ich werde bald wieder aufstehen.«

»Schön zu hören. Gute Besserung. Ich muss jetzt Schluss machen.«

Tschüss, kleine Klara. Kleine, süße Klara. Nein. Das wäre ihr sicher peinlich. Sie war mittlerweile zu groß für solche kindischen Koseworte. Wie alt war sie jetzt? Vierzehn oder fünfzehn. Sie war kein kleines Kind mehr, obwohl ihre Stimme piepsig und spröde klang, ganz ähnlich wie Görels.

Er drehte sich auf die Seite, und es gelang ihm mit viel Mühe, den Hörer aufzulegen. Er hatte wieder Rückenschmerzen, das kam vom vielen Liegen. Für so etwas war er einfach nicht geschaffen, sein ganzes Leben war er beweglich und aktiv gewesen. Seine Muskeln würden schwinden, wenn er noch lange so herumlag. Sie fingen bereits an, schlaff zu werden, seine Beine sahen aus wie Kartoffelkeime, dünn und bläulich. Die ersten Tage hatte er Stützstrümpfe getragen, die Leute im Krankenhaus meinten, die wären gut gegen Thrombosen. Und unter den Strümpfen hatten die Muskeln zu schrumpfen begonnen. Gewebe und Fleisch, alles wurde schwach.

Als Sabina ihm die Strümpfe auszog, tauchte etwas auf, das nicht zu ihm gehörte. Sie hatte mit offenen Haaren bei ihm gesessen, das Gesicht kurz zu einer Grimasse verzogen und ihre kleine Nase weggedreht.

»Was ist los?«

»Ich denke, ich werde dir die Füße waschen müssen, denn es wird sicher noch etwas dauern, bis du wieder duschen kannst.«

Carl Sigvard schloss die Augen. Plötzlich ertrug er es nicht mehr, dieses Zimmer mit seiner bis zum Überdruss bekannten Einrichtung zu sehen. Er war es einfach nicht gewöhnt, sie bei Tageslicht zu betrachten, alles im Zimmer sah schäbig und abgenutzt aus. Wie er selbst! Die Tapete hatte Stockflecken bekommen, nachdem es letzten Winter hereingeregnet hatte. Der Stuhl mit Sabinas gelbem Bademantel. Das Bild über der Kommode. Jetzt erst bemerkte er, dass es schief hing. Auch das Motiv war nicht unbedingt geeignet, ihn aufzumuntern: Das Bild zeigte ein gedrungenes kleines Rauchstubenhaus mit Grassodendach und ein paar Schneeresten, sodass der Ackerboden entblößt war. Ärmlich und fordernd sah das aus. Wie es eben auch in Wirklichkeit war.

Svava hatte es mitgebracht, Tobias' Mutter. Warum hatten sie es hängen lassen? Es stammte aus irgendeinem abgelegenen isländischen Kaff, vielleicht einem Hof in der Verwandtschaft. Ihm war zu Ohren gekommen, dass sie nach Island zurückgekehrt und mit irgendeinem hageren Isländer zusammengezogen war. Wahrscheinlich saßen sie jetzt abends immer zusammen und sangen im Duett, ridum, ridum, und was noch alles. In allen Lebenslagen mussten diese Isländer das Maul aufreißen und singen. Ihre beiden Brüder waren einmal zu Besuch gekommen und hatten den lieben langen Tag nichts anderes getan, als die Gitarre zu schlagen und herumzujaulen, und das Essen kam nicht auf den Tisch, denn Svava hatte keine Zeit. Sie stampfte den Takt und schwang die Hüften und war nicht länger die Frau, die er kannte.

Jaou. Er imitierte ihre Art, ihm Antwort zu geben, bist du da, Svava? *Jaou.* Aber jetzt war sie nicht mehr da, was ihm im Grunde völlig egal sein konnte, und er selbst lag hier wie ein Sack verrotteter Rüben, statt draußen zu sein. Seine Lungen schmerzten regelrecht vor lauter Sehnsucht nach frischer Luft.

Er versuchte Sabinas Bild heraufzubeschwören, ihren Körper kurz nach dem Aufstehen, wenn sie die Arme zur Decke streckte und ihre Haare wirr den Rücken herabhingen. Jetzt sah er das dünne weiße Nachthemd vor sich und ahnte die Brüste mit ihren braunen Vorhöfen darunter, die größer und markanter waren als bei jeder anderen Frau, die er gesehen hatte, und er hatte an ihnen gesaugt und mit seiner Wange auf ihrem Bauch gelegen. Jawohl, gesaugt hatte er an ihr wie ein Kalb.

Sie war immer noch schön. Nicht mehr so wie damals, als sie sich kennen gelernt hatten, sondern auf eine andere, eher verinnerlichte Art. Seit zehn Jahren waren sie mittlerweile zusammen, aber vorher hatte er von November 1970 an alleine gelebt. Damals hatte Svava den Jungen mitgenommen und ihn verlassen.

Anfangs hatte er gezögert, jemanden ins Haus zu holen, der seine Gewohnheiten nicht kannte, der Neuerungen einführen wollte. Es hatte ihm nicht an Angeboten gemangelt, weiß Gott nicht. Doch erst als Sabina auftauchte, fühlte er, dass er es wagen würde. Und zwar trotz dieser siebzehnjährigen Missgeburt, die sie anschleppte und die fortan auch auf dem Hof wohnen sollte. Er kam ohne Sabina nicht zurecht, denn er war geistig zurückgeblieben, auf dem Niveau eines Kindes stehen geblieben, hatte aber die Größe und körperliche Kraft eines erwachsenen Mannes.

Im ersten Monat wohnte sie im gleichen Zimmer wie der Junge.

»Wir müssen Schritt für Schritt vorgehen, Carl Sigvard. Du musst ein wenig Geduld haben.«

Sie nannte ihn immer bei seinem vollständigen Namen, benutzte keine Abkürzungen wie Kalle oder Sigge, wie Svava es immer getan hatte. Sein Name klang schön, wenn sie ihn aussprach.

Adam musste das hinterste Zimmer nehmen, das Svava als Nähzimmer gedient hatte. Jeden Abend machte sie dort die Betten, zog das Unterteil der Couch heraus und strich Laken und Decken glatt. Sie hielt den Schwachkopf sogar im Arm. Er lutschte an seinem großen Daumen, und die Bartstoppeln sprossen, und seine Augen stierten unter seiner Tolle ins Leere.

»Alles hängt davon ab, dass er sich hier zu Hause und geborgen fühlt«, erklärte sie. »Wenn wir uns dafür die nötige Zeit nehmen, verspreche ich dir, dass es anders werden wird.«

Sie hatte Recht behalten. Sie kannte diesen Jungen oder Mann oder was er auch immer war. Sie hatte ihn unter dem Herzen getragen und geboren und gestillt, genauso wie später Carl Sigvard. Seltsamerweise empfand er nichts bei dem Gedanken an die schlappen Lippen des Jungen. Und danach an seine eigenen.

Außerdem hatte sich gezeigt, dass Adam stark war und man ihn durchaus dazu bringen konnte, gewisse Aufgaben zu übernehmen. Man musste es nur auf die richtige Art anstellen. Wenn man ihn nett bat und ihm seine Aufgabe genau erklärte und hinterher sanft und dankbar war, konnte man ihn dazu bringen, etwas immer wieder zu tun, zum Beispiel das Brennholz ins Haus zu tragen. Oder wie jetzt dabei zu helfen, die Tiere heimzuholen.

Sie hatten diesen Hardy als Tagelöhner einstellen müssen, den er aus unbestimmten Gründen abstoßend fand. Aber im Moment konnten sie es sich leider nicht leisten, so zu denken. Es war schwierig, ja beinahe unmöglich, überhaupt jemanden zu finden, der ihnen zur Hand gehen konnte. Er war eine zwielichtige Gestalt. Eine Weile war er fort gewesen, hatte gesessen. Alle hatten gewusst, dass es so war, auch wenn Ann-Mari, seine Mutter, den Leuten einzureden versuchte, ihr Sohn habe in Göteborg eine Schule besucht. Es wunderte ihn, dass Sabina Adam erlaubte, so viel mit Hardy zusammen zu sein. Er selber hielt sich da raus, denn es war ganz angenehm, wenn der Junge einem nicht die ganze Zeit an den Fersen hing. Aber ein geeigneter Umgang für ihn war Hardy nicht, das war unübersehbar. Er empfand instinktiv Widerwillen dagegen, Hardy Lindström um Hilfe bitten zu müssen.

Er wusste genau, was Tobias dachte. Es wird Zeit aufzuhören, Papa. Merkst du das nicht? Aber er würde das niemals offen aussprechen, jedenfalls nicht laut, nicht so, dass Carl Sigvard es hören konnte. Er hatte immer noch Respekt vor ihm, und deshalb kam er auch, wenn er gebraucht wurde und unterbrach seine wichtige Bücherschreiberei.

Tobias war nur am ersten und zweiten Tag ins Schlafzimmer hinaufgekommen, um sich mit ihm zu unterhalten. Wahrscheinlich hatte er Angst vor Sticheleien. Carl Sigvard sah ihn auf der Türschwelle stehen, stumm und verkrampft grüßen, als hätte er am liebsten sofort wieder kehrtgemacht und wäre die Treppe hinuntergegangen.

»Komm her, lass dich mal anschauen!«

Das schmale Gesicht und die Haare, die ihm schwarz in die

Augen fielen, als wollte er etwas verbergen, sich vor den Blicken anderer verstecken. Er ähnelte seiner Mutter. Die roten Flecken, die blitzschnell an seinem Hals aufflammen konnten, wenn er sich bedrängt fühlte. Die Lücke zwischen den Schneidezähnen, die hohen Wangenknochen.

Wie ein kleiner Nomadenjunge hatte er an Svavas Busen gelegen, bis sie ihn aus den Tüchern schälte.

»Er ähnelt einem Bild von deinem Vater«, sagte sie. »Dem Foto, das im Wohnzimmer hängt.«

Er selber konnte davon nichts sehen. Angespannt und vorgebeugt saß er mit seinem neugeborenen Sohn auf dem Schoß da und hielt das Köpfchen in seinen Händen.

Ist er auch wirklich mein Kind, schoss es ihm durch den Kopf. Warum ist sie so darauf bedacht gewesen, Ähnlichkeiten zu finden? Dass er ihr ähnlich sah, daran konnte kein Zweifel bestehen. Er selber hatte dagegen ganz und gar nicht diese Farben und auch nicht diese Züge.

Doch je älter der Junge wurde, desto mehr schwanden seine Zweifel.

Aber sie nahm ihn mit, als sie auszog. Er war damals noch keine zehn Jahre alt.

Ein Windstoß strich über das Wasser und veränderte seine Farbe. Bisher war es glasklar gewesen, jetzt aber kräuselte sich die Oberfläche, und es wurde grau. Tobias fuhr herum und sah in Sabinas Augen, die flackerten und ebenfalls grau waren.

»Was war das?«, flüsterte sie und zog am Knoten ihres Kopftuchs, als fiele ihr auf einmal das Atmen schwer.

Dann sahen sie den Hund kommen, der nicht direkt auf sie zulief, sondern Haken schlug und Umwege machte.

»Billy!« Sie ging in die Hocke und rief ihn zunächst lockend, schlug dann jedoch einen Befehlston an und brüllte.

»Jetzt kommst du sofort hierher!«

Die Ochsen hinter ihnen wurden unruhig, sie stampften und schwankten, das ganze Floß geriet heftig ins Schaukeln. Der Hund hatte sich gesetzt, den Kopf gedreht, wirkte betäubt. Nach einer Weile erhob er sich und streunte im Sand umher.

»Billy, komm her!«, krakeelte Adam. Seine Stimme war so heiser wie die eines Tiers.

»Er hat geschossen«, sagte Tobias und griff nach Sabinas Jackenärmel, »hörst du, das muss er gewesen sein, der da geschossen hat.«

Sie nickte abwesend.

»Auf den Ochsen?«

Er sah sie bejahend an.

»Dann war er verletzt?«

»Er konnte nicht stehen. Er muss sich etwas gebrochen haben, aber er lebte.«

»Wir hätten den Tierarzt holen können.«

»Ich glaube eigentlich nicht, dass es was genützt hätte.«

Eine gereizte Falte tauchte zwischen ihren Augenbrauen auf.

»Ich meine nur, dass wir so jede Menge Arbeit haben. Jetzt müssen wir uns um das Fleisch kümmern, jemand muss noch einmal zurückfahren und das erledigen. Und in den Gefriertruhen ist so gut wie kein Platz mehr. Also müssen wir versuchen, es zu verkaufen, und zwar so schnell wie möglich.«

»Ist der gute Hardy nicht ein bisschen eigenmächtig vorgegangen? Hätte er nicht erst fragen müssen, was wir wollen, was *du* willst? Bevor er den Ochsen erschießt.«

»Schon möglich«, erwiderte sie kurz angebunden. »Aber er wollte wahrscheinlich dem Leiden des Tieres ein Ende machen.«

»Dem Leiden ein Ende machen! Was für ein Understatement! Du hättest sehen sollen, wie er sich benommen hat. Sabina, ich mag ihn nicht. Er hat nicht mehr alle Tassen im Schrank.« Tobias tippte sich mit den Fingerknöcheln an die Stirn.

»Du denkst, dass man sich einfach einen aussuchen kann«, zischte sie. »Dass es die einfachste Sache der Welt ist, gute Leute zu finden.«

»Was ist denn mit den anderen, die das Sägewerk entlassen hat? Gab es keinen normalen, anständigen Menschen unter ihnen?«

»Wir haben nun mal keinen anderen, wir haben Hardy. Er hat seine Macken, macht seine Sache aber ansonsten gut. Und außerdem kann er gut mit Adam umgehen. Er ist der Einzige, der ihn dazu bringen kann, sich wie ein normaler Mensch zu fühlen.«

»Er ist ein Sadist. Ich begreife nicht, dass du es riskierst, dich auf ihn zu verlassen!«

Sie hörte ihm gar nicht zu, sprach einfach weiter:

»Für dich ist das sicher etwas anderes. Du triffst dich mit wem du willst. Wenn du mit deinem Verleger nicht mehr zufrieden bist, gehst du eben zu einem neuen. Bei uns läuft das ein bisschen anders.«

Es piekste im Nacken, in den winzig kleinen Flaumhaaren. Tobias fröstelte. Von den Felsen kommend näherte sich Hardy, den Rucksack über die Schulter geworfen, eine brennende Zigarette in der Hand. Der Hund hatte ihn ebenfalls entdeckt, legte sich flach auf die Erde und begann sich kriechend dem Floß zu nähern. Es war ein unwirklicher Anblick.

Hardy kam an Bord. Er schnippte mit den Fingern, und der Hund schlich ihm hinterher, wimmerte und legte sich neben eines der Ölfässer.

»Was ist denn mit dem Hund?«, sagte Sabina.

»Woher soll ich das wissen«, antwortete Hardy. »Das ist doch nicht mein Hund, ich weiß nicht, was mit ihm ist.«

Sie bückte sich und streichelte den Hals des Hundes. Er leckte ihre Hand.

»Wir haben Schüsse gehört«, sagte sie.

»Ja.«

»Hast du geschossen?«

»Ja.«

»Dann war das notwendig?«

»Was soll das? Glaubst du, ich ballere ohne jeden Grund rum?«

»Das habe ich nicht gemeint.«

»Was meinst du dann?«

»Schon gut, nichts. Aber ich denke, wir werden wieder hierher zurückfahren müssen.«

»Sieht so aus.«

»Obwohl ich dazu eigentlich keine Zeit habe. Ich habe noch den ganzen Tag zu tun. Wir müssen die Tiere in ihre Boxen bringen, sie rasieren und waschen. So, wie sie im Moment aussehen, kann man sie unmöglich verkaufen.«

Sie zeigte auf die lehmverschmierten Lenden der Tiere.

»Man bekommt nichts für das Fleisch, heutzutage soll alles so verdammt sauber und piccobello sein, sonst zahlen sie einem nicht den Preis, den sie wert sind.«

Hardy lachte glucksend.

»Du hast doch einen Experten aus Stockholm, der dir helfen kann. Das wird schon klappen.«

Tobias hatte die Hände in den Taschen vergraben. Seine Finger verkrampften sich und ballten sich zu Fäusten. Erneut regte sich Zorn in ihm, wallte die Wut in ihm auf. Er hatte geglaubt, endlich gelernt zu haben, seine Gefühle im Zaum zu halten, abgeklärt zu sein, sie Schicht für Schicht übermalt zu haben, sodass er sich durch nichts beeindrucken ließ, nicht zurückschlug, es keinem heimzahlte.

Stattdessen hatte ihm das Schreiben geholfen, seine Gefühle in Worte zu kleiden, sodass sie ihm nutzten und er Geld mit ihnen verdienen konnte.

Sein letztes Buch war ein Kriminalroman gewesen, von dem sich mehr als siebentausend Exemplare verkauft hatten. Der Roman war sein Durchbruch gewesen. Endlich, nach vier Büchern mit eher bescheidenen Auflagen, hatte er es geschafft. Mittlerweile war der Krimi sogar als Taschenbuch erschienen. Er hatte sich die Ausgabe vor seiner Abreise am Zeitungskiosk angesehen und war sehr zufrieden gewesen. *Die Nacht*, der Titel in fetten Buchstaben, darunter dann sein eigener Name etwas kleiner und kursiv gesetzt. Tobias Elmkvist. Runde, dicke Buchstaben. Sein Name. Ganz inkognito stand er in dem Laden und genoss das Umschlagbild, die verschwommenen Scheinwerfer eines Autos, eines Taxis.

Ich habe das Buch geschrieben, das Sie da drüben stehen haben, dachte er, als er seine Zigaretten bezahlte. Aber davon habt ihr natürlich keine Ahnung, ihr kleinen Deppen.

Und wenn sie es wüssten? Als ob es sie interessieren würde!

Sabina bekam den Motor in Gang, er sprang nach ein paar Versuchen an, und sie legten mit vereinten Kräften von der Insel ab. Die Ochsen trampelten herum und übersäten den gesamten Dielenboden mit Kuhfladen, aber sie gerieten nicht in Panik.

Hardy hing über der Reling und rauchte einen Zug nach dem anderen. Er hatte seinen Hut in die Stirn gezogen. Sein Profil war scharfkantig, holzschnittartig, und die gelben Bartstoppeln waren so grob, dass man sie einzeln sehen konnte.

»Womit hast du geschossen?« Tobias musste ihn einfach fragen.

Hardy nickte in Richtung seines Rucksacks.

»Da drin ist aber doch kein Platz für einen Elchstutzen?«

»Nein, wohl kaum.«

»Du läufst also immer mit einer Waffe herum?«

»Tobias«, setzte Sabina an, verstummte jedoch gleich wieder, denn nun war ein anderes Boot auf dem See unterwegs, das einen kleinen Außenbordmotor hatte.

»Behaltet die Tiere im Auge!«, befahl sie. »Das kann Wellen geben.«

Es ging leichter als erwartet, die Herde nach Hause in den Stall zu bekommen. Die Hilfe des Hundes war dabei von unschätzbarem Wert. Jetzt waren die Ochsen im Trockenen, alle neunzehn im gleichen rechteckigen Verschlag. Sie blieben ruhig und schienen den Transport ohne Verletzungen überstanden zu haben. Der nächste Schritt bestand nun darin, sie nacheinander anzuketten und ihnen das wolligdichte Fell abzurasieren. Rinder, die in Freilandfleisch verwandelt werden sollten, durften nicht zottelig und schmutzig sein, denn dann wollte der Schlachthof sie nicht haben.

Tobias trug immer noch den Blaumann seines Vaters. Die Mütze hatte er sich von vorne aufgezogen, sein Pony nach hinten geschoben und unter ihr begraben. Die Mütze drückte an der Stirn, ließ sich jedoch nicht verstellen. Er wusste, dass er später Kopfschmerzen bekommen würde. Sie kündigten sich schon jetzt als Druckgefühl im Kopf an und warteten nur darauf, zu voller Stärke zu erblühen. Blühende Kopfschmerzen? Keine wirklich gute Metapher.

Sabina und er waren allein. Hardy war mit dem kleinen Boot wieder auf die Insel hinausgefahren, und Adam begleitete ihn. Gemeinsam würden die beiden sich um das Fleisch des toten Ochsen kümmern.

Tobias war erleichtert, nicht mehr mit Hardy konfrontiert zu sein und für eine Weile ein Timeout zu haben, wie man es vielleicht nennen konnte.

Er hielt ein Büschel Heu in der Hand, denn nun kam es darauf an, die Ochsen einen nach dem anderen anzulocken und dazu zu bringen, ihren massigen Kopf mit den Hörnern und Ohren herauszustrecken, und wenn er dann einmal draußen war, das Gitter vorzuschieben, sodass es den Kopf einschloss und festhielt. Die Tiere waren erstaunlich schlau. Man konnte sie nicht beliebig oft hereinlegen, ganz gleich, wie erpicht sie auf das trockene und duftende Heu sein mochten. Wenn es ihnen gelang zu entwischen, wenn die Hörner nicht ganz durch die Lücke kamen oder wenn sie merkten, was man mit ihnen vorhatte, musste man geraume Zeit warten, bis man wieder darauf hoffen konnte, dass sie es vergessen hatten.

Sabina stand mit dem Rasierer bereit. Spreu hatte sich wie eine Puderschicht auf ihre Haut gelegt. Der Reißverschluss des Overalls hatte sich ein wenig geöffnet, und er entdeckte ein Schmuckstück darunter, das auf ihren Brüsten glänzte, zwei goldene, verschränkte Hände. Er hatte die Kette nie zuvor an ihr gesehen, sie kam ihm eigentlich nicht wie der Typ Frau vor, der regelmäßig Schmuck trug. Auch sie trug nun eine Mütze über dem Kopftuch. Das war notwendig, um sich vor den schmutzigen und wedelnden Schwänzen zu schützen. Er selbst war von einem Schwanz getroffen worden, als er für einen Moment die Mütze abgenommen hatte. Es hatte ordentlich wehgetan, und ihm waren Tränen in die Augen gestiegen. Außerdem waren seine Haare jetzt voller Dreck.

»Pass auf«, sagte Sabina. »Der Süße hier ist schon ganz gierig.«

Der große Kopf war fast schon draußen, blieb jedoch mit einem Horn hängen, die Zunge schob sich heraus und wurde lang gestreckt. Tobias hob die Hand mit dem Heubüschel, lockte und hielt es ihm an unterschiedlichen Stellen hin, bis schließlich beide Hörner durch die Lücke waren. Schnell schob Sabina das Gitter vor und schloss ab. Das Tier muhte verblüfft, fand sich dann jedoch mit seiner Lage ab und begann mit seinen stumpfen mahlenden Kiefern genüsslich zu kauen. Tobias streckte die Finger aus und kraulte es zwischen den Hörnern.

»Der Stecker scheint raus zu sein, kannst du mal nachsehen!«, rief Sabina, und er bückte sich und steckte ihn wieder ein. Schweiß lief ihr übers Gesicht, der Staub hatte Streifen hinterlassen.

Nachdem der Ochse nun an seinem Platz war, konnte sie seine Beine und seinen Hinterkörper, Schwanz und Bauch rasieren, und die Haare fielen wie leichte Schalen und breiteten sich auf dem mit Spalten durchsetzten Boden aus, wurden von den Hufen platt getrampelt, verdreckt. Der Vorgang schien das Tier nicht zu stören, ihm nicht wehzutun, es nicht einmal zu kitzeln. Tobias beobachtete Sabinas Hände, die braun, rund, unheimlich kräftig waren.

Vor seinem inneren Auge tauchte ein Bild auf.

Wie sein Vater und sie.

Nein.

Er blinzelte es weg.

Der Ochse war jetzt fertig rasiert. Tobias ließ ihm eine Dusche mit Schweineplus zuteil werden, der roten Signalfarbe, die auch benutzt wurde, um die gedeckten Säue zu markieren. Da scheute das Tier und bekam Angst, obwohl es die eigentliche Prozedur schon überstanden hatte.

»Dummkopf«, schnaubte Tobias. Sabina lachte.

Sie hatte sich für ein paar Monate einen Eber ausgeliehen,

der seit seiner Ankunft bereits mehr als die Hälfte der Säue gedeckt hatte. Nun schliefen sie Seite an Seite, der Eber und seine frisch begattete Geliebte. Das riesige schwarzrosa Männchen hatte ein Huf von hinten wie in einer Umarmung auf ihre Seite gelegt.

»Das musst du dir einfach ansehen«, rief er Sabina zu. Sie stellte sich auf die Zehenspitzen und schaute in die Box hinunter.

»Ja, das sieht wirklich süß aus. Weißt du was, den Letzten, den wir hier hatten, mussten wir am Ende schlachten. Er konnte nicht mehr, war völlig ausgebrannt.«

»Jedenfalls ein schöner Tod. Ich meine vorher.«

»Ja.«

Tobias ging ein paar Schritte den Gang hinab. Er sah in die Verschläge hinein, in denen die jüngeren Schweine wühlten. Sobald sie sechs Wochen alt waren, wurden sie von ihren Müttern getrennt. Sie waren wie freche Kleinkinder, niemals ganz leise, neugierig, aber leicht zu verängstigen. Sie fuhren hoch, hängten sich über den Rand ihres Verschlags und betrachteten ihn mit ihren seltsam menschlichen Augen. Sie erkannten ihn nicht, seine Bewegungen, seine Stimme waren ihnen fremd. Er war auf diesem Hof aufgewachsen, aber das war lange vor ihrer Zeit gewesen.

Und er war seitdem ein anderer geworden.

»Sollen wir uns den Nächsten vornehmen?«, rief Sabina.

»Okay.« Der Geruch von Ammoniak stach ihm in die Nase, und er dachte daran, dass er duschen würde. Am Abend würde er unter den Wasserstrahl treten und sich so lange schrubben, bis sich die Haut fast von seinem Körper löste. Aber das würde nur bedingt helfen.

Sein Vater hatte sie einmal in Södertälje besucht. Sein Vater und Sabina. Das war Mitte der neunziger Jahre gewesen, als auf dem Messegelände von Älvsjö irgendeine Landwirtschaftsschau stattfand. Der Alte hatte sich aus diesem Anlass einen neuen Anzug und einen dunkelblauen Mantel zugelegt.

Aber der Geruch haftete ihm trotzdem an. Sabina war damals erst kürzlich zu ihm gezogen. Sie hatte ein rotes Kleid getragen, und Tobias waren ihre Brüste aufgefallen, aber er hatte sich unmittelbar darauf dafür geschämt. Die beiden blieben über Nacht, schliefen im Schlafzimmer. Sie selbst waren in Klaras Zimmer gezogen. Görel hatte damals eine relativ gute Phase. Sie hatte einen vorzüglichen Fischauflauf gekocht und Kümmelbrot gebacken, erinnerte er sich.

Wo hatten sie Adam in der Zwischenzeit untergebracht?

Die Tiere wurden von einem Nachbarn versorgt, dem der Alte vertraute. Erik Malmfeldt. Damit war es heute vorbei, Malmfeldt hockte nach einem Schlaganfall im Altersheim.

Aber Adam?

Er drehte sich zu ihr um und sah ihre Hand mit dem Rasierapparat, der sich durch das weißbraune Fell pflügte, sah den Pelz, der in Zotteln herabfiel.

Sie schaltete das Gerät aus.

»Was meinst du, sieht das gut aus? Ist er fertig?«

»Da am Schwanz ist noch eine Ecke, aber dann reicht es bestimmt.«

Sie rasierte den letzten Rest ab.

»Du kannst ihn jetzt sprayen.«

Vorsichtig platzierte er einen Farbklecks auf der Stirn des wiederkäuenden Rinds. Das Tier hatte während der Rasur still gestanden, gekaut und gemahlen. Als Tobias nun das Gitter aufzog, kam Leben in den Ochsen. Er wich ungeschickt zurück und wäre beinahe im Kot ausgerutscht. Er machte ein paar nervöse Sprünge zurück in die Herde.

»Wie viele sind es noch?«, fragte Tobias.

»Ich weiß nicht, wir haben wohl fünf oder sechs Stück gemacht.«

Er spähte in die Herde hinein, versuchte die Farbflecken zu zählen.

»Hast du Lust auf einen Kaffee?«, fragte sie.

»Keine schlechte Idee.«

»Dann gehen wir ein bisschen rein. Ich muss ohnehin nach deinem Vater sehen.«

Deinem Vater. Nicht Carl Sigvard. Sondern deinem Vater. Als wollte sie etwas betonen, aber was? Er trat in den Gang hinaus und wäre beinahe auf eine der Stallkatzen getreten. Sie fauchte ihn an und schlich zwischen ein paar staubigen Milchkannen davon.

Gemeinsam gingen sie über den Hof. Der Raureif war mittlerweile weggeschmolzen, an der Hauswand tropfte es. Sie gingen am Hundezwinger vorbei, und Sabina ließ den Welpen Frett heraus. Eines der Elchhundweibchen hatte ihn angenommen. Der Hund lief ihnen mit wackligen Sprüngen entgegen, hockte sich dann jedoch abrupt hin und pinkelte. Tobias lachte.

»Schau mal, er pinkelt wie eine alte Tante. Hörst du, Frett, heb das Bein, du bist doch ein Junge, hast du das etwa noch nicht begriffen?«

»Er ist doch noch so klein«, meinte Sabina und hob den Welpen hoch. »Jetzt bist du aber tüchtig gewesen, Frett, ganz tüchtig!«

Während Sabina nach oben ging, setzte Tobias Kaffee auf. Er hörte ihre murmelnde Stimme im Obergeschoss, die knappen Antworten seines Vaters. Das Liegen machte ihn quengelig. Er war es einfach nicht gewöhnt, sich im Haus aufzuhalten, hilflos und plump wie ein Seehund auf dem Trockenen zu liegen.

»Komm her, lass dich mal anschauen!«

Tobias hatte sich davor gedrückt, zu ihm zu gehen, weil er keine Lust hatte, sich all den unausgesprochenen Fragen zu stellen. Es musste reichen, dass er versprochen hatte, ein paar Tage zu helfen, da nun ganz offensichtlich eine Notsituation eingetreten war. Aber er hatte nicht die geringste Lust, sich der schlechten Laune seines Vater auszusetzen.

»Komm her, lass dich mal anschauen!«

Es war weder eine Aufforderung noch eine Bitte. Es war ein Befehl.

Über das Buch hatte er nichts zu sagen gehabt. Tobias hatte es ihm genau wie seine früheren Bücher mit einer Widmung auf dem Vorsatzblatt geschickt.

Für Papa, mit Grüßen vom Autor

Die ersten Male hatte er sich wenigstens noch bedankt, gleichzeitig jedoch klargestellt, dass ein Landwirt mit Sicherheit keine Zeit zum Lesen haben würde.

»Wenn es Abend wird, ist man sterbensmüde. Du weißt schon, aufstehen in aller Herrgottsfrühe und dann den ganzen Tag mit Volldampf arbeiten. So ein Leben führst du nicht.«

Du hast es dir selber ausgesucht, lag ihm auf der Zunge.

Aber er wollte sich nicht provozieren lassen, sich nicht auf diese Auseinandersetzung einlassen!

Sie kam wieder herunter, ihre Absätze klapperten die Treppenstufen herab.

»Am schlimmsten ist das mit der Toilette«, sagte sie leise. »Wir durften uns vom Krankenhaus eine Bettpfanne leihen, aber er verkrampft sich irgendwie.«

Er kam sich gemein vor.

»Du wirst ihm noch einen Einlauf verpassen müssen.«

»Warum sagst du so etwas?« Sie stand vor ihm und saugte an ihrem Mittelfinger, als hätte sie ihn sich geklemmt.

»Ach, vergiss es. Der Kaffee ist gleich fertig. Die gefrorenen Zimtschnecken in der Tüte hier, wolltest du die in die Mikrowelle legen?«

Sie nickte.

»Ich werde ihm auch eine Tasse hochbringen.«

Sie saßen sich am Küchentisch gegenüber. Sie war wieder heruntergekommen, und um ihren Mund lag ein gequälter Zug. Tobias biss in eine Zimtschnecke und verbrannte sich fast die Zunge, so heiß war sie in der Mikrowelle geworden.

»Lange her, dass ich etwas Selbstgebackenes gegessen habe«, sagte er versöhnlich.

Sie blickte auf.

»Kann ich mir vorstellen.«

»Schmeckt gut.«

»Ja. Wie sieht es denn sonst bei dir mit der Verpflegung aus?«

»Na ja, mal so, mal so. Du weißt schon, wie das ist, wenn man allein lebt.«

»Und was ist mit Klara? Wohnt Klara nicht manchmal bei dir?«

»Nicht mehr so oft wie früher. Aber du hast Recht, dann muss man sich natürlich zusammenreißen.«

»Wie klappt es eigentlich mit Görel und allem?«

»Es ist schwierig.«

»Aber sie schafft es? Ich meine, die Verantwortung für ein Mädchen in der Pubertät zu übernehmen, ist nicht leicht. Ich weiß, wovon ich rede.«

»Görel nimmt ihre Glückspillen. Das tut sie immerhin, denn sonst würde es sicher nicht gehen. Aber sie und Klara scheinen sich gut zu verstehen. Ich habe Klara vorgeschlagen, mehr Zeit bei mir zu verbringen, aber sie will nicht. Sie ist oft bei ihren Großeltern. Sie haben ein großes Haus in Pershagen, dem vornehmsten Stadtteil von Södertälje.«

»Aha.« Sabina trank einen Schluck Kaffee, ihre Oberlippe war von einem feinen glänzenden Flaum bedeckt.

»Was hast du da?«, rutschte es ihm heraus, und er meinte den kleinen goldenen Anhänger mit den beiden Händen.

»Wie, was denn?«

»Da am Hals. Der Anhänger.«

»Ach der. Schön, nicht? Dein Vater hat ihn mir zum Geburtstag geschenkt. Ich finde ihn ganz wunderbar.«

»Hm. Kann mein Alter wirklich so verdammt romantisch sein? So kenne ich ihn gar nicht.«

Sie schwieg, sah auf den Tisch herab, strich mit dem Daumen über die gewebten Fäden der Decke. Er griff nach ihr, hielt ihre Hand fest.

»Hast du dir wehgetan?« Er hob die Hand und drehte sie um, einer der Fingernägel war schief und verfärbt.

»Nein, ich habe mir nur den Finger geklemmt. Ist nicht weiter schlimm.«

»Sabina …«

Es klopfte über ihnen. Sie löste sich sachte aus seinem Griff.

»Ich muss nach ihm sehen. Er hat Schmerzen.«

Sie waren jetzt im Haus. Warum kamen sie nicht hoch? Warum trug sie nicht das Tablett mit dem Kaffee und den Teilchen und dem ganzen Mist ins Schlafzimmer hinauf? Sodass sie zusammen Kaffee trinken konnten. Aber nein. Stattdessen kam sie nur mit einer Tasse für ihn in der Hand, einer Tasse mit irgendeiner verdammten Reklame darauf. Gullvicks Pflanzenschutz. Er hatte sich halb aufgerichtet im Bett, trank schlürfend von dem Kaffee. Diese verdammte Stahlpfanne hatte sie wieder mitgenommen, wer zum Teufel war dazu geschaffen, in so etwas zu scheißen?

Sabina, verdammt noch mal! Komm her!

Die Gemeindeschwester hatte zwei Krücken an die Kopfwand gelehnt. Sie war jung und neu und unbeholfen gewesen. Er konnte diese Dinger nicht benutzen. Das hätte ihr von vornherein klar sein müssen. Er konnte mit dem verdammten Bein nicht auftreten und holte sich bei seinem Gehversuch fast einen Hexenschuss. Der Schweiß brach ihm unter den Armen aus, und er hätte sich beinahe übergeben.

Sabina stand in ihrer schlabberigen Hose im Raum.

»Liebster, mein Liebster!« Ihre kurzen Koseworte drangen zum Bett hinab, zu dem Kissen, auf dem er lag.

»Du musst sie wegnehmen, ich kann nicht.«

Ihre Hände fuhren unter die Decke, es brannte in seinem Hintern, seine nackte, müde Haut. Er hing fest, rote Abdrücke, sie musste ziehen und zerren.

»Was sollen wir nur tun, Carl Sigvard? Was sollen wir denn nur tun?«

»Zum Teufel, das weiß ich auch nicht.«

»Aber das muss doch raus! Du bist ja immer verstopfter.«

»Es wäre gegangen, wenn alles wie immer wäre und ich rauskönnte.«

Er zog sich sonst immer in das Plumpsklo hinter dem Haus zurück, das alte, unmoderne stille Örtchen, weil er bei derart privaten Geschäften seine Ruhe haben musste. Vor allem, wenn Adam im Haus seine Kreischmusik in voller Lautstärke donnern ließ, sodass nicht einmal seine Mutter den Lärm abstellen konnte.

»Sollen wir die Gemeindeschwester fragen?«, sagte sie jetzt. »Sollen wir sie bitten herzukommen, sie kann dir bestimmt ein Mittel verschreiben, heutzutage gibt es doch so viele Möglichkeiten. Du bist bestimmt nicht der Erste, der solche Probleme hat.«

Sie versuchte zu lachen. Er warf die Zeitung so heftig weg, dass sie zerriss.

»Was macht ihr eigentlich da unten in der Küche?«

»Wie meinst du das?«

»Was treibt ihr da?«

»Aber wir sind doch gerade erst zurückgekommen, wir sind bis jetzt draußen auf der Insel gewesen.«

»Ja, das weiß ich auch.«

Er schwieg, stierte aus dem Fenster. Die Sonne schien, und er sah leuchtende Farben.

»Wir haben mittlerweile auch alle im Stall«, sagte sie vorsichtig. »Alle außer einem. Er ist draußen auf Skamön geblieben.«

»Draußen geblieben?«

»Ja, leider.«

»Wie das, ist er ertrunken?«

Sie zog die Unterlippe in den Mund, hielt sie zwischen den Zähnen fest, saugte Luft ein.

»Nein.«

»Was war denn dann?«

»Hardy musste ihn erschießen. Er und Adam sind jetzt draußen, er kümmert sich um das Fleisch. Wir werden versuchen müssen, es loszuwerden, ich werde mit den Nachbarn sprechen.«

»Warum musste er ihn erschießen? Hatte er sich verletzt?«

»Ja.«

»Also sind sechstausend Kronen zum Teufel.«

»Nein, nein. Ich werde mal mit dem Gasthof reden, die kaufen gerne ein bisschen Fleisch schwarz, das haben sie früher auch schon mal getan.«

»Dann ist Hardy jetzt da draußen?«, sagte er nach einer Weile.

Sie nickte.

»Hardy und Adam. Tobias ist hier geblieben. Er hilft mir beim Rasieren.«

»Aha.«

»Aber jetzt sind wir kurz reingekommen, wir hatten Lust auf eine Tasse Kaffee.«

»Hör mal ...« Diese abrupten Stimmungsschwankungen, das war doch früher nicht so gewesen, ihre Konturen verschwammen, sie saß vor ihm, und er sah sie doppelt. »Könntet ihr dann nicht ein bisschen hochkommen? Du und der Junge, ich meine Tobias. Könnt ihr euch nicht ein wenig zu mir setzen? Es ist so verdammt einsam hier oben, könnt ihr das nicht machen?«

Sie streichelte ihn ums Kinn, und seine Augen wurden feucht.

»Sicher, Carl Sigvard. Du weißt doch, dass wir das tun. Aber nicht jetzt, dazu haben wir wirklich keine Zeit. Das verstehst du doch, Liebling, du weißt doch, wie viel wir im Moment um die Ohren haben. Aber heute Abend kommen wir zu dir.«

Er schluckte, hatte das Gefühl, einen Krampf im Hals zu haben und konnte nicht sprechen.

Ich muss ein bisschen telefonieren«, sagte Sabina. »Du weißt schon, wegen des Fleischs. Wir müssen versuchen, es schnell zu verkaufen.«

»Aha.«

»Meinst du, du könntest in der Zwischenzeit schon mal die Sau heraustreiben, die gerade bei dem Eber ist, und eine neue zu ihm lassen? Aber spraye ihr einen roten Fleck auf die Seite. Vergiss das bitte nicht. Sonst besorgt er es der gleichen Sau noch mal. Er muss mit seinen Kräften haushalten.«

»Ja, ja. Geht schon in Ordnung. Wie viele schafft er eigentlich pro Tag? Eine oder mehrere?«

»Na ja, drei schafft er schon. Er ist in seinen besten Jahren.«

»Das bin ich auch!«, scherzte er, bereute seine Worte aber im gleichen Moment.

Sabina lachte glucksend.

»Ja, wenn du der Sohn deines Vaters bist!«

Tobias zog sich die Stiefel an und wollte schon hinausgehen, als ihm sein Handy einfiel. Er hatte es den ganzen Tag nicht eingeschaltet, was vielleicht keine so gute Idee war, falls der Verlag ihn erreichen wollte oder so. Görel und Klara wussten, dass er hier war, Marit auch. Wenn etwas wirklich Wichtiges war, konnten sie ihn über das normale Telefon erreichen. Aber der Verlag wusste nicht, wo er sich aufhielt. Es war immerhin denkbar, dass sie ihm gute Nachrichten übermitteln wollten. Zum Beispiel, dass sein letztes Buch es auf die Bestsellerliste geschafft hatte oder das Fernsehen eine Verfilmung plante. Oder dass eines seiner Bücher von der Schwedischen Krimiakademie für den Preis Bester schwedischer Kriminalroman nominiert worden war. Man konnte nie wissen.

Das Handy lag in seiner Jacketttasche, und er nahm es mit auf die Veranda, wo er es einschaltete. Augenblicklich begann es in seiner Hand zu surren. Es waren Nachrichten hinterlassen worden. Am besten hörte er sie sofort ab.

Frett war mit ihm aus dem Haus gehuscht, und als ein Blatt vorbeiwehte, jagte der Hund ihm hinterher. Mit dem Empfang stand es hier in Kvarnberga nicht zum Besten. Tobias musste eine ganze Weile auf dem Hof umhergehen, bis er endlich eine Stelle fand, an der das Netz stark genug war, um eine Verbindung aufzubauen. Er tippte zwei, zwei, zwei und presste die Hand gegen das andere Ohr, um nichts zu verpassen. Es lagen drei neue Nachrichten vor. Die erste bestand nur aus einem scharrenden Geräusch, ehe die Verbindung wieder unterbrochen wurde. Nummer zwei war von Klara.

»Hallo, ich bin's, warum hast du das Ding eigentlich nie an, wenn man dich anruft. Küsschen, ich hab dich lieb.«

Das war alles. Er durfte nicht vergessen, sie am Abend anzurufen, im Moment war sie sicher noch in der Schule.

Die dritte Nachricht wurde empfangen. »Heute, es ist neun Uhr vierundfünfzig.« Er erkannte Marits nasale, schnelle Stimme, die oft etwas gestresst klang, selbst wenn sie es gar nicht war.

»Hallo, Tobias. Wie geht es dir da unten bei den Kühen? Du vergisst mich doch nicht? Du fehlst mir.«

Sie waren seit ziemlich genau zwei Jahren mehr oder weniger fest zusammen. Marit war Bibliothekarin in der Stadtbücherei von Södertälje, und sie hatten sich kennen gelernt, als sie Kontakt zu ihm aufnahm, um anzufragen, ob er eine Lesung in der Bücherei machen wolle. Er hatte damals gerade einen Band mit Erzählungen veröffentlicht. *Die Brunnen des Nahen.* Ja, es war ein irrwitziger Titel, wie er sich später eingestehen musste. Poetisch und interessant, aber irrwitzig. Trotz guter Kritiken waren von dem Buch nicht mehr als zweihundert Exemplare verkauft worden. Davon konnte man nicht leben. Glücklicherweise hatte das auch der Autorenfonds erkannt und ihm bereits im Jahr darauf ein zweijähriges Arbeitsstipendium bewilligt.

Titus Bruhn, sein Verleger, hatte ihm dann den Floh ins Ohr gesetzt, Krimis zu schreiben. Es gebe etwas in seinen Erzählungen, meinte er, aus dem sich was machen lasse, suggestive Personenbeschreibungen, Spannungen, Beziehungen. Titus hatte ihm sogar einen Vorschuss angeboten, den er allerdings nicht akzeptiert hatte. Aber seinem Selbstvertrauen hatte die Geste des Verlegers gut getan.

Tobias zündete sich eine Zigarette an und wählte Marits Nummer in der Arbeit. Sie ging sofort an den Apparat.

»Stadtbücherei Södertälje, Marit Stenhägg.«

»Grüß dich, Stenhägg. Ich bin's.«

»Oh. Du bist's? Hallo.«

»Hallo.«

»Hast du meine Nachricht bekommen? Warum hast du das Handy nicht an?«

»Du darfst nicht vergessen, dass ich hier nicht in der Stadt bin, sondern im Dschungel. Und hier draußen im Dschungel bekommt man nicht immer ein Netz.«

»Tatsächlich. Das finde ich aber seltsam. So abgelegen ist der Hof doch gar nicht.«

»Nein. Aber es ist eben so.«

»Wie geht es dir, Tobias? Wie läuft's?«

Er wusste nicht, was er sagen sollte.

»Alles unter Kontrolle«, brachte er heraus.

»Aha. Und?«

»Was und?«

»Wann kommst du wieder nach Hause?«

»Ich weiß noch nicht. Ein paar Tage wird es bestimmt noch dauern.«

Sie senkte die Stimme, sprach wie ein Kind:

»Ich vermisse dich. Ich will, dass du sofort kommst.«

»Ich vermisse dich auch«, sagte er mechanisch und setzte sich gleichzeitig in Bewegung, und als er das tat, verschwand ihre Stimme. Er schaltete das Handy wieder aus und rauchte einen letzten Zug, ehe er die Kippe in den Lehmboden trat.

Als er in den Stall kam, war ihm sofort klar, dass jemand da gewesen sein musste. Er konnte nicht erklären, warum er das wusste, es war nur ein Gefühl. Er setzte seine Mütze auf und sah überall nach. Die Ferkel quiekten wie immer.

Er sah niemanden und dachte, dass er sich doch geirrt hatte, aber als er schon zu dem Eber hineingehen wollte, fiel ein Schatten auf den Boden. Er schrak zusammen.

»Hallo, Tobias«, sagte eine Frauenstimme. »Oh Gott, ich hab dich bestimmt erschreckt, tut mir Leid, das wollte ich nicht.«

Die Frau war in seinem Alter. Sie hatte feuerrot gefärbte Haare, die zu einer Art Punkfrisur geschnitten waren. Ihre Augen und ihr Mund waren kräftig geschminkt, was in dieser Umgebung ein wenig fehl am Platz wirkte. Das Wort Diskrepanz schoss ihm durch den Kopf. Ihr Gesicht war rund und freundlich. An der linken Schläfe sah er eine schmale weiße Narbe. Sie streckte die Hand zum Gruß aus, und er gab ihr seine und wunderte sich, wie kraftvoll ihr Händedruck war.

»Na ja, ich dachte, ich wäre allein«, erklärte er entschuldigend.

»Ich hatte gehört, dass du zu Besuch gekommen bist. Da dachte ich mir, ich schaue mal kurz vorbei.«

Wer war diese Frau, wer zum Teufel war sie? Vermutlich eine alte Schulkameradin. Er musste mitspielen und so tun, als würde er sich an sie erinnern. Sonst würden sich die Leute im Ort das Maul darüber zerreißen, wie hochmütig Tobias Elmkvist geworden war, seit er einen Auftritt im Fernsehen hatte. Und andere Dinge dieser Art.

»Ja, mein Vater hat einen Unfall gehabt, vielleicht hast du

davon gehört. Deshalb bin ich für ein paar Tage hergekommen, um zu helfen.«

Sie lächelte.

»Nett von dir. Wie geht es ihm übrigens?«

»Nicht besonders. Der alte Knochen ist zu alt geworden, er hätte den Hof längst aufgeben sollen. Aber so einen sturen alten Mann wie ihn gibt es nicht noch einmal! Er gibt einfach nicht auf.«

»Na, so wahnsinnig alt ist er ja nun auch wieder nicht. Ich finde, er sieht eigentlich noch ganz fit aus. Und jünger als er ist.«

»Ja, ja, sicher.«

»Mensch, ist das schön, dich mal wieder zu sehen! Das muss schon eine Ewigkeit her sein. Na ja, ich habe dich natürlich im Fernsehen gesehen. Mein Gott, da sitzt ja Tobias, mein alter Schulkamerad! Ich habe dich sofort erkannt. Du bist überhaupt nicht älter geworden.«

»Du aber auch nicht«, brachte er hervor.

Sie gluckste zufrieden und schob ihren Arm unter seinen.

»Wer hätte gedacht, dass wir in unserem kleinen Dorf einen Prominenten haben würden. Also, ich hätte das jedenfalls nie geglaubt.«

»Jetzt hör aber auf. So prominent bin ich ja nun wirklich nicht, nur weil ich ein paar Bücher geschrieben habe.«

»So? Jetzt untertreibst du aber. Immerhin habe ich auch was in einer Illustrierten über dich gelesen. Deine Tochter ist ja so süß. Wie heißt sie noch, Klara?«

»Ja.«

»Weißt du was, ich habe deine Bücher gelesen. Das letzte habe ich noch nicht gelesen, aber ich habe es gekauft, als ich in der Stadt war. Es ist ja ein Krimi, und eigentlich lese ich keine Krimis. Aber dann dachte ich, dass es ja trotz allem von dir ist. Und wo wir schon dabei sind …«

Sie steckte die Hand in die Jackentasche und zog ein Exemplar der Taschenbuchausgabe von *Die Nacht* heraus.

»Ich wollte dich bitten, es zu signieren. Wenn du nichts dagegen hast. Ich meine, vielleicht signierst du ja keine Taschenbücher, vielleicht müssen es welche mit festem Einband sein, damit du eine Widmung hineinschreibst.«

Es war also genauso, wie er es sich gedacht hatte, sie war eine Schulkameradin. Damit hatte er wenigstens einen kleinen Anhaltspunkt. Zögernd nahm er das Buch entgegen.

»Natürlich schreibe ich dir was hinein.« Sein Gehirn arbeitete verzweifelt, es musste ihm einfach einfallen, wie sie hieß. »Aber ich muss erst ins Haus gehen und einen Stift holen.«

»Nicht nötig, ich habe einen dabei.«

Die Frau reichte ihm einen Kugelschreiber. Tobias ging hinaus und stellte sich vor das Stalltor. Sie folgte ihm.

»Was soll ich denn schreiben?«, sagte er.

»Irgendwas Nettes.«

In diesem Moment trat Sabina aus dem Haus. Der kleine Hund raste auf sie zu, und sie bückte sich. Mit dem Hund auf dem Arm kam sie zum Stall.

Sabina war es, die ihn rettete.

»Hallo Ingelise, du bist hier?«

Ingelise! Ja, natürlich. So hieß sie. Sie war eine Klasse über ihm gewesen, jetzt fiel es ihm wieder ein. Ein blondes und schlaksiges Mädchen mit großen Zähnen. Manchmal war sie auch auf ihren Hof gekommen, wo sie seiner Mutter bei den Pferden zur Hand gehen durfte. Wie hatte er das nur vergessen können!

»Ich wollte mir das Buch hier signieren lassen. Wenn schon einmal ein so vornehmer Besuch in unser Dorf kommt. Hast du es schon gelesen, Sabina?«

»Ich bin noch nicht dazu gekommen. Es liegt auf dem Nachttisch. Ich frage mich nur, ob man sich überhaupt trauen soll, es zu lesen. Es ist bestimmt ganz unheimlich.«

Tobias dachte einen Moment nach und machte dann Anstalten zu schreiben. Doch da fiel Ingelise ihm in den Arm und hielt ihn zurück.

»Ich schreibe mich jetzt mit Z. I-n-g-e-l-i-z-e.«

»Warum denn das?«

»Warum nicht. Es klingt interessanter, nicht so langweilig und schwedisch.«

»Okay. Wie du willst.«

Für Ingelize mit freundlichen Grüßen, schrieb er. *Vom Autor und Freund Tobias.*

»Möchtest du ein bisschen Fleisch kaufen?«, fragte Sabina. »Wir mussten draußen auf Skamön einen Ochsen schlachten.«

Ingelize schüttelte den Kopf.

»Ich bin doch Vegetarierin.«

»Ach ja, sicher. Na ja, wir werden es schon loswerden.«

Von der Straße waren Motorengeräusche zu hören, und kurz darauf bog Sabinas alter Opel auf den Hof. Hardy saß am Steuer, Adam auf dem Beifahrersitz.

»Ich muss los«, sagte Ingelize. »Du kannst ja mal vorbeikommen, Tobi. Ich habe ein paar Islandpferde. Wir könnten zusammen ausreiten, wäre das nicht nett?«

Tobias nickte.

»Ja, warum nicht.«

»Bei der Gelegenheit könntest du mir dann auch noch die anderen Bücher signieren. Wenn das okay ist?«

»Sure.«

Adam wankte auf dem morastigen Hof heran. Er hatte seine gekrümmten Hände ausgestreckt und gab stoßweise gurgelnde Laute von sich.

»Adam, was ist mit dir, hast du dir wehgetan?« Sabina eilte mit sorgenvoll aufgerissenen Augen zu ihm.

Seine knochigen Handrücken waren braun von Blut. Auch auf seinem Gesicht waren Blutspuren.

»Jack the Ritter«, sagte er undeutlich.

»*Ripper*, du Idiot!« Hardy war jetzt bei ihnen, er hatte den Hut in die Stirn gezogen.

»Was ist mit ihm, Hardy, ist ihm was passiert?«

»Er ist bei mir gewesen. Ich lasse doch nicht zu, dass Adam etwas passiert, das weißt du doch.«

»Geh rein und spritz dich mit dem Schlauch ab!«, sagte Sabina und versetzte ihrem Sohn einen leichten Stoß. Auf einmal grinste Adam. Sein Mund stand halb offen, und Speichel lief aus dem Mundwinkel herab.

»Er will euch was zeigen«, sagte Hardy.

Adam hatte sich nicht vom Fleck gerührt und die Hände unbeholfen um etwas gelegt, was nicht zu sehen war. Seine Nasenflügel zuckten.

»Zeig es Tobias!«, forderte Hardy ihn auf. »Geh zu ihm und zeig Tobias, was du da Tolles hast!«

Adam zögerte. Er sah Hardy an und wippte vor und zurück, presste einen erstickten und knirschenden Laut hervor.

»Nun, mach schon!«, wiederholte Hardy freundlich. »Geh hin und zeig Tobias, was du da hast!«

Langsam setzte sich der große Mann in Bewegung. Seine Zunge fuhr über die Lippen, strich über die verfärbten Zähne. Plötzlich verzerrte sich sein Gesicht angeekelt, und er streckte seine Arme so weit vom Körper, wie er nur konnte.

»Was zum Teufel ist hier los?« Tobias richtete sich auf, er hatte einen metallischen Geschmack im Mund. »Was hat er denn da?«

Da schluchzte Adam auf und erbrach sich heftig. Das Erbrochene ergoss sich auf Brust und Jacke, während er die Arme immer noch in der gleichen Stellung vom Körper weghielt.

»Jetzt hör aber auf, Adam!« Hardy lachte. »Auf der Insel warst du doch noch so cool.«

»Was hast du da, mein Junge? Zeig es mir, mach die Hände auf und zeig es mir!« Sabina war jetzt bei ihrem Sohn und begann, ihn mit einem Taschentuch abzuwischen. »Zeig es mir, mach die Hände auf und zeig es Mama!«

Doch Adams große Hände hatten sich in ihrem gekrümmten Griff verkrampft. Sie musste ihm über den Rücken streichen, ihn streicheln und bestimmt eine ganze Minute auf ihn einreden, ehe er in der Lage war, sich zu entspannen. Mit einem Ruck bogen sich die Finger auf, und sie sahen, was es war. In seinem klebrigen Handteller lag ein großes und starrendes Auge. Es war in einen blutigen Klumpen aus geleeartigen Häuten eingebettet, und man konnte deutlich die Adern und den Muskelansatz erkennen, der abrupt gekappt war. Ein Stück des Lids hing noch am Augapfel, die langen Wimpern lagen verschmiert auf dem Rand. Die Iris hatte ihre ursprüngliche Farbe verloren und einen unbestimmt graugrünen Farbton angenommen.

Adam atmete stoßweise und zitterte am ganzen Leib. Dann schleuderte er das Auge von sich und schluchzte trocken.

Ehe jemand reagieren konnte, hatte Frett das Auge erreicht. Der Hund schnüffelte daran und verschluckte es in einem Happen.

»Seht euch das an!«, meinte Hardy. »Hier wäre es wirklich angebracht, vom Werk eines Augenblicks zu sprechen!«

»Was habt ihr da draußen getrieben?«, flüsterte Sabina, als es ihr endlich gelungen war, Adam zu beruhigen und sie ihm geholfen hatte, sich im Stall das Blut von den Händen abzuwaschen. Er stand jetzt da und hielt sie unter den Schlauch, füllte die Hände mit Wasser und ließ es überlaufen. Er weinte nicht mehr, sah aber zerknirscht aus.

»Was denn, er hat mir nur beim Zerlegen geholfen«, sagte Hardy gereizt. »Sollte er das etwa nicht?«

»Ja, aber dieses Auge! War das wirklich nötig? Du weißt doch, wie empfindlich er ist.«

»Ach, nun komm schon, das war doch nur ein Kuhauge!«

»Das ist widerwärtig, Hardy.«

»Er hat sich dafür interessiert. Ich habe nur versucht, ihm ein bisschen was über Anatomie beizubringen. Er hat sich eindeutig dafür interessiert. Ich habe ihm das Herz und die Gedärme und eine Reihe anderer kleiner pikanter Details gezeigt. Das ist doch total interessant. Das sind doch Dinge, die jeder wissen sollte.«

»Wo ist das Fleisch?«, sagte sie förmlich.

»Im Wagen.«

»Kannst du damit zu Johansson in den Gasthof fahren? Wir dürfen es dort vorübergehend einlagern.«

Hardy zog den Hut ab. Seine Haare lagen verschwitzt und platt auf dem Kopf.

»Jetzt?«

»Hast du Zeit?«

»Okay. Aber dann will ich meine Kohle haben.«

»Morgen, Hardy. Du wirst dich leider bis morgen gedulden müssen. Ich muss erst zur Bank fahren, aber sie hat schon zu, es ist zu spät.«

Hardy breitete die Arme aus.

»Das bringt mich in Schwierigkeiten.«

»Hast du es eilig?«

»Ach, was soll's, dann werde ich wohl warten müssen.«

Er setzte den Hut auf und ging.

Tobias sah Sabina an. Die unterschwellige Angst, die er ihr anmerkte, war neu. So hatte er sie noch nie gesehen. Instinktiv wollte er sie an sich ziehen, sie umarmen, sie beschützen.

Aber sie war schon auf dem Weg in den Stall.

»Hör auf zu plantschen, Adam«, rief sie. »Hör auf, habe ich gesagt, das reicht jetzt!«

Dass er so gut aussah, war ihr nicht bewusst gewesen. Er war ihr als ein schweigsamer Junge mit strähnigen schwarzen Haaren in Erinnerung geblieben, ganz glatt waren sie gewesen, bei keinem anderen Menschen hatte sie jemals so glatte Haare gesehen, weder früher noch später. Sie waren immer noch glatt und schwarz. Und er schien auch keine Glatze zu bekommen. Wie alt war er jetzt? War er schon vierzig? Ja, mit Sicherheit. Er war ein Jahr jünger als sie, und sie würde in ein paar Wochen ihren zweiundvierzigsten Geburtstag feiern.

Ingelize bog in die Straße ein, die nach Östra Kvarnberga führte, wo ihr Hof lag. Sie warf einen flüchtigen Blick auf das Schild, das ganz neu war. Sie hatte es bei einer Firma in der Stadt bestellt. *Ingelizes Islandpferde* stand dort, eingerahmt von Leberblümchen und Hufeisen. Es war ihre eigene Idee gewesen. Das Schild sah professionell aus.

Es wäre wirklich nett, wenn Tobias sie zu einer Reittour begleiten würde. Er konnte doch reiten. Oder hatte es zumindest gekonnt. Tatsächlich war es das Verdienst seiner Mutter, dass sie ihre Zeit mit Pferden verbrachte. Svava hatte damals ihr Interesse für Pferde geweckt. Beinahe täglich war sie mit dem Fahrrad zu Elmkvists gefahren, wo sie beim Ausmisten und Striegeln der Pferde helfen durfte. Svava hatte große Pferde, Halbblüter, zwei Stück, und einen Nordschweden, der Trolle hieß. Er war die Ruhe selbst. Sie hatte sich um Trolle kümmern und auf ihm reiten lernen dürfen.

»Du hast Gespür für Pferde«, lobte Svava sie. »Das haben weiß Gott nicht alle.«

Sie war unglaublich stolz gewesen.

Als Erwachsene hatte sie dann ihren Traum verwirklicht. Ihre Eltern waren schon recht alt gewesen, als sie geboren wurde, beide über fünfundvierzig, und sie war das einzige Kind. Als sie vor ein paar Jahren starben, übernahm sie den Hof. Sie hatte mit zwei Islandpferden angefangen, schaffte jedoch bereits nach einem halben Jahr weitere Tiere an und besaß inzwischen eine fünfzehnköpfige Herde. Reiten war ungemein beliebt geworden. Sie betreute sowohl Firmen als auch Privatpersonen. Im Sommer organisierte sie Reitcamps und an mehreren Abenden in der Woche gab sie Reitunterricht. Es gab ein paar junge Mädchen im Ort, die nur zu gerne bereit waren, ihr bei der Arbeit mit den Tieren zu helfen. So wie sie selbst Tobias' Mutter geholfen hatte.

Svava hatte ihr viel beigebracht. Sie war mit Pferden aufgewachsen. Ingelize erinnerte sich noch gut, wie sie fast ein wenig wehmütig die Pferde in ihrem Heimatland Island beschrieb, ihr besonderes Temperament und ihren Charakter.

»Ich hätte viel lieber solche Pferde hier«, hatte sie erklärt. »Aber ich glaube nicht, dass sie sich hier wohl fühlen würden. Ich habe von Islandpferden gehört, die hierher und nach Deutschland und Dänemark gekommen sind. Die Insekten machen ihnen zu schaffen, und im Sommer bekommen sie Ekzeme. Sie leiden sehr darunter. Das will ich ihnen nicht zumuten.«

Nach einiger Zeit verließen Svava und Tobias den Hof. Als Ingelize eines Nachmittags mit dem Fahrrad ankam, stand ein kleiner Lastwagen vor dem Haus. Es war kein Mensch zu sehen. Vorsichtig schlug sie die Plane zur Seite, die über der Ladefläche hing und konnte ein paar Stühle und die weiße Kommode erkennen, die im Flur gestanden hatte. Mit einem unguten Gefühl ging sie zum Stall. Die Pferde standen in ihren Boxen, und sie ging zu Trolle hinein und begann ihn zu striegeln, konnte jedoch den Gedanken nicht abschütteln, dass sich etwas Schreckliches anbahnte.

Kurz darauf hörte sie Stimmen. Jemand schrie, es war ein Mann. Sie bekam Angst, rannte zur Wand und verlor die Bürste im Stroh. Ihre heftige Reaktion ließ den sonst immer so ruhigen Trolle scheuen. Er trat mit seinen großen Hufen aus und setzte einen von ihnen dann mitten auf ihrem Fuß ab.

Während sie mit den Tränen kämpfte, sprang der Motor des Lastwagens an, und er fuhr los. Tobias' Vater schrie ihm etwas hinterher, das fremd und gemein klang. Sie hörte nicht, was er schrie, wollte selber schreien und sich ins Stroh werfen. Ihr wurde klar, dass etwas zu Ende gegangen, unwiderruflich vorbei war.

Gleich darauf stand er im Stall, und sie hörte das Weinen eines erwachsenen Mannes. Sie hielt die Luft an und versuchte, sich so klein zu machen wie möglich. Er wimmerte, schrie manchmal auf und stöhnte. Schließlich verschwand er, setzte sich auf den Traktor und fuhr aufs Feld hinaus.

Sie hatte sich einen kleinen Knochen gebrochen, und der Fuß schwoll so stark an, dass sie den Stiefel nicht mehr ausziehen konnte. Noch heute, dreißig Jahre später, war der Fuß leicht deformiert, und sie hatte immer Probleme, Schuhe zu finden, die ihr passten.

Nach einer guten Woche hatte sie all ihren Mut zusammengenommen und war noch einmal zu dem Stall zurückgeradelt. Doch da hatte sie bereits von ihren Eltern erfahren, was passiert war. Svava Elmkvist hatte ihren Mann verlassen und war nach Södertälje gezogen. Sie und der Junge. Tobias.

Es wurde damals natürlich viel getratscht. Wie das in kleineren Ortschaften so ist. Das war der Nachteil, wenn man so lebte. Viele Jahre hatte Ingelize später in Göteborg gewohnt, sich dort aber nie wirklich wohl gefühlt. Stattdessen hatte sie sich immer danach gesehnt, der Natur näher zu sein.

Als ihr Mann Jens als Abgeordneter ins Parlament gewählt wurde und ihre Eltern ungefähr zur gleichen Zeit starben, machte sie Nägel mit Köpfen. Jens war viel unterwegs, aber jetzt hatte sie etwas Eigenes und brauchte nicht ohne sinnvolle Beschäftigung zu Hause hocken.

Sie hatte alle Bücher gekauft, die Tobias geschrieben hatte, und sie gelesen, als würde sie hoffen, in ihnen etwas wieder zu erkennen, einen Menschen, eine Umgebung, ein Detail. Sie mochte seine Art zu schreiben und fand, dass sie ihm durch die Bücher nahe gekommen war. In einem der Bücher gab es eine Liebesgeschichte mit einigen erotischen Szenen. Sie hatte ihn nie als Mann gesehen. Für sie war er immer dieser kleine Junge gewesen, der auf die Pferde kletterte und die Fersen in ihre Weichen schlug, sodass sie sich aufbäumten und davonschossen. So wie die Jungen auf den Göteborger Hinterhöfen ihren Fahrrädern und Mopeds die Sporen gegeben hatten.

Ihre Mutter hatte ihr von seiner Frau erzählt. Waren sie mittlerweile geschieden? Vermutlich. Sie war so seltsam, diese Frau. Hieß sie nicht Görel? Mitten im Winter lief sie in dünnen weißen Kleidern durch die Gegend, gab einem mit feuchten, schlappen Fingern die Hand, die auch im Hochsommer und bei einer Hitzewelle noch kalt war.

»Sie muss eine vollkommen andere Körpertemperatur haben als normale Menschen«, meinte ihre Mutter. »Irgendwie ist bei ihr alles umgekehrt. Wenn es kalt ist, ist sie warm und andersherum. Du hättest mal ihre Hüte sehen sollen, solche mit breiten Krempen, wie die Leute in alten Filmen sie tragen. Heutzutage trägt doch keine Frau mehr Hüte. Du weißt schon, solche Hüte, die man mit Nadeln im Haar feststeckt. Einmal bin ich ihr auf dem Weg zum Seeufer begegnet. Sie hatte eine Rose gepflückt und versuchte, sie auf der Krempe ihres Huts zu befestigen. Sie bat mich um Hilfe und meinte, sie würde sich dauernd stechen. Ich kannte sie doch gar nicht. Jedenfalls nicht gut. Und der Blick in ihren Augen, du hättest sie sehen sollen, Ingelize, ich glaube nicht, dass Tobias es wirklich gut bei ihr hat.«

In dem Artikel in der Illustrierten war Görel nicht erwähnt

worden. Aber auf einem der Fotos saß Tobias zusammen mit seiner Tochter Klara an einem Computer. Das Mädchen hatte ebenfalls schwarze Haare und sah aus wie ein junger Eskimo.

Ingelize griff nach dem Taschenbuch, öffnete es erwartungsvoll, las, was er geschrieben hatte, und war stolz. Welches Pferd sollte sie ihn reiten lassen? Vielleicht Hábrók? Er war zwölf Jahre alt, ein lupenreiner Tölter mit einigem Temperament. Oder vielleicht doch den ruhigeren Bleikja? Das musste wohl überlegt sein.

Aber sie wollte ihn wieder sehen, das spürte sie.

»Sieh mal, was ich im Schuppen gefunden habe. Sieh doch, Carl Sigvard!« Sabina stand auf einmal im Zimmer, er hatte ein wenig gedöst. Jetzt war sie da, und es war hell, und eine Fliege surrte gegen die Fensterscheibe. Er war träge und verschlafen. Die Sonne blendete ihn.

»Was ist das?«, sagte er undeutlich.

»Ich weiß nicht, ein alter Betttisch, glaube ich, man stellt ihn im Bett über die Beine und kann ein Tablett darauf abstellen.«

Jetzt erkannte er ihn, er hatte ihn selber getischlert. Der Tisch war ein Geschenk für Svava gewesen, für den Fall, dass sie nach der Geburt noch länger das Bett hüten musste. Dann würde sie im Bett liegen und essen können, hatte er sich überlegt. Aber das war nicht nötig gewesen. Einen Tag nach der Geburt war sie schon wieder auf den Beinen.

Sein Geschenk hatte sie gerührt, daran erinnerte er sich noch.

Er hatte ihn rot angestrichen und Tobias hatte ihn benutzt, wenn er mit Grippe im Bett lag. Carl Sigvard erinnerte sich noch, wie er dagelegen hatte mit seinen Buntstiften und den müden, fiebrigen Augen.

Wie oft er doch krank gewesen ist, weißt du noch?

Nein. Das war ja gar nicht Svava, das war Sabina, und sie konnte sich an nichts von all dem erinnern, hatte zu der Zeit ihre eigenen Sorgen.

»Ja genau, der alte Tisch«, murmelte er und ließ zu, dass sie ihn im Bett über ihm abstellte, über seinen schmerzenden Hüften.

»Du könntest ihn benutzen, das würde funktionieren.«

Er grummelte etwas vor sich hin.

»Ich habe jedenfalls nicht vor, für den Rest meines Lebens hier liegen zu bleiben, fallst du das glauben solltest.«

»Das glaube ich doch gar nicht.«

Sie ging watschelnd durchs Zimmer, anders als sonst. Wie eine schwangere Frau. Aber sie bekam ihre Tage nicht mehr, das wusste er.

»Was ist aus dem Fleisch geworden?«, fragte er.

»Ich werde es schon noch los. Ich habe es erst einmal bei Johanssons untergebracht.«

Sie ließ ihn allein und fing an, das Essen vorzubereiten. Der Tisch stand noch auf dem Bett. Sie hatte ihm versprochen, dass sie sich oben bei ihm treffen und gemeinsam essen würden. Jetzt hörte er wieder Schritte auf der Treppe, die anders klangen als ihre, schleichend und zögernd, es war Tobias.

Die Tür stand sperrangelweit offen. Jetzt kam er mit einem Tablett in den Händen, Tellern und Besteck ins Zimmer.

»Hallo«, sagte er beinahe schüchtern.

Carl Sigvard nickte ihm zu.

»Am besten stellst du es vielleicht da auf den Tisch, oder?«

»Ja.«

»Du denkst bestimmt, ich spinne! Ich meine, weil ich möchte, dass ihr heraufkommt und hier zu Abend esst.«

Tobias legte den Kopf schief, seine Haare fielen in die Stirn.

»Ach Unsinn. Ich kann mir schon vorstellen, dass man sich hier oben mit der Zeit ziemlich alleine fühlt.«

»Du musst den Tisch ein bisschen vorziehen. Nimm den Stuhl da, die Kleider kannst du auf das zweite Bett legen.«

Das Klirren von Porzellan und rostfreiem Metall.

»Hast du Hunger?«, fragte Tobias.

»Hunger? Ich weiß nicht. Wer nicht arbeitet, sollte auch nichts essen, das weißt du doch.«

»Aber Papa!«

»Ja, aber es stimmt doch! Oder etwa nicht?«

»Du hast doch verdammt noch mal mehr als genug gearbeitet in deinem Leben.«

»Komm mal her. Komm her und lass dich anschauen!«

Widerwillig näherte er sich seinem Vater. Seine Arme hingen herab, die langen Finger, die Schreibfinger.

»Ich möchte, dass du eines weißt, Tobias. Es ist wirklich sehr nett von dir, dass du dir die Zeit genommen hast und hergekommen bist.«

»Ach, schon gut. Ist doch selbstverständlich, dass man hilft, wenn man kann.«

»Das ist überhaupt nicht selbstverständlich. Aber du sollst wissen, dass ich es zu schätzen weiß.«

Jetzt musste er sich abwenden, seine Augen wurden so heiß und feucht, zum Teufel, wenn das so weiterging, wurde er noch eine richtige Heulsuse. Man konnte fast meinen, er hätte zu allem Überfluss auch noch einen Schlag bekommen. Erik Malmfeldt, sein alter Nachbar, war nach einer Gehirnblutung so geworden. Wenn man Schlaganfall hörte, klang es wie das Ende, aber das musste nicht unbedingt stimmen. Obwohl, bei Erik ... Carl Sigvard hatte ihn besucht, als er gerade in das Altersheim Kastanjegården gezogen war. Dieser verdammte große Kerl war in Tränen ausgebrochen wie ein Kind, hatte vor ihm gesessen und nach Luft geschnappt und nicht mehr sprechen können. Seine nackten Füße hingen schlaff in den Pantoffeln.

Würde er selber genauso werden? Würde einmal der Tag kommen, an dem er für seine Arbeitsstiefel keine Verwendung mehr hatte?

Nein, alles, nur das nicht!

Der Junge stand da und hatte seine Hände auf das Fußende des Betts gelegt. Es sah aus, als müsste er Halt suchen. Wenn man ihn so von der Seite sah, erkannte man deutlich, wie ähnlich er seiner Mutter war, sofort hatte man Svavas Profil und

Körper vor Augen. Und wenn er stattdessen ein Mädchen geworden wäre? Hätte er dann genau wie Svava ausgesehen, wäre er dann ihr Ebenbild gewesen?

Carl Sigvard räusperte sich.

»Ach übrigens, Klara hat vorhin angerufen.«

»Wirklich. Sie hat hier angerufen?«

»Ja. Aber sie meinte, es wäre nichts Wichtiges.«

»Aha.«

»Wie oft siehst du sie eigentlich?«

»Ziemlich oft. Mindestens einmal die Woche.«

»Sie wird allmählich groß, was? Sie ist bestimmt schon eine richtige kleine Dame.«

Tobias schnaubte.

»Na ja, Dame. Aber sie kommt allmählich in die Pubertät, das lässt sich nicht leugnen. Sie kann ganz schön launisch sein.«

Launisch war Svava auch gewesen. Die Töpfe schepperten auf den Herdplatten und manchmal landete auch ein Glas auf dem Fußboden. Einmal wurde sie so wütend, dass sie den Sonntagsbraten zum Fenster hinauswarf.

Aber jetzt hockte sie bestimmt da oben im Schneematsch und sang ihr ridum, ridum.

Laut sagte er:

»Hast du was von deiner Mutter gehört?«

»Wir telefonieren manchmal. Es scheint ihr gut zu gehen.«

Hatte sie einen neuen?

Es interessierte ihn nicht, wirklich nicht, jedenfalls nicht mehr.

Das Betttuch war warm und zerknittert und voller Krümel. Er drehte sich, versuchte, seine Körperhaltung zu verändern. Sein Bein war eingeschlafen, es kribbelte und stach. Tobias beugte sich vor.

»Soll ich dir helfen?«

»Nee. Aber ich würde dich gerne etwas fragen. Darf ich das? Bist du zufrieden mit dem Leben, das du da oben führst? Darf ich dich so etwas fragen, ohne dass du wütend wirst? Bist du zufrieden mit deinem Leben?«

Tobias schreckte zurück, blieb aber stehen und zwirbelte einen losen Faden an seinem Pullover.

»Sicher. Ich bin zufrieden. Ich führe ein sehr gutes Leben.«

»Ein sehr gutes sogar?«

Tobias schluckte und nickte.

»O ja, natürlich. Sehr gut!«

»Papa, ich habe mich für dieses Leben entschieden, wie du dich für deins entschieden hast. Und wozu man sich einmal entschlossen hat, daraus muss man dann eben das Beste machen.«

»Na ja, entschieden! Zu meiner Zeit war das eher eine Frage der Verantwortung.«

Tobias ging auf und ab, kehrte ihm den Rücken zu und blieb schließlich mit hochgezogenen Schultern am Fenster stehen.

»Wir haben uns auch früher schon über dieses Thema unterhalten«, sagte er gepresst. »Ich dachte, wir hätten alles gesagt, was es dazu zu sagen gibt.«

»Ja, schon gut. Das haben wir natürlich, das haben wir getan.«

Jetzt rief Sabina aus der Küche, und der Junge verzog sich aus dem Zimmer, er floh regelrecht.

»Ich muss ihr helfen. Das Essen ist sicher fertig.«

Man konnte doch wenigstens mal darüber reden. Tobias war wirklich furchtbar empfindlich, leicht reizbar. Das hatte er von seiner Mutter. Mit ihr konnte man auch nie vernünftig reden. Ihre Fuchsaugen, die hoch erhobene Nase, tagelang hatte sie kein Wort mit ihm geredet. Stattdessen war sie zu ihren Pferden verschwunden und manchmal schlief sie sogar da draußen auf der Bank mit dem Flickenteppich und ließ ihn alleine im Haus liegen.

Wie sollte er sie besänftigen? War es seine Schuld, dass sie war, wie sie war? Mitten in der Heuernte fuhr er in die Stadt und kaufte Geschenke für sie, ein Nachthemd, eine Vase, Dinge, über die sich Frauen freuen. Er tat alles, um sich mit ihr zu versöhnen, aber sie war nachtragend und unglaublich leicht auf die Palme zu bringen.

Sabina war da ganz anders, sodass er im Grunde einen guten Tausch gemacht hatte. Wenn da nur nicht diese Missgeburt von einem Sohn gewesen wäre, den sie, wo sie ging und stand, im Schlepptau hatte.

Er döste, obwohl er überhaupt nicht müde war. Er hatte so lange gelegen, dass er nicht mehr die Kraft hatte, wach zu sein. Sein Körper schwand dahin, denn hierfür war er nicht geschaffen, sein Körper wollte leben.

Svava, die rittlings auf einem Arbeitspferd saß! Den Jungen vor sich mit dem Arm zwischen ihren glänzenden Knien festhielt.

»Du bist doch vorsichtig, du hältst ihn doch gut fest!« So hatte er vor ihr gestanden und gegen den Wind gerufen.

Die Hufe, die über die Holzbrücke klapperten. Die Mähne, die ihre Hände umwehte.

»Schau mal, Papi, was ich kann!«

Die Luft hier oben unter dem Dach war abgestanden und stickig. Schon lange bevor sie das Essen auf den Tellern verteilt hatte, war ihm der Appetit vergangen. Sein Vater saß halb aufgerichtet im Bett, sie hatte ihm Kissen und Decken in den Rücken geschoben und gemeinsam hatten sie ihn unter den Armen gepackt und hochgezogen. Körperausdünstungen stiegen aus dem Bettzeug auf, der Geruch eines kranken und alten Männerkörpers. Sein Vater hatte die Augenbrauen zusammengezogen, die buschig geworden waren. Tobias hatte Ähnliches bei sich festgestellt. Es waren die ersten Anzeichen des Alters. Bei den Haaren war es das Gleiche, er entdeckte einzelne weiße Haare in seinem schwarzen Schopf.

Es gab braune Bohnen und gebratene Fleischwurst. Ob das angesichts der Verdauungsprobleme des Alten die richtige Kost war? Tja. Aber vielleicht brachte es die Maschinerie auch wieder in Gang. Er war draußen gewesen und hatte das Plumpsklo inspiziert, um zu sehen, ob es eine Möglichkeit gab, seinem Vater dorthin zu helfen. Es war sauber und gepflegt, der Boden war mit einem Teppich belegt und an der Wand hing ein vergilbtes Bild der königlichen Familie, das jemand vor langer Zeit aus einer Abendzeitung ausgeschnitten hatte. Die Kinder des Königs waren auf dem Foto noch klein, das jüngste saß auf Silvias Schoß. In einer Ecke standen mehrere Säcke ungelöschten Kalks, der sowohl die Geruchsbildung als auch das Auftauchen von Fliegenlarven verhinderte.

Hier war er also immer hingegangen, um Ruhe zu finden und neue Kraft zu schöpfen, während er in alten Jahrgängen der Zeitschrift *Land* blätterte. Das hier war seine Oase. Aber mit einem Rollstuhl würde man nie und nimmer dorthin gelangen.

Sabina hatte auf der Brust seines Vaters ein Handtuch ausgebreitet.

»Geht es so?«, fragte sie.

Sie saß mit gebeugtem Rücken am Bett und aus ihrem Zopf hingen zerzaust einzelne Haarsträhnen heraus. Die kleine goldene Berlocke baumelte herab.

»Nimm dir, Tobias!« Sie reichte ihm die Schüssel mit den Bohnen, aber er lehnte dankend ab.

»Hausmannskost!«, sagte sein Vater.

»Ich weiß, aber ich habe keinen großen Hunger.«

»Nicht?« Sein Vater kaute geräuschvoll. »Jedenfalls hat man genug zu essen. Das sollte man nicht gering schätzen.«

Es rumpelte in Adams Zimmer. Sabina stand halb auf, setzte sich dann jedoch wieder, als es gleich wieder still wurde.

»Bekommt er nichts zu essen?«, fragte Carl Sigvard.

»Er hat eben ein paar Brote gegessen. Er hat gesagt, dass er müde ist. Er scheint nicht richtig in Form zu sein.«

»Dieser Hardy«, setzte Tobias an.

Der Alte hielt inne und ließ die Gabel wieder sinken.

»Was ist mit Hardy?«

»Ach, ich weiß nicht.«

»Tobias ist nicht besonders begeistert von Hardy«, sagte Sabina und ein angespannter Zug legte sich um ihren Mund.

Sein Vater warf ihr verstohlen einen Blick zu.

»Es gibt bestimmt niemanden, der von Hardy begeistert ist. Ich habe noch einmal darüber nachgedacht, er hätte wirklich verdammt noch mal mit dem Erschießen warten können, bis wir den Tierarzt geholt hatten.«

»Ich denke schon, dass er die Sache richtig eingeschätzt hat. Er hat uns auch früher schon geholfen.«

»Was ist dieser Hardy eigentlich für ein Typ?«, fragte Tobias.

»Er ist der Sohn von Ann-Mari, falls du dich noch an sie erinnerst. Die mit Gustav zusammen war. Ein großes und üppiges Frauenzimmer, na ja, damals jedenfalls. Erinnerst du dich? Sie ist manchmal hergekommen und uns zur Hand gegangen, wenn deine Mutter Hilfe brauchte. Sie war gut zu gebrauchen, beschlug Pferde wie ein ganzer Mann. Aber als dieser Gustav auf der Bildfläche auftauchte, nun ja, da brachte er ihr auch noch andere Dinge bei, die im Allgemeinen Männer am besten beherrschen.«

»Was denn? Kopulieren?«

Sein Vater sah ihn missbilligend an.

»Alkohol zu trinken! Dem Jungen ist es ziemlich schlecht ergangen. Ich glaube, dass er oft eine Tracht Prügel bekommen hat. Und dann wurde er allmählich erwachsen und fing an, kleinere und später dann auch größere krumme Dinger zu drehen, denn er ist im Gefängnis gewesen und hat vor gar nicht langer Zeit eine Strafe wegen Betrugs abgesessen.«

»Möchtest du etwas Milch?«, unterbrach ihn Sabina und hielt die Karaffe an das Glas seines Vaters.

»Um ehrlich zu sein, ein Bier wäre mir lieber!«

»Das ist bestimmt keine gute Idee, solange du Medikamente nimmst. Die dürfen wir übrigens nicht vergessen. Ich gehe die Schachtel holen.«

Unten in der Küche griff er sie dann an.

»Warum verteidigst du diesen Hardy? Er ist krank. Merkst du das nicht?«

»Tobias«, sagte sie ausweichend.

»Das, was er da mit Adam gemacht hat! Oder besser gesagt Adam machen ließ. Damit wollte er mich provozieren. Er mag mich nicht, auch wenn ich verdammt noch mal nicht weiß, warum das so ist. Ich habe ihm doch nichts getan. Er ist krank.«

»Wir reden jetzt nicht weiter über Hardy.«

»Und warum nicht?«

Sie drehte sich zu ihm um, in der einen Hand ein Glas, in der anderen eine Spülbürste. Wasser tropfte von ihren Händen herab.

»Muss ich das wirklich erklären? Er ist der einzige Mensch, zu dem Adam aufblickt. Ich habe das schon einmal gesagt und gedacht, du würdest es verstehen. Er ist jemand, der Adam respektiert, so seltsam das auch in deinen Ohren klingen mag. Adam wird ein anderer Mensch, wenn er mit Hardy zusammen ist. Dann ist mein Sohn ausnahmsweise mal etwas wert.«

»Ist er etwas wert, wenn er mit Kuhaugen in der Hand herumläuft? Hast du denn nicht gesehen, wie abscheulich er das in Wirklichkeit fand? Sabina! Begreifst du das nicht?«

»Ich will jetzt nicht weiter darüber sprechen«, brach sie das Gespräch ab und spülte weiter.

Er musste aus dem Haus. Er hatte Stiche in der Kopfhaut und unter den Armen, er musste raus, an die Luft, sich bewegen! Er durfte nicht in diesen zähen Diskussionen verharren, bei Sabina und seinem Vater, er musste so rasch wie möglich nach Hause, zu seinem eigenen Leben zurückkehren.

»Ich gehe mal an die frische Luft.« Er bemühte sich, ruhig zu klingen. »Mache einen kleinen Spaziergang.«

»Tu das«, sagte sie ausdruckslos.

Er stand auf dem Hof und war auf einmal sexuell erregt. Hastig sah er sich um, ging dann auf den Kuhstall zu, bog um die Ecke und erreichte das stille Örtchen seines Vaters.

Was war nur los mit ihm, was zum Teufel war los mit ihm?

Vorsichtig zog er die Tür hinter sich zu und legte den Riegel vor. Das Königspaar lächelte ihn an, während er die Jeans herunterließ.

Sabina, ertönte es in ihm, und der Name klang fremd und falsch, Sabina, so ist das nicht, so ist das nicht, verdammt! Nicht du!

Aber sie war es, die er vor Augen hatte, als der herrliche Krampf heranbrandete.

Er hatte einen schlechten Geschmack im Mund. Er sehnte sich nach etwas Süßem, nach einem Honigbonbon oder einer Emser Pastille, etwas, das den faden Geschmack beseitigte. Er hatte sich abgewischt, das Papier in das Loch geworfen und anschließend ein paar Schaufeln Kalk darüber verstreut. Niemand würde etwas merken.

Ich bin doch nicht mehr ganz dicht, dachte er. Ich bin doch verdammt noch mal nicht mehr ganz dicht.

Er hatte ihre vollen Lippen in der Dunkelheit erahnt, den halb geöffneten Mund, er hatte die feuchten Zähne und den Schmuck gesehen, der zwischen ihren Brüsten schwang. Seine Fingernägel hatten sich in ihr Fleisch gepresst, bis es ihnen beiden wehtat, und sie hatte mit dem Rücken an der Wand gelehnt, sich nach einer Weile jedoch umgedreht und vorgebeugt, ihre Hände hatten sich an der Bank festgehalten, und sie hatte ihm ihren breiten hellen Po hingehalten. Und er? In seiner Fantasie hatte sie einen Rock getragen und grobmaschige herabgerutschte Strümpfe, wollene Kniestrümpfe, und seine Hände waren unter dem Rock, und sie tat nichts, um ihn daran zu hindern, und die Hände fuhren zu ihren Hüften hinauf, und sie stand da mit ihrem üppigen Hinterteil wie ein Tier. Die Atemzüge röchelten in seiner Brust, stachen wie kleine Nadeln in den Lungen, und er stieß zu und zielte und brachte sie dazu, sich noch etwas höher zu schieben, bis er den Eingang fand und da drinnen, in der Enge, dem Heißen, dort verweilte er, so lange er konnte, aber es war nicht lange, ganz und gar nicht lange. Wäre jemand gekommen, hätte es ihn in diesem Moment nicht gestört, denn er war jetzt in ihr und nichts konnte ihn mehr daran hindern, nichts.

Nachher fror er. Sein Pullover war am Rücken schweißnass, und er bekam eine Gänsehaut, knöpfte die Hose zu und ging los. Die Hunde standen so still wie Statuen, als er an ihnen vorbeikam, sie schlugen nicht mehr an, hatten ihn schon so oft gesehen, dass sie sich an ihn gewöhnt hatten und nicht mehr als eine Bedrohung betrachteten.

Als eine Bedrohung.

Ich muss so schnell wie möglich wieder nach Hause fahren, dachte er. Es ist ungesund hier, dieser Ort ist irgendwie ungesund.

Er folgte der Landstraße und ging schnell. Er war in die Gummistiefel geschlüpft und merkte schon bald, dass er sich an den Fersen Blasen laufen würde. Die Socken rutschten und legten sich wie kleine Wülste unter das Fußgewölbe. Immer wieder musste er stehen bleiben und sie hochziehen.

Die Sonne ging unter. Der Himmel veränderte seine Farbe, war jetzt blassrosa mit grauen Zipfeln. Hinter den Feldern zeichneten sich die gezackten Konturen des Waldsaums ab. Er dachte an Pilze. Marit sprach oft davon, dass sie sich in den Wald hinaussehnte, und einmal waren sie tatsächlich aufs Land hinausgefahren, in die Gegend um Gnesta und Stjärnhov, aber andere waren ihnen bereits zuvorgekommen und hatten alles abgegrast. Marit fand gerade einmal vier kleine gelbe Pfifferlinge, er selbst fand gar nichts und fror an den Zehen und war einfach nur ungeduldig. Denn genau in diesem Moment hatte sich die Inspiration eingefunden, und er wäre am liebsten allein gewesen. Sie merkte es ihm an und war verletzt.

Das nächste Buch? Nein, er hatte nur vage Ideen. Seine Schritte wurden immer kürzer. Von Zeit zu Zeit blieb er stehen und sah zum Himmel hinauf. Sein Kopf war blockiert, das Buch hatte sich zusammengezogen, und er stellte sich vor, dass es da drinnen hinter seiner Schädeldecke lag, zusammengepresst zu einer kleinen Walnuss. Wie konnte man seiner Inspiration befehlen, sich einzufinden? Manchmal ging es tatsächlich, zu Hause, in seinem kombinierten Wohn- und Arbeitszimmer, mit dem Rücken zum Fenster und schöner Musik aus den Boxen, Händels *Messias* vielleicht oder Bachs *Weihnachtsoratorium,* dann liefen die Finger plötzlich über die Tastatur. Doch dafür musste er seine Ruhe haben, durfte er nicht ans Telefon gehen und nicht am Fenster stehen und auf den Schulhof hinuntersehen, der hinter dem Haus lag, in dem er wohnte, und auf dem die Kinder in ihren Anoraks tobten und lärmten. Es konnte beruhigend auf ihn wirken, dort zu stehen und ihre Spiele und Bewegungen auf dem Schulhof zu beobachten. Aber diese Art von Ruhe war nicht das, was er brauchte.

Früher hatte er Lyrik geschrieben, bei Poetry Slams mitgemacht, die in schummrigen Kellerlokalen stattfanden, in denen die Kerzen in Weinflaschen standen und die Zuhörer mit Hilfe von Zahlenschildern Noten vergaben. Manchmal wurde er verrissen, manchmal aber auch gefeiert und zum Sieger gekürt. Gewinner des ersten Preises in der Kategorie Poesie. Wie absurd!

In Zukunft würde er sich konkreteren Dingen zuwenden müssen, sich nicht diesem Wischiwaschi widmen, er musste mit seiner Mordfälle lösenden Hauptfigur weiterarbeiten, die er erschaffen hatte. Leo Pullman. Dieser Leo Pullman musste etwas bekommen, auf das er sich stürzen konnte. In ein paar Tagen musste er nach Hause fahren und ernsthaft in die Gänge kommen, Titus Bruhn saß ihm im Nacken. »Wir müssen es für die Programmplanung wissen. Wann meinst du, bist du ungefähr fertig?«

Er hatte gelogen und geantwortet, dass er an einem neuen Buch arbeite, und Titus Bruhn hatte ein zufriedenes Gesicht gemacht.

»Hast du vielleicht sogar schon einen Arbeitstitel?«

Am Straßenrand stand ein Schild. *Ingelizes Islandpferde* und darunter ein Pfeil, der nach rechts zeigte.

»Ingelizes Islandpferde«. Er sagte es vor sich hin, zischte die S-Laute und das Z hervor, zzzzz. »Ingelize.«

Sie stand auf dem Hof, als hätte sie ihn schon erwartet. Sie trug einen Overall und auf ihrem Kopf saß eine knallrote Schirmmütze, die sie abstreifte, als sie ihn entdeckte.

»Kommst du jetzt schon! Das ist ja toll!« Sie klang gut gelaunt und enthusiastisch.

»Hallo.«

»Habt ihr Feierabend gemacht?«

Er nickte.

»Aha, hier hast du dich also eingerichtet?«

»Ja. Komm mit, ich führ dich herum.«

Der Stall war gepflegt und sauber, die Wände weiß gekalkt. Zwei Mädchen misteten ein paar Boxen aus. Er sah nur ein einziges Pferd, das in seinem Verschlag stand .

»Das ist Álfkona«, erklärte Ingelize. »Sie hat etwas an einem Huf, wir versuchen es mit feuchtwarmen Wickeln zu behandeln. Die anderen Pferde sind draußen.«

Tobias ging zu der Box, und die Stute näherte sich vorsichtig und streckte den Kopf heraus. Er streichelte den langen Kopf und sog den Geruch des Pferdes ein. Es war lange her, dass er das letzte Mal geritten war. Zwei, drei Mal war er auf Island gewesen und hatte seine Mutter besucht, und bei diesen Gelegenheiten hatte sie ihn auf kürzere und längere Touren mitgenommen.

»Sollen wir ein bisschen reiten?«, fragte Ingelize.

»Ist es nicht schon etwas spät?«

»Ach was!«

Er zuckte mit den Schultern, war plötzlich unsicher.

Sie schien es zu merken.

»Eine Kappe und ordentliche Reitstiefel kann ich dir leihen. Wenn du willst, kannst du Bleikja nehmen, sie ist ein gutes Pferd, wenn man länger nicht geritten ist.«

Sie holten Zügel und Halfter und gingen auf die Weide, an deren hinterem Ende eine Gruppe von Pferden graste. Nach einigem Locken gelang es ihnen, zwei von ihnen einzufangen. Bleikja war eine gelbliche Mähre mit dunkler Mähne und dunklem Schwanz. Er führte sie zum Stall zurück, und Ingelize brachte Sattel und Trense herbei. Für sich sattelte sie einen Schimmel.

In der Sattelkammer standen reihenweise Reitstiefel und in einem Schrank lagen Kappen. Er probierte einige an, bis er die richtige Größe gefunden hatte.

»Wir haben hier ziemlich gute Reitwege«, meinte Ingelize und zog den Sattelgurt noch ein Loch strammer. »Obwohl der Bauernverband in letzter Zeit murrt, sie wollen das Jedermannsrecht einschränken.«

»Tatsächlich. Warum denn das?«

»Sie haben Angst vor Bodenschäden.«

»Hast du kein eigenes Land?«

»Nicht genug.«

»Und was sagt Carl Sigvard dazu?«

»Von ihm habe ich bisher keine Proteste gehört. Aber es gibt hier in der Gegend ein paar richtige Motzköpfe. Fredriksson, zum Beispiel. Weißt du, wer das ist?«

»Ja, ich kann mich vage an ihn erinnern.«

»Er ist unheimlich sauer. Er hat sogar Zäune gezogen und Gatter aufgestellt. Wenn das so weitergeht, verwandelt er den ganzen Wald noch in ein Minenfeld.«

Ingelize war im Haus gewesen und hatte eine Reithose und eine kurze braune Wildlederjacke angezogen. Er stellte fest, dass sie eine gute Figur hatte. Geschmeidig stieg sie in den Sattel und trieb ihr weißes Pferd zu ein paar Runden um den Hof an. Tobias folgte ihr.

»Geht's?« Sie drehte sich zu ihm um und lächelte.

»Japp!«

Das erste Stück legten sie im Schritt zurück.

»Als Junge warst du ein verdammt guter Reiter«, lobte sie ihn.

»Ach, ich weiß nicht.«

»Oh doch, du warst richtig gut. Svava hat immer gesagt, du wärst praktisch auf dem Pferderücken geboren worden. Oh, ich habe es geliebt, bei euch zu Hause zu sein. Deine Mutter war so nett, ich durfte mich so oft ich wollte in eurem Stall herumtreiben.«

»Aha.«

»Es war eine richtige Idylle. Aber jede Idylle erweist sich eben früher oder später als Illusion.«

»Das klang jetzt aber schicksalsträchtig.«

»Aber es ist doch was Wahres dran, oder etwa nicht?«

»Vielleicht.«

Nach einer Weile erkundigte er sich, ob sie verheiratet war.

»Ja. Jens, mein Mann, ist Abgeordneter für die Zentrumspartei, eine aussterbende Partei, aber er kämpft weiter, so gut er kann.«

»Keine Kinder?«

Sie schüttelte den Kopf.

»Es hat sich einfach nicht ergeben.«

»Du hast ja deine Pferde.« Er hörte selber, wie unbeholfen das klang.

Sie schwieg eine Weile. Sie ritten am Straßenrand der Landstraße und von Zeit zu Zeit donnerte ein Auto vorbei. Diese Pferde schienen keine Angst zu haben, waren anders als ein Halbblut. Ein Halbblut hätte nervös gescheut, sobald ein Auto auftauchte und sich schon beim Anblick eines flatternden Blatt Papiers aufgebäumt.

Ingelize drehte sich zu ihm um.

»Sag mal, wo seid ihr damals eigentlich hin, als ihr von einem Tag auf den anderen verschwunden seid? Als du und Svava ausgezogen seid, ohne einem etwas davon zu sagen.«

»Nach Södertälje«, antwortete er kurz.

»Man wusste ja nichts. Am einen Tag war alles wie immer. Und dann einfach ... peng! Es war ein richtiger Schock für mich.«

Er wusste nicht recht, was er darauf erwidern sollte. Vielleicht merkte sie, dass sie einen wunden Punkt getroffen hatte. Jedenfalls trieb sie ihr Pferd dazu an zu tölten, und Bleikja folgte dem Beispiel des anderen Pferdes, ohne dass er etwas hätte tun müssen. Sie gelangten in den Wald, in dem es modrig roch und trotz der Dunkelheit sah er, dass die Blätter allmählich gelb wurden. Der Schimmel erhöhte das Tempo und lief nun Galopp, sein eigenes Pferd folgte ihm wie ein Schatten.

Es ging steil bergauf, und er erinnerte sich an den Berg, auf dem sie früher so oft gespielt hatten. Er war seit jener Zeit nie mehr da gewesen, nicht einmal mit Görel oder Klara. Er hatte ihn den beiden nicht zeigen wollen. Es war nicht ganz ungefährlich hier oben, zum See hin konnten sich steile Abgründe auftun. Leise regte sich Angst in ihm. Wenn es ihnen nun nicht gelang, die Pferde anzuhalten!

Natürlich würden die Tiere versuchen, jeglicher Gefahr aus dem Weg zu gehen. Andererseits konnten sie aber auch hysterisch werden und blind und in panischer Angst geradewegs in ihr Verderben laufen.

Der Berg wurde *Der Abgrund* genannt. Vor sehr langer Zeit hatten die alten Leute sich hierher geschleppt, wenn ihre Kräfte schwanden und sie nicht mehr arbeiten konnten, sodass sie Gefahr liefen, ihrer Familie zur Last zu fallen. Dann begaben sie sich hierher und traten über den Rand des Steilhangs. Achtzig Meter tiefer lag der See mit seinem tiefen schwarzen Wasser. Im Fallen schlugen sie sich an den Felsen blutig, ehe sie schließlich ertranken. So erzählten es sich die Leute jedenfalls. Vermutlich war es nur eine Legende, genau wie die Geschichte von den nackten Frauen auf Skamön. Dennoch hatte die Bucht unter dem Berg etwas Furcht einflößendes. Tobias erinnerte sich noch an einen Spätwinter, in dem ein Mann mit einem Tretschlitten im Eis eingebrochen war. Er wurde erst viel später von Tauchern gefunden und auf den Uferkies gelegt. Er hieß Berggren und war der Schwager des Kaufmanns, ein fröhlicher und lauter Mann, der oben am Tanzboden immer Akkordeon gespielt hatte. Tobias ging in die erste Klasse, als es passierte. Er konnte sich heute noch an die Albträume hinterher erinnern, das Gesicht des Ertrunkenen, Tiere, die ihn angefressen und an ihm genagt hatten. Sie sprachen in den Schulpausen darüber, wetteiferten darum, sich mit Details gegenseitig zu übertreffen.

Oben auf dem Berg saßen sie ab, damit die Pferde sich ein wenig ausruhen konnten. Die Sonne war jetzt fast hinter dem Horizont versunken, aber es war noch nicht dunkel. In der Ferne ging die Beleuchtung des hohen Sendemasts an, und sie betrachteten seine leuchtenden roten Lampen.

»So wohnen zu dürfen!« Ingelizes Hand beschrieb einen Bogen über das glänzende spiegelglatte Wasser. Von hier oben konnte man sowohl Skamön als auch die anderen verstreut liegenden Eilande erkennen.

»Ja«, sagte er.

»Vermisst du das nie, Tobias?«

»Manchmal schon. Aber ich führe jetzt ein anderes Leben.«

»Wohnst du immer noch in Södertälje?«

»Ja. Ich habe eine Zweizimmerwohnung in einem ruhigen und netten Stadtteil. Zentral gelegen. Es sind nur fünf Minuten bis zur Haltestelle des Pendelzugs nach Stockholm.«

»Lebst du allein?«

»Na ja.«

»Na ja?«

»Ich habe relativ viel Kontakt zu einer Frau.«

»Aber ihr wohnt nicht zusammen?«

»Ist das hier eine Art Verhör oder so?«

Sie lachte verlegen.

»Nein, entschuldige.«

Er sah, dass sie rot wurde, und hatte das Gefühl, sich unnötig schroff verhalten zu haben.

»Wir wohnen nicht zusammen«, meinte er begütigend. »Sie würde es sicher wollen, aber ich fühle mich noch nicht reif dafür.«

Er bereute seine Worte sofort. Sie scharrte mit der Stiefelspitze im Moos. Das Pferd knuffte sie in den Rücken.

»Geh nicht zu nahe an die Kante!«, sagte er. »Es sind hier schon Leute hinuntergefallen.«

»Ich weiß. Aber es ist doch wunderbar hier oben, nicht wahr? Ich reite immer mit meinen Gruppen hierher. Ich organisiere Reittouren, das habe ich vielleicht schon erwähnt. Die Leute kommen aus Linköping und Västervik. Wir nehmen Kaffee und belegte Brote mit und picknicken dann hier.«

»Was muss man denn für eine solche Tour bezahlen?«

»Das kommt ganz darauf an, wie lange wir unterwegs sind. Aber für dich ist es gratis, das verspreche ich dir. Du kannst jederzeit vorbeischauen und reiten.«

»Aha. Na dann, vielen Dank.«

»Aus alter Freundschaft sozusagen. Übrigens, wie gefällt dir Bleikja?«

»Sie ist ein gutes Tier.« Er drehte sich um und streichelte das warme Maul. Die Stute stubste gegen seine Taschen, um zu erkunden, ob dort Zuckerstückchen waren. Er wünschte sich, er hätte ihr etwas geben können.

»Wenn du willst, darfst du auch gerne mal ein anderes Pferd ausprobieren.«

»Ich fahre in ein paar Tagen wieder nach Hause.«

»Schon? Das ist aber schade.«

»Ach, findest du?«

»Ja. Es ist schön, jemanden zu haben, mit dem man sich unterhalten kann. Einen Menschen, mit dem man ein Stück Kindheit teilt.«

Sie lud ihn in ihr Haus ein. Er hatte es noch nie betreten, höchstens einmal im Eingangsflur gestanden und Maiglöckchen verkauft, als er noch ein kleiner Junge war. Er erinnerte sich, dass ihre Mutter ihm alt vorgekommen war. Im Nachhinein wunderte er sich darüber, dass er Ingelize nicht wieder erkannt hatte. Allerdings hatte sie auch ihr Aussehen gründlich verändert.

Es gab keinerlei Ähnlichkeit mehr mit dem schlaksigen Mädchen, das ihnen damals im Pferdestall geholfen hatte.

Sie stellte eine Flasche Wein und einen Teller mit kleinen harten Plätzchen auf den Tisch.

»Und?«, sagte sie. »Wie geht es deinem Po nach unserer Reittour?«

»Ist okay.«

»Mal sehen, was du morgen sagst. Ich selber reite ja jeden Tag. Aber wenn ich jemals eine Pause machen würde, bekäme ich auf jeden Fall Muskelkater, sobald ich wieder reiten würde.«

Er sah sich im Zimmer um. Eine Wand wurde von einem Bücherregal verdeckt. Er sah ein paar populäre Titel, vermutlich war sie Mitglied in irgendeinem Buchclub. Ansonsten füllten vor allem Fachbücher, Aktenordner und staatliche Berichte die Regalbretter. Auf den Fensterbänken standen Pflanzen mit dicken Blättern. Wenn man sie anfasste, verbreitete sich ein intensiver Geruch im Raum. Görel hatte die gleichen gehabt. Sie hatte sie immer Altweiberpupse genannt.

Ingelize erhob ihr Glas.

»Prost«, sagte sie. »Herzlich willkommen auf dem Land!«

»Danke.«

»Das Reiten hast du jedenfalls nicht verlernt. Am Ende, auf dem freien Feld, ging es ab wie der Teufel.«

Er lachte auf.

»Es ist wahrscheinlich wie beim Fahrradfahren. Wenn man es einmal gelernt hat, vergisst man es nie wieder.«

Sie trank schnell. Ihr Glas war schon fast leer, während er selber kaum mehr als einen Schluck getrunken hatte.

»Ich hatte Durst«, meinte sie, als sie seinen Blick bemerkte. Sie stand auf und ging barfuß zum Tisch, auf dem ein Transistorradio stand. Sie schaltete es an, und es erklang Musik. Auf dem Rückweg machte sie ein paar Tanzschritte.

»Hast du Adam eigentlich mal singen hören?«, fragte sie und strich sich mit den Fingern durch die Haare. »Er ist unglaublich gut. Das würde man einem Burschen wie ihm niemals zutrauen.«

»Doch, ich habe ihn schon mal gehört. Er kann wirklich gut imitieren.«

»Er klingt haargenau wie Elvis. Du hättest dabei sein sollen, er hat Mittsommer ein paar Lieder gesungen, drüben beim alten Tanzboden. Verdammt, das war toll. Es ist wirklich ein Jammer, dass er so ...« Sie tippte sich an den Kopf.

»Apropos Adam, kennst du eigentlich diesen Hardy?«, fragte er.

»Was heißt hier kennen. In einem so kleinen Dorf kennt jeder mehr oder weniger jeden. Man kann keine Geheimnisse voreinander haben. Das weißt du selber sicher nur zu gut.«

»Und wer ist er?«

»Er ist ein Mann, der ein bisschen auf die schiefe Bahn geraten ist. Aber allem Anschein nach ist er dabei, wieder auf die Beine zu kommen. Nein, ich kenne ihn im Grunde nicht. Nicht wirklich. Er hilft mir manchmal bei ein paar Sachen. Im Moment arbeitet er an einer neuen Koppel. Du hast sie vielleicht draußen gesehen. An seine Mutter erinnerst du dich bestimmt noch. Ziemlich groß, krummer Rücken, sie geht so.«

Ingelize kauerte sich zusammen und ging mit kleinen trippelnden Schritten.

»Früher hat sie überall in der Gegend die Pferde beschlagen. Aber heute. – Die Leute sagen, dass sie geistig ganz schön abbaut. Ich glaube, sie hat sich um ihren Verstand gesoffen.«

»Er hat doch mal gesessen, oder?«

»Wer, Hardy?«

»Ja.«

»Ja, na und? Wir machen doch alle mal einen Fehler.«

Tobias trank einen Schluck Wein. Er war kühl und schmeckte gut.

»Er scheint mich nicht zu mögen«, sagte er vorsichtig.

»Ich glaube, das ist nur sein Image. Er hat einfach kein Selbstvertrauen. Du bist doch bekannt und berühmt. Und dann sieh dir ihn an. Das ist doch nicht schwer zu verstehen. In gewisser Weise … bist du eine Bedrohung für ihn.«

Sie war zu ihm gekommen und hatte sich auf die Armlehne seines Sessels gesetzt.

»Wie ist es denn so, prominent zu sein?«

»Ach, hör auf, ich bin doch nicht prominent.«

»Du warst immerhin im Fernsehen.«

»Wie viele Idioten sind nicht täglich im Fernsehen!«

»Trotzdem. Übrigens, eines habe ich mich schon gefragt. Wo nimmt man das alles her, wenn man schreibt? Wie kommt man auf die ganzen Sachen?«

»Man benutzt seine Fantasie.«

»Aber die Menschen in deinen Büchern? Sie wirken so lebendig.«

»Vielen Dank. Das war ein großes Kompliment.«

»Erfindest du sie auch?«

»Selbstverständlich.«

»Tobias, könntest du nicht hier schreiben?«

»Hier?«

»Nein, natürlich nicht hier in diesem Zimmer. Aber hier im Dorf.«

»Warum fragst du mich das?«

»Ach, schon gut, es war nur so ein Gedanke. Ich könnte einen Kompagnon gebrauchen, jemanden, der etwas von Pferden versteht. Es gibt sogar ein leer stehendes Haus, bei Maria Vesterberg und ihrem Typen. Du könntest es mieten. Erst einmal zur Probe, um zu sehen, ob es klappt. Dann könntest du halbtags bei mir arbeiten und die restliche Zeit schreiben.«

Sie hätte nicht so plump sein sollen, so direkt. Er war in seinem Sessel regelrecht erstarrt. Tobias war sicher ein Mensch, bei dem man ein wenig vorsichtiger sein musste. Die Stimmung war sofort verdorben gewesen. Es war beinahe, als hätte sie ihm vorgeschlagen, in ihr Schlafzimmer zu ziehen.

»Nein, ich denke, ich muss jetzt mal wieder nach Hause«, hatte er gesagt und war wie eine Sprungfeder in die Höhe geschossen. Die Haare fielen ihm in die Augen, platt gedrückt von der Reitkappe.

»Aber willst du denn dein Glas nicht noch austrinken?«

Er streckte die Hand aus, und sie ergriff sie, hielt sie fest, wusste plötzlich nicht, was sie sagen sollte.

»Das war ein netter Ausritt«, sagte er, wand sich jedoch und wich ihrem Blick aus. »Bleikja ist ein tolles Pferd.«

»Wenn du Zeit hast, können wir das gerne wiederholen, bevor du wegfährst«, sagte sie und spürte, dass der Wein allmählich Wirkung zeigte, ihre Zunge kam bei den Worten nicht mehr richtig mit.

Sie begleitete ihn in den Flur und betrachtete ihn, als er sich auf den Stuhl setzte. Er war barfuß. An seinen Fersen sah sie rot aufgeschürfte Stellen.

»Da müssen Pflaster drauf«, rief sie aus. »Sieh mal, die Haut ist ja total abgeschürft.«

Und sie brachte ihn tatsächlich dazu, sitzen zu bleiben, während sie die Treppe hinaufrannte und den Badezimmerschrank durchsuchte. Da, endlich, eine Packung Pflaster und eine Schere. Sie fiel vor ihm auf die Knie, wie die Sünderin zu Jesus' Füßen.

»Tut es weh?«

»Nicht der Rede wert. Ich bin nur keine Gummistiefel mehr gewöhnt, das ist alles.«

»Dann ist das nicht von den Reitstiefeln, meinst du?«

»Nein, nein. Ich bin nur in denen da zu schnell gelaufen.« Er zeigte auf seine grünen Gummistiefel, die so gut wie neu waren.

Er hatte lange, geäderte Füße. Sie maß das Pflaster ab, drückte es fest und konnte es nicht lassen, die Fußrücken ein wenig zu streicheln.

Sie blickte zu ihm auf.

»Wie dünn die Haut hier ist. Das ist seltsam, nicht wahr? Unsere Füße sollen doch so stark sein, sie tragen einen doch durchs Leben.«

Er blieb sitzen, und sie streckte sich nach seinen zusammengerollten Socken, zog sie gerade und schob sie über seine Zehen.

Unmittelbar nachdem Tobias gegangen war, rief Jens an. Sie hörte Lachen und Stimmen im Hintergrund.

»Ist alles in Ordnung?«, fragte er.

»Die Kontrolllampe blinkt blau«, sagte sie fröhlich.

»Hör auf herumzualbern!« Sein Ton war gereizt, am liebsten hätte sie einfach aufgelegt.

»Alles okay«, sagte sie kurz angebunden.

»Hast du getrunken? Oder was ist mit dir?«

»Ich hatte Besuch, Tobias Elmkvist, ein alter Schulkamerad. Er ist übrigens der Sohn von Sigge.«

»Ach der. Der Schriftsteller.«

»Genau.«

»Und ihr habt Wein gepichelt?«

»Ich habe ihm ein Glas angeboten. Erst sind wir ausgeritten.

Er zieht vielleicht demnächst hierher. Ich habe mit ihm darüber gesprochen. Du weißt doch, dass ich auf der Suche nach einem Kompagnon bin.«

»Ja, ja.«

»Kommst du Freitag nach Hause?«

»Nein, deswegen rufe ich unter anderem an. Ich muss noch massenhaft Akten durchgehen. Aber du könntest doch herkommen, wenn du willst.«

Er wusste, dass sie Nein sagen würde, dass sie die Pferde ungern allein ließ. Deshalb konnte er es sich auch leisten, ihr ein so großzügiges Angebot zu machen.

»Nein, ich bleibe lieber hier.«

»Na dann, gute Nacht«, sagte er, jetzt aber etwas freundlicher, etwas wärmer. »Wir sprechen uns in ein paar Tagen wieder. Küsschen. Und du, stell den restlichen Wein weg.«

Sie stand am Fenster und sah auf den Hof hinaus, strich mit den Fingern über die behaarten Blätter einer Geranie, die auch Doktor Westerlunds Gesundheitsblume genannt wurde. Sie roch säuerlich und angenehm. Es hieß, es sei gesund, sie im Haus zu haben, dass sie einen vor Erkältungen bewahre. Und das stimmte sicher auch, denn sie war nur selten krank.

Abends wurde es jetzt immer früher dunkel. Der Sommer war ungewöhnlich regnerisch gewesen. Seit Ende August hatte es geregnet und erst vor ein paar Tagen aufgehört, als das Wetter umschlug und es kälter wurde. Alles wurde so viel schwieriger, wenn der Winter kam, alle praktischen Dinge. Die Pferde mussten mit Stollen versehen werden, damit sie nicht rutschten. Zaumzeug und Gurte wurden hart und schwer benutzbar.

Von ihrem Platz aus konnte sie einen Teil des Stalls und die Koppel sehen, die im Bau war. Hardy half ihr dabei, aber es brauchte seine Zeit. Sie konnte seine Abneigung gegen Tobias gut verstehen. Hardy Lindström war ein emotionaler und sensibler junger Mann mit vielen Ideen, die nicht alle immer so geglückt waren. Es kam nur selten vor, dass er sie in die Tat umsetzte. Hardy war sich seiner Schwächen sicher nur zu bewusst. Wenn dann irgendein Angeber aus der Großstadt auftauchte und versuchte, den großen Mann zu spielen, ja, das konnte ihm sicher leicht die Laune verderben. Er hatte bis jetzt zwei Wochen an der Koppel gearbeitet. Zunächst bearbeitete er das Gelände mit einer Bodenfräse. In den letzten Tagen war er dann damit beschäftigt gewesen, zahlreiche Erdklumpen und Steine zu entfernen. Er kam von Zeit zu Zeit für ein paar Stunden und hatte ihr erklärt, er habe im Moment ziemlich viel zu tun. Manchmal ging sie zu ihm und half ihm, belud die Schubkarre und kippte sie hinter dem Schuppen aus. Es würde noch dauern, bis er fertig war. Und jetzt war es bald Winter.

Sie kam auch ohne die Koppel zurecht, darum ging es gar nicht. Man konnte im Stall reiten, wo die Boxen um eine große längliche freie Fläche gebaut waren, auf der sie ihren Reitunterricht gab. Aber im Sommer konnte es im Stall sehr heiß werden. Und dann verstaubte alles, weil die Pferdehufe den trockenen Untergrund aufrissen.

Vor ein paar Tagen hatte sie Hardy gefragt, ob er Lust habe, mit ihr zu essen, sie habe genug Kalbssülze und Rote Bete für zwei. Er hatte ihre Einladung angenommen. In der Küche hatte er die schlaksigen Beine auf dem Teppich ausgestreckt und ihr zugesehen, wie sie das Essen auf den Tellern verteilte. Behutsam verwickelte sie ihn in ein Gespräch, und er war an diesem Tag zugänglicher als sonst und antwortete ihr, ohne sich in scherzhafte Bemerkungen zu flüchten.

»Und, bleibst du jetzt hier im Dorf?«, hatte sie ihn gefragt, woraufhin Hardy eine Zeit lang schwieg und vor sich hin starrte.

»Wie viele Kartoffeln möchtest du?«, hatte sie hastig hinzugefügt. »Vier?«

Er nickte.

»Ich weiß nicht, was kommt«, hatte er dann geantwortet. »Früher war das was anderes, als es das Sägewerk noch gab.«

»Du meinst mit Jobs und so?«

»Ja.«

»Ja, da hast du wohl Recht.«

»Ich kann doch meiner Mutter nicht auf der Tasche liegen. Sie ist doch echt völlig fertig.«

»Wie du redest.«

»Tja.«

»Was für eine Arbeit könntest du dir denn vorstellen?«

Er saß da, zwirbelte seinen Bart um den Zeigefinger und schnaubte.

»Eine richtige Chance kriegt man wahrscheinlich eh nur in Stockholm.«

»Das glaube ich nicht«, widersprach sie ihm heftig. »Sieh mich an. Ich habe mich umgesehen in der Welt, das kannst du mir glauben. Aber ich bin hierher zurückgekehrt. Hier ist das wahre Leben. Die Tiere, die Natur, alles!«

Er verzog das Gesicht zu einer Grimasse.

»Alles ist relativ.«

»Du musst dir eine Frau suchen, Hardy. Und für ein bisschen Nachwuchs sorgen, eine Familie gründen!«

»Nee, so was steht für mich echt nicht an erster Stelle. Zuerst muss man doch irgendwie, na ja, ich sag mal, rausfinden, wer man ist.«

»Wie meinst du das?«

»Ich weiß nicht. Nein, schon gut.«

Sie hatte große Lust, ihn nach dem Gefängnis zu fragen, wie er die Zeit dort erlebt hatte, welche Konsequenzen die Haft für ihn hatte. Jetzt war vielleicht der richtige Moment dafür gekommen. Er hatte angefangen, hinter seiner coolen Fassade etwas mehr von sich preiszugeben. Doch in diesem Moment rief eines der Mädchen an, die ihr bei der Versorgung der Pferde halfen. Und als das Gespräch beendet war, hatte Hardy aufgegessen und war schon auf dem Weg ins Freie, um eine zu rauchen.

Die Uhr schlug acht. Jetzt hatte sie die Nachrichten verpasst. Auch egal. Morgen würde es neue Nachrichten geben. Sie schenkte sich noch ein Glas Wein ein und schob die Gardine etwas zur Seite. Plötzlich hatte sie das Gefühl, dass da draußen jemand war. Tobias? War er zurückgekommen? Sie lehnte sich vor und versuchte, besser zu sehen. Doch, da draußen war jemand, aber warum kam er nicht näher?

Vielleicht war es ja gar nicht Tobias?

Ihr lief ein Schauer über den Rücken. In letzter Zeit bekam sie immer öfter Angst. Vor der Dunkelheit und dem, was es da draußen alles geben mochte. Vor unbekannten Geräuschen im Haus, die ihr das Gefühl gaben, nicht allein zu sein. Sie wünschte, sie hätte einen Hund, und beschloss spontan, einen zu kaufen.

Der Wein hatte sie benebelt, doch jetzt arbeitete ihr Verstand plötzlich wieder messerscharf. Ob es wirklich Tobias war? Sie stellte das Glas ab, nahm ihre Jacke vom Haken und ging hinaus.

Die Tür zum Stall stand halb offen. Sie hätte etwas mitnehmen sollen, einen Hammer, etwas Hartes. Jetzt bereute sie, dass ihre Hände herabhingen, in den leeren Taschen steckten. Ein zerknülltes Tempotaschentuch, eine Schachtel Halsbonbons. Das war alles. Sie dachte an Álfkona, die im Stall stand, und das machte ihr Mut. Sie griff nach der Tür und schob sie vollends auf. Sie knarrte und quietschte. Ingelize überlegte oft, dass sie die Scharniere einmal ölen sollte, täglich dachte sie daran. In der Dunkelheit hörte sie das Pferd, sein Kauen und Atmen. Wenn ein Unbekannter im Stall gewesen wäre, würde es sicher angespannt in seiner Box stehen und lauschen. Mit einer schnellen Bewegung drehte sie am Lichtschalter. Mattes, staubiges Licht fiel auf die Boxen. Álfkona wieherte leise, und es stand jemand bei ihr, eine grobschlächtige und gebeugte Gestalt, deren faltiges Gesicht nun beleuchtet wurde.

Es war Hardys Mutter Ann-Mari.

Sie blieben eine Weile stehen und musterten einander. Ingelize schluckte. Sie wusste nicht, was sie sagen sollte. Schließlich trottete die Frau auf sie zu und streckte ihre Hand aus. Ingelize gab ihr die Hand und wunderte sich darüber, wie kraftvoll der Händedruck der alten Frau noch war.

»Du bist also zu Besuch gekommen«, sagte Ingelize. »Ich hatte mich gerade schon gefragt, wer wohl im Stall ist.«

Der Geruch von Schmutz und Alkohol schlug ihr entgegen. Das Kinn der Frau wippte hin und her, als hätte sie ein Gebiss an, dass ihr nicht richtig passte.

»Ich bin wegen des Pferdes gekommen«, sagte sie undeutlich.

»Álfkona?«

»Ich habe gehört, dass es Probleme gibt.«

»Wer hat dir das erzählt, Ann-Mari?«

Die Frau nieste und wischte sich mit dem Ärmel die Nase ab. Eine dünne Schleimspur blieb auf dem Stoff zurück.

»Ich habe was mitgebracht«, begann sie und entfaltete ein paar Leinenlappen, die mit einer Flüssigkeit getränkt waren.

»Was ist das?« Ingelize beugte sich vor.

Die Alte sah zu ihr auf und grinste.

»Teufelsabbiss, he, he.«

»Teufelsabbiss?«

»So wird es genannt, es ist eine Pflanze, Abbiskraut. Man hackt die Wurzel klein, kocht sie und legt sie acht Tage in Alkohol ein.«

»Und wofür soll das gut sein?«

Ann-Mari öffnete die Tür der Box und ging zu dem Pferd, das ruhig stehen blieb.

»Für einen Wickel.« Sie ließ die Hände über das Bein des Pferds gleiten, bis sie die Schwellung fand. Mit schnellen Bewegungen wickelte sie das Leinengewebe um das Bein und band es mit einem Stück Schnur fest.

»Ein schönes Pferd«, gluckste sie. »Es wird wieder gesund und stark werden.«

»Dann ist es also nicht schädlich?«

Ann-Mari warf ihr einen schiefen Blick zu.

»Aber nicht doch!«

Wieder allein dachte sie daran, wie schade es war, dass Ann-Mari nicht jünger war. Sie hätte ein geeigneter Kompagnon sein können. Aber sie trank natürlich, soff wie ein Loch, und war unzuverlässig, genau wie ihr Sohn.

Nein, sie konnte nur hoffen, dass Tobias ihr Angebot annahm. Gab es eine Chance, dass er es tat? Wenn er in Ruhe darüber nachdachte, vielleicht schon. Immerhin stammte er aus dem Dorf.

Morgen. Er streckte sich unter der Decke, reckte die Glieder. Oh ja, seine Muskeln schmerzten, vor allem in den Armen und der Leiste. Körperliche Arbeit war er nicht gewohnt.

Er hielt die Luft an. Sein Hinterkopf lag tief ins Kissen gedrückt wie in einer Schale, der Kissenbezug schob sich an beiden Seiten in die Höhe und kam ihm so sauber und gepflegt vor wie damals, als er noch ein Kind war. Wenn seine Mutter ihn ins Bett brachte und das Fieber in den Ohren pochte.

Hier in diesem Haus.

Vor mehr als dreißig Jahren.

Er hatte nicht einschlafen können, hatte auf dem Rücken gelegen, kaum geatmet. Gegen seinen Willen hatte er auf Geräusche aus der oberen Etage gelauscht. Sabinas Schritte und Gemurmel, ihr Mitleid und ihre Trostlaute. Die Sprungfedern quietschten, als sie sich hinlegte, das Geräusch drang durch die Decke zu ihm hinab.

Wie gestaltete sich ihr Liebesleben? Nicht im Moment vielleicht, aber sonst. Ließ Adam sie in Ruhe? Wie konnten sie jemals sicher sein, dass er nicht plötzlich einfach im Schlafzimmer stand? Schlossen sie die Tür ab? Wie kam er damit zurecht? Zweimal war Tobias Zeuge eines jener Wutanfälle geworden, die der große Mann bekommen konnte, wenn er sich vernachlässigt fühlte. Seine Arme fuhren dann herum wie Schmiedehämmer, und er brüllte wie ein gereiztes Tier. Sie allein konnte ihn dann beruhigen. Sie, die ihn geboren hatte.

Die Leute reagierten verunsichert, wenn sie Adam begegneten, wussten nicht, wie sie sich verhalten sollten. Alle außer Hardy. Deshalb ertrug Sabina ihn und seine Grobheit. Sie konnte es sich nicht leisten, sich mit jemandem wie Hardy zu überwerfen. Er hatte sie in der Hand.

Es war etwas Bösartiges an diesem Hardy Lindström. Er ist ein durch und durch böses Wesen, dachte er. Ein Handlanger des Teufels.

Er hatte einfach nicht einschlafen können. Die Bewegungen des Pferdekörpers waren noch in seinem Inneren, schaukelten sein Becken und ließen ihn in dem Rhythmus treiben. Wie ein Zentaur. Über ihm unterhielten sich Sabina und sein Vater. Sie sprachen nicht laut, er hörte nur dieses dumpfe Gurren, als würde sie für ihn in eine Rolle schlüpfen, als würde sie es ihm … schön machen.

Er saß kerzengerade im Bett und lauschte, war wütend auf sich selbst, weil er das tat, konnte es dennoch nicht lassen.

Im Dorf wohnen und schreiben.

Er dachte daran, was Ingelize gesagt hatte.

Dann würde er seinem Vater und Sabina ab und an zur Hand gehen können.

Wie lange würde sein alter Herr noch so vor Anker liegen? Würde er je wieder ganz gesund werden? Tobias schloss die Augen und sah die Tiere vor sich, ihr dumpfes Muhen, das Gedrängel dampfender Körper. Und dann das höhnische Funkeln in Hardys Augen, das widerliche starrende Rinderauge, das in Adams Hand lag.

Schließlich musste er einfach wieder aufstehen. Es war Viertel nach elf. Es war nicht der Drang, etwas zu schreiben, der ihn aus dem Bett trieb, nicht diese Art von Energie. Nein. Aber ein Whisky, ein Schluck aus der Plastikflasche, die er unmittelbar vor seiner Abreise noch eingepackt hatte, Glenfiddich, den er in einem Taxfree-Shop gekauft hatte. Er brannte am Gaumen, schmeckte scharf und gleichzeitig schal.

Jetzt ging sie da oben herum mit ihren trockenen breiten Füßen. Trug sie ein Nachthemd oder war sie nackt, wenn sie schlafen ging? Nackt, die breiten Schenkel fest geschlossen, geschlossen um das Dunkle, Tiefe.

Er bekam feuchte Finger, ging auf und ab und in den Flur hinaus. Suchte zwischen Mänteln und Jacken, fand Sabinas Mantel, den sie wahrscheinlich nur selten trug, ließ sich von ihm umschließen, von seinem Seidenfutter. Plötzlich musste er eine rauchen und stand gleich darauf in seine Jacke gehüllt auf der Eingangstreppe. Die Nacht war kalt und klar.

Über ihm waren die Sterne aufgegangen. Es war lange her, dass er so viele Sterne gesehen hatte, in der Stadt konnte man sie längst nicht so gut erkennen. Er rauchte tief inhalierend und lauschte in Richtung Waldsaum, aber es regte sich nichts, kein Lebewesen war zu hören. Sonst hätten sicher auch die Hunde reagiert.

Er kniff die Augen zusammen und hatte große Lust zu schreien, laut und primitiv in die Nacht hinaus zu brüllen. Sein Herz schlug plötzlich schneller, das passierte manchmal und man sagte, es bestehe kein Grund zur Sorge, aber es ängstigte ihn. Vielleicht würde es ja aufhören, wenn er das Rauchen aufgab. Klara versuchte regelmäßig, ihn zum Aufhören zu überreden, Marit auch. Auf einmal fiel ihm ein, dass seine Tochter auf seinen Rückruf gewartet hatte. Jetzt war es zu spät. Sie schlief sicher schon, musste morgen in die Schule. Und Görel schlief hoffentlich auch. Als er das letzte Mal mit ihr gesprochen hatte, war sie auf dem besten Wege, wieder depressiv zu werden. Es war jeden Herbst das Gleiche, sie wurde schwermütig und apathisch, raffte sich kaum noch dazu auf, wenigstens ihren Arzt aufzusuchen.

Allmählich bekam er kalte Beine, sodass er die Zigarette austrat und ins Haus zurückging. Im Flur stand jemand, hell und flüchtig wie ein Gespenst. Er schluckte und spürte einen Kloß im Hals.

Es war Sabina.
»Tobias?«, sagte sie leise.
»Ja.«
»Was ist los?«
»Du hast mich zu Tode erschreckt.«
»Ach so, entschuldige. Aber was ist denn, kannst du nicht schlafen?«
Sie trug ihren gelben Bademantel und ihre Haare hingen offen den Rücken hinab.
»Störe ich euch?«
»Nicht doch. Aber ich habe gehört, dass du rausgegangen bist.«
»Ich musste nur eine rauchen.«
Ihre Hand auf seinem Arm.
»Soll ich dir etwas machen? Etwas Warmes?«
»Nein, nein!«
»Wir müssen jetzt schlafen, Tobias. Wir haben morgen wieder viel zu tun.«
»Ich weiß. Gute Nacht, Sabina.«
Und er kehrte ihr den Rücken zu und ging hinein.
Schlief er ein? Er musste geschlafen haben, denn es gab Fragmente von Bildern, Träumen. Der Rasierapparat, der durch die Haare fuhr. Straßen aus dichtem Fell. Sabinas Gesicht unter der Decke, ihr nackter brauner Hals mit weißen Striemen.
Wie viel Uhr war es? Er tastete nach dem Lichtschalter. Es war eine kleine lächerliche Lampe, die zu nichts zu gebrauchen war, tanzende Amoretten unter Perlenfransen. Er fand seine Armbanduhr. Es war halb sieben. Er warf die Beine über die Bettkante und stöhnte auf, sein ganzer Körper tat höllisch weh. Er stand auf dem Fußboden und die Dunkelheit hatte sich verändert, war nicht länger kompakt, sondern fast schon dämmrig, und als er das Fenster öffnete, merkte er, dass der Wind wieder aufgefrischt hatte.

Sie würden sich die restlichen Ochsen vornehmen. Noch zwei, drei Tage, dann konnte er sich in den Zug setzen und nach Hause fahren. Sabina hatte ihm versprochen, ihn zum Bahnhof nach Linköping zu fahren.

Er ging über den Hof und rauchte. Der Wind zerzauste ihm die Haare, es war wärmer geworden, fror nicht mehr. Er dachte an das Floß. Es war höchste Zeit gewesen, die Tiere von Skamön heimzuholen.

Das Handy klingelte in seiner Tasche, es war seine Tochter Klara.

»Hallo. Ich bin's.«

»Hallo, Liebes. Ich wollte dich gerade anrufen. Bist du auf dem Weg zur Schule?«

»Wir haben heute einen Studientag.«

»Und trotzdem bist du schon so früh auf?«

»Tja, da kannst du mal sehen.«

»Wie geht es Mama?«

»Wie immer.«

»Was heißt das? Im Moment, meine ich.«

»Sie ist deprimiert, will nicht aus dem Haus gehen. Du weißt schon.«

Er seufzte.

»Ich war jedenfalls einkaufen und habe Spaghetti gekocht.«

»Du machst das toll, Klara.«

»Und wie geht es Großvater? Er scheint auch nicht sonderlich gut drauf zu sein.«

»Stimmt, du hast ja gestern mit ihm gesprochen. Ich hätte dich anrufen sollen, aber hier war so viel zu tun.«

»Ist schon okay.«

»Wir müssen jetzt stark sein, Klara. Ich komme nach Hause, so schnell ich kann.«

»Ist schon okay«, sagte sie erneut und in ihm keimte Sehnsucht nach ihr auf.

»Ruf an, wenn was ist, versprich mir das!«

»Okay.«

Sabina hatte Kaffee gekocht.

Sie eilte zwischen den Zimmern hin und her, denn auch Adam lag heute im Bett, er war erkältet. Hauptsache, er steckte sich jetzt nicht an, er musste in ein paar Tagen unbedingt nach Hause und endlich schreiben. Für Klara würde es auch einfacher sein, wenn er in ihrer Nähe war. Auch wenn er nicht viel tun konnte, wenn Görel eine ihrer depressiven Phasen hatte.

Das konnte niemand.

Er öffnete die Tür zum Stall und trat ein. Die Ferkel stoben wie immer davon, schrill quiekend und verwirrt. Er blieb eine Weile bei ihnen stehen und beobachtete, wie sie sich allmählich beruhigten und langsam und neugierig wieder vorwagten. Sabina hatte sie bereits gefüttert. Wie lange war sie eigentlich schon auf den Beinen?

Jetzt war sie hinter ihm, er sah ihren Schatten, drehte sich zu ihr um und lächelte.

Sah sie müde aus? Nein, nicht müde. Sie legte ihre Hände auf seine Schultern.

»Bist du bereit, Tobi, es unserem lieben Vieh zu zeigen?«

Heute war es schwieriger, sie durch die Gitterstäbe zu locken. Die Ochsen hatten eine Nacht lang Zeit gehabt, sich Gedanken zu machen und dumpf zu ahnen, was sich hier ankündigte. Konnten Tiere eine solche Intuition haben? Er erinnerte sich an etwas, das er über Schweine gelesen hatte, die in Todesangst schrien, sobald sie sich dem Schlachthof näherten. Dass sie den Tod wahrnehmen konnten, denn er war in all dem Fremden, das sie umgab, er war in Geräuschen und Gerüchen. Sabina hatte früher in einem Schlachthof gearbeitet. Er hätte sie gerne danach gefragt, wusste jedoch, dass sie nur widerwillig über ihr früheres Leben sprach.

Er stand mit Heu vor den Ochsen und lockte sie zu sich.

»Komm, kleines Rindvieh, komm, komm, komm.«

Aber die Tiere zierten sich. In der ersten Stunde schafften sie nur einen Ochsen. Und mitten in dem ganzen Theater gab dann auch noch der Rasierapparat den Geist auf.

Sabina stieg aus dem Verschlag, lehnte sich an das Gatter und legte die Arme in den Nacken. Sie war müde. Er stand neben ihr. Er hatte eine Zigarette geraucht und neben ihr gestanden und die Ader in ihrem Hals gesehen, die sich unter der Haut bewegte und pulsierte.

Sie betrachtete den Rasierapparat von allen Seiten, hielt ihn sich an die Augen, musterte ihn.

»Das Ding ist hin.«

»Und was machen wir jetzt?«

»Wir müssen versuchen, ihn zu reparieren. Kannst du so was, Tobi? Da drinnen im Schrank gibt es jede Menge Werkzeug.«

Sie ging zur Sattelkammer, und er folgte ihr.

Die Sattelkammer war ein kleiner, schlicht möblierter Raum: eine an der Wand befestigte Holzbank, die von einem Flickenteppich bedeckt war, ein klobiger und staubiger Schreibtisch. Die Tür ließ sich abschließen. Seine Mutter war manchmal hierher gegangen, daran erinnerte er sich noch. Ab und zu hatte sie auch auf der Bank geschlafen, zum Beispiel, wenn ein Pferd krank war oder es ihr im Sommer unter dem Dach zu heiß wurde.

An der Wand hing ein blau lackierter Eckschrank, den sein Vater gebaut hatte, und Sabina stand jetzt davor, streckte sich zu ihm hoch und öffnete ihn.

»Wenn ich mich recht erinnere ... ja, hier ist ein Schraubenzieher. Ist er zu groß, was meinst du?«

Er nahm das angerostete Werkzeug entgegen, verglich seine Dicke mit den Schlitzen der Schrauben.

»Ich kann es ja mal versuchen«, sagte er zögernd.

Sie saß auf der Bank, die Füße an den Schreibtisch gelehnt. Ihre Stiefel waren klein und schmutzig.

Er trat zu ihr und stand so, dass sie ihre Position nicht verändern konnte.

»Sabina«, sagte seine Stimme, seine eigene Stimme, und sie

klang hell und anders als sonst, und er sprach ihren Namen noch einmal aus.

Ein Fluchtreflex blitzte in ihren Augen auf, aber nur kurz, ganz kurz. Unmittelbar darauf glänzte es feucht auf ihren Wangen, und sein Mund war zur Stelle, seine Zunge schleckte die salzige Flüssigkeit ab, seine Hände waren an ihrem Hals, der Reißverschluss, ihre Brüste unter dem BH, seine Finger bohrten und suchten, fanden den Verschluss und hakten ihn auf, und ihre bleichen, schweren Brüste fielen direkt in seine offenen Hände.

»Tobias, was machst du da, was tun wir hier?«

Ihr Atem roch süß wie nach Pastillen, ihre Zunge war wie ein kleines wirres Tier, und er presste sich an sie mit seiner Zunge, wand sich an ihr, an ihren glatten weißen Zähnen, und sie weinte jetzt, schluchzte, aber gleichzeitig lachte sie auch, ja, sie lachte, und ihre Arme leisteten keinen Widerstand, sondern schlangen sich um seinen Hals, und sie presste ihn zu ihren Brüsten hinab, zum Bauch, und er zog an ihrer Kleidung, bis der Overall von ihr abgestreift, sein Inneres nach außen gestülpt wurde, sie aus ihrer blauen Schale auftauchte und nackt auf der Bank lag.

Nachher, als sie sich wieder angezogen hatten und er mit dem Kopf in ihrem Schoß auf dem Steinfußboden auf die Knie sank, weinte sie nicht mehr, war aber auch nicht wirklich froh. Sein Kopf lag so, dass er ihre Hände sah.

»Was haben wir nur getan?«, sagte sie in den Raum hinein, aber in ihrer Stimme lag kein Vorwurf, nur traurige Verblüffung.

»Ich habe nicht vor, dich um Verzeihung zu bitten«, flüsterte er. »Denn das will ich nicht. Ich habe mich nach dir gesehnt, du kleine Hexe, ich habe mich nach dir gesehnt, seit ich dich zum ersten Mal sah.«

Ihre Hände waren schwielig, und er befeuchtete sie mit den Lippen und biss in sie, in die kleinen Schwielen an den Fingeransätzen. Ihr zäher starker Körper.

»Wir müssen das ganz schnell wieder vergessen!«, murmelte sie, zog ihre Hände jedoch nicht weg. »Wir müssen denken, dass es niemals passiert ist.«

Er richtete sich auf und küsste ihre Fingerspitzen, küsste die Arme hinauf, sah ihre Gesichtszüge weich werden.

»Ich habe auch an dich gedacht«, sagte sie heiser. »Gott vergib mir, aber ich habe auch an dich gedacht.«

Er legte seine Hände in ihre Achselhöhlen, stand auf und zog sie mit sich. Sie war kleiner als er, das war ihm vorher nie aufgefallen, sie reichte ihm bis zu den Schultern und ihre Lippen lagen auf seiner Brust, unter den Knöpfen, auf der Haut.

»Tobias! Er darf niemals davon erfahren. Er ist der liebenswerteste Mann der Welt.«

Auf einmal war da eine Bewegung an der Tür und ein Geräusch. Ein Scharren, ein Räuspern.

»Ja, es wäre wirklich eine Schande, Sigge Elmkvist traurig zu machen, nicht wahr? Den liebenswertesten Mann der Welt. Er hat sicher etwas Besseres verdient.«

Sie lösten sich schlagartig voneinander, aber es war schon zu spät, als Tobias entdeckte, wer dort an den Türpfosten gelehnt stand. Das vorgeschobene Kinn, der grobe, gelbe Bart. Seine Augen fixierten sie unter halb geschlossenen Augenlidern.

Sabina wandte ihnen den Rücken zu, war mit ihrem Reißverschluss beschäftigt. Ihre Schultern zitterten, und das machte ihn rasend vor Wut.

»Warum schleichst du dich hier an wie ein Spion!«, brüllte er los.

Hardy zog die Oberlippe hoch. Sein Gesicht wurde schmal und spitz.

»Ein Spion? Ganz und gar nicht. Ich bin nur gekommen, um mein Geld zu holen.«

Sabina fuhr herum, war wie gelähmt, außer Stande zu begreifen.

»Ich werde sofort zur Bank fahren, ich wollte gerade los.«

»Aha.«

»Das ist wahr. Aber es gab noch so viel zu tun, wir waren mit den Tieren beschäftigt.«

»Ich hatte den Eindruck, dass ihr auch sonst mit so einigem beschäftigt wart.«

»Hardy!«

»Ich habe alles gesehen. Nur dass du es weißt, Sabina. Ich habe genau gesehen, was ihr getan habt.«

Sie sank in sich zusammen und begann, sich zu demütigen.

»Du bist doch so nett und sagst nichts? Du ... du bekommst, was du willst. Es ist einfach so passiert, wir haben das nicht gewollt.«

Er ließ ein schmatzendes Geräusch hören.

»Nicht gewollt? So sah es mir aber nicht aus.«

»Ich fahre jetzt zur Bank. Du kannst mitkommen, wenn du willst.«

»Nee, ich warte hier.«

»Ich hoffe, du hast keine Unannehmlichkeiten gehabt. Falls du das Geld schon gestern gebraucht hättest oder so.«

Er lachte kurz auf, antwortete aber nicht.

»Ich komme gleich zurück, die Bank hat ja jetzt auf, ich bin gleich wieder zurück.«

Sie hielt ihr Kopftuch in der Hand, faltete es zu immer kleineren Vierecken zusammen und stopfte es schließlich in die Tasche. Sie war sehr blass geworden und sah aus, als wäre ihre Sonnenbräune mit einem Schlag verschwunden.

Sie sahen Sabina den alten Opel anlassen und auf die Landstraße fahren. Der Wagen ruckte ein paar Mal, als bekäme er zu wenig Benzin. Tobias holte seine Zigarettenschachtel heraus.

»Willst du eine?«

Der andere nickte und zupfte sich eine John Silver heraus.

Tobias lehnte sich an die Wand, seine Muskeln entspannten sich, ein Schleier legte sich vor seine Augen.

»Das, was du da gesehen hast«, setzte er an.

»Da drinnen?«

»Ja.«

»Als du sie gevögelt hast?«

»Ist dir selber so etwas noch nie passiert? Dass zwei Menschen einfach nur ...?«

Hardy ließ den Rauch durch die Nasenlöcher sickern.

»Mir persönlich ist das völlig egal. Aber der alte Elmkvist wird wohl nicht sehr erfreut sein.«

»Du wi ... willst also zu ihm gehen und es ausplaudern?« Zu seinem Ärger begann er zu stottern.

Hardy lächelte, die spitzen Eckzähne stachen hervor.

»In der Stadt mag man solche Affären schön für sich behalten können. Aber in einem kleinen Kaff auf dem Lande lässt sich nichts geheim halten. Absolut nichts!«

»Bist du auf Geld aus?«

»Geld?«

»Soll das hier eine verdammte Erpressung werden? Wenn das so ist, will ich dir nur erzählen, dass ich so arm bin wie eine Kirchenmaus.«

Tobias warf seine Kippe weg und ging in den Stall. Es hatte angefangen zu regnen. Seine Hände zuckten, sein ganzer Körper, Schweiß lief aus seinen Achselhöhlen. Er ging zur Sattelkammer, hob den Rasierapparat auf und versuchte, mit dem Schraubenzieher Halt in den Schrauben zu bekommen, aber es ging nicht, er zitterte zu sehr. Vage nahm er wahr, dass Hardy ihm gefolgt war.

»Was hast du eigentlich gegen mich?«, sagte er verbissen. »Seit ich hier bin, hackst du auf mir herum, du scheinst mich zu hassen, kannst du mir bitte mal erklären, warum!«

»Ich hasse dich nicht. Überhaupt nicht.«

»Was zum Teufel ist dann mit dir los? Was habe ich dir getan?«

»Du bist ein total bescheuerter Typ, das ist alles. Ein verdammter Snob, der hier ankommt und denkt, er wäre Gott weiß wer. Ja, denkst du denn, du wärst es überhaupt wert, gehasst zu werden? Pfui Teufel, sage ich nur. Pfui Teufel.«

Tobias drehte sich langsam um, schüttelte den Kopf, stand da, zitterte und schüttelte den Kopf.

»Du willst was ganz Besonderes sein. Und dann kommst du her und vögelst deiner eigenen Stiefmutter den Arsch ab. Was bist du nur für ein verdammtes Schwein. Pfui Teufel, sage ich nur. Pfui Teufel!«

Der Schraubenzieher in seiner Hand, der kurze gelbe Griff, der Schraubenzieher in seiner zustechenden Hand, der einsank wie in Butter, sodass es gurgelte und brach und verstummte. Heißes und Rotes in den Augen und an den Händen und den Kleidern wie ein Geysir. In die Höhe schießend mit einem Zischen, und der Mann wehrte sich, aber nur schwach, denn es war keine Kraft in seinen fuchtelnden Armen, und er war im Fallen gegen den Schreibtisch gestürzt, und die scharfe Tischkante hatte ihn an der Schläfe getroffen, doch dann war da der Schraubenzieher, der in den weichen Hals einsank, sodass es gurgelte und brodelte.

Danach handelte er rein mechanisch. Zog den Overall aus, faltete ihn nach innen um das Blut und die schweren dunklen Flecken, lief nur in Unterhose und barfuß durch das Stroh. Eine Katze verschwand mit einem Fauchen, ihr Schwanz stand senkrecht hoch. Das Wasser aus dem Schlauch war eiskalt, aber er spürte nichts davon, sondern spritzte sich rein und nackt, spritzte sich aus dem Jetzt. Die Tür zur Sattelkammer war geschlossen, in dem Raum lag noch der zusammengefaltete Overall und seine Unterhose hatte Flecken abbekommen, aber jetzt lief es braun von seinem Körper herab und auch aus den Haaren. Auf dem Fenstersims lag ein Stück rissiger Seife, und er schrubbte mit ihr Brust und Arme, schrubbte schneidend seine Hände, um Seife bis in die Poren des Körpers eindringen zu lassen. Er beugte sich vor und zog die scharfen Ränder der Seife durch die Haare, fest und dann wieder locker, bis es schließlich schäumte, und es lief und brannte, nass und rot und schmutzig braun.

So saß er da, als Sabina zurückkam. In seiner nassen Unterwäsche. Er würde sich erkälten und irgendwo in seinem Hinterkopf regte sich der Gedanke, geh dich anziehen, du holst dir sonst noch den Tod! Er saß da und betrachtete seine langen mageren Schenkel und die Gänsehaut, die er bekommen hatte.

Er hörte den Wagen auf den Hof biegen und das Bellen der Hunde. Eine Autotür wurde zugeschlagen, der Wind zerrte am Dach des Stalls.

Ihr leerer starrer Blick, der Umschlag in ihrer Hand, ausgestreckt, um die Schuld möglichst schnell zu begleichen, um es hinter sich zu bringen.

Und es danach zu vergessen.

Kleine, süße Sabina. Glaubst du, man kann das hier einfach vergessen?

Er hätte Geld von dir erpresst, dich so lange erpresst, bis dir das Leben nichts mehr wert gewesen wäre.

Er hätte alle Kraft aus deinem armen zerbrechlichen Körper erpresst.

Öffnete sie die Tür zur Kammer?

Er hörte keinen Schrei und auch kein Stöhnen.

Plötzlich saß er nur da und hielt einen neuen Overall im Arm, der sauber und gebügelt war und einen schwachen Waschmittelduft verströmte.

Wie ein Roboter stand er auf und zog ihn an.

’til the end of time

Wenn er Marit einen Schlüssel zu seiner Wohnung in der Bellevuegatan gegeben hätte, wäre sie hingegangen und hätte dort ein wenig aufgeräumt, Joghurt und Obst eingekauft, den abgestandenen Zigarettenrauch ausgelüftet, vielleicht auch noch Staub gesaugt. Wenn es ums Saubermachen ging, war Tobias nicht unbedingt der Fleißigste.

Aber sie hatte nun mal keinen Schlüssel.

Wenn sie zur Arbeit ging, nahm sie gerne den Weg an dem gelben, dreistöckigen Haus vorbei, in dem er wohnte. Sie schielte dann zu den Fenstern hinauf, aber die Jalousien waren meistens in beiden Zimmern heruntergelassen. Auch jetzt, da er verreist war.

Sie vermisste ihn mehr, als sie für möglich gehalten hätte. Aber zu ihrer Freude hatte er angerufen und gesagt, er würde früher nach Hause kommen als geplant. Er klang müde. Sie versprach, ihn am Bahnhof Södertälje-Süd abzuholen.

Die letzten Tage war das Wetter sehr wechselhaft gewesen, am einen Tag kalt und frostig, am nächsten milder, man wusste nie, wie man sich anziehen sollte. An diesem Morgen war es wieder richtig kalt, sodass sie schnell ging. Ihre Augen tränten, die Wimperntusche würde sicher verlaufen. Sie schminkte sich eher dezent, nahm nur ein wenig Schwarz für die Wimpern und zog ein paar dünne Striche mit dem Kajalstift. Aber jetzt würde es schlampig aussehen, wenn sie zur Arbeit kam, und das ärgerte sie.

Sie war spät wach geworden, hatte am Abend zuvor nicht einschlafen können und lange wach gelegen und an Tobias gedacht, über ihre Beziehung nachgegrübelt. Er hatte angerufen, als sie gerade zur Tür hereingekommen war.

»Ich komme morgen am frühen Nachmittag zurück, kannst du mich abholen?«

»Was? Du kommst schon zurück? Das ist ja toll, ist das auch wirklich wahr?«

Im Grunde war es dumm von ihr, ihm so deutlich zu zeigen, wie viel er ihr bedeutete. Heftige Gefühlsausbrüche konnten ihn steif und unnahbar werden lassen. Es war seltsam, denn wenn man seine Bücher las, bekam man ein völlig anderes Bild von ihm. Sie dachte an die Gedichte, die er vor ein paar Jahren veröffentlicht hatte.

»Kannst du mich nun abholen oder nicht?«, unterbrach er sie, und seine Stimme hallte brutal und fremd im Hörer.

»Natürlich. Ich komme.«

Nachdem sie aufgelegt hatte, brach sie in Tränen aus.

Am späteren Abend, als sie eine trockene Portion Sushi aus dem Supermarkt verspeist und die Nachrichten geguckt hatte, nahm sie seine Gedichtsammlung aus dem Regal. *Geschmückt, geschraubt* war der Titel. Sie sprach ihn laut aus, versuchte zu ihrer freudigen Erregung zurückzufinden. Er hatte ein paar Worte auf das Vorsatzblatt geschrieben, allerdings nichts, was sie glauben machen könnte, diese Gedichte wären etwas, das für sie bestimmt war, sondern etwas Neutrales. *Für Marit im Herbst 1999 mit freundlichen Gedanken vom Autor*.

Freundliche Gedanken. Würde jemals mehr daraus werden? Sie blätterte in dem Buch. Es war positiv besprochen worden, erinnerte sie sich. Es hatte zwar nicht besonders viele Kritiken bekommen, aber die Kritiker, die eine Rezension geschrieben hatten, waren in ihrem Urteil ausnahmslos positiv gewesen.

Wen hatte er im Sinn gehabt, als er diese glühenden Strophen schuf? Görel jedenfalls nicht, denn zu der Zeit hatten die beiden sich schon getrennt, und Marit ahnte, dass die Jahre mit ihr ziemlich anstrengend gewesen waren. Also eine andere Frau? Oder konnte man einfach so Liebesgedichte aus dem Ärmel schütteln, ohne verliebt zu sein? Sie hatte es nie gewagt, ihn danach zu fragen.

Sie schenkte sich ein Glas Saft ein und dachte daran zurück, wie sie Tobias anlässlich seines Interviews in der Illustrierten *Unsere Wohnung* kennen gelernt hatte. Er hatte damals einen Preis gewonnen, wodurch das Magazin auf ihn aufmerksam geworden war und einen langen Artikel über ihn veröffentlicht hatte.

Marit und ihre Kollegen in der Stadtbücherei beschlossen daraufhin, sich mit ihm in Verbindung zu setzen. Ein Einheimischer, der Schriftsteller war! Das musste gebührend gewürdigt werden.

Er kam an einem Mittwochabend in die Bücherei, und es waren sogar ziemlich viele Leute in das Café *Der blaue Salon* gekommen, wo ihre Autorenlesungen im Allgemeinen stattfanden. Das Publikum bestand natürlich wie immer vor allem aus Frauen. Er hatte noch nicht begonnen, seinen Kriminalroman zu schreiben und erzählte stattdessen von seinen früheren Büchern und las aus ihnen, auch aus der Gedichtsammlung. Wenn er las, veränderte sich seine Stimme, sie wurde sanft und intensiv. Marit saß direkt neben der Tür und zwar so, dass sie die lauschenden Frauen beobachten konnte. Überrascht stellte sie fest, dass sie eifersüchtig war.

Ein paar Tage später kam er kurz vor der Mittagspause persönlich mit der Rechnung zu ihr.

»Sollen wir einen Happen essen gehen?«, meinte sie spontan.

Er lachte auf.

»Sofort?«

»Ja. Ich wollte gerade ...«

»Jetzt habe ich keine Zeit, ich muss nach Stockholm fahren.

Aber wie wäre es heute Abend? Natürlich nur, wenn Sie nicht schon etwas vorhaben.«

Sie war vor Vorfreude ganz aufgeregt.

»Ich kann uns einen Tisch reservieren lassen, wenn Sie möchten«, sagte sie hastig. »Essen Sie gerne griechisch? Es gibt in der Ängsgatan ein Restaurant mit einem Holzkohlegrill. Sind Sie da schon einmal gewesen?«

Es war leicht gewesen, sich mit Tobias zu unterhalten, zumindest anfangs. Noch ehe der Abend vorüber war, hatte sie ihm große Teile ihres Lebens erzählt. Von ihrer Ehe mit Claes und dass sie keine Kinder bekommen hatte, was nicht an ihr lag, sondern daran, dass die Spermien ihres Exmanns zu kraftlos waren.

Während sie sprach, saß Tobias ihr gegenüber und beobachtete sie unablässig.

»Macht es Sie traurig, dass Sie keine Kinder bekommen haben?«, fragte er ernst.

Sie strich ihre Haare hinter die Ohren, war erhitzt und spürte deutlich, dass ihr Gesicht rot anlief.

»Ich war lange Zeit völlig darauf fixiert, konnte keine schwangeren Frauen oder Mütter mit Kinderwagen sehen. Ich war ziemlich deprimiert. Ja, ich war traurig. Aber das ist jetzt vorbei, ich habe es überwunden. Im Dezember werde ich vierzig, es gibt außer Kindern auch noch andere Dinge im Leben. Viele andere.«

»Zum Beispiel?«

»Dass man gesund bleibt«, sagte sie zögernd und sie mussten beide lachen.

»Ich habe auch im Dezember Geburtstag«, verriet er ihr. »An Silvester. Früher habe ich immer wilde Partys gefeiert. Aber man wird älter, tritt etwas kürzer.«

Sie war ein Jahr älter als er. Er erzählte ihr von seiner Tochter Klara. Im Portmonee hatte er ein Foto von ihr, sie hatte die gleichen schwarzen Haare, die gleichen Augen wie er.

»Meine Mutter ist Isländerin«, erklärte er. »Aber sie hat grönländische Vorfahren. Meine Tochter und ich haben etwas davon abbekommen.«

Sie entschied sich an diesem Morgen für die Torekällgatan und ging im Laufschritt den steilen Hang hinab. Die ganze Stadt war auf Hügeln erbaut, das war ihr als Erstes aufgefallen, als sie vor vielen Jahren hierher gezogen war. Als junge und frisch verheiratete Frau. Sie hatte den Nachnamen ihres früheren Mannes behalten, Stenhägg. Er klang einfach besser als Svensson, ihr Mädchenname.

Die Ehe hielt nicht lange. Sie und Claes waren einfach zu verschieden. Nach der Scheidung hatte sie ein paar kurze und einigermaßen leidenschaftslose Beziehungen gehabt.

Tobias' Exfrau lebte auch noch in Södertälje, aber Marit hatte sie bisher nur auf Fotos gesehen. Sie war eine Eigenbrötlerin und oft deprimiert, vielleicht sogar psychisch krank. Seiner Tochter Klara war sie dagegen schon ein paar Mal begegnet, ohne dass es ihr gelungen wäre, Kontakt zu ihr zu bekommen. Mehrmals war das Mädchen in die Bücherei gekommen, hatte sie jedoch nie gegrüßt, sondern war schnurstracks in die Kinder- und Jugendbuchabteilung gegangen. Sie lieh sich nie etwas aus, saß meistens nur da und blätterte in den Büchern. Eines Nachmittags war Marit zu ihr gegangen.

»Hallo, Klara, erkennst du mich?«, hatte sie gesagt.

Die Augen des Mädchens waren eine Kopie seiner Augen. Klara war zusammengezuckt, als hätte man sie bei etwas Verbotenem ertappt.

»Ich bin es nur, Marit, du weißt doch, dein Papa und ich.«

»Ja.«

»Ich arbeite hier in der Bücherei.«

»Ich weiß.«

»Wie geht es dir?«

»Gut.«

»Ja, ich wollte nur kurz Hallo sagen.«

Sie hatte das Gefühl gehabt, sich ungeheuer blamiert zu haben, als hätte das Mädchen sie irgendwie abgefertigt.

Marit bog links in die Storgatan. So früh am Tag war sie fast menschenleer. Sie hörte das Geräusch von Flügeln und erblickte plötzlich einen Raubvogel, vielleicht einen Sperber. Er schien die Orientierung verloren zu haben, prallte mit einem leisen Knall gegen ein Schaufenster des Einkaufszentrums und flog dann taumelnd über dem Straßenpflaster weiter. Sie sah ihm nach, bis er in der Ferne verschwand.

Die Stadtbücherei lag im Herzen der Stadt, im so genannten Lunahaus. Sie arbeitete seit zehn Jahre hier. Sie mochte den Kontakt mit den Menschen, und wenn sie an der Ausleihe im Erdgeschoss Dienst hatte, bekam sie wahrlich genug davon. Hierher kamen nicht nur Leute, die sich Bücher ausleihen wollten, sondern auch andere, sodass man die verschiedensten Fragen beantworten musste.

Sie näherte sich der Bücherei und beschloss, den Haupteingang zu nehmen, da sie keine Lust hatte, zum Personaleingang auf der Rückseite des Gebäudes zu gehen. Vor den gläsernen Eingangstüren stand eine kleine Menschenschar, die darauf wartete, dass die Bücherei um acht Uhr ihre Pforten öffnete. Es war die gleiche treue Ansammlung Menschen, die sich dort jeden Morgen pünktlich um diese Uhrzeit einfand. Sobald der Hausmeister sie hereinließ, gingen sie auf direktem Wege in den Zeitungslesesaal, fast schon mechanisch, nahmen sich ihre Zeitung und begaben sich zu dem Stuhl, der zu ihrem Stammplatz geworden war.

Sie blieb ein wenig hinter den Leuten stehen, weil sie keine Lust hatte, in ein Gespräch verwickelt zu werden. Sie war einfach noch zu benommen und schläfrig. Die Leute diskutierten über Björn Borg und seine Millionen, und die einzige Frau in der Gruppe ergriff das Wort und meinte, was man nur mit so viel Geld machen soll, ob man damit wirklich glücklich werden könne?

Einer der älteren Männer mit Schirmmütze drehte sich zu ihr um.

»Er ist doch in Konkurs gegangen«, erwiderte er gereizt.

Die Frau sah ihn fragend an, und ihre Wangen röteten sich leicht.

»Aber seine Unterhosen werden doch noch überall verkauft«, protestierte sie lahm.

»Was meinen Sie eigentlich, wie die Näherinnen das finden?«, legte der Mann nach, zog die Schultern hoch und vermied es, ihrem Blick zu begegnen. »Die haben diese ganzen Unterhosen genäht und kein Geld dafür gesehen.«

Marit trat ein paar Schritte zur Seite, holte ein Tempotaschentuch heraus und wischte sich vorsichtig um die Augen. Sie spürte, dass sie Kopfschmerzen bekam. Drüben auf dem Marktplatz bauten die Verkäufer ihre Stände auf, denn heute war Markttag. Sie verkauften hauptsächlich Kleider und irgendwelchen Krimskrams, es gab mehrere Tische mit typischen Flohmarktartikeln. An so was hatte sie schon lange kein Interesse mehr.

Die Glocke der Kirche Sankt Ragnhild schlug achtmal.

Der Vormittag wurde stressig. Die Leute waren schlecht gelaunt und gereizt. Sie wusste nicht, woran das lag. An manchen Tagen war es einfach so. Vielleicht hatten sie genau wie sie schlecht geschlafen. Ein Mann in einem Wintermantel ließ sich den Zähler für den Kopierer geben und versuchte, einige handgeschriebene Dokumente zu kopieren. Manchmal hatte er Erfolg, manchmal waren nur schwache Striche zu erkennen.

»Soll das etwa so aussehen?« Er beugte sich über die Theke, seine Hände waren mager und fleckig.

»Blaue Tinte ist immer ein Problem«, versuchte sie zu erklären. »Man muss die dunkelste Stufe nehmen.«

Er runzelte die Stirn.

»Das habe ich doch getan.«

Marit ging zum Kopierer, war jedoch auch nicht erfolgreicher.

»Ich weiß nicht, woran es liegt«, sagte sie. »Es scheint nicht zu klappen.«

Er warf ihr einen verdrossenen Blick zu.

»Was haben Sie hier eigentlich für einen Service?«

Glücklicherweise klingelte in diesem Moment das Telefon, und jemand wollte ein Buch über Schmetterlinge verlängern lassen. Die Daten erschienen auf dem Bildschirm. Marit verlängerte die Leihfrist und tat so, als wäre es komplizierter, als es tatsächlich war. In der Zwischenzeit verlor der Mann am Kopierer die Geduld und verschwand.

Gegen halb zehn ging sie in die Cafeteria in der oberen Etage und holte sich eine Tasse Kaffee. Normalerweise nahm sie sich immer Brote von zu Hause mit, aber weil sie so spät aufgewacht war, hatte sie an diesem Morgen nicht mehr die Zeit dazu gefunden. Sie kaufte sich ein Brot mit Leberwurst und Gurke. Hilda saß schon an einem Tisch. In dem grauen Licht, das zu den Fenstern hereinfiel, sah sie verhärmt aus.

»Alles in Ordnung?« Marit hörte selbst, wie forsch sie klang.

»Es ist dieser dauernde Regen«, seufzte ihre Kollegin. »Er nimmt einem alle Kraft.«

»Aber jetzt regnet es doch nicht mehr.«

»Nein. Aber jetzt hat man auch keinen Urlaub mehr.«

Hildas Arbeit bestand darin, die Bücherwagen an der Bücherrückgabe abzuholen und die zurückgegebenen Bände wieder in die Regale einzuordnen.

»Nein. Da hast du allerdings Recht.«

Hilda hatte ihren Urlaub in einer Hütte auf der Insel Rindö in den Stockholmer Schären verbracht. Sie hatte zwei Kinder in der Pubertät und einen Mann, der bei den Scania-Werken arbeitete. Es hatte jeden Tag geregnet.

»Aber es scheint wenigstens ein schöner Herbst zu werden«, fuhr Marit fort. »Tobias kommt heute nach Hause, ich habe mir den Nachmittag frei genommen. Am Samstag werde ich versuchen, ihn in den Wald hinauszulocken. Es gibt jede Menge Pfifferlinge.«

Hilda warf ihr einen desinteressierten Blick zu.

»Aha. Wo denn?«

»Ich weiß nicht genau, aber es müsste jedenfalls welche geben.«

»Ich finde, am Wochenende kommt man zu nichts. Man muss einkaufen und waschen und putzen. Man hat einfach nicht genug Zeit.«

»Nein.«

»Übrigens muss ich Samstag arbeiten. Wenn die Schmerzen nicht zu stark sind.«

»Jedenfalls hoffe ich dann für dich, dass es regnet«, versuchte Marit zu scherzen. Sie mochte Hilda nicht sonderlich, weil sie viel grübelte und alles negativ sah, oft über Schmerzen in den Armen und im Nacken klagte.

Wer hat denn keine Schmerzen in den Armen, dachte sie. Das gehörte eben zu ihrem Beruf. Bücher wogen viel, viele Bewegungen waren monoton und verschlissen Glieder und Muskeln. Aber das Risiko von solchen Berufskrankheiten gab es doch in fast allen Berufen, oder etwa nicht?

Jetzt trafen eine ganze Reihe ihrer Kolleginnen ein und gesellten sich zu ihnen.

»Wisst ihr, was gestern passiert ist!«, platzte Molly heraus. »Wir wollten gerade schließen, als mir etwas Merkwürdiges auffiel. Ich kam in die Abteilung Ahnenforschung und da saß jemand, der es auf einmal verdammt eilig hatte, als ich reinschaute. Wisst ihr, wer das war? Der Typ, der letztes Jahr Bilder von Katzen aus den Büchern ausgeschnitten hat. Erinnert ihr euch? Eskil Hansson, dieser Kerl aus Grusåsen.«

»Was!«, entfuhr es Marit. »Der darf doch gar nicht mehr in die Bücherei, er hat Hausverbot!«

»Ja. Aber offensichtlich hatte er sich trotzdem eingeschlichen. Hast du nichts bemerkt, du stehst doch direkt am Eingang?«

»Wenn er mir aufgefallen wäre, hätte ich sofort Alarm geschlagen.«

»Nun ja, jedenfalls war er da, und ich weiß nicht, ob er wieder was gemacht hat, er sah verdammt schuldbewusst aus. Was tun Sie hier, Sie dürfen doch nicht mehr hierher kommen, habe ich gesagt. Daraufhin murmelte er etwas von Verjährung.«

Sie drückte den Rücken durch und warf Kommentare heischende Blicke in die Runde.

»Oh, nein, mein Lieber«, sagte Hilda. »Für immer, haben wir gesagt. Und das weiß er auch ganz genau. Er hat so viele schöne Bücher mit seinem bescheuerten Skalpell kaputtgemacht, ehe wir ihn erwischt haben. Er schuldet uns ein Vermögen.«

»Was hast du mit ihm gemacht?«, erkundigte sich Marit.

»Ich habe ihm gesagt, er solle verschwinden. Und dass ich die Polizei rufe, wenn er sich noch einmal blicken lässt.«

»Hat er dir gehorcht?«

»Ja.«

Es passierten eine ganze Reihe seltsamer Dinge in der Bücherei. Immerhin sollte sie eine Art Wohnzimmer für die Benutzer sein. Aber manche nahmen sich ungewöhnlich große Freiheiten in diesem Wohnzimmer heraus. Wie zum Beispiel der Schuljunge, der vor einer Weile auf die grandiose Idee gekommen war, seinen Hintern zu kopieren. Ehe ihn jemand daran hindern konnte, hatte er seine Hose heruntergezogen und war auf den Kopierer gesprungen. Vielleicht funktioniert er ja deshalb nicht mehr so gut, dachte Marit.

Darüber hinaus hatten sie ziemlich viel Ärger mit Drogensüchtigen gehabt, die mit ihren Spritzen und Kanülen die Toiletten benutzten. Glücklicherweise lag die nächste Polizeiwache gleich nebenan.

Unter der Ausgabetheke lag ein großes geblümtes Notizbuch, in dem sie festhielten, was alles vorfiel. Mehr oder weniger lustige Episoden, aber auch, was es Neues gab, zum Beispiel, dass die türkische Tageszeitung Cumhuriyet eingestellt worden war oder die Bitte, Krimis in den überfüllten Regalen nicht quer auf die Bücher zu legen, weil sie sonst Gefahr liefen, hinter die Regale zu fallen. Es gab aber auch kleine eingeklebte

Briefe, die sie in den Büchern gefunden hatten, und deren Absender meistens junge Leute waren. Es waren kleine Liebesbriefe, kurze »Willst du mit mir gehen?«-Anfragen.

In der Mittagspause huschte sie zum Café Arken, das im Pfarrzentrum lag und von der Kirche betrieben wurde. Hier konnte man preisgünstig einen Teller Suppe und ein Brot bekommen. Schnell ging es auch. Sie musste noch ein paar Sachen erledigen, ehe sie losfuhr, um Tobias abzuholen. Heute gab es Fruchtsuppe, was nicht gerade eine sättigende Mahlzeit war, aber sie hatte ohnehin vor, an diesem Abend für Tobias und sich zu kochen.

Sie ging in den Supermarkt und kaufte Tomaten, frische Nudeln und Hackfleisch. Auf dem Rückweg ging sie noch auf einen Sprung in ein Wäschegeschäft und suchte sich einen fliederfarbenen Spitzenslip aus. Sie fielen in der Regel klein aus, wenn Größe 40 angegeben war, waren sie garantiert so eng, dass sie die Durchblutung störten. Meistens liefen sie beim Waschen auch noch ein. Sie entschied sich deshalb für die nächste Größe, 42-44.

Im Grunde ging sie nicht gerne shoppen und empfand nicht selten Überdruss, wenn sie an den wenigen Geschäften im Stadtzentrum vorbeibummelte. KappAhl, Lindex, H&M, Åhlens, überall gab es die gleichen Kleider, vor allem Extremmode für anorektische Jugendliche. Axelssons Sortiment war dagegen eher klassisch, aber dafür war es dort so eng zwischen den Kleiderständern, dass sie fast in Panik geriet, wenn sie in den Stapeln mit Strickpullovern wühlte. Sie trug meistens bequeme Hosen und ein T-Shirt oder einen langärmligen Pullover, variierte ihr Aussehen jedoch mit Hilfe verschiedener Westen oder Schals, wenn sie sich schick machen wollte. Tobias achtete nicht weiter auf ihre Kleidung, was ihr nur recht war. Aber heute Abend wollte sie attraktiv sein. Er würde vielleicht zu müde sein, um mit ihr zu schlafen, aber wenn es doch dazu kam, wollte sie auf jeden Fall darauf vorbereitet sein.

Er durfte nicht bei Svava sein, als sie ihren Sohn gebar, sie nicht in den Kreißsaal begleiten. Werdende Väter hatten zu der Zeit noch keinen Zutritt zur Entbindungsstation. Das war damals einfach so und nichts, was man in Frage gestellt hätte.

Wäre er gerne bei ihr gewesen?

Er war es durchaus gewöhnt, neues Leben zur Welt zu bringen. Mehr als einmal hatte er eingreifen müssen, zum Beispiel, wenn eine Kuh kalben wollte und das Kalb falsch lag. Dann musste man mit dem Arm hineingreifen, vorsichtig den besten Griff finden und es in die richtige Lage drehen. Nein, unbeholfen war er nicht, und deshalb wäre er gerne bei der Geburt seines Jungen dabei gewesen.

Svava war so geradlinig und mutig gewesen. Stehend hatte sie die Rückenlehne der Couch umfasst und Luft zwischen den sich spannenden Lippen ausgestoßen, jetzt war es endlich so weit. Im Türrahmen stehend hatte er seinen besten Anzug angezogen und sie dabei nicht aus den Augen gelassen. Sie wimmerte dumpf, aber noch ohne Angst, rieb sich mit den Fingerknöcheln über den Rücken. Manchmal hatte sie auch aufgelacht und zugelassen, dass er ihr die Haare aus dem Gesicht strich.

In kurzen Etappen hatten sie den Weg zum Auto zurückgelegt. Er schleuste sie an den tückischen vereisten Stellen auf dem Hof vorbei. Die Wehen kamen in immer kürzeren Abständen. Svava war zielstrebig und entschlossen, aber er hatte auch einen Anflug von Panik in ihren Augen gesehen, und als sie sich auf den Beifahrersitz fallen ließ, presste sie die Stirn an das Seitenfenster und gab einen gurgelnden Laut von sich.

»Unser Kind ist unterwegs, Svava, bald haben wir ihn oder sie bei uns.« Er versuchte ihr Kraft zu geben, die düsteren Gedanken zu vertreiben, damit sie sich darauf konzentrierte, dass bald ein menschliches Wesen zwischen ihren Beinen herauskommen würde, weder eine Krankheit noch ein bösartiges Geschwulst, kein Tumor und auch kein Nierenstein. Das Gefühl kannte er aus eigener Erfahrung, Nierensteine hatte er schon gehabt, sie waren mit dem Urin abgegangen und vor Schmerz hatte er sich die Zunge blutig gebissen.

Aber er war nie in einem Krankenhaus gewesen, hatte sich nie von anderen pflegen lassen, alle Krankheiten alleine bewältigt, so wie er sie bewältigen wollte. Diesmal jedoch konnte er nichts anderes tun, als das Gaspedal durchzutreten und zu riskieren, aus der S-Kurve beim Kaufmann hinausgetragen zu werden, denn auf einmal ließ sie sich schräg auf ihn fallen und er sah ihr Gesicht:

Nie zuvor hatte er etwas derart Nacktes gesehen.

Es war der letzte Tag des Jahres gewesen und überall auf den umliegenden Höfen wurden die abendlichen Feste und Feiern vorbereitet. Sie hatten keine Pläne geschmiedet, da sie mittlerweile vierzehn Tage über den errechneten Termin hinaus war. Sie waren deshalb darauf eingestellt, dass es jeden Moment so weit sein konnte oder, besser gesagt, sein musste. Erik Malmfeldt und seine Frau Vanja hatten sich bei ihnen gemeldet. »Ihr könnt gegen acht bei uns vorbeischauen, wenn ihr wollt, und eine Kleinigkeit essen. Anschließend könnten wir vielleicht ein bisschen spielen, während wir darauf warten, dass es zwölf schlägt.« Aber Svava hatte davon nichts wissen wollen, sodass er den Malmfeldts geantwortet hatte, sie sei zu müde. Vanja stand auf der Eingangstreppe zum Haus, als sie vorbeifuhren, sie trug ihr bestes Kleid und eine Schürze. Sie winkte mit dem ganzen Arm und hob den Daumen.

Das war am Nachmittag, und es dämmerte bereits, die dichte, fade Dunkelheit des Dezembers senkte sich herab. Tagelang war Schnee herabgewirbelt, aber jetzt hatte Tauwetter eingesetzt und machte die Straßen glatt und rutschig. Er hatte die Scheibenwischer eingeschaltet. Es fuhren kaum Autos, und es war sehr still.

Nur ihr gedämpftes Jammern war zu hören.

Im Krankenhaus nahm man sich ihrer sofort an und brachte sie außer Sichtweite. Er hatte ihr noch etwas sagen wollen, etwas Endgültiges. Dass er bei ihr sein würde, auch wenn es ihr nicht so vorkam. Aber eine Krankenschwester packte sie am Arm und zog sie in einen Korridor hinein.

Eine Milchglasscheibe wurde ihm vor der Nase zugeschlagen.

Er erinnerte sich noch an das Licht, das so weiß und eiskalt war, dass einem der Kopf davon schwirrte. Außer ihm saß dort noch ein anderer Mann und wartete. Sie begrüßten sich scheu. Die Plastiksitze, ein überfüllter Aschenbecher und ein Stapel Illustrierte sowie *Status,* die Zeitung der Lungenkranken. Über der Tür befand sich ein Personensucher, der ab und zu piepte und blinkte und eine ganze Weile vertrieb er sich die Zeit damit, auszurechnen, wie viele unterschiedliche Kombinationen man mit den fünf kleinen Lämpchen erzeugen konnte.

Der andere Mann ging schließlich auf die Toilette, und durch die Tür hörte man es gewaltig plätschern. Als er wieder herauskam, stand Schweiß auf seiner Oberlippe. Er lächelte verlegen, »ein Bier und ein Stück Wurst wären jetzt nicht verkehrt, es gibt eine Cafeteria neben dem Eingang, aber als wir ankamen, habe ich gesehen, dass sie zu hat, es ist schließlich Silvester«.

»Man hätte sich etwas mitnehmen sollen«, stimmte Carl Sigvard zu. »Aber dazu war irgendwie keine Zeit mehr.«

»Ist es das Erste?«, erkundigte sich der Mann, nachdem er ihm die Hand gegeben und sich vorgestellt hatte. Seinen Namen hatte Carl Sigvard allerdings vergessen.

»Ja, es ist das erste.«

»Bei uns ist es schon das dritte. Schwiegermutter kümmert sich so lange um die beiden anderen, sie sind eins und drei und jetzt bekommen wir noch was Kleines ins Haus.«

Carl Sigvard bekam nur Tobias. Er hätte gerne noch mehr Kinder bekommen. Warum daraus nichts wurde, wusste er nicht.

Um Viertel vor zwölf kam eine Krankenschwester zu ihm in den Wartesaal.

»Herr Elmkvist?«

Er war aufgestanden und wippte auf den Zehen, sein Körper war matt und träge, die Augen brannten vom Zigarettenrauch. Die Krankenschwester wedelte mit der Hand vor der Nase und trippelte auf ihn zu.

»Das hätten wir, es ist ein gesunder, strammer Junge, dreitausendneunhundertachtzig Gramm schwer. Er ist ... An dieser Stelle musste sie einen Zettel auseinander falten, den sie in der Hand hielt. »Er ist zweiundfünfzig Zentimeter groß.«

»Und meine Frau?«

»Sie können jetzt zu ihr.«

Als er Svavas Zimmer betrat, begannen im gleichen Moment die Glocken zwölf zu schlagen. Der Himmel wurde von Raketen erleuchtet. Sie hatte den Kopf nach hinten geworfen, und als er seine Hand auf ihr Bein legte, spürte er, dass sie unter der Decke zitterte.

Plötzlich wusste er nicht mehr, was er sagen sollte.

»Dreh dich um«, flüsterte sie.

Als er sich umwandte, stand eine Frau in Schwesternuniform mit einem Säugling in einer Decke vor ihm. Er sah schwarze und zerzauste Haare, das verschlossene Gesicht und die Finger mit ihren winzigen scharfen Fingernägeln. Der Kleine hatte sich auf einer Wange schon die Haut aufgeritzt.

»Gratuliere«, sagte die Frau. »Und frohes Neues Jahr!«

Man schrieb das Jahr 1960. Er selber war gerade dreißig geworden. Im Krankenhauszimmer wurde es 1961 und er stand immer noch eher am Anfang seines Erwachsenendaseins.

Plötzlich hatte er eine Familie, für die er verantwortlich war, und er erinnerte sich, dass Vanja Malmfeldt am nächsten Morgen vorbeikam, als er draußen bei den Tieren war, und von ihm alle Details hören wollte.

»Ich werde dir helfen, im Haus alles in Ordnung zu bringen, bis sie kommt«, versprach sie ihm.

Daran hätte er vermutlich auch selber gedacht, wahrscheinlich sogar, aber er nahm es ihr nicht übel, denn Frauen wussten einfach besser, wie alles sein sollte.

Es war eigentümlich still im Haus. Adam hustete manchmal in Svavas Nähzimmer, aber er ließ an diesem Tag keine Musik laufen, dämmerte wohl die meiste Zeit vor sich hin. War er erkältet? Hatte jemand etwas in der Art erwähnt?

Carl Sigvard sah auf die Uhr, es war schon später Nachmittag. Mit einiger Anstrengung gelang es ihm, sich auf die rechte Seite zu drehen. Es kam ihm vor, als würden alle inneren Organe herunterrutschen. Es tat weh, presste ihm die Luft ab. Draußen dämmerte es schon, sie musste jetzt eigentlich bald ins Haus kommen, um zu kochen. Was war heute für ein Tag? Er erinnerte sich nicht genau. Sie hatte angedeutet, dass die Gemeindeschwester nach ihm schauen würde, und er wünschte sich in diesem Moment, sie stünde mit ihrer Tasche im Raum und er würde ihr zeigen, dass die Krücken vielleicht doch nicht so verkehrt waren. »Schauen Sie mal, was ich gelernt habe.« Er würde scherzen und sie mit ihm scherzen, wie jüngere Frauen es bisweilen mit älteren Männern tun, die sie ein wenig spöttisch behandelten. Und er würde seinen Hintern von der Matratze schwingen und auf seinen Fußsohlen stehen, wenn auch wackelig, aber immerhin. Und sie würden ihm helfen, sie und Sabina, ihm die beiden Krücken hinter die Ellbogen schieben, und er würde loshumpeln.

»Ich gehe jetzt ein bisschen raus«, würde er verkünden und es mit etwas Mühe die Treppe hinunter und vors Haus schaffen, und der Wind würde durch sein schütteres Haar und die Spalten des Pyjamaoberteils fahren. Die Knopflöcher waren zu groß, sodass die Jackenknöpfe immer wieder aufgingen.

»Kommst du zurecht?«, würde Sabina rufen, und er würde nicken, und dann würden die beiden hineingehen und eine Tasse Kaffee trinken, da sie wussten, dass er eine Weile seine Ruhe haben wollte. So war er eben.

Sein Bauch tat höllisch weh, es lag an den Gasen, und manchmal versuchte er, die Pobacken auseinander zu ziehen und Druck abzulassen, aber jetzt ging das nicht mehr und am liebsten hätte er deshalb geflennt wie ein kleiner Junge, wie Adam, wenn ihm etwas gegen den Strich ging.

Er blieb auf der Seite, und seine Kniescheiben lagen schmerzhaft aufeinander. Er hatte sich wie ein Embryo zusammengekauert, denn so wird man geboren und so sterben die ganz alten Menschen. Seine Mutter hatte so gelegen, die Arme vor der eingefallenen Brust gekreuzt und die Beine an den Rumpf gezogen, nur die Augenlider zuckten ein wenig. Sie erkannte keinen Menschen mehr, gab ihnen keine Antwort, lag einfach nur da.

War jetzt er an der Reihe?

Oh nein. Von wegen!

Er wälzte sich wieder auf den Rücken und stemmte sich mit den Ellbogen hoch.

Sabina beugte sich über das Kissen. Sie hielt eine Schale in der Hand und einen Löffel.

»Ich habe dir eine Creme gekocht, Stachelbeercreme.«

»Creme?«

Sie nickte.

»Essen wir nichts Richtiges?«

Da zog sie die Oberlippe hoch, und er sah, was er nie zuvor gesehen hatte, dass ihre Zähne in den Zwischenräumen dunkel waren, so als hätte sie Karies.

»Sabina?«, sagte er unsicher.

»Iss jetzt die Creme. Ich koche heute Abend noch was.«

Sie stellte den kleinen Betttisch über seinen Hüften ab, wich seinem Blick jedoch aus.

»Wie läuft es denn bei euch?«, fragte er.

Sie nickte, ihr Kopf begann zu nicken, als könnte sie gar nicht mehr damit aufhören.

»Du weißt ja, wie es manchmal ist«, sagte sie, und ihr Mund verzog sich zu einer Grimasse.

»Sabina, du überarbeitest dich doch nicht etwa?«

»Iss jetzt deine Creme, ich komme dann später wieder.«

Irgendetwas stimmte nicht mit ihrer Creme. Er aß einen Löffel und wartete auf den säuerlichen Geschmack der Beeren, der ihn schaudern, aber dennoch weiteressen lassen würde. Er hatte Hunger, war das nicht trotz allem ein gutes Zeichen?

Aber diese Creme schmeckte einfach nicht. Statt Zucker hatte sie aus Versehen Salz genommen.

Er lag da und starrte an die Decke, konnte aber nicht mehr viel erkennen, denn es wurde immer dunkler. Andererseits hatte er keine Lust, Licht zu machen. Stattdessen blieb er so liegen und lauschte auf Geräusche. Das Gehör war das Letzte, was ein Mensch verlor, das Gehör und das Gefühl. Das hatte er kürzlich in einer Zeitschrift gelesen. Sein Nacken klebte, der Bauch war dick wie ein Ballon.

Er hatte damals Svava und das Kind nach Hause geholt, und der kleine Junge lag in einer tragbaren Wiege aus Masonitbrettern, die an den Seiten Griffe zum Tragen hatte. Sie hatten die

Wiege von Erik und Vanja bekommen, »denn wir werden keine mehr bekommen«. Sie wartete im Korridor auf ihn, und das Kleid hing leer über dem Bauch, aber ihre Brüste waren dafür umso größer und der Stoff hatte dunkle runde Flecken.

Die Treppe hinauf und ins Haus hinein trug er die Wiege mit seinem Sohn. Welch ein feierliches Gefühl! Und dann, als er in einer Ecke der Couch Platz genommen hatte, hob sie den Kleinen heraus und legte ihn in seinen Schoß, während sie durch alle Zimmer ging, um zu Hause anzukommen. Auch nach all den Jahren, die seither vergangen waren, vermisste er das noch manchmal, das warme Gewicht in seinen Armen, die Vertiefung im Polster an der Stelle, wo das Kind gelegen hatte. In der ersten Zeit schrie der Kleine viel, aber Carl Sigvard kam auf die Idee, seinen kleinen Finger zwischen die zahnlosen Kiefer zu schieben. Mit welcher Kraft er saugte! Mit der gleichen Kraft wie die jungen Kälber.

Manchmal schreckte er nachts aus dem Schlaf auf und tastete um sich herum das Laken ab, denn sie nahmen ihn immer zu sich, wenn er weinte. Die Erziehungsexperten behaupteten zwar, das solle man nicht tun, aber das war ihnen egal. Langsam wacher werdend bekam er ein rundes und knubbliges Babybein zu fassen. Er hatte so furchtbar geträumt, und sein Herz hämmerte im Brustkorb. Ja, in der ersten Zeit hatte er viel geträumt. Böse und realistische Träume. Hellwach lag er im Bett und strich mit den Fingern über die weiche Haut.

Nichts darf dir zustoßen, nichts Böses in der Welt!

Das Moos war glitschig und löste sich vom Untergrund, wenn er mit den Füßen darauf trat, sodass der nackte Stein entblößt wurde. Mehrere Male stürzte er, fiel auf die Knie und zog sich dabei schmerzende Wunden und blaue Flecken zu. Doch das alles schien ihm weit weg zu sein, so als wäre das nicht mehr sein Körper, als wäre er, Tobias, nicht mehr in sich selbst, als schwebte er vielmehr neben sich und beobachtete sich. Das lange Gras klebte an den Stiefeln und behinderte seine Schritte, und er schluchzte auf und riss sich mit größerer Kraft los, als erforderlich gewesen wäre. Alles war groß und übertrieben, alle seine Bewegungen und Schritte.

Anfangs war er gelaufen, hatte das kleine Waldstück hinter sich gelassen und war nicht stehen geblieben, obwohl Sabina ihn rief. Dann war er langsamer geworden und über das Feld geschlichen, wo die Erde unter seinen Sohlen nachgab und er ein Platschen und Grunzen wie von Tieren hörte.

Jetzt war er im Wald. Es begann zu regnen, nicht stark, sondern sanft und tröpfelnd, beinahe freundlich regnete es auf Tobias herab, der sein Gesicht gen Himmel gewandt hatte, und das Regenwasser sickerte vom Hals zu den Haaren auf seiner Brust herab. Er hob seine vertrauten, schwieligen Hände mit den schwarzen Rändern unter den Fingernägeln. Den Trauerrändern, wie man sie nannte.

Wie lange war er draußen gewesen? Er wusste es nicht, jedenfalls nicht bewusst, aber sein Körper erinnerte sich, denn er sehnte sich immer stärker nach einer Zigarette, und das ermattete ihn zunehmend. Die Zigaretten lagen noch auf dem Fenstersims, genau wie sein Handy. Er hatte durch das mit Fliegenkot verdreckte Fenster gespäht und auf Sabina gewartet, bis er sie oben am Haus die Tür zuschlagen hörte.

Aus schierer Verzweiflung riss er einen harzigen Spross von einer Tanne ab und kaute darauf herum, bis sein Zahnfleisch brannte. Die Nase dicht an die Rinde gepresst, blieb er stehen. Der Geruch aus Feuchtigkeit und Flechten war auf einmal penetrant, und er presste die Zunge an die raue Oberfläche, bis es im Mund nach Blut und Eisen schmeckte.

Nach einer Weile gelangte er zum Tanzboden, was er verblüfft zur Kenntnis nahm, da er geglaubt hatte, in die entgegengesetzte Richtung unterwegs zu sein. Das Gras war hier oben gelb und ungemäht, Perlen aus Regentropfen hingen in den Spinnweben und überall wuchsen dünne Glockenblumen, die noch dem Frost trotzten. Er stieg auf die Tanzfläche und der Regen glänzte auf den abgewetzten Brettern.

Dort sprach sein *Verstand* zu ihm, und sein Verstand sagte ihm:

Kehr um!

Stattdessen lief er über die Tanzfläche, bremste ab und rutschte. Der Boden war glatt und stumm. Du musst wieder nach Hause zurückkehren. Er hockte sich mit gespreizten, unberingten Fingern auf alle viere, sah die rissigen Fingernägel. Waren das wirklich seine Hände? Er benutzte sie eigentlich nicht für Drecksarbeit oder Malocherjobs, er schrieb mit ihnen, sie waren seine filigranen Werkzeuge, und er musste Sabina bitten, ihn zum Bahnhof zu bringen, wie sie es ihm versprochen hatte, auf der Stelle musste er sie darum bitten, denn er musste nach Hause fahren und schreiben, obwohl sein Gehirn stumm und ausgedörrt war, musste sich an den Schreibtisch setzen, in die Gänge kommen.

Wie kam er wieder zurück? Er wusste es nicht zu sagen. Sabina stand in der Küche und briet Eier. Wortlos stellte sie ihm einen Teller hin. Er sah sie an, ihm stiegen Tränen in die Augen.

»Ich habe keinen Hunger.«

Sie war wie immer, hatte die gleiche Körperhaltung wie immer dort an der Bratpfanne und brachte sogar einen Scherz über die Lippen:

»Iss jetzt, damit du groß und stark wirst.«

Er schnitt in das klebrige Eigelb, musste dann aber aus dem Haus stürzen und sich übergeben.

Er hatte so heiß geduscht, dass er sich fast verbrüht hätte, anschließend Jeans und Pullover angezogen und aus dem Fenster seines Zimmers geschaut. Das Tor zum Stall stand offen. Da fiel ihm sein Handy ein, und er ging in die Küche, um zu fragen, ob sie es mit ins Haus genommen hatte.

»Nein«, antwortete sie. »An dein Handy habe ich nun wirklich nicht gedacht.«

Sie hatte Lippenstift aufgelegt, und ihr Mund bewegte sich.

»Sabina?«, sagte er heiser.

Aber sie war schon wieder fort, er hörte ihre Schritte auf der Treppe, und in der Küche stank es derart nach Bratfett, dass er wieder flüchten musste, auf den Hof hinaus. Zum Schutz vor dem Regen hielt er sich den Overall über den Kopf. Er hätte die Schuhe nicht anziehen sollen, hätte besser die Stiefel genommen, aber jetzt war es zu spät, und hinter dem Zaun kläfften die Hunde, als würden sie ihn nicht mehr erkennen.

Am Traktor musste er stehen bleiben, um sich erneut zu übergeben, aber diesmal kam nichts mehr heraus außer etwas Schaum und Speichel.

Er öffnete die Stalltür. Milchig vor lauter Schmutz brannte dort eine Neonröhre. Er stand im Gang, und die Schweine schreckten in ihren Verschlägen auf, sie quiekten und flohen in die Ecken, als er, den Overall noch um den Kopf gewickelt, losging.

Es gab einen Spalt in dem groben Stoff, durch den er sehen

konnte, aber nur so viel, wie er ertrug. Das Handy lag noch dort, wo er es abgelegt hatte, genau wie die Zigaretten. Sie hatte den Rasierapparat an einem Haken aufgehängt. Hatte sie ihn vielleicht sogar repariert? Die Ochsen schnaubten und muhten, er sah jetzt nur noch markierte Tiere, keine unmarkierten, sie hatten sich wohl versteckt, er stand da und schmatzte und schluckte den zähen Schleim hinunter. Frisches Heu in den Futtertrögen, das Knirschen mahlender Kiefer,

und es zog ihn zur Tür der Sattelkammer,

zog ihn –

obwohl ihn niemand zwang,

vier Zigaretten rauchte er, bis er seinen Entschluss fasste.

Eine für jeden Schritt.

Vier große Schritte.

Nicht mehr.

Die Klinke glühte in seiner Hand.

Die Tür war nicht abgeschlossen.

Er öffnete sie mit einem Ruck.

Leer. Der Raum war leer. Daraufhin musste er den Overall vom Kopf nehmen und Wände und Boden mustern, um sich zu vergewissern.

Doch. Der Raum war leer.

Und nicht ein Fleck, nicht eine Spur oder ein Haar.

Von dem gelben, gefärbten Bart.

Erneut wurde ihm schwindlig, und sein Gehirn schien sich zu drehen und zusammengepresst zu werden, sodass er sich hinsetzen musste, und als er sich auf die Bank setzte, wurde sein Hosenboden feucht, denn der Flickenteppich, auf dem er saß, war triefend nass. Er fasste ihn an, aber er war sauber, nur nass von gewöhnlichem Wasser.

Er stand auf der Türschwelle und sah sich ein letztes Mal um.

Es war nicht passiert!

Nichts war passiert.

Morgen würde er auf seinem Platz im X 2000 sitzen und auf dem Heimweg sein.

Er sah sie an diesem Abend nicht mehr, packte seine Tasche und bereitete sich vor, schrieb einen Zettel und legte ihn auf den Küchentisch.

Liebe Sabina. Ich muss morgen, Donnerstag, nach Hause fahren. Es gibt auch noch andere Menschen, die mich brauchen. Wärst du so nett, mich zu fahren, wie du es gesagt hast. Gegen zehn geht ein Zug. Tobias.

Er trank den letzten Rest, der noch in der Whiskyflasche war, und schlief danach, als hätte er einen Schlag auf den Kopf bekommen. Als er aufwachte, war sie in der Küche beschäftigt. Sie trug andere Schuhe als sonst, das hörte er. Erst wusste er nicht, wo er war. Dann erinnerte er sich und bekam mörderische Schmerzen in der Stirn.

Sie hatte einen Faltenrock und einen Jumper angezogen. Das kleine Schmuckstück hing über dem Saum.

»Die Gemeindeschwester kommt gleich«, verkündete sie mit klarer, metallischer Stimme. »Sie wird sich um deinen Vater kümmern, damit diese Sache endlich in Ordnung kommt.«

»Hast du denn überhaupt Zeit, mich zu fahren?«

»Ja. Um ehrlich zu sein, bin ich sogar froh, mal für zwei Stunden rauszukommen.«

»Wie geht es Adam?«

»Ich habe ihm ein paar Valium verpasst. Dann bleibt er ruhig.«

»Oh, verdammt. Valium.«

»Das ist gut, weißt du, es hat viele gute Eigenschaften.«

Sie goss ihm einen Kaffee ein, und er sah, dass ihre Hand zitterte.

»Sabina!«, platzte er heraus. Aber sie fuhr fort:

»Die Tiere habe ich schon versorgt, sie haben alles, was sie brauchen, die kommen jetzt zurecht.«

»Sabina, ich ...«

»Geh jetzt hoch und verabschiede dich von Carl Sigvard. Er würde es dir nie verzeihen, wenn du das nicht tust.«

»Weiß er von ...?«

Sie drehte sich zu ihm um, die Haut unter ihren Augen war verquollen.

»Weiß er von was, Tobias?«

»Davon ... dass ich fahren muss.«

»Ja. Ich habe es ihm gesagt.«

»Ist er ...«

»Jetzt beeil dich, damit wir endlich los können.«

Sein Vater lag nur mit einer Unterhose bekleidet auf der Bettdecke. Es war eine schicke, moderne Unterhose, Boxershorts. Seine Beine waren spindeldürr, die Haut verfärbt und hässlich. Er lag da und fächelte sich mit einer Zeitung Luft zu, es war drückend warm im Zimmer.

»So, so, du hast also genug vom Landleben?«

»Ja, ich muss leider fahren.«

Sein Vater legte die Zeitung weg und schob sich hoch, bis er saß.

»Du hast es ja auf einmal verdammt eilig mit der Heimfahrt.«

»Es gibt mal wieder Probleme mit Görel. Und ich will nicht, dass Klara noch länger so viel Verantwortung übernehmen muss.«

»Die kleine, süße Klara.«

»Ja.«

»Sie war immer so ein kleines, liebenswertes Gör.«

Tobias nickte.

»Ich hoffe, du bist nicht sauer. Immerhin bin ich schon eine ganze Weile hier. Ich habe wirklich versucht zu helfen, so gut ich konnte.«

»Habe ich dir etwa Vorwürfe gemacht?«

»Nein.«

»Ich habe dir doch schon gesagt, wie dankbar ich dir bin, dass du überhaupt gekommen bist, Sabina und ich danken dir von ganzem Herzen. Es ist nur schade, dass du schon wieder wegmusst. Irgendwie hatte ich angefangen, mich daran zu gewöhnen, dass du da bist.«

Er bewegte die Hände zum Bauch, der prall und aufgedunsen war, und in dem es rumorte.

»Hast du Schmerzen?«, fragte Tobias.

Der Alte grinste.

»Das ist nur ein Fliegenschiss. Gleich kommt ein schönes Mädchen und kümmert sich um mich. In meinem Alter, verstehst du …«

Seine Stimme brach, und er räusperte sich.

»Es ist doch einfach zum Kotzen, wenn man nicht einmal die einfachsten Bedürfnisse selber regeln kann!«

»Papa.«

Sein Vater hustete und zog die Augenbrauen hoch, sodass sich seine Stirn in viele kleine Falten legte.

»Dann mach dich mal auf den Weg und schreib schön an deinen Büchern.«

»Ja.« Er drückte die knöcherne Altmännerhand und fuhr anschließend herum.

»Ach, Tobias«, hörte er vom Bett. »Eins wollte ich dir noch sagen.«

Tobias blieb abrupt stehen und hielt die Luft an.

»Ich bin stolz auf dich. Auch wenn du mir das vielleicht nicht glaubst, bin ich trotzdem verdammt stolz auf dich.«

Er stand neben Sabinas altem Opel und hatte Lust, gegen ihn zu treten, tat es auch, trat gegen den Reifen.

»Zum Teufel«, knurrte er.

»Was ist?«

Er hatte Sabina nicht gehört, sie war hinter ihm und klirrte mit den Schlüsseln.

»Nichts. Schon gut.«

»Ich konnte sie erst nicht finden. Sie stecken sonst immer. Eine Zeit lang dachte ich, dass … aber dann fiel mir ein, dass ich den Wagen gestern noch gefahren bin.«

»Und wo lagen sie?«, hörte er sich fragen.

»Im Stall auf der Erde. Kannst du dir so etwas Dummes vorstellen? Ich hätte sie ausmisten können, wenn ich sie nicht entdeckt hätte.«

Er öffnete den Kofferraum, stellte seine Taschen hinein und schielte dabei scheu zum Haus und zum Stall hinüber. Die Schmerzen nagten an seinen Schläfen.

»Sabina. Das gestern … was passiert ist.«

»Nichts ist passiert!«, schnitt sie ihm das Wort ab. »Steig jetzt ein, dann fahren wir los.«

Plötzlich tauchte ein Reiter am Straßenrand auf. Ingelize. Es war das gleiche weiße Pferd, das sie geritten hatte, als sie mit Tobias unterwegs war. Sie gab ihnen per Handbewegung zu verstehen, sie sollten anhalten. Sabina bremste. Er wollte, dass sie weiterfuhr und sie so taten, als hätten sie Ingelize nicht gesehen. Aber es war schon zu spät.

Sabina kurbelte die Scheibe herunter.

»Hallo.«

Er sah ihr Gesicht nicht, hörte nur ihre Stimme über dem Autodach.

»Wo soll's denn hingehen?«

»Nach Linköping.«

»Nach Linköping?«

»Ja. Tobias muss nach Hause.«

»Ach, wirklich? Das kommt aber plötzlich.«

Sie saß ab, ihre Reitstiefel huschten vor dem Wagenfenster vorbei. Dann schob sich ihr Gesicht zu ihnen ins Auto.

»So ist das eben manchmal«, sagte er schnell.

»Hattest du nicht gesagt, dass du noch ein paar Tage bleiben würdest? Ich hatte gehofft, wir könnten noch einmal zusammen ausreiten, heute Abend vielleicht. Ich hatte mich schon darauf gefreut.«

»Das wäre sicher auch nett gewesen. Aber zu Hause sind ein paar Dinge vorgefallen, ich muss heim und einiges erledigen.«

Sie nahm die Kappe ab und fuhr sich mit den Fingern durchs Haar.

»Ach, wirklich? Ist was passiert?«

»Nein, nein, ich muss nur einfach nach Hause.«

»Du vergisst doch nicht, worüber wir gesprochen haben? Mein Angebot steht.«

»Okay.«

»Vergiss es nicht.«

»Wir müssen jetzt fahren«, sagte Sabina.

Ingelize führte das Pferd ein wenig zur Seite.

»Bis bald«, sagte sie.

Er drehte sich zu ihr um und sah ihr direkt in die Augen, in denen ein Ausdruck lag, der ihm Angst machte.

»Was denn für ein Angebot?«, erkundigte sich Sabina, nachdem sie eine Weile gefahren waren.

»Sie will, dass ich ihr bei den Pferden helfe, mit anderen Worten, dass ich hierher ziehe. Es gibt da ein Haus, das man mieten kann, du weißt schon, Vesterbergs.«

»Das ist ja ein Ding. Das will sie?«

»Ja.«

»Und, wirst du es machen?«

»Würdest du das wollen?«

»Du hast doch dein Leben da oben.«

»Schon, aber …«

»Ich denke nicht, Tobias.«

Sie näherten sich der Stadt. Die Häuser veränderten sich, wurden höher und gleichförmiger und obwohl es erst Vormittag war, kam ihm der Verkehr dicht und aggressiv vor. Die Autofahrer mit ihren harten stummen Gesichtern starrten stur geradeaus, ihre ganze Art zu sitzen und das Lenkrad festzuhalten drückte Stress aus, aber Sabina ließ sich dadurch nicht provozieren. Sie fuhr Richtung Stadtzentrum und fand direkt vor dem Bahnhof einen Parkplatz.

Er hatte die ganze Zeit über den Kopf nach rechts gedreht, war nicht im Stande gewesen, sie anzusehen. Jetzt war sein Nacken ganz steif und tat weh.

Sie zog den Zündschlüssel heraus.

»Kommst du alleine klar oder soll ich dich begleiten?« Diese neutrale Stimme, das war doch nicht ihre Stimme, nicht Sabinas.

»Warte!«, platzte er heraus.

Sie hatte die Hände in den Schoß gelegt. Er hob seine linke Hand und legte sie auf ihre, bedeckte ihre eiskalten Finger.

»Du frierst.«

»Die Heizung funktioniert nicht richtig.«

»Sabina, ich fühle mich so …«

Da stieß sie einen kurzen Schrei aus, riss die Hände weg und vergrub sie in den Taschen.

»Geh jetzt, ich bleibe im Auto, bitte, geh jetzt, sag nichts, ich will nichts hören, ich will nicht antworten, geh jetzt und nichts ist passiert, vergiss das nicht, nichts!«

Der Zug hatte Verspätung. Marit setzte sich in die Wartehalle und blätterte in einer ausliegenden Zeitung, konnte jedoch nicht lesen, sich nicht konzentrieren.

Geliebter, dachte sie, Geliebter, mein Geliebter.

Sie war ein wenig euphorisch. Gleichzeitig wusste sie, dass sie wieder unsanft auf dem Boden der Tatsachen landen würde, sobald Tobias aus dem Zug stieg. Er hatte keinen Sinn für Romantik.

Das Wort »Geliebter« konnte sie nur in ihren Gedanken und Fantasien in den Mund nehmen. Zum realen Tobias passte es nicht. Für sie fand er ebenfalls keine Koseworte, oder doch, wenn er kam, im Moment des Orgasmus rief er manchmal, er liebe sie, aber auch nur, wenn er etwas getrunken hatte.

Dennoch war sie vor jeder Begegnung mit Tobias stets voller Erwartungen. Erwartungen, dachte sie. Wie lebt man ein Leben ohne Erwartungen? Wie bewältigten Menschen, die nichts hatten, worauf sie sich freuen konnten, ihren Alltag? Hilda zum Beispiel. Hoffentlich wurde sie nie wie Hilda, die keine Lust am Leben hatte, nur Bitterkeit empfand, jede Lebensfreude verloren hatte.

Es rauschte in den Lautsprechern, aber die Ansage galt dem Zug aus Göteborg. Sie legte die Zeitung weg, ging zum Bahnhofskiosk und kaufte sich eine Banane. Tobias wollte bestimmt direkt nach Hause fahren. Sollte sie dort kochen oder sollte sie ihn zu sich in ihre Wohnung in der Täppgatan locken? Es war jedenfalls ein Glück, dass sie so nahe beieinander wohnten.

Nachdem Claes und sie sich getrennt hatten, kaufte sie sich eine einigermaßen zentral gelegene Dreizimmerwohnung. Sie lag im ersten Stock eines rosafarbenen, vierstöckigen Hauses. Claes hatte den größten Teil ihres Hausrats mitnehmen dürfen. Sie wollte sich mit eigenen Möbeln, die sie alleine ausgesucht hatte, neu einrichten. Sie vermied Ikea und andere große Möbelhäuser und sowohl die Couch als auch den Klapptisch fand sie beispielsweise draußen in Moraberg, wo ein Geschäft Dinge verkaufte, die andere Leute nicht mehr haben wollten. Einen alten Medikamentenschrank ersteigerte sie auf einer Auktion, strich ihn rot an und verwahrte ihre Lieblingsbücher in ihm, alles Mögliche, angefangen bei einem zerlesenen Exemplar von *Pippi geht an Bord* bis hin zu Sylvia Plaths *Die Glasglocke,* Sigrid Undsets *Kristin Lavranstochter* und Primo Levis *Ist das ein Mensch?*.

In den ersten Jahren als geschiedene Frau war sie fast schon übertrieben aktiv gewesen. Sie hatte die Programme aller gängigen Bildungswerke studiert und sich zu unzähligen Kursen angemeldet. Sie lernte, wie man Möbel restauriert, nahm an einem Körperspracheseminar teil, besuchte Kurse in Improvisationstheater und Webkunst. Das Weben hatte sie nicht aufgegeben, sondern wagte sich im Gegenteil mittlerweile daran, eigene Muster und Bilder zu kreieren.

Tobias könnte durchaus zu ihr ziehen. Aber das Beste wäre natürlich, sie würden beide Wohnungen verkaufen und sich eine größere suchen. Vielleicht ein Haus. Vielleicht etwas außerhalb der Stadt gelegen. In Mölnbo oder Järna. Das war nicht so weit.

Sie hatten nie darüber gesprochen. Tobias hatte nicht einmal angedeutet, dass er mit ihr zusammenwohnen wollte. Diese Gedanken gehörten ihr ganz allein.

Mit fünfundzwanzig Minuten Verspätung rollte der Zug in den Bahnhof ein. Tobias saß im letzten Wagen. Sie sah ihn in der Ferne, er ging ein wenig gebeugt und schien zu hinken. Im Laufschritt eilte sie ihm entgegen, umarmte ihn, bohrte ihre Nase in seine Jacke.

»Hoppla«, schnaubte sie. »Mein Gott, die riecht ja vielleicht nach Stall!«

»Tatsächlich?«

»Ja«, kicherte sie. »Aber der Geruch geht sicher wieder raus, wenn du die Kleider auslüftest.«

Er stellte seine Tasche ab und zündete sich eine Zigarette an.

»Wie war die Reise, hat alles geklappt?«, plauderte sie weiter und griff nach der Tasche, um sie zu tragen, aber er nahm sie ihr wieder ab.

»Sicher, sicher. Abgesehen von der Verspätung. Wir haben ziemlich lange auf offener Strecke gestanden.«

»Ja, es hat ganz schön gedauert. Was war denn los?«

Er blies Rauch aus.

»Keine Ahnung, vielleicht jemand, der sich das Leben nehmen wollte.«

»Was?«

»Einer im Zugbistro meinte so was. Jemand habe sich vor den Zug geworfen. Ich weiß allerdings nicht, ob es stimmt.«

»Wie furchtbar.«

Sie wollte seine Hand halten, aber seine Hände waren besetzt. Er rauchte intensiv.

»Im Zug durfte man nicht rauchen«, meinte er. »Das ist kaum auszuhalten.«

Er erkundigte sich nicht, wie es ihr seit seiner Abreise ergangen war, aber im Auto schien ihm immerhin einzufallen, dass es ein ganz normaler Werktag war.

»Sag mal, arbeitest du heute eigentlich nicht?«

»Ich habe mir frei genommen«, antwortete sie und setzte rückwärts aus der Parkbucht heraus.

Er schwieg, saß neben ihr und trommelte mit den Fingern auf seinen Oberschenkel.

»Ich hoffe, ich habe dir keine Umstände gemacht.«

»Aber nein. Ich habe noch einige Überstunden, die ich ohnehin abfeiern muss. Aber jetzt musst du erzählen. Wie ist alles gelaufen? Und wie geht es deinem armen Vater?«

Sie begleitete ihn in seine Wohnung. Auf dem Dielenboden lag ein Stapel Post, den er mit dem Fuß zur Seite schob.

»Ich hätte ab und zu vorbeischauen können«, sagte sie. »Nach dem Rechten sehen und so.«

Er zog die Schuhe aus und ging ins Wohnzimmer.

»Ist schon okay.«

Sie folgte ihm und hielt ihn fest.

»Tobias!«

»Ja«, sagte er abwesend.

»Ich habe dich vermisst, falls du das noch nicht begriffen haben solltest.«

Er schob sie sanft von sich.

»Du, komm mir lieber nicht zu nahe. Ich habe das Gefühl, ich werde krank.«

»Das macht nichts, wir können zusammen krank sein.«

»Marit, hör zu. Ich glaube, ich muss jetzt erst einmal ein bisschen allein sein, ich muss mich hinlegen und schlafen.«

Die Enttäuschung traf sie wie ein Schlag.

»Musst du wirklich?«

Er nickte.

»Aber ich könnte doch hier bleiben und was kochen und mich um dich kümmern.«

»Ich habe keinen Hunger. Marit, sei mir bitte nicht böse, aber ich muss jetzt einfach meine Ruhe haben.«

»Aber ich war doch einkaufen, ich wollte was kochen.« Tränen traten ihr in die Augen, und sie wandte sich ab, damit er es nicht sah. Sie hörte, dass er sich eine Zigarette anzündete. Der Rauch zog wabernd durch den Raum.

»Na schön«, sagte er. »Ich komme heute Abend zu dir.«

»Das sagst du jetzt nur, weil du dich dazu verpflichtet fühlst!«

»Keiner kann mich zu etwas zwingen, das ich nicht will.«

»Was ist eigentlich los mit dir? Du bist so seltsam. Ist etwas passiert? Hat es mit uns zu tun?«

»Nein, verdammt, es ist nichts dergleichen. Ich bin einfach nur müde. Vielleicht bekomme ich nur eine ganz banale Erkältung.«

Er ließ sich auf die Couch fallen und streckte die Beine aus. Als er die Zehen spreizte, sah sie ein Loch in einer Socke.

»Gut, dann gehe ich jetzt wohl mal nach Hause.«

Er nickte.

»Sei nicht traurig, Marit. Ich kann es auch nicht ändern, dass ich mich so fühle.«

»Nein. Ich verstehe das. Was meinst du, wann du kommst?«

»So gegen sieben.«

»Dann hast du sicher Hunger, außerdem musst du etwas essen, du kannst ja nicht nur diese ewigen Zigaretten rauchen.«

Er lachte gekünstelt.

»Okay, Mama.«

Es war ganz anders abgelaufen, als sie sich vorgestellt hatte. Er war nicht er selbst. Es würde sicher besser werden, sobald er sich etwas ausgeruht hatte, dann würde es bestimmt viel besser werden. Sie fuhr nach Hause, las ein wenig, konnte sich jedoch nicht konzentrieren, legte eine Platte von Leonard Cohen auf, fand keine Ruhe.

I left a woman waiting
I met her sometime later.
She said, I see your eyes are dead
What happened to you, lover?
What happened to you, my lover?
What happened to you, lover?
What happened to you?

Sie bekam große Lust, sich ganz primitiv auf den Balkon zu stellen und Gegenstände, Bücher, Stühle, Hausrat auf die Straße zu schmeißen. Aber wie würde das aussehen? Die gut erzogene Bibliothekarin hat einen Nervenzusammenbruch.

Wahrscheinlich würde es niemanden interessieren, dachte sie. Das ist doch ohnehin eine verrückte Stadt, ein paar Freiheiten ab und zu sind da nur natürlich.

Sie ging ins Badezimmer, stellte sich vor den Spiegel und betrachtete sich. Während ihrer gesamten Kindheit hatte sie sich anhören müssen, dass sie süß aussah. Ihre Mutter hatte sie ermuntert, ihre Weiblichkeit zu betonen, ihr kleine luftige Kleider angezogen und sie stets zurückgehalten, wenn sie ihre Grenzen ausloten wollte. Sie hatte ihre Gründe dafür gehabt. Marits ältere Schwester war mit einem Herzfehler zur Welt gekommen und nur vier Jahre alt geworden.

And since she spoke the truth to me
I tried to answer truthfully
Whatever happened to my eyes
Happened to your beauty
Happened to your beauty
What happened to your beauty
Happened to me.

Sie biss die Zähne zusammen und sah im Spiegel, wie die Kiefermuskeln sich spannten und hart wurden. Sie biss so fest zu, dass es bis in die Zahnwurzeln hinab schmerzte. Ihre Haare waren sauber und fielen locker herab, sie hatte immer dünnes Haar gehabt. Man konnte keine richtigen Frisuren daraus machen. Inzwischen hatte sie einen Seitenscheitel und strich sich oft die Strähnen hinter die Ohren, es war ein reiner Reflex, der sie ärgerte, da ihre Ohren so größer aussahen, als sie waren. Sie nahm eine Haarbürste und kämmte sich zwei, drei Mal durch die Haare, die vor statischer Elektrizität knisterten.

Ihre Lippen formten:

»To-bi-as.«

Wenn er sie nun verließ.

Wenn es aus war.

Wer würde sie dann sein?

Sie hob die Hand und schlug sich mit der Haarbürste auf die Nase. Es war ein fester Schlag, der einen roten und aufgeschürften Abdruck hinterließ.

»Jetzt reiß dich aber zusammen!«, zischte sie. »Du klingst schon genauso negativ wie Hilda. Warum sollte es denn aus sein? Hör auf mit diesen destruktiven Gedanken.«

Es war noch zu früh, um mit dem Kochen anzufangen. Zumindest was die Hackfleischsauce betraf. Sie öffnete den Kühlschrank und holte die Zutaten für den Salat heraus. Teilnahmslos begann sie, die Gurke und die Champignons zu schneiden, als es an der Tür klingelte.

Sie zuckte zusammen, erwartete keinen Besuch. Nur äußerst selten kam jemand unangemeldet vorbei. In ihrem Haus lebte man anonym, sie kannte ihre Nachbarn nicht und grüßte sie nur flüchtig, wenn sie ihnen auf der Treppe begegnete, das war alles.

Sie trocknete sich die Hände an der Schürze ab, ging zur Tür und sah durch den Spion. Tobias stand vor der Tür, und sie freute sich, ihn zu sehen. Mit fahrigen Fingern bekam sie die Tür auf und zog ihn herein.

»Du bist schon früher gekommen?«

Er nickte und hängte seine Jacke auf. Es war eine andere Jacke als sonst. Diese hatte sie noch nie gesehen.

Sie umarmte ihn, und er ließ es geschehen, aber das Kühle und Fremde an ihm war immer noch da. Sie strich ihm die Haare aus der Stirn, sie waren lang geworden, er musste zum Frisör. Seine Lider waren blass und verquollen.

»Wie fühlst du dich?«, fragte sie.

»Hast du was zu trinken?«

»Ja, eine Flasche Wein habe ich bestimmt noch im Haus.«

»Nichts Stärkeres? Keinen Whisky oder so? Ich glaube, ich könnte jetzt einen ordentlichen Whisky vertragen.«

»Warte mal, doch, ich denke schon.« Sie öffnete die Tür zur Speisekammer und holte eine Flasche Johnny Walker heraus. »Den habe ich schon seit ewigen Zeiten hier stehen, ich hoffe, er ist nicht schal geworden.«

»Keine Sorge.«

Er holte ein Glas und schenkte sich ein. »Willst du auch einen?«

»Ich weiß nicht, ich muss morgen arbeiten.«

»Genau wie ich.«

»Du willst schreiben? Hast du etwa angefangen?«

»Ich werde jetzt anfangen.«

»Ach toll! Darf man fragen, worum es gehen wird?«

»Noch nicht, dazu ist es noch zu früh.«

»Oh, entschuldige.«

»Das macht doch nichts. Was ist mit dir? Ist bei dir alles in Ordnung?«

»Ich denke schon«, sagte sie. »Aber, weißt du, manchmal bekomme ich solche Lust, etwas zu machen. Etwas anderes! Zu verreisen vielleicht, weit weg, zum Beispiel durch Thailand zu trampen. Da war heute ein Pärchen in der Bücherei, das so was vorhatte. Sie waren in unserem Alter, hatten Urlaub angespart und wollten jetzt weg.«

Zu ihrer Überraschung verwarf er ihre Idee nicht gleich in Bausch und Bogen.

»Durch Thailand?«

»Klingt das nicht herrlich?«

»Das muss man sich natürlich auch leisten können«, sagte er nachdenklich.

»Hättest du denn überhaupt Lust dazu? Jetzt mal im Ernst.«

»Warum nicht? Von mir aus könnte es schon morgen losgehen.«

»Morgen«, lachte sie. »Morgen wolltest du doch anfangen zu schreiben.«

Er saß da und hielt die Zigarettenschachtel in der Hand.

»Ich gehe mal davon aus, dass man hier drinnen nach wie vor nicht rauchen darf, oder? In dieser Hinsicht ist wohl keine Veränderung eingetreten.«

»Nein, in dieser Hinsicht ist wohl noch alles beim Alten. Also wirst du schön brav auf den Balkon hinausspazieren.«

Tobias stand auf, aber sie hielt ihn auf.

»Du hast noch gar nichts von deinem Vater erzählt, wie es ihm geht und so.«

»Ach, es ist übel, verdammt übel. Er ist immer ein solcher Kraftprotz gewesen. Und jetzt liegt er einfach nur da.«

»Wird er ...?«

»Das Handtuch werfen, meinst du? Noch nicht, das glaube ich nicht. Aber es wird sicher nie mehr wie früher werden. Stell dir mal vor, mehrere Meter tief auf einen Steinboden zu stürzen. Wenn sein Körper nicht so robust wäre, hätte er den Löffel abgegeben.«

»Jedenfalls hat er sich bestimmt gefreut, dass du nach Hause gekommen bist.«

»Da kannst du Gift drauf nehmen. Am liebsten wäre es ihm bestimmt, ich würde wieder zu ihm ziehen.«

»Umziehen?«, sagte sie unsicher.

Tobias öffnete die Tür zum Balkon. Er steckte sich eine Zigarette an, und der Rauch wurde in die Wohnung gesogen. Sie schnitt eine Zwiebel klein, briet sie an und ließ die Dunstabzugshaube auf höchster Stufe laufen, was in der Regel nicht viel nützte, vermutlich war sie irgendwie kaputt.

Als er wieder hereinkam, umarmte er sie kurz.

»Du bist lieb«, murmelte er.

»Ich habe dich unheimlich gern. Ich habe dich wirklich vermisst, mich nach dir gesehnt. Die Zeit, die du weg warst, ist mir wie eine Ewigkeit vorgekommen.«

Er schenkte sich noch einen Whisky ein.

»Leider kann man nicht immer über sein eigenes Leben bestimmen.«

Marit hielt kurz die Luft an, nahm Anlauf:

»Hast du beschlossen, wieder nach Kvarnberga zu ziehen?«

Daraufhin sah er sie zum ersten Mal an, sah ihr direkt in die Augen.

»Nein«, antwortete er.

Sie kippte das Hackfleisch in die Bratpfanne und zerteilte es in kleine Bröckchen.

»Ich denke nur an deinen Vater«, sagte sie. »Er scheint irgendwie ein feiner Mensch zu sein.«

»Ein feiner Mensch? Ja, das ist er wohl auch.«

»Ein Glück, dass er Sabina hat.«

»Ja.«

»Ich würde dich wirklich gerne einmal zu seinem Hof begleiten. Ich bin so neugierig, wie es dort aussieht. Es wäre toll, deinen Vater und Sabina kennen zu lernen.«

»Ja.«

»Was ist damals eigentlich passiert, als du klein warst und ihr weggezogen seid? Das hast du mir nie erzählt. Wie kam es, dass deine Mutter nicht mehr bei ihm bleiben wollte?«

Er breitete die Hände aus.

»Sie hatte die Liebe ihres Lebens gefunden.«

»So?«

»Er wohnte hier in der Gegend von Södertälje, arbeitete mit Pferden.«

Marit hätte sich gewünscht, die Abzugshaube wäre aus, aber sie fürchtete, er würde verstummen, wenn sie den Ventilator ausschaltete.

»Und du? Was wolltest du?«

»Mich hat doch kein Schwein gefragt«, zischte er. »Glaub das bloß nicht. Schwuppdiwupp sollten wir eines Tages hier wohnen. In einer neuen verdammten Stadt! Ich hatte nie ...«

Er verstummte und ging auf den Balkon zurück. Marit deckte den Tisch. Sie sah ihn hereinkommen und im Wohnzimmer mit schleppenden Schritten auf und ab gehen. Sie bereute es, das Gespräch auf seine Kindheit gebracht zu haben.

Vorsichtig ging sie zu ihm und berührte seine Schulter. »Sollen wir essen?«

Nach dem Essen blieben sie auf der Couch sitzen. Sie schmiegte sich an ihn und legte seinen Arm um ihre Schultern, er war total schlapp. Der Stallgeruch war verschwunden, jetzt roch er nur noch nach Tabak und ein wenig nach Bratendunst. Sie bohrte ihre Nase unter seinem Ohr in die Haut und sog den besonderen Duft seines Körpers ein, danach hatte sie sich gesehnt, er erregte sie sonst immer, in diesem Moment jedoch nicht. Sie hatte Wein getrunken und war schläfrig, konnte sich aber nicht richtig entspannen. Er war verändert. Sie ahnte, dass es ihn belastete, seinen Vater so krank und gebrochen zu sehen, sicher hatte er Gewissensbisse, weil man nichts tun konnte. Sie streichelte sein Bein, lag mit dem Ohr auf seiner Brust, dachte an den neuen Slip, den sie trug, doch zu so etwas hatte sie jetzt gar keine Lust. Nein, sie sollten jetzt einfach hier zusammen sitzen und langsam wieder zueinander finden.

Zieh nicht fort, dachte sie wieder und wieder. Wenn du wegziehst, sterbe ich.

Nach einer Weile lehnte er den Kopf nach hinten und schlief mit offenem Mund. Wenn sie stark genug gewesen wäre, hätte sie die Arme unter ihn geschoben, ihn hochgehoben und ins Bett gebracht. Stattdessen blieb sie sitzen, und sein Arm lag schwer auf ihr und tat ihr fast schon weh, aber aus Angst, ihn zu wecken, wagte sie nicht, ihre Position zu verändern.

Sie musste auch eingeschlafen sein. Sie hörte in der Ferne Sirenen, die immer näher kamen, immer lauter wurden. Tobias zuckte zusammen, gab einen halb erstickten Schrei von sich und stand plötzlich mitten im Zimmer.

»Was ist los?«, rief sie.

Er reagierte nicht, schien zu schlafen, obwohl der Körper wach war. Er fuchtelte wild mit den Armen und schlug um sich, als würde er versuchen, sich gegen einen unsichtbaren Angreifer zu verteidigen. Sein Gesicht verwandelte sich, und er bleckte die Zähne. Nie zuvor hatte sie einen solchen Ausdruck in seinem Gesicht gesehen, und sie schrie.

»Hör auf, Tobias, hör auf!!!«

Da hielt er inne und kam auf sie zu, die Pupillen waren nach oben, nach innen gewandt, er zitterte, als hätte er Schüttelfrost. Dann sah er sie an und kam zur Besinnung.

Sie war in Tränen ausgebrochen.

»Was ist denn nur los mit dir? Du hast mir Angst gemacht. Was war los, hast du etwas geträumt, war es ein Albtraum?«

Er schluckte hörbar, und sein Blick flackerte unruhig umher, als würde er befürchten, jemand könnte sich jeden Moment auf ihn stürzen.

»Ja«, sagte er heiser. »Es war der schrecklichste Albtraum, den du dir nur vorstellen kannst.«

Ein Klopfen an der Tür, ein verzagtes, vorsichtiges Scharren. Carl Sigvard hatte schon darauf gewartet, sich über ihre Unbeholfenheit aufgeregt, ihre Art, den Motor aufheulen zu lassen, wenn sie auf dem Hof wenden wollte. Ihre verschüchterte Ehrfurcht.

»Herein!«, brüllte er, und einen Moment später stand sie mit ihrer Tasche an seinem Bett.

»Guten Morgen, Carl Sigvard. Ich bin unten einfach reingegangen, es hing ein Zettel an der Tür.«

»Aha.«

»Ist Sabina nicht zu Hause?«

»Sieht nicht danach aus.«

»Ja, ich dachte nur …«

»Ich vergesse einfach immer wieder, wie Sie heißen, Schwester.«

»Entschuldigen Sie, Eva heiße ich, Eva Persson.«

»Ist das etwas, wofür man sich entschuldigen muss?«

Sie bekam hektische rote Flecken am Hals, kramte in ihrer Tasche.

»Wie geht es Ihnen heute?«, sagte sie nach einer Weile.

»Hat Sabina Ihnen das nicht gesagt?«

»Doch, aber …«

»Na also!«

»Es geht um die Sache mit ihrer Verdauung, nicht? Die will nicht so, wie sie soll?«

»Stimmt«, antwortete er barsch.

»Wenn man viel liegt, entspannen sich auch irgendwie die Gedärme. Wenn man auf den Beinen ist und sich viel bewegt, stimuliert das auch die Darmbewegungen, aber ...«

»Dann ist Schwester Eva also der Meinung, ich sollte aufstehen?«

Sie biss sich auf die Lippe, ihre Schneidezähne waren groß und gewellt wie Kinderzähne. Plötzlich schämte er sich.

»Sie haben völlig Recht, Schwester Eva. Ich werde aufstehen.«

»Es gibt natürlich auch eine andere Methode«, setzte sie an, aber er legte den Finger auf den Mund, runzelte die Stirn und stieß Luft zwischen den Zähnen aus.

»Reichen Sie mir mal die Hose da hinten, und helfen Sie mir beim Aufstehen.«

Sie kniete in ihren dünnen Strümpfen vor ihm, schob erst den einen, dann den anderen Fuß ins Hosenbein und fand in einer Schublade ein Paar Socken. Er machte sich ein bisschen Sorgen wegen seiner Schweißfüße, sah aber keine Anzeichen, dass sie etwas roch. Es rauschte in seinen Ohren, es war ein Geräusch, das aus seinem Inneren zu kommen schien. Er saß auf der Bettkante, und die Bodendielen berührten seine Füße. Als er versuchte, seine Körperhaltung zu ändern, hätte es ihm vor Schmerzen beinahe den Atem verschlagen.

Sie holte ein Hemd, und es gelang ihr unendlich langsam, alle Knöpfe zu schließen, außer an den Manschetten, die sie stattdessen einmal umschlug. Das Hemd musste er über der Hose hängen lassen, und er zeigte auf seinen Helly Hansen-Pullover und bedeutete ihr, ihn über seinen Kopf zu ziehen. Ihm wurde schwarz vor Augen. Er legte seine Hände an ihre Hüften und musste zunächst eine ganze Weile stumm dasitzen und zählen, ehe er Anlauf nehmen und sich an dem zierlichen Frauenkörper hochziehen konnte. Sie stand breitbeinig und ohne zu schwanken vor ihm, half ihm nicht, stand einfach nur da.

»Geht's?« Ihre schwache piepsige Stimme klang weit entfernt, Wände und Boden schienen sich zu drehen. »Geht's?« Seine Hände umschlossen etwas Hartes und Längliches, das waren die Griffe der Krücken. Irgendwie war es ihr gelungen, sie bereitzuhalten, und nun konnte er sein ganzes Gewicht auf sie verlagern. So blieb er schwankend stehen, bis sich das Zimmer nicht mehr drehte.

»Wie geht es Ihnen?«, piepste sie, und er begriff, dass sie im Grunde viel mehr sagen, die eingeübte Schmeichellektion mit all den abgedroschenen Floskeln vorbringen wollte:

»Heute sind wir wirklich tüchtig gewesen. Jetzt wollen wir mal losgehen und schauen, dass der Magen wieder schön in Ordnung kommt!«

Nein. Sie wagte es nicht, sie hatte erkannt, dass es besser für sie war, wenn sie den Mund hielt.

»Gut«, sagte er schroff. »Und jetzt, meine kleine Schwester Eva, werden Sie so freundlich sein, mir zum Plumpsklo hinauszuhelfen.«

Er schaffte es, schaffte mit ihrer Hilfe den ganzen Weg. Zunächst ging es Schritt für Schritt durch das Schlafzimmer, und sie ging vor und räumte alle Hindernisse aus dem Weg. Dann gelangte er in den Flur hinaus und erkannte, dass alles vor sehr langer Zeit geschehen war, das ganze Leben, und er wankte einen Moment und hätte sich fast geduckt, denn der Flur erschien ihm auf einmal so eng, in seiner Erinnerung war der Raum viel größer gewesen.

Dann folgte die eigentliche Kraftprobe. Die Treppe. Da zögerte die grazile Mädchengestalt nicht mehr, sondern wandte sich ihm zu, stieg dann auf die erste Treppenstufe hinab, die Arme gegen die Wand gepresst, stand vor ihm und hielt dagegen wie ein Bremsklotz. Im Übrigen kein besonders tauglicher Bremsklotz, denn wenn er gefallen wäre, hätte er sie unweigerlich mitgerissen, und sie wären gemeinsam die fünfzehn steilen Treppenstufen hinabgestürzt. Er wagte nicht, sich auszumalen, wie das geendet hätte. Denn obwohl er ging, seine Beine sich bewegten, war er doch vollkommen auf ihr Vertrauen und die Kraft ihrer Arme angewiesen.

Unter Aufbietung all seiner Kräfte bewältigte er schließlich die ganze Treppe und sah ein Lächeln um ihren Kindermund spielen. Der Respekt vor ihm schien Schritt für Schritt aus ihrem Gesicht verschwunden zu sein, aber nun benötigte er dringend einen Stuhl, auf den er sich setzen konnte, denn das Blut entwich aus seinem Kopf.

Sie fragte nicht, warum er nicht die Toilette im Haus benutzen konnte, erwähnte diese Möglichkeit mit keinem Wort. Stattdessen drückte sie seinen Kopf auf die Brust, zog ihm anschließend die Schuhe an und machte sich sogar die Mühe, sie zuzubinden.

Draußen war der Himmel grau. Es war windstill und nieselte beinahe unmerklich. Die Hunde schlugen an, sie begrüßten ihn, und er hätte sich gewünscht, ihnen eine Art Zeichen geben zu können. Er atmete tief durch, hatte ganz vergessen, wie frische Luft roch, klammerte sich an die Griffe der Krücken und machte sich auf den Weg.

Nachher, in dem Moment, als er wieder in sein Bett zurückgekommen war, fiel er kurz in Ohnmacht, aber das war nicht weiter schlimm. Es passierte beim Hinlegen, und als er wieder zu Bewusstsein kam, hatte die Krankenschwester die Kopfkissen weggenommen und unter seine Füße geschoben. Sie war ihm eine große Hilfe gewesen, das konnte er im Nachhinein zugeben. Ein feinfühliger Mensch war sie, diese Schwester Eva Persson. Und dafür gebührte ihr verdammt noch mal ein großes Lob.

Sie hatte sich ans Hühnerhaus gestellt, weit genug entfernt, um ihn nicht zu stören, aber dennoch so nah, dass sie es hören konnte, falls er um Hilfe rufen sollte.

Im Flur stand ein Rollstuhl, und er erinnerte sich vage, dass er darin nach Hause gekommen war. Sie war bei ihm stehen geblieben und hatte ihn fragend angesehen, aber er hatte eine abwehrende Miene gemacht. Wie sich herausstellte, wäre es ohnehin nicht gegangen. Der Pfad zum Plumpsklo war zu schmal, ja sogar zu schmal, um zwei Personen nebeneinander Platz zu bieten. Also hatte sie hinter ihm bleiben und darauf Acht geben müssen, dass die Krückstöcke ordentlich Halt fanden.

Als sie sich dem Plumpsklo näherten, überholte sie ihn, öffnete die Tür und sorgte dafür, dass er problemlos hineingelangte. Dann schob sie die knarrende Tür hinter ihm zu. Hier drinnen war es kühl, aber er schwitzte dennoch so stark, dass sein Hemd am Rücken klebte.

»Gehen Sie irgendwohin, und bleiben Sie dort, bis ich Sie wieder rufe«, befahl er, wenn auch nicht sonderlich nachdrücklich oder kraftvoll, aber sie begriff, und er wartete, bis er sie durch die Bretterritzen verschwinden sah. Dann hob er den Toilettendeckel und stellte die Krücken ab.

Erst nachher entdeckte er, dass etwas anders war als sonst. Die Säcke mit dem ungelöschten Kalk waren verschwunden. Er war sich ganz sicher gewesen, dass noch zwei Säcke da waren, die noch viele Jahre reichen würden. Doch nun standen sie nicht mehr an ihrem Platz.

Aber im Moment hatte er nicht die Kraft, sich Gedanken darüber zu machen. Er stieß die Tür auf und rief die Krankenschwester.

»Kommen Sie und helfen Sie mir!«

Und sie kam.

Sie war noch im Schlafzimmer, kühlte mit einem feuchten Handtuch seine Stirn, Wasser lief herab.

»Nehmen Sie jetzt bitte diese Tablette«, sagte sie, und es war kein Kräftemessen oder Kampf mehr, er schluckte die Pille und trank das Glas aus. Sein Körper war jetzt leicht, der Magen leer, in seine Mattigkeit mischte sich Freude, sodass er sie freundlicher behandelte.

»Ich glaube, ich behalte die Kleider an. Damit Sabina es gleich sieht.«

»Den Beweis«, kicherte die Krankenschwester.

»Den Beweis, ja.«

Sie öffnete das Fenster einen Spaltbreit und griff nach ihrer Tasche.

»Dann werde ich mal sehen, dass ich weiterkomme.«

»Ich möchte dir ganz herzlich danken«, murmelte er und merkte erst später, dass er sie geduzt hatte.

Als die Gemeindeschwester gefahren war, blieb er liegen wie ein großer Klumpen Gelee. Wie eine Qualle, die ans Ufer gespült worden war und in deren feinen Tentakeln Sand und Schneckensplitter hingen.

Ich habe mich übernommen, dachte er. Ich hätte das nicht tun sollen, es war noch zu früh. Der nagende Schmerz klang allmählich ab, und er wartete darauf, schmerzfrei zu sein. Gleichzeitig war er noch ganz begeistert und fast gerührt von seiner Leistung, die aus Zorn und Wut geboren worden war. Niemand durfte über ihn bestimmen oder ihn wie einen Kretin behandeln, er war der, der er war, und jetzt war er auf dem Weg der Besserung.

Er spitzte die Ohren, wartete auf den Opel, darauf, dass Sabina nach Hause kam, er wollte sich ihr zeigen und sich an ihrer Freude erfreuen. Ein paar Mal hörte er den Hahn, den prächtigen Leghorn-Hahn, den er Clinton getauft hatte. Er lächelte schwach, als er daran und an ihr Lachen dachte. Er hatte die frische Luft noch in den Lungen, und sie stärkte ihn, und er würde verdammt noch mal wieder ganz gesund werden – auch wenn er den einen oder anderen Rückschlag würde hinnehmen müssen.

Sabina blieb lange fort. Wann waren die beiden gefahren? Wie lange brauchte man, um nach Linköping zu kommen? Sie hatte sich fein gemacht, ihre Pumps und einen Faltenrock angezogen, er sah sie nur selten in schicken Kleidern. Sie hatte vor dem Spiegel gesessen und ein wenig darüber gegrummelt, dass der Lippenstift zu trocken war. Sabina konnte einem Leid tun, sie arbeitete sich tot, und das nicht nur im Moment, weil er außer Gefecht war. Das war es nicht, was er ihr hatte geben wollen, als er sie bat, in sein Haus zu ziehen. Er gönnte es ihr, eine Zeit lang wegzufahren, ein paar Stunden allein im Auto zu haben, aber jetzt ließ sie wirklich auf sich warten, und er machte sich allmählich Sorgen.

Als Svava ihn verließ, betrachtete er das ganze weibliche Geschlecht mit Verbitterung. Treue war für ihn etwas Heiliges. Aber Svava hatte ihn satt gehabt. Schon das hatte ihn sehr gekränkt. Er hatte es erst gemerkt, als es bereits zu spät war. Sicher, es war ihm nicht entgangen, dass sie sich veränderte, aber Frauen hatten eben ihre Phasen, wie sollte er sich als Mann darauf verstehen können? Zumal, wenn sie ihn ständig auf Distanz hielt, wenn sie lieber auf der Bank in der Sattelkammer schlief, als sich zu ihm ins Doppelbett zu legen.

Schließlich erfuhr er den Grund für ihr Verhalten. Sie war der Liebe ihres Lebens begegnet, einem Pferdehändlerwürstchen aus Södertälje.

Was hatte er nicht alles versucht, um sie zum Bleiben zu bewegen, wie hatte er sich erniedrigt.

Und dann der Junge. Tobias. Ein Junge braucht seine Mutter.

Sie stand vor ihm und sagte es ihm ins Gesicht.

»Ein zehnjähriger Lausebengel braucht seine Mutter, und ich habe den Eindruck gewonnen, dass er mich begleiten möchte, er hat hier keine Zukunft, begreifst du das nicht, in einer Gegend wie dieser, aus der alle weggehen!«

Sie hatte »den Eindruck gewonnen«! Und sie konnte das natürlich viel besser beurteilen als er.

Er machte damals einen Fehler, einen verhängnisvollen Fehler, schnappte sich den Jungen, presste ihn an die Wand und schüttelte ihn:

»Du lässt mich also auch im Stich? Du gehst also mit ihr und lässt mich hier auf dem Hof allein?«

So behandelte man kein Kind.

Tobias hing wie ein Handschuh in seinem Griff, hässlich und mit strähnigen Haaren, außerdem hatte er angefangen zu stottern, und nun machte er sich auch noch in die Hose, denn ihm schlug auf einmal Durchfallgestank entgegen. Er war seiner Mutter wie aus dem Gesicht geschnitten, warf die Haare zurück, quiekte wie eine neugeborene Katze.

Gerade der Vergleich mit einer Katze … Für Sekundenbruchteile hatte er tatsächlich einen Sack mit Steinen vor Augen gehabt, als er dort mit dem Jungen stand, der in seinen Händen baumelte, denn sie sollte ihn nicht bekommen. Wenn er seinen Sohn nicht bei sich behalten durfte, sollte auch kein anderer ihn haben.

Die Erinnerung daran hatte ihn lange Jahre gequält.

Später hatte er einen Brief geschrieben, aber er wusste nicht, ob Tobias ihn bekommen hatte.

Der Brief war eine Bitte um Vergebung. Er schrieb auch an Svava und bat sie, Tobias wenigstens in den Ferien nach Hause zu schicken. »Nach Hause«, schrieb er. Sie antwortete mit einer Postkarte:

Ich denke, wir sollten einstweilen behutsam vorgehen. Er will nicht zu dir fahren. Lass ihn selber entscheiden.

Jetzt hörte er den Landbriefträger auf den Hof vor dem Haus fahren und mit seinem Honda Civic den Fahnenmast umrunden. Es raschelte im Briefkasten. Bestimmt nur Rechnungen und Reklame. Sabina brachte ihm immer die Post und legte sie auf den Nachttisch. In ein paar Tagen würde er so weit wiederhergestellt sein, dass er selber hinausgehen und sie holen konnte.

Wenn man wie er ans Bett gefesselt war, wurde das Gehör zu dem Sinnesorgan, auf das man sich verlassen musste. Das hatte er gemerkt. Es war nicht weiter schwer, die verschiedenen

Geräusche draußen zu unterscheiden, alles vom Traktor mit seinem Allradantrieb bis hin zu Hardy Lindströms alter knatternder Vespa. Der Traktor war relativ neu. Sabina liebte es, ihn zu fahren. Er hatte ihn Erik zu einem Freundschaftspreis abgekauft. Der dumme Erik, der immer ins Blaue hineingelebt hatte. Der Geld in einen John Deere mit Turbo investierte, obwohl er eigentlich besser den ganzen Hof aufgegeben hätte, als er noch die Kraft dazu hatte.

Jetzt sabberte er im Aufenthaltsraum des Altenheims. Und aus seinen Augen liefen die Tränen.

»Wie geht es dir, Erik?«

Keine Antwort.

Worüber redet man mit einem Menschen, den man sein ganzes Leben gekannt hat, der aber jetzt nicht mehr antwortet?

Vanja wohnte noch in ihrem Haus. Schon bald würde es über ihre Kräfte gehen, es in Ordnung zu halten.

»Wir sterben aus, Carl Sigvard. Am Ende hat man einfach keine Kraft mehr. Und wir können nichts tun, um das zu verhindern.«

»Man darf sich nicht aufgeben«, hatte er zu trösten versucht. »Wenn man aufgibt, versinkt man im Schweigen, und dann geht es bergab, erst dann geht es wirklich zu Ende mit einem.«

»Der Wille des Herrn geschehe«, hatte sie geseufzt und sich zur Wand umgedreht und nach Taschentüchern gesucht. Vanja Malmfeldt, die nie religiös gewesen war, sondern ganz im Gegenteil zu Grog und frechen Kartenspielen eingeladen hatte. Nun quatschte sie vom Herrn und von der Macht des Schicksals.

Es raschelte im Badezimmer, er hörte schlurfende Schritte. Adam ging auf den Fersen, es war einfach nicht möglich, ihm das abzugewöhnen. Jetzt pinkelte er im Stehen, wie viel hatte er nur getrunken? Es rauschte wie ein mächtiger Wasserfall. Hauptsache, er kam nicht ins Schlafzimmer, Carl Sigvard wollte hier in aller Ruhe liegen und an seine Leistung denken und an die frische Luft und daran, wie herbstlich es geworden war, aber auch daran, wie gut das im Grunde doch war, denn die Zeit verging, und die Zeit würde alle Wunden heilen. So hieß es doch immer.

Aus dem Flur drang ein träges Schlurfen zu ihm herein. Knarrend glitt die Tür auf, und Adam stand mit Stoppelbart und hängenden Schultern im Rahmen. Er trug seinen grauen Trainingsanzug, Urin war auf die Hose gespritzt. Er zog die Nase hoch, gähnte und musste sich am Türrahmen festhalten, um nicht umzukippen.

»Junge, was ist los mit dir?« Er konnte sich die Frage nicht verkneifen, obwohl es sicher das Beste gewesen wäre, still liegen zu bleiben und sich schlafend zu stellen, toter Mann zu spielen.

Der große, schwere Mann kam schaukelnd, mit schlafwandlerischen und schlappen Schritten zum Bett. In der Hand hielt er eine leere Toilettenpapierrolle.

»Was ist los, ist die Rolle leer?«

Adam blieb stehen, hob die Hand und hielt die Rolle wie ein Mikrofon an den Mund. Er gab ein paar krächzende Laute von sich, doch dann wurde sein Blick wild, und er schleuderte die Rolle von sich. Sie flog gegen die Kommode und rollte in eine Zimmerecke.

»Was ist los mit dir?« Carl Sigvard sprach jetzt lauter. »Benimm dich gefälligst, komm hier nicht rein und fang an, Krach zu machen!«

Das aufgedunsene Gesicht verzerrte sich, die Unterlippe wurde vorgestülpt und ein Muhen drang aus Adams Mund.

Mit viel Mühe gelang es Carl Sigvard, sich aufzusetzen, sein Unterkörper war wie ein gefühlloser Klumpen. Er zwickte sich mit den Fingern durch den Hosenstoff, doch, es tat noch weh. Gut so. Anscheinend waren seine Beine nur etwas eingeschlafen.

Er gab sich Mühe, mit sanfter Stimme zu sprechen.

»Bist du über etwas traurig, Adam? Geht es dir nicht gut?«

Der Mann ließ sich auf die Bettkante fallen, saß da und wankte.

»Maaa-ma, Maaa-ma«, schluchzte er.

»Mama ist nur kurz weggefahren. Sie wollte Tobias zum Zug bringen.«

Es folgte eine Flut unzusammenhängender Sätze, und er verstand nur einzelne Worte. Adam hob die Arme und schlug dann hart auf die Erde, drosch mit geballten Fäusten, jaulte und heulte.

»Beruhige dich, mein Junge, jetzt beruhige dich doch!«

Plötzlich wurde er wütend, weil Sabina ihn mit dem Jungen allein gelassen hatte, sie hätte ihn ruhig mitnehmen können, sie wusste doch, wie schwer er sich mit solchen Situationen tat.

»Schneide das Messer, schneide das Auge, Maaa-ma.«

»Was redest du denn da für ein fürchterliches Zeug, hör jetzt auf damit!«

»Schneide das Mee-he-hesser, das Auge schneide das Messer!«

Es ging irgendwie um Hardy, um etwas, das auf der Insel passiert sein musste. Sabina hatte so etwas erwähnt, aber er erinnerte sich nicht mehr, er hatte gerade seine Schlaftabletten bekommen und war schon halb eingedämmert. Es ging um Hardy und Adam und das Tier, das sie hatten häuten sollen.

»Wenn Hardy kommt, darfst du singen«, sagte er laut und bekam gleichzeitig schmerzhafte Stiche im Becken. Hatte er sich jetzt übernommen, hatte er sich selbst Gewalt angetan? »Du darfst diese Elvis-Lieder singen, das kannst du richtig gut, Adam, du bist ein verdammt tüchtiger Junge, kannst du mir nicht was vorsingen, sing was richtig Schönes.« Adam saß zitternd auf der Erde. Rotz und Tränen liefen seine unrasierten Wangen hinab. Er wimmerte und heulte und strich sich mit den Fingern durch die fettigen Haarsträhnen.

»Adam«, lockte er ihn. »Stell dich hin und dann singst du Carl Sigvard was vor. Dann freut Carl Sigvard sich.« Er verfiel in die Kindersprache, obwohl das eigentlich keine gute Idee war, weil Sabina das nicht mochte, »man soll ihn behandeln wie einen Erwachsenen, sonst bleibt er für immer auf dem Niveau eines Kindes«, aber sie selber tat das auch nicht immer und zum Teufel, was sollte er denn tun, wenn Adam nicht hörte, sondern nur dasaß und wie ein Vierjähriger in der Trotzphase herumbrüllte, und ihm selber schwindlig war und er sich nach seiner Glanztat noch etwas mitgenommen fühlte. Sabina, jetzt musst du aber verdammt noch mal nach Hause kommen!

Am späten Nachmittag hörte er den Opel auf den Hof tuckern. Der Wind hatte kräftig aufgefrischt, und der Regen schlug in Böen gegen die Scheiben. Er machte sich Sorgen, dass es hereinregnen könnte, weil das Fenster auf Kippe stand. Er hatte versucht, Adam dazu zu bringen, es zu schließen, aber seine Bemühungen waren erfolglos geblieben. Adam hatte sich mit der Zeit beruhigt, aber nicht singen wollen, was ungewöhnlich war, denn im Allgemeinen war es eher ein Problem, ihn dann wieder zum Aufhören zu bewegen. Jetzt hatte er sich irgendwohin zurückgezogen. Es war kein Mucks von ihm zu hören.

Sabina trippelte in ihren Pumps heran.

Sabina, ich liebe dich, sieh dir an, was ich geschafft habe, bald hast du mich wieder.

Er dachte es, war erfüllt davon, kam aber nie dazu, es auch zu sagen. Sie trat ein und hatte sich die Haare kurz schneiden lassen.

Lange blieb er stumm liegen und sah sie an.

»Gefällt es dir?« Sie drehte und spiegelte sich, zog Rock und Strumpfhose aus und die Jeans an. Ihr Kopf sah aus, als wäre er geschrumpft.

»Ich hatte die langen Haare so satt, sie sind so unpraktisch, wenn man so viel im Stall arbeiten muss.«

»Sabina«, brachte er mit trockenen Lippen heraus.

»Mona Sahlin, die Ministerin, hat die gleiche Frisur. Ich war die alte so leid, ich habe das Auto in der Stadt abgestellt und einen Frisör gefunden, bei dem man keinen Termin zu machen brauchte. Der Frisör war ein Mann, Männer schneiden besser als Frauen, habe ich einmal gehört, oft sind sie, na ja, du weißt schon. Sie haben ein Gespür dafür, wie eine Frau aussehen möchte.«

»Komm her«, flüsterte er auf dem Bett liegend.

Sie zog den feinen Pullover aus, näherte sich jedoch nicht, sondern suchte ihren alten gelben Pullover heraus und als sie ihn über den Kopf zog, sah er, dass sie eine Kratzwunde unter einer Brust hatte.

Sie war schon wieder auf dem Sprung nach draußen.

Erst da fiel ihr auf, dass er angezogen war.

Er hörte sie im Erdgeschoss das Abendessen vorbereiten. Sie sprach mit Adam, der nicht mehr weinte, jedoch stotterte und jammerte.

Ihrem Sohn gegenüber erhob sie eigentlich nie die Stimme, aber auf einmal schrie sie so laut, dass es bis zu ihm hinauf zu hören war.

»Jetzt bist du still, Adam! Ich will kein Wort mehr über dieses Auge hören!«

Wenn ihm etwas gegen den Strich ging, bekam der Junge in der Regel einen Wutanfall. Dann warf er sich auf den Boden, dass die Teppiche sich verschoben, und griff mit seinen großen Händen nach beliebigen Gegenständen, die er so um sich schleuderte, dass man sich in Sicherheit bringen musste.

Diesmal tat er nichts dergleichen, sondern verstummte. Ein paar Minuten später begann er zu singen, anfangs noch heiser und nicht besonders rein, dann aber immer klarer.

»Love me tender, love me dear, tell me you are mine. I'll be yours through all the years, 'til the end of time. Love me tender, love me true, all my dreams fulfill, for my darling I love you and I always will.«

War es der dritte Tag, der vierte oder fünfte? Er hatte beschlossen, sie nicht zu zählen, die Morgen nicht zu zählen, an denen er die Decke zur Seite schlug und aufstand, und zwar zeitig. Früher hatte er sich nach der Stunde des Morgengrauens gesehnt, denn in ihr war er immer sehr inspiriert gewesen.

Jetzt brachte er kein Wort zu Papier.

Er schlief schlecht, versuchte aber, dennoch nichts zu trinken, denn der Schnaps führte nur zu einem künstlichen Schlaf, der ihm keine Erholung schenkte. Stattdessen lag er auf dem Rücken und versuchte, sich Körperteil für Körperteil zu entspannen, und es war dunkel im Zimmer, aber an den Fenstern flutete Licht von den Laternen herein, die auch nachts den verlassenen Schulhof beleuchteten.

Ich muss arbeiten, hatte er Marit erklärt. Ich muss mich konzentrieren, du darfst mich in dieser Anfangsphase nicht stören, das wirst du leider akzeptieren müssen. Sie hatte genickt, aber nicht wirklich verstanden, wie ernst es ihm mit seinen Worten war, denn sie hatte ihn mehrfach angerufen und sich erkundigt, wie er vorankam.

Er hatte auch mit Klara gesprochen und sie gebeten, ihn besuchen zu kommen, aber er hatte sie nach seiner Heimkehr noch nicht gesehen. Das deprimierte ihn. Hielt etwas in seiner Stimme sie zurück? Er sah auf seine Hände hinab, seine ganz normalen Tobiashände. Die sie getragen und ihre

Windeln gewechselt und zerlesene Bilderbücher umgeblättert hatten.

»Ich komm die Tage mal vorbei«, war alles, was sie gesagt hatte.

»Wie geht es deiner Mama?«, konnte er sie gerade noch fragen.

»Alles okay, wir wollen heute in die Stadt, einkaufen gehen.«

»Aber du hast doch gesagt ... hast du nicht gesagt, sie wäre traurig?«

»Das ist sie nicht mehr.«

Tobias sah auf die Uhr. Halb sechs. Er stieg aus dem Bett, holte die Zeitung und blätterte desinteressiert darin. Anschließend setzte er Wasser in dem elektrischen Kocher auf und gab Kaffeepulver in den Filter. In einem Fenster des Schulgebäudes brannte Licht, in einem einzigen Fenster im Erdgeschoss. Durch die Jalousie sah er einen Mann in einem karierten Hemd, der jeden Morgen früh kam und sich seiner morgendlichen Routine widmete. Er las am Schreibtisch sitzend die Zeitung, bearbeitete dann einen Stapel Akten und ging, wenn es sieben Uhr geworden war, ins Lehrerzimmer, um für seine Kollegen Kaffee aufzusetzen.

Ein Schulrektor, dachte Tobias, der ruhig und geborgen im Alltag verankert ist und nachts nach Verrichtung eines redlichen Tagwerks gut schläft. Nach Schulschluss fährt er nach Hause in sein Reihenhaus, wo ihn seine Gattin erwartet, die auch Lehrerin ist, allerdings an einer anderen Schule, vielleicht in Blombacka, wo ich selber vor ewigen Zeiten zur Schule gegangen bin. Sie nehmen eine ausgewogene Mahlzeit zu sich, vielleicht einen Fischeintopf, und bestimmt gibt es eine ordentliche Portion Salat dazu, denn seine Gattin ist in das Alter gekommen, in dem Frauen gerne etwas rundlich werden, und sie ist zu den Weightwatchers gegangen und zählt Punkte und schleift ihren Mann auf lange Spaziergänge, bei denen sie Hand in Hand gehen, als wären sie noch jung und verliebt.

Zum Teufel, Tobias! Du kannst doch fantasieren!

Aber am Computer tat sich nichts.

Leo Pullman. Was für ein bescheuerter Name für eine Romanfigur, konstruierter konnte ein Name gar nicht klingen.

Er schirmte sich ab, zog die Tastatur zu sich heran:

Du bewegst deinen Hintern erst wieder von diesem Stuhl, wenn du mindestens zweitausend Anschläge geschrieben hast! Ohne Leerzeichen!

Mist! Er hatte nicht einmal eine Idee für eine Handlung.

Also ging er zu seinen Regalen und blätterte in Büchern. Was schrieben denn die anderen, Håkan Nesser und Henning Mankell, konnte er sich von ihnen vielleicht etwas abgucken? Er warf auch einen Blick in seinen eigenen Roman, *Die Nacht*. Wie sah er eigentlich aus, dieser Leo Pullman? Wie war sein Leben?

An einem dieser Tage rief ihn Titus Bruhn an, sein Verleger.

»Ich will dich ja nicht unter Druck setzen, Tobias. Aber was meinst du? Wie bist du vorangekommen?«

»Es ist doch verdammt noch mal erst September«, fuhr er dazwischen, bereute es jedoch augenblicklich.

»Um genau zu sein, Oktober«, korrigierte ihn Titus Bruhn.

»Entschuldige. Ich habe nur so furchtbar schlecht geschlafen.«

»Ich kann mir schon denken, was los ist. Der Kulturschock macht dir zu schaffen, es will dir nicht recht gelingen, wieder in die Zivilisation zurückzufinden. Sie ist eine zu große Zumutung geworden, he, he.«

»Ja«, versuchte er zu lachen. »Das ist es wahrscheinlich.«

Sie beschlossen, gemeinsam essen zu gehen, aber erst in der nächsten Woche. Auf einem Zettel hatte er es sich notiert: *Titus anrufen wg. Mittagessen.*

Er ertrug es nicht, noch länger im Haus zu sein. Es ging auf sieben Uhr zu. Er zog sich an, ging hinaus, musste jedoch auf der Stelle wieder umkehren, denn in der Nacht hatte es geschneit und auf den Straßen lag der erste Schneematsch der Saison. Er zog sich die Stiefel an, fand aber weder Mütze noch Handschuhe, die lagen natürlich noch im Keller. Dennoch ging er hinaus, nahm die Abfalltüte mit und warf sie in den Müllschlucker, begegnete dem jungen Mädchen aus der Nachbarwohnung. Sie arbeitete als Hilfskrankenschwester im Krankenhaus und machte sich immer erst in letzter Minute auf den Weg zur Arbeit.

»Alles klar?«, rief sie ihm zu, blieb jedoch nicht stehen, um seine Antwort abzuwarten, sondern donnerte an ihm vorbei die Treppe hinunter, und er hörte unten die Tür ins Schloss fallen.

Die Luft war rau und feucht und erfüllt von dem ganz eigenen Geruch frisch gefallenen Schnees. Er zündete sich eine Zigarette an und bekam einen Hustenanfall. Diese Anfälle machten ihm allmählich Sorgen, und er hatte sich angewöhnt, einen prüfenden Blick auf das zu werfen, was er in das Taschentuch spuckte. Klara hatte ihn mit massiven Antiraucherkampagnen bedrängt, als sie das Thema in der Schule behandelten. Sie hatte einen Aufsatz geschrieben und ihn gezwungen, ihn zu lesen: »Über die Gefahren und Qualen des Rauchens«.

Sie hatte Recht. Natürlich hatte sie Recht. Es war die Hölle, zu rauchen, es war teuer und lebensgefährlich. Dennoch rauchte er weiter. Einen Monat lang hatte er es mit Schweden-Snus, diesen Tabakbeutelchen, die man sich unter die Lippe schiebt, versucht, was nicht zuletzt Marit zu schätzen gewusst hatte, aber seltsamerweise war es gerade ihr Enthusiasmus gewesen, der ihn wieder mit dem Rauchen anfangen ließ. Weil er das Gefühl bekommen hatte, sie würde Anspruch auf sein Leben erheben, und zwar auf eine Weise, die er nicht ertrug.

Er überquerte den stark befahrenen Oxbacksleden und warf die Kippe weg, vergrub die Hände in den Taschen und ging weiter. Er kam an dem Lebensmittelgeschäft vorbei, das früher Björn Borgs Eltern gehört hatte, dahinter lagen der Park und der Spielplatz. Vor langer Zeit, als er noch ein Kind war, hatte er es kaum erwarten können, hinauszukommen, sobald er die ersten Schneeflocken fallen sah. Er erinnerte sich an das Schwindel erregende Gefühl von Schnee auf den Augenlidern und daran, wie die Steine gegen das Steißbein schlugen, wenn sie auf einer flachen Scheibe die Hänge hinunterrutschten.

Am oberen Ende der Torekällgatan lag das Haus, in das sie gezogen waren, es war ein gelber Backsteinbau. Er sah den Balkon, der zu Svavas Zeit immer prachtvoll bepflanzt gewesen war. Im Sommer hatten sie sogar Kartoffeln ernten können, natürlich keine großen Mengen, aber immerhin. Bilder tauchten vor seinem inneren Auge auf, seine Mutter und er an dem schmalen Balkontisch, der sich herunterklappen ließ, wenn man ihn nicht benötigte. Die Sonne beschien ihr Glas, färbte den Wein hellrot. Sie lehnte sich vor und wurde vertraulich. Manchmal sprach sie über seinen Vater. Dann hielt er sich die Ohren zu und ging hinein.

Am ersten Morgen nach ihrem Umzug war er auf den Hinterhof hinausgegangen. Auf einem Hügel wuchs ein wilder Apfelbaum, der Baum stand immer noch. Er hatte aus dem Fenster gesehen und sich vergewissert, dass niemand zu sehen war, wollte sich in aller Ruhe an seine neue Umgebung gewöhnen. Als er aus dem Haus trat, saß dann doch ein Junge im Sandkasten, der eigentlich schon zu groß war, um noch in einem Sandkasten zu spielen. Aber er saß jedenfalls da.

Der Junge hatte den Mund geöffnet und ihn nach seinem Namen gefragt, und er hatte ihn so ausgesprochen, wie er es gewohnt war. Daraufhin hatte der Junge prustend gelacht und auf erwachsene, überlegene Art den Kopf geschüttelt.

»Tobejas«, ahmte er ihn nach, »was für ein bescheuerter Name, ›Tobejas‹.«

Im Grunde war es nicht weiter der Rede wert, es war die alte Leier, wie sie immer und immer wieder in Filmen und Büchern erzählt wird. Kinder werden entwurzelt, von ihrer neuen Umgebung niedergemacht, stehen wieder auf und zahlen es den anderen heim. Oder auch nicht.

Die Pferde hatte sie auf dem Hof zurückgelassen. Jörgen, der neue Mann in ihrem Leben, hatte in seinem Stall keinen Platz für sie. Später hatte es ihn erstaunt, dass sie das kaum zu berühren schien. Sein Vater war eine Sache, sie waren wohl einfach nicht mehr auf der gleichen Wellenlänge gewesen, und es kam oft vor, dass Eheleute irgendwann getrennte Wege gingen. Aber die Pferde? Mit der Zeit gelang es Carl Sigvard, sie zu verkaufen. Zu Ingelizes Verzweiflung, stellte er sich vor.

Er fror an den Ohren, ging jedoch weiter, die Autos gerieten auf dem Schneematsch ins Rutschen. Hier oben auf dem Torekällberget war er viele Male mit Klara gewesen, als sie noch klein war. Man hatte einige alte Häuser und Gebäude der Stadt hierher versetzt, statt sie einfach abzureißen, unter anderem einen alten Kaufmannsladen, in dem man Süßigkeiten in spitz zulaufenden Papiertüten kaufen konnte. Tiere gab es hier auch. Ziegen, Kaninchen und Hühner, leicht zu haltendes Vieh, an dem sich kleine Kinder erfreuten.

Er war damals oft hergekommen, in der ersten Zeit nach ihrem Umzug. Bevor er neue Wurzeln schlug. Das Gelände lag in der Nähe seiner Schule und statt den Hang hinunter nach Hause zu gehen, war er den Berg hinaufgestiegen. Die Ziegen hatten ihn mit ihren seltsamen Augen kühl, beinahe höhnisch gemustert, aber er hatte ihnen aus der Schulspeisung Mohrrüben mitgebracht. Und sie schnappten mit schmalen Lippen danach, und es knirschte, wenn sie fraßen.

Bis ihn ein Tierpfleger dabei erwischte.

»Siehst du nicht, dass es verboten ist, die Tiere zu füttern, kannst du nicht lesen!«

Die Scham hatte ihm einen Schauder über den Rücken gejagt. Der Mann schien es gemerkt zu haben, denn er ließ sich erweichen.

»Ach, schon gut, du kannst mir beim Ausmisten helfen, wenn du willst.«

Den Nachmittag verbrachte er dort, und der Pfleger hieß Sven. Sven nahm ihn auch mit zu den Hühnern, ließ ihn die Hand unter einen aufgeplusterten Hühnerbauch schieben und ein Ei herausholen. Zufrieden darüber, einem Stadtkind zeigen zu dürfen, woher die Eier wirklich kamen.

Danach kehrte er nie mehr auf den Berg zurück, jedenfalls nicht allein. Seine Schulklasse ging manchmal dorthin. Dann hielt er sich stets in der Mitte der Klasse. Er hatte sich Sorgen gemacht, Sven könnte merken, dass es für Tobias nichts Neues war, wie ein Ei entsteht. Dass er sich blamiert fühlen könnte.

Nun hatte er den Parkplatz erreicht und blieb einen Moment stehen, um wieder zu Atem zu kommen. Seine Kondition war katastrophal und wurde mit Sicherheit nicht besser dadurch, dass er sich eine neue Zigarette anzündete. Unter ihm breitete sich die Stadt aus, und er empfand plötzlich Überdruss und spürte einen ungeheuren Druck auf der Brust, als laste ein solches Gewicht auf ihr, dass die Rippen nach innen gepresst wurden. Er fluchte und schnäuzte sich, rauchte hastig ein paar Züge.

Sabina.

Der Name war in seinem Innern eingekapselt, diffus und entgleitend, schwebend wie ein Bildschirmschoner. Er verdrängte ihn, schroff und rasend vor Wut zwang er ihren Namen aus seinem Kopf.

Es ist nichts passiert!

Die Angst, die Besitz von ihm ergriff, veranlasste ihn, kehrtzumachen und auf dem matschigen Bürgersteig im Laufschritt nach Hause zu eilen.

Es ist nichts passiert!

Trotzdem musste er wieder hören, wie sie es sagte, ihre Stimme, ihr träges Lachen, »Was spinnst du dir da zusammen, Tobias, kann es sein, dass du eine etwas zu lebhafte Fantasie hast?«

Aber was war mit dem, woran er sich erinnerte und was ihm den Schlaf raubte, ihn am Schreiben hinderte, am Leben.

Er fror an Stirn und Ohren, stand vor der Haustür und hatte den Türcode vergessen, den er eintippen musste, um ohne Schlüssel ins Haus zu gelangen. Also suchte er mit zittrigen Fingern in seinen Taschen, bis er schließlich die Schlüssel fand.

In der Küche hielt er die Hände unter den Wasserhahn und ließ lauwarmes Wasser über sie laufen, bis die Haut stach und piekste. Es war gar nicht so einfach, wieder warm zu werden. Er rieb sich die Hände und holte den dicken Islandpullover, den Svava ihm bei seinem letzten Besuch geschenkt hatte. Meist war er viel zu warm, um ihn im Haus anzuziehen, jetzt jedoch nicht. Die Pulswärmer juckten an den nassen Handgelenken, und er griff sich ein Handtuch und rieb sie trocken.

Es war halb neun. Er stand am Telefon, tippte die Nummer ein, überlegte es sich anders und legte wieder auf. Zehn Minuten später wählte er noch mal die Nummer und blieb diesmal am Apparat, aber es war nicht sie, die den Hörer abnahm, sondern Carl Sigvard.

»Du bist das, Junge!«

»Ja, ich da … dachte, ich hö … höre mal, wie es euch geht.«

»Hast du wieder angefangen zu stottern? Ich dachte, das hätte sich ausgewachsen.«

»Es … das …«

»Weißt du, was ich gerade mache? Tja, mein Lieber. Dein alter Herr sitzt hier in der Küche und genehmigt sich einen Teller Grütze.«

»Was? Bist du wie … wieder gesund?«

Carl Sigvard lachte glucksend.

»Allerdings. Noch hat sich der Alte nicht zum letzten Mal hingelegt.«

»Das ist ja ein Ding.«

»Die Zeit der Wunder ist noch nicht vorbei.«

»Und sonst?«

»Ansonsten sind wir die Ochsen jetzt los. Sabina rackert wie eine Verrückte und Adam, na ja, du weißt ja, wie er ist. Von einem wie ihm ist nicht viel Hilfe zu erwarten.«

»Du wirst dir wohl wieder deinen Blaumann überziehen müssen«, versuchte er zu scherzen. »Wenn du schon einmal aus den Federn gekommen bist.«

Carl Sigvard hörte nicht zu.

»Wir wollten diesen Hardy kommen lassen, er könnte uns jetzt gut helfen. Aber er scheint mal wieder abgehauen zu sein. Er ist ein unzuverlässiger Bursche. Einfach so ohne ein Wort zu verschwinden, nicht einmal Ann-Mari, seiner Mutter, hat er etwas gesagt. Sie war gestern Abend hier und hat nach ihm gefragt.«

Ein galliger Geschmack stieg ihm in den Hals und schnürte ihm die Kehle zu.

»Bist du noch da?«, rief der Alte mit seiner krächzigen Stimme. »Hallo, hörst du mich?«

Er schluckte und hatte sich wieder in der Gewalt.

»Ich bin hier, aber es klingelt an der Tür, ich muss jetzt Schluss machen.«

»Bestell Klara schöne Grüße von mir. Sag ihr, dass ihr Großvater trotz allem wieder auf die Beine kommt.«

Er legte sich aufs Bett, schlang die Decke um sich und fror so sehr, dass er zitterte. Außerdem hatte er Halsschmerzen, sein Hals schwoll derart zu, dass er fast keine Luft mehr bekam. Für einen Moment geriet er in Panik, musste aufstehen und das Fenster öffnen.

Auf dem Schulhof war gerade Pause. Die Kinder liefen in ihren bunten Jacken über den Platz, und er stand da, keuchte und schnappte nach Luft. Er hatte das Gefühl, sein Herz würde zerspringen.

Nach einer Weile beruhigte er sich wieder, kehrte zum Bett zurück und legte sich hin, sein Hals tat weh, Kopfschmerzen hatte er auch. Er blieb liegen und döste halb träumend, bis er von einem Geräusch erwachte. War jemand im Zimmer? Regungslos blieb er liegen und begann am ganzen Körper zu schwitzen, auf der Brust, an den Leisten, im Nacken.

Und wenn Hardy noch lebte? Wenn er gekommen war, um es ihm heimzuzahlen? Der arrogante Mund, der Bart, der in die Stirn gezogene Hut.

»Was wolltest du da mit mir machen, mich umbringen, war es das, was du vorhattest, du verdammter dreckiger Mistkerl, hast du gedacht, du kämst so leicht davon, dachtest du das? Erst vögelst du deiner Stiefmutter die Seele aus dem Leib, dann versuchst du, mich um die Ecke zu bringen.«

Tobias schleuderte die Decke zur Seite und zog den Islandpullover aus, saß senkrecht im Bett und stöhnte. Nein. Hier war niemand, niemand außer ihm, er hatte nur schlecht geträumt, und es war nichts passiert:

ES WAR NICHTS PASSIERT!

Wie viel Uhr war es? Mist, er musste sie verloren haben, seine Armbanduhr. Er wälzte sich auf den Fußboden und kroch auf den Knien herum, durchsuchte das ganze Schlafzimmer und danach das Wohnzimmer und den Flur, kroch in der Unterhose herum, und der Schweiß war auf seiner Haut getrocknet, und er schluchzte vor Angst und schrie plötzlich auf, denn ein Holzsplitter hatte sich in seine Handfläche gebohrt, in den weichen Ballen unter dem Daumen, und er weinte, als er es sah, schluchzte und heulte wie ein kleines Kind.

So saß er da, als es an der Tür klingelte. Er hatte gehört, dass die Haustür unten aufgegangen war, hatte den dumpfen Laut gehört, gefolgt von Schritten auf der Treppe, ja, er hatte das alles gehört und Zeit gehabt, sich zu beruhigen. Jetzt zog er sich die Jeans an, während er, auf einem Bein balancierend, durch den Spion schaute.

Es war seine Tochter Klara.

Sie hatte sich verändert. Sie war kein Kind mehr und diese für ihn völlig überraschende Erkenntnis traf ihn wie ein Schlag in den Unterleib. Sie trug schwarze und lilafarbene Kleider, einen kurzen, engen Rock und eine Lederjacke mit Nieten, darunter einen ausgeschnittenen, löchrigen Pullover, der wie ein Netz aussah. Um den Hals hingen Kordeln und Ketten, und ihr rundes kleines Klaragesicht leuchtete geschminkt und steif. Ihre Haare waren zerzaust und irgendwie verklebt und sahen aus, als hätte Klara sie schon seit Wochen nicht mehr gekämmt.

Wann hatte er sie das letzte Mal gesehen? Er konnte sich nicht mehr daran erinnern.

»Ich kenne dich fast nicht wieder«, platzte er heraus, während sie die Stiefel abstreifte. Sie warf ihm einen Blick zu. Ihre Augen waren in Make-up eingebettet.

»Was denn? Ich erkenne dich auch kaum wieder.«

Er machte einen unbeholfenen Versuch, sie zu umarmen, aber sie war bereits auf dem Weg ins Wohnzimmer, wo sie sich einen Stuhl nahm und die Jalousien hochzog. Vom Schulhof hörte man gellende Schreie.

»Die Haare«, sagte er. »Was hast du mit deinen Haaren gemacht? Oder besser gesagt, nicht gemacht?«

»Hast du noch nie was von Dreadlocks gehört?«

»Dann sollen die heutzutage so aussehen?«

Sie warf ihm einen überheblichen Blick zu.

»Ich kann auch wieder gehen, wenn du mich nur kritisieren willst!«

»Kleines, ich hatte überhaupt nicht die Absicht, dich zu kritisieren, ich war nur so überrascht.«

Sie streifte die Jacke ab, und er sah, dass sie unter dem Fischnetzpullover einen BH trug.

»Bevor ich es vergesse, ich soll dich von Großvater grüßen«, sagte er. »Ich habe eben mit ihm gesprochen.«

»Aha. Geht es ihm wieder gut?«

»Jedenfalls besser, er liegt offenbar nicht mehr im Bett.«

Klara griff nach seiner Zigarettenschachtel, ihre Fingernägel waren kurz und abgekaut.

»Darf ich mir eine nehmen?«

»Du?«

»Schon gut, dann eben nicht!«

»Du hast doch nicht etwa angefangen zu rauchen?«

»Soll das ein Witz sein? Du rauchst, Mama raucht. Warum soll ich dann nicht auch rauchen können.«

»Ich hatte mir gerade überlegt, es aufzugeben.«

Sie zuckte mit den Schultern.

»Das ist dein Bier.«

»Rauchst du schon lange?«

»Weiß nicht.«

»Dann nimm dir eine!« Er wollte selber gerne eine rauchen, konnte das aber schlecht tun, während er ihr gleichzeitig Vorwürfe machte.

Sie rauchte ein paar Lungenzüge und ihm wurde klar, dass sie nicht gerade zum ersten Mal rauchte.

»Möchtest du einen Kaffee?«, fragte er.

»Ja, gerne.«

Er ging in die Küche und setzte Wasser auf, sie blieb sitzen und wartete.

»Kekse oder so was habe ich nicht da«, rief er.

»Ich esse keine Kekse.«

Er trug die beiden Tassen herein und setzte sich ihr gegenüber an den Tisch. Als sie trank, hinterließen ihre Lippen fettige rote Lippenstiftabdrücke. Sie legte den Kopf schief und betrachtete ihn.

»Wie geht es dir, Papa?«, fragte sie. »Ich dachte, man wird gesund und braun, wenn man auf dem Land ist.«

»Wie meinst du das?«

»Du ähnelst eher einem toten Hering.«

»Na, vielen Dank!«

»Ja, aber es stimmt.«

»Ich habe Halsschmerzen. Ich glaube, ich werde krank.«

»Hm.«

»Und dann das hier!« Er hielt ihr die Handfläche entgegen, aus der die Spitze des Holzsplitters ragte.

»Gott, du Ärmster!«, rief sie spontan.

»Es tut wirklich verdammt weh.«

»Du armer Kerl, ich werde dir helfen, ihn herauszuholen, hast du eine Pinzette?«

»Nein.«

»Vielleicht eine Nadel?«

»Was glaubst du?«

»Ja, aber irgendetwas musst du doch haben, eine Nagelschere?«

»Im Badezimmerschrank liegt eine.«

Sie trippelte davon. Der Rock reichte nur knapp über ihren Po hinab. Er dachte an eine Blasenentzündung, traute sich aber nicht, etwas zu sagen. Stattdessen schloss er die Augen und ließ sie mit der Schere herumfingern, auch wenn es ordentlich wehtat. Schließlich gelang es ihr, den Splitter herauszuziehen. Sie hielt ihn vor ihm hoch und lachte.

»Mensch, was für ein hässliches Ding! Aber jetzt ist er weg. Jetzt kannst du wieder anfangen, Bücher zu schreiben.«

»Danke«, sagte er trocken.

»Apropos, wie läuft es denn so mit der Schriftstellerei?«

»Tja, es geht so.«

»Ein Mädchen in meiner Klasse hat dein letztes Buch gelesen, *Die Nacht*. Sie fand es klasse.«

»Tatsächlich. Das hört man gern.«

»Sie wollte wissen, ob du ihr was reinschreiben könntest.«

»Klar. Ihr müsst nur irgendwann vorbeikommen.«

»Okay.«

Sie lehnte sich zum Fenster vor und sah auf den Schulhof hinunter, stand abrupt auf und klopfte gegen die Scheibe.

»Was machst du denn da!«

»Da sind ein paar gemein zu einem Kleineren gewesen und zu mehreren auf ihn losgegangen.«

»Ich will nicht, dass sie mein Fenster entdecken. Sonst kommen sie noch auf die Idee, irgendwelchen Blödsinn zu machen.«

»Ach was!«

»Ich brauche meine Ruhe, wenn ich schreibe.«

»Ja, schon klar, aber deshalb wird man doch wohl noch eingreifen dürfen. Das war ein klarer Fall von Mobbing.«

»Das stimmt, Klara. Sicher. Es ist gut, wenn jemand reagiert. Bitte entschuldige, ich meine natürlich nicht, dass man bei solchen Dingen wegsehen soll, das meine ich beim besten Willen nicht.«

»Nein?«

»Es ist nur, dass ich es im Moment einfach nicht ertragen kann, gestört zu werden.«

»Okay, okay, okay.«

»Wie geht es übrigens deiner Mutter? Du meintest, es ginge ihr wieder besser?«

»Ja.«

Sie saß da und tippte die Kippe in den Aschenbecher, zog mit ihr ein Muster in der Asche.

»Soll ich dir ein Geheimnis verraten?«

»Was denn für ein Geheimnis?«

»Sie hat einen Mann kennen gelernt.«

»Was sagst du da?«

»Ich sage, dass Mama einen Mann kennen gelernt hat.«

»Ist das wahr?«

»Er ist ein richtiger Schleimscheißer, das kannst du mir glauben.«

»Wie bitte?«

»Nee, das war ein Witz. Er ist ganz in Ordnung.«

»Hat Görel ...«

»Er ist wahrscheinlich auch ein bisschen schwierig, denke ich mir. Ich meine, sie haben sich in der Therapie kennen gelernt, da ist das ja kein Wunder.«

»Er ist ein Patient?«

»Nein, Psychiater. Aber die sind doch auch ziemlich neben der Spur.«

Tobias musste sich hinstellen und strecken, seine Muskeln lockern. Es knackte in seinen Fingern. Sie betrachtete ihn abschätzig.

»Das ist einfach too much«, sagte er leise.

»Was denn! Gönnst du Görel etwa keinen Spaß?«

»Doch. Doch, doch, doch! Doch. Das ist es nicht.«

»Ach nein? Was ist es dann? Denn du wirst jetzt ja wohl hoffentlich nicht behaupten, du würdest sie noch lieben, oder?«

Das Telefon klingelte. Er streckte die Hand aus, um an den Apparat zu gehen, überlegte es sich aber im gleichen Moment anders. Klara wedelte mit dem Arm.

»Geh ruhig dran, ich hör gar nicht zu.«

»Ich lass es klingeln«, sagte er und zog die Telefonschnur heraus.

»Du spinnst doch! Du gehst nie an den Apparat, auch nicht ans Handy. Wie soll man dich denn erreichen können?«

»Wenn es wirklich wichtig ist, versuchen sie es immer noch mal.«

»Wenn du meinst.«

»Erzähl mir mehr von diesem Psychiater.«

»Viel mehr weiß ich auch nicht. Er heißt Rickard. Er hat mit Leuten gearbeitet, die richtig krank sind. Aber das ist schon lange her, jetzt ist er, glaube ich, in Huddinge. Und er scheint Mama richtig gern zu haben. So etwas merkt man.«

Tobias hatte das Telefon kaum wieder eingesteckt, als es auch schon klingelte. Ein Kulturverein in Jönköping meldete sich, und er erinnerte sich vage, dass er versprochen hatte, dorthin zu reisen und eine Lesung zu machen.

»Ich wollte mich nur vergewissern, dass Sie die Fahrkarten bekommen haben und alles geklärt ist«, sagte die Frau am anderen Ende der Leitung. Soweit er sich erinnerte, hieß sie Solveig.

»Die Fahrkarten?«, wiederholte er dümmlich.

»Ich habe sie schon vor einiger Zeit abgeschickt, sagen Sie jetzt nicht, sie sind nicht angekommen!«

»Warten Sie, ich werde mal nachschauen.«

Er legte den Hörer ab, sah auf seinem Schreibtisch nach, hob ein paar Blätter hoch. Doch, da lag eine Plastikmappe, in der sowohl eine Auftragsbestätigung des Veranstalters als auch ein Umschlag mit Fahrkarten lagen. Er entdeckte, dass er bereits am nächsten Abend dort sein sollte.

»Doch, hier sind sie«, sagte er. »Ich war eine Zeit lang verreist und bin gerade erst nach Hause gekommen. Deshalb wirke ich vielleicht ein wenig unkonzentriert.«

»Aha, dann verstehe ich. Ich versuche nämlich schon seit Tagen, Sie zu erreichen. Sie haben keinen Anrufbeantworter oder so?«

»Nein, aber dafür habe ich ein Handy.«

»Die Nummer hatte ich nur leider nicht.«

»Stimmt. Schön, dann werde ich morgen wohl bei Ihnen auftauchen.«

»Seien Sie herzlich willkommen. Ich hole Sie auf dem Bahnhof ab, Sie müssen übrigens in Nässjö umsteigen, das sehen Sie auf der Fahrkarte.«

»Aha.«

»Wir haben eine Ankündigung in *Jönköpings-Posten* bekommen und in der näheren Umgebung Plakate aufgehängt. Wir hoffen, dass die Lesung gut besucht sein wird.«

Als er auflegte, klingelte es gleich wieder. Diesmal war es Marit.

»Entschuldige Tobias. Schreibst du?«

»Das Telefon klingelt andauernd, ich bekomme keine Chance dazu.«

»Oh je, es war nicht meine Absicht, dich zu stören.«

»Nein, ich weiß.«

»Ich dachte … ich könnte mit etwas zu essen vorbeikommen. Ich kann in der Mittagspause einkaufen gehen. Essen muss man, auch wenn man Bücher schreibt. Ich dachte, wir könnten zusammen essen.«

»Marit, ich …«

»Ich muss doch auch etwas in den Bauch bekommen. Und ich habe nur eine kurze Mittagspause, ich bleibe nicht lange.«

»Und wann kommst du?«, sagte er müde.

»In einer halben Stunde. Ist das okay?«

»Ja, ist okay.«

Die Kopfschmerzen legten sich wie ein Band um seine Stirn. Er nahm zwei Aspirin, ließ sich aufs Bett fallen und schloss die Augen. Eine Lesung! Das hatte er völlig vergessen. Worüber sollte er sprechen? Das letzte Buch? Leo Pullmans Abenteuer? Ihm fiel keine vernünftige Einleitung ein. Lächerlich! Er machte dieses Gelaber doch nicht zum ersten Mal. Irgendwo hatte er sicher noch seine alten Notizen.

Das Buch spielte in Stockholm, hinter den Häuserfassaden

des Stadtteils Östermalm. Ein Antiquitätenhändler wird mit fünfzehn Messerstichen in der Brust aufgefunden. Tobias hatte sich mit einem Gerichtsmediziner in Verbindung setzen müssen, um zu erfahren, wie genau in so einem Fall das Blut fließen und spritzen würde. So etwas kam immer an, in der Regel ließ es die alten Schachteln erblassen und nervös werden und ein wenig hysterisch kichern. Zu solchen Lesungen kamen fast nur Frauen mittleren Alters oder noch ältere. Gelegentlich schleppte eine ihren Mann an, der meistens halb schlafend dasaß oder völlig teilnahmslos dreinsah.

Nachher konnten Fragen gestellt werden und anfangs waren alle schüchtern und verzagt, doch sobald eine den Anfang gemacht hatte, wagten sich auch die anderen aus der Deckung.

»Wie sieht Ihr Arbeitstag aus?«

»Stehen Sie morgens auf und setzen sich an den Schreibtisch? Ich meine, wie bei einem ganz normalen Bürojob?«

»Arbeiten Sie zu Hause, oder haben Sie eine Schreibklause?«

Warum benutzte man das Wort Klause? Konnte man nicht genauso gut Loch sagen? Oder Kessel? Er sprach es laut aus.

»Ich sitze zu Hause im Kessel und schreibe. Im Autorenkessel.«

Er öffnete die Augen und hatte das Gefühl, die Wände stürzten auf ihn ein, die Wände und die Decke. Und mitten in der Nabe des Brausenden und Rauschenden sah er seine Hand mit dem Schraubenzieher.

Sein ganzer Körper dampfte erhitzt. Er stank nach sauren abgestandenen Körpergerüchen, riss sich die Kleider vom Leib und ging duschen, stand sicher eine Viertelstunde unter dem Wasserstrahl. Anschließend öffnete er die Tür und ließ die Feuchtigkeit hinauswallen, es war heiß wie in einer Sauna, heiß wie in der Hölle. Er stützte sich mit einem Bein auf den Toilettendeckel, trocknete sich gründlich zwischen den Zehen ab, klappte den Badezimmerteppich um. Kleine Silberfischchen blinkten auf, sie hatten ihr Nest im Badezimmer.

Das Autorennest.

Seine Beine waren lang und mager. Weiß waren sie, und die Haare hatten sich wie ein Muster auf das Schienbein gelegt. Er trocknete sich ab, rasierte sorgfältig Kinn und Wangen, sparte die Oberlippe jedoch aus. Dann zog er saubere Unterwäsche an. Das war garantiert seine letzte Unterhose. Mist, er musste versuchen zu waschen, er musste in die Waschküche hinuntergehen und schauen, ob noch Zeiten frei waren. Sonst musste er sich neue Unterhosen kaufen. Saubere Strümpfe gab es auch keine mehr, es gab nur noch ein altes Paar mit losem Bund. Er schenkte sich ein großes Glas Wasser ein, Wasser war gut, man sollte viel Wasser trinken, er trank und schloss die Augen und die Hand mit dem Schraubenzieher schwang gelb und verzerrt hinter seinen Lidern hin und her. Dann fühlte er den warmen roten Strom auf seiner Haut und zwischen den Fingern, zwischen Nägeln und Haut.

Es ist nichts passiert.

NEIN.

ES IST NICHTS PASSIERT.

Er hatte doch mit eigenen Augen gesehen, wie leer und sauber es in der Sattelkammer war. Eine Leiche, ein toter Mensch? Wo sollte der Körper denn hingekommen sein? Er hatte die Tür zur Kammer geschlossen und als er sie wieder öffnete – war nichts passiert.

Sabina, dachte er. Ich muss mit Sabina reden. Ich komme einfach nicht zur Ruhe, wenn ich nicht mit Sabina reden kann.

Jetzt klopfte es an der Tür, und er zuckte zusammen und biss sich in die Zunge. Er hatte den Geschmack von Eisen im Mund. Konnte sie nicht ganz normal klingeln. Denn das war doch mit Sicherheit Marit, die mit zwei Pizzen vor der Tür stand.

Er schloss auf.

Sie reichte ihm die Kartons, die so heiß waren, dass er sich die Finger verbrannte. Marit legte ihre Fäustlinge auf die Hutablage und warf ihm einen unsicheren Blick zu.

»Bist du sauer?«

»Warum sollte ich sauer sein?«

»Es klang so.«

»Wann?«

»Eben.«

»Das Telefon klingelt die ganze Zeit. Und dann war auch noch meine Tochter hier.«

»Klara?«

»Ja.«

»Hast du Hunger?«

»Geht so.«

Nein, dachte er, ich habe keinen Hunger, von dem Pizzageruch wird mir schlecht, mir wird schlecht davon, die fettigen Kartons zu sehen, mir wird derart schlecht, das kannst du dir gar nicht vorstellen.

Sie streifte ihren Mantel ab und ging in die Küche, wo sie Teller und Besteck herausholte.

»So, so, Klara war hier?«, wiederholte sie.

»Ja.«

»Sie ist ein selbstsicheres kleines Mädchen.«

»Wie meinst du das?«

»Ach, ich ... sie scheint zu wissen, was sie will.«

»Du hast gesagt, du hättest sie in der Bücherei gesehen.«

»Das ist aber schon eine ganze Weile her, das war nicht vor kurzem. Letzte Woche habe ich sie allerdings bei H&M gesehen. Sie sieht peppig aus.«

»Peppig?«

»Ja.«

Marit hatte die Kartons geöffnet und verfrachtete die riesigen Pizzen auf Teller, die bei weitem zu klein für sie waren.

»Ich habe für uns beide Quattro geholt, die magst du doch, oder?«

»Mein Gott, sind die riesig.«

»Ja. Aber sie schmecken wirklich gut, ich hole mir oft eine.«

Wenn Marit Pizza aß, begann sie immer in der Mitte, was er

nicht leiden konnte. Sie aß die Füllung und ließ die trockenen Ränder liegen. So machte sie es auch jetzt.

»Nun iss«, sagte sie, und als sie die Gabel zum Mund führte, hing ein zitternder Faden geschmolzenen Käses an ihr. Sie kaute und aß, schien völlig ausgehungert zu sein.

»Läuft es gut?«, fragte sie nach einer Weile. »Bist du in Fahrt gekommen?«

Er brauste sofort auf:

»Was sollen eigentlich diese andauernden Fragen!«

Marit legte die Gabel weg. Ihre Unterlippe zuckte, er hatte sie verletzt. Er räusperte sich.

»Entschuldige«, sagte er. »Meine Nerven liegen blank. Ich konnte gestern Abend nicht einschlafen, und dann Klara, ich mache mir Sorgen, wenn ich sie sehe, sie ist dabei, sich in eine Fremde zu verwandeln, das geht alles so schnell, ich frage mich, was mit ihr geschieht, ich komme irgendwie nicht mehr mit.«

Sie saß da und schwieg, schnitt lustlos in ihre Pizza.

»Entschuldige«, sagte er erneut. »Die Anfangsphase ist immer am schwierigsten, sie nimmt mir alle Kraft.«

»Aha.«

»So ist das eben, wenn man mit einem Schriftsteller zusammen ist. Ich kann es nicht ändern.«

»Nein.«

»Es kommt darauf an, den ersten Satz zu finden. Ab dann läuft es wie von selbst.«

»Und den hast du also noch nicht gefunden?«

»Ich bekomme einfach nichts Gutes zu Stande. Das Ganze geht in die Hose.«

»Jedenfalls habe ich dich gern. Sehr sogar. Weißt du das?«

Es summte in seinem Hinterkopf.

»Es ist nicht meine Absicht, dich zu stören, aber du musst doch etwas essen, Tobi, sonst hast du keine Kraft zu schreiben, wenn du isst, bekommst du neue Energie. Und das sage ich nicht, um wie eine gluckende Mutter zu klingen. Aber so ist es nun einmal.«

»Ja, ich weiß, Marit.«

»Du siehst so verwahrlost aus, entschuldige, dass ich das sage, aber du bist nicht ganz du selbst.«

»Hm. Klara meinte, ich sähe aus wie ein toter Hering.«

Sie verzog ein wenig den Mund.

»Und dann muss ich auch noch wegfahren«, fuhr er rasch fort.

»Wegfahren?«

»Ach, das hatte ich total vergessen. Ich habe morgen Abend eine Lesung in Jönköping.«

»Morgen schon?« Er hörte, wie enttäuscht sie war.

»Ja, das kommt wirklich zur Unzeit! Jetzt muss ich zu allem Überfluss darüber nachdenken, was ich sagen soll. Ich fühle mich derart gestresst, dass ich bald nicht mehr kann.«

»Armer Tobias.«

Er warf die Haare zurück.

»Ja, es ist wirklich alles ein bisschen viel im Moment.«

»Kannst du nicht im Zug schreiben?«

»Soll das ein Witz sein?« Er merkte, dass er die Worte seiner Tochter benutzte.

»Du kannst dir doch einen Kopfhörer kaufen. Auf einem der Kanäle bringen sie wirklich schöne, klassische Musik. Dann stört dich keiner.«

»Mal sehen.«

Sie sah auf die Uhr und stand auf.

»Wahnsinn, wie die Zeit vergeht. Jetzt muss ich aber los.« Sie ging um den Tisch herum, und er stand auf und umarmte sie. Ihre locker herabhängenden Haare kitzelten seine Nase, sodass er niesen musste.

»Es ist doch nicht noch etwas anderes?«, murmelte sie an seinem Pullover.

»Wie meinst du das?«

»Gibt es eine andere?«

Er schob sie etwas von sich.

»Wenn du mir so eine Frage stellst, setzt du mich nur noch

mehr unter Druck. Ich ertrage es im Moment nicht, wenn noch mehr Ansprüche an mich gestellt werden. Das musst du verstehen, Marit, es hat nichts mit dir zu tun. Bald ist wieder alles wie immer. Gib mir einfach ein bisschen Zeit.«

»Ja. Ich werde es versuchen.« Sie sah zu ihm auf, sodass er sie küssen konnte. Ihr Mund schmeckte nach Zwiebeln.

»Ich muss los. Rufst du mich später an?«

»Ja.«

Er gab ihr einen leichten Klaps auf den Hintern, was verspielt wirken sollte.

Wann war sie normalerweise im Haus? Er musste nachdenken. Kaffee und belegte Brote am Vormittag, Mittagessen gegen eins. War es nicht so? Und dann? Im Moment musste sie sich sowohl um den Stall als auch um alles andere im Haus kümmern, es sei denn, sie hatte jemanden gefunden, der ihr half. Sein Vater? Konnte er kochen und spülen? Nein, das würde sie niemals von ihm verlangen. Er war noch vom alten Schlag. Es würde ihn in seiner Männlichkeit kränken.

Wie viel Uhr war es jetzt? Halb vier. Sie müsste jetzt eigentlich im Haus sein, wenn sie nicht in ihre alte Klapperkiste gestiegen war, um einkaufen zu fahren. Wenn sie doch wenigstens ein Handy hätte! Er fürchtete, sein Vater könnte sich wieder melden. Es würde ihm mit Sicherheit seltsam vorkommen, dass er so oft anrief. Wo er doch sonst nie von sich hören ließ. Er musste sich eine Notlüge zurechtlegen. Etwas, wodurch es glaubwürdig wurde, dass er mit Sabina sprechen wollte.

Ich könnte etwas vergessen haben, überlegte er. Ich könnte sagen, dass ich meine Armbanduhr vergessen habe.

Er hatte weiter nach der Uhr gesucht und sie schließlich auch gefunden, sie lag in seinem Reisenecessaire im Badezimmer. Aber er hätte sie ebenso gut bei seinem Vater und Sabina vergessen haben können.

Er wartete noch ein bisschen und spulte innerlich einige mögliche Dialoge ab für den Fall, dass sein Vater an den Apparat ging. Oder falls sie es war.

Als er sich schließlich ausreichend gesammelt und die Nummer gewählt hatte, war es dann doch Sabina, die den Hörer abhob.

»Sabina. Ich bin's, Tobias.« Er hörte, dass er atemlos klang.

»Hallo?«

»Wie geht's euch?«

»Gut. Dein Vater macht große Fortschritte, du würdest ihn kaum wieder erkennen.«

»Das ist ja toll. Ich hatte es mir fast schon gedacht. Als ich heute Morgen mit ihm telefoniert habe, war er unten in der Küche.«

»Seine Lebensgeister sind wieder erwacht. Du ahnst gar nicht, welch eine Erleichterung das für mich ist.«

»Doch, das tue ich. Wo ist er jetzt?«

»Ich habe ihm gerade die Treppe hoch ins Schlafzimmer geholfen.«

»Gut. Ich muss mit dir reden.«

»So?«

»Mir geht es nicht gut, Sabina. Ich kann nicht schreiben, komme nicht klar, mit nichts. Bei mir ist es eher so, dass die Lebensgeister erloschen sind.« Er lachte kurz und eisig.

»Tobias!«, sagte sie flehend.

»Das da ... als Hardy kam. Als wir in ...«

»Ja?«

»Ich muss ihn ... getötet haben.«

»Nein.«

»Du verstehst mich nicht. Ich sta ... hach ihm in den Hals, und es war Blut im ganzen Zimmer, ich weiß, dass ich das getan habe. Und du mu ... musst es auch wissen.« Er sprach lauter, schrie fast. »Du hast doch den Blaumann gesehen. Und ha ... hast selber einen sauberen Overall geholt.«

Er hörte, dass sie schluckte.

»Sabina!«, rief er.

»Du! Eins sollst du wissen. Hardy Lindström bringt man so schnell nicht um.«

Tobias kniff die Lider so fest zusammen, dass es flimmerte.

»Bist du noch da?«, fragte sie.

»Ja, ja ... sicher. Du mei ... meinst also, dass er noch lebt?«

»Man sollte nicht alles glauben, was man sieht. Du darfst nicht vergessen, dass Hardy eine sehr spezielle Person ist.«

»Aber hast du ihn gesehen, hast du mit ihm gesprochen?«

»Ich glaube, er hält sich absichtlich fern. Und mir soll es nur recht sein.«

Tobias hatte sich auf die Bettkante gesetzt und begann wieder zu schwitzen. Er klemmte den Hörer mit der Schulter fest und zog an seinem Pullover, um seinem Körper etwas kühle Luft zuzufächeln.

»Was ist, wenn er uns erpresst!«

Sabina antwortete nicht.

»Was ist, wenn er uns droht, es Carl Sigvard zu erzählen.«

»Das tut er nicht«, erwiderte sie verbissen.

»Wie kannst du dir da nur so verdammt sicher sein?«

»Er wird unter Umständen damit drohen. Aber er wird es nie in die Tat umsetzen.«

»Woher willst du das wissen, so gut kennst du ihn doch gar nicht?«

»Ich kenne ihn gut genug. Im Moment hält er sich fern, ich glaube, er schämt sich.«

»Mein Vater hat gesagt, ihr hättet versucht, ihn zu erreichen.«

»Dein Vater ist sehr fürsorglich. Er findet, dass ich zu viel arbeite.«

»Er hat gesagt, Hardys Mutter sei da gewesen und habe nach ihm gefragt.«

»Ja. Aber das ist auch früher schon vorgekommen.«

»Ist das wahr, Sabina, ist es wirklich wahr, was du da sagst? Denn wenn es so ist, wäre ich wirklich unheimlich erleichtert.«

»Das Leben ist voller Abgründe, und man muss versuchen, wieder aus ihnen herauszukommen«, sagte sie, und es klang, als spräche sie einen vorher einstudierten Text. »Aber jetzt habe ich keine Zeit, noch länger mit dir zu reden, ich muss kochen. Pass auf dich auf, Tobias. Und hör mit diesen sinnlosen Grübeleien auf. Auf Wiederhören.«

Sie saßen in der Küche, als Ann-Mari zum zweiten Mal kam. Carl Sigvard bewältigte die Treppe inzwischen alleine, zumindest, wenn es abwärts ging. Er stand am oberen Ende der Treppe im Flur, warf die Krücken voraus, sodass sie unten auf dem Teppich landeten, und hangelte sich mit Hilfe des Geländers hinunter.

Einmal unten angekommen, benötigte er Hilfe, da es ihm schwer fiel, sich zu bücken, es fühlte sich an, als würde er sich die Hüfte brechen. Wenn Sabina in der Nähe war, konnte sie ihm die Krücken aufheben. Manchmal half ihm auch Adam.

Dem Jungen ging es gar nicht gut. Er war schlapp und teilnahmslos, blieb die meiste Zeit in Svavas Nähzimmer. Dort lag er auf dem Bett, schlug mit dem Hinterkopf und stieß komische Laute aus. In letzter Zeit schaltete er nie seinen Plattenspieler an. Die Stille hätte Carl Sigvard eigentlich freuen müssen, aber er ertappte sich dabei, dass er die Musik vermisste.

Es war Sabina anzumerken, dass sie sich Sorgen um den Jungen machte, obwohl sie redlich bemüht war, sich wie immer zu benehmen.

»Aber ist er nicht immer etwas deprimiert, wenn es Herbst wird?«, sagte Carl Sigvard in dem Versuch, sie zu trösten, als sie mit Adams kaum angerührtem Teller zurückkam.

»Schon. Aber es tut mir weh, ihn so zu sehen.«

Er hatte sich noch nicht an ihre neue Erscheinung gewöhnt. Die kurzen Haare ließen ihren Hals dick aussehen und ihr

Kopf wirkte unproportional klein im Verhältnis zum Körper. Er konnte sich eine Bemerkung dazu nicht verkneifen, obwohl er merkte, dass es sie ärgerte.

»Deine schönen langen Haare.« Das sagte er auch jetzt, aber als sie herumfuhr, um ihm zu antworten, klopfte es an der Tür.

»Herein!«, rief Sabina. Aber es klopfte nur von neuem, diesmal etwas lauter, und sie musste hingehen und die Tür öffnen.

Ann-Mari Lindström hatte getrunken, was nicht weiter ungewöhnlich war. Außerdem schien sie gefallen zu sein, denn sie blutete aus einer Schürfwunde an der Stirn.

»Du bist es, Ann-Mari?«, sagte Carl Sigvard.

»Mhm«, lautete ihre einsilbige Antwort. Sabina zeigte in die Küche. »Ich werde ein Pflaster holen. Setz dich so lange hin.«

Die alte Frau stieg aus ihren Holzschuhen und schlurfte über den Fußboden. Obwohl es Oktober war, trug sie keine Strümpfe. Er sah flüchtig die Ränder einer schmutzigen langen Unterhose unter dem Rocksaum. Als sie sich neben ihn fallen ließ, musste er den Kopf abwenden. Ihr Geruch nach Schnaps und ungewaschenem Körper raubte ihm den Atem.

»Hast du dir wehgetan?«, fragte er und versuchte, möglichst nicht zu atmen. Sie griff sich an die Stirn.

»Ach was! Halb so schlimm.«

»Möchtest du einen Kaffee? Sabina wollte einen aufsetzen. Nicht wahr, Sabina, du wolltest doch gerade eine Kanne Kaffee kochen?«

»Stimmt.«

Mit flinken Händen wusch sie die verletzte Hautpartie und klebte ein Pflaster auf die Wunde.

»So!«, sagte sie betont fröhlich. »Jetzt könnte man meinen, du wärst im Krieg gewesen.«

»Ja, na ja.«

»Ist dein Junge schon wieder aufgetaucht?«, erkundigte sich Carl Sigvard.

Sie sah ihn aus trüben Augen an und schüttelte missmutig den Kopf. Er versuchte zu lächeln.

»Du wirst sehen, er kommt schon wieder.«

»Er kommt nicht.«

Sabina stellte Tassen auf den Tisch.

»Doch, natürlich kommt er, er ist doch auch früher schon mal fort gewesen«, sagte sie mit leicht gereizter Stimme.

Die alte Frau legte ihre knöcherne gekrümmte Hand auf die Brust und begann, langsam vor und zurück zu schaukeln.

»Er kommt nicht, ich spüre es. Hier drin.«

»Aber, aber, jetzt mal doch nicht gleich den Teufel an die Wand«, sagte Sabina. »Du weißt doch, was für ein Luftikus dein Hardy ist. Natürlich kommt er wieder.«

Sabina sah müde aus. Er empfand große Zärtlichkeit für sie. Wären sie allein gewesen, hätte er sie an sich gezogen und ihr über den kurz geschnittenen Scheitel gestreichelt, ihre Stirn und die Schatten unter ihren Augen geküsst. Er musste jetzt schnell wieder gesund werden, damit sie sich ausruhen konnte. Sie war dabei, sich völlig zu verausgaben.

»Wir haben ihn auch vermisst«, sagte er und wandte sich wieder Ann-Mari zu. »Er hilft uns ja manchmal. Wenn du ihn siehst, musst du ihn in unserem Namen bitten, uns wieder zu helfen. Ich habe mich doch verletzt.« Er machte eine Geste mit den Krücken. »Wie du siehst, bin ich im Moment nicht ganz auf dem Damm. Aber das wird auch wieder anders.«

»Hardy hat euch geholfen«, sagte Ann-Mari und hob die Tasse, um zu trinken. Ihr Hand zitterte so stark, dass Kaffee auf den Tisch spritzte.

»Ja, er war uns eine große Hilfe. Du hast einen tüchtigen Jungen.«

Die alte Frau starrte ihn resigniert an.

»Sabina«, sagte er. »Gib Ann-Mari doch einen kleinen Schuss von etwas Stärkerem in den Kaffee.«

Sie warf ihm einen missbilligenden Blick zu.

»Doch, nun mach schon. Ich möchte mir auch einen genehmigen«, fügte er hinzu. »Ein Gläschen wird ja wohl nicht so schlimm sein.«

Widerwillig stand sie auf und holte die Schnapsflasche.

»Na, dann Prost!«, sagte er und hob seine Kaffeetasse.

»Prost«, schluchzte Ann-Mari und nahm einen Schluck. Anschließend packte sie seinen Jackenärmel, und ihr Griff war trotz ihres Alters fest.

»Er meinte, er würde das Geld holen fahren.«

»Wer? Hardy?«

»Ja.«

»Aha? Welches Geld denn?«

»Er hat euch mit den Ochsen geholfen. Er hat sie von Skamön zurückgeholt, er sollte Geld dafür bekommen.«

»Ja, aber das hat er doch auch«, sagte Sabina. »Er hat das Geld bekommen, ich bin zur Bank gefahren und habe es für ihn abgehoben.«

Ann-Mari blies auf den Kaffee, schlürfte und trank.

»Ist er mit dem Geld verschwunden?«, platzte Carl Sigvard heraus. »Aber dann haben wir doch die Erklärung. Er ist losgezogen, um es zu verjubeln, die Versuchung war zu groß für ihn. Meinst du nicht auch, Ann-Mari? So gut kennst du deinen Jungen doch, oder?«

Die Frau schwieg. Sie betrachtete die beiden und schüttelte nur traurig den Kopf. Ihre gebeugte Gestalt strahlte eine solche Verlassenheit aus, dass sie ihm aufrichtig Leid tat.

Als sie gegangen war, hing ihr Geruch noch in der Küche. Sabina lüftete durch. Draußen bellten die Hunde wütend.

»Bist du müde?«, fragte sie, und ihre Stimme klang fremd. »Soll ich dir ins Bett helfen?«

»Ich bin nicht müde.«

»Du siehst müde aus.«

»Ich denke an Ann-Mari.«

Sabina nickte.

»Eine tragische Gestalt.«

»Früher war sie oft bei uns. Sie konnte gut mit Tieren umgehen, vor allem mit Pferden. Sie hatte Bärenkräfte.«

»Ja, ich habe einiges darüber gehört.«

»Sie kam zu uns und half Svava. Sie war immer gut gelaunt, obwohl sie eigentlich nicht viel Grund zur Freude hatte. Sie war mit Gustav Åström zusammen. Er ist dann gestorben, wurde vom Bus überfahren. Er war voll wie eine Haubitze und taumelte auf der Straße herum.«

»Sie trinkt auch. Ich fand es dumm von dir, ihr etwas anzubieten.«

»Ach was. Ein Schnäpschen konnten wir ihr doch als Trost gönnen.«

Sabina ließ Wasser einlaufen und begann zu spülen. Aufrecht, mit schnellen effektiven Bewegungen.

»Wie viel hast du ihm gegeben?«, sagte er.

»Wem?«

»Hardy natürlich.«

»Zweitausend.«

»Von dem Geld ist mit Sicherheit nichts mehr übrig. Das hat er durchgebracht, so viel ist sicher.«

»Ja, vermutlich.«

»Ehrlich gesagt ist es eine Schande, dass wir uns von so einem Abschaum helfen lassen müssen.«

»Es ist, wie es ist.«

»Ja, wir haben im Moment keine andere Wahl. Aber ich habe ihn nie gemocht, das weißt du.«

»Ja, ich weiß. Und ich habe ihm vor allem Adam zuliebe Arbeit gegeben. Er war irgendwie Adams einziger Freund.«

Carl Sigvard streckte sich nach der Kanne und schenkte sich noch einen Schluck Kaffee nach.

»Freund!«, sagte er gereizt. »Für jemanden wie Hardy existiert das Wort Freundschaft nicht. Oh nein, der Mann tut alles nur aus Berechnung. Du hast Hardy immer verteidigt. Dabei ist er nur darauf aus, mit Adam Geld zu machen. Begreifst du das nicht? Diese Tournee, von der er faselt. Glaubst du, er tut das Adam zuliebe? Oh nein! Da bist du ein bisschen blauäugig, meine Liebe.«

»Manchmal kann man es sich eben nicht leisten, wählerisch zu sein«, sagte sie schroff.

»Apropos leisten. Zweitausend Kronen! Um uns mit den Tieren zu helfen. Das war ja wirklich großzügig bemessen.«

Er begriff selbst nicht, was in ihn gefahren war. Nie zuvor hatte er sie getadelt oder kritisiert. Sie ließ die Spülbürste fallen und fuhr herum. Ihr Gesicht war kreideweiß.

»Soll ich ausziehen? Soll ich Adam nehmen und wegziehen? Ist es das, was du willst?«

Seine gereizte Stimmung war wie weggeblasen.

»Sabina!«, flüsterte er.

Sie stand vor ihm und zerrte am Band ihrer Schürze, bekam sie nicht auf und riss so heftig daran, dass der Stoff nachgab und riss.

»Bitte beruhige dich doch«, sagte er hilflos. »Ich habe es nicht böse gemeint, natürlich soll Hardy anständig bezahlt werden.«

Sie hörte ihm nicht zu, sondern war schon auf dem Weg hinaus und warf die Tür mit einem Knall hinter sich zu, der das ganze Haus erzittern ließ.

Die Erleichterung überwältigte Tobias. Er war kein Mörder oder Totschläger. Hardy Lindström war am Leben. Unter Umständen würde er wegen Körperverletzung verurteilt werden, falls Hardy tatsächlich beschloss, Anzeige zu erstatten. Aber er würde jederzeit geltend machen können, dass er in Notwehr gehandelt hatte. Sein Wort würde gegen Hardys stehen.

Und wenn er zu Carl Sigvard ging? Wenn er ihm erzählte, was er in der Sattelkammer gesehen hatte? Seine Augen waren lüstern gewesen, als er im Stall näher kam, es war die gleiche Art von Lüsternheit gewesen, die Tobias bereits bemerkt hatte, als Hardy die alte Sage von der Insel und den nackten Frauen zum Besten gegeben hatte.

Ja, ja. Es gab nicht viel, was sie dagegen tun konnten. Sie konnten nur hoffen. Sabina hatte so sicher geklungen, als sie meinte, Hardy würde sich bedeckt halten, und sie kannte ihn besser als er. Es hatte sicher mit Adam zu tun und Hardys Plänen für eine einträgliche Tournee.

Tobias tastete nach einer Zigarette. Die Schachtel war leer. Am besten ging er gleich einkaufen, denn er brauchte ohnehin etwas für das Abendessen und würde vielleicht auch noch beim staatlichen Alkoholgeschäft vorbeischauen und ein paar Bier kaufen. Er brauchte etwas, um schlafen zu können.

Der Schnee war restlos weggeschmolzen und einem feinen Sprühregen gewichen. Er ging in den Supermarkt und kaufte zwei Fruchtjoghurt, ein Stück Käse und Brot. Anschließend überquerte er die Straße und ging zum Einkaufszentrum Kringlan, in dem sich das Alkoholgeschäft befand. An der Buchhandlung blieb er stehen. Sein letztes Buch hatte im Schaufenster gestanden, hatte jedoch schon lange den Neuerscheinungen des Herbstes weichen müssen. Der Buchhändler sah ihn und winkte ihn herein.

»Guten Tag, Herr Schriftsteller. Wie geht es Ihnen?«

»Gut, und Ihnen?«

»Bestens, es ist ein guter Bücherherbst. Viele bekannte Namen. Das macht Spaß.«

Tobias nickte.

»Und was ist mit meinem Buch? Verkauft es sich gut?«

»Kurz bevor die Taschenbuchausgabe herauskam, ging der Verkauf stark zurück, das will ich nicht verschweigen. Aber jetzt sind die Zahlen wieder besser. Ich habe das Gefühl, dass die Leute gerne ein wenig abwarten. Wenn sie wissen, dass eine Taschenbuchausgabe geplant ist, kaufen sie lieber die billigere Variante.«

»Tja, das tut mir aber Leid für Sie«, scherzte Tobias.

Der Buchhändler lachte kollernd.

»Sie können einem doch mindestens genauso Leid tun. Schreiben Sie übrigens an etwas Neuem?«

Tobias schmunzelte geheimnistuerisch.

»Das weiß man nie.«

»Wird es wieder ein Krimi?«

»Ja, von Gedichten werde ich wohl nicht leben können.«

»Nein, da haben Sie Recht. Gedichte!«

Der Buchhändler musste sich einem Kunden widmen, der ein paar DIN-A4-Umschläge kaufen wollte. Tobias winkte ihm zum Abschied und ging in das Alkoholgeschäft, das voller Menschen war. Er seufzte, zog dann aber doch eine Wartenummer. Eine Viertelstunde später wurde er bedient. Er kaufte ein paar Dosen Bier und einen billigen Wein im Tetrapak.

Als er wieder zu Hause war, hatte er auf einmal das Bedürfnis, Görel zu treffen. Er wählte ihre Nummer, und Klara ging an den Apparat – als hätte sie nur darauf gewartet, dass das Telefon klingelte.

»Hallo. Ist Mama zu Hause?«

»Ja.«

»Ist sie allein?«

»Nee. Ich bin auch hier.«

»Sehr witzig, du weißt genau, was ich meine.«

»Er ist nicht hier, falls er es ist, vor dem du Angst hast.«

»Hör mal, ich habe vor niemandem Angst!«

»Er ist Experte für Mörder und Psychopathen!«

Es dauerte eine Zehntelsekunde, bis ihm klar wurde, dass das ein Witz sein sollte.

»Ich dachte, ich schaue mal vorbei.«

»Okay?«

»Wenn ich darf.«

»Okay.«

»Klara, hör mit diesem ständigen okay auf!«

»Okay. Entschuldige!«

»Denkst du, Mama hat etwas dagegen?«

»Frag sie!«

»Mach du das.«

»Sie ist auf der Toilette.«

»Ach, schon gut, ich komm einfach mal vorbei.«

»Du bist immer herzlich willkommen«, sagte sie mit affektierter Erwachsenenstimme.

Er trank ein Bier, bevor er sich auf den Weg machte, nahm die Holztreppe, die zur Stora Nygatan hinunterführte, ging schnellen Schrittes an der Bücherei vorbei und sandte ein Stoßgebet zum Himmel, dass Marit nicht ausgerechnet in diesem Moment herauskam. Das tat sie nicht, dafür jedoch eine ihrer Kolleginnen, eine magere Frau mit einem undefinierbaren und schwermütigen Aussehen, die ihn schüchtern grüßte.

Die Linie 751 nach Brunnsäng stand schon zur Abfahrt bereit. Görel wohnte noch immer in dem Reihenhaus auf dem Nydalavägen, in das sie kurz vor Klaras Geburt gezogen waren. Die Häuser waren zwar klein, hatten aber eine gute Raumaufteilung. Vier Zimmer, perfekt für eine kleine Familie, mit winzigkleinen Gartenstücken vor und hinter dem Haus. Görel hatte sofort damit begonnen, Kletterrosen zu ziehen. Sie hatte großen Ehrgeiz entwickelt und sich vorgestellt, die gesamte Hausfassade würde von den dunkelroten Blumen verborgen werden. Sie hatte es ihm lebhaft beschrieben und es sogar mit Ölfarben auf Holz gemalt. Doch es wurde nie etwas daraus. Es gelang ihr einfach nicht, die Rosen gedeihen zu lassen. Die zarten Pflänzchen wurden von Läusen befallen, sodass sich die Blätter zusammenrollten und schwarz wurden. Daraufhin gab sie das Ganze sofort wieder auf. Es war typisch für Görel, eine Reihe großspuriger Projekte anzuleiern, sie beim geringsten Widerstand jedoch augenblicklich wieder aufzugeben.

Er war froh, dass sie und Klara damals in dem Haus wohnen bleiben konnten. Es war ein ruhiges und sicheres Wohnviertel. Alle Häuser waren Eigentum, und sie wohnte billig. Obwohl sie lange und oft krankgeschrieben war, kam sie deshalb gut über die Runden. Außerdem wusste er, dass ihre Eltern ihr gelegentlich mit etwas Geld aushalfen.

Er hatte Görel seit dem letzten Sommer nicht mehr gesehen. Die Begegnungen mit ihr deprimierten ihn in der Regel. Er empfand dann immer eine Art hilflose Zärtlichkeit für den naiven und treuherzigen Fünfundzwanzigjährigen, der er einmal gewesen war. Gleichzeitig regten sich jedoch auch Schuldgefühle in ihm, weil er es nicht geschafft hatte, bei ihr zu bleiben.

Doch jetzt, in diesem Moment, fühlte er sich stark. Er wollte wissen, wie sie aussah, sie mit ihren eigenen Worten von dem neuen Mann erzählen hören. Mein Gott, er würde das schon verkraften. Ein Psychiater! Das war doch im Grunde genau das, was sie brauchte. Vielleicht würde er sich ja in Zukunft entspannen und die Verantwortung ihrem neuen Typen überlassen können. Das wäre wirklich verdammt schön!

Sie war zu spröde für ihn, zu zerbrechlich und egozentrisch. Er hatte sie auf einer Fete bei ein paar alten Klassenkameraden kennen gelernt. Sie war Künstlerin, Malerin nannte er sie, die Malerin Görel. Das Wort gefiel ihr, es klinge wie Löwin, hatte sie gesagt. Doch sie war alles andere als eine Löwin. Schlank und zierlich war sie, und sie hatte einen Blick, der stets ein wenig auf der Hut war, als würde sie verfolgt und bedroht.

Damals, anfangs, hatte ihn das fasziniert und seinen Beschützerinstinkt geweckt.

Er bekam eine Einladung zu ihrer ersten Vernissage in einer Galerie in der Stockholmer Hornsgatan, deren Namen er vergessen hatte, und kaufte tatsächlich ein Bild, obwohl er es sich im Grunde überhaupt nicht leisten konnte. Es ähnelte einem warmen und weit geöffneten Schoß, und er empfand Lust, wenn er das Bild betrachtete, eine rein erotische Erregung.

Görel setzte den Preis herab.

»Ich möchte, dass du es bekommst«, sagte sie schlicht. »Ich habe an dich gedacht, als ich es malte, ich war dir noch nicht begegnet, aber ich wusste, dass es dich gab. Verstehst du, es war, als könnte ich dich durch das Malen dieses Bilds heraufbeschwören.«

Es war ihr voller Ernst gewesen. Schon das hätte ihn abschrecken sollen.

Als sie fünf oder sechs Jahre verheiratet waren, kam er eines Tages nach Hause und fand sie mit einem Brotmesser in der Hand. Sie hatte das Gemälde in Streifen geschnitten, in kleine Stücke. Bereits zu der Zeit reifte die Erkenntnis in ihm, dass er es auf Dauer nicht ertragen würde, mit einer Frau zusammenzuleben, die psychisch krank war. Dennoch harrte er zwölf Jahre lang aus.

Als sie sich scheiden ließen, brachen ihre Eltern jeglichen Kontakt zu ihm ab, was ihn sehr verletzte. Er hatte eigentlich immer geglaubt, dass sie ihn mochten. Sie hatten ihn immer wie einen Sohn behandelt.

Elmkvist stand auf einem Keramikschild an der Tür. Klara hatte es in der Schule gemacht und ihren Eltern zu Weihnachten geschenkt. Sie hatte es mit einem kleinen Marienkäfer verziert, und er erinnerte sich noch gut, wie stolz sie gewesen war, und dass sie es kaum abwarten konnte, bis sie das Paket geöffnet hatten.

Im ganzen Haus brannte Licht. Plötzlich widerstrebte es ihm zu klingeln. War sein Besuch eine dumme Idee? Sollte er lieber wieder nach Hause fahren?

Doch im gleichen Moment öffnete sich die Tür, und Klara trat mit einer Mülltüte aus dem Haus.

»Hallo«, sagte sie. Die weiße Schminke hatte sie abgewaschen, und ihre Haare waren verfilzt und nass.

»Hallo.«

»Ich habe gar nicht gehört, dass du geklingelt hast.«

»Das habe ich auch nicht.«

»Ach so, geh schon mal rein, ich will nur noch schnell den Müll wegbringen.«

Er kehrte immer mit gemischten Gefühlen in das Haus zurück. Die Erinnerungen hingen noch in Wänden und Tapeten und ließen sich fallen, wenn er hereinkam, stürzten auf ihn ein und raubten ihm den Atem. Gleichzeitig vermisste er etwas, so als hätte er an dem Tag, an dem er schließlich ging, den Boden unter den Füßen verloren.

Zweimal war Görel auf einer Trage durch diese Tür getragen worden. Sie hatte Tabletten genommen und als er nach Hause kam, hatte sie leblos im Doppelbett gelegen. Rücksichtsvoll hatte sie die Gelegenheit genutzt, dass Klara bei ihren Großeltern war. Das musste man ihr trotz allem zugute halten.

Einmal hatte sie ihn auch in der Arbeit angerufen, als er beim Briefzentrum in Årsta als Wachmann arbeitete. Sie hatte benommen, aber gleichzeitig fest entschlossen geklungen, auszuführen, was sie sich vorgenommen hatte.

»Ich sitze hier mit einem Nylonseil in der Hand, was meinst du, wie viel Kilo es trägt? Glaubst du, es hält vierundfünfzig

Kilo aus, glaubst du das, Tobias? Weißt du, wie viel ich wiege? Nun, ich wiege vierundfünfzig Komma zwei Kilo, und es gibt hier einen Haken an der Decke. Du hast ihn selber angebracht, erinnerst du dich? Dieser Eisenleuchter, den wir hatten und den du nicht mochtest, was hast du eigentlich mit ihm gemacht, hast du ihn verkauft oder was hast du gemacht, hast du ihn verschenkt?«

Er hatte an seinem Arbeitsplatz gesessen und war immer wütender geworden. Dann tu's doch, hatte er gedacht, tu es, verdammt noch mal, damit dieses Elend endlich ein Ende hat! Aber dann hatte er es doch nicht gewagt, den Gedanken auszusprechen.

»Görel, hör mir zu«, hatte er stattdessen angesetzt, während die Schlange der Postwagen vor dem großen Tor immer länger wurde. »Tu jetzt nichts Unüberlegtes.«

Er hatte sich zu einem Meister in der Kunst entwickelt, mit dem Tod zu verhandeln.

Der Haken an der Decke hing schon lange nicht mehr. Es war ihm damals gelungen, Görel einweisen zu lassen. Monatelang war er mit Klara allein gewesen. Er hatte damals den Eindruck gewonnen, dass seine Schwiegereltern auf seiner Seite standen. Aber nach der Scheidung musste er erkennen, dass er sich geirrt hatte.

Klara nahm ihm die Jacke ab.

»Nun komm schon rein, sei nicht so schüchtern.«

»Das bin ich nicht.«

»Ich habe mir die Haare gewaschen.«

»Ja, das sehe ich.«

»Du meintest doch, sie hätten es nötig.«

»Ach, Quatsch!« Er versetzte ihr einen leichten Knuff.

»Mama!«, rief sie. »Dad is here.«

Er ging ins Wohnzimmer und hörte Vogelgezwitscher und rhythmisches Trommeln.

»Habt ihr euch Wellensittiche angeschafft?«

»Nein, das ist eine CD mit Geräuschen vom Amazonas, ist die nicht krass?«

»Ist das deine?«

»Ja.«

»So etwas kann man in unserem kleinen Provinznest kaufen?«

»Ich hab sie von Rickard bekommen.«

»Rickard?«

»Ja, du weißt schon, Mamas ... Er hat sie im Multi-Kulti gekauft.«

»Und dieses Multi-Kulti. Darf man fragen, wo das ist?«

»Weißt du das etwa nicht? Das ist doch ein Plattengeschäft, die haben Musik aus der ganzen Welt.«

»Hm.«

»Rickard ist sogar schon einmal am Amazonas gewesen. Er hat mir davon erzählt. Es klingt echt spannend.«

»Tatsächlich. Dann ist er also nicht nur Psychiater, sondern außerdem noch Forschungsreisender?«

»Papa, du bist ja eifersüchtig!«

Er hörte Schritte auf der Treppe und drehte sich um. Görel stand mit weit aufgerissenen Augen vor ihm. Sie trug ein langes, rotes Samtkleid. Sie strahlte Stolz aus, ihr ganzer Körper hatte eine völlig neue, selbstbewusste Haltung angenommen.

»Guten Tag, Tobias«, sagte sie und streckte ihre Hand zum Gruß aus, als hätten sie sich nie gekannt, als hätte sie niemals mit ihrem knochigen Rückgrat an seinem Bauch gelegen, als hätte er ihr nie Tränen und Rotz aus ihrem verheulten Gesicht gewischt.

»Guten Tag«, sagte er verlegen.

»In letzter Zeit hast du dich ja nicht oft blicken lassen.«

»Nein, ich schreibe.«

Sie musterte ihn aufmerksam. Ihre schmalen Lippen waren blass und aufgesprungen. Am Ringfinger der rechten Hand steckte ein riesiger Messingring mit einem Muster aus Runen.

»Ich habe Tee gekocht. Komm, lass uns eine Tasse trinken.«

Das Sofa war noch das gleiche wie früher mit seinen durchgesessenen und abgewetzten Manchesterpolstern, auf denen er Klara abgelegt hatte, als sie von der Entbindungsstation nach Hause kamen. Er hatte eine Flanelldecke um sie geschlungen und sie wie ein Wickelkind neben sich abgelegt, das Fläschchen in der Hand gehalten und versucht, sie dazu zu bringen, daraus zu trinken.

Görel hatte nicht stillen können. Sie ertrug es nicht, wenn ihre Brustwarzen berührt wurden.

»Wie geht es dir?«, fragte er und stellte seine Tasse auf dem staubigen, übervollen Couchtisch ab. Ein Stapel Zeitungen und eine Schere lagen auf dem Fußboden. Unter einer Kupferschale lugte ein Stapel ausgeschnittener Todesanzeigen hervor.

Görel legte die Hände in den Schoß und streckte die Arme.

»Gut«, sagte sie und atmete tief durch.

»Was ist denn das?« Tobias zeigte auf die Todesanzeigen.

»Ich arbeite an einer Collage.«

»Aus Todesanzeigen?!«

»Es gibt so viel Symbolik in diesen Todesanzeigen. Dafür solltest du als Schriftsteller doch Verständnis haben.«

»Mag sein.«

»Und wie geht es dir?«, fragte sie.

»Ich bin eine Weile bei meinem Vater gewesen, er hatte einen Unfall, du hast vielleicht davon gehört.«

»Klara hat mir davon erzählt.«

»Es geht ihm wieder besser.«

»Das ist schön. Weißt du, ich habe Carl Sigvard immer sehr gern gehabt. Er strahlte eine solche Ruhe aus, einen solchen Stolz. Er hat mich immer an den großen Siouxhäuptling Sitting Bull erinnert.«

»Aha.«

»Es hat mir sehr Leid getan, als ich gehört habe, was ihm zugestoßen ist. Deinem Vater darf nichts Böses mehr geschehen, er hat in seinem Leben schon genug durchgemacht.«

Tobias nickte lahm.

»Und Sabina. Wie geht es Sabina?«

»Ich denke gut. Sie hat einen kleinen Hund bekommen.«

»Einen Hund, oh, wie süß.« Klara war ins Zimmer gekommen. Sie brachte eine Schüssel mit Pfefferkuchen. »Was für ein Hund ist es, wie heißt er?«

»Das weiß ich nicht mehr. Es ist einfach ein ganz gewöhnlicher Hund. Er heißt Frett.«

Es wurde still im Raum. Die CD mit den exotischen Geräuschen war verstummt. Tobias wollte nach seiner Teetasse greifen, merkte jedoch, dass seine Hand zu sehr zitterte. Außerdem sehnte er sich nach einer Zigarette.

»Tobias.«

»Ja?«

Görel lehnte sich über den Tisch hinweg zu ihm vor, und er entdeckte feine Linien und Fältchen in der Haut um ihre Augen. Er wartete darauf, dass sie etwas sagte. Sie bewegte sich nicht, ließ ihn nicht aus den Augen.

»Was ist?«, fragte er schließlich.

»Ich habe nur auf einmal eine solche Wehmut empfunden, als ich hier saß und dich ansah.«

»Und warum?«

»Das kann ich nicht erklären.«

Er legte seine Hände auf den Tisch, umklammerte die Tischkante und dachte, sie würde ihn berühren, ihre eigene Hand auf seine legen. Stattdessen schreckte sie zurück.

»Du bist mit dir selber nicht im Reinen«, sagte sie leise. »Das ist es, was ich sehe und was mich traurig macht.«

Im Reinen! Hatte ihr das dieser verdammte Psychiater eingeredet? »Man muss mit sich selbst im Reinen sein«, hatte er wahrscheinlich gesagt.

»Es geht dir nicht gut, Tobias, dich quält etwas.«

Er stand auf.

»Ich muss eine rauchen, bin gleich wieder da.«

Er trat auf die Steinterrasse hinaus. Auf dem Rasen standen die Gartenmöbel, obwohl sie wusste, dass es nicht gut für die Möbel war, im Gras zu stehen. Er hatte es ihr immer wieder erklärt, »die Beine verrotten, Görel, sie sind aus Holz!« Sie würden bald morsch werden. Sie hätte die Möbel unters Dach schaffen müssen. Zu seiner Zeit hatten sie die Möbel im Winter in der Garage gelagert, er hatte eine Aufhängung unter der Decke angebracht, an der man eine Menge Dinge aufhängen konnte, aber da sie kein Auto hatte, vermietete sie die Garage.

Er rauchte intensiv, dachte an die Nachbarn und überlegte, ob es noch die gleichen waren wie damals. Sie hatten nur sporadisch Kontakt mit ihnen habt, für mehr war Görel viel zu labil gewesen.

Im Reinen mit sich, dachte er. Er zitterte vor Kälte, stand in Strümpfen auf den kalten Steinen. Er hätte die Schuhe mit ins Freie nehmen sollen.

Ich werde jetzt nach Hause fahren, es war dumm von mir herzukommen. Er sah sie im Haus sitzen, sie sah verträumt aus. Klara stand am CD-Player. Sie sagte etwas zu Görel, und Görel erwiderte etwas. Ich muss los, schoss es ihm durch den Kopf, ich muss hier weg.

Am nächsten Tag reiste er nach Jönköping. Es war ein klarer und kalter Tag, die Bäume waren mit Raureif bedeckt. Kurz vor dem Bahnhof rutschte er aus und fiel schmerzhaft aufs Steißbein.

Erleichtert entnahm er seiner Fahrkarte, dass ihm wenigstens ein Fensterplatz erspart blieb. Er hasste es, neben jemandem eingeklemmt zu sitzen, wollte aufstehen und herumlaufen können, ohne seine Mitreisenden belästigen zu müssen. Doch als er seinen Platz in Wagen vier gefunden hatte, saß dort bereits jemand. Es war eine Frau in seinem Alter.

»Entschuldigung, aber das ist mein Platz«, sagte er und versuchte einen freundlichen Ton anzuschlagen. Die Frau schreckte auf und wurde puterrot.

»Nein, bitte, das geht nicht«, platzte sie heraus. »Ich neige ein wenig zu Platzangst. Ich hatte einen Platz am Gang verlangt und man hat mir auch einen versprochen, aber dann ist offenbar etwas schief gelaufen.«

Er wäre sich dumm vorgekommen, wenn er gesagt hätte, dass er ebenfalls zu Platzangst neigte. Stattdessen zuckte er mit den Schultern und zwängte sich an ihr vorbei.

Er hatte das Buch mitgenommen, über das er sprechen würde. Seine alten Notizen hatte er allerdings nicht mehr gefunden, sodass er versuchen musste, einen neuen Vortrag zusammenzuschustern. Er lehnte sich zurück und betrachtete die frostige Landschaft, die sich vor dem Panoramafenster ausbreitete. Er dachte nach und versuchte, eine passende Einleitung zu finden.

Nach einer Weile merkte er, dass die Frau ihn beobachtete.

»Entschuldigen Sie«, hörte er ihre Stimme sagen. »Sind Sie nicht dieser Schriftsteller?«

»Meinen Sie den hier?« Er hielt ihr *Die Nacht* hin und zeigte auf seinen Namen. Kurzsichtig betrachtete sie das Buch, streckte ihm dann die Hand entgegen und stellte sich vor.

»Åsa Sevedsson. Ich unterrichte Schwedisch. Aber leider haben wir, äh ... keines Ihrer Bücher im Unterricht benutzt.«

»Ich habe auch noch nicht besonders viele geschrieben.«

»Nein. Und dieses Genre ... Aber ich habe Sie im Fernsehen gesehen. Im *Buchreport.* Deshalb habe ich Sie wieder erkannt. Schreiben Sie eigentlich keine Erzählungen mehr? Die haben mir immer gut gefallen.«

»Von Erzählungen kann man nicht leben, von Gedichten übrigens auch nicht.«

Sie warf ihm über den Brillenrand hinweg einen Blick zu.

»Leben? Ich dachte, ernst zu nehmende Schriftsteller schreiben aus einer Art innerem Antrieb heraus, weil sie einfach müssen?«

»Stimmt genau! Da haben Sie vollkommen Recht.«

»So habe ich es eigentlich nicht gemeint.«

»Nicht?«

»Im Grunde geht es mich natürlich nichts an, aber Sie verkaufen sich jedenfalls.«

»Ich verkaufe mich?«

»Ja.«

»So, wie Sie das sagen, klingt es, als ginge ich auf den Strich! Sind Kriminalromane in Ihren Augen eine schlechtere Art von Literatur? Ist es das, was Sie andeuten wollen?«

»Ein Krimi prädestiniert Sie jedenfalls nicht für den Literaturnobelpreis, würde ich sagen.«

Allmählich wurde er wütend.

»Ich bin nicht auf den Nobelpreis aus. Ich bin darauf aus,

von meiner Arbeit als Schriftsteller leben zu können und den Lesern eine gute Geschichte zu bieten, an der sie ihre Freude haben können! Wo steht eigentlich geschrieben, dass Kriminalromane keine ebenso anspruchsvolle Literatur sein können wie ein Roman von Singer oder Márquez? Früher blickte man vielleicht auf Krimis herab, aber das hat sich inzwischen gründlich verändert, das sollte Ihnen angesichts Ihres Berufs nicht entgangen sein.«

Sie nahm ihre Brille ab und putzte sie umständlich.

»Ich habe Ihr letztes Buch nicht gelesen«, sagte sie. »Aber ich erinnere mich noch, was ich dachte, als es erschienen ist. Ich dachte, sieh einer an, noch ein guter Schriftsteller, der in die Krimifalle tappt. Ich fand das einfach nur schade.«

»Ich denke, Sie sollten das Buch erst einmal lesen, ehe Sie sich darüber äußern. Die Kritiken waren jedenfalls nicht schlecht, kann ich Ihnen verraten. Und wenn Sie mich jetzt bitte entschuldigen wollen, ich muss versuchen, ein wenig zu arbeiten.«

Nach diesem Wortwechsel fiel es ihm schwer, sich zu konzentrieren. Er spürte ihre Nähe, merkte, dass sie jede einzelne seiner Bewegungen verfolgte. Er wurde immer verzweifelter. Wie sollte er nur die Lesung gestalten? Ich kann doch nicht die ganze Zeit einfach nur aus dem Buch vorlesen, dachte er, das wird den alten Schachteln nicht gefallen.

Er blätterte in seinem Buch und überflog hier und da eine Passage. Er brauchte dringend eine Zigarette, drehte den Kopf zur Wand und schloss die Augen, spürte jedoch, dass sich die Feindseligkeit der fremden Frau auf ihn übertrug. Er war es nicht gewohnt, erkannt zu werden. In Södertälje war es zwei oder dreimal vorgekommen, sonst jedoch nirgendwo. Sicher, es war schon passiert, dass ihn irgendein Verrückter angerufen und ihn mit unfreundlichen Kommentaren belegt oder aufdringlichen Fragen belästigt hatte. Unmittelbar nach Erscheinen seines letzten Buchs hatte er sogar einen anonymen Brief von einem Antiquitätenhändler erhalten, der sich durch den

Inhalt persönlich gekränkt fühlte. Aber im Großen und Ganzen hatte er seine Ruhe. Seine Platznachbarin hatte ihn mit ihren Äußerungen aufgewühlt, sodass er nun noch zerstreuter und unkonzentrierter war als zuvor.

Sie stieg in Mjölby aus. Aber da war er selber auch schon fast da.

Solveig vom Kulturverein *Streichweise,* die ihn für die Lesung am Abend engagiert hatte, würde ihn am Zug abholen. Als er auf den Bahnsteig trat, wurde ihm klar, dass man sich bei dem seltsam klingenden Vereinsnamen etwas gedacht haben musste. Jönköping war schon immer ein Zentrum der Streichholzherstellung gewesen. So musste der bemüht witzige Name des Vereins entstanden sein.

Also schön, dachte er. Dann wollen wir den Stier mal bei den Hörnern packen, etwas anderes ist wohl auch gar nicht möglich. Als Erstes zündete er sich eine Zigarette an, denn es war eine Tortur für ihn gewesen, so viele Stunden nicht rauchen zu dürfen. Der Zug nach Jönköping hatte in Nässjö bereits auf sie gewartet, sodass er nur ein paar schnelle Züge hatte rauchen können, während er den Bahnsteig wechselte.

Er fror. Vom großen Vätternsee, der hinter dem Bahnhofsgelände lag, blies ein eisiger Wind in die Stadt. Er schlug den Kragen hoch, sah sich um und trat mit der Tasche über der Schulter ein wenig auf der Stelle. Dann hörte er hinter sich eine Frauenstimme.

»Hallo, Tobias. Sie sind doch Tobias?«

»Ja.«

Die Frau streckte ihm ihre Hand entgegen.

»Ich bin Solveig. Herzlich willkommen in Jönköping. Hatten Sie eine gute Reise?«

»Ja, natürlich.«

Sie war Ende fünfzig, trug einen Glockenrock aus einem Stoff mit breiten Streifen und flache Schuhe mit silbrig glänzenden Schnallen. Ihre Haare waren zerzaust und stumpf. Als sie im Auto saßen, roch er schwach den Duft von Moschusöl. Es war das gleiche Parfüm, das auch Görel immer benutzt hatte. Ihm wurde ein wenig übel.

Solveig fuhr einen kleinen Golf, den sie ein paar Meter die Straße hinunter geparkt hatte. Nach anfänglicher Mühe gelang es ihr, den Motor anzulassen.

»Ich weiß nicht, was mit ihm los ist«, murrte sie. »Er wird allmählich alt und bockig. Aber da ist er ja nicht der Einzige.«

Sie sah ihn an und lachte. Ihr Mund war breit und fröhlich.

Tobias versuchte ebenfalls zu lachen, obwohl er merkte, dass er Kopfschmerzen bekam. Er dachte, dass er besser etwas gegessen hätte, einen Hamburger oder was sie sonst in dem fantasielosen Zugbistro anboten.

Der nachmittägliche Berufsverkehr schien bereits vorbei zu sein – wenn man in einer kleinen Stadt auf dem Lande überhaupt von so etwas wie Berufsverkehr sprechen konnte. Als Solveig den Wagen schließlich in Gang bekommen hatte, fuhr sie schnell. Sie leistete sich mehrere gewagte Überholmanöver, ehe sie auf die Autobahn gelangten, und er musste sich zurückhalten, um sie nicht zu packen und zu bitten, es etwas ruhiger angehen zu lassen.

Schließlich waren sie da.

»Ich hoffe, Sie haben keinen Hunger«, sagte sie, während sie das Auto abschloss. »Ich wollte Sie eigentlich zu einer Tasse Kaffee einladen, aber unsere Kochplatte ist unverhofft kaputtgegangen. Ich nehme an, Sie haben im Zug etwas gegessen.«

»Ja«, sagte er ausweichend.

Die Räumlichkeiten des Kulturvereins *Streichweise* lagen im Kellergeschoss eines gewöhnlichen Mietshauses im Stadtteil Österängen. An der Tür klebte ein kleines Plakat.

Die Nacht. Der Autor Tobias Elmkvist spricht über seine Arbeit als Schriftsteller und seine Bücher. Alle sind herzlich eingeladen! Donnerstag, den 4. Oktober, 19 Uhr. Eintritt: 30 Kronen.

Klang das verlockend?

Der Raum war länglich und hatte kleine rechteckige Fenster unmittelbar unter der Decke. Vorne stand ein Tisch auf einer Art Podium, und davor hatte man Reihen abgewetzter Holzstühle aufgestellt. Tobias hängte seine Jacke auf.

»Veranstalten Sie oft Autorenlesungen?«, machte er Konversation.

»Zwei- oder dreimal im Jahr vielleicht. Wir haben nicht viel Geld. Das ist ein Problem für kleine Vereine wie uns. Deshalb müssen wir auch Eintritt verlangen. Im Frühjahr war Elsie Johansson hier, da war es richtig voll, das können Sie mir glauben, die Leute standen bis in die Kellergänge hinein. Zweihundert Besucher. Zum Glück hat die Feuerwehr nichts davon erfahren.« Sie lachte laut und lange. »Sechstausend Kronen haben wir eingenommen. Das war Rekord!«

Tobias fühlte sich immer unwohler in seiner Haut. Zweihundert Zuhörer. Er selber konnte sicher schon froh sein, wenn zehn kamen.

Solveig plapperte munter weiter. Sie war die Seele des Vereins und in den Siebzigern eines der Gründungsmitglieder gewesen.

»Es ist nicht immer leicht gewesen, das können Sie mir glauben. Wir haben für so manches Prügel bezogen. Die Leute sind hier unglaublich misstrauisch.« Sie senkte die Stimme: »Und dermaßen religiös, das können Sie sich gar nicht vorstellen. Hier herrscht der Herr, unser Gott, und hält seine strafende Hand über die Menschen. Sie wissen schon, Jönköping, das Jerusalem von Småland. Aber wir haben wider alle Erwartungen überlebt und letztes Jahr sogar unser dreißigjähriges Vereinsjubiläum mit Marathonlesungen hier und im Rathauspark gefeiert. Das Programm ist unglaublich gut angekommen.«

»Gratuliere«, murmelte Tobias.

Mittlerweile war es halb sieben. Solveig holte ein Glas Wasser, das sie auf dem Tisch platzierte.

»Es ist nicht viel, aber gut gemeint«, kicherte sie. Dann öffnete sie die Eingangstür und zog einen Tisch an die Tür, auf den sie ein Heft mit Eintrittskarten und eine grüne, abgenutzte Kasse stellte.

Sie lächelte ihn aufmunternd an.

»Wie geht es Ihnen? Sie sehen müde aus.«

»Alles in Ordnung«, log er. »Ich bin nur mitten in einer intensiven Schreibphase.«

»Wie herrlich das klingt! Ich habe mir immer gewünscht, schreiben zu können. Ich meine, etwas Größeres, ein ganzes Buch. Das eine oder andere Gedicht bringe ich zuweilen wohl zu Papier und ein paar meiner Gedichte sind sogar in der *Jönköpings-Posten* abgedruckt worden.«

»Tatsächlich. Das ist doch toll.«

»So, dann wollen wir mal sehen, wie viele Schäfchen heute wohl den Weg hierher finden. Es ist das reinste Lotteriespiel. Manchmal sind wir nicht besonders viele, manchmal ist es proppenvoll. Es kommt ganz darauf an, was im Fernsehen läuft. Ich selber schaue nie fern, ich kann mein Leben auch auf andere Art bereichern.«

Sie war wie eine Parodie ihrer selbst, ein Überbleibsel aus der guten alten roten Arbeiterbewegung, das überwintert hatte. Nur der Palästinenserschal fehlte. Dennoch erfüllte es ihn mit eigentümlicher Wärme, sie dort in der Türöffnung sitzen und das Wechselgeld zählen zu sehen. Er wollte, dass es eine gute Lesung wurde. Er musste sich zusammenreißen und anstrengen.

Um zehn vor sieben erklangen Stimmen auf der Treppe, und vier Frauen mittleren Alters trotteten herein. Sie grüßten schüchtern und setzten sich in die Mitte des Raums. Ungefähr gleichzeitig tauchte eine junge Reporterin von der *Jönköpings-Posten* auf. Sie war schlank und hatte eine spitze Nase, trug eine Jeans und eine helle Veloursjacke, aus der ein Teddyfutter hervorlugte.

»Ich wollte mich eine Weile dazusetzen und zuhören«, erklärte sie. »Ich hoffe, Sie haben nichts dagegen?«

Auf einmal wurde er nervös und bekam Stiche in den Trommelfellen, so als würde sich eine Mittelohrentzündung ankündigen. Er stahl sich auf die Toilette und nahm zwei Aspirin. Als er zurückkam, hatten weitere Zuhörer den Weg in den Kellerraum gefunden. Er traute sich nicht, sie zu zählen, aber es waren vielleicht ein Dutzend. Er stand da und hielt krampfhaft das Buch fest, und seine Finger hinterließen feuchte Abdrücke auf dem Umschlag. Es kam ihm vor, als würde er weich werden und sich auflösen. Solveig warf ihm einen Blick zu, sah auf die Uhr und ließ eine weitere Frau herein. Kein einziger Mann hatte den Weg zur Lesung gefunden. Solveig stand auf und ging zum Podium, ihre Haare standen in spröden, traurigen Strähnen vom Kopf ab. Sie legte die Hände zusammen, und das Stimmengemurmel erstarb.

»Wir freuen uns sehr, heute Abend den Schriftsteller Tobias Elmkvist in unserem Verein *Streichweise* begrüßen zu dürfen. Er wird uns nun von seiner schriftstellerischen Arbeit und seinen Büchern erzählen, und wir freuen uns auf einen anregenden Abend. Bitte schön, Tobias.«

Er hatte neben ihr gestanden und während des spärlichen und verhaltenen Begrüßungsbeifalls ließ er sich auf dem Stuhl nieder und legte das Buch vor sich auf den Tisch. Seine Stimme war ein wenig belegt, als er das Wort ergriff. Er schluckte und trank etwas Wasser.

»Ich möchte Ihnen zunächst ein paar Seiten vorlesen, und zwar aus diesem Buch hier.«

Er las das erste und zweite Kapitel, wofür er ungefähr eine halbe Stunde benötigte. Er spürte, dass sie ihm zuhörten, war aber nicht zufrieden mit sich. Das war es nicht, wofür sie dreißig Kronen bezahlt hatten. Aber während er las, tauchten mögliche Ausgangspunkte auf, innerlich saß er mit Stift und Papier an dem Tisch. Nach einigen weiteren Seiten hörte er auf zu lesen und begann, frei zu sprechen.

»Es gibt Menschen, die Kriminalromane nicht mögen, können Sie sich das vorstellen? Im Zug bin ich einem solchen Menschen begegnet. Die Dame war beinahe hasserfüllt, und ich wartete nur darauf, dass sie einen Revolver hervorholen und mir eine Ladung Kugeln verpassen würde. Lesen Sie Krimis?«

Die Frauen nickten, eine hob die Hand. Von da an lief es wie von selbst. Aus den Augenwinkeln nahm er wahr, dass die junge Journalistin sich begeistert Notizen machte. Er sah keine Gesichter mehr, keine Personen, alles floss zu einer dunklen Masse mit weißen Gesichtsplatten zusammen, und er erzählte, was ihm gerade in den Sinn kam.

»Wie Sie gehört haben, heißt meine Hauptfigur Leo Pullman, ist vielleicht jemand hier, der das Buch gelesen hat und ihn kennt? Ich wollte einen Helden, der nicht wie die anderen Ermittler ist, Sie wissen schon, Wallander und van Veeteren und Winter und wie sie alle heißen. Nein, meine Hauptfigur ist studierter Theologe. Können Sie sich das vorstellen? Also nichts anderes als ein Priester! Aber er hat eine Umschulung gemacht und ist Polizist geworden, und der Mord, mit dem er es in diesem Buch zu tun hat, ist so grauenvoll, dass er ... na ja, es ist nicht ganz leicht, über Kriminalromane zu sprechen, ohne zu viel zu verraten. Das darf man auf keinen Fall tun. Aber ein böser, jäher Tod, das ist es, worum es hier geht. Übrigens *jäh*, haben Sie schon einmal über das Wort jäh nachgedacht, welch unheimlicher Klang in diesem Wort mitschwingt, jäh geht es in die Tiefe, der Jähzorn, ein jähes Ende, der jähe Tod, etwas geschieht ganz plötzlich und unvermittelt, zu schnell, als dass es sich verhindern ließe. Jäh in die Tiefe geht es ohne Vorwarnung, man geht im seichten Wasser und trippelt vorsichtig weiter hinaus, und das Wasser steigt kühl die Waden hinauf, und man ist ruhig und zufrieden, und die Wasseroberfläche kräuselt sich sanft, denn es ist ein wenig Wind aufgekommen, und man geht einen Schritt weiter, aber dann gibt es auf einmal keinen Grund mehr, und der Fuß hängt im Wasser, findet keinen Halt, nur Tiefe und Dunkelheit. Und der jähe Tod, ja, der kommt viel zu schnell, er kommt nicht, wenn seine Zeit gekommen ist, er kommt früher, viel früher ...«

Plötzlich ging das Licht aus. Es wurde stickig und schwarz in dem Raum, und einige Sekunden lang herrschte vollkommene Stille. Vielleicht dachte das Publikum, die Dunkelheit sei ein Teil des Programms, jedenfalls blieben die Leute auf ihren Stühlen sitzen und drehten sich in der Dunkelheit um, konnten jedoch nichts erkennen. Tobias wollte aufstehen, ließ sich jedoch wieder auf seinen Stuhl zurückfallen. Das Gefühl, etwas vollkommen Unwirkliches zu erleben, breitete sich in seinem Körper aus, und seine Hände tasteten auf der Suche nach dem Wasserglas den Tisch ab.

»Hallo«, wollte er sagen, brachte aber keinen Ton heraus. Sein Herz pumpte und klopfte, und er wurde heiser und musste sich räuspern, musste zu den Worten und der Stärke von eben zurückfinden. Er zwang seine rechte Hand, nach dem Wasserglas zu suchen, aber es war nicht mehr da, doch, hier, es klirrte und plätscherte, er hatte es umgeworfen. Entfernt hörte er, dass die Leute jetzt flüsterten und jemand etwas rief. Er starrte mit aufgerissenen Augen in die Dunkelheit hinein und als die Tür aufgerissen wurde und Licht hereinfiel, erkannte er, wer dort unten mit der Hand am Lichtschalter stand. Groß und breitschultrig, den Hut über die blonden Locken gezogen, die Wildlederjacke aufgeknöpft und mit wirrem, gelbem Bart. Hardy Lindström.

Carl Sigvard blieb allein in der Küche zurück. Der Wasserhahn tropfte, und Sabina war wütend hinausgerannt. Das sah ihr nicht ähnlich. Ganz und gar nicht ähnlich. Mit etwas Mühe kam er auf die Beine, humpelte zur Spüle und drehte den Wasserhahn zu. Ihre Schürze hatte sie auf den Fußboden geschmissen. Er hob sie mit seiner Krücke hoch und schwang sie auf einen Stuhl. Die Schürze hatte sie schon immer gehabt, auf einem weißen Untergrund waren große Sonnenblumen zu sehen, die mit der Zeit zu hellgelben Rundungen verblichen waren.

Er wäre ihr gerne gefolgt, traute sich aber nicht, denn die Eingangstreppe konnte spiegelglatt sein. Stattdessen öffnete er die Tür und rief in die Dunkelheit hinaus:

»Sabina! Komm zurück!«

Als sie seine Stimme hörten, begannen die Hunde im Zwinger zu jaulen.

So etwas hatte er auch früher schon erlebt. Bei Svava. Ihre ungestümen Wutanfälle und seine unterwürfigen Bemühungen um eine Versöhnung. Mit Sabina war dagegen immer alles ganz unkompliziert gewesen.

Sie war eines Abends aus Västervik gekommen, als die beliebte Tanzcombo Göran Edgrens auf dem Tanzboden aufspielte. Sie kam mit zwei anderen Frauen, die drei waren Kolleginnen und im gleichen Alter, etwas über dreißig. Sie war ihm sofort aufgefallen, ihre aufrechte Körperhaltung, die etwas groben Gesichtszüge, sie strahlte etwas Männliches aus, und er hatte sich schon immer von diesem Frauentyp angezogen gefühlt. Robust und unerschütterlich wie ein Ardenner.

Sie wirkte gut gelaunt, als er sie zum Tanzen aufforderte. Es war ein Abend im August, während der Hundstage, und bis weit in die Nacht hinein noch warm. Trotz ihres Körperbaus tanzte sie geschmeidig und leicht und folgte untadelig seinen Bewegungen.

Als sie sich an diesem Abend trennten, erwähnte sie kurz, wo sie wohnte. Sie musste fahren, sie waren zu dritt in einem Auto gekommen.

»Du kannst mich ja mal besuchen kommen, wenn du willst«, sagte Sabina und strich mit dem Zopfende unter ihrer Nase entlang, wirkte gleichzeitig schüchtern und forsch. Das gefiel ihm.

An einem Abend der folgenden Woche besuchte er sie. Sie bewohnte die obere Etage eines Hauses kurz vor Västervik. Die Fassade bestand aus grau und ärmlich wirkenden Eternitplatten, und um das Haus herum wuchs kein Gras. Es gab nur Schotter und Wegerich. In ihrer Situation konnte man sich eben nicht aussuchen, wo man wohnen wollte. Sie hatte Adam, war allein mit ihm, hatte keinen Mann.

Adams Vater war Seemann gewesen.

»Das Ganze war ein einziger großer Irrtum«, erzählte sie später. »Ich habe mich vom Fleck weg in ihn verliebt, weißt du, es war so eine stürmische Leidenschaft, bei der man weder klar sieht noch denkt. Aber ich brauchte nur ein paar Monate, um zur Besinnung zu kommen. Wir hatten einander nichts zu sagen, zwischen uns herrschte Schweigen, und es war vorbei. Doch da war ich schon schwanger, und dem konnte ich mich nicht so leicht entziehen. Also haben wir geheiratet, ich habe mich darauf eingelassen, was sollte ich auch sonst tun? Es war eine einfache Zeremonie, kein großes Fest. Ich fand dennoch, es sei das Beste, dem Kind zuliebe, aber wir wohnten praktisch nie unter einem Dach. Jedes Mal, wenn er Landurlaub hatte, kam er natürlich zu uns nach Hause und gab mir Geld und hatte für Adam Geschenke gekauft. Er war ein netter Mann. Das muss ich sagen. Er trank ziemlich viel, wurde aber davon nie gewalttätig, nur redselig und sentimental. Nein, es ging einfach nicht.«

»Fährt er immer noch zur See?«

»Er ist tot. Das ist jetzt schon ein paar Jahre her. Sie nahmen in Rotterdam neue Fracht auf. Er trat unter ein Spill, und in dem Moment löste sich irgendetwas, ich weiß nicht, was es war, aber jedenfalls ist das Ganze auf ihn herabgestürzt.«

»Hast du nie über eine Abtreibung nachgedacht?«

»Ich war schon zu weit. Ich habe die Zeichen erst richtig gedeutet, als es schon zu spät war. In den ersten Monaten habe ich weiter ganz normal meine Tage bekommen. Erst später wurde mir schlecht, aber da war es schon zu spät.«

»Du hast schon einiges durchgemacht in deinem Leben«, sagte er. »Das Leben ist nicht immer ein Zuckerschlecken.«

»Ja, für die wenigsten Menschen ist es ein Zuckerschlecken.«

»Wenn du mich besuchen kommst, werde ich dir die Maria-Trostquelle zeigen«, sagte er. »Jetzt bist du an der Reihe, mich besuchen zu kommen. Dann werde ich mit dir nach Skamön hinausfahren.«

Adam war für ein paar Wochen in einem Ferienlager, sodass Sabina allein war. Carl Sigvard wusste zu dem Zeitpunkt nur, dass der Junge »ein wenig schwierig und eigen« war. Mit diesen Worten hatte sie ihn beschrieben.

Sie kam am Samstagmorgen mit dem Bus, und es war das erste Mal, dass er sie bei Tageslicht sah. Sie hatte sich schön gemacht. Die dunkelbraunen Haare hingen in einem schweren und glänzenden Zopf auf ihrem Rücken. Sie trug ein rotes Kleid mit einem weiten Rock und eine Perlenkette. Ihre Füße steckten in flachen, rot gepunkteten Stoffschuhen mit Schnürsenkeln. Später sollte er erfahren, dass sie gepunktete Dinge liebte, und das rührte ihn.

Er war an jenem Morgen zur Haltestelle gegangen, um sie abzuholen. Erst nahm er sie mit nach Hause und zeigte ihr den Hof. Er hatte Mandelhörnchen gekauft und kochte Kaffee, den sie auf der Veranda tranken. Sie sah sich überall um und ging auch in den Stall, lobte die Schweine und die neuen Verschläge, die er gerade gebaut hatte.

Danach gingen sie zum See hinunter, an dem der Eichennachen vertäut lag, und der Motor sprang nicht an, sodass er rudern musste, aber das störte ihn nicht, denn sie war braun gebrannt und hübsch anzusehen. Nach einer Weile löste sie ihn ab, saß breitbeinig auf der Ducht und holte mit runden Fäusten Schwung.

Die Ochsen waren auf ihrer Sommerweide. Wachsam näherten sie sich und begrüßten die Ankömmlinge, und er nutzte die Gelegenheit, nach ihnen zu sehen. Sabina war an Tiere gewöhnt, das merkte er. Vorsichtig kauerte sie sich auf einem Stein zusammen und ließ die Tiere näher kommen. Er sah eine lange und gierige Zunge ihr Ohr nass lecken. Ihr gurrendes, entzücktes Lachen ließ die Tiere ein wenig scheuen, aber sie bekamen nicht wirklich Angst, sondern machten nur ein paar verspielte Sprünge zur Seite.

Er führte sie über den Berg zu der Bucht hinunter, an der die Quelle lag. Der Tag war glühend heiß. Er fiel auf die Knie, formte die Hände zu einer Schale, fing die spritzenden Tropfen auf, ließ ihre Lippen seine Handflächen berühren.

Als sie dort saßen, erzählte er ihr den barbarischen Mythos von den Frauen, die in früheren Zeiten hierher geschafft wurden, wenn sie bei Hurerei und Ehebruch ertappt worden waren.

»Ich weiß nicht, ob es wahr ist, ich würde mir wünschen, es wäre nicht der Fall. Aber die Menschen sind schon immer bösartig gewesen.«

»Dann wurden also nur die Frauen bestraft?«, sagte sie.

Er nickte.

»Du weißt doch, wie das damals war, und wie es in manchen Kulturen auch heute noch ist.«

Sie tauchte ihre Hände ins Wasser und befeuchtete Hals und Arme mit dem kühlen Nass.

»Einige der Frauen waren sicher unschuldig, sie kamen her, weil sie verleumdet wurden. Im Volksmund hat die Quelle hier den Namen Maria-Trostquelle bekommen.«

Sie betrachtete ihn ernst und aufmerksam, und er bekam Lust, sie zu küssen, was er auch tat. Anschließend bog er ihre Finger auf und verflocht sie mit seinen eigenen. Sie entzog sich seinem Griff nicht.

»Und wer war diese Maria?«, fragte sie.

»Maria war eine Magd auf einem großen Gutshof hier in der Gegend, die bei ihrer Gutsherrin in Ungnade fiel. Sie fand, dass Maria versuchte, sich ihrem Mann an den Hals zu werfen. Sie behauptete, gesehen zu haben, wie das junge Mädchen den Bauern verführte, und ihr Wort reichte aus. Also wurde Maria nach Skamön gebracht, denn die Menschen waren damals noch erbarmungsloser, als wir es heute sind. Man gab ihr keine Kleider mit und kein Essen, und die Frauen, die man vor ihr auf der Insel ausgesetzt hatte, waren seit langem tot. Nach allem, was man weiß, war sie ja unschuldig, die arme Maria, und deshalb entsprang eine Quelle aus dem Fels, um zumindest ihren Durst zu löschen.«

»Mein Gott, was für eine grausame Geschichte«, sagte Sabina. Sie kniete im Moos, füllte ihre Hände mit dem rieselnden Wasser und trank. Er trank auch, denn man erzählte sich, das Wasser sei lebenspendend und ein Jungbrunnen. Abgesehen von den Tieren waren sie an diesem Nachmittag allein auf der Insel. Sie zogen sich aus. Er stand da und sah, wie ordentlich sie ihre Unterwäsche und das rote Kleid zusammenlegte, dass sie die Schuhe eng zusammenstellte und ihre Kette öffnete. Er nahm ihre Hand und zeigte ihr, wo man ins Wasser gehen konnte, ohne auszurutschen. Es gab hier keinen natürlichen Badestrand, und das Wasser war tief und kälter als auf der anderen Seite der Insel, denn der hohe Berg am Ufer sorgte dafür, dass die Bucht fast immer im Schatten lag.

Sabina legte sich auf den Bauch und schwamm hinaus. Der Zopf schlängelte sich hinter ihr wie eine glänzende und geschmeidige Schlange, sie schwamm mit schnellen Zügen und für einen Moment bekam er Angst. Er machte kehrt, watete an Land und sah sie geradewegs auf sich zukommen, sie lächelte, und ihre Wangen glänzten. Er reichte ihr die Hand und zeigte ihr die sichersten Steine. Als sie aus dem See gestiegen war, strich er das Wasser von ihr ab, strich über ihren großen hellen Körper, machte seine Hände mit ihm vertraut.

Sie hatte die Wohnung im Obergeschoss des Eternithauses. Unter ihnen wohnte der Vermieter, ein älterer allein stehender Herr. Gott sei Dank hörte er schlecht, denn sonst hätte er sie und Adam sicher schon längst vor die Tür gesetzt, erzählte Sabina. Die Begegnung mit Adam war ein Schock für ihn. Obwohl sie nie erwähnt hatte, wie alt er war, hatte er sich einen Zehnjährigen vorgestellt, und irgendwo in seinem Unterbewusstsein hatte das Bild von Tobias, seinem eigenen verlorenen Sohn herumgespukt.

Sie gingen gemeinsam in Adams Zimmer. Er saß mit angezogenen Beinen auf dem Fußboden, die Stirn auf die Knie gestützt. Carl Sigvard hätte am liebsten gleich wieder kehrtgemacht. Sabina streichelte hastig seine Hand.

»Ich habe dir doch erklärt, dass er ein wenig eigen ist«, sagte sie gepresst. »Ich weiß nicht, woran es liegt, es ist mir nie gelungen, eine ordentliche Erklärung dafür zu bekommen.«

Auf Zehenspitzen ging sie zu Adam und berührte seine Schulter. Er erstarrte, drückte den Rücken durch, öffnete die schmalen Augenschlitze und sah Carl Sigvard unverwandt an.

»Adam«, lockte sie ihn und ihre Stimme war verändert, klang jetzt angespannt und gleichzeitig ermunternd. »Du wirst jetzt Carl Sigvard kennen lernen, er ist ein netter Mann, er wird dich mögen.«

Adam stieß einen gutturalen, unwirschen Laut aus, kippte mit dem Oberkörper wieder nach vorn und begann von neuem zu schaukeln. Sabina hielt ihn fest und zog seinen zerzausten Kopf an ihre Brust.

»Veränderungen ist er nicht gewohnt, und er kommt nicht so gut mit ihnen zurecht wie andere. Adam braucht für alles viel Zeit. Er ist gerade erst aus dem Ferienlager nach Hause gekommen. Ich glaube, dass er sich dorthin zurücksehnt. Tust du das, Adam, hast du dich in dem Lager zu Hause gefühlt?«

Das war das Eigenartige an Adam, erkannte er mit der Zeit. In einem Moment noch sabbernd, als wäre er vollkommen weggetreten, konnte er im nächsten plötzlich aufstehen und mit einer Stimme sprechen, die fast normal klang. Genau das tat er nun. Er packte seine Mutter an den Handgelenken, schob sie beiseite und kam anschließend mit erstaunlich gelenkigen Bewegungen auf die Beine.

»Im Lager wohnte ein Mädchen, das ich inniglich lieb gewann«, deklamierte er. Gleich darauf begann er ein Lied zu singen, das Carl Sigvard vage bekannt vorkam, es lief manchmal im Radio. Die seltsame Mischung aus Mann und Junge stand unter der Lampe und sang mit lauter, klarer Stimme und einer fast perfekten Aussprache:

»Love me tender, love me dear, tell me you are mine. I'll be yours through all the years, 'til the end of time.«

Sabina hatte bereits nach wenigen Monaten geahnt, dass mit dem Kind etwas nicht in Ordnung war. Sie war damals allein, ihr Mann fuhr wieder zur See. Sie hatte niemanden, mit dem sie darüber sprechen konnte. Deshalb suchte sie Rat in der Kinderklinik, aber dort tat man ihre Befürchtungen ab.

»Kinder sind so verschieden. Der Kleine ist bestimmt nur ein wenig langsam.«

Der Junge schlief viel, und obwohl ihre Brüste voller Milch waren, schien er nicht an ihnen saugen zu wollen. Es dauerte Stunden, ihn zu stillen, sie musste gegen seine Fußsohlen schnippen, bis er weinte, und dann die Gelegenheit nutzen, ihm die Brustwarze in den Mund zu zwingen.

»Er fing erst an zu laufen, als er schon fast zwei Jahre alt war«, erzählte sie und im Nachhinein wurde Carl Sigvard klar, dass sie nie zuvor so offen darüber gesprochen hatte, nicht einmal mit ihren Freundinnen. Er war der Erste, der ihre ganze Geschichte hören durfte.

»Wo hast du ihn tagsüber untergebracht?«, fragte er. »Musstest du nicht arbeiten gehen?«

»Ich fand eine Tagesmutter für ihn. Aber da habe ich ihn weggeholt, als ich merkte, dass es ihm dort schlecht ging, sie hatte keine Geduld mit ihm, und er ist nun einmal, wie er ist. Schließlich bekam ich einen Hortplatz für ihn. Anfangs hat sich eine der Erzieherinnen besonders um ihn bemüht, weil ihr kleiner Bruder mongoloid war. Obwohl das nicht das ist, was Adam hat, er hat etwas anderes, es gibt so viele Namen und Diagnosen. Und was nützt es schon, der Sache ein Etikett aufzukleben? Sie sind nun einmal, wie sie sind, diese Kinder, sie sind Individuen und Persönlichkeiten wie wir.«

Sie lagen in ihrem breiten Bett und aus dem Nebenzimmer drang Adams röchelndes Schnarchen zu ihnen herüber. Sie hatten eine kurze Atempause bekommen, da sie ihm am Abend etwas gegeben hatte, das ihm half, zur Ruhe zu kommen und zu schlafen.

»Er ist in vielerlei Hinsicht wie ein kleines Kind«, fuhr sie fort. »Er kann unheimlich aufgebracht und traurig sein, wenn etwas nicht so wird, wie er es sich vorgestellt hatte. Es ist nicht ganz einfach, mit ihm zusammen zu sein. Ich möchte, dass du das weißt.«

Anfangs beunruhigten Adams Wutanfälle ihn, und er war immer auf der Hut. Adam bekam sie aus heiterem Himmel und war dann auf einmal völlig außer sich und warf mit Gegenständen. Die erste Zeit nach Sabinas Einzug bei ihm gestaltete sich schwierig, und manchmal bereute er es, sie gebeten zu haben, mit Adam zu ihm zu ziehen.

Aber im Laufe der Zeit gewöhnte er sich daran. Außerdem

wurde Adam ruhiger und lernte, sich in der näheren Umgebung zurechtzufinden. Auch in seinem Zimmer fühlte er sich wohl.

Seither waren zehn Jahre vergangen. Carl Sigvard hatte ihr den kleinen Welpen gekauft. Sein Geschenk zu ihrem Zehnjährigen.

Was sollte er nun tun? Nichts. Er konnte nichts anderes tun, als sich hinsetzen und warten. Ihre plötzlichen Stimmungsumschwünge waren völlig neu für ihn und machten ihn hilflos. Ihm fiel die Kratzwunde unter ihrer Brust ein. Wie kam man zu einer solchen Wunde? Konnte man sich trotz Kleidung so verletzen? Seit Tagen benahm sie sich seltsam, lag es vielleicht an den Wechseljahren?

Jetzt hörte er Schritte auf dem Kies und das eifrige Bellen des Welpen. Die Tür ging auf und ein kalter Lufthauch zog über den Fußboden ins Haus.

»Sabina!«, rief er.

Sie trat in die Tür und war wie immer. Der Welpe strich um ihre Beine. Sie holte einen Napf heraus und füllte ihn mit Wasser für den Hund, der schlabbernd trank.

»Ich denke, Frett darf heute Nacht im Haus bleiben«, sagte sie und sah aus wie immer.

»Habe ich dich eben verletzt?«, fragte er.

»Das habe ich schon wieder vergessen, es ist jetzt vorbei. Ich war draußen im Stall, um die Tiere zu versorgen und nachzusehen, ob Ann-Mari nicht doch noch da ist. Ich will nicht, dass Fremde bei uns überall raus- und reinlaufen.«

»Entschuldige bitte, was ich über das Geld gesagt habe.«

Sie setzte sich, hob den kleinen Hund hoch, hielt seine Schnauze fest, als er zubeißen wollte, und schüttelte sie sachte.

»Es juckt ihn in den Zähnen. Es ist nicht leicht, ein Welpe zu sein.«

»Nein, aber es ist verdammt noch mal auch gar nicht so leicht, ein Mensch zu sein.«

Er lag auf einem fremden Fußboden. Er sah groben und gestreiften Stoff, der auf seiner Stirn lag, und Moschusgeruch stach ihm in die Nase. Er hatte das Gefühl, sich übergeben zu müssen, sah jedoch nicht auf, sondern blieb mit halb geschlossenen Augen liegen und versuchte sich zu erinnern. Alles war vor unendlich langer Zeit geschehen, sein Leben, seine Tage, seine Nächte. War das nun der Weg hinaus und fort, der letzte und endgültige Weg?

Irgendwo über ihm blitzte etwas auf, und er hörte eine zischende Frauenstimme.

»Nicht jetzt, lassen Sie ihn in Ruhe, Sie müssen sich einen Moment gedulden.«

Daraufhin öffnete er endgültig die Augen.

Im gleichen Moment erinnerte er sich wieder. Er bewegte den Kopf und sah Reihen nackter Stuhlbeine, Staub auf der Erde, es war jetzt hell. Weißes, kaltes Neonlicht tauchte alles in Licht. An der Wand stand ein Mann mit einer Kamera, richtete sie nach unten und machte Anstalten, den Auslöser zu betätigen.

Die Frau in dem gestreiften Rock hatte sich neben Tobias gekniet, kam jetzt aber auf die Füße und ging zu dem Fotografen.

»Diese Bilder können Sie jedenfalls nicht in der Zeitung verwenden«, sagte sie flehend.

Tobias setzte sich langsam und mit größter Mühe auf. Sein Hemd war am Rücken nass, und es schauderte ihn, er presste die Fingerspitzen an seinen Kopf und suchte ihn Millimeter für Millimeter ab.

»Mein Lieber, was ist denn nur passiert?« Die große Frau im Rock beugte sich erneut über ihn. Ihr Gesicht war vor Sorge ganz aufgedunsen.

»Ich weiß nicht, es wurde alles schwarz.«

»Das war meine Schuld«, meldete sich der Fotograf zu Wort. »Ich wollte mich leise hereinschleichen und bin dabei wohl an den Lichtschalter gekommen.«

»Es tut mir Leid«, murmelte Tobias. »Ich weiß nicht, was mit mir los war. So etwas ist mir noch nie passiert.«

»Wissen Sie was, für mich ist das nichts Neues!« Die junge Journalistin hatte sich ihm genähert. Die Beine in ihrer Jeans waren schlank, und ihre Schuhsohlen erinnerten ihn an Traktorreifen. »Sie sind mit Sicherheit ausgebrannt. Mir ist das auch schon passiert, alles verschwindet einfach, es fängt mit einem Jucken und Stechen im Nacken an. Sie sollten ein wenig kürzer treten, Sie können es wenigstens. Ich meine, jemand wie Sie muss sich doch bestimmt keine Gedanken über Karenztage machen, oder?«

»Er sah so müde aus«, sagte die Frau in dem Rock. Jetzt fiel ihm auch wieder ein, dass sie Solveig hieß. »Ich habe ihn gefragt, aber er ...«

»Wo sind denn die ganzen Leute hin?«, sagte er matt.

»Es ist schon nach acht, sie sind gegangen, Sie waren ja ohnehin sicher fast fertig, aber das war unheimlich am Ende mit diesem jähen Tod. Mein Gott, es war richtig effektvoll und dramatisch.«

Er stand jetzt auf, klopfte sich die Kleider ab, nahm ein neues Glas Wasser entgegen und leerte es in einem Zug.

»Darf ich ein paar Bilder von Ihnen machen?«, fragte der Fotograf. »Ich habe es nämlich ein bisschen eilig. Wäre das okay?«

Tobias nickte, begleitete den Mann zur Tür und stellte sich vor die Wand, aber der Fotograf protestierte.

»Nein, so werden das ganz triste Häftlingsaufnahmen! Sie wissen schon, von vorn und im Profil, nein, das geht nicht, Sie müssen wenigstens ein Buch hochhalten.«

Tobias holte *Die Nacht*. Er wischte es an seinem Hosenbein trocken. Das Wasser aus seinem Glas hatte sich auf das Buch ergossen.

»Dann wollen wir mal loslegen.«

Es blitzte im Raum. Tobias versuchte nicht zu blinzeln, versuchte »cheese« zu sagen und sich zu entspannen. Nachher hielt er den Fotografen auf.

»Als Sie eben gekommen sind …«

»Ja, ich weiß, dass ich mich ungeschickt benommen habe, entschuldigen Sie bitte, es war wirklich keine Absicht.«

»Darum geht es nicht. Aber als Sie gekommen sind, darf ich Sie fragen … waren Sie da allein oder wurden Sie von jemandem begleitet?«

»Begleitet? Meinen Sie Lotta, das Mädchen, das den Artikel schreibt?«

»Nein«, flüsterte er. »Ich meine nicht sie, sondern einen Mann, einen Typen mit einem Hut und einem gelben, irgendwie gefärbten Bart. Er trug eine Wildlederjacke.«

Der Fotograf schüttelte den Kopf.

»Nee.«

»Sind Sie da auch ganz sicher?«

»Ja, verdammt. Ich war allein. Wir hätten eigentlich zusammen kommen sollen, Lotta und ich, aber ich musste noch einen Job dazwischenschieben. Ich weiß nicht, wovon Sie reden.«

»Ich dachte, ich hätte …«

»Nein, ich habe niemanden gesehen. Ich wollte mich möglichst unbemerkt hereinstehlen und bin dabei an diesen dämlichen Lichtschalter gekommen.«

Solveig legte ihren Arm um Tobias. Der Raum hatte sich inzwischen geleert, nur sie und er waren noch da.

»Ich habe solche Angst bekommen«, sagte sie heiser. »Erst

dachte ich, es wäre eine Art Performance, aber dann begriff ich, was los war, man hörte es irgendwie am Aufprall, dass Sie nicht auf eine eingeübte Art gefallen sind. Wie geht es Ihnen jetzt? Ich hoffe, Sie haben sich nicht verletzt.«

»Alles in Ordnung. Ich war in letzter Zeit nur extrem gestresst, das ist jetzt anscheinend herausgekommen. Tut mir Leid, dass es zum Ende hin so verrückt zuging.«

Sie gluckste zufrieden.

»Was heißt hier verrückt. Das werden diese Weiber so schnell nicht vergessen. Darauf können Sie Gift nehmen.«

Sie löschte das Licht, schloss ab und fuhr ihn anschließend zu einem kleinen Hotel im Stadtzentrum.

»Vielen Dank. Es war nett, Sie kennen zu lernen. Jetzt fahre ich nach Hause zu meinen Katzen.«

Als sie davongefahren war, fühlte er sich seltsam verlassen. Das Zimmer war klein und schmucklos eingerichtet, ein Bett, ein Tisch, ein Stuhl und ein Fernsehapparat, der an der Wand hing, sodass man im Bett liegen und fernsehen konnte. Etwas anderes gab es hier nicht zu tun. Er hatte geglaubt, im Hotel eine Kleinigkeit essen und ein Bier trinken zu können, aber es gab kein Restaurant. Nach zehn Uhr war darüber hinaus die Rezeption nicht mehr besetzt.

Er ging auf die Straße hinaus, sah sich ständig um, war gleichzeitig nervös und wütend. Nach einer Weile fand er eine Imbissbude. Aber als er bestellen wollte, musste er würgen, und es wurde ihm wieder schwindelig. Ich darf jetzt nicht ohnmächtig werden, ich muss zusehen, dass ich wieder ins Hotel zurückkomme, dachte er.

Es wehte ein eisiger Wind, und er verfluchte sich dafür, dass er keine Mütze dabeihatte. Er ging vorgebeugt, empfand plötzlich große, bedrückende Furcht und musste sich hastig umdrehen und vergewissern, dass ihm niemand folgte. Hardy Lindström, der im Türrahmen stand, dieser höhnische Blick – war es tatsächlich nur sein erschöpftes Gehirn gewesen, das Hardys

Bild heraufbeschworen hatte? Er war so wirklich gewesen, so lebendig.

Im schneidenden Wind lief ihm die Nase. Tobias blieb stehen, suchte ein Taschentuch heraus und schnäuzte sich heftig.

»Jetzt, komm schon«, murmelte er, »komm schon, verdammt. Woher soll dieser Idiot Hardy denn überhaupt wissen, dass du dich in Jönköping aufhältst?«

Er entdeckte eine gut besuchte Kneipe. Rauch hing in dichten Schwaden über den runden Tischen. Er stellte sich an die Theke und bestellte ein Bier, leerte es rasch und bestellte gleich noch eins. Man ließ ihn in Ruhe, er schien niemandem aufgefallen zu sein. Vorsichtig suchten seine Augen Gesicht für Gesicht das Lokal ab. Nein. Kein Hardy Lindström. In einem lichten Moment erkannte er, wie unrealistisch das auch wäre, aber gleichzeitig reifte in seinem Inneren ein Entschluss. Er musste zu Sabina fahren und das Ganze mit ihr besprechen, sonst würde er nicht weiterleben können. Morgen schon würde er das tun, wie geplant in den Zug steigen, jedoch in Linköping aussteigen und sich einen Wagen mieten.

Er schlief sofort ein. Gegen drei wachte er auf und musste auf die Toilette. Fragmente eines Traums hingen noch in seinem Bewusstsein. Er hatte in einer Art Hängematte gelegen, die aus dem gleichen gestreiften Stoff bestand wie Solveigs Rock, vielleicht lag er ja sogar in dem Rock, und er schaukelte, wurde geschaukelt, und von dem Rhythmus wurde ihm ganz schlecht, aber er konnte sich nicht von der Stelle rühren. Sie beugte sich über ihn, die schlaffe Haut ihres Gesichts, ihr breiter roter Mund, sie lachte, dass die Zähne klapperten. Eine Männergestalt trat lautlos an sie heran und streckte zu beiden Seiten von ihr um sie herum ihre Arme aus, zu dem Rock, in dem er wie in einem Kokon lag.

»Jetzt, Tobias, jetzt entwischst du mir nicht mehr!« Es war eine Männerstimme, und die Hände suchten, er sah eine Öffnung in der Haut, im Hals, und in ihr hinter blassen, aufgerissenen Wundrändern erblickte er eine dunkelblaue Ader. Klar und deutlich und Blut und Kraft pumpend war sie zu erkennen, und er wand sich und versuchte die Augen zu schließen und im gleichen Moment wachte er auf.

Er konnte nicht mehr einschlafen, stand auf und duschte, wusch und schrubbte sich, bis sein ganzer Körper brannte. Als er sich abtrocknete, entdeckte er blaurote Flecken am linken Arm und an der Hüfte. Erst jetzt spürte er, wie weh sie taten. Auch das Steißbein schmerzte von seinem Sturz auf den vereisten Bürgersteig. Er trocknete sich vorsichtig ab, verließ das Bad und ließ die Tür einen Spaltbreit offen. Die feuchte Luft verteilte sich wie feiner Dunst im Raum.

»Bitte nicht rauchen«, las er auf einem kleinen Schild auf dem Tisch, öffnete das Fenster und steckte sich eine Zigarette an.

Sabina, dachte er. Einer plötzlichen Eingebung folgend wollte er sie anrufen, schaltete sein Handy ein und sah, dass die Batterie fast leer war. Glücklicherweise hatte er das Ladekabel mitgenommen. Es war vier Uhr, und in der Ferne schlug eine Kirchenglocke. Er dachte daran, was Solveig über den Herrn gesagt hatte, der seine schützende Hand über die Menschen hielt, oder hatte sie strafende gesagt, war es etwa der Herrgott gewesen, der ihn in dem Kellerraum zu Boden gestreckt hatte? Er spürte, dass sein Kopf zu zucken begann, winzige fast unmerkliche Spasmen. Er holte tief Luft und versuchte sich zu beruhigen.

Klara, dachte er, dir zuliebe Klara, und er öffnete sein Portmonee und holte eine alte Schwarzweißfotografie heraus, auf der sie eine Hand in die andere gelegt hatte und ihr Mund halb offen stand, weil sie etwas sagen wollte. Das Bild war im Freien gemacht worden, aber er erinnerte sich nicht mehr, wo und wann. Hinter ihr war eine Schubkarre zu erkennen, der Erdboden war regennass, aber die Aufnahme musste dennoch im Sommer entstanden sein, denn sie trug nur ein T-Shirt und einen kurzen weißen Unterrock. Neben ihr saß eine gesprenkelte Katze. Wer hatte das Bild gemacht, Görel vielleicht? Ja. Jetzt erinnerte er sich. Es war bei seinem Vater auf dem Hof entstanden, und sie sah so weich und empfindlich aus wie ein Blatt. Und jetzt? Jetzt war sie dabei, sich zu verwandeln. Nie mehr würde er diese kleine Tochter besitzen, meine Tochter Klara, nein, sie war auf dem besten Wege, eine Fremde zu werden, eine Frau, die ihn nie mehr brauchen würde, wie ein Kind seinen Vater brauchte.

Er strich sich über die Augen, und sie waren nass. Er weinte, aber ganz still.

Um sechs traf das Personal im Hotel ein. Er hörte das Klappern von Porzellan, und als er in den Flur hinauslugte, schlug ihm der Duft frisch aufgebrühten Kaffees entgegen. Er hatte aufrecht und angezogen auf dem Bett gesessen, nicht gelegen, sondern angespannt und hellwach gesessen. Nun nahm er seine Reisetasche und ging in den Speisesaal. Ein schlankes Mädchen in einem schwarzen Rock und weißer Bluse deckte die Tische. Sie grüßte ihn mürrisch.

Die *Jönköpings-Posten* klemmte in einem Zeitungsständer. Er nahm sie mit an seinen Tisch und blätterte in ihr. Auf einer Seite im Innenteil der Zeitung erblickte er sich selbst. Die Journalistin Lotta Andersson hatte einen kurzen Bericht über seine Lesung verfasst. Glücklicherweise stand kein Wort über etwas anderes darin.

Er holte sich ein weich gekochtes Ei, aber als er es köpfte, war es hart und krümelig. Er schob den Teller von sich, trank ein paar Tassen Kaffee und aß ein Brot mit einer gummiartigen Scheibe Käse.

Es war wieder wärmer geworden, und die Blätter wirbelten um seine Füße, als er zum Bahnhof ging. Er fühlte sich jetzt stärker, und die Spasmen im Nacken hatten aufgehört.

In Linköping mietete er sich einen Ford Fiesta, das war das billigste Modell. Er fuhr, ohne Pausen einzulegen, und um kurz vor zwei bog er auf den Parkplatz beim alten Tanzboden ein. Die Wolken hingen tief, verhüllten beinahe die Baumwipfel. Der Platz war verlassen und nass, feuchte Blätter waren auf die Dielen des Tanzbodens geweht worden.

Er schloss den Wagen ab, warf sich seine Tasche über die Schulter und ging in den Wald. Er wollte ungesehen zum Hof gelangen und den Versuch machen, Sabina zu erwischen, ohne dass sein Vater etwas davon merkte. Die Nässe drang durch seine Schuhe, und mehrere Male wäre er auf dem lehmigen Untergrund fast ausgerutscht. Zwischen den verrottenden Blätterschichten reckten sich Pilze, Pfifferlinge, in die Höhe. Er musste an Marit und all ihre Erwartungen denken. Wie er sein sollte, was sie machen sollten. Dass sie zusammenziehen und ein richtiges Paar werden, vielleicht sogar ein Kind bekommen sollten. Noch war es dafür nicht zu spät, zumindest biologisch gesehen, es gab Fälle von Frauen, die Kinder bekommen hatten, obwohl sie schon über fünfzig waren. Sie sagte, sie hätte es aufgegeben, darüber nachzudenken, aber er wusste, dass das nicht stimmte.

Er näherte sich dem Hof, und als er den Waldsaum erreichte, begann es zu regnen. Um sich zu sammeln und darüber nachzudenken, wie er vorgehen sollte, suchte er Schutz unter einer Tanne. Im Dunst sah er die Gebäude, den Stall, das Wohnhaus, die Garage und hinter ihr den lang gezogenen Zwinger. Sabina war zu Hause, ihr Wagen stand auf dem Hof vor dem Haus. Gut, dann würde er sie früher oder später schon erwischen. Die Hunde würden natürlich anschlagen, vor ihnen konnte man sich nie verstecken. Aber es würde ihn kein Mensch entdecken, denn er kannte die Schleichwege, war mit ihnen aufgewachsen. Im Haus würde Carl Sigvard zwar die Tiere bellen hören, aber glauben, sie witterten einen Elch oder ein Reh.

Hier oben in dem kleinen Waldstück hatte er sich einmal vor langer Zeit ein Hüttchen gebaut. Er hatte Nägel und Bretter herbeigeschleppt und ein kleines Haus mit Boden und Dach gezimmert, das er zwischen zwei wuchtigen Kiefernstämmen verankert hatte. Ein alter Jutesack hatte ihm als Teppich gedient. Er erkannte den Baum wieder, aber er war jetzt höher und von seinem Bauwerk war nichts mehr zu sehen.

Wie alt war er damals? Das war jetzt mehr als dreißig Jahre her.

Es war kurz vor der Katastrophe gewesen.

Er erinnerte sich noch gut, dass er nicht mehr dazu gekommen war, jemandem die kleine Hütte zu zeigen. Er hatte sich nach fröhlich überraschten Ausrufen und Anerkennung gesehnt. Er hätte das gut gebrauchen können, aber seine Eltern hatten keine Zeit für ihn. Sie waren mit etwas Großem und Bedrohlichem beschäftigt, mit etwas, das sich zwischen ihnen und in ihnen abspielte, etwas, von dem er ausgeschlossen blieb.

Am schwersten zu ertragen war vielleicht, dass sie ihm nichts erzählten. Natürlich witterte er die Gefahr, so wie ein kleines Häschen, das sich zwischen die Grassoden duckt, wenn der Bussard über der Wiese seine Kreise zieht. Aber er begriff nicht, was los war. Sie hörten auf, miteinander zu sprechen, hörten auf, ihre freundlichen Stimmen zu benutzen. Auch ihre Bewegungen veränderten sich, ihre Art zu gehen. Svava war mit den Pferden beschäftigt, aber manchmal kam auch ein Mann zu Besuch, und wenn Carl Sigvard mit dem

Traktor davonfuhr, verschwanden sie und er in der Sattelkammer. Danach waren auf Svavas Wangen rote Flecken gewesen.

»Wir müssen einige Papiere durchgehen, Tobias. Geh irgendwo was spielen.«

Tobias zog sich dann in sein Versteck zurück und eines Abends blieb er einfach dort, um sie zu einer Reaktion zu zwingen, um sie seinen Namen rufen und nach ihm suchen zu lassen. Bis weit in die Abenddämmerung hinein blieb er dort hocken. Schließlich zwang der Hunger ihn, zum Hof zurückzukehren. Carl Sigvard stand auf der Eingangstreppe, sein Gesicht war ausdruckslos, und seine Augen flackerten.

»Wo ist Mama?«

»Du fragst, wo Mama ist?«

»Ja.«

Sein Vater schwieg, und seine Oberlippe schob sich vor, sodass er einem jener Weltraumwesen ähnelte, die Tobias in verschiedenen Comics gesehen hatte. Die schmalen Augen glommen, sie ängstigten ihn.

»Ich habe Hunger«, piepste er.

Sein Vater atmete aus, packte ihn dann unsanft am Arm und zog ihn in die Küche, wo er seinem Sohn ein paar Knäckebrotscheiben bestrich. Es knirschte wie Schritte auf Schotter, als Tobias kaute. Er wollte etwas über die Hütte sagen, die er gebaut hatte, er wollte, dass Carl Sigvard ihn danach fragte.

»Diese Bretter, hast du was mit ihnen anfangen können?«

Er wollte, dass er seine Hand nahm und musterte, sich ganz genau die Wunden und Blessuren ansah, pustete, ein Pflaster holte.

Sein Vater kehrte ihm den Rücken zu.

»Du gehst am besten gleich ins Bett, Junge. Du musst morgen in die Schule.«

Er lag im Bett und fror. Seine Beine waren wie Eisklötze. Er lag da und hielt die Luft an. Wie lange konnte man nicht atmen, ehe man starb? Er döste ein, wachte jedoch von einem Zischen wieder auf. Erst dachte er, es wäre der Wind, der um die Hausgiebel heulte, aber in dem Pfeifen nahm er Stimmen wahr, es waren seine Eltern, die zischelten und flüsterten. Er zog sich das Kissen über den Kopf, um sie nicht hören zu müssen.

Sie hörten einfach auf, Eltern zu sein und stürzten sich mit einer Brutalität auf ihn, als trüge er allein die Schuld an allem, was geschah. Nichts, was er sagte oder tat, konnte sie beeinflussen. Und er wusste immer noch nicht, wohin das alles führen würde.

Erst im Wagen sagte sie es ihm, in dem Wagen, der sich vom Hof entfernte. Sie hatten einen Anhänger hinter sich, der mit Teilen des Hausrats beladen war.

»Du wirst in einer richtigen Stadt aufwachsen dürfen, Tobias. Es wird dir gefallen, das verspreche ich dir.«

Er saß auf der Rückbank. Der Sicherheitsgurt des Beifahrersitzes funktionierte nicht richtig, und sie wollte deshalb nicht, dass er neben ihr saß. Er kniff sich mit den Fingernägeln in die dünne Haut unter dem Hodensack. Er sagte nichts. Es gab keine Fragen mehr.

Die folgenden Monate waren ihm als eine Zeit der Versteinerung in Erinnerung geblieben. Sie nahm ihn mit zu Jörgen. »Wir werden noch nicht bei ihm wohnen, später vielleicht schon. Es ist erst mal nur zur Probe.«

Jörgen hatte ebenfalls Kinder, zwei Mädchen in Tobias' Alter. Sie gaben ihr Bestes, um ihn aus der Reserve zu locken. Als ihnen das nicht gelingen wollte, wurden sie gemein zu ihm. Jörgen hatte auch Pferde, einen ganzen Stall voll, der unglaublich sauber und schön war. Und jetzt geruhte Svava endlich, ihn einzuweihen. Die beiden hatten vor, gemeinsam eine Reitschule zu eröffnen, aber keine gewöhnliche Reitschule für Kinder, sondern für Reiter, die ihre Fähigkeiten perfektionieren wollten, für Elitereiter.

»Er ist ein guter Reiter«, trompetete sie mit ihrer neuen

schmetternden Stimme, »mein kleiner Tobi reitet wie ein ganzer Mann.«

Jörgen lachte so prustend, dass Spucke in seinem braunen Bart landete. Er war im Grunde ein anständiger Kerl und gab sich alle Mühe, Tobias' Freund zu werden.

»Ich habe mir immer einen Jungen gewünscht. Die beiden da ...«, und er nickte in Richtung der Mädchen, die in seinem großen Wohnzimmer auf der Couch saßen.

Tobias konnte unmöglich auf sein Angebot eingehen, es wäre ihm wie ein Verrat an seinem Vater vorgekommen, wenn er es getan hätte.

Er bekam sogar ein eigenes Pferd, jedenfalls durfte er allein darauf reiten.

»Du kannst den hier für dich haben, er heißt Dingo.«

Das Pferd war lebhaft und gutwillig, kein alter Gaul. Sie hatten ihm keinen alten Gaul aufgeschwatzt. Tobias ritt ein paar Mal. Erst in der Reithalle zusammen mit Svava, dann draußen. Aber ihm gefiel die neue Landschaft nicht. Sie war ihm fremd, sogar die Bäume kamen ihm feindselig und distanziert vor.

Aber er war trotz allem ein netter Kerl, dieser Jörgen.

Er und Svava blieben ein paar Jahre zusammen. Dann trennten sie sich wieder, ohne dass er den Grund dafür erfuhr. Aber es war nicht ganz leicht, mit ihr zusammenzuleben, das erkannte er allmählich, als er älter wurde.

Er musste jetzt endlich zum Hof hinunter, denn es regnete immer stärker. Genau wie er es vorhergesehen hatte, schlugen die Hunde an, sobald er aus dem Schatten der Bäume trat. Sie warfen sich gegen den Zaun und jaulten.

»Ich bin's doch nur, ihr Idioten«, murmelte er, »erkennt ihr mich nicht, ich war doch vor einer Woche noch hier. Ihr dummen, bescheuerten Idioten.«

Er sah keine Menschenseele. Wahrscheinlich tranken sie gerade Kaffee am Küchentisch mit der grünen Wachstuchdecke. Plötzlich spürte er, wie hungrig er war. Eine Tasse Kaffee und ein Brot mit aufgeschnittenen Fleischklößchen oder Leberwurst und Gurkenscheiben wären jetzt nicht verkehrt. Sie muss mir nachher etwas zu essen geben, dachte er.

Er näherte sich dem Stall von der Rückseite, wo es neben dem früheren Misthaufen eine Tür gab, durch die man auch hineingelangen konnte. An der Wand stand jede Menge Sperrmüll, Sachen, die sie irgendwann einmal zur Mülldeponie fahren wollten, was man dann aber immer wieder verschob, weil der Müll hier aus den Augen, aus dem Sinn war. Jetzt sah er, was das alles war: ein uralter Rasenmäher, ein Fahrrad, rostiges und ausgedientes Werkzeug, ein Kühlschrank, ein Kasten mit leeren Flaschen, eine Fernsehantenne. Als er näher kam, entdeckte er, dass kürzlich jemand hier gewesen und die Gegenstände verrückt haben musste. Das Gras, das die ausgemusterten Sachen überwuchert und zum Teil bedeckt hatte, war an manchen Stellen herausgerissen worden. Etwas Neues war hinzugekommen, aber nicht einfach neben den alten Sachen abgestellt, sondern zwischen und hinter sie gepresst worden, um nicht sichtbar zu sein, um versteckt zu werden.

Er bekam einen völlig ausgedörrten Mund, als er begriff, was es war.

Hardy Lindströms zerkratzte Vespa.

Der Eber deckte gerade eine Sau, als Tobias sich in den Stall schlich, in dem es durchdringend und beißend roch. Die beiden Tiere schienen ihn gar nicht zu bemerken. Das gewaltige Schwein hatte sich auf seine Liebste gewuchtet, balancierte auf den beiden Hinterläufen und stieß wild und keuchend zu.

Die Tür zur Sattelkammer war verschlossen. Tobias wollte nicht hineingehen. Er zog sich zwischen die Boxen und die Ferkel zurück, die wie immer zu einem Knäuel zusammenliefen und quiekten. Sein Herz pochte unbändig in seiner Brust. Warum stand Hardys Vespa da draußen hinter dem Stall? Wer hatte sie dort abgestellt?

Auf einmal wurden seine Beine unendlich schwer, wurde sein ganzer Körper so schwer, als würde er jeden Moment zusammenbrechen. Ein Schatten bewegte sich in der Dunkelheit, und er zuckte zusammen, sah dann jedoch, dass es nur eine Katze war. Sie ähnelte Missan, die damals auf dem Hof gelebt hatte, vor mehr als dreißig Jahren, ähnelte ihr und war vielleicht sogar ihr Urenkel. Er bückte sich und streichelte das samtene, gestreifte Fell. Die Katze schnurrte. Tobias hob sie hoch und hielt sie im Arm, drückte die Nase in das weiche, warme Fell. Der Stallgeruch ätzte sich in ihn hinein und würde sich rasch festsetzen, nicht zuletzt, weil er regennass war. In seinem Mietwagen und später im Zug würde er diesen Geruch verströmen, und die Leute würden sich von ihm abwenden und die Nase rümpfen. Im Moment war ihm das vollkommen egal. Er streichelte den Katzenkopf, spürte den kleinen und kantigen Schädel unter der Haut.

Plötzlich war jemand an der Tür, er hörte ein Geräusch, und ein Lichtstreifen wurde größer. Er ließ die Katze los, und sie lief fauchend davon. Tobias schlich sich zwischen die Boxen. War es Sabina, die jetzt endlich kam? Er reckte den Hals vor und versuchte etwas zu sehen, tatsächlich, da vorne bewegte sich jemand, aber es war weder Sabina noch Adam, sondern eine kleine alte Frau in einem langen und raschelnden Regenmantel. Obwohl er sie nicht von vorn sah, kam sie ihm doch bekannt vor. Sie war früher öfter zum Hof gekommen, um bei der Arbeit mit den Pferden zu helfen. Jetzt wusste er wieder, wer sie war: Hardy Lindströms Mutter.

Die alte Frau wackelte durch die Gänge, lugte in Ecken und Nischen, kam zur Sattelkammer und öffnete die knarrende Tür. Sie gab einen eintönigen klagenden Laut von sich.

Was sollte er tun? Sollte er zu ihr gehen? Nein. Er zog sich noch weiter in die Dunkelheit zurück, kauerte sich hinter ein paar Säcken zusammen.

Jetzt knirschte es im nassen Kies. Licht fiel über den Boden, und er hörte Sabinas Stimme.

»Bist du etwa schon wieder zurück, Ann-Mari?«

Die Frau antwortete nicht. Es klang, als würde sie weinen.

»Ich habe dir doch gesagt, dass er nicht hier ist. Versuch das doch zu begreifen, Ann-Mari. Er ist nicht hier!«

»Aber wo ist er dann?«, jammerte die Alte. »Er wollte doch herkommen und das Geld holen.«

»Das hat er auch getan. Er hat sein Geld bekommen. Ich war auf der Bank. Ich bin nur seinetwegen hingefahren. Er hat das Geld bekommen, Zweitausend Kronen in neuen Fünfhundertern. Wenn du mir nicht glaubst, können wir gerne zur Bank gehen und fragen. Ich habe es ihm bar auf die Hand gegeben. Er hat sich eben davongemacht. Du musst das akzeptieren, Ann-Mari, es hat keinen Sinn, hier jeden Tag herumzulaufen und nach ihm zu suchen. Er ist nicht hier. Er ist sicher in die

Stadt gefahren und amüsiert sich mit dem Geld. Du weißt doch, wie dein Junge ist, er ist nicht gerade ein Unschuldslamm, vielleicht hat er ja auch Schulden, man weiß nie, was passiert, wenn sie im Gefängnis sitzen, da findet man sicher jede Menge falsche Freunde, die ihren Anteil haben wollen, sobald man wieder bei Kasse ist.«

Er sah sie den Arm um die Schultern der alten Frau legen. Er sah, wie Sabina sie umarmte.

»Geh jetzt nach Hause. Ich glaube, es gibt ein tüchtiges Unwetter. Im Fernsehen haben sie sogar von Gewittern gesprochen. Ein Gewitter Mitte Oktober, das gibt es auch nicht alle Tage.«

Sie stand in der Sattelkammer und hatte Licht gemacht, als er in den Gang hinaustrat und leise ihren Namen rief.

Er hörte sie angsterfüllt aufschreien.

Sie trug ihr Kopftuch, aber darunter war alles flach, er sah die Veränderung ihrer Kopfform. Schnell legte er einen Finger auf seine Lippen.

»Still, Sabina, ich bin's nur.«

»Mein Gott, hast du mich erschreckt!«

»Entschuldige. Das wollte ich nicht.«

Sie hatte ein Blatt in der Hand gehalten. Jetzt legte sie es auf den Tisch und richtete sich auf.

»Ich habe gar nicht gemerkt, dass du gekommen bist.«

»Das war auch meine Absicht. Niemand sollte etwas merken. Ich bin mit einem Mietwagen gekommen, der oben am Tanzboden steht, und das letzte Stück durch den Wald gegangen. Ich war nach einer Lesung in Jönköping auf dem Heimweg. Aber dann bin ich in Linköping ausgestiegen.«

»Und warum?«

»Weil ich mit dir reden muss.«

Sie sah ihn gequält an.

»Was ist denn, Tobias? Was willst du?«

»Können wir nicht hinausgehen?«

Sie schüttelte den Kopf.

»Ich will nicht hier in diesem Raum sein«, sagte er scheu.

»Es regnet.«

»Dann lass uns zu den Boxen da hinten gehen, da können wir in Ruhe reden.«

Sie sah ihn ernst an.

»Das, was zwischen uns passiert ist ... das darf nie wieder vorkommen.«

»Das wird es auch nicht.«

Er drehte sich um, ging los und hörte, dass sie ihm folgte. Er ging zu den Säcken, hinter denen er sich vor kurzem noch versteckt hatte. Sie war dicht hinter ihm und stellte sich so, dass sie die Tür im Auge behalten konnte.

»Ich habe gesehen, dass Ann-Mari hier war«, sagte er und rieb sich die Arme.

»Sie ist gegangen.«

»Bist du sicher?«

»Ja. Sie kommt oft her, ich habe sie schon ein paar Mal hier gefunden. Aber jetzt ist sie nach Hause gegangen.«

»Was will sie?«

»Es geht um ihren Jungen, er ist noch nicht wieder aufgetaucht.«

»Wie bitte? Auch nicht bei ihr?«

Sabina nickte. Sie stand vor ihm und zupfte an den Enden ihres Kopftuchs. Er hatte große Lust, die Hand auszustrecken und unter den Stoff zu schieben. Nur um sie zu fühlen.

»Ich habe da draußen etwas gesehen«, sagte er laut.

Sie machte eine Kopfbewegung.

»Was meinst du?«

»Seine verdammte Vespa, sie steht da draußen zwischen dem Gerümpel.«

»Sie ist kaputt. Der Motor hat den Geist aufgegeben.«

»Was?«

»Er hat mich gebeten, sie mitzunehmen, wenn wir den Rest fortschaffen.«

»Wirklich?«

Sabina holte tief Luft:

»Ja.«

Er trat einen Schritt auf sie zu, legte die Hände um ihre Wangen, drückte zu.

»Du lügst!«

Sie riss sich heftig los.

»Was fällt dir ein? Bist du völlig verrückt geworden?«

Da brachen bei ihm alle Dämme. Die Fingerknöchel gegen die Augen gepresst sank er zu Boden und aus seiner Kehle wallten Laute, wie er sie nie zuvor gehört hatte. Sie kniete sich neben ihn. Ihre warme Hand lag auf seinem Knie.

»Liebster, liebster Freund, was ist mit dir?«

»Ich schaffe das alles nicht mehr, Sabina, ich gehe unter, er ist tot, ich weiß es, es spielt keine Rolle, was du mir einzureden versuchst, er ist tot, ich habe ihn doch da in der Kammer gesehen, und ich habe ihn getötet, ich weiß es, denn man kann nicht überleben, wenn eine Schlagader durchtrennt wird, die Halsschlagader, ich weiß es, Sabina, ich weiß es und werde jetzt zur Polizei gehen, ich habe mich entschieden, ich muss das tun.«

Sie saß neben ihm und spielte mit seinen nassen Haaren, saß da und zog sie durch ihre Finger.

»Aber es gibt doch gar keine Leiche«, flüsterte sie an seinem Ohr, und ihr Atem war süß und warm. »Was willst du denn gestehen, wenn es keine ... Leiche gibt?«

Er schluchzte und blieb sitzen, das Kinn auf der Brust, die Hände wie Gewichte auf dem kalten Fußboden.

»Das ist es ja gerade, was so unfassbar ist ... ich habe ihn doch gesehen und da schon gewusst, dass er tot war, das sieht man, Sabina, was auch immer du zu sagen versuchst, man sieht, ob jemand tot ist oder nicht, es gibt einen ganz bestimmten Ausdruck, den sie um den Mund bekommen, und ich weiß es, weil er genau diesen schrecklichen Ausdruck hatte, aber ich bin weggegangen ... und habe mich mit Wasser abgespritzt, und dann bist du gekommen, und ich bin weggelaufen, denn ich ertrug es einfach nicht, dich zu sehen … und auch keinen anderen.«

Sie legte den Kopf schief, und ihr Kopftuch war ein wenig herabgerutscht. Sie schmatzte trocken.

»Wäre es …?«, setzte sie an.

»Was?«

»Meinst du, es wäre leichter für dich, wenn es einen Körper gäbe?«

»Es lässt sich nicht ungeschehen machen«, schrie er. »Ich habe ihn getötet, und das lässt sich nicht ungeschehen machen.«

»Still, Tobias, still. Ich werde dir etwas erzählen, wenn es dir hilft.«

Er änderte seine Körperhaltung, lehnte sich mit dem Rücken an die Box. Er war so müde, dass er sich hätte hinlegen und einschlafen können. Doch jetzt musste er ihr zuhören, und sie saß neben ihm und strich über seine Fingerknöchel.

»Nun, Tobias«, sagte sie fast unhörbar. »Es war wohl letzten Endes tatsächlich so, dass du ihn getötet hast.«

Er schluchzte auf, musste die Augen schließen und tief durchatmen.

»Als ich kam, lag er dort auf der Erde, und es stimmt, was du sagst, er war tot, und es war … Blut in dem Raum, und ich habe dir geholfen, und du standest unter Schock. Du hast gefroren, ich habe dir einen sauberen Overall geholt, dann habe ich gesehen, wie du davongerannt bist, und ich dachte, lass ihn gehen, lass ihn die erste schwere Phase alleine durchstehen, denn ich wusste, was du fühltest, und ich fühlte das Gleiche, dass jetzt das Ende gekommen war, dass für uns beide alles vorbei war, für dich und für mich, das dachte ich, aber eben nicht nur für uns, sondern auch für die Menschen, die uns nahe stehen, Adam und Carl Sigvard. Denn wie sollte er leben können, so etwas überleben können, dass sein eigener Sohn … auf den er so stolz ist, doch, Tobias, er ist stolz auf dich, obwohl er es vielleicht nicht so zeigt, wie du es dir wünschen würdest. Und da dachte ich … ja, es war einfach ein Gedanke, der plötzlich in mir auftauchte, aber dann musste alles ganz schnell gehen.«

»Was hast du getan?«, keuchte er.

Sie verstummte, und er sah, dass es ihr schwer fiel, dass sie es kaum über ihre Lippen brachte.

»Ich … habe ihn zerlegt.«

»Zerlegt?«

»In kleinere Stücke, klein genug, um sie fortschaffen zu können. Ich kann so etwas, es war einmal mein Job, und ich war damals sehr schnell darin, und anschließend habe ich den Raum abgespritzt und geputzt, sodass niemand etwas davon sehen kann, das verspreche ich dir, niemand wird etwas erkennen können. Du bist doch selber noch einmal in der Kammer gewesen, hast du vielleicht etwas gesehen, hast du auch nur die kleinste Spur entdeckt?«

»Du … hast ihn zerstückelt?«

Sie ließ das Kinn hängen und nickte.

»Und dann?«

»Erinnerst du dich an das Floß, das wir am See haben? Mit dem wir die Tiere transportiert haben? Du erinnerst dich doch bestimmt noch an diese großen Ölfässer, auf denen es schwimmt.«

Er hielt den Atem an.

»Ja und?«

»In denen.«

»Du hast … das … da hineingestopft?«

»Ja. Das ist ein bombensicherer Ort. Niemand wird jemals etwas entdecken.«

»Aber der Geruch, Sabina! Das muss doch stinken, es hat bestimmt schon angefangen zu riechen!«

Sie schmunzelte traurig, ohne den geringsten Anflug von Triumph.

»Ich habe ungelöschten Kalk darüber gekippt.«

»Was?«

»Ich weiß, dass es funktioniert. Früher hat man ihn in Massengräbern benutzt, im Krieg und so. Der Kalk verhindert sowohl den Geruch als auch die Verwesung. Carl Sigvard benutzt ihn draußen auf dem Plumpsklo, ich habe die Säcke genommen, die dort standen. Ich kann dir garantieren, dass es nicht riechen wird. Niemand wird ihn jemals entdecken. Es ist ein todsicheres Versteck, Tobias. Du kannst aufatmen.«

Sie versuchte ihn zu überreden, sie ins Haus zu begleiten.

»Wir sagen Carl Sigvard, wie es ist, dass du eine Lesung hattest und die Gelegenheit nutzen wolltest, kurz vorbeizuschauen.«

»Nein, ich muss nach Hause.«

»Du bist doch klitschnass. Hunger hast du sicher auch. Du siehst völlig fertig aus.«

»Ich muss nach Hause. Ich gehe durch den Wald zurück, damit mich niemand sieht.«

»Ja, aber was ist, wenn du krank wirst? Du siehst krank aus.«

Ihre Hand wollte sich auf seine Stirn legen, und er zuckte unwillkürlich zurück. Er sah, dass sie es gemerkt hatte.

»Warum hast du mir das nicht erzählt?«, sagte er mit belegter Stimme. »Warum hast du nichts gesagt? Stattdessen hast du versucht, mir einzureden, ich hätte mir das Ganze eingebildet. Es wäre nur eine Ausgeburt meiner morbiden Fantasie.«

Sie schwieg.

»Niemand, wirklich niemand kann sich ein so grauenhaftes Erlebnis ausdenken. Nicht einmal in seinen schrecklichsten Albträumen hat man diese Art von Bildern vor Augen. Du hast mir gesagt, es wäre nichts passiert, du hast mich beschworen! Wie konntest du nur, Sabina, wie konntest du!«

Sie biss sich in die Lippe.

»Ich habe gedacht, es wäre das Beste für uns. Es war eine

spontane Eingebung, ich hatte nicht die Zeit, in Ruhe darüber nachzudenken. Aber dann fiel mir ein, dass ich mal etwas über Schockzustände gelesen habe. Da stand, dass man gewisse Ereignisse verdrängen, mit der Zeit überwinden und dann weiterleben kann. Ich habe es für dich getan, Tobias. Begreifst du das nicht?«

»Du hättest mich nicht anlügen dürfen.«

»Es geht nicht darum zu lügen. Es geht darum, weiterzuleben. Als ganze und starke Menschen. Wir dürfen uns nicht schuldig fühlen, niemand wird uns dazu bringen können, uns schuldig zu fühlen.«

Er atmete tief durch.

»Zuallererst muss ich mich daran gewöhnen, wer ich bin«, sagte er. »Vor allem muss ich akzeptieren, dass ich ein Mörder bin. Ich muss mich mit diesem Gedanken anfreunden, bevor ich es hinter mir lassen kann, und das ist ein … schreckliches Gefühl. Wie soll ich nach dem, was geschehen ist, noch jemandem in die Augen sehen können, Papa, Klara, Marit? Wie soll ich die Kraft finden, ihnen entgegenzutreten und zu wissen, dass sie nichts wissen? Wenn sie mich lieben, wenn sie mich wie den normalen Tobias behandeln, obwohl ich das nicht mehr bin … obwohl ich ein Mann bin, der einem anderen das Leben genommen hat.«

Sie streckte sich.

»Du sollst dich eben nicht daran gewöhnen! Im Gegenteil, du sollst das alles vergessen. Es ist vorbei!«

»Sabina!«, schrie er beinahe. »Du hast mich nicht einmal gefragt, was passiert ist.«

Sabina schüttelte den Kopf, und die Andeutung eines Lächelns spielte um ihren Mund.

»Ich glaube fast, ich weiß es auch so. Er hat gedroht, es zu verraten. Erpressung. Nicht wahr? War es nicht das, was er getan hat? Wenn er kein Geld bekäme, würde er zu Carl Sigvard gehen und erzählen, was er gesehen hat?«

»So ungefähr.«

»Er war ein brutaler und kalter Mensch. Ein Psychopath.«

»Ich dachte immer, du hättest ihn gemocht. Ich meine, Adam zuliebe. Er war doch gut für Adam.«

»Im Grunde meines Herzens habe ich ihn nie gemocht. Ich habe so getan oder versucht, ihn zu mögen. Aber ich hatte Angst vor ihm. Das mit Adam war so anstrengend, aber ich dachte … Nein, am besten hat man mit solchen Menschen nichts zu tun.«

»Was ist mit seiner Mutter, die sich hier die ganze Zeit herumtreibt? Wie werden wir sie los?«

Sabina verzog das Gesicht zu einer Grimasse.

»Überlass das mir. Sie wird schon irgendwann aufgeben. Sie wusste eben, dass er zu uns wollte, daran klammert sie sich jetzt, sie ist …« Sabina tippte sich an den Kopf.

»Und wenn sie zur Polizei geht?«

»Das würde Ann-Mari niemals tun.«

»Und warum nicht?«

»Glaubst du wirklich, eine Frau wie sie würde zur Polizei gehen? Wenn man bedenkt, dass die Polizei es war, die ihren geliebten Sohn ins Gefängnis befördert hat?«

»Ist das auch wirklich so?«

»Ja, das ist doch nicht schwer zu verstehen!«

Es regnete jetzt noch stärker. Das leichte Prasseln auf dem Dach des Stalls war zu einem Tosen angeschwollen. In der Ferne donnerte es.

»Ich muss fahren«, sagte er.

»Du tust, was du willst. Ich kann dich offenbar nicht überreden. Aber ich muss jetzt wieder ins Haus, sonst macht er sich Gedanken.«

Er stand auf und nahm sie in den Arm.

»Was soll nur aus uns werden?«, flüsterte er. »Sabina, was soll nur aus uns werden?«

Als er die Hintertür erreicht hatte, fiel ihm etwas ein.

»Du musst seine Vespa loswerden. Wenn die Polizei doch

auf die Idee kommt, hier herumzuschnüffeln, sehen sie die Vespa und stellen eine Menge Fragen.«

»Ja. Vielleicht hast du Recht.«

»Dann hast du mich also auch bei der Vespa angelogen. Es war gar nicht so, dass er dich gebeten hat, sie wegzuschmeißen.«

Sie sah ihm unverwandt in die Augen.

»Nein.«

»Wo willst du sie loswerden?«

»Ich werde versuchen müssen, ein besseres Versteck für sie zu finden.«

Er hatte eine Idee.

»Ich werde sie mitnehmen. Ich knalle sie in den Kofferraum und schmeiße sie dann irgendwo weg.«

»Und wenn dich jemand sieht?«

»Bei dem Wetter setzt keiner freiwillig einen Fuß vor die Tür.«

»Nein. Da hast du allerdings Recht, das klingt gut, tu das. Aber es gefällt mir ganz und gar nicht, dass du in diesem Regen los willst.«

Er lachte auf und hörte selbst, wie pathetisch seine nächsten Worte klangen:

»Jemand wie ich hat nichts Besseres verdient.«

Gegen zehn Uhr abends war er wieder in Södertälje. Er hatte den Wagen nicht zurückgegeben, sondern war mit ihm nach Hause gefahren. Am nächsten Morgen würde er ihn bei der nächsten Autovermietung abliefern.

Es war eine anstrengende Fahrt gewesen. Er hatte die alte Vespa mitgeschleppt, die schwerer war, als er sich vorgestellt hatte, und ihre Pedale blieben in Gestrüpp und Zweigen hängen, sodass er immer wieder stehen bleiben und sie herauszerren musste. Es regnete die ganze Zeit, es goss in Strömen, und er wurde klitschnass. Als er endlich den Tanzboden erreichte, war er erschöpft und zerkratzt. Der Wagen stand noch da, wo er ihn abgestellt hatte, aber anfangs fand er die Schlüssel nicht und redete sich für einige Schwindel erregende Minuten ein, er hätte sie im Wald verloren. Er war völlig verzweifelt, zerrte den Reißverschluss der Tasche auf, kippte den gesamten Inhalt auf den Schotter, und dann lagen die Schlüssel vor ihm. Gott sei Dank.

Die Vespa ließ sich nicht vollständig in den Kofferraum bugsieren. Ein Stück des Vorderrads hing hinaus, und er suchte nach etwas, womit er den Kofferraumdeckel festbinden konnte, fand aber nichts. Folglich musste er ziemlich langsam fahren, aber das machte nichts, da er ohnehin kaum etwas sehen konnte. Kurz hinter Rimforsa hielt er an einem Parkplatz und stieg aus, um zu pinkeln. Anschließend zog er die Vespa aus dem Auto, schleppte sie ein Stück in den Wald hinein, warf sie hin und fuhr weiter.

Als er nach Hause kam, war er bis auf die Knochen durchgefroren. Im Auto war es leichter gewesen. Er war mit eingeschalteter Heizung gefahren, bis die Scheiben so beschlagen waren und die Luft so stickig wurde, dass er das Fenster öffnen musste.

Als er sich Nyköping näherte, hörte es auf zu regnen. Vor Hunger war ihm schon ganz schwindlig, und er überlegte, ob er es wagen sollte, an der Raststätte Nyköpingsbro Halt zu machen, die quer über die E 4 verlief, aber als er sein Gesicht im Rückspiegel sah, beschloss er, es lieber zu lassen. Stattdessen hielt er an einer Tankstelle und kaufte Zigaretten, ein paar große Schokoriegel und eine Dose Coca-Cola. Dann stand er unter dem Dach der Tankstelle, schob sich die Schokolade in den Mund und trank, bis er keinen Durst mehr hatte. Während er eine Zigarette rauchte, überflog er die Schlagzeilen der Zeitungen und stellte sich vor, wie sie in seinem Fall aussehen könnten.

Bekannter Schriftsteller ermordete 27-jährigen Mann.

Oder wie alt er auch immer war, gewesen sein mochte. Hardy Lindström würde niemals älter werden, als er zum Zeitpunkt seines Todes in der Sattelkammer gewesen war. In der Blüte seines Lebens.

Tobias schluckte und stellte die Cola-Dose auf die Steinplatten. Es war noch ein Schluck übrig, aber er konnte sie nicht austrinken. Er musste schon wieder auf die Toilette, wollte jedoch nicht noch einmal hineingehen, denn man hatte ihn dort so seltsam angesehen.

Ein Mann und eine Frau standen hinter der Theke, und er hatte ihre prüfenden Blicke gespürt. Sie würden sich später sicher an ihn erinnern, falls es zu Ermittlungen kam.

Nein, sagte er zu sich selbst. Sabina hat Recht, Sabina ist eine Frau, die weiß, was sie tut. Bombensicher. Ein bombensicheres Versteck. Er konnte ein Prusten nicht unterdrücken, sein ganzes Gesicht verzerrte sich, das Lachen lauerte in der Kehle und war bereit, hervorzubrechen und ihn bloßzustellen.

Denn er würde nicht mehr aufhören können, sondern hysterisch dastehen und aus vollem Hals lachen. So verhält sich kein Mensch, jedenfalls keiner, der noch im Vollbesitz seiner geistigen Kräfte ist.

Schnell kehrte er zum Wagen zurück und fror in seinen feuchten und steifen Kleidern. Die Socken waren nass, und seine Schuhe würden völlig ruiniert sein. Sie würden nie mehr so aussehen wie vorher, ganz gleich, wie sehr er sie auch trocknete und bürstete. Man sollte Seiten aus alten Tageszeitungen herausreißen und fest hineinstopfen, bis sie wieder ihre Form annahmen, denn so würde das Wasser aufgesogen werden und das Leder die Chance bekommen zu trocknen. Wer hatte ihm das beigebracht, war es Svava gewesen oder sein Vater, Carl Sigvard? Er würde die Schuhe ausrangieren, sobald er nach Hause kam, sie in eine Plastiktüte stecken und in den Müllschlucker werfen. Es hatte keinen Sinn etwas wieder in Stand zu setzen, das miterlebt hatte, was er erlebt hatte.

Was für eine verschlagene Frau Sabina doch war. Aber war sie wirklich verschlagen? Resolut. War das nicht ein besseres Wort? Mit dem, was sie getan hatte, war sie zu seiner Komplizin geworden, nun waren sie zu zweit, und wenn man ihnen auf die Schliche kam, würden sie beide bestraft werden. Er dachte an seinen Vater und hätte gerne geweint, solche Zärtlichkeit empfand er auf einmal für ihn. Er hatte ihm das nicht antun, ihm nicht noch mehr Schmerzen zufügen wollen. Sein Vater hatte schon genug durchgemacht in seinem Leben. Der liebenswerteste Mann auf der Welt, waren das nicht Sabinas Worte gewesen, und dann Hardy, dieser Abschaum, der sie bespitzelt hatte, der sie gesehen und beschlossen hatte, daraus Vorteil zu schlagen. Hatte es eine solche Person überhaupt verdient, am Leben zu bleiben?

Tobias war vierzehn, als er zum ersten Mal wieder auf den Hof zurückkehrte. Er war alt genug, um alleine zu reisen, alt genug, den Zug zu nehmen. Carl Sigvard kam ihn abholen und hatte ein neues Auto, einen Volvo. Er sah so klein aus, wunderte sich Tobias, als er seinen Vater auf dem Bahnsteig Ausschau nach ihm halten sah. Carl Sigvard hatte ihn noch nicht entdeckt, sein Hals war so schmal, und er trug eine Kappe, die neu war und eine Spur zu groß wirkte.

Dann sah Tobias seinen Blick, und in seinen Augen lag eine Wehmut, die ihm nie mehr aus dem Sinn gehen sollte, so sehr er sich auch bemühte.

»Hallo, mein Junge, ich erkenne dich ja kaum wieder!«

Sein Händedruck war fest, als wäre er ein Test. Keine Umarmung, nichts dergleichen.

»Hast du noch mehr Gepäck?«

»Nein, nur die Tasche.«

Was gab es danach zu sagen? Nichts Wichtiges. Der Vater stieg in den Wagen und stellte die obligatorischen Fragen.

»Wie läuft es denn so in der Schule? Hast du da oben ein paar Freunde gefunden?«

Gefolgt von den kurzen obligatorischen Antworten.

Aber alles andere, was ihnen am Herzen lag und in ihren Hirnen spukte, kam niemals über ihre Lippen.

Die Katze lebte noch. Missan. Sie war alt und müde geworden, über sie konnten sie sich unterhalten, darüber, dass die Zahl der Mäuse angewachsen war, weil sie ihnen nicht mehr so fleißig nachstellte wie früher. Früher hatte er mehrere Katzen gehabt, aber sie waren alle verschwunden. Vielleicht hatte der Fuchs sie geholt, denn Füchse gab es in Hülle und Fülle, seit die Fuchsräude ausgerottet war. Füchse und Rehe, »die kommen sogar bis aufs Grundstück und gehen an meine Obstbäume«.

Wie sehr hatte er sich nach dem Hof gesehnt in den vier langen Jahren, die vergangen waren! Er hatte sich nach ihm gesehnt, Bilder heraufbeschworen.

Aber nichts war mehr so, wie er es verlassen hatte. Nicht einmal das Gefühl, zu Hause zu sein.

»Von jetzt an kommst du aber ein bisschen öfter«, sagte Carl Sigvard, als sie wieder am Bahnhof standen. »Du bist alt genug, um selber zu entscheiden. Eines Tages wird dir das alles gehören, das weißt du ja. Dafür rackere ich mich ab, für dein, he he … väterliches Erbe.«

Er stieg sofort in die Dusche, mit Kleidern und allem. Sein Körper war voller blauer Flecken und Kratzer. Nachdem er sich abgetrocknet und ein paar Gläser Wein getrunken hatte, rief er Marit an. Es war schon fast elf. Sie schlief nicht, wie er befürchtet hatte, schien vielmehr nur darauf gewartet zu haben, dass er von sich hören ließ.

»Darf ich kurz vorbeikommen?«, fragte er.

Sie klang erkältet.

»Natürlich, das weißt du doch.«

»Dann schläfst du noch nicht?«

»Nein. In fünf Minuten gucke ich aus dem Fenster und werf dir den Schlüssel zu.«

Während er ging, dachte er daran, wie sie wohl darauf reagieren würde, wenn sie wüsste, wer er in seinem tiefsten Inneren war. Würde sie einem Mörder ihre Tür öffnen? Würde sie ihn in ihr Bett lassen und ihre Decke um seinen Körper schlingen?

Er wollte nicht mehr alleine sein. Sie würde seine Bürde mit ihm teilen müssen, ohne davon zu wissen. Vielleicht stimmte ja, was Sabina gesagt hatte, dass er am besten versuchen sollte zu vergessen. Weil es ohnehin das perfekte Verbrechen war. Wenn es denn überhaupt ein Verbrechen war. Nein, das war es im Grunde nicht. Ein Unfall war es, möglicherweise Totschlag, aber nichts, was aus Berechnung geschehen war.

Hätte Leo Pullman, seine dämliche Romanfigur, in einem Fall wie diesem einen Täter aufspüren können? Nein. Da hätte er wohl auf Granit gebissen. Das perfekte Verbrechen. Keine Leiche, kein Verdächtiger.

Was für eine glänzende Idee für einen Roman, dachte er grimmig.

Marit hatte geweint. Ihr Gesicht war rot und verquollen, ihre Augen waren nasse Schlitze. Sie öffnete im Bademantel, umarmte ihn und blieb dicht an ihn gepresst im Flur stehen. Er bereute es schon, zu ihr gegangen zu sein. Eine Szene war das Letzte, was er jetzt erleben wollte.

»Was ist los?«, sagte er barsch.

»Nichts.«

»Du stehst hier und weinst ohne Grund?«

»Ich bin einfach nur deprimiert. Ich bekomme bald meine Tage. Aber das ist nicht alles.«

Er löste sich aus ihrer Umarmung und ging ins Wohnzimmer. An der Wand über dem Sofa hing ein Aquarell eines hiesigen Künstlers, auf dem fünf üppige Frauen zu sehen waren. Zwei von ihnen saßen nackt auf einer Wiese, umgeben von ebenso nackten Kleinkindern, die wie knubbelige Putten aussahen. Die Arme der Frauen streckten sich nach den Kindern.

Er hatte die Hände in die Taschen geschoben. Sie erwartete wahrscheinlich von ihm, dass er nachfragte, was sie meinte, dass er sie bat, näher zu erklären, was sie gerade angedeutet hatte, aber er konnte sich einfach nicht dazu überwinden.

»Jedenfalls bin ich froh, dass du gekommen bist«, sagte sie gedämpft.

»Hm. Das kommt mir aber nicht so vor.«

»Tobias.«

»Ich bin müde. Ich bin lange Auto gefahren. Das Wetter war schrecklich.«

»Auto gefahren? Wieso denn Auto gefahren?«

»Ich habe noch einen Abstecher nach Kvarnberga gemacht. Ich hatte mir einen Wagen gemietet.«

»Warum denn das?«

»Es gehen keine Züge nach Kvarnberga.«

»Das habe ich nicht gemeint. Warum bist du noch einmal hingefahren, ist etwas passiert?«

»Marit«, sagte er. »Mein Vater lebt dort, und mein Vater hatte einen Unfall.«

Sie erwiderte nichts, drehte sich nur um und ging in die Küche.

»Hol den Whisky von neulich«, rief er ihr hinterher. »Dann trinken wir ein Glas. Und danach legen wir uns ins Bett und schlafen. Ich bin todmüde.«

Sie saßen sich am Küchentisch gegenüber. Sie trank einen Schluck Whisky und verzog kurz das Gesicht. Er entdeckte eine verschorfte Wunde auf ihrer Nase.

»Hast du dir wehgetan?«

»Wo?«

Er zeigte auf ihren Nasenrücken.

»Ach das. Das ist schon wieder fast verheilt. Das ist lange her.«

»Aha.«

»Seltsam, dass du es jetzt bemerkst.«

»Warum ist das so seltsam?«

»Aber was ist eigentlich mit dir, du siehst aus, als wärst du in eine Schlägerei geraten.«

Er starrte auf seine Hände hinunter.

»Was hast du gemacht?«, fragte sie. »Hast du jemanden vergewaltigt oder was?«

Ihre Augen fixierten ihn, und er merkte, dass er rot wurde.

»Über so etwas macht man keine Witze!«

Sie nippte wieder an dem Whisky.

»Was hast du dann gemacht?«

»Es war der Hund«, sagte er und versuchte zu lachen. »Sabinas kleiner Kläffer. Er war verschwunden, also mussten wir ihn suchen gehen. Schließlich haben wir ihn auch gefunden, er hatte sich im Unterholz verheddert.«

Marit schwieg. Sie glaubte ihm nicht.

Auch er sagte nichts.

»Es hat furchtbar geregnet«, sagte er nach einer Weile. »Das Fahren war anstrengend, man konnte kaum die Fahrbahn vor sich erkennen. Dann hat es Gott sei Dank aufgehört.«

Ihr Blick wurde wacher.

»Ich habe viel nachgedacht«, sagte sie.

»So?«

»Über uns.«

Er holte eine Zigarette heraus, saß da und rollte sie zwischen den Fingern.

»Darüber, wie es mit uns weitergehen soll.«

Er griff nach seinem Feuerzeug.

»Dann geh eben raus und rauch eine«, sagte sie hitzig.

Als er wieder hereinkam, war sie ins Bett gegangen. Sie lag auf der Seite, mit dem Gesicht zur Wand. Er blieb auf der Türschwelle stehen, hielt sich am Türrahmen fest und wippte vor und zurück.

»Möchtest du, dass ich gehe?«, fragte er.

»Ich weiß nicht«, kam es erstickt aus dem Bett. »Nein, das will ich nicht.«

Langsam zog er sich aus, behielt die Unterhose jedoch an und legte sich zu ihr. Sie war steif und kalt. Er legte den Arm um sie. Sie rührte sich nicht, und er merkte kaum, dass sie atmete.

»Sollen wir schlafen?«, sagte er leise.

»Schlafen und schlafen und schlafen!«

»Ja.«

»Sollen wir vielleicht unser ganzes Leben verschlafen? Meinst du das?«

»Was soll das, man muss schlafen, um neue Kraft für sein Leben zu schöpfen.«

»Das Leben ist so verdammt kurz.«

Es war nicht ihre Art zu fluchen.

»Warum denkst du ausgerechnet jetzt darüber nach?«

»Manchmal weiß ich nicht, ob ich noch lebe oder ob ich schon tot bin. Ich bin über vierzig. Soll das etwa schon alles gewesen sein?«

Er wünschte sich, sie würde aufhören, sich entspannen und einschlafen. Aber die Dunkelheit, die sie umgab, machte sie eher gesprächiger.

»Jeder Mensch muss die Verantwortung für sein eigenes Leben übernehmen«, sagte er beschwichtigend.

»Ich würde mir wünschen, dass wir uns mehr unterhalten könnten. Ja, schon gut, ich weiß, dass du das im Moment nicht kannst, dass du dich auf dein Schreiben konzentrieren musst und so. Und dass du in Gedanken oft bei deinem Vater bist. Ich weiß das alles, und ich verstehe es. Jedenfalls mit dem Kopf. Trotzdem will ich, dass wir mehr miteinander reden.«

»Ja.«

»Ich fühle mich völlig ausgehungert!«, schrie sie auf. »Ich bin froh darüber, dass wir ein Paar sind oder wie ich es nun ausdrücken soll, dass du irgendwie zu mir gehören willst. Aber Tobias … manchmal kommt es mir vor, als würde das nicht reichen.«

Er hatte einen trockenen Mund. Sobald er die Augen schloss, durchdrang das Motorengeräusch wieder seinen Körper, das Rauschen, die Bewegungen des Wagens. Er drückte ihre Hüfte.

»Wir reisen nach Thailand«, sagte er an ihrem Ohr. »Wir fangen an, dafür zu planen.«

Marit schluchzte auf.

»Daraus wird doch nie was!«

»Oh doch. Wir werden das planen. Aber versuch jetzt zu schlafen.«

Eine Weile wurde es still, und er entspannte sich. Seine Augen fielen zu, und er war schon fast eingeschlafen, als er wieder ihre Stimme hörte.

»Tobias. Schläfst du?«

»Neeiin.«

»Ich muss da an etwas denken, etwas ganz anderes. Glaubst du, dass man weiterlebt, jedenfalls in irgendeiner Form, wenn man tot ist? Glaubst du, dass man eine neue Gestalt annimmt?«

Er war sofort wieder hellwach.

»Wovon redest du da?«

»Glaubst du das?«, sagte sie erneut.

»Warum schwafelst du auf einmal so ein Zeug?«

»Meine Schwester … morgen ist ihr Todestag.«

»Aha.«

»Ich denke nicht ständig daran, falls du dich das fragen solltest. Aber Mama hat heute angerufen. Sein Kind zu verlieren, das muss die größte Trauer sein, die man überhaupt empfinden kann.«

»Aber das ist doch jetzt schon lange her, oder?«

»Ja. dreiundvierzig Jahre. Aber sie ist niemals wirklich darüber hinweggekommen.«

Er drehte sich auf den Rücken und starrte mit brennenden Augen in die Dunkelheit hinein.

»Mama gehört zu den Menschen, die glauben, dass das Leben weitergeht. Ich bin mir da nicht so sicher. Was glaubst du, Tobias?«

»Glauben und glauben. Im Grunde spielt es doch gar keine Rolle, was man glaubt. Es wird einem ohnehin keiner bestätigen können, ob man Recht hatte.«

»Hast du nie darüber nachgedacht?«

»Wenn man tot ist, ist man tot.«

»Das klingt so endgültig.«

»Ja, das ist es wohl auch.«

»Als meine Schwester starb … sie war erst vier, sie hatte ja ihren Herzfehler, und Mama und Papa waren darauf vorbereitet, dass sie vielleicht nicht bei ihnen bleiben würde.« Marit verstummte, verlor den Faden.

»Erinnerst du dich an deine Schwester?«, zwang er sich zu sagen.

»Sie lebte vor meiner Zeit. Ich bin erst später geboren worden, als sie schon gestorben war. Aber mir ist da etwas eingefallen. Mama hat erzählt, dass an dem Abend des Tages, an dem Carina gestorben ist, eine Bachstelze zum Küchenfenster hereingeflogen kam. Sie setzte sich auf eine Bank und sah meine Eltern an, die kaum wagten, sich zu bewegen. Das Fenster stand offen, und der Vogel saß da und schaute sie lange an, ehe er wieder hinausflog. Mama meinte, sie habe Carinas Augen im Auge der Bachstelze gesehen. Sie meinte, danach sei ihr alles irgendwie hoffnungsvoller erschienen.«

Tobias räusperte sich.

»Man sieht vielleicht, was man sehen will. Und das ist nicht verkehrt.«

Sie drehte sich zu ihm um und legte ihren Arm auf seine Brust.

»Gute Nacht, Tobias. Entschuldige, dass ich eben so sauer war.«

»Gute Nacht.«

Titus Bruhn, sein Verleger, rief ihn am Montagmorgen an. Tobias war davon aufgewacht, dass Marit in der Küche mit Geschirr klapperte. Als sein Handy klingelte, trug sie es zu ihm. Sie war blass, ihre Haare hingen ungewaschen herab.

»Am besten gehst du dran«, sagte sie.

Er nahm das Telefon und spürte Stiche im Unterleib.

»Ja, hier Tobias.«

»Hier spricht Titus. Liegst du etwa im Bett und schläfst?«

»Nein, verdammt.«

»Gut. Es geht um unser Mittagessen, mir würde es heute ganz gut passen. Am späteren Nachmittag fahre ich dann zur Frankfurter Buchmesse. Wie sieht es bei dir aus?«

»Okay. Dann treffen wir uns eben heute. Ich komme gegen eins zu dir, passt dir das?«

»Ja, das geht in Ordnung. Bis dann!«

Er stand auf und ging in die Küche. Sie stand in ihrem Bademantel am Fenster.

»Marit?«, sagte er und sie drehte sich um.

»Musst du nicht zur Arbeit?«

»Ich habe mich krankgemeldet.«

»Was? Warum denn das?«

»Ich kann heute einfach nicht arbeiten gehen.«

»Aber Liebling!«

»Ich habe meine Tage bekommen und die ganze Nacht kein Auge zugemacht.«

»Hast du nicht?«

»Nein.«

»Warum nicht?«

»Ich habe wach gelegen und nachgedacht. Wir müssen reden, Tobias. Über uns und darüber, wie es mit uns eigentlich weitergehen soll.«

Fang nicht schon wieder damit an, dachte er.

Er nahm sich ein Glas Wasser und trank es in einem Zug leer.

»Willst du, dass wir uns trennen?«, sagte er schroff.

»Nein«, sagte sie mit halb erstickter Stimme.

Was war denn nun schon wieder los mit ihr? Lag es vielleicht an ihren Tagen? Sie war eigentlich immer schlecht gelaunt und genervt, wenn sie sich ankündigten. Aber diese ständigen abrupten Stimmungsschwankungen sahen ihr nicht wirklich ähnlich.

»Das war mein Verleger«, sagte er ausweichend. »Ich muss in die Stadt, um ihn zu treffen.«

»Jetzt?«

»Es ist wichtig. Es geht um das Buch und meinen Vertrag.«

Sie sank ein wenig in sich zusammen. Er nahm sie in die Arme, und sie wehrte sich nicht, blieb mit hängenden Armen stehen.

»Ich komme heute Abend zurück. Das verspreche ich dir. Dann können wir zusammen essen und uns unterhalten. Jetzt leg dich noch etwas ins Bett, Liebes. Versuch, ein paar Stunden zu schlafen.«

Der Verlag hieß Blattgold und hatte seinen Sitz im Stadtteil Kungsholmen, im Erdgeschoss eines achtstöckigen Hauses in der Industrigatan. In der gleichen Straße hatten auch der Verlag Brombergs sowie eine Reihe kleinerer spezialisierter Computerunternehmen ihre Büros. Titus Bruhn veröffentlichte ausschließlich Bücher schwedischer Autoren und hätte den Verlag deshalb am liebsten nach den schwedischen Landesfarben Blaugelb genannt, aber der Name war natürlich bereits vergeben.

Nach einigen harten Jahren zu Beginn lief Blattgold inzwischen sehr gut. Ein Grund dafür war die Tatsache, dass es Titus gelungen war, einen richtigen Goldesel an Land zu ziehen, dessen Name Sissi Nord war. Sie schrieb Bücher darüber, wie es war, als Single zu leben und einen Mann fürs Leben zu suchen, eine schwedische Entsprechung von Bridget Jones. Drei Bücher dieser Art waren inzwischen erschienen und hatten allesamt Schwindel erregend hohe Auflagen erreicht.

In den Fenstern zur Straße hingen Plakate, auf denen Sissi Nord zu sehen war. Was sie schrieb, war authentisch. Genau wie ihre Heldin war sie fast fünfunddreißig Jahre alt und hatte es ebenfalls noch nicht geschafft, einen Lebensgefährten zu finden. Tobias konnte sich vorstellen, warum das so war. Er war ihr zwei-, dreimal begegnet, und sie hatte etwas Unersättliches und Verzweifeltes an sich. Bei der Buchmesse letztes Jahr in Göteborg hatten sie sich nach einem Bankett ein Taxi zur Bar im Hotel Park Aveny geteilt. Sie saßen auf der Rückbank und ehe er sichs versah, war ihre Hand bereits halbwegs in seiner Hosentasche. Er wollte sie nicht verletzen und versuchte deshalb, möglichst unauffällig näher zum Fenster zu rücken, wobei er sich die ganze Zeit bewusst war, dass er so oder so Gefahr lief, in ihrem nächsten Buch etwas darüber zu lesen, und zwar mit Namen und allem drum und dran, denn es war unter weiblichen Autoren in Mode gekommen, sich an den Männern zu rächen, denen sie vergeblich schöne Augen gemacht hatten. In ihren Büchern nannte sie sich Lena Lind. Sie war schön und sexy, darum ging es gar nicht. Aber er wollte nicht einfach eine Beute sein.

Der Verlag war nicht groß. Titus hatte ihn alleine gegründet, später jedoch eine Teilhaberin aufgenommen, eine Frau namens Annie Berg. Sie war vom Curt Lüdings Verlag gekommen, der zwei Jahre zuvor nach Nordschweden umgezogen war. Aus verständlichen Gründen wollte Annie nicht mitziehen. Immerhin stammte sie aus Stockholm.

Annie Berg eilte der Ruf voraus, zupackend und geschickt

zu sein und eine Nase dafür zu haben, was einschlug. So hatte sie beispielsweise Sissi Nord aufgestöbert und davon überzeugen können, dass sie hier, in einem kleinen Verlag, immer ein Star sein würde, während sie bei den Pfeffersäcken der großen Verlage Gefahr liefe, nur eine unter vielen zu sein.

Annie war es, die Tobias entgegenkam, als er die Tür öffnete und eintrat. Sie war zwischen fünfundvierzig und fünfzig, klein und ein wenig farblos. Ihre ganze Erscheinung erschien einem etwas mollgestimmt, und er glaubte den Grund dafür zu kennen. Eine ihrer Arbeitskolleginnen wurde seit einem Wintertag vor ein paar Jahren vermisst. Sie war nach Hässelby gefahren, um nach dem Grab ihrer Eltern zu sehen und dann spurlos verschwunden. Die beiden Frauen waren eng befreundet gewesen und hatten viele Jahre zusammengearbeitet. Titus hatte ihm davon erzählt, denn Annie wurde selber nie sonderlich privat, nicht einmal auf Festen. Vage erinnerte er sich noch an die Schlagzeilen in den Zeitungen. Die Journalisten hatten das Ganze den Fall Berit getauft.

»Hallo, Tobias«, sagte sie und gab ihm die Hand. »Titus ist in seinem Büro.«

Er ging zwischen den Reihen aus Bücherregalen und Kartons hindurch und grüßte Mimmi und Eva, die ebenfalls im Verlag arbeiteten.

»Wie hat dir der Taschenbuchumschlag gefallen?«, rief Eva. »Etwas bissiger als das Original, nicht?«

Er formte mit Daumen und Zeigefinger ein O und klatschte in die Hände.

»Super!«

Die Tür zu Titus' Zimmer stand einen Spaltbreit offen. Titus telefonierte. Er hatte die Füße auf den Schreibtisch gelegt und lehnte sich so weit zurück, wie der Stuhl sich wippen ließ, ohne umzukippen. Der ganze Fußboden war mit Stapeln von Büchern übersät. Titus war ein etwas rundlicher Mann um die Vierzig. Er hatte einen Schnurrbart, eine Zahnlücke zwischen den Schneidezähnen und trug stets Polohemd, Jeans und Jackett. Tobias wurde rasch klar, dass er mit seiner Geliebten sprach, aber er schien deshalb nicht allein sein zu wollen, eher im Gegenteil.

»Setz dich!«, mimte er und zeigte auffordernd auf den Besuchersessel. Tobias ließ sich nieder. Titus' grobe Schuhsohlen ruhten auf einem Manuskript. Ein Kaugummi klebte im Profil. Nach endlosen Abschweifungen und reichlich Gurren beendete der Verleger schließlich das Gespräch. Jeder wusste, dass Titus Bruhn ein Verhältnis mit einer Stockholmer Buchhändlerin hatte. Aber wusste auch seine Frau davon? Das war Tobias nicht bekannt.

Sie gingen in eine Sushibar namens Hokkaido in der Sankt Eriksgatan und bekamen einen kleinen Fenstertisch zugewiesen. Titus sah ihn über den Rand seiner Brille hinweg an.

»Du siehst müde aus, Tobias.«

»Tja.«

»Schreibst du nachts?«

»Die letzte Zeit war ein wenig stressig. Ich war unten bei meinem Vater, wie du weißt. Er hatte einen Unfall, er ist vom Heuboden gestürzt und auf dem Steinboden aufgeschlagen. Er kann von Glück sagen, dass er überhaupt noch lebt. Er ist nicht mehr der Jüngste. Ich war bei ihm und habe geholfen, die Tiere zu versorgen und was sonst so anfiel. Es nimmt einen ganz schön mit, wenn man sieht, wie die Generation über einem allmählich abtritt und verschwindet.«

»Du meinst, man macht einen Schritt nach oben? Oder vielleicht eher nach unten, wenn man an diese Alterstreppe denkt.«

Tobias nickte. Mit seinen Stäbchen bekam er einen Bissen Sushi zu fassen und wälzte ihn in der Mischung aus Soja und Wasabi. Dann ließ er den Reis die Flüssigkeit aufsaugen und aß. Es war scharf und ihm stiegen Tränen in die Augen.

Titus grinste aufreizend.

»Man gewöhnt sich nie daran. Aber es pustet einem den Kopf frei.«

Es war ziemlich leer in dem Restaurant. Der Mittagsansturm war schon vorbei. Titus holte ihnen grünen Tee. Tobias war kein großer Anhänger dieses Getränks. Er fand, dass es nach Strohhalmen schmeckte. Außerdem wollte er eine rauchen und hätte sich gewünscht, sie hätten ein anderes Restaurant besucht, in dem man ein Glas Wein und einen anständigen Kaffee mit Cognac bekommen konnte.

Titus trommelte mit seiner breiten Hand auf dem Tisch.

»Du, ich muss jetzt wirklich bald Bescheid wissen«, sagte er nachdenklich.

»Du willst also wissen, ob ich vorhabe, etwas zu schreiben oder nicht.«

»Ja, wie gesagt, ich will dich nicht unter Druck setzen. Trotzdem muss ich wenigstens ansatzweise wissen, wie es so läuft. Glaubst du, dass du einen Herbsttitel hinbekommst?«

Tobias stellte seine Tasse ab.

»Ich bin keine Maschine«, sagte er gereizt.

»Nein.«

Sie schwiegen eine Weile. Von der Straße drang das Geräusch von Sirenen zu ihnen herein, und drei Löschzüge donnerten vorbei. Die Leute blieben stehen und hielten sich die Ohren zu. Titus hob den Arm. Mit schnellen kurzen Bewegungen begann er seinen Nacken zu massieren.

»Sollen wir dann sagen, dass du bis zum nächsten Programm wartest?«, sagte er zögernd. »So schlimm ist das nicht, ich meine, das Taschenbuch ist jetzt auf dem Markt, die Leute werden Leo Pullman so schnell nicht vergessen, nur weil er sich mal ein Jahr Erholung gönnt.«

Tobias stöhnte auf.

»Ich weiß nicht.«

»Es ist sicher nicht ganz leicht zu schreiben, wenn man in Gedanken mit anderen Dingen beschäftigt ist. Dafür habe ich volles Verständnis.«

»Was hast du denn sonst so im Programm diesen Herbst? Was ist mit Sissi, kommt von ihr etwas Neues?«

»Sie schreibt an einem Kinderbuch.«

»Einem Kinderbuch?«

»Ja.«

»Aha?«

»Ich konnte es ihr ja schlecht verbieten.«

»Eine Frage. Was zum Teufel weiß Sissi Nord über Kinder?«

Titus zuckte mit den Schultern.

»Das werden wir erfahren, wenn sie das Manuskript abliefert.«

»Und was mich betrifft, bis wann musst du endgültig Bescheid wissen?«

»Das Manuskript kannst du irgendwann im Frühling abliefern. Was ich im Moment vor allem benötige, ist ein Titel und ein Handlungsgerüst, damit wir wenigstens schon einmal an einem Umschlag arbeiten können. Noch brennt es nicht, aber eine Art Prognose hätte ich schon ganz gern, wie ich angedeutet habe.«

»Okay, ich versuche es«, hörte er sich selber sagen. »Von irgendwas muss ich ja auch leben. Man kann sich doch nicht einfach eine Auszeit nehmen.«

»Möchtest du einen Vorschuss?«

Tobias dachte nach.

»Ich denke nicht. Wenn doch, melde ich mich noch einmal bei dir.«

»Wenn du Lust hast, können wir gemeinsam ein bisschen herumspinnen.«

»Du meinst, was die Handlung angeht?«

»Ja.«

»Hast du denn eine Idee?«

»Was hältst du davon, den Schauplatz zu wechseln? Irgendetwas passiert auf dem platten Land. Da werden dir doch fast alle Details in den Schoß gelegt. Die Kühe, die Stille, die große Dunkelheit, die sich auf Mensch und Vieh herabsenkt.«

Tobias erstarrte.

»Are you serious?«

»Ich versuche nur, dir ein wenig auf die Sprünge zu helfen.«

Ahnte er etwas? Tobias war plötzlich übel, und er hatte das Gefühl, sich übergeben zu müssen. Er stand auf und ging auf die Toilette. Kleine Schweißtropfen hatten sich auf seinen Nasenflügeln gebildet. Er hielt die Hände unter fließendes Wasser und wusch sich das Gesicht. Sein ganzer Körper war glühend heiß, aber die Fingerspitzen waren eiskalt. Ein Schauder lief ihm über den Rücken.

»Geht es dir nicht gut?«, fragte Titus besorgt, als er zurückkehrte.

»Ich muss mir an irgendwas den Magen verdorben haben, merkst du nichts?«

»Nein.«

»Übrigens habe ich darüber nachgedacht, was du über den Schauplatz gesagt hast. Leo Pullman ist verdammt noch mal ein Großstadtbulle. Ich kann ihn doch nicht einfach mir nichts dir nichts aufs Land schicken. Aber es gibt ja auch noch andere Möglichkeiten. Ich habe da eine Idee, die ich weiterverfolgen werde. Ich glaube, daraus könnte was werden.«

Das war natürlich eine Lüge gewesen. Er hatte gar keine Idee. Dennoch wollte er sich an den Computer setzen und den Versuch machen, etwas zu entwickeln. Das hatte auch früher schon funktioniert. Selbstdisziplin, dachte er. Wenn ich einmal in Schwung gekommen bin, läuft alles wie von selbst.

Als er auf den Pendelzug wartete, beschloss er, Marit anzurufen. Er tastete in den Taschen, konnte sein Handy jedoch nicht finden.

Er musste es bei ihr vergessen haben. Ja genau, es lag auf dem kleinen Tisch im Flur.

Er musste warten, bis er nach Hause kam.

Marit ging augenblicklich an den Apparat.

»Wie geht es dir?«, fragte er.

»Meine Mutter ist auf dem Weg zu mir.«

»Deine Mutter?« Er war erleichtert.

»Kurz nachdem du gegangen warst, rief sie an. Sie hatte versucht, mich in der Arbeit zu erreichen und erfahren, dass ich krank bin. Jetzt kommt sie, um nach mir zu sehen.«

Marits Eltern wohnten in Norrtälje. Tobias war ihnen ein paar Mal begegnet. Sie waren beide pensionierte Gymnasiallehrer. Ihr Vater litt an Altersdemenz und war kürzlich in ein Pflegeheim gezogen, hielt sich aber trotzdem auch noch oft in seinem alten Zuhause auf.

»Willst du das denn?«, fragte er.

»Ach, sie lässt halt nicht locker. Du weißt doch, vor seiner Mutter kann man nichts verbergen. Sie hört sofort, wenn etwas nicht stimmt.«

»Wann kommt sie?«

»In ein paar Stunden.«

Marit klang jetzt schon ein wenig munterer.

»Im Grunde ist es ganz gut, dass deine Mutter kommt«, sagte er. »Ich habe mir vorgenommen, endlich richtig zu schreiben. Ich habe es Titus mehr oder weniger versprochen. Und außerdem muss ich ja auch mal ein bisschen Geld verdienen.«

Er hörte sie tief durchatmen.

»Dann kommst du nicht zu mir?«

»Nicht jetzt jedenfalls. Du wirst ja nicht allein sein, deine Mutter ist bei dir. Sonst wäre ich gekommen, sobald ich fertig bin.«

»Wärst du?«

Sie verstummte, und er begriff, dass sie weinte.

»Sei doch nicht so traurig«, sagte er vage.

»Ich brauche dich.«

»Ja, Liebes. Ja.«

»Dann schreib jetzt mal. Sieh zu, dass es was wird.«

»Das werde ich tun.«

»Versprichst du mir das?«

»Ja, ich verspreche es.«

Er beschloss, sofort den Computer einzuschalten, sich an den Bildschirm zu setzen und erst wieder vom Schreibtisch aufzustehen, wenn er einen Anfang zu Wege gebracht hatte.

Irgendwo auf einem Waldweg wird ein Taxifahrer neben seinem Wagen ermordet aufgefunden. Auf seine Brust hat der Mörder einen Zettel gepappt, und auf diesem Zettel steht mit dem Blut des Opfers geschrieben …

Was zum Teufel könnte auf dem Zettel stehen?

Er saß am Computer und auf dem Schulhof war es still, denn es war Abend, und alle Kinder waren heimgegangen, zu ihren

Vätern und Müttern. Dort saßen sie jetzt und aßen Spaghetti mit Hackfleischsoße und dann gab es Streit wegen der Hausaufgaben und des Zubettgehens und des Fernsehguckens.

Was zum Teufel stand auf dem Zettel?

Und die Mütter und Väter wurden in das Gemaule hineingezogen und fingen an, sich zu streiten, und die Väter verließen den Raum und knallten die Türen hinter sich zu. Sie gingen in die Kneipe und kippten ein paar Bier, während die Mütter in der Küche aufräumten und Tränen vergossen und dann, wenn die Väter wieder nach Hause kamen …

Was konnte nur auf dem Zettel stehen?

… lagen die Kinder in ihren Betten und lauschten. Sie hatten Bauchschmerzen und ahnten, dass es ihr Fehler war, dass ihre Mütter und Väter …

Zum Teufel: Was steht auf diesem verdammten, fucking Zettel?

Ich habe bekommen, was ich verdient habe.

Ja! Ließ sich daraus etwas machen? Etwas Spannendes, etwas, das eine Geschichte trug?

Er taufte die wenigen Zeilen Pullman 2 und sicherte die Datei. Verschränkte die Hände und streckte sie über den Kopf. Die Fingerknöchel knackten, es tat weh. Er klickte das Icon mit den verschiedenen Patiencen an und öffnete Monte Carlo, die praktisch nie aufging. Eine Patience zu legen machte einem den Kopf frei, wie Titus zu sagen pflegte. Er spielte sie fünfmal hintereinander, ohne dass sie aufging, steckte sich eine Zigarette an und ging auf die Toilette, um zu pinkeln. In den Tiefen seines Schädels arbeitete seine Fantasie.

Und schließlich waren sie da, die ersten Sätze:

Leo Pullman war gerade vom Joggen heimgekehrt, als das Telefon klingelte. Verdammt, dachte er. Er hatte sich auf einen ruhigen Abend allein gefreut, er war müde und abgekämpft und hätte eigentlich Urlaub nehmen sollen.

Ja, das war gar nicht so schlecht.

Tobias kehrte an den Computer zurück und öffnete die Textdatei. Er wollte gerade die ersten Worte schreiben, als sein eigenes Telefon klingelte.

Verdammt, dachte er.

Eine Frauenstimme, die er zunächst nicht erkannte, meldete sich. Doch dann nannte sie ihren Namen.

»Tobias. Ich bin's. Hier spricht Ingelize Moberg.«

»Ingelize!«

»Störe ich?«

»Na ja ...«

»Ich bin in Stockholm, ich besuche meinen Mann.«

»Aha?«

»Ich dachte nur ... könnten wir uns nicht treffen?«

»Jetzt?«

»Ja. Oder morgen.«

»Um ehrlich zu sein, schreibe ich gerade.«

»Ich verstehe. Aber es gibt da etwas, worüber ich mit dir sprechen muss, es ist wichtig.«

»Wenn es um dein Angebot geht, ins Dorf zu ziehen und bei dir zu arbeiten ...«

»Nein. Das ist es nicht. Es geht um etwas anderes. Ich will am Telefon nicht darüber sprechen.« Sie senkte die Stimme. »Aber es hat mit Sabina zu tun.«

»Mit Sabina?«

»Ja. Es ist wirklich wichtig, sonst würde ich dich nicht anrufen. Aber ich kann dir zumindest so viel sagen ... dass ich Angst habe.«

Er bekam Stiche in der Herzgegend und musste die Hand gegen die Brust pressen, um den Schmerz zu verdrängen.

»Tobias!« Er hörte Ingelizes Stimme wie in einem entfernten Wasserfall. Er schluckte, suchte nach einer Zigarette.

»Wo bist du jetzt?«, brachte er heraus.

»Ich bin in Jens' Wohnung in der Kammakargatan. Ich kann zu dir kommen, wenn du willst. Es ist ja nicht weit bis Södertälje.«

»Ja, es gehen Pendelzüge.«

»Soll ich mich nicht einfach gleich auf den Weg machen?«

Es war vielleicht das Beste, es sofort hinter sich zu bringen. Ingelize klang mitgenommen. Er musste einfach hören, was sie wollte.

»Geht in Ordnung. Hast du ein Handy?«

»Ja.«

»Ruf mich an, wenn du in Östertälje bist. Dann gehe ich von hier los und hole dich am Bahnhof ab.«

Obwohl sie eine Mütze über ihre leuchtend roten Haare gezogen hatte, erkannte er sie bereits aus der Ferne. Sie trug eine kurze Leopardenfelljacke, einen schwarzen Rock und Stiefel. Sie sah besser aus, als er sie in Erinnerung hatte. Sie umarmte ihn kurz und redete gezwungen.

»Das ist also Södertälje.«

»Allerdings!«

»Södertälje sehen und sterben«, sang sie schräg und sich räuspernd.

»Wie bitte?«

»Vielleicht war es auch Sundbyberg. Sundbyberg sehen und sterben. Erleben Sie den Frühling in Sööööderlälje.«

Er lachte gezwungen.

»Wie viele Einwohner hat die Stadt?«, fragte sie.

»Siebzig-, achtzigtausend.«

»Sind es vor allem Pendler, die in Stockholm arbeiten?«

»Ja, natürlich, das ist doch nichts Besonderes.«

»Nein, nein.«

Schweigend gingen sie weiter.

»Es ist kalt«, sagte sie nach einer Weile. »Man weiß gar nicht, wie man sich anziehen soll. Ich musste in die Stadt fahren und mir diesen Pelz hier kaufen. Ich habe ihn in einem Geschäft in der Drottninggatan gefunden.«

»Er sieht gut aus.«

»Ja, nicht wahr. Er ist natürlich nicht echt. Aber er sieht ganz echt aus, findest du nicht auch? Übrigens würde ich ohnehin niemals einen richtigen Pelzmantel anziehen, von einem richtigen Tier.«

»Nein«, sagte Tobias. Ihm lag eine Bemerkung über ihre Stiefel auf der Zunge. Waren die etwa nicht aus Tierleder gemacht? War das nicht genauso grausam? Aber er hielt sich zurück.

»Du schreibst an etwas?«, fragte sie.

»Ja.«

»Mir ist schon klar, dass ich dich störe, aber es ist wirklich wichtig.« Sie blieb mitten auf dem Bürgersteig stehen und packte ihn am Arm. »Tobias! Ich glaube, bei euch zu Hause ist etwas Schreckliches passiert.«

Sein Mund füllte sich mit Spucke. Er musste sich umdrehen und ausspucken.

»Wir sind gleich da«, sagte er. »Das Haus liegt da hinten. Wir müssen nur noch die Treppen hier hinauf.«

Er gab den Türcode ein, öffnete die Haustür und schaltete das Licht im Flur an. Dann ging er über den schwarzweiß gewürfelten Fußboden. Bislang hatte er alles im Griff.

»Ein schöner Hausflur, nicht wahr?«, hörte er seine eigene Stimme sagen und sah seine Handschuhhand auf die frisch renovierten Wände zeigen. »Es ist ein wirklich ruhiges und friedliches Wohnviertel. Das kann man weiß Gott nicht von allen Stadtteilen behaupten.«

Sie antwortete nicht. Er hörte ihre Schritte hinter sich auf der Treppe, hatte bereits den Schlüsselbund herausgezogen und schloss auf.

Er nahm ihr die Pelzjacke ab, die leichter war, als sie aussah, und hängte sie auf einen Bügel. Ihr Pullover war grün und so geschnitten, dass er ihre Figur betonte.

»Komm rein«, sagte er. »Möchtest du was trinken? Ein Glas Wein?«

Sie nickte und sah sich um, aber ohne Neugier.

»Kannst du die Pferde überhaupt allein lassen?«, fragte er

und wunderte sich über sich selbst. Seine Hand zitterte, sodass er ein wenig verschüttete, als er den Wein einschenken wollte.

»Ich habe da ein paar tüchtige Mädchen, die sich um sie kümmern.«

»Aha. Rauchst du?«

Sie schüttelte den Kopf, trank einen Schluck Wein. Er sah, dass ihre Zehennägel unter den Strümpfen rot lackiert waren. Sie saß auf der Couch und schlug ein Bein über das andere. Wobei der Stoff ihres Rockes raschelte. Sie schob die Schneidezähne über die Unterlippe. Plötzlich schienen ihr die Worte zu fehlen.

Er schielte zu ihr hinüber und spürte einen stechenden und durchdringenden Schmerz hinter dem Stirnbein, der ihn reflexartig die Augen zukneifen ließ.

»Jetzt musst du mir aber endlich sagen, was los ist«, erklärte er mit belegter Stimme.

Sie trank erneut von dem Wein, bis das Glas fast leer war.

»Mir ist kalt«, flüsterte sie. Tobias zeigte auf die Decke, die über der Armlehne der Couch hing.

»Leg dir doch die Decke um. Bist du übrigens hungrig? Möchtest du ein Brot?«

»Ich habe keinen Hunger.«

»Jetzt sag mir doch verdammt noch mal, was eigentlich los ist!«, rief er aus.

Sie legte ihre Hand an die Stirn und presste ihren Kopf nach hinten.

»Ich weiß nicht, wo ich anfangen soll. Bei uns im Dorf ist ein Mann verschwunden. Du erinnerst dich doch an Hardy Lindström. Von dem du meintest, er würde dich nicht mögen.«

Tobias nickte. Er presste die Zungenspitze gegen die Rückseite der Zähne, bis er Blut im Mund schmeckte.

»Hardy hat mir des Öfteren bei Bauarbeiten geholfen, genauso wie er deinem Vater und Sabina geholfen hat.«

»Ja.«

»Aber jetzt ist er einfach so verschwunden.«

»Wenn ich recht verstanden habe, ist dieser Hardy Lindström nicht besonders verlässlich. Er hat sogar gesessen, nicht wahr?«

»Ja, das stimmt. Aber er würde niemals einfach verschwinden. Seine Mutter und er stehen sich wirklich nahe. Sie macht sich große Sorgen und ist fest davon überzeugt, dass ihm etwas zugestoßen ist. Vor ein paar Tagen kam sie zu mir und wollte, dass ich ihr helfe, die Polizei einzuschalten.«

»Die Polizei!«

»Ja, und da muss es schon weit gekommen sein, denn Ann-Mari hasst Polizisten. Um ehrlich zu sein, hat sie wohl selber keine lupenreine Weste. Aber mit Pferden konnte sie immer schon gut umgehen. Sie kam doch früher auch immer zu euch, als deine Mutter … Sie hat die Pferde beschlagen und so.«

»Ich weiß.«

Er antwortete mechanisch, lauschte mechanisch, aber immer ärgerlicher. Was wollte sie ihm sagen? Warum rückte sie nicht endlich mit der Sprache heraus?

»Und, habt ihr ihn jetzt als vermisst gemeldet?«, fragte er.

»Ja, wir haben in Kisa angerufen.«

»Was hat die Polizei gesagt?«

»Was heißt schon gesagt. Sie haben ein paar Fragen gestellt, schienen der Sache aber keine größere Bedeutung beizumessen. Ich nehme an, die versinken in Arbeit.«

»Seit wann ist er denn verschwunden?«

»Seit dem 26. September.«

»Aha.«

»Aber dann …«

»Ja?«

»Dann ist mir etwas eingefallen. Und das ist es, worüber ich mit dir sprechen muss.«

Das Telefon klingelte, und das schrillende Geräusch ließ sie beide aufschrecken.

Ich gehe nicht ran, dachte Tobias. Trotzdem hob er den Hörer ab.

»Hallo, Tobias«, sagte eine Männerstimme.

»Hallo?«

»Hätten Sie ein paar Minuten Zeit?«

»Na ja, worum geht es denn?«

»Mein Name ist Patrik. Ich bin von den unabhängigen Finanzberatern.«

»Finanzberatern?«

»Es geht um Ihre Finanzen, darum, wie Sie Ihr Geld anlegen können.«

»Hören Sie, wenn ich Geld anzulegen hätte, würde ich vielleicht ein paar Minuten Zeit haben. Aber das habe ich leider nicht!«

Er legte den Hörer auf, noch ehe Patrik zu einer Antwort kam.

»Diese verdammten Irren!«, zischte er. »Die verfolgen einen noch bis nach Hause!«

Sie lächelte steif, saß mit dem Weinglas in der Hand auf der Couch, drehte es.

»Ist doch wahr«, seufzte er und hoffte, sie würde das Thema wechseln, von den Pferden oder ihrer einigermaßen langweiligen Ehe erzählen. Aber sie fuhr fort.

»Du erinnerst dich doch noch, als du zu Hause warst. Ich hatte gedacht, du könntest auch die anderen Bücher signieren, nicht nur das Taschenbuch, aber dann hatte ich es an dem Abend wieder vergessen. Also dachte ich, ich schau mal kurz bei euch vorbei, wenn du schon in Kvarnberga bist, sonst wird nie etwas daraus. Also habe ich die Bücher am Abend nach unserem Ausritt in eine Tüte gepackt und bin mit dem Fahrrad zu eurem Haus gefahren.«

Er lauschte angespannt.

»Es war jemand im Stall, ich hörte, dass jemand Wasser laufen ließ, bin hingegangen und dann … dann habe ich Sabina gesehen.«

Sie verstummte, trank einen Schluck Wein und wich seinem Blick aus. Es rauschte in den Wasserleitungen, ein Nachbar duschte, vielleicht das junge Mädchen von nebenan. Von oben hörte man das Geräusch eines Fernsehapparats. Tobias sah auf die Uhr, es war zwanzig vor acht.

»Und?«, sagte er heiser.

»Sie spritzte wie wild mit dem Wasserschlauch. Sie stand im Stall und spritzte in diesen kleinen Raum, diese Kammer, in der sie ihren Schreibtisch haben, sie spritzte Wände und Boden und sogar den Schreibtisch ab, alles wurde nass, und ich fragte mich, was sie da bloß machte, und als ich auf den Fußboden sah, habe ich irgendwie gesehen ... nun ja, da war eine Menge Blut, sie hatte es irgendwie gegen die Fußleiste gespült und es schäumte und war eine hellrote Gischt, es sah einfach nur ...«

Ingelize stand auf, ließ die Decke fallen und ging auf die Toilette. Er hörte, dass sie etwas Papier abriss und sich schnäuzte. Als sie wieder herauskam, sah er, dass sie geweint hatte.

»Sie drehte sich zu mir um, sah mich und wirkte vollkommen verängstigt. Du hast mich vielleicht erschreckt, schrie sie, sie schien wirklich wütend zu sein, und ich kam mir saublöd vor. Ich wollte nur Tobias bitten, auch die anderen Bücher zu signieren, sagte ich. Da drehte sie das Wasser ab. Was machst du da, fragte ich sie, obwohl ich es ja eigentlich sah. Aber ich wusste nicht recht, was ich sagen sollte, und daraufhin schaute sie noch wütender drein und meinte, ein Ochse habe sich verletzt. Es hätte sich im Stall losgerissen, sei durch irgendetwas erschreckt worden und auf dem Weg in die Sattelkammer ausgerutscht. Sie hätte ihn schlachten müssen, und das sei schon das zweite Tier in kürzester Zeit gewesen, denn eins sei schon draußen auf Skamön gestorben. Und dann hat sie sich bei mir entschuldigt, weil sie so unhöflich geklungen hatte, und meinte, sie habe schlechte Laune.«

»Und?«

»Dann sagte sie, du wärst nicht da, aber dass sie dir wegen der Bücher Bescheid sagen würde, aber mir war gleich klar, dass sie es vergessen würde, sie benahm sich wirklich seltsam und wirkte verwirrt.«

»Das war sie auch. Das mit dem Ochsen war meine Schuld. Ich hatte die Box nicht ordentlich zugemacht.« Er wusste nicht, woher er das nahm. »Sie war wütend auf mich und hatte auch allen Grund dazu. Immerhin bin ich angereist, um zu helfen, und dann habe ich ihr vor allem Ärger gemacht.«

Ingelize schwieg.

»So etwas nennt man dann wohl, jemandem einen Bärendienst erweisen. Man kommt mit den besten Absichten und dann geht alles schief.«

Ingelize hörte ihm gar nicht zu.

»Ich wollte so schnell wie möglich wieder gehen und sah plötzlich etwas, das in einer Ecke lag ... es war Hardys Hut.«

»Dann hatte er ihn wahrscheinlich vergessen.«

»Diesen Hut trägt er wirklich immer. Ich glaube nicht, dass er ihn vergessen würde.«

»Dann war er vielleicht irgendwo in der Nähe.«

Sie blickte auf und weinte nicht mehr.

»Mag sein«, erwiderte sie. »Aber wenn er in der Nähe war, dann lebte er nicht mehr. Begreifst du denn nicht, ich habe die schreckliche Vorstellung ... dass dieses Blut sein Blut war.«

Nachher begriff er nicht, wie es ihm gelungen war, sich zu beherrschen. Er ballte die Hände zu Fäusten und ließ sich auf seine Rolle ein. Er wurde stark und tatkräftig, übernahm die Führung. Eine eigentümliche Ruhe breitete sich in ihm aus. Er holte den Wein und schenkte ihnen beiden noch etwas ein.

»Du meinst also, Sabina, die Lebensgefährtin meines Vaters, hätte Hardy Lindström umgebracht? Ist es das, was du mir sagen willst?«

Sie lachte verlegen.

»Ach, ich weiß auch nicht, aber ich hatte so ein seltsames Gefühl. Jedenfalls ist Hardy seither verschwunden.«

»Es ist eine ziemlich ernste Angelegenheit, so etwas von einem anderen Menschen zu behaupten.«

»Was heißt denn hier behaupten. Ich wollte doch nur mit dir

darüber reden und hören, was du dazu sagst, ist das so schwer zu verstehen? Das ist etwas, womit man alleine nicht fertig wird. Es ist so grauenhaft!«

»Hast du der Polizei davon erzählt?«

Sie schluckte.

»Nein, aber wenn er nicht bald wieder auftaucht, werde ich das tun müssen.«

»Darf ich dich was fragen? Hast du dort im Stall einen Körper gesehen?«

»Nein.«

»Ich meine, auch keinen Tierkadaver?«

Sie warf ihm einen unsicheren Blick zu.

»Nein, keinen Körper. Nur das Blut.«

»Sie hatte das Fleisch in der Gefriertruhe verstaut. Es ging kaum noch was rein und einen Teil musste sie in den Gasthof bringen. Sie war stinksauer über die ganze zusätzliche Arbeit.«

»So«, sagte sie zögernd.

»Zum Teufel, Ingelize, Hardy wird schon wieder auftauchen, du darfst nicht einfach solche Gerüchte in die Welt setzen. Was sollen die Leute denken? Es wäre eine Katastrophe für meinen Vater und sie ... wenn die Leute anfangen würden, sich das Maul über sie zu zerreißen. So etwas ließe sich nie wieder gutmachen.«

Sie schwieg.

»Hast du sonst noch jemandem davon erzählt?«

»Nein. Ich wollte erst mit dir sprechen. Was meinst du eigentlich, warum ich dich angerufen habe!«

»Du hast auch deinem Mann nichts davon gesagt?«

»Jens? Nein.«

Er begleitete sie zum Zug. Er spürte die Wirkung des Weins, konnte kaum gerade gehen, aber es war ihm gelungen, sie zu beruhigen, zumindest glaubte er das. Sie sah so klein aus neben ihm. Als sie in den Zug steigen wollte, zog er sie an sich und berührte ihre Nasenspitze.

»Pass auf dich auf«, sagte er. »Ich rufe dich nächste Woche mal an. Du wirst sehen, dann ist Hardy Lindström bestimmt schon wieder wohlbehalten zurück.«

Die Reaktion kam erst später, als er an der Spüle stand und ihre Gläser spülte. Auf einmal wurde ihm klar, was Sabina getan hatte. Mit ihren eigenen Händen hatte sie den Körper eines Menschen zerstückelt!

Wie hatte sie es angestellt?

Welche Werkzeuge hatte sie benutzt?

Eine Säge?

Ein Tranchiermesser?

Und dann die ganzen Körperteile, erst jetzt wurde ihm das ganze Ausmaß ihrer Tat bewusst. Der Kopf mit den hellen Haarsträhnen, der Bart, eine Hand, deren Finger krampfhaft gekrümmt waren, und die Füße mit den Zehen und Nägeln. Sie hatte die Teile vom Rumpf getrennt, in Plastiktüten gestopft und alleine zum Floß geschafft.

Plötzlich wurde ihm todschlecht, und er lag auf dem Fußboden und übergab sich in die Dusche.

Danach war er völlig ausgelaugt und blieb auf dem Badezimmerboden liegen. Er sah Staub undSchamhaare, wimmerte leise und der Geschmack von Erbrochenem ätzte sich in seinen Mund.

Und wenn auch noch andere Verdacht schöpften? War es nicht denkbar, dass jemand gesehen hatte, was Sabina an dem Floß getan hatte? Wie konnte sie nur so sicher sein, dass dies nicht der Fall war?

Langsam und widerstrebend reifte ein Entschluss in ihm. Er musste nach Kvarnberga zurückkehren. Er musste Ingelize sagen, dass er jetzt bereit war, ihr Angebot anzunehmen. Jedenfalls zur Probe. Er musste unter Kontrolle haben können, was dort vorging. Aber von Södertälje aus war das nicht möglich. Er musste vor Ort sein.

Ein Auto fuhr auf den Hof vor dem Haus, der Kies knirschte. Der Wagen fuhr langsam, so als wüsste der Fahrer nicht recht, wo er parken sollte.

»Wer kommt da?«, wandte Carl Sigvard sich an Sabina. Die Waschmaschine lief, und sie musste immer wieder in den Keller hinuntergehen, um nach ihr zu sehen, denn sie blieb nach jedem Schleudergang stehen.

»Keine Ahnung.« Sie schob die Gardine zur Seite und sah hinaus. In dem spärlichen Tageslicht bemerkte er auf einmal, dass sie alt aussah. Ihre Gesichtshaut war schlaff geworden, die Haare waren nicht mehr dunkelbraun, sondern grau. Ihre Augen schienen kleiner geworden zu sein, so als hätten sie sich in ihre Höhlen zurückgezogen.

Sie hat zu viel um die Ohren, dachte er. Sie arbeitet sich tot, und das ist meine Schuld. Wäre ich auf den Beinen wie ein ganzer Mann, wäre alles viel leichter für sie. Er empfand in diesem Moment große Zärtlichkeit für sie.

»Siehst du was?«, fragte er.

»Es ist ein Streifenwagen.«

»Was sagst du da?«

»Es sind zwei Polizisten. Sie sind ausgestiegen und auf dem Weg zum Haus.«

Frett hatte neben der Heizung geschlafen, war vom Motorengeräusch geweckt worden und lief nun zur Tür, wo er mit halb erhobenem Schwanz stehen blieb. Das Fell auf seinem

Rücken sträubte sich. Er legte den Kopf schief und ließ ein dumpfes Knurren hören.

»Alles in Ordnung, Frett«, sagte Sabina.

Als es klopfte, sprang der Hund auf die Tür zu und begann, wild und wütend zu bellen. Sabina schob ihn mit dem Fuß beiseite, während sie gleichzeitig öffnete.

»Hallo«, sagte eine Männerstimme. »Wir sind von der Polizei in Kisa. Dürfen wir kurz hereinkommen?«

»Worum geht es denn?«

»Es geht um eine Vermisstenanzeige. Wir klappern alle Höfe in der Gegend ab.«

»Treten Sie bitte ein.« Sie bückte sich, hielt den Hund fest und befahl ihm, still zu sein. Als sie in die Küche kamen, sah Carl Sigvard, dass einer der Beamten eine Frau war. Beide trugen Uniform. Sie zogen ihre Schuhe aus.

»So ein kleiner Kerl und bewacht schon das Haus«, lachte die Frau. »Hervorragend, so hält er jedenfalls die Diebe fern.«

Der Hund hatte sich wieder beruhigt. Mit eingeklemmtem Schwanz schnüffelte er an den beiden Neuankömmlingen und in ihren Schuhen. Die Frau kraulte seine Brust. Carl Sigvard sah, dass sie an Hunde gewöhnt war.

»Wie heißt er?« Sie blickte zu ihm auf und lächelte.

»Frett.«

»Er ist noch ziemlich jung, nicht? Zwei Monate?«

»Ja, so ungefähr.«

»Ich heiße Jan Collin«, sagte der Mann. »Meine Kollegin hier heißt Nina Axelsson.«

»Möchten Sie sich nicht setzen?«

Die beiden Polizisten gingen auf Strümpfen zur Couch. Sie knöpften ihre Uniformjacken auf. Carl Sigvard zog den Tisch etwas zurück, damit sie sich setzen konnten.

»Dürfen wir Ihnen etwas anbieten?«

»Nein, danke«, antwortete Nina Axelsson. »Wir haben unten im Gasthof Rast gemacht und Kaffee getrunken.«

»Tatsächlich, haben die um diese Uhrzeit schon auf?«

»Ja. Wir haben auch jeder ein Brot gegessen. Es war richtig gut.«

Sabina war auf dem Weg in den Keller.

»Entschuldigen Sie, ich bin gleich wieder da. Mit der Waschmaschine stimmt etwas nicht. Ich muss nur kurz nach ihr sehen.«

»Immer was Neues«, gluckste Carl Sigvard.

Jan Collin verzog den Mund. Das tragbare Funkgerät an seinem Gürtel ließ ein piepsendes Geräusch hören.

»Schön haben Sie es hier«, sagte er.

»Ja. Wir können nicht klagen.«

»Wohnen Sie schon lange hier?«

»Ja.«

»Wie lange?«

»Ich habe mein ganzes Leben hier verbracht. Ich habe den Hof von meinem Vater übernommen. Das war in den fünfziger Jahren. Und er hatte ihn von meinem Großvater übernommen.«

»Trägt er sich?«

Er zuckte mit den Schultern.

»Na ja.«

»Wie viele Personen leben hier?«

»Soll ich die Tiere mitzählen?«

»Nee, nicht nötig.«

»Da wäre zunächst einmal ich, ich heiße übrigens Carl Sigvard Elmkvist. Dann hätten wir noch meine Lebensgefährtin Sabina Johansson und ihren Sohn, er heißt Adam.«

»Wir sollten vielleicht erklären, warum wir hier sind«, sagte Nina Axelsson. Sie hatte graugrüne Augen und eine gesunde rosige Gesichtsfarbe. Er dachte, dass sie sich bestimmt viel im Freien aufhielt.

»Ja, warum nicht«, sagte er. »Ist jemand verschwunden?«

»Er heißt Hardy Lindström. Seine Mutter hat ihn als vermisst gemeldet.«

»Oh, verdammt. Ja, sie ist hier gewesen und hat nach ihm gefragt. Dann ist er also bisher nicht wieder aufgetaucht?«

»Nein.«

Sabina kehrte aus dem Keller zurück. Sie bewegte sich schwerfällig, blieb manchmal stehen und atmete durch.

»Wie läuft es denn da unten?«, sagte Carl Sigvard.

»Ach, sie bleibt immer wieder stehen. Wir müssen einen Elektriker anrufen. Das kostet nur gleich wieder so viel.«

»Ach, weißt du, die alte Maschine ist schon mindestens dreizehn Jahre alt. Die halten nun mal nicht mehr so lange, fünf, sechs Jahre vielleicht. Die da unten ist also schon ziemlich einmalig. Vielleicht können wir sie einem Museum vermachen.«

»Jedenfalls passt mir das im Moment nicht. Es kostet einfach viel Zeit.«

Sie setzte sich auf die Stuhlkante, sah auf die Uhr. Der Hund versuchte, auf ihren Schoß zu kommen. Sie beugte sich zu ihm hinab und kraulte ihn hinter den Ohren.

»Die Polizei ist wegen Hardy hier«, erklärte Carl Sigvard.

»Aha. Was hat er denn jetzt wieder angestellt?«

»Er ist doch verschwunden.«

»Ach so, das.«

»Kennen Sie ihn?«, fragte Jan Collin. Er hatte einen Notizblock und einen Kugelschreiber herausgeholt.

»Er hilft uns gelegentlich, wenn es nötig ist. Und im Moment ist es weiß Gott nötig.« Sabina verstummte.

»Ich hatte einen Unfall«, verdeutlichte Carl Sigvard. »Ich bin die letzte Zeit nicht ganz auf dem Damm gewesen, und das macht das Leben einer Bauernfamilie ein wenig kompliziert.«

Die Polizeibeamtin betrachtete ihn bedauernd. Sie trug eine Pistole in einem Halfter, er sah auch ein Paar Handschellen.

»Was ist passiert?«

»Ach, ich bin vom Heuboden gefallen, aber es geht mir schon wieder viel besser.«

»Wann ist das passiert?«

»Ende August. In der Zeit mit der meisten Arbeit.«

»Ich verstehe. Und daraufhin haben Sie des Öfteren Hardys Hilfe in Anspruch genommen?«

»Ja.«

»Wann haben Sie ihn das letzte Mal gesehen, können Sie sich daran noch erinnern?«

Carl Sigvard dachte nach.

»Ich habe ihn seit dem Sommer nicht mehr gesehen. Aber er ist hier gewesen. Er hat geholfen, das Vieh von Skamön in den Stall zu holen. An welchem Tag war das, Sabina, erinnerst du dich?«

»Das war …« Sie stand auf und ging zum Kalender, der über der Küchenzeile hing, blätterte ein wenig zurück und dachte nach.

»Das muss am 25. gewesen sein.«

»September?«

»Ja.«

»Was haben Sie da gemacht?«

»Ich und mein Sohn Adam und dann Tobias, der Sohn von Carl Sigvard, er wohnt nicht hier, sondern in Södertälje, war aber gekommen, um uns zu helfen, wir sind auf eine Insel hinausgefahren, die Skamön heißt, die kennen Sie vielleicht. Unsere Ochsen weiden dort im Sommer. Hardy war dabei, um uns zu helfen.«

»Aha. Ist Ihnen bei der Gelegenheit etwas an ihm aufgefallen?«

Sie dachte nach.

»Nein, nicht dass ich wüsste.«

»Hat er Ihnen auch früher schon dabei geholfen? Die Tiere zu versorgen, meine ich?«

»Ja. Zumindest einmal vorher. Im Frühjahr. Als wir sie auf die Insel gebracht haben.«

»Als Sie sich an dem Tag von ihm trennten, am 25., hat er da etwas gesagt?«

»Gesagt?«

»Ja, zum Beispiel ›bis morgen‹ oder etwas in der Art. Hatten Sie abgesprochen, dass er auch weiter hier arbeiten sollte?«

»Nein. Das glaube ich nicht. Aber ich musste ihn noch bezahlen und war nicht mehr zur Bank gekommen, also habe ich ihn gebeten, am nächsten Tag noch einmal herzukommen.«

»Wie hat er darauf reagiert?«

»Er war ein bisschen verärgert. Ich hatte den Eindruck, dass er das Geld dringend brauchte. Aber es war später Nachmittag, und die Bank hatte schon geschlossen. Da war nichts zu machen. Ich hatte so viel anderes um die Ohren, dass ich einfach nicht zum Geldabheben gekommen war.«

Sie strich sich mit den Fingern durch die kurz geschnittenen Haare.

»Kam er am nächsten Tag zurück?«, fragte der Polizeibeamte.

»Ja.«

»Das war dann also am 26. An einem Mittwoch.«

»Kann sein, ich erinnere mich nicht so genau.«

»Das war der Tag, an dem er verschwand.«

»Aha.«

»Wie ist er hergekommen?«

»Er hat eine alte Vespa.«

»Wie war er an dem Tag gelaunt?«

Sabina dachte nach. Sie blies Luft durch die Lippen, tippte sich mit einem Finger gegen den Mund.

»Na ja, er war … Wenn ich ehrlich sein soll, war er immer noch ziemlich schlecht gelaunt, weil ich am Vortag das Geld nicht zur Hand hatte. Er hätte es offensichtlich gut gebrauchen können.«

»Um wie viel Geld ging es denn eigentlich?«

»Zweitausend Kronen. Er hat uns auch vorher ein paar Mal geholfen. Es stand ihm noch etwas zu.«

»Aha.«

Erneut hörte man Motorengeräusche auf dem Hof.

»Das ist die Post«, sagte Carl Sigvard.

»Steht unser Wagen im Weg?« Jan Collin stand auf und versuchte, zum Fenster hinauszuschauen. Frett war schon an der Tür und bellte munter.

»Jetzt aber still, Frett, das ist doch nur die Post«, ermahnte ihn Sabina. »Nein, keine Sorge, der kommt schon durch, da draußen ist genug Platz zum Wenden.«

Auch die Polizistin hatte sich erhoben und ging durchs Zimmer. Still und schleichend wie eine Katze, dachte Carl Sigvard. Was für ein Gefühl wäre es wohl, von einer Frau verhaftet zu werden? Auf die Erde gepresst zu werden und die Hände auf dem Rücken gefesselt zu bekommen. Von einer Frau?

»Erinnern Sie sich noch, wie Hardy Lindström an dem Tag gekleidet war?«, fragte sie und wandte sich an Sabina.

Sabina hatte das Kinn in die Hände gestützt.

»Ich denke, wie immer. Braune Lederjacke, Stiefel. Grobe Stiefel, in die er immer seine Hosenbeine stopfte. Manchmal trägt er auch einen Hut, es ist so eine Art Cowboyhut, wenn Sie wissen, was ich meine.«

Jan Collin machte sich Notizen.

»Haben Sie wirklich Zeit, so viel Arbeit auf eine Person zu verwenden, die erst vor kurzem verschwunden ist?«, fragte Carl Sigvard. »Ich habe gehört, dass es zu wenig Polizisten gibt, gerade hier in Östergötland. Anscheinend wollen im Moment nicht viele Polizist werden. Nach den Polizistenmorden in Malexander.«

»Wir suchen auch noch aus anderen Gründen nach ihm, auf die ich hier jetzt nicht näher eingehen kann.«

»Ich verstehe.«

»Darf ich Sie noch etwas fragen?«, sagte Jan Collin. »Die beiden anderen, die mit auf der Insel waren, wo sind die jetzt?«

»Tobias, mein Junge, ist wieder nach Södertälje zurückgekehrt. Er ist Schriftsteller. Vielleicht kennen Sie ihn ja, er hat auch einen Krimi geschrieben. Er heißt *Die Nacht*.«

»Leider nein.«

»Er handelt von einem Polizisten, aber er spielt natürlich in Stockholm.«

»Wir lesen nicht viel. Man kommt einfach nicht dazu.«

»Das geht uns genauso.«

»Und der andere Mann, wie hieß er noch, Adam?«

»Ja«, sagte Sabina. »Das ist mein Sohn. Er ist in seinem Zimmer.«

»Könnten wir vielleicht mit ihm sprechen?«

Sabina räusperte sich.

»Er ist nicht ganz wie andere Menschen.«

»Nicht?«

Die Polizistin sah sie fragend an.

»Er hat eine psychische Störung.«

»Was bedeutet das?«

»Das ist schwer zu erklären.«

»Ist er geistig zurückgeblieben?«

»In gewisser Weise.«

»Aber er kann trotzdem bei der Arbeit auf dem Hof helfen?«

»Ja. Jedenfalls manchmal.«

»Ich habe gehört, dass er gelegentlich auftritt, er soll ein guter Sänger sein.«

»Wer hat das gesagt?«

»Hardy Lindströms Mutter.«

»Ja, er ist ein paar Mal aufgetreten, das stimmt.«

»Hardy ist offensichtlich die treibende Kraft dabei gewesen. Stimmt das auch?«

Sabina nickte.

»Ich würde mich gerne ein wenig mit Adam unterhalten.«

»Es geht ihm im Moment nicht besonders gut.«

Nina Axelsson ging in die Hocke. Frett hatte sich auf den Rücken gelegt und wedelte eifrig mit dem Schwanz. Sie streichelte seinen weichen entblößten Bauch.

»Ja, du bist ja so ein feiner Wauwau. Willst du Polizeihund werden, wenn du groß bist? Gute Polizeihunde können wir immer gebrauchen.«

Sie sah Sabina an.

»Ich würde Ihren Sohn trotzdem gerne kennen lernen«, sagte sie.

Er hatte sich in das Laken gewickelt, es fest um den Leib geschlungen, lag da und hielt es mit Daumen und Zeigefingern fest. Er war eine lange Gestalt in dem Bett, aber sein Körper hatte sich verändert, Arme und Bauch waren schlaff. Ab und zu ließ er das Laken los, bewegte eine Hand langsam zur Brust und fingerte an seinen Brustwarzen herum, an den strohigen, dicken Haaren, die um sie herumwuchsen. Er bewegte die Lippen, um etwas zu sagen, überlegte es sich aber sofort wieder anders.

Seine Mutter ging die Kellertreppe rauf und runter. Das Geräusch ihrer Schritte hallte bis zu ihm hinauf. Manchmal war sie im Zimmer, machte Licht, zog die Rollläden hoch. Dann brachte sie etwas zu essen mit, aber er hatte aufgehört zu essen, und sie zerrte an ihm herum, bis er an die Wand gelehnt saß. Sie räumte weg, was auf dem Nachttisch stand, legte alles auf den Boden, die Vinylplatten von Elvis, die er von Hardy bekommen hatte, den staubigen Radiowecker, den Stoffelch mit seinen baumelnden Beinen. Sie hatte ein Tablett dabei, es roch nach Fleisch, nach etwas Geschmolzenem und Faserigem, und er erinnerte sich daran, was er in seiner Hand gehalten hatte.

Er hörte sie das Wort essen sagen, aber sie bestand nicht darauf, strich ihm nur über die Haare, fuhr ihm durch die Locken. Ein Löffel klackte gegen seine Zähne. Ein paar Pillen, rund wie Erbsen, aber ganz klein. Er spürte die dünne Kühle des Glases auf seiner Haut und trank, trank.

Jetzt war sie nicht mehr im Zimmer. Jemand war gekommen, ein Auto, und der Hund hatte gebellt, der kleine neue Hund.

Das Auge lag im Bauch des Hundes.

Ihm wurde schwindlig, wenn er sich daran erinnerte. Die Ecken des Zimmers sausten heran, und er musste seine Augen eine Zeit lang ganz fest zumachen, aber wenn er das tat, spürte er die eigenen runden Augäpfel, die hart, gleichzeitig jedoch auch weich waren, und in denen Farbe war, die gleiche Farbe wie Regen.

»Schipps, schipps!«

Der neue Hund bellte sein Welpengebell, sein Augenbellen. Er hatte einen Wagen auf dem Hof gehört. Und dann das Geräusch einer Hand, die an die Tür klopfte. Es war nicht Hardy. Nicht, nicht Hardy.

Wir geben ihnen, was sie verdient haben, Adam.

Er steht an der Säule. Er trägt eine neue Hose und in ihrer roten Farbe glänzt stacheliges Silber. Um den Bauch hat er einen Gürtel gespannt, der mit Nieten besetzt ist und von dem eine Kette herabhängt. Das Mikro in seiner Hand und ein paar Buchstaben, Hardy hat sie mit einem dicken weißen Faden aufgenäht. E-L-V-I-S.

Das bedeutet, er ist der Mann, der wie Elvis Presley singt.

Hardy, gib mir Schweden-Snus.

Nein, du wirst dir jetzt keinen Kautabak in den Mund schieben, denn jetzt wirst du singen. Nun, komm schon, Adam, Love me tender, oder Hounddog, du bekommst nachher deinen Schweden-Snus, denn jetzt musst du die Elvis-Stimme haben, aber von dem Tabak wird sie ganz rau. Aber hier, du bekommst stattdessen das hier. Mund auf und schlucken!

Und der Stoff hängt herab und verbirgt ihn, verbirgt die Menschen, aber er hört ihr Lachen und weiß, dass sie warten, und als er ins Licht hinaustritt, hören die Geräusche auf, und es wird still. Hardy grinst, den Hut in die Stirn geschoben, bedient das Tonbandgerät und hält den Daumen hoch.

Schieß los, Adam, sie wollen dich hören.

Er schob sich über die Bettkante und bekam ein weiches und wolliges Bein zu fassen. Es war der Elch, das Bein des Elchs. Er hatte ihn einmal bei einer Lotterie gewonnen, als es Sommer war und der Sweater an seinem Rücken klebte. Der Elch hatte lange samtene Hörner wie Zweige. Er hob ihn auf und legte ihn sich auf die Brust, lag da, zupfte an den Hörnern und roch an dem Stofftier.

Schieß los, Adam, sie wollen dich hören.

Er sang vor sich hin in das Kissen, aber schwach und gebrochen, denn das war jetzt vorbei, alles war vorbei.

Du kannst das, du singst echt toll, du singst genauso gut wie Elvis und viel besser als dieser Eilert Pilarm, dieser Elvis-Imitator, von dem ich dir Bilder gezeigt habe.

Du kannst das.

Ich.

Aber als er hinter dem Stall in der Sonne stand, wurde sein Mund stumm, und es kamen nur noch Luft und Schmatzen.

»Ich verstecke mich«, sagte Hardy. »Wir machen es in Etappen.«

Etappen?

Ging man dann kaputt?

Und er blieb alleine zurück, und die Sonne brannte auf sein Gehirn. Hardy war hinter der Wand verschwunden. Oder in ihr. In ihr?

»Warte, bis das Lied zu dir kommt, und dann singst du, was das Zeug hält.«

Und er hob den Mund zum warmen, hellblauen Himmel, und die Sonne strömte herab und wärmte alles.

»Love me tender, love me truuuuuuuue.«

Er schloss die Augen und sang, und als er sich wieder traute, sie zu öffnen, stand der Hahn vor ihm und glotzte ihn an. Clinton. Er flatterte hoch und krähte. Hardy kam zu ihm.

»Das ist gut, echt klasse. Ich werde dir Bühnenklamotten besorgen. Wir ziehen durch die Vergnügungsparks und werden einen Haufen Geld verdienen. Du wirst reich und berühmt, noch berühmter als dieser Eilert Pilarm. Der soll ja nicht glauben, er hätte ein Monopol auf Elvis Presley, nur weil sein Name zufällig die gleichen Anfangsbuchstaben hat. Jetzt singst du weiter, und jetzt stehe ich hier vor dir und höre dir zu.«

Er war nicht nervös, das war es gar nicht. Die Situation war nur so schrecklich ungewohnt, dass er verstummte.

Hardy versuchte, ihn aus der Reserve zu locken, und lächelte ihn an.

»Dann mach eben die Augen zu, und tu so, als würdest du hier allein stehen, als wären nur dieser verdammte Gockel und du hier, du singst für den Hahn und das ganze andere Viehzeug, übrigens, die Leute sind doch auch nichts anderes als Tiere, diese Idioten, für die du singen wirst. Wenn du dich an die Tiere gewöhnst, macht das später gar keinen Unterschied mehr.«

Und er holte kleine weiße Kapseln heraus, *schluck die, dann wirst du schon sehen, denn das sind Dannwirstduschonsehen-Tabletten*.

Ja, es ging besser. Es ging gut. Es ging richtig gut.

Er war mit Hardy zum Tanzboden gefahren, hatte hinter ihm auf der Vespa gesessen und seine schmale Taille umklammert. Sie kamen dort an, als man gerade dabei war, den Maibaum aufzurichten, der hoch und mit Blumen und grünen Zweigen geschmückt war. Er wollte sich ihn ein wenig ansehen, zu den Sommerwolken hinaufschauen. Aber Hardy brachte ihn hinter die Bühne, half ihm beim Umziehen, kämmte seine Haare mit Pomade.

»Jetzt hast du deine Premiere, Adam. Weißt du, was das bedeutet?«

»Nee.«

»Das bedeutet, du bist auf dem besten Weg, ein Promi zu werden. Und das hast du auch verdient. Du bist der Beste, Adam. Vergiss das nicht!«

Er stand auf der mit Tannennadeln bestreuten Bühne, hörte die Musik und seine eigene Stimme. Anfangs war es die normale Adamstimme und dann wurde sie ein wenig zittrig, aber dann drehte sie sich in seinem Hals und schoss als ELVIS-Stimme aus seinem Mund. Es standen Mädchen im Gras, vielleicht auch Frauen, und er glaubte, dass sie lachten, er sah ihre Gaumen und Zähne und bekam Angst, denn das erinnerte ihn an Sachen, die früher passiert waren, schlimme Sachen. Aber er gab nicht nach, sondern sang! Und als er verstummte, wuchs ein Wald aus Händen, und er hörte helle Stimmen, die nach mehr Liedern riefen. Eine Horde von Mädchen und Frauen kamen mit Stiften und Zetteln angerannt, er sollte seinen Namen schreiben, er schrieb und kritzelte auch auf Haut, in den Flaum auf ihren sonnengebräunten Armen. Adam, schrieb er, denn das war es, was er an diesem Tag zu Wege brachte.

Du wirst ein Superstar werden, Adam. A big star.

Hardy besorgte ihm neue Kleider, noch mehr Silberhosen und ein Hemd aus hellem Leder mit Fransen. Er hatte auch Schuhe besorgt, aber sie waren ihm zu klein.

Wir werden auf Tournee gehen, du und ich. Ich bin schon dabei, einen Tourneeplan zusammenzustellen. Erst wirst du hier in der Gegend auftreten, dann geht es nach Göteborg, ins Scandinavium, und anschließend nach Stockholm und in den Globen, das Konzert wird ausverkauft sein, Adam, die Leute werden sich um die Karten reißen, wir werden reich, du und ich, und wir bekommen Anrufe aus Deutschland und New York und dann geht es nach Memphis, und du weißt doch, dass alle Elvis lieben, und jetzt lieben sie dich.

Auf der Treppe gingen Füße. Es waren die Füße seiner Mutter, aber sie ging anders als sonst. Da waren auch noch andere Füße, die er nicht kannte. Carl Sigvards waren es jedenfalls nicht, denn die wurden immer vom Geräusch eines Stocks begleitet.

Licht flutete aus dem Flur herein.

»Schläfst du, Adam?«

Er lag still, die Lippen zu einem runzligen O geformt.

»Hier ist jemand, der mit dir sprechen will. Natürlich nur, wenn du das schaffst.«

Erst war da die Stimme seiner Mutter, und sie drang im Nebel zu ihm durch, schwimmend und glatt, und er hätte sie fortstoßen können, wenn er gewollt oder gekonnt hätte:

MIT EINEM SCHREI!

Aber da war auch noch etwas anderes.

Er hatte den Nacken ins Kissen gepresst, blähte die Nasenlöcher, tankte Luft. Da war etwas, das er nicht kannte, etwas Fremdes Schwaches, fast Unhörbares. Füße in Strümpfen auf dem Fußboden. Schleichende Ballen wie bei Tieren.

»Hallo, Adam.«

Eine Frauenstimme, die fest und sanft zugleich war, er wollte schauen, aber seine Lider waren Blätter, die am Stamm festgeklebt waren.

»Ich heiße Nina. Ich bin Polizistin.«

»Er schläft«, hörte er die Stimme seiner Mutter sagen. »Wir sollten lieber wieder gehen.«

Ninapolizistin, Polizistinnina.

Er grunzte, und es gelang ihm unter Aufbietung all seiner Kräfte, die Augen zu öffnen.

»Hallo, Adam. Schön, dass du wach bist.«

Er ließ die Augen offen, wenn auch nicht ganz, sondern nur halb, Eiterfäden lagen wie ein Gitter vor ihnen. Sie hatte Polizeikleider an, sie war schwarz, aber ihr Gesicht war rosa. Sie klang nicht schlimm, sondern nett.

»Kannst du reden?«, mischte sich seine Mutter ein. Ihr Blick war irgendwie seltsam, so als wollte sie ihn gar nicht ansehen. Mama, dachte er. Geh nicht weg, Mama. Oder doch, geh! Er war auf einmal so kindisch, so verwirrt.

Ninapolizistin saß auf einem Stuhl. Die Polizistinnina. Seine Kleider hingen hinter ihr. Die Polizistinnina saß auf seinen Kleidern, aber es waren nicht seine Elviskleider, sondern seine Adamkleider. Sie hatte dicke runde Finger und eine Uhr.

»Ist das hier dein Zimmer?«, fragte sie.

»Yess.«

Sie ließ die Blicke über die Wände schweifen.

»Wie ich sehe, bist du ein Fan von Elvis?«

Er nickte schwerfällig.

»Ich auch, ich habe alle Elvislieder auf CD.«

Seine Mutter trat von einem Bein auf das andere, hatte keine Möglichkeit, sich zu setzen, und ging ein paar Schritte auf das Bett zu. Die Polizistin hob die Hand.

»Wir kommen jetzt eine Weile alleine klar. Sie haben doch bestimmt eine Menge zu erledigen.«

Er sah, dass seine Mutter davon nichts wissen wollte. Er sah ihren offenen Mund.

»Wir rufen, wenn etwas ist«, fuhr die Polizistinnina fort, woraufhin seine Mutter sich umdrehte und ging. Ihr Rücken schob sich wie ein Buckel in die Höhe. Mama, keuchte er innerlich. Aber er ließ sie gehen und hing in Polizistinninas Blick fest.

»Wie geht es dir?«, fragte sie.

»Äääää«, stieß er hervor.

»Was hast du?«

Er schüttelte benommen den Kopf.

»Meinst du, du schaffst es, dich ein bisschen aufzusetzen?«

»Mmmm.« Ohne fremde Hilfe schob er sich hoch, bis er saß. Sie stand auf, nahm das Kissen und stopfte es ihm in den Rücken.

»Wie alt bist du, Adam?«

»Ich bin Ochse. 27.«

»Ochse?«

»Yess.«

»In welchem Monat ist man dann geboren?«

»Am 5. Mai 1974.«

»Aha. Ich selber bin Löwe. Ich bin am 8. August 1969 geboren.«

Löwe, dachte er, sie war eine Löwin mit wedelndem Schwanz.

»Ich habe gehört, dass du manchmal auftrittst, dass du Elvislieder singst.«

»Mmmm.«

»Die Leute sagen, du bist gut.«

Er wollte es ihr zeigen und zog am Reißverschluss der Trainingsanzugsjacke, aber der hatte sich verklemmt. Wütend zerrte er an dem kleinen Metallstück.

»Warte!«, sagte sie und kam näher. »Ich helfe dir. Man muss ganz vorsichtig ziehen, du darfst nicht daran reißen, sonst bekommst du ihn nie auf.«

Jetzt glitt der Reißverschluss auf, und er streifte die Jacke ab, unter der er ein T-Shirt mit Elvis und seiner Gitarre trug. Er schob die Brust heraus, damit sie es besser sehen konnte.

»Spielst du auch?«, fragte die Polizistin.

»Ich singe.«

»Aha, spielt denn keiner?«

»Hardy lässt das Band laufen, dann singe ich.«

»Kennst du Hardy?«

Da musste er lachen, Hardy war es doch, der das Ganze organisieren sollte. Dann dachte er an das Auge und das andere.

»Weißt du, wo Hardy jetzt ist?«

»Ehhhj.« Er holte Luft.

»Hardy ist verschwunden. Weißt du das?«

Er schwieg.

»Hardys Mama sucht nach ihm. Sie hat uns gebeten, ihr beim Suchen zu helfen.«

»Hardy ist nett.«

»Ja, klar, das glaube ich dir.«

»Hardy ist mein Manager.«

»Ja.«

»Ich werde ein Superstar.«

»Hat Hardy das gesagt?«

»Ja. Du wirst berühmt, Adam, du wirst ein Superstar.«

»Dann hilft er dir immer?«

»Ja. Hardy hilft mir. Hardy gibt mir Elviskleider.«

Plötzlich hatte er Lust, wach zu sein. Er schwang die Beine über die Bettkante, und sie musste den Stuhl zur Seite ziehen, damit er aufstehen konnte. Er musste sich beim Gehen abstützen, auf die Kommode und an der Wand. Dann hatte er die Kleiderkammer erreicht. Er öffnete die geblümte Tapetentür, hinter der es rot glitzerte.

»Darf ich mal sehen?« Sie war aufgestanden, kam zu ihm, fasste die Kleider an und lobte sie.

»In den Kleidern siehst du bestimmt ganz toll aus. Ich kann mir vorstellen, dass du Elvis Presley ähnelst. Ich kann mir vorstellen, dass die Leute dir gerne zuhören.«

Er nickte, rieb sich mit der Hand übers Kinn und hörte das leise Kratzen. Seine Mutter hatte ihm einen Rasierapparat gekauft, aber er vergaß manchmal, ihn zu benutzen.

»Also dann weißt du nicht, wo Hardy ist?« Die Polizistinnina drehte sich zu ihm um, trat näher, roch gut.

»Ich werde singen«, sagte er mit belegter Stimme. »Hardy wird mir helfen zu singen. Ich werde sogar für dich singen.«

»Ja«, sagte sie. »Ich würde dir gerne zuhören.«

»Wir werden auf Tournee gehen.«

»Ihr werdet auf Tournee gehen, wenn Hardy zurückkommt.«

Er sah die Buchstaben auf ihrer Uniformjacke leuchten.

Er schluckte schwer. Er hätte gerne geweint.

Später kam seine Mutter zu ihm hinauf. Der Hof war still und leer. Sie hatte einen Teller Suppe und ein Käsebrot dabei.

»Ich habe dir etwas zu essen mitgebracht.«

Er hatte aufgehört zu essen.

»Ich stelle den Teller hier ab. Obwohl du das Kotelett gar nicht angerührt hast.«

Er hatte den Hinterkopf an die Tapete gelehnt, und sie sah das, aber ausnahmsweise sagte sie nichts darüber, dass es Flecken geben würde. Sonst redete sie andauernd von so etwas.

»Hardy!«, rief er, und sie zuckte zusammen. »Hardy ist mein Manager!«

»Still, Adam, du musst jetzt ein großer Junge sein, ganz still, nicht schreien.«

Sie sprach zu ihm wie früher, vor langer Zeit, als sie über einem anderen Zuhause wohnten.

»Unter uns ist jemand ZU HAUSE, und wenn du so läufst, hört man das unten bei Onkel Forsman, denn unser Fußboden ist Onkel Forsmans Decke.«

Manchmal dachte er sogar daran, aber oft auch nicht, zum Beispiel wenn sie ihn nicht verstand und nicht tat, was er wollte. Der Schrei, der dann aus ihm herausbrach und ihn in Stücke zerriss und Fenster und Gemäuer erzittern ließ, bis sie sich ins Zimmer stellte und groß wurde, ihre Arme ausbreitete, ihn einfing und dicht an ihn gepresst neben ihm lag, sodass er keine Luft mehr bekam. Die Nase auf den Boden gepresst, die Zunge im Teppich. Sie zwang seine Arme auf den Rücken, bis er verstummte, denn der Schmerz war stärker als die Wut und seine Kräfte schwanden.

»Du wirst jetzt ein großer Junge sein und nicht schreien.«

Der feuchte Mund an seinem Ohr, die Worte, die in seinen Kopf drangen.

»Sonst müssen wir umziehen, wir müssen umziehen. Wir werden im Wald wohnen müssen, obwohl es dort kalt regnet und schneit. Möchtest du das?«

Und sie legte sich im Bett auf die Seite und formte aus ihrem Körper eine Grotte. Und in dieser Grotte lag er dann.

Es schauderte ihn, er hatte den Elch auf dem Bauch liegen. Er war jetzt groß, größer als seine Mutter.

»Sag mal, was hat sie denn zu dir gesagt, die Polizistin?«

Er blinzelte stur und schob das Kinn vor.

»Worüber habt ihr gesprochen?«

»Ich singe Elvislieder.«

»Ja, ja. Habt ihr darüber gesprochen?«

»Ich sollte für sie singen. Für die Polizistinnina.«

»Die Polizistinnina?«

»Singen für Ninapolizistin.«

»Hast du ihr vorgesungen?«

»Nein!«, sagte er barsch.

»Was hat sie gefragt?«

Er zwickte den Elch und sah zum Fenster, das blank und schwarz war. Er sah sich selbst in der Scheibe und auch sie, seine Mutter, jedoch schemenhafter als sonst, fast durchsichtig.

»Was hat sie dich gefragt?«, wiederholte sie.

»Hardy.«

»Sie hat dich nach Hardy gefragt?«

»Ja.«

»Hier, nimme jetzt deine Medizin, Mund auf und schlucken!«

Wasser lief ihm das Kinn hinab. Sie wischte es ab.

»Und was hast du gesagt?«

»Er ist mein Manager.«

»Ja.«

»Hardy ist verschwunden. Sie helfen Ann-Mari beim Suchen.«

»Mein Junge.« Sie wollte ihn an sich ziehen, aber er riss sich los und stand mit dem Elch mitten im Zimmer, hielt ihn an den Hörnern und schwang ihn herum und setzte zu einem Schrei an. Doch dann wurden seine Beine auf einmal matt und schwach, und er sank auf die Knie und verstummte.

»Komm her, leg dich hin, ich werde dich zudecken.«

Ihre lockende, sanfte Simme.

Ihre einlullenden, streichelnden Hände.

Er musste das Handy holen. Er musste zu Marit gehen und das Handy holen und ihr erzählen, dass er wieder nach Hause fahren würde. Nach Hause zum Hof, ins Dorf. Zurück in sein Elternhaus, obwohl es ihm eben erst gelungen war, es zu verlassen. Ja, gelungen war das passende Wort, ein Wort, das man auch mit Flucht verbinden konnte.

Marit würde sicher wütend reagieren, und er würde sich anhören müssen, dass er sie im Stich ließ, obwohl sie so traurig war und jemanden brauchte, mit dem sie reden konnte. Aber ihre Mutter war ja bei ihr. Ihre Mutter würde sich um sie kümmern, denn ihre Mutter war es gewohnt, ihre Familie zu umsorgen. Erst Marits herzkranke Schwester, dann den geistig immer stärker abbauenden Vater. Und jetzt Marit selbst.

Wenn er das verdammte Telefon nicht vergessen hätte, wäre er mit einem Anruf davongekommen und hätte sich darauf hinausreden können, es eilig zu haben, da der Zustand seines Vaters sich verschlechtert hatte. Doch so, wie die Dinge lagen, musste er zu ihr gehen. Er brauchte das Handy, alles andere war undenkbar, das Handy war seine Nabelschnur zur Welt, zu allem, was jenseits von dem lag, was einmal sein Elternhaus gewesen war.

Marits Mutter Valborg öffnete ihm die Tür. Sie war groß und knöchern und trug ihre weißen Haare in einer Frisur, die der ihrer Tochter ähnelte. Das Gehen schien ihr ein wenig schwer zu fallen, was er vorher noch nie wahrgenommen hatte. Aber als sie vor ihm im Türrahmen stand, fiel sein Blick zufällig auf ihre Fußknöchel, die irgendwie schief aussahen und verdreht in den beigen Schuhen zu sitzen schienen.

»Ach, du bist das, Tobias? Das ist aber lieb von dir, da wird sich Marit freuen.«

Er kam ohne Umschweife zur Sache.

»Ich weiß nicht recht, ob sie sich wirklich freuen wird, denn ich kann leider nicht sehr lange bleiben. Eigentlich bin ich nur gekommen, um mein Handy zu holen.«

Valborg rieb sich mit dem Finger unter der Nase, nickte so heftig, dass ihre Brille ein wenig herabrutschte und schob sie mit einer gereizten Geste wieder hinauf.

»Ach wirklich? Nun ja, Marit hat mir erzählt, dass du wieder angefangen hast zu schreiben.«

»Ja, das auch.«

Er hörte zögernde Schritte. Marit lugte hinter den Mänteln an der Garderobe hervor, und er sah flüchtig ihre nackten Schultern.

»Oh, Tobias!«

Er trat ein und schloss die Tür hinter sich.

Sie hatte geduscht, ihre Haare waren noch nass, und sie war in ein großes gestreiftes Badetuch gehüllt. Er umarmte sie, drückte die Lippen auf ihren Scheitel.

»Schön, dich zu sehen!«, sagte sie gepresst.

»Ja, aber ich muss leider sofort wieder weg, Marit. Es tut mir schrecklich Leid.«

Er spürte, wie sie in seinen Armen erstarrte.

»Verreist du etwa schon wieder?«

Es kam ihm fast so vor, als hätte sie schon davon gewusst.

»Eine Tasse Kaffee wirst du doch wohl noch mit uns trinken können«, sagte Valborg rasch und humpelte in die Küche. »Ich war ohnehin gerade dabei, welchen zu kochen, ich werde einfach noch einen Löffel Kaffeepulver mehr nehmen.«

»Na schön, eine Tasse auf die Schnelle.«

Er zog die Schuhe aus, hängte seine Jacke auf und fand das Telefon, das noch da lag, wo er es vergessen hatte. Er kontrollierte, dass es abgeschaltet war und steckte es in die Jackentasche.

»Ich hatte mein Handy vergessen. Ist etwas gewesen?«

Marit hielt ihn fest.

»Nein«, murmelte sie, und Tränen kullerten ihre Wangen herab.

»Geh dich lieber anziehen, dir wird doch kalt!«

»Tobias«, jammerte sie. »Warum musst du denn jetzt schon wieder fahren?«

»Wegen meines Vaters.«

»Wieso? Geht es ihm wieder schlechter?«

Er wusste nicht, woher der Einfall kam, aber ihm blieb keine andere Wahl. Die Umstände zwangen ihn zu lügen. Also sah er sie unverwandt an, und es brannte in seinem Hals.

»Sabina hat angerufen. Sie möchte, dass ich so schnell wie möglich komme.«

»Oh, ist es so ernst?«

»Das ist nicht gesagt. Aber ich habe einfach keine Ruhe, wenn ich nicht hinfahre.«

Sie schluckte.

»Ich verstehe.«

In der Küche klapperte Valborg mit dem Porzellan. Die Kaffeemaschine röchelte. Er betrat den Küchenteppich und folgte ihm, als wäre er ein schmaler und klappriger Steg, der zum Küchentisch führte, auf dem eine weißrosa karierte Tischdecke lag. Ein großer runder Käse auf einem Teller, aufgeschnittenes Brot, Gurken- und Tomatenscheiben auf einer Servierplatte. Tassen mit kleinen hellblauen Blumen, die er nie zuvor gesehen hatte, Marit benutzte sonst immer große Becher.

»Setz dich!« Valborg zog ihm einen Stuhl heraus, und sein Blick fiel auf einen Stock, der an der Wand lehnte.

»Was ist mit deinen Fußgelenken passiert?«, fragte er.

»Mit meinen Fußgelenken?« Sie sah ihn verständnislos an. »Wie meinst du das?«

»Ich hatte vorher noch nie gesehen, dass ...«

Valborg hob ein Bein und musterte es.

»Die sehen doch schon seit vielen Jahren so aus. Das kommt davon, wenn man alt wird.«

»Aha«, sagte er, von vagen Schuldgefühlen erfüllt.

»Und Marit, was ist mit dir, kommst du?«

»Ja, gleich.«

Kümmere dich um sie, wollte er sagen. Übernimm du die Verantwortung.

Jetzt kam Marit und trug ihre übliche bequeme Stoffhose und einen formlosen Strickpullover. Sie war sehr blass, ihre Wimpern waren dünn und ungeschminkt. Er versuchte sie anzulächeln.

Valborg schenkte ihnen Kaffee ein.

»Bitte schön, bedient euch!«

An den zierlichen Henkeln der Tasse kamen ihm seine Hände klobig vor. Er pustete und trank. Valborg bestrich eine Scheibe Brot mit Butter.

»Ja, ja«, sagte sie in den Raum hinein. »So ist das.«

Tobias räusperte sich und trank erneut einen Schluck. Er wollte sich auf den Weg machen, die Unruhe nagte an ihm.

»Und was ist das für ein Buch, an dem du gerade schreibst?«, erkundigte sich Marits Mutter. »Geht es wieder um so etwas Schreckliches wie im letzten? Ich habe es gelesen, aber wenn ich ehrlich bin, mag ich diese Art von Büchern nicht besonders.«

»Da bist du nicht die Einzige.«

»Mama, Tobias steht im Moment vielleicht nicht der Sinn danach, über sein Buch zu sprechen. Sein Vater ist krank. Deshalb muss er fort.«

»Oh je, ich verstehe.« Valborg wurde rot.

»Es gibt sowieso noch nicht so viel zu sagen über das Buch«, meinte er beschwichtigend.

Sie hakte sofort nach.

»Ich habe da über etwas nachgedacht, kann man eigentlich wirklich davon leben, Bücher zu schreiben?« Ihre Augen wurden durch die Brille grotesk vergrößert. Sie sah aus wie eine Eule.

»Manche schon, aber es sind nur sehr wenige, die das können.«

»Hm.«

»So jemand wie Liza Marklund«, warf Marit ein. »Sie ist Millionärin.«

»Millionärin?«

»Ja.«

»Was schreibt sie denn? Ich bin anscheinend nicht mehr so ganz auf dem Laufenden.«

»Liza Marklund schreibt Krimis.«

»Aber das tut Tobias doch auch?«

»Ich habe nur einen geschrieben.«

»Und sie? Hat sie viele geschrieben?«

»Ich weiß nicht genau, drei oder vier vielleicht.«

»Dann wird es bei dir bestimmt auch noch gut laufen«, erklärte Valborg reserviert. »Dann wirst du bestimmt auch Millionär.« Sie fischte sich eine Tomatenscheibe, platzierte sie auf dem Rest ihres Brots und schob sich einen riesigen Bissen in den Mund. Tobias vermied es, sie dabei anzusehen.

»Die meisten Leute, die Bücher schreiben, haben daneben bestimmt noch einen anderen Beruf«, fuhr Valborg fort, während sie kaute. »Denn man muss doch Geld verdienen, um leben zu können. Oder etwa nicht?«

Für einen Moment wurde es still, dann sagte Marit:

»Tobias hat ein Arbeitsstipendium des Autorenfonds bewilligt bekommen. Das habe ich dir doch erzählt, Mama.«

»Hmmm. Nicht schlecht.«

»Ja, das ist ziemlich gut.« Er versuchte, sich nicht provozieren zu lassen. »Viele fühlen sich berufen, aber nur wenige sind auserwählt, oder wie es so schön heißt.«

»Sind das Steuermittel?«

»Wie meinst du das?«

»Zahlt das der Staat?«

»Mama!«

Es begann, ihn unter den Armen und im Schritt zu jucken. Er atmete tief durch.

»Und wie geht es Arnold?«, brachte er heraus.

Die Frau sah ihn lange an.

»Weißt du, Tobias, das Leben ist uns nicht immer gnädig. Mein armer Arnold. Manchmal bildet er sich ein, er müsse wieder in die Schule, um zu unterrichten und wird wütend, wenn man versucht, ihn daran zu hindern. Er benutzt Schimpfworte, die er früher niemals in den Mund genommen hätte.«

»Gefällt es ihm in dem Pflegeheim?«

Sie starrte aus dem Fenster. Es hatte angefangen zu regnen. Die Scheibe war mit kleinen schmalen Spritzern übersät.

»Glaubst du wirklich, dass es einem Menschen im Pflegeheim gefallen kann?«

»Das hoffe ich jedenfalls.«

»Steht das jetzt auch deinem Vater bevor? Muss er jetzt auch umziehen?«

»Das weiß ich noch nicht. Ich muss erst nach Hause und mir selber ein Bild machen.«

»Was ist denn eigentlich genau passiert?«, fragte Marit. »Hat Sabina das nicht gesagt?«

»Nein, sie hat nur …« Er verstummte und sah in seine Tasse hinunter.

»Jetzt regnet es wieder«, fuhr er nach einer Weile fort. »Das ist nicht gerade ein aufmunterndes Wetter.«

Sie schwieg und wippte auf ihrem Stuhl.

»Zum Glück nehme ich den Zug. Es ist schön, wenn man bei diesem Mistwetter nicht Auto fahren muss.«

»Ja«, erwiderte sie tonlos.

Als er aufstand, um zu gehen, sagte sie plötzlich:

»Gestern hat übrigens jemand auf deinem Handy angerufen. Eine Frau.«

»Was? Wer denn?«

»Keine Ahnung. Erst dachte ich, es wäre Sabina. Aber das glaube ich nicht, denn sie hätte ja nicht einfach wieder aufgelegt.«

»Dann hat sich jemand verwählt?«

»Nein. Sie hat nach dir gefragt.«

»Aber das Handy war doch gar nicht an?«

»Doch, aber ich habe es nach dem Gespräch abgeschaltet, damit der Akku nachher nicht leer ist.«

In einem unbeholfenen Versuch, Fingerspitzengefühl zu zeigen, ging Valborg auf die Toilette.

»Das war sicher eine Bibliothekarin«, sagte er. »Die rufen dauernd an, um Lesungen mit mir zu buchen.«

»Mag sein«, flüsterte sie.

Er wusste, dass sie ihm nicht traute.

Als er wieder zu Hause war, stellte er fest, dass die Anruferin von einem Handy aus telefoniert hatte. Das Display gab eine Mobilnetznummer an. Das konnte nur Ingelize gewesen sein. Woher kannte sie seine Handynummer?

Sie musste sie von der Auskunft bekommen haben.

Also rief er selber die Auskunft an und bekam die Bestätigung, dass die Nummer, die zuletzt sein eigenes Handy angerufen hatte, der Teilnehmerin Ingelize Moberg in Östra Kvarnberga gehörte. War sie inzwischen schon wieder nach Hause gefahren? Oder war sie noch in Stockholm? Er tippte ihre Nummer ein, und sie meldete sich nach mehrmaligem Klingeln.

»Hier spricht Tobias.«

»Oh, hallo. Du bist es?«

»Du hast versucht, mich auf dem Handy zu erreichen?«

»Ja, aber nicht jetzt, es ist schon eine Weile her, dass ich versucht habe, dich zu erreichen.«

»Ach so. Was machst du gerade?«

»Ich packe. Ich fahre wieder nach Hause.«

»Ich habe beschlossen, auch runterzufahren.«

»Tatsächlich.«

»Was du über das Haus gesagt hast, das vermietet wird, Vesterbergs Haus. Meinst du, es ist noch frei?«

»Warum, willst du etwa sagen, dass du es mieten möchtest?«

»Für eine Weile jedenfalls. Ich muss mir selber ein Bild davon machen, wie die Lage bei uns zu Hause ist. Und außerdem könnte ich dir ja wirklich bei den Pferden zur Hand gehen. Natürlich nur, wenn du das immer noch willst.«

Er hörte sie in den Hörer atmen.

»Das kommt jetzt ein wenig plötzlich«, sagte sie unsicher.

»Ach, schon gut, vielleicht ist es auch keine so gute Idee.«

»Doch, doch! Ich kann mich sofort bei Maria erkundigen. Ich rufe dich gleich wieder zurück.«

Es gelang ihm, eine Fahrkarte für den Zug zu ergattern, den Ingelize nehmen wollte. Am liebsten hätte er ein Auto gemietet, aber er war zu müde, um zu fahren. Er bekam einen Platz in Wagen fünf und Ingelize saß in Wagen drei, in dem sich auch das Zugbistro befand. Es wäre sicher möglich gewesen, einen anderen Platz zu bekommen, aber er wollte allein sein, ertrug es nicht, sie neben sich zu haben, weder sie noch einen anderen Menschen.

Sie hatte Maria Vesterberg erreicht und mit dem Haus war alles klar. Maria würde hingehen und die Heizung einschalten.

»Sie klang freudig überrascht«, erzählte Ingelize. »Im Moment ist ja nun wahrlich keine Saison. Im Sommer mieten immer deutsche Touristen das Haus. Aber jetzt in der Herbstdunkelheit macht es sicher keinen Spaß, in Schweden in einer Bude auf dem platten Land zu hocken. Du kannst das Haus so lange mieten, wie du willst, hat sie mir gesagt. Und wenn sie es rechtzeitig weiß, sagt sie den Deutschen für den Sommer ab.«

»Ich weiß noch nicht, wie lange ich bleiben werde«, sagte er ausweichend. »Ich muss erst mal sehen, wie es so läuft.«

»Ja, klar. Dafür hat sie sicher Verständnis.«

Sie tranken einen Kaffee im Zugbistro. Jetzt war sie wieder wie immer, stand da und balancierte einen Pappbecher in der Hand, verspeiste einen Blaubeermuffin. Sie hatte einen leichten Unterbiss, was ihm bisher nicht aufgefallen war. Er dachte an Valborg. Plötzlich kam es ihm vor, als sähe er die Menschen auf andere Art, als nähme er plötzlich Details und Defekte an ihnen wahr, als wäre sein Blick geschärft worden. Vielleicht konnte er sich das für sein Buch zu Nutze machen. Falls er je wieder anfing zu schreiben.

Sie vermieden es, über Sabina zu sprechen.

Ingelize war jetzt völlig ruhig und cool, ihr Make-up saß perfekt.

»Was machst du denn mit deiner Wohnung?«, erkundigte sie sich.

»Wenn es gut läuft, werde ich sie wohl vermieten. Es dürfte kein Problem sein, einen Untermieter zu finden.«

Ihre Hand näherte sich seiner.

»Ich glaube, das könnte ganz toll werden!«, rief sie. »Es ist anstrengend für eine Frau, alleine einen Haufen Pferde zu versorgen. Außerdem ist es schön, wenn man ein wenig Gesellschaft hat, das will ich gar nicht leugnen.«

»Du hast doch deine jungen Mädchen.«

»Das ist nicht das Gleiche.«

Das Haus lag an der Straße. Es war ein weiß verputztes, zweistöckiges Steinhaus, zu dem ein etwas unebener, mittelgroßer Garten gehörte. Er hatte es nie betreten, erinnerte sich aber noch an Marias Eltern. Ihre Mutter hatte abends in der Schule geputzt und war immer mit dem Fahrrad gefahren – sogar wenn Schneewehen die Landstraße bedeckten. Die Eltern mussten schon lange tot sein. Oder sie lagen wie vertrocknete Bündel in irgendeinem Pflegeheim. Maria war wesentlich älter als er. Er kannte sie genauso wenig wie ihren Mann, der in Kvarnberga ein Taxiunternehmen betrieb.

Als sie ankamen, erwartete Maria sie bereits. Sie waren in Linköping ausgestiegen, wo Ingelize ihren Wagen geparkt hatte. Tobias trug seine Koffer ins Haus.

»Man hat immer ein ungutes Gefühl, wenn ein Haus leer steht«, sagte Maria. »Deshalb freue ich mich wirklich, dass du da bist!« Sie war eine große Frau mit positiver Ausstrahlung.

Wenn sie lachte, entblößte sie jedes Mal einen Teil ihres langen blassen Zahnfleischs. Tobias musste sie einfach immer wieder anstarren.

»Sollen wir eintausendzweihundert Kronen im Monat sagen, ist das ein akzeptabler Preis?«

»Ich weiß allerdings noch nicht, wie lange ich bleiben werde«, wandte er ein.

»Ich weiß, das hat Ingelize mir schon gesagt. Aber das macht nichts, wir sehen von Monat zu Monat weiter. Ich denke, es wird reichen, wenn du das Erdgeschoss benutzt, du hast hier unten vier Zimmer zu deiner Verfügung. Oben sind es genauso viele plus eine Reihe von Abstellkammern und Wandschränken. Du darfst dich natürlich auch oben aufhalten, wenn du willst, aber die obere Etage ist nicht geputzt.«

»Ich brauche nur die Küche und ein Zimmer zum Schlafen.«

Sie lächelte und zeigte ihm erneut ihr Zahnfleisch.

»Hier hast du den Schlüssel. Ich glaube nicht, dass ich dir noch etwas erklären muss, aber wenn was ist, kannst du ja anrufen. An der Wand da hinten hängt ein Zettel mit unserer Telefonnummer.«

Ihm kam ein Gedanke.

»Ich habe von diesem Hardy gehört, ist er inzwischen wieder aufgetaucht?«

Als er seine eigene Stimme diese Worte sagen hörte, wurde ihm ganz heiß.

»Nein, ich glaube nicht.«

»Er ist doch auch früher schon mal verschwunden, nicht?«

»Schon. Aber jetzt … Die Polizei ist da gewesen und hat nach ihm gesucht. Sie sind von Hof zu Hof gefahren. Vor ein, zwei Tagen sind sie in voller Montur bei uns gewesen. Ich dachte, es wäre eine Art Razzia. Sie haben jede Menge Fragen gestellt, aber ich habe Hardy Lindström schon eine Ewigkeit nicht mehr gesehen.«

Tobias schielte zu Ingelize hinüber. Sie schien nicht zu reagieren.

»Er taucht bestimmt wieder auf«, sagte er. »Seltsam übrigens, dass sie so viel Aufhebens um ihn machen. Hat die Polizei nichts Besseres zu tun?«

»Tja, das fragt man sich wirklich manchmal. Aber es kam mir fast so vor, als hätte er wieder etwas ausgefressen, und als suchten sie vor allem deshalb nach ihm.«

Ingelize blieb noch, während er auspackte. Sie saß am Küchentisch, und das klinisch kalte Neonlicht meißelte Schatten in ihr Gesicht. Die Küche war noch wie in früheren Zeiten, denn Vesterbergs hatten nicht großartig renoviert. Der Holzherd stand noch da und war voll funktionstüchtig, aber daneben hatten sie zusätzlich einen Elektroherd gestellt. Es fiel ihm sofort auf, dass es keine Mikrowelle gab.

Farblich war alles in dunklen Grüntönen gehalten. Schränke und Speisekammer hatten grüne Schiebetüren, der Fußboden war aus graugrünem Plastik und hatte ein Medaillonmuster. Im Fenster standen eine kleine Lampe mit einem Schirm in einem Siebzigerjahremuster und unmittelbar daneben eine Topfpflanze. Erwartete Maria von ihm, dass er sie goss? Der Topf stand auf einem leuchtend gelben Spitzendeckchen. Ein ähnliches hatte er einmal bei Marit gesehen. Die Kacheln über der Spüle waren mit selbstklebenden Bildern von Herbstblättern dekoriert, die regelmäßig auf jeder zweiten Kachel prangten. Sie sollten wahrscheinlich farblich zu dem Spitzendeckchen passen.

»Ist es okay?«, fragte Ingelize. Sie hatte am Tisch gesessen und ihn beobachtet.

»Ja, klar.«

»Was hast du jetzt vor? Gehst du direkt zu Sabina und Sigge? Sie warten bestimmt schon auf dich.«

»Ich habe ihnen noch nicht erzählt, dass ich hier bin.«

Sie lachte perlend.

»Das wissen sie auch so. Hier kann man keine Geheimnisse haben, das habe ich dir doch schon erklärt. Übrigens, hast du

Lust, mit zu mir zu kommen? Wir könnten eine Kleinigkeit essen. Ich hole uns etwas aus der Tiefkühltruhe und anschließend trinken wir ein Glas Wein, um auf unsere neue Partnerschaft anzustoßen.«

Sie hatten im Supermarkt von Rimforsa eingekauft. Tobias hatte Kaffee, Brot, Salami und Käse sowie einige Sixpacks Bier gebunkert.

»Nein, ich komme lieber morgen früh zu dir. Ich denke, heute Abend muss ich erst einmal zu mir kommen. Wenn das okay ist.«

»Natürlich, das verstehe ich sehr gut. Ach, übrigens, Tobias, ich bin wirklich sehr froh, dass du hier bist. Ich freue mich, dass du es zumindest einmal versuchen willst. Ich denke, es könnte richtig toll werden. Meinst du nicht auch?«

Als sie gegangen war, senkte sich die Stille wie ein Deckel auf ihn. Er inspizierte die Zimmer, die sparsam, aber liebevoll möbliert waren. Im Esszimmer hing ein großer, imposanter Kronleuchter. Erstaunlich, dass sie ihn nicht bei sich zu Hause aufhängten! Nun ja. Er würde hier ohnehin nie sitzen, sich mit der Küche und dem Schlafzimmer begnügen. Vielleicht noch das Wohnzimmer benutzen, weil dort der Fernseher stand. Es war ein weißer Apparat mit einer Zimmerantenne. Wenn er denn überhaupt funktionierte. Er steckte ihn ein und hörte sofort den Ton von Jeopardy mit Magnus Härenstam als Moderator. Er ließ den Apparat laufen, während er ins Schlafzimmer ging, das von einem riesigen Doppelbett dominiert wurde. An der Wand stand ein Gitterbett für kleine Kinder mit einer nackten Matratze. Hier wälzten sich also sonst dick und fett von ihren Bratwürsten die Deutschen, dachte er.

Er hatte keine Bettwäsche mitgenommen, nur seinen Schlafsack. Als er zu Bett gehen wollte, musste er zudem feststellen, dass er Handtücher vergessen hatte. Er würde sich morgen welche besorgen müssen. Sabina konnte ihm sicher ein paar leihen.

Als er an Sabina dachte, spürte er Stiche in der Magengrube und ein brennender, ätzender Schmerz durchzuckte ihn, sodass er sich eine ganze Weile krümmen und die Hände gegen den Unterleib pressen musste. Er atmete flach und keuchend und nach einer Weile klang der Anfall wieder ab.

Er kehrte in die Küche zurück, öffnete eine Dose Bier und nahm einen Schluck. Wussten Sabina und sein Vater wirklich, dass er hier war? Er holte sein Handy und das Ladekabel heraus und schloss es an die Steckdose an. Dann trank er noch einen Schluck Bier, hatte aber keinen Hunger. Ob er hier im Haus rauchen durfte? Er hatte keine Lust, sich deshalb mit der sympathischen Maria Vesterberg zu streiten.

Deshalb öffnete er die Tür auf der Rückseite des Hauses und gelangte in einen feuchtkalten Vorraum. Dann trat er auf die Eingangstreppe hinaus. Auf der anderen Seite der Hecke lag das Nachbarhaus, aber die Fenster waren ausnahmslos leer und schwarz.

Eisige Abendluft schlug ihm entgegen. Der Himmel war mit Sternen übersät. Er zündete sich eine Zigarette an und lauschte auf Geräusche. In der Ferne hörte man bellende Rufe, vielleicht von Rehböcken, die um diese Jahreszeit sicher in der Brunft waren. Oder es waren die Hirsche auf dem eingezäunten Areal der Brüder Holmgren. Ivan und Erik. Die eineiigen Zwillinge waren seine Klassenkameraden gewesen. Sie waren im Dorf geblieben und hatten gemeinsam den Hof übernommen.

Solange Tobias denken konnte, hatte es Hirsche bei den Holmgrens gegeben. Ein kleines Hirschkalb, das seine Mutter verloren hatte, wurde von ihnen mit der Flasche großgezogen. Die Hirschkuh war bei der Geburt gestorben. Mit ihrer Gebärmutter stimmte etwas nicht, sie löste sich ab und kam zusammen mit dem Kalb heraus. Das kleine Hirschkalb tauften sie Alvar. Es wurde sehr zahm, und sie hielten es anfangs in der Küche. Aber Alvar wurde größer und bekam ein Geweih und dadurch wurde er auch gefährlich, sodass der Vater der Zwillinge sich gezwungen sah, ihn zu betäuben. Er schoss mit einem Blasrohr auf das Kalb und Alvar taumelte und stürzte. Mit einem Fuchsschwanz wurden anschließend die großen Geweihenden gekappt.

Tobias hatte damals daneben gestanden und bei der dramatischen Behandlung zugesehen. Ihm war genau wie den Zwillingen nicht ganz wohl bei der Sache gewesen. Aber Alvar schien nicht leiden zu müssen. Die Wundflächen bluteten nicht einmal. Nach einer Weile kam er wieder auf die Beine, stolperte zu den anderen Hirschen, schüttelte sich und war wie immer.

Ob Alvar noch lebte? Wohl kaum. Er wäre jetzt schon weit über dreißig Jahre alt. Nur Elefanten wurden so alt. Vermutlich hatte er seine Tage als zäher Braten auf einem Esstisch beschlossen.

Tobias fror in seinen dünnen Kleidern. Er drückte die Zigarette an der Hauswand aus und ging wieder hinein. Auf einmal waren sein Rücken und sein Kopf sehr müde. Er streckte sich auf dem Schlafsack aus und bereute, dass er nichts zu lesen mitgenommen hatte. Auf dem Nachttisch lag ein Stapel Broschüren mit Informationen in deutscher, englischer und schwedischer Sprache. Zerstreut blätterte er in ihnen.

Der Kinda-Kanal, der freundliche Kanal. Eine Reise durch die Zeit.

Astrid Lindgrens Welt in Vimmerby. Er las laut auf Deutsch, *hier könnt ihr mit Pippi im Limonadenbaum umherklettern, mit Karlsson vom Dach hinuntersausen …* bis ihm die Augen zufielen und er schlief.

Es war die Stille, die ihn weckte. Sein linker Arm war eingeschlafen, aber mit etwas Mühe gelang es ihm, ihn anzuheben, sodass er auf die Uhr sehen konnte. Zwanzig Minuten nach neun. Der Fernseher war noch an gewesen, als er sich hingelegt hatte, es war ein vertrautes und beruhigendes Geräusch gewesen, das ihn in den Schlaf gewiegt hatte.

Jetzt war es plötzlich vollkommen still im ganzen Haus!

Sein erster Gedanke war ein Stromausfall. Aber das Licht ging doch noch, die Nachttischlampe und die Lampen in der Küche brannten. War vielleicht nur eine Sicherung herausgesprungen? Aber warum? Er fühlte sich bedroht, wollte sich aufsetzen, konnte es aber nicht, und blieb deshalb auf dem Rücken liegen, den Blick an die Decke gerichtet.

Dort oben bewegte sich etwas, etwas Dunkles. Er sah ein schwaches Zittern. Erst begriff er nicht, was er da sah, dann wurde es ihm schlagartig klar:

Eine riesengroße Spinne hatte genau über dem Bett und seinem Kopfkissen ihr Netz gesponnen. Tobias brummte, kam auf die Beine und lief mit einem erstickten und angeekelten Schrei ein paar Schritte vom Bett weg. Es saß etwas in dem Netz, es war eine Fliege. Groß und träge war sie aus ihrem Winterschlaf erwacht, als sich die Wärme in den Zimmern ausbreitete, hatte ihr Winterquartier verlassen und war geradewegs in den Schlund des Todes geflogen.

Es war die größte Spinne, die Tobias je gesehen hatte. Er hatte keine Angst vor Spinnen, Phobien waren ihm fremd. Aber als Bettgenossin wollte er sie andererseits auch nicht unbedingt haben. Er musste einen Handfeger oder etwas Ähnliches holen, um sie fortzuschaffen. Er stützte sich an der Wand ab, bekam eine Gänsehaut, schauderte und schluckte.

Vor allem aber musste er ins Wohnzimmer gehen und nachsehen, was mit dem Fernseher passiert war.

Sie saß auf der Couch und hatte die Hände im Schoß gefaltet. Sie trug eine Brille, so hatte er sie noch nie gesehen. Er war erleichtert. Hastig drehte sie sich zu ihm um und machte Anstalten aufzustehen.

Mit wenigen schnellen Schritten war er bei ihr und packte sie an den Armen. Sie war warm und lebendig, und er nahm ihre Hände in seine und hob sie hoch. Sie entwand sich seinem Griff und stieß ihn von sich.

»Ich habe geklingelt«, rief sie, »aber die Klingel geht nicht!«

»Ich habe dich nicht gehört. Keinen Mucks habe ich gehört. Ich muss geschlafen haben.«

»Die Tür war nicht abgeschlossen, da habe ich die Klinke gedrückt und bin hineingegangen.«

»Woher wusstest du, dass ich hier bin?«

Sie lächelte müde.

»Das weiß doch jeder.«

Er nahm ihr die Brille ab. Dann waren seine Finger überall, in ihren Haaren und auf ihren Augenbrauen. Sie roch schwach nach Ammoniak, nach den Tieren.

»Du bist so … verändert. Du siehst aus wie eine Museumskuratorin!«

»Wirklich?«

»Warum hast du dir die Haare schneiden lassen?«

»Es war mir einfach danach. Manchmal bekommt man eben Lust, sein Äußeres zu verändern. Hast du das noch nie erlebt? Hast du nie dein altes Äußeres abwerfen und ein vollkommen neuer Mensch werden wollen?«

»Sabina ...«

»Ist es dir noch nie so gegangen?«

Er schüttelte den Kopf.

»So einfach ist das aber nicht. Und das weißt du auch.«

Sie saß da und kratzte sich mit den Fingernägeln die Arme, kratzte durch den Stoff der Bluse.

»Weiß mein Vater auch, dass ich hier bin?«

Sie nickte.

»Was sagt er dazu?«

»Er freut sich. Er findet es eine gute Idee, das Haus hier zu mieten. Er versteht, dass du ungestört sein musst, wenn du schreibst. Dein Vater ist ein so sanftmütiger und toleranter Mensch.«

»Möchtest du etwas trinken?«, sagte er hastig. »Ich kann dir ein Bier anbieten.«

»Nein, danke.«

Er atmete schwer, ihm schwirrte der Kopf.

»Warum bist du gekommen?«

»Um zu hören, ob du etwas brauchst.«

»Ob ich etwas brauche?«

Ihre Finger spielten mit dem Anhänger, den verschränkten Händen aus Gold. Dem Schmuckstück, das sie von Carl Sigvard bekommen hatte. Seine Fingerspitzen folgten den Konturen ihres Munds und ihrer Nase.

»Lass das!«, rief sie.

Er packte ihre Handgelenke und drückte sie auf die Couch hinunter. Er hielt sie fest, als wäre das, was er wirklich brauchte, zu hören, wie sie die Beherrschung verlor. Ihr Knie schoss in die Höhe und traf ihn im Schritt. Der Schmerz verschlug ihm den Atem. Er ließ sie los und brach auf dem Fußboden zusammen, keuchte und stöhnte und hatte eine Hand gegen seine Zähne gepresst. Sie folgte ihm wie ein Raubtier, zwang ihn auf den Rücken, hielt ihn mit ihren Schenkeln fest.

»Wir dürfen das nicht! Wir dürfen das nie mehr tun!«

Er stemmte sein Becken in die Höhe, aber sie war stark, sie

warf sich nach vorn und packte seine Handgelenke auf die gleiche Weise, wie er zuvor die ihren ergriffen hatte. Seine Knöchel scheuerten über den Fußboden, und das tat höllisch weh. Ihr Gesicht kam näher, die Haut unter ihrem Kinn hing schlaff.

»Was tust du«, jammerte er. »Zum Teufel, Sabina, was tust du da?«

Da tropfte etwas warm auf seinen Hals. Sie weinte. Sie schluchzte verbissen, ließ ihn aber nicht los, sondern drückte nur immer fester zu. Sie trug keine Schuhe, ihre Bluse hing lose aus der Hose. Ein Knopf hatte sich geöffnet, war von ihrer Brust abgesprungen. Er sah einen glänzenden, geblümten BH.

»Sabina«, stöhnte er. »Verzeih mir. Ich verspreche, dich nicht mehr anzurühren. Ich weiß nicht, was in mich gefahren ist.«

Sie schluchzte mehrmals laut auf, änderte jedoch ihre Position nicht. Rittlings blieb sie auf ihm sitzen, sodass die Wärme ihrer Schenkel und ihres Schoßes sich unmittelbar auf sein Becken übertrug. Und in den Tiefen des stechenden Schmerzes geschah etwas mit seinem Körper und langsam, ganz langsam wurde etwas geboren, das Lust glich. Sabina spürte, was in ihm vorging, und löste die eiserne Klammer ihrer Schenkel. Sie legte sich auf den Boden, kroch zu ihm und begann behutsam, seine Jeans aufzuknöpfen.

»Sabina«, sagte er mit belegter Stimme, aber sie hörte nicht zu, sondern war jetzt bei ihm, Haut an Haut, öffnete sich ihm und führte ihn ein.

Nachher blieben sie auf dem Fußboden liegen. Er war kurz aufgestanden und hatte die Lampen ausgeschaltet, denn ihm war auf einmal bewusst geworden, dass man hineinsehen konnte. Bei der Gelegenheit hatte er Decken geholt, die er über ihnen ausbreitete. Er lag neben ihr und spürte ihr Herz, hatte fast das Gefühl, es schlagen zu hören.

»Warum bist du zurückgekommen?«, fragte sie. »Tobias, warum hast du das getan?«

»Aber begreifst du denn nicht? Ich musste zurückkommen und es mit eigenen Augen sehen.«

»Was denn sehen?«

»Dass alles ist, wie es sein soll.«

»Nichts wird jemals mehr so sein, wie es sein soll.«

»Meinst du nicht?«

»Nein. Nicht hier drin.«

Sie zeigte auf ihre Stirn. Ihre Tränen liefen nach hinten, in ihre Haare.

»Woran denkst du? Denkst du an Carl Sigvard?«

»Ja.«

»Wie geht es ihm?«

Sie antwortete fast lautlos.

»Nein, sag nichts, erwähne seinen Namen nicht, wenn wir einander so nah gewesen sind, das ist falsch, dadurch wird alles verkehrt.«

Er küsste ihre Wangen, schmeckte die salzigen Tränen.

»Lass es uns nie mehr tun. Ist es das, was du willst?«

»Ja … Nein! Ja …«

Er sehnte sich intensiv nach Musik, nach einem Klavierkonzert von Mozart, etwas Heiterem in Dur. Er legte die Decke um sie und schloss die Augen.

Aber sie brach das Schweigen.

»Die Polizei ist bei uns gewesen«, sagte sie, und in ihrer Stimme schwang Trotz mit.

»Offenbar gehen sie von Haus zu Haus.«

»Ja. Sie suchen, aber sie werden nie etwas finden.«

Er nickte. Sein Kinn lag an ihrem Hals. Seine Zungenspitze glitt heraus, berührte das goldene Schmuckstück und schmeckte Metall und Salz.

»Zumindest wenn dich keiner gesehen hat.«

»Mich hat keiner gesehen. Keiner ist nahe genug gekommen. Außerdem ist nichts Verdächtiges daran, wenn der Besitzer eines Floßes sich bei seinem Floß aufhält. Das ist völlig normal.«

»Liegt es noch im See?«

»Ich werde es mit dem Traktor an Land ziehen, ehe der See zufriert. Aber das hat noch Zeit.«

»Und wenn jemand herumschnüffelt, solange es an Land liegt?«

»Warum sollte das jemand tun? Da gibt es nichts zu sehen. Es ist nur ein altes Floß. Es liegt seit vielen Jahren dort.«

Er wollte eine rauchen, zog sich aus ihrer Wärme zurück und kroch auf allen vieren in die Küche. Sein Hodensack tat weh und schien angeschwollen zu sein. Er fand seine Zigaretten, schlich zurück und zündete sich eine an. Morgen konnte er immer noch lüften.

Sie hatte sich aufgesetzt, lehnte mit dem Rücken an der Couch und war dabei, sich ihre Kleider überzustreifen.

»Weiß er, dass du hier bist?«, fragte Tobias.

»Ich habe ihm gesagt, dass ich eventuell bei dir vorbeischauen würde. Ich habe dir eine Tüte Zimtschnecken mitgebracht, die ich heute gebacken habe.«

Er rauchte einen tiefen, beruhigenden Zug.

»Ich werde Ingelize bei der Arbeit mit den Pferden helfen.«

»Ich weiß.«

»Woher zum Teufel weißt du das alles?«

»Das war mir einfach klar. Du hast es mir selbst vor einer Weile erzählt.«

»Ich habe aber nicht gesagt, dass ich auf ihr Angebot eingehen würde, nur, dass sie mich gefragt hat.«

»Jetzt bist du jedenfalls hier.«

»Ingelize hat mich in Södertälje aufgesucht. Weißt du das etwa auch?«

»Na ja, nicht direkt. Sie hat dir erzählt, dass sie in den Stall gekommen ist?«

»Ja. Ich habe den Eindruck, dass sie etwas ahnt.«

»Ich war gerade dabei, alles sauber zu spritzen. Ich habe ihr gesagt, dass ich ein Tier notschlachten musste. Sie schnüffelt überall herum. Ich kann sie nicht leiden.«

»Ich habe das mit dem Ochsen weitergesponnen und ihr gesagt, es sei meine Schuld gewesen, dass er sich losgerissen hat. Sie meinte, sie wolle mit der Polizei über ihren Verdacht sprechen, aber ich denke, das habe ich ihr ausreden können.«

»Und wie?«

Sabina starrte ihn an, mit hochgezogenen Schultern.

»Ich habe nicht mit ihr geschlafen, falls du das meinst.«

Sie verzog das Gesicht.

»Nein, aber sie fühlt sich zu dir hingezogen. Du bist ein Schriftsteller, du warst im Fernsehen!«

»Nur deshalb, glaubst du?«

»Ich kann dir nicht vorschreiben, was du zu tun hast. Dazu habe ich kein Recht. Aber wenn sie anfängt, Schwierigkeiten zu machen, könnte das ein Problem werden.«

»Sie wird uns wohl kaum etwas nachweisen können.«

»Nein. Aber sie könnte erzählen, was sie gesehen hat und vermutet. Die Polizei hat die Runde gemacht. Weil sie nicht zu Hause war, werden sie sicher noch einmal zurückkommen. Es sei denn, die Polizei vergisst sie, aber das glaube ich nicht. Immerhin war sie es, die Ann-Mari geholfen hat, die Vermisstenanzeige aufzugeben.«

»Sie haben Ingelize bestimmt schon befragt. Denkst du nicht, dass sie ihr schon alle Fragen gestellt haben, als sie anrief?«

»Mag sein. Aber selbst wenn sie den Stall nach allen Regeln der Kunst durchkämmen würden, glaube ich nicht, dass es für sie etwas zu finden gäbe. Ich habe ihn wirklich gründlich geschrubbt.«

Er blies Rauch aus, dachte an den Hut, brachte es aber nicht über sich, etwas zu sagen.

»Und was ist mit DNA-Tests und so?«, fragte er.

»Was soll sich damit schon beweisen lassen? Sie finden vielleicht ein Haar oder Barthaar. Na und? Er hat doch im Stall gearbeitet. Er ist doch andauernd dort gewesen.«

»Das ist wahr.«

»Was ist mit der Vespa. Bist du sie losgeworden?«

Er nickte.

»Möglich, dass sie irgendwer findet. Aber niemand kann wissen, wie sie dort gelandet ist.«

»Na also. Dann brauchen wir uns bestimmt keine Sorgen zu machen.«

Als er die Tür geöffnet und sie hinausgelassen hatte, ging er ins Schlafzimmer zurück. Er hatte sich mit einem Handfeger bewaffnet, ließ die Rollläden herab und machte Licht.

Die Spinne war nicht mehr da.

Das Netz hing noch an der Decke, ebenso wie die trockenen Überreste der Fliege. Aber die Spinne war verschwunden.

Tobias kniete sich hin und sah unter dem Bett nach. Meter für Meter suchte er das Zimmer ab, ohne sie finden zu können. Der Gedanke, mit dem Wissen ins Bett zu gehen, dass jederzeit dicke Spinnenbeine über sein schlafendes Gesicht krabbeln konnten, war ihm ein Gräuel.

Das sah ihm eigentlich nicht ähnlich. Nichts sah ihm mehr ähnlich.

Er nahm seinen Schlafsack und legte sich stattdessen auf die Couch. Mit der Hand um den Hodensack dachte er an Sabina und schlief kurz nach Mitternacht ein.

Sabina hatte es sich zur Gewohnheit gemacht, ihn zum Abort zu begleiten, ihn dort allein zu lassen und nach einer Weile zurückzukommen, wenn sie der Meinung war, dass er fertig sein sollte. Sie war wie eine Glucke, die schreckliche Angst hatte, er könnte mit seinen Krücken ausrutschen. Statt der Kalksäcke stand nun eine Dose Dimilinpulver auf dem Plumpsklo. So war auch mehr Platz.

»Und im Übrigen leben wir im 21. Jahrhundert«, hatte sie gesagt und ihm einen spöttischen Blick zugeworfen. »Kalk ist von gestern. Heute geht es nicht mehr um Massengräber im Ersten Weltkrieg.«

»Hör mal, so wahnsinnig alt bin ich nun auch wieder nicht.«

Er mochte es, wenn sie sich neckten, aber in letzter Zeit war sie nur noch selten in der Stimmung dazu gewesen. Sie war abgekämpft und müde angesichts der ganzen Verantwortung für den Hof, ihn selbst und Adam.

Sie war weggegangen.

»Ich gehe mal zu Vesterbergs und sehe nach, ob Tobias zurechtkommt.«

»Dass der Junge sich gar nicht bei uns gemeldet hat!«

»Er will uns bestimmt überraschen.«

»Ich finde es jedenfalls verdammt eigenartig, für teures Geld ein Haus zu mieten, wo wir hier doch Platz genug hätten.«

Sie stellte ihm eine Tasse Kaffee hin.

»Du musst ihn verstehen, Carl Sigvard. Er ist Schriftsteller, er ist nicht wie wir. Er muss seine Ruhe haben. Das musst du doch auch manchmal, nicht wahr?«

Sie lachte wieder neckisch.

Doch. Sicher musste er für das eine oder andere seine Ruhe haben. Aber der Gedanke, dass sie irgendwo vor dem Plumpsklo stand und wartete, hemmte ihn, und er verkrampfte sich. Inzwischen hatte er schon zwei Tage lang sein Geschäft nicht mehr verrichten können.

Sie warf sich ihre Jacke über, wollte gehen.

»Bestell ihm jedenfalls schöne Grüße von mir«, sagte er säuerlich. »Sag ihm, dass er zu Hause immer willkommen ist.«

Ehe sie ging, schaltete sie ihm noch den Fernseher ein, aber das Programm störte ihn nur, und er griff nach der Fernbedienung und schaltete ihn wieder aus. Stattdessen blätterte er in der Tageszeitung, überflog aber nur die Schlagzeilen. Irgendetwas beunruhigte ihn, aber er wusste nicht, was es war. War es Sabina? Ihre seltsamen Stimmungsumschwünge, so als würde sie ihm etwas verheimlichen. Er sehnte sich nach ihr, sein ganzer Körper sehnte sich nach ihr. Er wollte in sie eindringen, ihr ganz nahe sein, seinen und ihren Rhythmus finden. Aber im Moment wagte er sich an derartige Aktivitäten noch nicht wieder heran. Die Schmerzen in seinem Bein und im Beckenbereich hielten ihn zurück.

Außerdem war sie jetzt abends immer so müde, legte sich auf den Bauch und atmete tief und ruhig. Aber er wusste, dass sie nicht immer einschlief. Er hatte sie wachliegen und sich räuspern hören, als sie dachte, er würde es nicht hören, und er hatte erkennen müssen, dass sie wach war, aber offenbar nicht wollte, dass er es wusste.

Alles war irgendwie aus den Fugen geraten. Nicht nur er und sein unbrauchbarer Körper, sondern auch sie und ihr alltägliches Leben, und das war seine Schuld, das ließ sich nicht wegdiskutieren. Auch Adam hatte sich seit dem Unfall verändert. Er blieb die meiste Zeit in seinem Zimmer. Er wusste genau, dass dies Sabina quälte, auch wenn sie alles daransetzte, sich nichts anmerken zu lassen.

Jetzt rumorte es in seinem Bauch, das kam vom Denken, es brachte seine Verdauung auf Trab. Er hätte in diesem Moment ungestört die Toilette im Haus benutzen können, aber er wollte nicht. Er musste sich die Kontrolle über seinen Körper und seinen Alltag zurückerobern.

Draußen war es bereits dunkel, aber das machte nichts, seine Augen würden sich schon an die Dunkelheit gewöhnen, sobald er das Haus verlassen hatte. Außerdem war er den schmalen Pfad zum Plumpsklo schon so oft gegangen, dass er jeden Schritt und jede Unebenheit kannte.

Mit etwas Mühe gelangte er in den Flur. Die Griffe der Krücken waren mit Schaumgummistreifen umwickelt, die Sabina zugeschnitten hatte. Sonst tat es an den Händen zu weh, immer wieder sein ganzes Gewicht vorwärts zu wuchten. Er holte sich Blasen. Carl Sigvard lehnte die Krücken an den Türrahmen, warf sich die Jacke über und ließ das Licht an, als er das Haus verließ. Es lag zwar kein Schnee mehr, aber es war kalt. Der Sternenhimmel wölbte sich über ihm, und er blieb einen Moment stehen und schöpfte Kraft, um weitergehen zu können.

Trotz der Dunkelheit fiel ihm das Gehen leichter, als er gedacht hätte. Er stützte sich auf seine Krücken und schleppte sich den schmalen hart gefrorenen Pfad entlang. Sie hatte ihn nie verspottet, weil seine Toilettengänge so kompliziert waren. Svava war da weniger verständnisvoll gewesen.

Svava, ja. Die Sterne schienen sicher auch über ihr, wo immer sie in diesem Moment sein mochte. Schlief sie jetzt? Oder vögelte sie wild und tierisch mit einem isländischen Wikinger. Der Gedanke quälte ihn nicht mehr. Was sie ihm damals angetan hatte, hatte ihn zutiefst verletzt. Aber das war vorbei. All diese Dinge waren vorbei.

Er kam leichter voran, wenn Sabina nicht dabei war. Ihre nervösen Blicke irritierten ihn. »Da kannst du die Krücke nicht absetzen, pass auf, achte auf den Stein dort!« Nun musste er sich ganz auf sich selbst verlassen. Er war jetzt angekommen und musste sich für einen Moment auf die Krücken lehnen, um wieder zu Atem zu kommen.

Er würde gesund werden, völlig gesund.

Als er die Toilette verließ, nahm er eine Bewegung am Stall wahr. Dort stand jemand an der Wand! Wollte jemand den Tieren etwas antun? Plötzlich war er fest davon überzeugt, dass es Hardy Lindström war. Es war eine große und schlaksige Männergestalt. Das Scheunentor quietschte. Die Hunde blieben still, aber sie kannten Hardy natürlich auch und würden niemals unnötig anschlagen.

Was machte Hardy in ihrer Scheune? Versteckte er sich da etwa vor der Polizei?

Wut flammte in ihm auf. Dieser junge starke Hardy Lindström, der einen nie richtig ansah. Aalglatt und schlüpfrig war er und dann diese wahnwitzige Idee, den armen Adam in grelle Klamotten, Glitter und Flitter zu stecken! Er machte aus dem Jungen einen Hanswurst, und es wunderte ihn, dass Sabina das nicht zu merken schien, dass sie Hardy so blind verteidigte. Wenn man ihrem Jungen schon etwas schenkte, dann sollte es doch wenigstens etwas Ordentliches sein. Man durfte ihn nicht wie auf einem Jahrmarkt vorführen, wie den Elefantenmenschen oder die Dame mit Bart. Tretet näher, Herrschaften, und seht euch diesen Kretin an, schaut, was er kann! Stattdessen sollte man ihn respektvoll behandeln und keine Dinge von ihm verlangen, die derart sinnlos waren. Man konnte sich bemühen, einen halbwegs normalen Menschen aus Adam zu machen, und seinen geringen Verstand dafür einsetzen, was ein Mann braucht, um ein anständiges Leben zu führen. Vielleicht würde er dann irgendwann einmal ausziehen, in einer eigenen Wohnung leben können, sodass auch Sabina und er ein normaleres Leben führen konnten.

Sanft setzte er die Krücken auf die Erde und hüpfte vorwärts, schnell, aber sehr leise, denn er würde Hardy überrumpeln und ihn unter Druck setzen. Die Polizei würde sicher nicht so intensiv nach ihm suchen, wenn er nichts angestellt hätte, Betrügereien und Ähnliches, er hatte ein faules Ei auf dem Korn, und die Tiere standen dort allein. Seit dem Unfall war er nicht mehr im Stall gewesen. Es wurde allmählich Zeit, dass er seine Position auf dem Hof wieder einnahm. Seine Wut wurde immer größer und verlieh ihm die nötige Kraft.

Er war jetzt an der Tür, die einen Spaltbreit offen stand. Ein Hauch der Tierwärme drang durch den Schlitz ins Freie, und er zog mit einer Krücke die Tür auf, um hineingelangen zu können. Er hörte Geräusche aus dem Stall, ein Schreien und Brüllen, das ihn stehen bleiben und die Luft anhalten ließ. Dann ertönten dumpfe Schläge, so als gingen zwei Menschen mit Fäusten und Schädeln wütend aufeinander los. Ab und zu hörte man auch den Klang von etwas Hartem, Metallischem. Er spürte, dass sich leise Furcht in ihm regte, aber seine Wut war stärker und zwang ihn vorwärts. Er fand den Schalter und machte das Licht an.

Die Geräusche hörten sofort auf. Adam stand in der Sattelkammer. Er war allein und hatte einen Arm zum Schlag erhoben, in der Hand hielt er eine Mistgabel. Sein Gesicht war rot angelaufen, er schluchzte und schnaubte, seine Brust hob sich, er schnaufte und sein Unterkiefer hing herab.

»Adam!«, rief Carl Sigvard.

Der Junge schien ihn nicht zu hören. Er stand da und zielte mit der Mistgabel, als läge da ein unsichtbarer Feind, bereit, zum Angriff überzugehen.

»Adam!«, schrie er erneut. »Adam, verdammt noch mal, was treibst du denn da?«

Es schepperte, als Adam die Mistgabel losließ, die zu Boden fiel, wieder hochfederte und mitten im Gang landete. Die Tiere waren bisher still gewesen, aber jetzt begannen die Schweine zu schreien und zu quieken. Adam atmete keuchend, seine Schultern hoben und senkten sich, er röchelte. Er sah so eigenartig groß aus. Es lag an den Proportionen seines Körpers, offensichtlich hatte er einige Kilo abgenommen.

Die Finger rutschten an den Krückengriffen ab. Carl Sigvard merkte, dass er fror.

»Adam«, sagte er flehend. »Wir zwei gehen jetzt wieder ins Haus. Sabina kommt gleich zurück.«

Als der Junge den Namen seiner Mutter hörte, schien er sich zu beruhigen. Er sank etwas in sich zusammen, und die Schneidezähne fuhren über die Lippe. Ein schwacher, jammernder Laut drang aus seiner Kehle.

Carl Sigvard füllte seine Lungen mit Luft.

»Bist du allein?«, fragte er.

Adam stierte ausdruckslos ins Leere.

»Mit wem hast du gekämpft, Junge?«

Er bekam keine Antwort.

»Heb die Mistgabel auf, und stell sie wieder an ihren Platz!«

Erstaunt stellte er fest, dass Adam ihm gehorchte.

»Wir gehen jetzt rein«, sagte er und versuchte mit fester Stimme zu sprechen. »Wir gehen ins Haus und warten auf deine Mama.«

Ihre Mutter war am Putzschrank, holte den Staubsauger heraus, stellte ihn auf den Fußboden und schraubte ihn zusammen. Das Geräusch des Staubsaugers, der über den Fußboden jaulte, war ihr seit der Kindheit verhasst.

Ihre Mutter hatte sich hinter diesem Geräusch verschanzt, den Samstagmorgen stets mit diesem aggressiv bohrenden Grollen begonnen, das Marit aus der Betäubung des Schlafs vertrieb. Die Tür zum Flur hatte ein wenig offen gestanden und die Bürste über den Teppichboden gescharrt, denn vor ihrem Zimmer gab es unter Umständen einen Fleck, einen Spritzer lauwarmer Milch, der verschüttet worden und zu einer fast unsichtbaren Kruste erstarrt war.

Mit brennenden Augen waren Marit und ihr Vater in ihren Bademänteln herumgelaufen und hatten sich an die Spüle zurückgezogen, wo sie im Stehen mit Teeblättern und Wasser hantierten. Dann war die Küche an der Reihe gewesen. Gereizt war der Volta-Staubsauger auf seinem runden harten Bauch über die Türschwelle gerollt. Der Mund ihrer Mutter war schmal und farblos gewesen. Sie hatte die beiden nicht angesehen, sondern einfach nur vertrieben, und die Bürste hatte nach ihren nackten Füßen geschnappt, der Volta war eine Waffe gegen Wehrlose gewesen. Denn was konnten sie ihm schon entgegensetzen, Marit und ihr magerer, unbeholfener Vater?

Ihr Vater war schließlich immer in der Garage verschwunden, wo er sich mit seinem Auto beschäftigt hatte. Unter einer Motorhaube gab es halt immer etwas zu tun, auch wenn er alles andere als technisch begabt war. Marit hingegen hatte ihre Schulbücher auf den Schreibtisch gelegt, es jedoch nicht gewagt, die Tür zu schließen, denn das wäre ihr vorgekommen, als hätte sie eine Handgranate entsichert.

Später, wenn nachmittags die Waschmaschine lief, hatte ihre Mutter das Abendessen vorbereitet. Den ganzen langen Tag setzte sie sich kein einziges Mal hin, doch, beim Essen, aber gleich danach war sie wieder auf den Beinen gewesen, um sich des Geschirrs anzunehmen.

»Lass mich das doch machen!« Marit hatte die flehende Stimme ihres Vaters noch im Ohr, aber jetzt war längst alles zu spät, denn wenn sie schon den ganzen Tag geschuftet hatte, musste sie es auch zu Ende bringen. Anschließend würde sie ins Bett fallen, die schmerzenden und brennenden Füße auf ein Kissen hochgelegt, stigmatisiert durch trockene Risse.

»Mama, das brauchst du doch nicht zu tun«, sagte sie flehentlich. Jetzt war sie die erwachsene Marit und ihre Mutter eine gebeugte alte Frau, die ihr keine Antwort gab, sondern ruckhaft das Staubsaugerrohr ohne Bürste bewegte, um in alle Ecken und Nischen zu kommen und auch noch die letzten Krümel an der Fußleiste unter der Küchenbank zu erwischen.

Eingefrorene Positionen, Stellungskrieg.

Marit ging ins Badezimmer und schloss die Tür hinter sich ab. Ja. Sie schloss ab. Das harte Rauschen erreichte sie auch hier, aber es war schwächer.

»Tobias«, flüsterte sie dem Spiegel zu.

Sie dachte an die Frau, die ihn auf seinem Handy angerufen hatte. Sie hatte ihren Namen nicht genannt, war ganz förmlich geblieben.

»Ich wollte Tobias sprechen, ist er da?«

Die Worte hatten sie getroffen wie ein Schlag mit der flachen Hand.

»Wer ist am Apparat?«, war das Einzige gewesen, das sie herausgebracht hatte. Die Frau hatte nicht geantwortet, sondern einfach aufgelegt.

Seit er gefahren war, hatte er nichts mehr von sich hören lassen. Vielleicht stimmte es ja auch, was er sagte, dass der Empfang dort so schlecht war.

War er jetzt bei ihr, bei der Frau, die angerufen hatte? Sie ärgerte sich, dass sie nicht herauszufinden versucht hatte, woher der Anruf gekommen war. Aber das Handy gehörte Tobias, und sie hatte kein Recht, in seinem Privatleben herumzuschnüffeln. Oder hatte sie das vielleicht doch? War sie nicht auch ein Teil seines Privatlebens?

Er war ihr gegenüber nicht ehrlich. Er verheimlichte ihr etwas und schien völlig durcheinander zu sein. Er schob es darauf, dass er mit seinem Buch nicht weiterkam. Aber darum ging es nicht, das spürte sie genau. Aber worum ging es dann? Hatte sie alles kaputtgemacht, als sie versuchte, ihn zu einer Entscheidung zu zwingen? War sie zu fordernd gewesen?

Ihre Mutter war jetzt fertig und schaltete den Staubsauger aus. Langsam ging Marit zu ihr hinaus und merkte, dass ihr Herz heftig pochte.

Ihre Mutter saß mit breit gespreizten Beinen da. Die braunen Strümpfe waren heruntergerutscht.

»Ich habe für dich Staub gesaugt«, sagte sie, als hätte Marit es wider Erwarten nicht bemerkt.

»Danke, aber das wäre nicht nötig gewesen.« Marit presste sich ein Lächeln ab, um ihrer Andeutung von Kritik die Spitze zu nehmen.

»Das stimmt. Aber ich dachte, ich nutze die Gelegenheit.«

»Findest du, dass es bei mir so dreckig ist?«

»Du solltest solche Worte nicht in den Mund nehmen, du nicht, immerhin bist du eine gebildete Frau, die in einer Bücherei arbeitet, jetzt enttäuschst du mich aber.«

»Ach, nun komm schon, dann eben schmutzig!«

Sie schenkte ihrer Mutter und sich selber ein Glas Orangensaft ein und stellte den Staubsauger weg.

»Meiner ist besser«, stellte ihre Mutter fest. »Obwohl er viel älter ist, saugt er doch ganz anders.«

»Aber es ist ja wohl kaum noch der Staubsauger, den du früher hattest, als ich noch zu Hause wohnte!« Wieder lachte sie trocken, um sich zu schützen. Ihre Mutter nippte an dem Saft.

»Nein, aber zehn Jahre ist es sicher schon her, dass wir ihn gekauft haben, dein Vater und ich. Bei OBS in Bromma, bist du da schon mal gewesen?«

»Nein.«

»Nein, warum solltest du auch, das liegt ja am anderen Ende von Stockholm.«

Die Wolken hingen tief, zogen schwer über die Dächer. Schnee lag in der Luft.

»Tobias hat nicht angerufen?«, sagte ihre Mutter. Marit hatte die Frage schon erwartet.

»Nein.«

»Ist das nicht ein wenig seltsam?«

»Nein. Warum denn? Man kann in Kvarnberga nicht mit dem Handy telefonieren, man bekommt kein Netz.«

»Mag sein, aber es gibt doch auch noch normale Telefone.«

»Vielleicht hatte er bis jetzt keine Gelegenheit.«

»Marit, ich möchte mich wirklich nicht in dein Leben und deine Entscheidungen einmischen, beim besten Willen nicht. Aber ich habe doch Augen im Kopf.«

»Was willst du damit sagen?«

»Versteh das jetzt bitte nicht falsch, liebes Kind. Ich will nur, dass du ... dass du glücklich bist.«

Die knöcherne fleckige Hand ihrer Mutter, Marit hätte am liebsten geweint, als sie die Hand sah, Tränen darüber vergossen, dass sie einander nicht nahe kamen.

»Bist du glücklich?«, sagte sie dumpf.

Ihre Mutter zuckte zusammen, als wäre ihr eine solche Frage

noch nie zuvor gestellt worden. Sie trommelte leicht mit den Fingern auf dem Tisch.

»Glücklich? Ich bin alt, ich habe mein Leben gelebt. Aber du hast noch so viel vor dir. Viele Jahre. Ich möchte, dass du einen Mann findest, der dich wirklich zu schätzen weiß.«

Das war zu viel. Sie musste aufstehen und die Küche verlassen. Im Flur, das Gesicht in ihren Mantel gebohrt, rief sie in die Küche:

»Zu schätzen weiß! Das Eine kannst du mir glauben, Tobias weiß mich auf seine Art sehr wohl zu schätzen, du siehst es nur nicht, du kannst es nicht sehen, es ist nichts, was man so ohne weiteres mit dem bloßen Auge sehen kann!«

Sie hörte die Stimme ihrer Mutter, die an der Spüle stand und ihr durch das Rauschen des Heißwasserhahns zurief:

»Mädchen, du redest ohne Sinn und Verstand!«

In diesem Moment traf sie ihre Entscheidung.

Als er aufwachte, war ein beinahe unhörbarer Ton in seinem Kopf, der aber dennoch unablässig erklang. Er war in ihm, sobald er die Augen geöffnet hatte. Er war alles andere als ausgeschlafen, zog die Knie im Schlafsack an die Brust und erinnerte sich im gleichen Moment wieder an den gestrigen Abend. Sein Hodensack tat weh, er nahm ihn in die Hand, fror.

Es war Viertel vor sechs. Eine Zeit lang blieb er mit geschlossenen Augen liegen und versuchte wieder einzuschlafen, aber der Ton war immer noch da und beunruhigte ihn. Vor dem Fenster lauerte die Dunkelheit. Trotz der Kälte im Zimmer stand er schließlich auf und ging in die kahle militärgraue Dusche. Er zog die Unterhose aus und blickte an seinem Körper herab, drückte das Kreuz durch, schaffte es jedoch nicht, diese Körperhaltung beizubehalten. Die Zehennägel mussten geschnitten werden, sie waren lang und rissig und so scharf, dass sie die Strümpfe zerrissen. Er bekam eine Gänsehaut und stellte sich unter die Dusche. Es dauerte ein paar Minuten, bis das Wasser eine annehmbare Temperatur erreicht hatte.

Während er unter dem heißen Wasserstrahl stand, fiel ihm wieder ein, dass er kein Handtuch eingepackt hatte. Glücklicherweise hing an einem Haken ein kleines zerknittertes Gästehandtuch. Das musste reichen.

Außerdem wurde ihm klar, dass er zu wenig Kleider mitgenommen hatte. Was er dabei hatte, war jedenfalls nicht unbedingt geeignet, um es bei Ingelize im Stall zu tragen.

Es war eben einfach alles zu schnell gegangen. Tobias zog das Hemd und die schwarze Jeans an, die mittlerweile ziemlich verwaschen und eher schmutzig grau war. Konnte man sie vielleicht noch einmal färben? Er rasierte und kämmte sich. Sein Pony war viel zu lang, er hätte längst zum Frisör gemusst. In einer der Küchenschubladen fand er eine Schere, und obwohl sie ziemlich stumpf war, gelang es ihm, den Pony ein wenig zu stutzen. Es wurde nicht gerade, aber das machte nichts. Er bürstete die Haare in die Toilette und spülte sie hinunter.

Während das Kaffeewasser kochte, machte er sich auf die Suche nach Filtertüten und entdeckte schließlich einen ausgebleichten Stapel unter einem Tablett. Im Fernsehen liefen die Morgennachrichten auf TV 4. Es war ziemlich genau ein Monat vergangen, seit die beiden gekaperten Flugzeuge in das World Trade Center geflogen waren, und ein Großteil der Nachrichtensendungen beschäftigte sich nach wie vor mit der Katastrophe.

Er schnitt ein paar Scheiben Brot ab und belegte sie mit Salami. Der Kaffee hatte einen bitteren Beigeschmack. Er hätte ihn mit heißem Wasser verdünnen sollen, konnte sich aber nicht dazu aufraffen. Stattdessen blieb er am Küchentisch sitzen, kaute das Brot und lauschte den Stimmen aus dem Fernseher, ohne jedoch wirklich zu erfassen, was gesagt wurde.

Sabina, dachte er, und der Name wurde zu einem jammernden Laut in seinem Kopf.

Er holte das Handy. Niemand hatte versucht, ihn zu erreichen. Er hatte ein Netz, würde also telefonieren können. Aber wen sollte er anrufen? Er wählte die Nummer von Görel und Klara, da er das Gefühl hatte, die Stimme eines Menschen hören zu müssen, den er gekannt und der ihm nahe gestanden hatte. Görel ging dran. Am liebsten hätte er gleich wieder aufgelegt, aber dazu war es schon zu spät.

»Tobias?«, sagte sie überrascht. »Wo bist du?«

»In Kvarnberga. Bist du so früh schon wach?«

Sie lachte leise.

»Ist bei dir alles in Ordnung?«, fuhr er fort.

»Alles bestens.«

»Verstehst du dich gut mit ... Rickard?« Es fiel ihm schwer, den Namen des Psychiaters auszusprechen.

Görel lachte erneut.

»Er tut mir gut, sehr gut.«

»Das freut mich unheimlich für dich.«

»Hm. Und was ist mit dir?«

»Wie meinst du das?«

»Wie läuft es mit deiner Bibliothekarin?«

Er hatte nicht die geringste Lust, am frühen Morgen mit seiner Exfrau über Beziehungen zu diskutieren.

»Ist Klara zu Hause?«, fragte er.

»Schon. Aber sie schläft noch. Sie hat heute später Schule.«

»Würdest du sie bitte von mir grüßen?«

»Was ist los, Tobias? Ist etwas Besonderes?«

»Nein, nein. Nichts Besonderes.«

»Wie geht es dem großen Siouxhäuptling Sitting Bull?«

»Wie bitte? Meinst du meinen Vater?«

»Ja.«

»Besser, glaube ich.«

»Bestell ihm schöne Grüße. Und pass auf dich auf. Bis bald.«

Er drehte eine Runde ums Haus, vertrat sich die Beine und rauchte seine fünfte Zigarette. In einem Strauch hüpfte ein Vogel mit rostfarbenen Federn, was ihn an die alte Fabel vom Vogel Rotbrust erinnerte, der einen Stachel aus Jesus' Dornenkrone gerissen und zur Belohnung seine schöne Farbe bekommen hatte.

Der Garten war gepflegt, sie hatten ihn auf den Winter vorbereitet. Hinter dem Haus stand ein Schuppen. Er öffnete die Tür und ging hinein. Hier wurden die Sommersachen verwahrt, die Gartenmöbel und eine Reihe großer Tontöpfe, der Rasenmäher, ein zusammengefalteter, gestreifter Sonnenschirm. Zwei Damenräder. Mit etwas Mühe gelang es ihm, eines von ihnen ins Freie zu bugsieren. In den Reifen war kaum noch Luft, aber auf dem Gepäckträger klemmte eine Luftpumpe. Er ging in die Hocke und pumpte.

Beim Radfahren bekam er kalte Finger. Außerdem war die ganze Zeit dieser Ton da, schwach, aber unüberhörbar. Der Sattel war zu niedrig eingestellt, er schlug mit den Knien an den Lenker. Er musste sich Werkzeug leihen und ihn höher stellen. Er würde Ingelize fragen.

Sie kam gerade aus dem Stall, als er auf ihren Hof bog. Sie hob den Arm und winkte.

»Guten Morgen. Schön, dass du so früh kommst. Herzlich willkommen!«

Tobias stieg vom Fahrrad.

»Danke.«

»Gut geschlafen?«

»Aber ja.«

»Hast du schon gefrühstückt?«

»Japp.«

»Ich auch. Ich wollte nur noch einen heißen Mimosa-Tee trinken. Du kannst auch eine Tasse bekommen, wenn du möchtest.«

»Ich könnte Anziehsachen gebrauchen«, sagte er. »Ich habe zu wenig mitgenommen.«

Ihre blau geschminkten Augen nahmen Maß.

»Du kannst dir bestimmt ein paar von Jens' Sachen leihen. Er ist stolzer Besitzer einer kompletten Reiterausrüstung inklusive einer Sicherheitsweste für Reitturniere, hat aber noch nie auf einem Pferd gesessen. Eigentlich sollte er reiten lernen, aber dazu ist es nie gekommen. Ich denke, ihr habt ungefähr die gleiche Größe.«

»Okay.«

Die Küche war warm und gemütlich. Im Hausflur kam ihnen eine Katze entgegen, streckte sich, miaute. Ingelize sprach mit ihr wie mit einem kleinen Kind und goss Milch in eine Schale.

»Sie heißt Vanja. Eines Abends saß sie hier einfach auf der Treppe. Keiner hat sich als ihr Besitzer gemeldet. Das ist jetzt ein Jahr her.«

»Hier in der Gegend wimmelt es nur so von Katzen.«

»Ja, aber es wimmelt auch von Mäusen. Also werden sie gebraucht, die kleinen Miezekatzen. Übrigens werde ich mir einen Hund anschaffen.«

»Tatsächlich. Warum?«

Sie schwieg einen Moment.

»Es ist natürlich ein bisschen lächerlich«, sagte sie dann. »Ich habe noch nie Angst im Dunkeln gehabt, aber in letzter Zeit hat sich das geändert. Vor allem jetzt im Herbst, wenn es so dunkel ist. Ich brauche einen Wachhund.«

»Warum hast du Angst im Dunkeln? Ist etwas passiert?«

»Ich weiß nicht, es ist einfach so. Ich bin auch dazu übergegangen, die Tür abzuschließen. Das habe ich früher nie getan. Es ist wohl eine Macke, die ich auf meine alten Tage entwickelt habe.«

Sie stellte die Thermoskanne und einen Teller mit einem frisch gebackenen Sandkuchen auf den Tisch. Er nahm ein Stück in die Hand. Es war lauwarm und krümelte.

Ingelize seufzte.

»Und die Koppel da draußen wird jetzt wohl nie fertig werden.«

»Sollte Hardy Lindström sie für dich bauen?«

»Ja.«

Der Ton in seinen Ohren wurde lauter.

»Er kommt sicher bald zurück«, hörte er seine eigene Stimme.

»Glaubst du wirklich?« Sie trank einen Schluck Tee. Ihr Hals bewegte sich, als sie schluckte.

»Sicher. Hab noch ein wenig Geduld. Außerdem steht der Winter vor der Tür. Da nützt dir die Koppel ohnehin nichts.«

»Ja, da hast du Recht.«

Die Uhr über der Küchenzeile schlug halb acht. In der Ferne

hörte man das Geräusch eines Dieselmotors. Vielleicht war es der Schulbus. Die Katze sprang auf die Küchenbank, legte den Kopf schief und sah ihn aus grünen Augen an. Ingelize streichelte ihr gepunktetes Fell.

»Haben sich Sabina und Sigge gefreut, dass du gekommen bist?«, fragte sie.

Tobias nickte.

»Denkst du, du kannst hier schreiben? Bekommst du hier genug Inspiration?«

»Das wird sich zeigen. Jedenfalls habe ich mein Powerbook mitgenommen.«

»Ich hoffe, es klappt! Du schreibst so gut, Tobias, so wahnsinnig gut.«

»Danke.«

»Mir ist da übrigens etwas eingefallen. Wir haben noch gar nicht über deinen Lohn gesprochen.«

»Nein.«

»Ich habe mir gedacht … wenn du halbtags hier arbeitest. Also ich bin nicht steinreich, ich hoffe, das ist dir klar.«

»Bist du nicht?«, sagte er, in dem Versuch zu scherzen.

»Nein, beileibe nicht. Aber wie wäre es, wenn ich dir siebentausend Kronen geben würde? Na ja, außerdem darfst du natürlich so viel reiten, wie du willst. Und das Einkommen hättest du vermutlich nicht, wenn du in Södertälje geblieben wärst.«

»Das ist völlig in Ordnung.«

»Wie schön! Das freut mich! Sollen wir einen Vertrag aufsetzen? Dann hätten wird das gleich erledigt.«

»Ach was, das hat doch noch Zeit. Lass uns erst einmal sehen, wie es läuft.«

Ingelize stand auf, ging ins Wohnzimmer und kehrte mit drei Büchern zurück, seinen Büchern.

»Hier, die Bücher. Könntest du bitte so nett sein und einen kleinen Gruß hineinschreiben?«

Er erinnerte sich, was sie über die Bücher gesagt hatte. Sie hatte sie an jenem Mittwoch dabeigehabt, damit er ihr Widmungen hineinschreiben konnte. Sie war in den Stall gekommen, als Sabina mit dem Wasserschlauch die Spuren des Geschehenen beseitigte.

Der leise Ton surrte jammernd und schrill. Mechanisch hob er den Stift, schlug die Bücher auf und schrieb.

Sie nahm die Bücher in Empfang und las:

Für Ingelize, in alter Freundschaft. Tobias Elmkvist.

»Weißt du, was komisch ist«, sagte sie und auf ihrer Nasenwurzel bildeten sich feine Falten. »Alle Männer, die ich kenne, haben die gleiche Handschrift.«

»Wirklich?«

»Ja, ziemlich klein und unregelmäßig, wenn du entschuldigst.«

»Vielleicht sind wir an anderen Stellen ja nicht so klein und unregelmäßig«, scherzte er.

Sie kicherte, hielt den Stift in der Hand. Auf dem Tisch lag ein Schreibblock, der mit Worten und Zahlen voll gekritzelt war, die kreuz und quer überall notiert worden waren, wo gerade Platz war. Geschrieben, während sie telefonierte. Gezeichnet hatte sie auch, Blumen und abstrakte Muster. Sie schlug ein neues Blatt auf und schrieb ihren Namen. Ingelize Moberg. Sie hatte eine schöne Handschrift mit großen schwungvollen Rundungen.

»Ich frage mich, was ein Graphologe dazu sagen würde«, sagte er.

»Eine starke und tatkräftige Person. Charakterfest, begabt«, erwiderte sie.

Sie wurde vom schrillen Klingeln des Telefons unterbrochen, kehrte ihm den Rücken zu und ging an den Apparat.

»Ja, am Apparat. Aha. Ja, davon habe ich gehört. Doch, das lässt sich einrichten. Sicher. Heute Nachmittag. Sie finden den Weg?«

Als sie aufgelegt hatte, verschwand sie in der oberen Etage und kam nach einer Weile mit ein paar Kleidungsstücken zurück.

»Du kannst die hier mal anprobieren!«, sagte sie.

Tobias ging auf die Gästetoilette, die frisch renoviert war. Die Kacheln an Wänden und Fußboden waren weiß mit einem schwarzen Wellenmuster. Eine schwarze Spitzengardine verdeckte das halbe Fenster. Er musste an Halloween denken. Der starke Parfümgeruch der Seife reizte seine Schleimhäute und ließ ihn ein paar Mal niesen. Er zog sich aus und probierte die grüne, nie benutzte Reithose mit Ledereinsatz und ein kariertes Hemd. Ärmel und Hosenbeine waren ihm eine Spur zu kurz.

»Passt alles?«, rief Ingelize aus dem Flur.

»Ja.«

»Ich habe hier auch noch einen Pullover und Wollsocken und Stiefel. Welche Schuhgröße hast du?«

»44.«

»Dann wirst du dir wie letztes Mal ein Paar Stiefel aus dem Stall nehmen müssen. Jens hat so wahnsinnig kleine Füße. Hm, das war übrigens das Einzige, was mich ein wenig abschreckte, als ich ihn damals kennen lernte.«

Er öffnete die Tür und kam heraus.

»Oh, sieh einer an! Ja, das wird gehen. Die Hemdsärmel brauchst du nicht zuzuknöpfen, wenn du den Pullover drüberziehst. Die Socken kannst du bis zu den Knien hochziehen.«

»Abschreckte?«, sagte er fragend.

Sie wand sich ein wenig.

»Es hat mich regelrecht abgeturnt«, bekannte sie schließlich. »Aber glücklicherweise hatte er, hm … andere Qualitäten.«

In einem Anbau des Pferdestalls hatte sie ein kleines Büro, in dem sie ihren Buchungskalender aufbewahrte. An den Wänden hingen Bilder von Islandpferden, und in einer Ecke stand eine alte Facit, eine Reiseschreibmaschine.

Tobias legte die Finger auf die Tasten.

»Das gibt's ja gar nicht! Benutzt du die noch?«

»Ja, manchmal schon. Manche Leute wollen eine Quittung haben.«

»Die muss doch mindestens hundert Jahre alt sein?«

»Sie ist aus den Sechzigern und funktioniert tadellos, aber ich fürchte, dass man bald keine Farbbänder mehr bekommen wird.«

»Dann wirst du wohl auf Computer umsteigen müssen.«

»Das habe ich schon getan. Ich habe meine eigene Homepage. Man muss mit der Zeit gehen.«

Sie blätterte im Buchungsbuch.

»Heute haben wir einen ruhigen Tag«, sagte sie. »Das ist auch gut so, denn heute Nachmittag bekomme ich unerwarteten Besuch.«

»So?«

»Von der Polizei.«

Der Ton in seinen Ohren wurde lauter. Er klang wie ein Draht, ein Metalldraht, der bis zum Äußersten gespannt ist.

»Ja, ich habe schon gehört, dass sie überall vorbeischauen«, hörte er seine Stimme sagen. »Sabina hat mir erzählt, dass sie auch bei ihr und meinem Vater waren.«

»Sie sind anscheinend hier gewesen, als ich in Stockholm war.«

»Dass sie so früh anrufen! Das ist ja fast schon unverschämt!«

Sie blätterte in dem Buch, ihre Nägel glänzten rot. Sie wechselte das Thema.

»Aber morgen«, sagte sie und begegnete seinem Blick, »morgen um diese Zeit kommen sieben Leute von einer Computerfirma. Sie leiten den Herbst mit einem Kick-Off ein. Und ein Teil des Kick-Offs ist ein Ausritt.«

»Sind sie früher schon mal geritten?«, erkundigte sich die Tobiasstimme.

Sie nahm einen Stift und notierte etwas in dem Buch.

»Nicht genug, um ohne Hilfe zurechtzukommen.«

»Was haben wir zu tun?«

»Zunächst werden wir die Pferde verteilen. Sie dürfen mit auf die Weide kommen und sie dort holen, das finden die Leute immer ganz toll. Außerdem machen sie sich so direkt mit ihrem Pferd vertraut. Anschließend zeigen wir ihnen, wie sie die Tiere striegeln und ihnen die Hufe auskratzen müssen. Um Sattel und Trense müssen wir uns selber kümmern, das schaffen sie beim ersten Mal noch nicht. Ja, und dann muss man ihnen natürlich beim Aufsitzen helfen und den Steigbügel einstellen und so weiter.«

»Da gibt es ja einiges zu tun«, stellte er fest.

»Ja. Und genau deshalb bin ich so froh, endlich jemanden zu haben, der mir dabei hilft. Ich lasse sie in der Regel erst ein paar Runden in der Halle reiten. Sie müssen sich herantasten dürfen. Manche sind nervös und haben Angst, und die Männer trauen sich oft nicht, das zuzugeben, aber man merkt es ihnen an, sieht es an ihrer Körpersprache. Sie sitzen so auf dem Pferd.«

Sie zog die Schultern hoch und umklammerte nervös imaginäre Zügel, warf misstrauische Blicke nach links und rechts.

Tobias zwang sich zu einem Lachen.

»Gibt es denn gar keine Frauen, die Schiss haben?«

»Doch, sicher. Der Unterschied besteht darin, dass sie sich nicht schämen, es zuzugeben.«

»Aha.«

»Ja, und dann reiten wir aus«, fuhr sie fort. »Aber wir lassen es ruhig angehen. Ein bisschen Tölt können wir ihnen schon zumuten, aber im Galopp sollen nur die reiten, die es auch wollen. Wer nicht will, wird mit einem von uns den Hang hinauf vorreiten. Man darf nie jemanden zu etwas zwingen. Das könnte sonst richtig übel ausgehen.«

Sie öffnete einen Schrank und holte einige bananenförmige Satteltaschen heraus.

»Wir reiten immer zum Berg hinauf, du weißt schon, wo du und ich beim letzten Mal waren. Es ist so großartig da oben, sie sind immer ganz beeindruckt von der Aussicht. Dort machen wir dann auch ein Picknick. Ich bereite Brote vor, und in dem Schrank da drüben haben wir die Dosen mit Kaffeepulver und Tee. Die Plastiktassen nehme ich übrigens wieder mit zurück und spüle sie. Schlau, nicht? Aber das verrätst du besser niemandem, es könnte ein wenig geizig wirken.«

Nachher dachte er, sie hätte es sehen müssen. Sie hätte es ihm ansehen und außerdem hören müssen, was er hörte, den schrillenden Ton, der immer lauter und immer unerträglicher wurde. Sie hätte sein Verhalten deuten und sich ihm in den Weg stellen müssen, sich nicht auf ihn einlassen und ihn immer weiter mitlocken dürfen.

»Wir reiten mal eine Proberunde, damit du den Weg findest.«

Sie stand vor ihm und sah ihm unverwandt in die Augen. Sie war klein, und die Stiefel umschlossen ihre Waden hauteng.

»Ich finde den Weg schon«, sagte er gedämpft, aber ohne Nachdruck. Ich bin hier doch aufgewachsen.

Letzteres dachte er nur, sprach es nicht laut aus, denn sie war schon draußen im Stall und mehrere Pferde warfen ihre Mähnen.

»Du kannst heute mal Elfur reiten. Er ist ein richtiger Temperamentbolzen, das wird eine echte Herausforderung für dich. Aber du wirst ihn bestimmt mögen.«

Sie zeigte zu einer Box, und er sah einen schwarzen, zierlich geformten Pferdekopf.

»Ein kleiner Tipp. Lass die Hand schön unten, er ist unglaublich empfindlich. Und treib ihn nie mit den Schenkeln vorwärts.«

Was hatte sie vor? Wollte sie ihn auf die Probe stellen? Sehen, ob er als ihr Helfer überhaupt taugte? Ob er die siebentausend Kronen im Monat wert war?

»Elfur läuft nicht gerne zusammen mit anderen Pferden«, rief sie ihm von den Sätteln zu. »Aber er muss sich daran gewöhnen, denn sonst habe ich nichts von ihm.«

Das Pferd scheute, als Tobias die Tür zu seiner Box öffnete, wich zurück und schlug gegen die Wand.

»Ruhig, ganz ruhig.« Tobias legte den Arm um den muskulösen Pferdehals, und es gelang ihm, dem Pferd eine Trense überzustreifen. Anschließend führte er das Tier hinaus und band es an einem Pfosten fest.

Ingelize bereitete ihren Schimmel vor.

»Das hier ist Snær«, plauderte sie weiter. »Du bist ihm schon begegnet, er ist mein Privatpferd, ein ganz wunderbares Tier. Klug und sicher.«

Er zog den Sattelgurt in Etappen fest. Erst die linke Seite, dann die rechte. Dann stellte er die Steigbügel ein und erkannte, dass er vergessen hatte, vor dem Satteln die Hufe auszukratzen und zu bürsten.

Unablässig waberte der Ton in seinem Gehirn.

Er holte einen Hufkratzer und nutzte die Gelegenheit, um eine Kappe aufzuprobieren. Als er den Kinnriemen zuknöpfte, wurde es kurz still. Doch dann kehrte der Ton stärker, höher als zuvor wieder zurück.

Er fand eine Jacke, deren Stoff ganz steif war, als hätte sie so lange am Haken gehangen, dass ihre Falten starr geworden waren. In ihren Taschen lag ein Paar Reithandschuhe.

Er band das Pferd los und saß auf. Augenblicklich begann es zu bocken. Er ließ sich schwer auf den Sattel fallen, versuchte, sich zu entspannen. Der Tierkörper vibrierte unter ihm. Er dachte an seine Mutter, an Svava, hatte plötzlich das Gefühl, sie säße hinter ihm, glaubte ihren Bauch an seinem Rücken zu spüren. Vorsichtig führte er das Pferd im Schritt auf die Bahn. Es war schwer zu halten, sobald er die Hände bewegte, begann es zu tänzeln.

»Geht's?«, rief Ingelize. Sie machte gerade eine Satteltasche fest. Er antwortete nicht, presste stattdessen seine Fersen leicht in die Seiten des Pferdes. Das Tier schnaubte und machte einen Versuch, sich aufzubäumen. Reflexartig verlagerte er sein Gewicht nach vorn und brachte das Tier so dazu, wieder auf allen vieren zu landen. Er murmelte und sprach mit ihm, *hou, hou,* die alten isländischen Trostlaute, an die er sich aus seiner Kindheit erinnerte.

»Der hat ganz schön Power, was?«, rief Ingelize ihm zu. Sie saß jetzt im Sattel und näherte sich Elfur. Das Pferd schreckte zurück und legte die Ohren an.

»Halt dagegen!«, sagte Ingelize. »Er darf so nicht weitermachen. Manchmal glaube ich, er ist verrückt. Aber du wirst schon mit ihm zurechtkommen, das weiß ich. Zeig ihm, wer hier das Sagen hat!«

Sobald sie die Halle verlassen hatten, ließ sie Tobias vorreiten. Er saß im Sattel und lauschte in seinen Kopf hinein. Das Pferd führte er rein mechanisch, und es gehorchte ihm und begann zu tölten. Sie ritten entlang der Felder und überquerten den Kahlschlag. Hier musste man vorsichtig sein, denn die Erde war mit Zweigen und Gestrüpp bedeckt, unter denen es Hohlräume geben konnte, die man nicht sah. Dann ging es auf den sandigen Waldweg, wo sie in einen wütenden Galopp wechselten. Sie folgte ihm, blieb dicht auf seinen Hufspuren, jagte ihm nach, dass der Schweiß von den Pferdeleibern triefte.

Der Tag war kalt und still, der Himmel farblos, transparent wie schwebender Nebel. Ein Schwarm Dohlen erhob sich aus den Baumwipfeln und flog mit erzürnten Rufen über ihnen davon. Er drehte sich zu ihr um. Sie war jetzt dicht hinter ihm, und ihre Augen tränten durch den Luftzug.

Begann sie, sich zu fürchten?

Dazu hätte sie jedenfalls allen Grund gehabt, als sie sich dem Abgrund näherten, sie hätte etwas ahnen und ihm Einhalt gebieten müssen. Sie hätte Halt machen und sich damit begnügen können, zum Aussichtsplatz hinaufzuzeigen. »Da oben rasten wir dann, aber heute nicht, wir reiten wieder nach Hause, wir reiten morgen mit der Gruppe hin.«

Das hätte sie sagen können.

Aber sie sagte es nicht.

Stattdessen blieb sie unmittelbar hinter ihm und machte nicht einmal den Versuch, das Tempo zu drosseln –

Und so gab es keine Möglichkeit mehr zu verhindern, was geschehen würde.

Sie banden die Pferde getrennt an. Ingelize machte die längliche Satteltasche los und ging zu einem Baumstumpf. Dort breitete sie eine Decke aus und holte die Thermoskanne und zwei verbeulte Einwegtassen heraus. Sie sagte kein Wort und nachher fiel ihm auf, wie seltsam das gewesen war. Sie redete doch sonst wie ein Wasserfall.

Er sagte ebenfalls nichts, nahm die Dose mit dem Pulverkaffee, gab drei Löffel in jede der Tassen und goss Wasser dazu.

Sie ging in die Hocke.

»Man muss Acht geben, dass niemand zu nahe an den Rand geht«, sagte sie, als sie ihre Tasse ausgetrunken hatte. »Die Erde ist so porös. Jedes Jahr wird sie ein bisschen mehr unterhöhlt.«

Er nickte, ließ sie nicht aus den Augen.

Sah sie aufstehen und sich die Beine vertreten.

Trockenes und gelbes Gras.

Er stand auch auf.

»Bis hierher, aber keinen Schritt weiter«, sagte sie und kehrte ihm den Rücken zu.

Er war jetzt ganz nah, und seine Hände waren nackt, er hatte seine Handschuhe ausgezogen.

Unter dem Stoff der roten Jacke spürte er ihr Rückgrat.

Sie war ganz still, als sie fiel.

Er nahm die Kappe ab und hielt die Luft an. Der Ton in seinem Kopf war verstummt. Er stand da in Jens Mobergs etwas zu kleinen Reitklamotten, und der Ton war verschwunden. Er war abgesehen von den Pferden ganz allein auf dem Berg. Sie schnaubten und zerrten an ihren Zügeln, und er erkannte, dass es schwierig sein würde, sie nach Hause zu bekommen, weil sie sich nicht mochten. Bedächtig packte er die Thermoskanne und die Tassen zusammen und legte sie in die Tasche zurück.

Der Ton in seinem Kopf war fort, aber an seine Stelle waren nun Kopfschmerzen getreten, die von einem Punkt in der Stirn ausgingen, und jedes Mal, wenn er den Kopf bewegte, flimmerte es vor seinen Augen.

»Ingelize«, sagte er tonlos. »Ingelize!«

Er legte sich bäuchlings auf die Erde und robbte zum Rand des Abgrunds. In der Ferne konnte er Skamön erkennen, und er lag eine Weile da und starrte auf den Horizont, ehe er sich in der Lage fühlte, hinunterzuschauen. Der Schmerz pulsierte gegen das Stirnbein.

Anfangs sah er sie nicht, nur die Spuren ihres Sturzes. Sie hatte Kies und Zweige mitgerissen und eine kleine Birke abgeknickt. Er schob sich vor, öffnete den Mund und sprach erneut ihren Namen aus.

Nach einer Weile erblickte er etwas Rotes ganz unten an den Felsen am Ufer. Es war ihre Jacke. Er merkte, dass er weinte, musste sich zurückschieben und aufsetzen und die Tränen mit dem Ärmel abwischen. Er schnäuzte sich mit den Fingern, wischte sie am Erdboden ab, nahm seine Position am Rand wieder ein. Doch. Jetzt konnte er sie deutlich erkennen. Sie lag in einer seltsam verdrehten Körperhaltung zwischen den Felsen. Sie lag mit zurückgeworfenem Kopf zwischen den Felsen und rührte sich nicht.

Er hatte das Handy nicht mitgenommen. Es lag noch in Ingelizes Haus.

Plötzlich hatte er es eilig. Er schnallte die Taschen hinten an den Sattel des weißen Pferdes, kontrollierte, dass die Steigbügel richtig fest saßen, band das Pferd los.

»Lauf heim«, sagte er.

Das Pferd drehte sich um, senkte den Hals und zupfte ein paar Grashalme ab. Er ließ es in Ruhe, verknotete nur noch die losen Zügel und ging zu Elfur.

Das Pferd scharrte mit den Hufen im Moos. Es klackerte, wenn das Eisen auf Stein traf. Das Tier schnaubte und warf den Kopf so heftig herum, dass der Sattel wackelte. Daraufhin zog er den Sattelgurt noch ein Loch enger, sodass Elfur seine langen gelben Zähne bleckte und nach ihm schnappte. Er stieß dem Tier die Faust in die Seite und schrie.

Das Pferd lief los, noch ehe er richtig im Sattel saß, und für einen Moment glaubte er herunterzufallen. Dann hatte er das Tier wieder unter Kontrolle. Es ging steil bergab, sodass er das Tempo niedrig halten musste, damit es nicht zu schnell hinunterging. Aus den Augenwinkeln sah er Ingelizes Pferd. Es folgte ihnen mit etwas Abstand.

Er erreichte den Reiterhof, ohne einer Menschenseele begegnet zu sein, saß ab und führte den geifernden und keuchenden Elfur in seine Box. Auch Snær war bereits da, blieb auf dem Rasen stehen und graste.

»Hallo«, sagte eine Mädchenstimme.

Tobias erschrak, denn er hatte geglaubt, er wäre allein.

Das Mädchen kam ihm entgegen. Sie war etwas älter als Klara und hatte helle, gewellte Haare, die auf den Kragen herabhingen.

»Es ist ein Unglück passiert«, sagte er schnell. »Hast du ein Telefon dabei?«

Sie stand vor ihm und biss sich auf die Unterlippe.

»Hast du eins?«, brüllte er.

»Nein.«

»Verdammter Mist! Wir müssen Hilfe holen. Ingelize ist den Abgrund hinuntergestürzt.«

»Das kann doch nicht wahr sein!« Dem Mädchen blieb der Mund offen. Er sah, dass sie eine Zahnspange trug und nahm auch Essensreste wahr, die in den Metallschrauben hängen geblieben waren.

»Lauf zum Haus«, rief er. »Wähl 112 und sag ihnen, sie sollen sich beeilen!«

Er merkte, dass sie zögerte, weil sie wollte, dass er das übernahm. Er hob die Hand in einer wütenden Geste.

Da lief sie los.

Ein Gedanke schoss ihm durch den Kopf, ein einziger irrationaler Gedanke. Der Vertrag. Wenn sie doch nur diesen verdammten Vertrag aufgesetzt hätten, dann wäre er jetzt aus dem Schneider. Das Schriftstück hätte jedem bewiesen, dass er hergekommen war, um Ingelize zu helfen und an seinem neuen Buch zu schreiben.

Aus keinem anderen Grund!

Mit schnellen Schritten ging er in ihr Büro, griff sich ein leeres Blatt und spannte es in die Schreibmaschine ein. Sein Kopf war wie gelähmt.

Er beugte sich vor und schaute zum Haus hinauf, konnte das Mädchen jedoch nicht sehen. Seine Fingerspitzen strichen über die Tasten.

Vertrag, schrieb er.

Danach lief es wie von selbst.

Ich, Ingelize Moberg, habe heute Tobias Elmkvist als Halb-

tagskraft in meiner Reitschule angestellt. Er wird ein Gehalt in Höhe von 7000 Kronen im Monat erhalten.

Östra Kvarnberga, den 10. Oktober 2001.

Ingelize Moberg

Ihre Unterschrift fand er im Buchungskalender. Er zog das Blatt aus der Maschine und legte es auf ihren Namenszug, nahm einen Kugelschreiber und kopierte ihn. Er tat es ohne zu denken, ohne zu zögern, und war mit dem Ergebnis zufrieden. Mit schnellen Bewegungen faltete er das Blatt zusammen und stopfte es in die Brusttasche von Jens Mobergs kariertem Hemd.

Im gleichen Moment wurde die Tür aufgeschlagen. Das Mädchen stand im Türrahmen. Ihre blonden Haare waren zerzaust, sie sah kränklich aus. Er hatte sie nicht kommen hören.

»Es ist abgeschlossen«, jammerte sie. »Sonst steht die Tür immer offen, aber jetzt ist sie abgeschlossen.«

Er schlug mit der flachen Hand auf den Tisch.

»Stimmt, verdammt, sie hat doch gesagt, dass sie in letzter Zeit immer abschließt!«

»Was sollen wir jetzt tun?« Das Mädchen weinte, und er hätte ihr am liebsten eine Ohrfeige gegeben.

»Mein Telefon liegt im Haus. Ich habe mich dort umgezogen. Wir kommen nicht heran. Wo wohnst du?«

»Neben dem Supermarkt.«

»Du wirst dein Rad nehmen und zum nächsten Telefon fahren. Aber beeil dich, um Himmels willen, sie braucht schnellstens Hilfe. Sie ist den Berg hinuntergestürzt und liegt am Ufer zwischen den Felsen.«

Sie lief mit vorgeneigtem Oberkörper über den Hof. Er sah ihr nach. Sie sprang so schnell auf das Fahrrad, dass sie beinahe hingefallen wäre, fing sich wieder und fuhr los.

Ihm war, als hätte er Kleister im Mund.

Bist du auch sicher, dass du das schaffst, Carl Sigvard?«

Sabina platzierte ein Kissen vor der Rückenlehne und half ihm behutsam, am Schreibtisch Platz zu nehmen. Er hatte beschlossen, sich ein wenig mit der Buchführung zu beschäftigen. Das konnte er ihr nicht auch noch zumuten.

Allzu lange konnte er noch nicht sitzen, sonst bekam er Schmerzen im Becken. Er musste immer wieder Pausen einlegen.

»Was ist mit den Postgiroumschlägen?«, meinte er bekümmert. »Weißt du, ob wir noch welche haben?«

»Ich denke schon. Ich werde sie holen.«

Der Stapel mit Rechnungen hatte eine stattliche Höhe erreicht. Er blätterte ein wenig darin und sah, dass bei einigen der Zahlungstermin bereits verstrichen war. Das ärgerte ihn, denn in diesen Dingen war er immer penibel gewesen.

Sabina trat hinter ihn. Sie beugte sich zu ihm herab und küsste seinen Nacken.

»Sitzt du auch gut?«, fragte sie und legte ein paar gelbe Postgiroumschläge auf den Tisch.

»Ja, danke.«

»Ich frage mich, wie lange wir noch diese handgeschriebenen Vordrucke ausfüllen können. Heutzutage soll doch alles per Computer erledigt werden.«

»Tja, vielleicht sollte man auf seine alten Tage noch einen Kurs belegen«, lachte er.

Sie lächelte.

»So alt bist du doch noch gar nicht, mein Alter.«

»Neeiin, aber meine Generation wird wohl nicht mehr im Computerzeitalter ankommen.«

»Sag das nicht.«

»Bei Tobias und seinen Altersgenossen ist das etwas anderes. Der schreibt sogar seine Bücher auf dem Computer.«

»Ja, aber das tun heutzutage sicher die meisten.«

Er rückte die Umschläge gerade.

»Vielleicht sollte man ihn fragen, was er dazu meint«, sagte er. »Ob es für einen alten Knochen wie mich noch Sinn hat, sich einen Computer zu kaufen.«

»Ich habe in der Zeitung eine Anzeige gesehen«, erinnerte sie sich. »Es gab einen komplett ausgestatteten für zwanzigtausend. Aber dann kommt bestimmt noch die Mehrwertsteuer dazu.«

»Was heißt denn schon komplett. Man muss vor allem damit umgehen können. Sonst steht das Ding hier nur rum und nimmt Platz weg.«

»Dann rede doch mal mit Tobias. Wir können ihn ja zum Abendessen einladen.«

»Ja, das werde ich verdammt noch mal tun.«

Er unterschrieb gerade eine Überweisung, als ein Auto auf den Hof fuhr. Er sah, dass es ein Toyota war, und lehnte sich zum Fenster vor, um besser sehen zu können. Eine fremde Frau stieg aus. Sie warf sich einen kleinen Rucksack über die Schulter, blieb dann einen Moment stehen und schien nicht zu wissen, was sie tun sollte.

In der Küche fing Frett an zu bellen.

»Wir bekommen Besuch, Sabina!«, rief er.

Er hörte, dass sie zur Tür ging und öffnete und der Hund wütend bellend auf den Hof hinauslief. Anschließend hörte er die beiden Frauenstimmen, ihre höflichen und vorsichtigen Redewendungen.

Er griff nach seinen Krücken, und es gelang ihm, den klobigen Bürostuhl zurückzuschieben, sodass er aufstehen konnte. Es war Viertel nach elf. Er war auf halbem Weg in die Küche, als Sabina und die Frau hereinkamen. Die Fremde zog ihre Schuhe aus.

»Das ist doch nicht nötig«, sagte Sabina abwehrend.

Die Frau lächelte nervös. Auf Strümpfen ging sie zu Carl Sigvard und legte ihre Hand auf seine, die auf der Krücke lag.

»Ich heiße Marit Stenhägg«, sagte sie. »Ich bin Tobias' Freundin. Und Sie ... Sie müssen sein Vater sein.«

Sie hatte sich frühmorgens auf den Weg gemacht, erzählte sie dann am Kaffeetisch.

»Ich bekam einfach solche Lust, herzukommen und mir anzuschauen, wie es hier in Kvarnberga aussieht. Tobias hat mir so viel erzählt. Aber er weiß nicht, dass ich hier bin, es sollte eine Überraschung sein.«

»Und, stimmt es?«, fragte Carl Sigvard.

»Was denn?«

»Was Tobias erzählt hat.«

»Nicht alles, glaube ich«, erwiderte sie leise.

Sie hatte ein schmales und kleines Puppengesicht. Ihr Kinn lief spitz zu. Sie hatte feuchte Hände, das war ihm aufgefallen, als sie ihm die Hand gab. Das arme Mädchen sah ziemlich erbärmlich aus.

»Tobias wohnt ja diesmal nicht bei uns«, sagte er zögernd.

Sie schluckte und sah zu Boden.

»Jedenfalls freut es mich zu sehen, dass es seinem Vater besser geht«, murmelte sie.

»O ja! Bald bin ich wieder ganz der Alte.«

»Na, na, jetzt aber langsam mit den jungen Pferden.« Sabina reichte Marit den Teller mit den Zimtschnecken, und Marit nahm sich eine. Sie biss einen winzigen Happen ab und legte sie dann weg.

»Ich habe gedacht, es wäre etwas passiert«, flüsterte sie. »Dass er deshalb hierher fahren musste.«

»Passiert?« Carl Sigvard wechselte über den Tisch hinweg einen Blick mit Sabina.

»Soweit wir wissen, will er hier schreiben. Er hat ein Haus gemietet, Sie müssen auf dem Weg zu uns an ihm vorbeigekommen sein, es ist ein weiß verputztes zweistöckiges Haus kurz vor der Abzweigung zu uns.«

»Ein Haus gemietet?«, wiederholte die Frau.

»Außerdem wollte er noch Ingelize zur Hand gehen. Bei den Pferden. Ingelize Moberg. Das ist eine Frau, die hier einen Reiterhof mit Islandpferden betreibt.«

Die Frau senkte den Kopf, zog an einem losen Zipfel Nagelhaut, riss die Haut immer weiter auf. Lassen Sie das, hätte er gerne gesagt, solche kleinen Wunden tun verdammt weh, bis sie verheilt sind. Er wurde immer wütender. Dieser verdammte Lümmel, schämte er sich denn gar nicht. Sie war doch ein so niedliches und rührendes Mädchen.

»Am besten reden Sie selbst mit ihm«, sagte er. »Das ist sicher alles nur ein Missverständnis. Der Junge hat so viel im Kopf, manchmal lebt er in seiner eigenen Welt. So ist das wahrscheinlich bei Schriftstellern. Sie sind anders als normale Menschen. Als wir.«

Das Telefon klingelte. Sabina ging an den Apparat. Sie sagte nicht viel, hatte sich abgewandt. Als sie aufgelegt hatte, merkte er sofort, dass etwas Schlimmes passiert sein musste.

»Was ist los, Sabina?«, sagte er voller Sorge.

Sie ließ sich auf den Stuhl fallen und stützte den Kopf in die Hände. Er legte ihr den Arm um die Schultern und rüttelte sie.

»Nun, sag schon, Sabina, was ist denn passiert?«

Da wanderte ihr Blick zu einem Punkt an der Decke, und sie sagte mit matter und gebrochener Stimme:

»Es ist so ... schrecklich. Das war Maria Vesterberg. Ingelize ist den Abhang hinuntergestürzt. Sie ist tot.«

Auf einmal war die Haustür aufgeschlossen. Er wusste nicht, wie es kam, ging hinein, sammelte seine Kleider ein und zog sich um. Der Hof vor dem Haus war voller Menschen. Zwei Streifenwagen, ein paar Nachbarn, nur neue Dorfbewohner, die er nicht kannte.

Als das Mädchen davongefahren war, hatte er sich um die Pferde gekümmert, ihnen die Sättel abgenommen, sie gestriegelt und ihnen Wasser gegeben, sie in ihre Boxen gebracht. Das Mädchen würde sich später um Futter kümmern müssen. Sie wusste sicher am besten, was zu tun war.

Er hatte sich auf die Eingangstreppe gesetzt, und die Katze kam zu ihm. Sie rieb sich an ihm und schnurrte. Lauthals schreiend brach er daraufhin erneut in Tränen aus und weinte so laut, dass er vor dem Geräusch beinahe selber Angst bekam. Die Katze blieb stehen und betrachtete ihn, ehe sie hinter der Hausecke verschwand. Er rauchte zwei Zigaretten.

Während er dort saß, kam ein zweites Mädchen mit dem Fahrrad. Sie war älter als das erste. Er sah ihr an, dass sie wusste, was passiert war.

»Wie heißt du?«, fragte er und musste wieder aufschluchzen. Die Augen des Mädchens waren rot unterlaufen.

»Emma.«

»Hilfst du hier öfter die Pferde versorgen?«

Sie nickte.

»Du musst jetzt stark sein, Emma. Du wirst dich auch weiterhin um sie kümmern müssen. Bis wir wissen, was aus ihnen wird.«

Sie zog die Nase hoch.

»Ja ...«

»Wir sind mit Elfur und Snær ausgeritten. Ich habe sie wieder in den Stall gebracht. Ich habe mich um sie gekümmert, aber was das Futter angeht, ist Ingelize nicht mehr dazu gekommen, mir zu erklären, was und wie viel sie bekommen.«

Er konnte nicht mehr sprechen, lehnte die Stirn an die Wand und schluchzte trocken und abgehackt. Emma stand vor ihm und weinte auch.

»Sie war so nett ... Sie war so unheimlich nett, das ist so ungerecht«, schluchzte sie.

»Ja.«

»Was machen sie jetzt mit ihr?«

»Sie kümmern sich um sie. Sie waschen sie und machen sie schön.«

»Aber sie ist doch tot!«, schrie Emma.

Er stand auf, um sie in den Arm zu nehmen, um einen Versuch zu machen, sie zu trösten.

Da bog der Streifenwagen auf den Hof.

Sie saßen in Ingelizes Wohnzimmer. Es waren zwei Polizeibeamte, ein Mann und eine Frau. Er musste ihnen erzählen, was passiert war.

»Wir wollten heute Nachmittag herkommen«, sagte der männliche Beamte, der Jan Collin hieß.

Tobias nickte.

»Ich weiß, das hat sie erwähnt.«

Er fand allmählich zu einer großen inneren Ruhe, zu Ruhe und unbeschreiblicher Müdigkeit.

»Es geht um eine Person, die als vermisst gilt«, fuhr Collin fort.

»Das habe ich auch gehört. Hardy Lindström, nicht wahr?«

»Ja. Wir würden uns gerne auch mit Ihnen ein wenig über

Hardy Lindström unterhalten. Sie haben ihn ja noch an dem Tag gesehen, an dem er verschwunden zu sein scheint. Soweit wir wissen, waren Sie gemeinsam auf einem Floß. Aber darüber sprechen wir später. Das wird sonst alles ein bisschen viel an einem solchen Tag.«

»Danke«, sagte er.

»Wollen wir versuchen, den Unfall zu rekonstruieren? Ingelize Moberg und Sie sind zusammen ausgeritten?«

»Das ist richtig.«

»Gab es dafür einen bestimmten Grund?« Die Polizistin warf ihm einen mitfühlenden Blick zu.

»Ich sollte für Ingelize arbeiten. Sie brauchte ... sie brauchte ein wenig Entlastung. Es war mein erster Arbeitstag.« Er verstummte und begann die Haut um die Schläfen zu massieren.

»Haben Sie Kopfschmerzen?«, fragte die Frau.

»Ja ... ganz furchtbare.«

»Haben Sie was dagegen genommen, ein Aspirin?«

»Nein. Ich habe keins dabei.«

»Ich geh mal hoch und sehe in ihrem Badezimmerschrank nach.« Sie stand auf, und er sah, dass ihr Po breiter war, als er zunächst angenommen hatte.

»Haben Sie oft Kopfschmerzen?«, fragte Collin.

»Nur, wenn ich gestresst bin.«

»Ja, das ist allerdings wirklich eine typische Stresssituation.«

Sie schwiegen und warteten auf die Beamtin. Kurz darauf kehrte sie mit zwei Aspirin zurück, ließ Wasser in ein Glas laufen und reichte es ihm.

»Danke.« Er tastete in der Tasche und holte den Vertrag heraus. Er hatte nicht vergessen, ihn in sein eigenes Hemd zu stecken.

»Sehen Sie«, sagte er. Collin nahm ihm das Blatt ab, las es und nickte.

»Aus der Stelle ist nicht viel geworden«, stellte er traurig fest.

»Nein.«

Tobias nahm das Glas und trank den letzten Schluck Wasser.

»Haben Sie ihren Mann schon erreicht?«, sagte er tonlos.

»Wir nicht, aber unsere Kollegen. Jens Moberg ist ja Parlamentsabgeordneter.«

»Ja.«

»Wie kam es, dass sie diesen Berg hinaufgeritten sind?«

»Das war ihre Idee. Offenbar reitet sie dort immer mit ihren Gruppen hin. Sie wollte mir den Weg zeigen, also haben wir eine Probetour gemacht.« Er unterbrach sich. »Verdammt. Morgen früh kommen ja Leute zum Reiten, wir müssen ihnen absagen.«

»Schon gut. Darum werden wir uns kümmern. Wissen Sie, wer morgen kommen wollte?«

»Sie hat ein Buch da draußen in ihrem Büro, in dem sie alle notiert, die sich zum Reiten anmelden.«

Collin war aufgestanden. Er ging im Zimmer auf und ab und blieb vor den Büchern stehen, die auf dem Esstisch lagen. Er hielt eines von ihnen hoch, es war ein Band mit Erzählungen.

»Haben Sie die geschrieben?«

»Ja.«

»Hm. *Die Brunnen des Nahen?* Entschuldigen Sie meine Unwissenheit, aber was bedeutet das?«

»Das lässt sich nicht so leicht erklären.«

»Hat Ingelize Moberg die Bücher von Ihnen bekommen?«

»Nein, sie hat sie gekauft. Heute Morgen hat sie mich gebeten, sie zu signieren. Am gleichen Tag, an dem sie …«

»Dann sind Sie Schriftsteller?«, fragte die Polizeibeamtin.

»Ja.«

»Sind Sie erfolgreich?«

»Es geht so.«

»Ihr Vater erwähnte, dass Sie einen Kriminalroman geschrieben haben.«

»Stimmt. Er heißt *Die Nacht*, es gibt ihn auch als Taschenbuch.«

»Den müssen wir lesen, nicht wahr, Janne?«

Collin nickte.

»Schreiben Sie im Moment an etwas?«

»Eigentlich bin ich nach Kvarnberga gekommen, um hier zu schreiben. Ich habe ein Haus von einer Frau namens Maria Vesterberg gemietet. Es war so gedacht, dass ich halbtags bei der Arbeit mit den Pferden helfe und in der restlichen Zeit schreibe.«

»Aha.« Collin knipste mit einem Stift.

»Meinen Sie, Sie sind in der Lage, uns zu erzählen, was auf dem Berg vorgefallen ist?«

»Ich muss eine rauchen.«

»Vielleicht sollten wir hier im Haus lieber nicht rauchen«, wandte die Frau ein.

»Doch«, meinte ihr Kollege. »Das spielt sicher keine Rolle, so wie die Dinge jetzt liegen.«

Er holte eine Untertasse, eine ganz gewöhnliche Untertasse. Als sie das letzte Mal gespült worden war, hatte sicher Ingelize die Spülbürste gehalten. Es tat ihm in der Seele weh, wenn er daran dachte. Er sog Rauch in die Lungen, so tief er konnte, und blies ihn anschließend in kurzen Stößen wieder aus.

»Also schön, Sie waren da oben auf dem Berg«, sagte Collin.

»Wir haben dort Halt gemacht, so wie sie es auch immer mit ihren Gruppen macht. Man hat eine fantastische Aussicht von da oben, und sie meinte, die Leute wären immer ganz begeistert. Sie hatte Kaffee mitgenommen, und wir haben dort gesessen und eine Tasse getrunken. Und uns ein wenig unterhalten … über ihren Betrieb, worum ich mich in Zukunft kümmern sollte.«

»Sie haben sich hingesetzt und Kaffee getrunken?«

»Ob wir gesessen haben?«

»Ja.«

»Na ja, ich glaube, wir haben uns hingehockt, wieso?«

»Ich habe mich nur gefragt, weil die Erde um diese Jahreszeit ja ziemlich feucht ist.«

»Ja, Sie haben Recht, wir standen oder hockten.«

»Und die Pferde?«

»Die hatten wir an zwei Bäumen angebunden.«

»Und dann?«

»Ich fragte sie, ob es nicht gefährlich sei, da hochzukommen, sie hatte nämlich gesagt, das Erdreich werde immer stärker unterhöhlt, durch Erosion, nehme ich an, und ich fand, das klang riskant. Aber sie meinte nur, man müsse die Leute ein wenig im Auge behalten oder so ähnlich, und dann stand sie auf und ging zum Rand und irgendwie ... sie stand da und zeigte, und ich dachte, verdammt, geh doch nicht so nah an den Rand, aber es war, als wollte sie ... wie soll ich sagen ... mich vielleicht ein bisschen ärgern, ich weiß nicht, und plötzlich ...«

Er starrte die beiden an. Seine Augen brannten.

Collin warf ihm einen aufmunternden Blick zu.

»Ich hatte keine Chance, es zu verhindern.«

»Ich verstehe.«

Tobias drückte seine Zigarette aus und zündete sich eine neue an.

»Fühlten Sie sich, sagen wir mal, zueinander hingezogen?«, fragte Collin.

»Hingezogen?«

»War sie an Ihnen als Mann interessiert, was meinen Sie?«

»Das weiß ich nicht.«

»Und Sie?«

»Zum Teufel, ich habe eine feste Freundin.«

»Schon gut, es war ja nur eine Frage.«

»Sie war ganz und gar nicht mein Typ. Im Übrigen ist sie ja auch verheiratet.«

»Aber auch Verheiratete können manchmal in Versuchung geraten.«

»Worauf wollen Sie eigentlich hinaus?«, sagte Tobias hitzig. »Denken Sie, ich bin da oben hinter ihr hergerannt, um sie zu bumsen, oder was? Denken Sie, ich habe sie in den Abgrund gehetzt?«

»Ich denke gar nichts. Mein Job ist es, die Fakten zu ermitteln.«

»Okay«, sagte die Polizeibeamtin vermittelnd. »Sie ist also dem Rand zu nahe gekommen und gefallen.«

»Wie haben Sie dann reagiert?«, fragte Collin.

»Ich wollte natürlich Hilfe holen, aber ich hatte kein Telefon dabei. Ständig läuft man heutzutage mit einem Telefon durch die Gegend, aber ausgerechnet heute hatte ich keines dabei, obwohl natürlich auch nicht gesagt ist, dass ich da oben ein Netz bekommen hätte.«

»Nein.«

»Was sollte ich also tun? Sie lag da unten, das habe ich gesehen, aber ich hatte keine Chance, hinunterzuklettern, und wie hätte ich ihr auch helfen können, selbst wenn es mir gelungen wäre, zu ihr zu gelangen? Die Felswand ist verdammt steil. Und mir war klar, falls sie überhaupt noch lebte, war sie mit Sicherheit schwer verletzt, aber ich konnte nicht sehen, ob sie sich bewegte, und dann habe ich die Pferde genommen und bin so schnell wie möglich hierher geritten, um Hilfe zu holen.«

»Ein Nachbar hat angerufen«, sagte die Frau.

»Ja. Hier war ein junges Mädchen, als ich kam, ich habe sie losgeschickt, weil sie sich hier im Ort besser auskennt, ich meine, sie weiß besser als ich, wo man telefonieren kann und so.«

»Ich denke, das reicht im Moment«, sagte Collin. »Sie werden jetzt erst einmal zur Ruhe kommen wollen, Herr Elmkvist. Wie lange wollten sie im Dorf bleiben?«

»Nun ja, das weiß ich jetzt nicht mehr so genau.«

»Aber morgen sind Sie doch sicher noch da, oder?«

»Ja, ja, natürlich.«

»Schön, dann können wir uns ja noch einmal treffen. Könnten wir Ihre Handynummer bekommen?«

Er gab sie ihnen.

Die Frau sagte:

»Es ist nicht unbedingt gesagt, dass wir Sie auf dem Handy erreichen können. Man bekommt hier in der Gegend nicht immer ein Netz und der Empfang ist oft sehr schlecht. Wir wollten uns morgen auch noch einmal mit Ihrem Vater und Sabina Johansson unterhalten. Könnten wir nicht verabreden, dass Sie dorthin kommen? Gegen elf?«

Ihm fiel kein Grund ein, den Vorschlag abzulehnen.

Der Toyota stand vor Vesterbergs Haus. Tobias erkannte ihn sofort. Marit saß im Wagen, und er sah ihr an, dass sie fror. Er lehnte das Fahrrad an die Treppe und ging zu ihr.

»Du bist hergekommen?«

»Ja«, sagte sie kurz angebunden.

»Liebes …«

Er war darauf gefasst, dass sie in Tränen ausbrechen würde, aber ihre Augen waren kalt und blau.

»Warum hast du mich angelogen?«, sagte sie.

»Angelogen?«

»Warum hast du gesagt, deinem Vater gehe es wieder schlechter?«

»Entschuldige, das war dumm von mir.«

»Ich begreife einfach nicht, warum du mich anlügen musstest. Ich war bei dir zu Hause und habe die beiden getroffen. Was du mir gesagt hast, stimmte überhaupt nicht. Es geht ihm gar nicht schlechter.«

Er wollte die Autotür öffnen, aber sie war abgeschlossen.

»Du hast mich angelogen, Tobias!«

»Ich brauchte meine Ruhe, um zu schreiben«, sagte er. »Ich dachte, du würdest traurig, wenn ich das sage, ich dachte, du würdest es egoistisch finden.«

»Warum denn das?«

»Ich habe es eben einfach geglaubt. Aber das war dumm von mir, das sehe ich jetzt ein.«

»Das war wirklich verdammt dumm von dir! Verdammt, verdammt dumm!«

»Marit. Ich habe heute Dinge durchgemacht, etwas so Schreckliches …«

Sie sank ein wenig in sich zusammen.

»Ja, ich weiß, entschuldige.«

»Steig bitte aus dem Auto. Lass uns ins Haus gehen.«

Für einen Moment glaubte er, sie würde sich weigern.

Dann öffnete sie die Autotür und stieg aus.

Sie hatte Wein mitgebracht, drei Flaschen, die sie im Laufe des Abends leerten, während sie dicht aneinander gedrängt auf der Couch saßen.

»Ich habe Mama nach Hause geschickt«, lallte sie. »Ich habe es einfach nicht mehr mit ihr ausgehalten, ich habe mich so sehr nach dir gesehnt.«

Er nahm ihren zarten kleinen Kopf in seine Hände und küsste sie.

»Wir fahren nach Thailand«, brachte er heraus. »Wenn wir wieder zu Hause sind, rufen wir sofort an und erkundigen uns, was es kostet.«

»Ja, Tobias. Ja, lass uns nach Thailand fahren!«

Sie lagen Seite an Seite im Bett. Er dachte an die Spinne, war aber zu betrunken, um erkennen zu können, ob sie noch an der Decke saß. Er wollte Marit fragen, ob sie das Tier sehen konnte, erkannte inmitten seines Rauschs jedoch, dass es dumm von ihm wäre.

Als er die Augen schloss, sah er Ingelize durch die Luft fliegen. Sie hatte die Arme ausgebreitet und ihre rote Jacke flatterte wie ein Paar rauschender Schwingen. Er hatte dieses Bild beim Einschlafen vor Augen, und als er wenige Stunden später wieder aufwachte, sah er es noch immer.

Es störte ihn nicht mehr. Das war vorbei.

Sie war zurückgekommen. Die Polizistinnina war in ihrem Haus. Ninapolizistin.

Er hatte so oft an sie gedacht, sich an ihre Stimme und ihre Worte erinnert. Sie hatte in seinem Zimmer gesessen und mit ihm gesprochen. Lange hatten sie sich unterhalten.

Sie hatte alle Lieder von Elvis. Genau wie er.

»Ich werde der Polizistinnina vorsingen«, hatte er seiner Mutter gesagt, als er an den Frühstückstisch gekommen war. Sie hatte ihm einen Haferbrei gekocht und in die Mitte flüssigen Honig geträufelt, er sah den gelben Strang im Grau versinken. Er sah aus wie Rotz.

Seine Mutter zerzauste ihm die Haare.

»Was sagst du da? Die Polizistinnina?«

»Ja. Ninapolizistin.«

»Du musst essen, Adam. Duschen musst du dich auch, und du darfst auch nicht vergessen, dich zu rasieren.«

Er wusste nicht, dass die Polizistinnina heute kommen würde. Er hatte nur einfach an sie gedacht, jederzeit konnte er sie vor sich sehen. Sie hatte an seinem Bett gesessen und sich mit ihm unterhalten. Sie hatte alle Elvis-Lieder, und sie konnte sie alle.

Ihr zuliebe versuchte er seinen Haferbrei zu essen. Die ersten beiden Löffel ging auch alles gut.

Aber dann erinnerte er sich wieder und drehte sich weg, um nicht würgen zu müssen.

»Mama«, sagte er, als sein Magen sich wieder beruhigt hatte.

Sie hörte ihm nicht zu.

»Geh jetzt duschen. Heute kommen Leute, sie kommen um elf.«

Sie sagte ihm nicht, wer kommen würde. Dennoch war ihm, als wüsste er es. Also tat er, worum sie ihn gebeten hatte, ging in die Dusche und schrubbte sich mit Seife und Shampoo.

Man muss sauber sein, wenn man auftritt, sagte Hardy immer.

»Du musst proper aussehen, Adam, sonst sendest du die falschen Signale aus. Die Weiber mögen es nicht, wenn man schlecht riecht. Und guck dir mal das Bild von Elvis an!«

Er reichte Adam ein Plattencover. Elvis mit seiner Gitarre. Seine Wangen waren rosig und rein.

»Sieht er nicht tipptopp aus? Du musst genauso sauber sein!«

Hardy war sein Manager.

»Du wirst ein richtiger Superstar, Adam. Aber dann musst du mir auch in allem gehorchen.«

Er stand in der Dusche und fühlte sich schwach und ohne Kraft. Er erkannte seinen eigenen Körper nicht wieder. Sein Bauch war viel kleiner geworden, das kam davon, wenn man nichts aß. Er sah sein Glied und die Füße. Er dachte an die Schuhe, die Hardy ihm mitgebracht hatte, und die so gedrückt hatten, dass er sie nicht anziehen konnte.

Er rasierte sich, ohne in den Spiegel zu schauen.

Die rote Hose mit den Silbertressen war ihm zu groß geworden, und er schmiss sie auf den Boden. Dann stampfte er auf dem Teppich auf, drückte ihn in die Bodendielen, bis sein Blick auf den Gürtel fiel, der über einem Stuhl hing, und seine Wut verrauchte. Er hob die Hose auf und zog den Gürtel durch die Schlaufen. Wenn er das vorletzte Loch nahm, hielt sie.

Er musterte sich im Spiegel. Das Silber glänzte wie Fischschuppen.

Jetzt hörte er das Auto und erkannte das Geräusch. Es war das Auto, mit dem sie auch beim letzten Mal gekommen war. Es war das Polizeiauto. Sie hieß Nina, und sie war Polizistin. Sie konnte das Auto fahren, mit dem sie kam.

Seine Beine begannen zu jucken. Er zog die Hose hoch und kratzte sich ganz fest. Winzige trockene Hautfragmente fielen zu Boden. Er sah sich im Zimmer um. Und wenn sie zu ihm hereinkam? Vielleicht sollte er das Bett machen.

Ich werde singen, dachte er, aber ihm fiel keine Melodie ein. Es war Hardys Aufgabe, ihn in Schwung zu bringen, Hardy würde die ersten Worte summen, und dann konnte er singen.

Hardy war sein Manager.

Es schauderte ihn, und er stand wieder auf und ging zum Schrank. Seine Haare waren vom Duschen noch nass.

»Das macht nichts, Adam, Hauptsache du bist sauber. Nimm ein bisschen Gel, dann glänzen sie schön. Hast du Haargel? Deine Mutter auch nicht? Okay, dann besorge ich dir welches.«

Im Moment hatte er kein Gel. Aber die Haare waren gewaschen und sauber.

Er öffnete die Tür zur Kleiderkammer und trat hinein. All seine Kleider hingen hier auf Bügeln. Seine Elviskleider und seine normalen Kleider. Die Jeans und die gute schwarze Hose. Das Jackett und die Hemden. Auf dem Fußboden standen Kisten und Kartons, in denen er seine Sachen aufbewahrte, Sachen, mit denen er sich gern beschäftigte.

Unten bellte der neue Hund wild herum. Dann hörte er Stimmen, die ihm vage bekannt vorkamen. Kaffeegeruch sickerte zu ihm herein und machte ihn kraftlos, matt. Er ertrug einfach keine Gerüche mehr. Und auch kein Essen.

Superstar, dachte er und wiederholte das Wort wie ein Mantra.

Er hatte ihn in die hinterste Ecke der Kleiderkammer gelegt, hinter eine Kiste mit Stofftieren. Die Tiere hatte er früher mit ins Bett genommen, vor langer Zeit, als er noch ein Kind war. Manchmal holte er sie auch heute noch heraus und strich über ihren Pelz. Sie lagen gut in ihrer Kiste. Sie schliefen, wenn er sie nicht brauchte.

In der hintersten Ecke, hinter dieser Kiste, hatte er Hardy Lindströms Hut versteckt. Er hatte ihn seither nicht mehr ansehen können. Jetzt holte er ihn zum ersten Mal heraus. Es rauschte in seinen Ohren, als er ihn ans Licht zog. Er stand am Fenster und betrachtete Hardy Lindströms Hut und die braunen Flecken.

Die Polizistinnina, dachte er. Er hatte gesagt, dass er ihr vorsingen würde, aber ihm fielen weder Worte noch Melodien ein. Er stand am Fenster, und es flimmerte gelb in den Kronen der Bäume.

Er hob den Hut und setzte ihn sich auf den Kopf. Er war ihm zu klein, aber das war ihm schon klar gewesen. Er hatte sich Hardys Kopf angesehen, als er auf dem Boden in dem roten Blut lag, er hatte gesehen, dass er lose und klein war.

Seine Mama hatte nachher mit dem Wasserschlauch gespritzt. Die Wände und sogar den Tisch abgespritzt.

Er hatte es nicht gewagt, sich ihr zu zeigen.

Jetzt war ein neues Auto auf den Hof gefahren. Es war der Toyota, das Auto, das auch gestern schon gekommen war. Er hatte zusammengekauert im Flur der oberen Etage gelegen und durch das kleine schräge Fenster hinausgeschaut. Eine Frau mit einem Rucksack. Er wusste nicht, wer sie war, wollte es auch gar nicht wissen.

Heute kehrte der Toyota zurück. Der Welpe bellte. Er dachte an das Auge und an Hardys Augen und daran, wie das Blut in Hardys Bart starr geglänzt hatte.

Seine Fingerspitzen waren eiskalt und trocken.

Er würde jetzt hinuntergehen. Er würde den Hut aufsetzen, und wenn er kurze vorsichtige Schritte machte und sich gut am

Geländer festhielt, würde der Hut auf seinem Kopf bleiben, bis er ins Wohnzimmer kam.

Sie waren da unten, er hörte es, er hörte ihre Stimmen.

Sie war da. Ninapolizistin. Er hatte ihr etwas vorsingen wollen, wie er es versprochen hatte.

Aber er erinnerte sich weder an die Worte noch an die Töne.

Sie hatte nach Hardy gesucht, der verschwunden war.

Daran erinnerte er sich.

Und er würde es ihr jetzt erzählen.

Und sie würde mit ihm sprechen und ihm zuhören.

Dank der Autorin

Ich möchte betonen, dass die Personen und Ereignisse in diesem Buch frei erfunden und eventuelle Ähnlichkeiten mit der Wirklichkeit reiner Zufall sind. Außerdem möchte ich die Gelegenheit nutzen, den Menschen zu danken, die mir bei meinen Recherchen geholfen haben: den Landwirtsfamilien Göran und Yvonne Nilsson sowie Arne und Elsie Nilsson, Professor Olle Matsson, Kriminalkommissar a. D. Hans-Eric Sergander, Gunnar und Åsa Fritz-Crone, Bror Sköld, Lorenz Berglund und dem Personal der Stadtbücherei Södertälje.

Mein Dank gilt darüber hinaus meinem Mann Jan für seine Unterstützung sowie meinen Töchtern Helena und Hanna, die den Text gelesen und kommentiert haben.

Stockholm, im Frühjahr 2002
Inger Frimansson

Die Skrupellose

Aus dem Schwedischen
von Paul Berf

I

1. Magda

Das Mädchen trug ein hellgelbes Kleid, das aus mehreren Lagen dünnen Stoffs genäht war. Seine Haare waren aus dem Gesicht gekämmt und wurden von einem Perlendiadem zusammengehalten, was einigermaßen grotesk aussah, da ein so wertvolles Schmuckstück nicht für ein Kind, sondern für eine erwachsene Frau bestimmt war.

Das ist von ihm, dachte Magda. Das hat sie von Florian bekommen. Das sähe ihm ähnlich.

Die Mutter des Mädchens hatte es wie üblich eilig. Als sie Angelicas Tasche an den Haken hängen wollte, stolperte sie und wäre beinahe hingefallen. Das Mädchen hatte die Arme halb erhoben. Seine Mutter gab ihm einen flüchtigen Kuss.

»Mama muss sich beeilen, Mama muss zur Arbeit, tschüss, Kleines, tschüss.«

»Wir sehen uns dann heute Nachmittag«, sagte Magda. »Herzlich willkommen zu unserem Fest.«

Angelicas Mutter nickte, rückte ihre Handtasche zurecht und eilte davon.

Das Kind stand mit dem Gesicht zur Wand und weinte, aber nicht laut.

Magda nahm den Kleidersaum zwischen die Finger.

»Du bist aber schön«, sagte sie.

Das Mädchen rührte sich nicht.

»Hast du dich so fein gemacht, weil wir heute ein Fest feiern?«

Ein Zittern lief durch den Körper des Kindes, dann nickte es langsam.

»Und dann dieses tolle Diadem«, fuhr Magda fort. »Das hast du bestimmt von deinem Papa bekommen, nicht wahr?«

Das Mädchen fuhr herum.

»Papa ist lieb«, sagte es schnell.

»Ja, klar. Er ist lieb. Jetzt gehen wir hinein und frühstücken.«

Als sie das Kind an die Hand nahm, spürte sie, wie warm das Mädchen war, richtig heiß. Angelica musste Fieber haben. Das machte ihre Mutter nicht zum ersten Mal. Sie brachte ihre Tochter, winkte und hastete davon, um die U-Bahn nicht zu verpassen. Angelica weinte in der Regel ein bisschen, beruhigte sich jedoch rasch wieder und begann zu spielen. Sie war ein geduldiges Kind. Und es war nicht ungewöhnlich, dass Kinder ein paar Tränen vergossen, wenn ihre Mütter oder Väter sie in den Kindergarten brachten. Im Übrigen war Angelicas Mutter nicht die Einzige, die ihnen ein krankes Kind brachte. Am Vortag war es Axel gewesen. Grüngelber Rotz war ihm aus der Nase gelaufen, und er hatte mit Sicherheit schon die halbe Gruppe angesteckt, bis sie seine Mutter erreichen konnten.

Carita, die Leiterin des Kindergartens, hatte daraufhin ein ernstes Wort mit ihr geredet.

»Das ist sowohl dem Personal als auch den anderen Kindern gegenüber unfair. Ganz zu schweigen von den anderen Eltern, die immerhin auch arbeiten gehen müssen.«

Carita konnte ganz schön bissig werden. Ein richtiger Besen.

Axels Mutter hatte versucht, sich herauszureden.

»Das ist kein normaler Schnupfen, er ist nur allergisch. Auf unserer Treppe saß heute Morgen eine Katze, und ehe ich Axel daran hindern konnte, war er auch schon zu ihr gelaufen. Er hat sofort angefangen zu niesen. Und Allergien sind ja wohl nicht ansteckend.«

Als sie gegangen war, hing in der ganzen Einrichtung eine Parfümwolke. Magda dachte, wenn Axel wirklich Allergiker ist, sind derart starke Gerüche in seiner unmittelbaren Nähe sicher nicht gut. Aber streng genommen ging sie das natürlich nichts an, und deshalb hatte sie auch nichts gesagt.

Es war sinnlos zu versuchen, Eva, Angelicas Mutter, noch zu erreichen. Sie saß mit Sicherheit schon in der U-Bahn. Außerdem war heute Donnerstag. Freitags hatte Eva immer frei, sodass ihre Tochter ein paar Tage Zeit haben würde, wieder gesund zu werden. Vielleicht war das Fieber ja auch gar nicht so schlimm, vielleicht lag es eher am Wetter. Der Frühling war ungewöhnlich früh und mit fast schon extremer Wärme gekommen. Ein Hochdruckgebiet löste das andere ab, und es spielte keine Rolle, dass die Wetterfrösche im Fernsehen regelmäßig verschüchterte, kleine Tiefdruckgebiete in die Wetterkarten einzeichneten. Die sommerlichen Temperaturen hielten an.

Es war ein guter Tag für ein Fest. Der Kindergarten *Buschwindröschen,* an der Grenze zwischen Hässelby strand und Hässelby gård, feierte zwanzigjähriges Bestehen. Bereits im Februar hatte das Personal begonnen, alles zu planen, und unter anderem beschlossen, jede Menge Buschwindröschen zu pflücken und auf dem Hof in große Vasen zu stellen. Doch in dem Punkt hatte man die Rechnung ohne das Wetter gemacht. Obwohl es erst Anfang Mai war, waren die Buschwindröschen längst verblüht. Maiglöckchen hatten ihre grünen Speere in die Höhe gestreckt, und dicker, gelber Löwenzahn bedeckte die Wiese hinter dem Zaun.

»Ihr werdet zum Wald gehen müssen«, entschied Carita. »An schattigen Stellen gibt es bestimmt noch Buschwindröschen. Wir werden sicher anders schmücken müssen als geplant, aber einen kleinen Strauß brauchen wir trotzdem. Die Blumen haben immerhin symbolischen Wert für uns.«

Die Kinder waren lebhaft und aufgekratzt. Am Nachmittag würden ihre Eltern kommen, man würde Luftballons aufblasen und es sollte Kuchen und Würstchen geben. Sie hatten Blumen auf weiße Blätter gemalt, die mit Wäscheklammern an einer Schnur entlang der Hauswand aufgehängt werden sollten. Einige Kinder durften dabei helfen. Die anderen gingen mit in den Wald.

Magda bereitete für Angelica einen Kinderwagen vor. Darin konnte sie sich ausruhen und würde es ruhiger haben als im turbulenten Kindergarten. Die Augen des Mädchens waren glasig. Es lutschte am Daumen und wirkte auf einmal jünger als vier Jahre. Magda kippte die Rückenlehne nach hinten und schob dem Mädchen ein Kissen in den Nacken. Es war etwas windig, aber der Wind war nicht erfrischend, sondern warm.

Als sie den Wald erreichten, war Angelica schon eingeschlafen. Die Haare hingen ihr in feuchten Locken in die Stirn. Das Diadem war verrutscht und schien zu drücken, weshalb Magda es ihr vorsichtig aus den Haaren zog und unter das Kissen legte. Es war schwer, so als wäre es tatsächlich aus massivem Gold. Sie stellte den Wagen an einer der mächtigen Eichen ab. Das Mädchen konnte ruhig eine Weile schlafen, dann würde es ihm anschließend vielleicht schon besser gehen und es würde das Fest eher durchstehen. Magda blieb in der Nähe des Kinderwagens und ließ die Kinder in der unmittelbaren Umgebung Blumen suchen. Man musste sie im Auge behalten, denn etwas unterhalb war gleich die Straße. Man durfte hier zwar nur dreißig fahren, aber die Schilder brachten nicht viel, die Leute fuhren trotzdem wie die Irren.

Etwas weiter weg sah sie Kattis, die mit ein paar Kindern tiefer in den Wald hineinging. Kattis war neu. Sie hatte erst vor einer Woche angefangen. Die Kinder schienen sie zu mögen, manche Menschen waren eben wie geschaffen für diesen Job. Magda würde ihn nur für kurze Zeit machen, höchstens noch ein Jahr oder so. Bis ihr klar wurde, was sie auf Dauer beruflich machen wollte.

Sie drehte sich um und sah, dass der Kinderwagen noch im Schatten stand. Ein Nesselfalter tanzte über dem Gras, stieg auf und sank herab und landete schließlich auf Angelicas Sandale.

»Kommt her!«, rief Kattis. »Kommt, Kinder! Hier gibt es ganz tolle Blumen!«

Sie sah die Kinder losrennen, kleine Menschenminiaturen in hellen Baumwollkleidern, kleine Puppen mit einem Eigenleben. Eines Tages würden sie Erwachsene, Bankdirektoren, Bibliothekare, Kosmetikerinnen sein, die mit hängender Zunge ihre Kinder in den Kindergarten brachten. Und sie selbst würde eines Tages wohl auch Mutter werden. Aber das hatte noch Zeit, sie war erst 23. Früher hatte sie davon geträumt, Journalistin zu werden, aber nicht ganz verstanden, dass man sich mächtig ins Zeug legen musste, um einen Studienplatz zu bekommen. Sie hätte einfach mehr lernen und den Lehrern um den Bart gehen müssen, hätte versuchen müssen, bessere Noten zu bekommen. Nein, sie war die Schule jahrelang leid gewesen und hatte gejobbt, statt sich weiterzubilden. Außerdem hatte sie das Geld gebraucht.

Im Unterholz, zwischen den Wurzeln, konnte man etwas Weißes sehen, ein paar dünne, blasse Buschwindröschenstiele. Sie ließ sich auf die Knie sinken, und der Boden piekste, denn er war mit Tannennadeln und Resten alter Tannenzapfen übersät. Als sie die Blume pflückte, fielen die Blütenblätter ab und lagen wie Schuppen im Gras.

»Shit«, murmelte sie.

Sie wollte gerade wieder aufstehen, als sie den Schrei hörte, den schrillen Schrei eines zu Tode erschreckten Kindes. Er kam aus der Gruppe weiter unten. Sie rührte sich nicht und lauschte.

»Magda«, rief Kattis und ihre Stimme klang angespannt. »Wo bist du? Komm bitte schnell her!«

Sie sprang auf die Füße und rannte los, die Haare wurden ihr aus der Stirn geweht. Dann war sie bei den anderen, die Kleinen klammerten sich mit feuchten, erdigen Fingern an sie. Auf dem Waldboden lag Jens. Sein Fuß war verdreht, und er schrie so, dass ihm die Luft wegblieb.

»Was ist los?«, keuchte sie. »Mein Gott, was ist denn passiert?«

Kattis starrte Magda an.

»Er sagt, da war eine Schlange«, flüsterte sie.

Magda ging neben dem brüllenden Kind in die Hocke, zog den Jungen an sich, wiegte ihn. Seine Kopfhaut roch nach Schweiß. Nach süßem, klebrigem Kinderschweiß.

»Wir wollen mal schauen, Jens, ist ja gut, ist ja gut, beruhige dich, dann gucken wir mal nach.«

Sie zogen ihm Schuhe und Strümpfe aus. Seine Knöchel waren glatt, es gab keine Wunden oder Abdrücke.

»Mein Gott, im ersten Moment habe ich gedacht, er hätte sich was gebrochen«, sagte Magda. Ihr T-Shirt war am Rücken ganz feucht. Kattis nickte.

»Ich auch.«

»Hast du eine Schlange gesehen, Jens?«, fragte sie dann und hielt den Kopf des Jungen, der sich ein wenig beruhigt hatte und kaum noch schluchzte. »Meinst du wirklich, es war eine Schlange?«

Magda blickte auf, die Kinder hatten sich um sie versammelt, ihre Gesichter waren ausdruckslos und wachsam. Bis auf das von Johan. Er hielt etwas hinter seinem Rücken versteckt, und sein kleines Gummigesicht war vor unterdrücktem Lachen ganz verzerrt.

»Johan!«, sagte Magda. »Was hast du da in der Hand?«

Daraufhin öffnete sich sein Mund zu einem Lachanfall, der den Jungen geradezu wimmern ließ. Er holte den Arm mit einem Ruck nach vorn: Seine Hand umklammerte ein

Stück von einem alten Fahrradschlauch, das hin und her pendelte. Der Junge prustete los.

»Hier ist meine Schlange! Und die kann richtig beißen.«

Vor Erleichterung fühlte sie sich ganz matt.

»Also gut. Jetzt müssen wir aber voran machen!« Sie sprach schnell und entschlossen, musste es ihren kleinen Gehirnen eintrichtern: »Wir sind hergekommen, um Blumen für euren Kindergarten zu pflücken, der heute Geburtstag hat. Genau wie ihr manchmal. Und heute Nachmittag feiern wir dann, wenn alle Mamas und Papas kommen.«

Sie gab ihrer Stimme einen anspornenden Tonfall, und es klappte. Sie kamen wieder in Bewegung, schossen los wie bunte Bälle.

Unvermittelt dachte sie: Angelica!

Ja, genau.

Angelica.

Sie musste zurückgehen, um den Wagen zu holen, und sie musste sich beeilen. Das Mädchen war vielleicht aufgewacht, hatte Durst und musste etwas trinken, in dem Korb unter dem Wagen war Saft.

»Ich geh nur schnell Angelica holen«, rief sie Kattis hinterher.

Der Wagen stand noch genauso da, wie sie ihn verlassen hatte. Jedenfalls kam es ihr so vor. Im Schatten, das Verdeck halb hochgeklappt. Ja. Der Wagen stand noch so da, wie sie ihn zurückgelassen hatte.

Aber nicht ganz.

Das Mädchen, das in ihm gelegen hatte, war nicht mehr da.

Es war verschwunden.

2. Daniel

Zur Not konnte man immer noch unter den Brücken schlafen. So lange es Sommer war, würde das hervorragend gehen. Daniel hatte Spuren von Leuten gesehen, die das taten. Aufgeschlagene, etwas zerrissene Zeitungen, ein paar Stofffetzen. Einen Pappkarton, in den man den Kopf stecken konnte, wenn es einem zu hell wurde. Wie das Verdeck eines Kinderwagens. So würde sich die Wohnungsfrage lösen lassen.

Allerdings natürlich nur, wenn nicht schon alle Plätze besetzt waren. Er hatte keine Lust auf Handgreiflichkeiten. Es gab sicher auch solche und solche Brücken, einige waren bestimmt weniger beliebt als andere. Die Brücke, die nach Solna hinüberführte, war doch zum Beispiel fast schon eine Vorortbrücke. Dort würde man bestimmt kampieren können. Zumindest jetzt, im Sommer.

Aber was war im Winter?

Er nahm die Rolltreppe am Fridhemsplan und lief durch die U-Bahn-Station. Er ging mit langen Schritten, so als könnte er jeden Moment gezwungen sein zu laufen. Intensiver Uringeruch schlug ihm entgegen. Es gab Leute, die hier unten übernachteten, das war natürlich auch ein Ausweg. Er wusste, wer sie waren, er erkannte sie. Aber er konnte nicht behaupten, dass er sich nach ihrer Gesellschaft sehnte.

Ach was. So weit brauchte es ja nicht zu kommen. Vielleicht überlegte Ulrika es sich noch einmal anders und ließ ihn weiter bei sich wohnen. Sie hatte auch früher schon versucht, ihn hinauszuwerfen, ihn dann aber immer wieder bei sich aufgenommen. Sie brauchte ihn. Er würde es ihr zeigen: Du brauchst mich, wir sind füreinander bestimmt.

Er kam zu einem der großen Mietshäuser in der Industrigatan, in dem er das Treppenhaus und die Aufzüge putzte. Man verdiente nicht viel damit, aber immerhin etwas. Außerdem war es relativ leicht verdientes Geld. Im Sommer war es nicht besonders dreckig, schlimmer war es da schon im Frühling, wenn die Leute Lehm und Hundekot ins Haus trugen.

Tragen, trug, getragen, dachte er auf Deutsch.

Er gab den Türcode ein und betrat das Haus. Er nahm die Hintertür. Hier unten lagen der Fahrradkeller, die Waschküche und eine eigene Tür für die Müllabfuhr, damit die Männer nicht um das ganze Haus herumgehen mussten. Jetzt hatten sie schon eine Weile nicht mehr geleert, und der ganze Flur stank nach Ruß und faulen Eiern.

Er öffnete die Tür zu seiner kleinen Abstellkammer, in der die Putzsachen aufbewahrt wurden. Der Schlüssel hakte ein bisschen, das hatte er schon immer getan. Der Vermieter hatte ihn angewiesen, den Schlüssel nachschleifen zu lassen, aber das gehörte zu den Dingen, aus denen nie etwas wurde. Im Grunde fand er, war es Sache des Vermieters, dafür zu sorgen, dass seine Angestellten ordentliche Schlüssel bekamen. Er als Arbeitnehmer brauchte sich um so etwas doch wohl nicht zu kümmern! Es machte ihn wütend, daran zu denken. Seine Bewegungen wurden ruckhaft. Wasser in den Eimer, ein wenig Schmierseife, ganz gewöhnliche Schmierseife, aber nicht so viel, dass der Boden glatt wurde und irgendeine verdammte alte Schachtel hinflog und sich einen Oberschenkelhalsbruch holte. Aber genug, um die grauen Flecken eingetrockneten Drecks wegzukriegen.

Er begann mit dem Aufzug, schrubbte erst und wischte anschließend mit dem Aufnehmer nach. Es war immer das

Gleiche, irgendwer drückte immer genau in dem Moment den Knopf, sodass er manchmal mehrmals auf und ab fuhr, während er in dem kleinen Aufzug stand und putzte.

Leute stiegen ein und aus, aber nicht alle grüßten ihn. Anfangs hatte er noch versucht, höflich zu sein, hatte locker Hallo gesagt oder auch guten Tag, wenn die Person schon etwas älter war. Es gab Leute, die einem darauf keine Antwort gaben, und dann versuchte er, es nicht persönlich zu nehmen.

Andererseits gab es auch einige, die sich gerne unterhielten und einen gar nicht mehr gehen lassen wollten.

»Kommen Sie doch mit, ich lade Sie zu einer Tasse Kaffee ein«, hatte ihn eine dieser alten Schachteln immer wieder eingeladen. Sie trug meistens eine bekleckerte, karierte Hose und hatte kleine, blutunterlaufene Augen.

Ein einziges Mal war er mitgegangen. Die Frau wohnte in einer Einzimmerwohnung, die mit verstaubtem Nippes voll gestopft war. Ihre Hände zitterten, als sie Kaffeepulver in den Filter gab. Er hatte wie auf Kohlen gesessen. Der Kaffee war schwach, aber heiß gewesen, und er hatte sich die Zunge verbrannt. Von da an hielt er sie sich vom Leib.

»Ich habe leider keine Zeit.« Er hatte ihren Vornamen vergessen. S. stand an der Tür. S. Andersson, er wollte nicht daran erinnert werden, sich nicht erinnern. Schabracke Andersson.

Auf ihrer Etage musste er immer besonders schnell schrubben. Aber er wusste genau, dass sie hinter der Tür war, er spürte ihren Blick durch den Spion. Er war wie ein Laserstrahl, wenn er ihm zu nahe kam, würde er den Alarm auslösen. So ließ er seiner Fantasie freien Lauf, um stärker zu werden. Es galt, weiterzuschrubben, die abgetretene Treppe feucht zu machen, zu wienern und zu wischen, sich aber stets von dem Strahl fern zu halten.

Du bist kindisch, schoss es ihm manchmal durch den Kopf. Dann wurde er beinahe wütend auf sich selbst.

Aber es war eben ein Weg, die Arbeit erträglich zu gestalten.

Eine andere Möglichkeit waren die Namensschilder auf den Türen, zu denen man sich etwas einfallen lassen konnte. Buxterhud zum Beispiel. Wie mochte jemand aussehen, der so hieß? Er hatte noch nie jemanden aus dieser Wohnung kommen sehen, stellte sich aber einen großen und angeberischen Kerl mit breitem Kreuz vor. Wenn er schlampig schrubbte und Buxterhud ihn dabei erwischte, dass er es mal nicht so genau nahm, würden sich die krallenartigen Finger des Mannes in seinen Nacken bohren und er in Buxterhuds kleinen Flur geschleift werden. Manchmal bekam er eine Erektion, wenn er sich vorstellte, was hinter dieser Tür alles geschehen könnte.

Mittlerweile hatte er sich schon in die vierte Etage heruntergearbeitet. Trotz der Wärme kam er heute schnell voran. Das halbe Haus war fertig, allerdings kam der Flur im Keller noch hinzu. Andererseits war es dort unten dunkel, es gab kein entlarvendes Sonnenlicht. Wenn er diese Etage fertig hatte, würde er frisches Wasser holen müssen. Er drehte sich um und summte, hier ging die Arbeit leicht von der Hand, es stand nicht jede Menge Zeug vor den Türen wie an anderen Stellen im Haus: Kinderwägen, Fahrräder, leere Getränkekästen und Müll. Im Grunde war das verboten. Aber wer war er, so etwas zu beanstanden?

Die Leute darauf ansprechen? Nein, das war bestimmt falsch. Was hieß wohl beanstanden auf Deutsch?

Er hatte sich vorgenommen, Deutsch zu lernen. Seit fast einem Jahr paukte er nun, und schuld war sein Buder Jerry. Man könnte auch sagen, es war sein Verdienst. Sie waren im *Tre backar* ein Bier trinken gewesen, einer Kneipe mit Bücherregalen an den Wänden. Ein Buch war auf ihrem Tisch liegen geblieben, jemand hatte vergessen, es zurückzustellen. Daniel spielte damit und las plötzlich laut vor:

»Der Tod in Venedig.«

Der Tod. Aber er hatte das Wort schwedisch ausgesprochen, das O als ein U gelesen.

So etwas hätte er niemals getan, wenn er nicht getrunken hätte, nicht in Jerrys Gegenwart, denn Jerry war jemand, der immer alles besser wusste. Er hatte Daniel das Buch aus der Hand genommen und mit überdeutlicher Stimme seine Aussprache korrigiert:

»*Der Tood in Venedig.* Von Thomas Mann.«

»Na und?«

»Das ist Deutsch. Man spricht es mit O. Es bedeutet Tod. Falls du das nicht wusstest.«

Es war doch klar wie Kloßbrühe, dass er das nicht wusste. Er hatte nie Deutsch gelernt, war ohnehin nicht sonderlich sprachbegabt und generell keine große Leuchte in der Schule gewesen.

Erst wurde er wütend. Konnten die nicht so schreiben, dass man es als Schwede richtig aussprach? Stattdessen machten sie es einfachen Leuten wie ihm absichtlich schwer. Musterten sie aus, schufen Klassenunterschiede. Aber er konnte auch verdammt stur sein. Als er an jenem Abend nach Hause ging, hatte er seinen Entschluss gefasst.

In seinem Elternhaus fand er eine deutsche Grammatik, die seine Mutter benutzt hatte, als sie jung war. Sie hatte den Umschlag mit Blumengirlanden verziert, *Kurzgefaßte deutsche Grammatik* von Hjalmar Hjort und Sven Lide. Er nahm sich unverzüglich die Ausspracheregeln vor und wäre bereits daran fast gescheitert.

Doch zu der Zeit hatte er Ulrika kennen gelernt.

Und sie konnte verdammt gut Deutsch.

Jetzt wischte er vor der letzten Tür in der vierten Etage. J. Bosch stand auf dem Namensschild, vielleicht war der Mieter ja Deutscher, J. Bosch. Sollte er klingeln und fragen? Irgendetwas sagen? Eine der Phrasen vorbringen, die er auswendig gelernt hatte?

Denen, die tapfer sind, steht die Welt offen.

Die Tür öffnete sich unvermittelt und eine Frau trat in den Flur hinaus. Sie schaute sich um, zog anschließend die Tür hinter sich sehr nachdrücklich zu und schloss ab. Sie war älter als er, ein paar Jahre vielleicht. Höchstens 35, ein breiter Hintern, um den sich ein eng sitzender Rock spannte, sodass er die Passform ihres Slips sah. Sie hatte blonde Haare, die nachlässig zu einem Knoten hochgesteckt waren. Da war etwas mit ihren Augen, sie starrten ihn an und brannten ihn in die Wand.

»Hallo«, entfuhr es ihm.

»Hei. Du bist das also, der hier putzt?«

Er nickte.

Sie trug Schuhe mit hohen Absätzen. Ihre Beine schimmerten irgendwie. Als sie die Tür zum Aufzug öffnete, drehte sie sich noch einmal um und lächelte ihm zu.

»Wie heißt du?«

»Daniel.«

»Keep smiling, Daniel. Keep smiling.«

Sie ging ihm den ganzen Weg bis nach Vällingby nicht mehr aus dem Sinn. Er saß in der U-Bahn und musste dauernd an sie denken.

»Keep smiling, Daniel. Keep smiling.«

Ihre Art, seinen Namen auszusprechen, fast wie *Dánniel.* Ihre raue, etwas heisere Stimme. Als hätte sie in ihrem Leben viel geschrien.

Bei Orgasmen?

Er schloss die Augen und versuchte sich an ihr Aussehen zu erinnern, eine schmale Taille, er würde sie mit den Händen umfassen können, und üppige Hüften, sie hatte einen kurzen Rock getragen, der nur den halben Oberschenkel bedeckte, und ein T-Shirt, ihre Haut war glänzend und braun gewesen.

Es gibt andere Frauen, dachte er. Zum Teufel, es gibt auch noch andere Frauen als Ulrika. Wenn ich ihr nicht mehr gut genug bin.

Aber ich könnte sie vielleicht überraschen.

Mit einer Flasche Wein. Und einem Strauß Rosen. Nein, das geht zu weit, der Wein muss reichen. Im Grunde kann ich mir nicht einmal den leisten.

3. Magda

Sie konnte es nicht glauben, es einfach nicht akzeptieren. Sie hob das Kissen hoch, so als hätte Angelica platt wie eine Briefmarke darunter liegen können. Das Kissen fiel ins Gras, und das Diadem holperte davon. Sie hob es wieder auf. Ihre Bewegungen waren schwerfällig und steif. Sie hielt das Diadem in der Hand und hörte, wie sich ihre Lippen mit einem schmatzenden Laut öffneten.

»Angelica!« Ihre Stimme überschlug sich krächzend, und sie rief erneut, diesmal jedoch lauter, schneller. Ihr Mund war ausgedörrt, sie betrachtete die Saftflasche, griff aber nicht danach.

Der Saft ist für sie, sie braucht ihn dringender als ich. Wenn sie kommt. Kommt?

Aber sie hatte doch geschlafen. Sie lag doch im Wagen und schlief.

»Magda?« Kattis kam den Hügel hinauf. Kattis und die Kinder. Magda zählte sie durch. Nein, keine Angelica.

»Was ist los, Magda, was ist mit dir?«

»Angelica. Sie ist nicht hier.«

»Was heißt, nicht hier?«

»Du siehst es doch selbst!«

»Aber sie kann doch nicht einfach verschwunden sein.«

Die Straße!

Der Gedanke schnürte ihr den Magen zu. Was, wenn sie herausgeklettert und zur Straße hinuntergelaufen war.

»Bleibt hier!«, schrie sie und lief los. Auf der Mitte des Hangs rutschte sie aus und fiel aufs Steißbein, was höllisch wehtat. Sie schluchzte kurz, kam wieder auf die Beine und übersprang mit einem Riesensatz den staubigen Straßengraben.

Die Straße war fast leer. In der Ferne ging eine Frau mit zwei Hunden, einem kleinen und einem großen.

Magda rannte los. Da vorn war ein Mensch, den sie fragen konnte. Sie lief so schnell, dass ihr Brustkorb schmerzte.

Als sie näher kam, hielt die Frau die Hunde kürzer an der Leine. Der kleinere war nur ein Welpe.

»Ich suche ein Mädchen, vier Jahre alt, dunkle Haare und gelbes Kleid. Haben Sie es vielleicht gesehen?«

Die Frau schüttelte den Kopf.

»Sind Sie sicher?«

»Was ist denn los, ist sie etwa verschwunden?«

»Jaaa«, sagte Magda jammernd.

»Nein, tut mir Leid, ich habe kein Kind gesehen. Aber ich werde die Augen offen halten, das verspreche ich Ihnen.«

»Sie hat auch noch Fieber! Sie ist krank!«

Die Frau warf ihr einen traurigen Blick zu.

»Ich werde wirklich die Augen offen halten.«

Sie musste umkehren und zurücklaufen, den ganzen langen Hang hinauf, so schnell sie konnte. Auf der Hügelkuppe warteten Kattis und die anderen Kinder.

»Nein«, keuchte sie. »Da war sie nicht. Oh Gott, was sollen wir nur tun?«

»Ich dachte, sie schläft«, sagte Kattis.

»Das hat sie auch. Sie ist doch krank, sie hat Fieber. So ein Mist! Wenn Eva sie zu Hause behalten hätte, wäre das nie passiert.«

»Aber sie muss hier doch irgendwo sein. Man verschwindet nicht einfach so. Vielleicht hat sie sich versteckt, um uns einen Streich zu spielen.«

»Ach was, Angelica doch nicht, so etwas würde sie niemals tun.«

Magda packte einen Jungen und schüttelte ihn.

»Habt ihr sie gesehen? Wenn ihr sie gesehen habt, müsst ihr es uns erzählen! Sofort! Auf der Stelle! Sonst bringe ich euch um! Und es gibt kein Fest, das kann ich euch versprechen!«

Sie wirkten verängstigt, wussten aber offenbar nichts.

»Wir müssen sie suchen«, schrie sie. »Verteilt euch! Sucht hinter allen Bäumen und Sträuchern, sucht überall!«

Hinterher fragte sie sich, was am schwersten gewesen war. Hinterher, als sie in ihrer Wohnung saß und einen Tee zu trinken versuchte. War es der Moment gewesen, in dem sie den verlassenen Kinderwagen entdeckt hatte? Ihr Körper hatte mit wachsender Übelkeit reagiert.

Ich habe sie als Letzte gesehen. Ich war für sie verantwortlich.

Oder war es noch schlimmer gewesen, als sie erkannten, dass sie das Mädchen nicht finden würden? Sie hatten überall nach Angelica gesucht und die Kinder hatten ihnen geholfen. Sie waren sehr bedrückt gewesen und einige hatten geweint.

Sie dachte: Das Fest.

Mitten in dem ganzen Chaos dachte sie an das Fest und daran, dass es nun kein Fest geben würde.

Die Kinder hatten sich so auf diesen Tag gefreut.

Oder war es am schlimmsten gewesen, in den Kindergarten zurückzukehren und Carita Auge in Auge gegenüberzustehen?

»Was zum Teufel sagst du da?«, fragte sie mit ihrem schleppenden, finnischen Akzent.

Sie hatte es noch einmal wiederholen müssen. Es ist etwas Schreckliches passiert, es geht um Angelica, sie ist verschwunden.

Vor Scham und Entsetzen war ihr ein Schauer über den Rücken gelaufen.

Carita hatte ausgesehen, als würde sie ihr am liebsten eine Ohrfeige geben. Sie hatte Kattis angebrüllt: »Steh hier nicht dumm rum, sieh lieber zu, dass die Kinder etwas zu essen bekommen! Die Essenszeit ist längst vorbei, sie müssen ja nicht auch noch verhungern.«

Anschließend hatte sie die Bürotür so heftig zugeschlagen, dass ein kleines Keramikbild vom Haken fiel und in zwei gleich große Teile zersprang.

»Du kommst also her und sagst mir allen Ernstes, dass eines unserer Kinder verschwunden ist? Begreifst du eigentlich, was du da sagst? Begreifst du, was das bedeutet? Begreifst du, dass wir, du und ich, für diese Kinder verantwortlich sind?«

So viel überflüssiges Gerede. Magda hatte an der Wand gelehnt und gedacht, hör auf. Hör auf, du verdammte Hexe, es war nicht meine Schuld und auch nicht die von Kattis. Keiner von uns ist schuld, es hat keinen Sinn, nach Sündenböcken zu suchen.

Aber Carita hatte nicht aufgehört.

»Habt ihr auch wirklich überall gesucht?«

»Ja, natürlich haben wir das.«

»Wie konntest du den Wagen einfach so stehen lassen? Wie konntest du dich nur so verantwortungslos verhalten?«

»Aber ich habe dir doch schon gesagt, dass es nur für ein paar Minuten war. Ich dachte, ich hätte sie die ganze Zeit im Blick.«

Caritas Mund wurde runzlig, verengte sich zu einem kleinen Loch.

»*Dachtest du!*«

»Wenn Jens nicht geschrien hätte, wenn Johan nicht diesen Fahrradschlauch gefunden hätte.«

»Wenn das Wörtchen wenn nicht wär, wär mein Vater Millionär.«

Caritas Fenster stand einen Spaltbreit offen. Eine Bachstelze trippelte draußen auf den Steinplatten herum und schnappte nach einer Fliege. Magda beobachtete sie, ohne wirklich etwas zu sehen. Sie hatte das Gefühl, ein Band hätte sich um ihren Kopf gespannt, ein Band, das immer fester gezogen, das pochend und rot über ihre Lider gezerrt wurde.

»Bitte, Carita«, sagte sie mit belegter Stimme, »ruf jetzt bitte die Polizei. Das ist das Einzige, was wir noch tun können.«

4. Daniel

Er entschied sich für einen französischen Wein, der fünfzig Kronen kostete und *Le Bistro* hieß. Er kaufte auch eine Plastiktüte, obwohl das eigentlich nicht nötig gewesen wäre. Für einen Donnerstagnachmittag waren erstaunlich viele Leute im staatlichen Alkoholgeschäft. Er hatte Wartenummer 152 gezogen, und als er eintrat, wurde gerade Nummer 87 bedient. Folglich würde er eine Zeit lang warten müssen, aber das machte nichts. Er brauchte ohnehin etwas Zeit, um die Kraft zu sammeln, Ulrika gegenüberzutreten.

In der Ferne hörte man Sirenen, es musste etwas Größeres passiert sein, ein Verkehrsunfall oder ein Brand. Das Geräusch wurde lauter und leiser, wie die Rufe entfernter Vögel.

Als er von der Bank aufstand, klebte seine Hose an der Unterseite der Oberschenkel. Er dachte, dass er duschen musste, denn sonst würde sie sich über seinen Geruch aufregen.

Ein Despot war sie.

Eine Despotin.

Aber hatte er denn eine Wahl?

Sie hatten sich vor knapp einem Jahr bei einer Fete kennen gelernt. Sie hatte ihm Leid getan. Ihr Aussehen sprach gegen sie, sie war groß und plump, saß wie ein grober Klotz auf ihrem Stuhl. Als sie aufstand, fiel der Rock wie ein Zelt um sie herum.

»Wir tanzen!«, entschied sie, und am liebsten hätte er

Nein gesagt, aber sie packte ihn am Hosenbund und zog ihn mit sich.

Sie bewegte sich erstaunlich elegant. Ihre platte breite Hand lag zwischen seinen Schulterblättern, und sie war es, die führte, nicht er. Ihr Atem roch nach Petersilie.

Ihm war aufgefallen, dass er seine Meinung über Leute oft ändern musste. Ihr Äußeres mochte gegen Ulrika sprechen, aber sie brauchte einem beim besten Willen nicht Leid zu tun.

»Jetzt trinken wir einen Schluck Wein!«, hatte sie erklärt und ihn zu dem Tisch mit den Flaschen geführt. Sie hielt zwei Gläser hoch und ließ ihn einschenken. Im Ausschnitt sah er ihre Haut, die weiß war und irgendwie mehlig wirkte.

»Setz dich!« Sie zeigte auf einen Hocker, und er konnte sich noch genau an die Farben erinnern, abblätterndes Blau in verschiedenen Tönen. Die Wohnung schien gerade frisch gestrichen zu werden. Sie kam direkt zur Sache:

»Bist du allein, Daniel?«

»Wie meinst du das, allein?«

»Hast du eine Freundin?«

»Nicht direkt.«

»Aber indirekt?«

»Das auch nicht direkt.«

Sie lächelte zufrieden. Sie sah süß aus, wenn sie lächelte, ihr Blick wurde unter den kurzen, braunen Wimpern ganz sanft. Sie erzählte ihm, dass sie ihren Freund gerade hinausgeworfen hatte. Er sah vor sich, wie sie ihn an Hemd und Hosenboden packte und über das Balkongeländer hievte, und bekam Lust, ihre Hände zu berühren. Er leerte sein Weinglas und fuhr sich mit der Zunge über die Zähne.

»Sollen wir noch einmal tanzen, Ulrika?«

So würde er sie jetzt gerne sehen: fröhlich, befreit von Strenge und Ernst. Aber so lagen die Dinge heute nicht mehr. Sie war bösartig geworden, meckerte wie eine alte Ziege. Nichts war ihr recht. Ihm musste alles recht sein, er musste sich unterwerfen und mitspielen, denn es war ihre Wohnung. Sie lag in der Vittangigatan im Vorort Vällingby.

Die Balkontür stand offen, er sah es schon von weitem. Also war sie zu Hause. Vielleicht putzte sie gerade die Wohnung. Ein Schauer des Unbehagens lief ihm über den Rücken.

Sie telefonierte. Sie hatte sich ausgezogen, trug nur BH und Slip und saß, ein dickes Bein über die Lehne geschwungen, auf der Couch. Er vermied es, sie anzusehen.

»*Guten Tag, Fräulein Ulrika*«, sagte er scheu und stellte die Weinflasche auf den Tisch. Er merkte, dass sie die Luft anhielt. Er schenkte sich ein Glas Wasser ein und nippte daran. Es schmeckte fade und abgestanden.

Ulrika telefonierte mit ihrer Schwester, der vortrefflichen Karolina. Er hörte es ihrer Stimme an. Karolina war die Einzige, vor der sie Respekt hatte. Sie warf ihm einen Blick zu und murmelte etwas in den Hörer. Sie sprachen über ihn. Dann zog sie die Haare vors Gesicht und prustete los, als hätte ihre Schwester etwas Lustiges gesagt.

Über ihn.

Welch ein Schlappschwanz er war, welch eine lächerliche Figur.

Er ging ins Schlafzimmer und riss sich das T-Shirt vom Leib. Die Hitze war nahezu unerträglich. Sicherheitshalber ging er ins Bad und wusch sich unter den Armen.

»Ja, das werde ich tun«, hörte er durch die Tür. »Nein, das finde ich auch nicht.«

Er ging ins Schlafzimmer zurück, stellte sich vor die Spiegelkommode und starrte sich in dem schillernden Glas an. Ulrika hatte die Kommode von ihrer Großmutter geerbt und er hatte ihr geholfen, sie abzulaugen.

Hübsch, dachte er. *Hübschihübsch. Ein gesunder, munterer Junge.*

Er hatte sie an jenem ersten Abend nach Hause begleitet. Sie hatten einiges getrunken und ehe er sich versah, hatte er ihr auch schon erzählt, dass er Deutsch lernen wollte. Dass er es Jerry schon zeigen und eines Tages fließend Deutsch sprechen würde, nur um seinem Bruder eins auszuwischen. Sie war sofort Feuer und Flamme gewesen.

»Ich könnte dir helfen, du kannst zu mir kommen und Privatunterricht bekommen.«

»Was jetzt, kannst du etwa Deutsch?«

»Ja klar, meine Mutter stammt aus Bremen. Wir haben dort gewohnt, als ich klein war. Ich bin dort sogar in die Schule gegangen.«

Und sie fing an, jede Menge Sätze auf Deutsch herunterzuleiern.

»Warte«, flüsterte er. »Nicht so schnell, ich komme nicht mit.«

Daraufhin zwickte sie mit sanften Fingern seine Ohrläppchen und brachte ihn schließlich dazu, sie zu begehren.

Sie war eine gute Liebhaberin.

Aber wenn einem jeden Tag ein Stück Torte angeboten wird, möchte man sich am Ende nur noch übergeben.

Den Deutschunterricht nahmen sie sehr ernst. Ulrika war eine strenge Lehrerin, gab ihm Hausaufgaben auf und ließ ihn Texte schreiben. Wenn er aufgeben wollte, war sie verletzt und wurde kurz angebunden. Er hatte keine Wahl, er musste weitermachen. Nach ein paar Wochen zog er zu ihr und sie lebten, als wären sie verheiratet. Abends kam das Essen auf den Tisch und die Fenster wurden regelmäßig geputzt. Sie machten auch Besuche in Villastaden, wo ihre Eltern in einem adlerhorstähnlichen Gebäude auf der Kuppe eines Hügels wohnten. Sobald Schnee lag, war es ohne Allradantrieb praktisch unmöglich, den Hang hinaufzukommen.

Er stand vor dem Spiegel und betrachtete seine hohe Stirn und anschließend die Nase mit ihrer kleinen Spitze.

Nase und Ohren. Wie Tiere.

Daniel Magnusson, 28 Jahre alt.

Seine Haare wurden immer dünner.

Ein Hals wie von einer nicht gefleckten Giraffe.

Er hörte ihre Füße auf dem Parkett, sah ihre brüchigen weißen Nägel vor sich, er half ihr manchmal bei der Pediküre, denn sie war zu dick, um richtig an ihre Füße heranzukommen. Dann spielte es keine Rolle, wie sie rochen.

Aber das war auch schon eine ganze Weile her.

»Ich habe eine Flasche Wein gekauft!«

Früher, noch vor ein paar Wochen, hätte sie ihn unter ihren verquollenen Lidern angeschaut und nicht locker gelassen, bis er es auf Deutsch gesagt, einen vollständigen Satz mit allen Satzteilen in der richtigen Reihenfolge gebildet hätte.

Ich habe eine Flasche gekauft.

Wein.

Roter.

Oh doch. Er hätte es durchaus hinbekommen. Aber das war vorbei, ihr Leben war in eine neue und weniger angenehme Phase eingetreten. Sie hatte ihn schlicht und ergreifend satt.

Und ich sie auch, dachte er erbost, ich sie auch.

Er griff nach einem Bademantel und steckte seine zitternden Arme mit gemessenen Bewegungen in die Ärmel, zog ihn um sich und band ihn zu. Er wollte sich bedecken. Plötzlich brannte sein Hals und er musste sich abwenden, die Knöchel gegen die Augen pressen.

»Was ist!«, sagte sie gereizt.

»Ich sagte, ich habe eine Flasche Wein gekauft.«

»Na und?«

»Wie, na und?«

Sein Adamsapfel bewegte sich, er spürte es, er hüpfte auf und ab. Er zog die oberste Küchenschublade auf, holte den Korkenzieher heraus und hielt ihn ihr hin.

»Hier! Du kannst sie ja öffnen.«

Daraufhin sagte sie es.

»Ich möchte, dass du ausziehst!«

Er war darauf gefasst gewesen, immerhin hatte sie ihm schon mehrfach damit gedroht. Aber trotzdem. Das Blut wich aus seinem Kopf und schien durch den ganzen Körper bis in seine Zehen zu schießen. Er hörte es regelrecht, so als würde man auf der Toilette abziehen.

Wouusch.

Er griff nach der Kante der Spüle, musste sich setzen.

»Und warum?«

Ulrika stand breitbeinig im Zimmer, ihre Zunge lugte zwischen den Lippen hervor, die Zungenspitze mit ihren winzigen Rissen und Unebenheiten. In diese Zunge habe ich gebissen, dachte er, vermisste jedoch nichts. Nein. Das war es nicht.

»Ich möchte eben allein wohnen, wir passen einfach nicht zusammen. Ich habe dich zum Beispiel schon hundert Mal gebeten, etwas Geld zur Haushaltskasse beizusteuern, und dann kommst du mit einer Flasche Wein. Als ob das reichen würde. Und dann dieser so genannte Job, den du da hast. Wenn du schon unbedingt in der Gebäudereinigungsbranche bleiben willst, hättest du wenigstens eine eigene Reinigungsfirma gründen und Leute anstellen können, damit du nicht selber putzen musst. Ich habe dich satt, auch auf andere Art. Na ja, du verstehst vielleicht.«

»Aber wo soll ich denn hin?«, sagte er quengelnd.

»Heute Nacht kannst du noch bleiben, aber morgen musst du dich verziehen.«

Später dachte er, dass es besser gewesen wäre, wenn sie ihn sofort rausgeschmissen hätte. Alles wäre besser gewesen als das, was dann passierte. Er zog den Korken aus der Weinflasche und stellte zwei Gläser auf den Tisch, aber sie wollte nichts trinken. Stattdessen ging sie duschen und er leerte sein Glas und dann ihres und schenkte sich anschließend wieder ein, sodass die Gläser aussahen, als wären sie nicht angerührt worden. Sie hatte nasse Haare, suchte nach einem Kleid. Durch den Türspalt sah er ihren breiten, weißen Rücken. Er empfand Ekel, vermischt mit immer größer werdender Wut.

Und dennoch.

Er hatte starke Arme.

Er stieß sie rücklings aufs Bett und hielt sie fest. Ihre massigen, gespreizten Schenkel, sie war unten noch feucht von der Dusche, ihre fette Fotze.

Sie leistete keinen Widerstand, wenn sie sich doch wenigstens gewehrt hätte. Er hielt ihre Arme mit der linken Hand fest und zog den Reißverschluss seiner Hose auf, es war lange her, dass er einen solchen Ständer gehabt hatte, es schmerzte regelrecht an der Peniswurzel, und er hievte sich auf sie, bestieg sie wie einen Berg aus Speck und Fleisch und Haut.

Sie wehrte sich nicht, sondern lag einfach nur da und starrte mit gleichgültiger Miene an die Decke. Als er kam, stieß sie ihn mit einem Schwung des Unterarms von sich und setzte sich auf.

»Bist du fertig?«

Da brach er in Tränen aus und weinte so laut und jammernd, dass er es nicht einmal hörte, als sie ging.

5. Angelica

Sie schlief, aber tief in ihr kämpfte etwas darum aufzuwachen.

Mama, dachte sie, brachte das Wort aber nicht heraus, ihr Mund lag schlaff und offen.

Das schöne Kleid, wie Sonne und Nebel, schau mal, Angelica, was bist du nur für eine kleine Elfe!

War jetzt das Fest, was war aus dem Fest geworden?

Sie schlief, und im Schlaf ertönte der Klang von Stimmen. Mama und Papa, es schrillte und schepperte.

Geh weg, dachte sie. Mama und ich. Nur wir zwei.

Ihr Hals tat weh, wenn sie so dachte.

Papa war so lieb, er schenkte ihr ganz tolle Sachen. Sie legte sich dicht an die Wand in ihrem kleinen Kinderzimmer, warte hier, Papa und ich müssen uns unterhalten. Das Diadem drückte gegen den Kopf. Sie hatte es in einem Paket bekommen, er hatte ihr geholfen, die Schnur zu lösen.

Papas kleine Prinzessin.

Oh, das will ich im Kindergarten anziehen.

Ja, das darfst du auch. Aber du musst gut darauf aufpassen, denn es hat viel Geld gekostet.

Seine Finger mit dem Tabakgeruch.

Viel, viel Geld.

Und dann:

Geh ein bisschen in dein Zimmer, Angelica. Mama und ich müssen uns unterhalten.

Sie würde es in den Kindergarten mitnehmen. Die anderen würden es schön finden und ganz neidisch sein. Aber keiner würde es anziehen dürfen, auch nicht Mimmi oder Isabelle. Sie könnten es kaputtmachen. Sie kapierten nicht, dass man mit so teuren Sachen ganz vorsichtig sein muss.

Ihre Hände lagen dicht, ganz dicht an den Ohren. Hatten sie nicht bald genug geredet? Sie musste Pipi, ihre Hände lagen auf den Ohren und sie dachte: still. Mechanisch begann sie zu singen, lauter, immer lauter und schrill. Aber das nützte nichts. Nichts in der Art konnte helfen, das wusste sie, und die Tür war geschlossen, aber dennoch drangen die schweren Geräusche von Stoff und Haut herein, und dann Mama:

Sie klang wie ein Welpe.

An-ge-li-ca. Sie dachte an ihren Namen und war jetzt ein Fisch. Ganz tief schwamm sie, fast platt auf dem Grund, sie war einer dieser grauen komischen Fische mit Stachelzähnen. So einen hatte sie gesehen, als sie mit Papa in dem großen Meerwasseraquarium war – was für ein komisches Wort, sie konnte es gar nicht richtig aussprechen. Sie waren auch in den Vergnügungspark gegangen, der Gröna Lund hieß.

So was darfst du mit Mama bestimmt nie fahren, Mamas trauen sich nämlich nicht auf so etwas.

Sie schrie mit dem Mund an seiner Hemdbrust.

Als sie sich übergab, drehte er ihren Kopf weg.

Möchtest du ein Eis? Möchtest du Zuckerwatte?

Möbel schabten über den Boden. Mama schrie oder sang. Ihren Papa hörte sie nicht, aber sie dachte an seine Augen, wie sie aussahen, wenn sie etwas angestellt hatte, an seine Finger und Daumen, die sich drehten. Und dann schoss seine Hand explosionsartig gegen ihre Nase.

Plötzlich wusste sie, dass ihr Papa gegangen war. Sie hatte es nicht gehört, aber da war etwas mit der Luft. Mama, piepste sie, und es war ihre Fischstimme, die kleine, winzig kleine Blubberstimme.

Aber sie musste alleine aufstehen und die Tür öffnen. Mama war im Badezimmer, hatte die Tür zugemacht und abgeschlossen.

Es roch irgendwie besonders, wenn Papa da gewesen war. Es roch süßlich und gleichzeitig ein wenig verbrannt.

Mamas Stimme durch das Wasserrauschen:

»Liebes, Mama kommt sofort. Setz dich so lange auf die Couch und warte.«

Und sie saß mit gestreckten Beinen auf der Couch und drehte das Diadem, bis Mama mit feucht glänzendem, aufgedunsenem und verzerrtem Gesicht herauskam.

»Papa ist lieb«, sagte sie fragend.

Mama nickte.

»Ja. Aber jetzt wird Mama den Fernseher anmachen, es ist Kinderstunde, die dürfen wir nicht verpassen.«

Sie hatte in dem Kinderwagen gelegen, obwohl sie eigentlich viel zu groß für so etwas war, denn der Wagen war für die kleineren. Für die Kleinkinder.

»Mein Gott, wie heiß du bist!«

Magda, dachte sie, und es zuckte in ihren Gliedern. Ihre Schläfen pochten, und hinter den Augen scheuerte es wie Sand.

»Du wirst hier ein wenig liegen bleiben und dich ausruhen müssen.«

Sie hatte ihr Ohr in das Kissen gepresst und durch den Stoff die Räder über den Schotter knirschen gehört. Jemand quengelte, es war Mimmi, ich will auch im Wagen fahren.

»Ein anderes Mal, denn jetzt ist Angelica an der Reihe, sie ist heute ein bisschen müde.«

Ein singender, rasselnder Laut.

Sie schwitzte, sie lag in ihrem Kleid in dem Wagen.

Was war dann passiert? Sie wurde herausgehoben, aber es ging alles ganz schnell, und sie sah nichts, denn es war schwarz vor ihren Augen, vor ihrem ganzen Gesicht war es schwarz, und sie dachte an Samt und Moos. Ein Arm schob sich unter ihren Bauch, und sie wurde getragen oder flog.

Mama, keuchte es in ihr.

Aber das waren keine Mamahände, keine Magdahände, keine Hände, die sie kannte.

Mimmi, die den Wagen umgekippt hatte? Mimmi, die knuffte und stieß, sie musste sich mit aller Kraft festklammern.

Da hörte sie zum ersten Mal die neue Stimme.

»Ganz ruhig, Kleines, hab keine Angst.«

Sie lag da, und es roch nach Auto, und etwas Spitzes stach in ihr Bein. Tränen traten ihr in die Augen, und sie versuchte zu schreien, erkannte ihre eigene Stimme aber nicht mehr wieder.

Etwas floss wie Sirup in ihrem Körper.

Danach erinnerte sie sich an nichts mehr.

6. Magda

Sie konnte nicht schlafen. Sie hatte versucht, wie jeden Abend ins Bett zu gehen, sich an die alltäglichen Gewohnheiten zu halten. Aber nichts funktionierte mehr wie sonst. Sie war völlig überdreht, Gedanken schwirrten ihr durch den Kopf. Schließlich schlug sie die Decke zur Seite und stand auf. Das Nachthemd war feucht, und trotz der Wärme bekam sie eine Gänsehaut.

Angelica, was habe ich nur getan, was machen die mit dir?

Die Polizei war gekommen, sie hatte gesehen, wie die Streifenwagen auf dem Wendeplatz parkten. Sie hatte Angst bekommen, war aber gleichzeitig erleichtert gewesen. Immer wieder hatte sie erklären müssen, wie sie den Wagen im Schatten des Baumes stehen gelassen hatte und dass sie sich nur für kurze Zeit entfernt hatte. Wenn sie den Beamten erzählen sollte, wie es war, als sie zurückkehrte, musste sie jedes Mal weinen. Eine Polizistin tätschelte ihre Hand. Ihre Augen waren voller Mitleid.

»Haben Sie eine Vermutung, was passiert sein könnte?«

Florian, schoss es ihr durch den Kopf, aber sie sprach den Namen nicht aus, schüttelte nur den Kopf. Tränen liefen ihr den Hals hinab, und der Pullover wurde nass.

Auf dem Hof stand Carita und nahm die Eltern in Empfang. Bedauerte, erklärte und tröstete. Es waren keine lauten Stimmen zu hören, sondern nur ein säuselndes Murmeln, eine ungewohnte, plötzliche Stille. So leise war es sonst nie in den Räumen des Kindergartens, nicht einmal, wenn Mittagsschlaf gehalten wurde.

Der Arm der Polizistin war sonnengebräunt und von kurzen, feinen, blonden Härchen bedeckt. Ihr Kajal war ein wenig verlaufen, vielleicht wegen des grellen Sonnenlichts.

»Sollte Ihnen doch noch etwas einfallen, egal was, rufen Sie uns bitte an! Hier ist die Nummer. Sie können mit mir sprechen oder mit ihm dort, er heißt Greger. Im Grunde können Sie natürlich mit jedem unserer Kollegen sprechen, aber fragen Sie ruhig erst nach uns. Tun Sie das bitte!«

Die Polizisten nahmen sie mit in den Wald. So machte man es auch mit Tatverdächtigen, das wusste sie, man führte sie herum. Wie Kühe. Sie hatte eiskalte Fingerspitzen, musste ihnen alles zeigen.

»Hier habe ich den Kinderwagen abgestellt, da unten waren Kattis und die anderen Kinder. Und da drüben bin ich reingerobbt, weil ich dachte, ich hätte ein paar Buschwindröschen gesehen, Sie können es selber sehen, ich glaube, die Stiele, die ich abgebrochen habe, liegen noch da.«

Es tauchten weitere Polizisten auf, die einen Hund dabei hatten, einen Rottweiler. Im Nachbarhaus gab es auch einen, der allerdings kleiner war als dieser Polizeihund. Sie hörte, dass die Beamten den Hund Rex nannten. Man hatte ihm eine Art Zaumzeug angelegt, und er begann eifrig zu schnüffeln, wo der Wagen gestanden hatte.

Immer wieder musste sie alles erzählen.

Die Polizisten sprachen auch mit den Kindern, den ganzen Nachmittag wurden sie verhört. Sie hörte das Geräusch eines Hubschraubers.

Sie zog sich an. Von dem Schlag, den sie bei ihrem Sturz abbekommen hatte, tat ihr das Kreuz weh. In gewisser Weise geschah es ihr nur recht. Es war eine Art Strafe dafür, dass sie Angelica allein gelassen hatte. Je mehr es schmerzte, desto besser würden die Chancen stehen, dass das Mädchen unverletzt gefunden wurde.

Eine Begegnung mit Eva, Angelicas Mutter, war ihr Gott sei Dank erspart geblieben. Sie war mit den Polizisten im Wald gewesen, als Eva eintraf. Sie hatte Kattis fragen wollen, was sie gesagt, wie sie es aufgenommen, was sie getan hatte. Aber sie hatte nicht die Kraft dazu gehabt.

Sie verstellte die Jalousien so, dass sie hinausschauen konnte. Es war halb zwölf und mittlerweile ziemlich dunkel. Sie wohnte in der Grundtvigsgatan in Blackeberg in einem dreistöckigen Backsteingebäude. Ihre Wohnung lag im Souterrain. Die Miete war in Ordnung. Aber die Kosten für ein weiß lackiertes, schmiedeeisernes Einbruchsgitter hatte sie selber übernehmen müssen. Es sah recht gut aus, versuchte sie sich einzureden, wie erstarrte oder gefrorene Spitze.

Ihre Wohnung bestand aus einem zehn Quadratmeter großen, rechteckigen Raum, in dem ihr ganzer Hausrat Platz fand. Die Küche war nur eine Kochnische mit einem Kühlschrank und einem primitiven Herd. Wenn man den Ofen benutzte, funktionierte die größere der beiden Kochplatten nicht. Unter der Decke verliefen Rohre, in denen es fortwährend säuselte. Normalerweise fand sie das gemütlich, aber jetzt störte und quälte es sie.

Sie schaltete den Computer ein und öffnete eine Datei, der sie den Namen *Mein Jetzt* gegeben hatte. Es war eine Art Tagebuch. Manchmal schrieb sie auch Gedichte, oder vielmehr Entwürfe zu Gedichten, die sie in dieser Datei sammelte. Sie hatte die Texte bislang nur einer einzigen Person gezeigt.

Im Moment, schrieb sie, im Moment geht es mir sehr schlecht. Was geschehen ist, erscheint mir so grauenvoll, dass ich nicht einmal darüber schreiben kann. Wird das Leben jemals wieder normal sein? Woher soll ich die Kraft nehmen, mit allem weiterzumachen? Ich habe etwas Schreckliches getan. Ich habe zugelassen, dass ein kleines Kind verschwunden ist.

Sie konnte einfach nicht mehr in der Wohnung bleiben, hatte das Gefühl, die Wände würden auf sie herabstürzen und ihr die Luft zum Atmen nehmen. Sie ging hinaus und schloss die Tür hinter sich ab. Der Schlüssel hakte ein wenig, sie vergaß immer, Schmieröl zu kaufen. Vor einer Woche hatte sie es mit Margarine versucht, eine Messerspitze davon in das Schloss gepresst, aber das hatte nichts genützt. Stattdessen hatte ihre neue Hose Flecken bekommen. Fettflecken bekam man nie mehr heraus. Das hatte Tante Gunilla ihr immer wieder gepredigt. Wie sich nun herausstellte, hatte sie Recht gehabt. Als sie auf den Hof hinaustrat, schoss eine Katze lautlos in die Sträucher. Magda zuckte zusammen. Das war Bruno, ein großer und bissiger Kater, der sie schon einmal fast angesprungen hätte. Damals hatte sie versucht, ihn von einer verletzten Taube wegzuscheuchen, die an der Wand hockte. Bruno kam und ging, wie er wollte, sein Besitzer ließ das Fenster immer einen Spaltbreit offen stehen, sogar im Winter. Der beißende Gestank von Katzenurin stieg direkt neben den Fahrradständern vom Boden auf. Sie dachte an Fredriksson, den Hausmeister. Sie hatte ihn einmal mit seinem lehmverschmierten Holzschuh nach der Katze treten sehen.

Erst konnte sie ihren Fahrradschlüssel nicht finden, aber dann lag er doch in der Jackentasche, wo sie schon nach ihm gesucht hatte. Es war ein kühler Abend. Sie fror ein wenig, zog den Reißverschluss bis zum Hals zu. Sie fuhr gerne Rad, es tat ihr gut, es kam ihr vor, als würde der Fahrtwind einen reinigen. Als ihre Tante letztes Jahr ihren fünfzigsten Geburtstag gefeiert und ein neues Fahrrad mit mehreren Gängen geschenkt bekommen hatte, übernahm Magda den alten Drahtesel. Es war ein Rad der Marke Crescent, das in den Sechzigern glänzend und neu gewesen war. Zum Sattel gehörte ein Regenschutz aus gepunktetem Wachstuch, den ihre Tante selber genäht hatte.

Seit dem Tag vor 22 Jahren, an dem ihre Eltern ins Meer gefallen und ertrunken waren, hatte sie bei Tante Gunilla und Onkel Olle gewohnt. Ihre Eltern hatten mit ihrer Motorsegelyacht Urlaub in den Schären von Sankt Anna an der schwedischen Ostküste gemacht. Vermutlich hatten sie zu viel getrunken, das hatte Magda sich anhand der Kommentare zusammengereimt, die sie im Laufe der Jahre aufgeschnappt hatte. Sie selbst war in ihrer Wiege in der schaukelnden Kajüte alleine zurückgeblieben. Das Boot trieb und trieb, bis sich schließlich der Seenotrettungsdienst seiner annahm. Sie besaß ein altes, verblichenes Zeitungsfoto, das einen Mann in einem Overall zeigte, der mit einem Säugling im Arm an Land ging. Dieser Säugling war sie gewesen.

Sie trat wie eine Wahnsinnige in die Pedale, und es rauschte in ihren Ohren. Im Zentrum von Blackeberg bog sie links auf den steilen Anstieg ab und fuhr auf den Fahrradweg. Sie kam an dem Kreisverkehr vorbei, in dem sie einmal einen Lastwagen umkippen und Feuer fangen gesehen hatte. Das war zu der Zeit gewesen, als sie noch ins Gymnasium ging, und sie hatten auf dem angrenzenden Sportplatz Brennball gespielt. Der Fahrer war bei dem Unfall ums Leben gekommen, sie musste jedes Mal daran denken, wenn sie hier vorbeifuhr, und träumte bisweilen, dass sie seine Hände durch den Rauch und die Windschutzscheibe sah, seine vergeblichen Versuche, sich aus der Fahrerkabine zu befreien, bevor das ganze Auto von den Flammen erfasst wurde.

Sie hielt sich an den großen Fahrradweg, der parallel zum Bergslagsvägen verlief. Der kürzere Weg hätte über Grimsta geführt, aber das Viertel hatte einen schlechten Ruf. In der Nähe des Autoverkehrs fühlte sie sich sicherer. Das Fahrrad glitt durch die Dämmerung, und die Luft duftete nach zartem, feuchtem Grün. Sie hielt den Lenker fest umklammert, war die ganze Zeit von der eigentümlichen Hoffnung erfüllt, dass sie die Augen für einen Moment schließen und anschließend wieder öffnen würde, und dann das Mädchen in seinem verknitterten gelben Kleid vor ihr stehen, mit dem Fuß aufstampfen und wütend sein würde.

»Ihr habt mich vergessen, ihr seid einfach weggegangen!«

Nein. Angelica war nur selten wütend. Sie saß am liebsten am Tisch und malte mit Wachsmalstiften kleine Kinder, die wie Tiger in Käfigen hockten. Oder sie zog sich in die Kissenecke zurück und lutschte an ihren Fingern. Ihren Eltern gefiel das nicht, es konnte schlecht für ihre Zähne sein. Das Kindergartenpersonal hatte deshalb Anweisung bekommen, darauf zu achten, dass sie nicht an den Fingern lutschte.

Ein einziges Mal hatte Angelica einen Wutanfall bekommen. Der Auslöser dafür war etwas gewesen, das Eva gesagt hatte. Magda war in dem Moment in den Flur gekommen. Ein kleiner, roter Stiefel flog an ihr vorbei. Eva hatte das brüllende Kind festgehalten.

»Was ist denn hier los?«, hatte Magda gerufen.

»Angelica mag ihre Mama nicht mehr.«

Um diese Uhrzeit waren nicht mehr viele Autos unterwegs. Ein Taxi fuhr Richtung Vällingby, und als sie sich Johannelund näherte, hörte sie die rhythmischen Laute einer U-Bahn, die an dieser Stelle oberirdisch fuhr. Dann sah Magda sie auch, es war einer von den neuen Zügen. Er wurde langsamer und hielt plötzlich auf freiem Feld. Wahrscheinlich eine Störung, die gab es auf der so genannten Grünen Linie häufiger. Sie fuhr in die Unterführung und dann entlang der asphaltierten Gehwege. Außer ihr war niemand auf der Straße.

Der Kindergarten war geschlossen. Sie hatte nichts anderes erwartet. Sie radelte an dem flachen, gelben Holzbau vorbei, der ihr Arbeitsplatz war, und weiter zu dem Wäldchen, in dem Angelica verschwunden war. Ein Hase richtete sich aus dem Gras auf. Sie sah sein Profil und die langen, sensiblen Löffel. Ganz ruhig blieb er sitzen und ließ sich von ihr keine Angst einjagen. Sie dachte an ein Buch über Hasen oder Kaninchen, das sie sich einmal ausgeliehen hatte. Es hatte *Unten am Fluss* geheißen und war eines der besten Bücher, die sie je gelesen hatte.

Als sie das Wäldchen erreichte, bremste sie und stieg ab. Sie blieb zunächst eine Weile stehen und lauschte, ehe sie das Fahrrad abstellte und abschloss. Langsam trat sie zwischen die Bäume. Das Areal war mit blauweiß gestreiftem Plastikband abgesperrt worden. Hinter der Absperrung sah alles so aus wie immer. Unzählige Male waren sie hier mit den Kindern gewesen, es war ein überschaubarer und friedlicher Vorortwald, im Grunde nicht einmal ein richtiger Wald, sondern eine Ansammlung von Bäumen und Sträuchern, ein Stück Natur zwischen all den Häusern, in dem Kinder Ameisen beobachten und Blaubeeren pflücken konnten.

Sie stand an der Eiche, wo sie den Kinderwagen abgestellt hatte, und berührte sie mit den Fingerspitzen.

Die gefurchte Rinde war kühl, und sie presste ihre Wange an den Stamm, bis es beinahe wehtat. Plötzlich bekam sie keine Luft mehr. Es war, als würde ihr der ganze Brustkorb zusammengeschnürt, sodass die Luft nicht mehr hineinkonnte. Sie breitete die Arme aus, versuchte tief durchzuatmen und strengte sich dabei so an, dass ihr Unterkiefer zitterte. Sie geriet ein wenig in Panik und war verunsichert. Und wenn Angelica nun doch bei ihrem Vater war? Wenn er sie mitgenommen hatte und weggefahren war? Sie hätte der Polizei sagen sollen, was sie über Eva und Florian wusste. Aber das fanden die Beamten wahrscheinlich ohnehin heraus. Außerdem hatten sie auch mit Carita gesprochen, und Carita wusste Bescheid. Als Leiterin musste sie über die Familienverhältnisse der Kinder informiert sein. Sie würden Florian bis in das kleine rumänische Dorf verfolgen, aus dem er stammte, und er würde sagen, jetzt ist sie hier, meine Tochter, sie ist bei mir und sie wird hier eine Weile bleiben, aber ich bringe sie dann wieder nach Hause, gebt mir nur etwas Zeit.

So musste, musste es einfach sein!

Aber da war noch die Sache mit dem Diadem. Das hätte er doch sicher mitgenommen und nicht im Kinderwagen zurückgelassen. Andererseits hatte es unter dem Kissen gelegen, wie hätte er es also sehen sollen?

Magda schloss die Augen, blickte zum Nachthimmel auf und zwang sich, langsam und tief durchzuatmen. Warum war sie eigentlich mitten in der Nacht hierher gefahren? Um Spuren zu finden? Nicht einmal die Polizei hatte das gemacht. Es war dumm, verrückt und konnte sogar gefährlich werden.

»Ist mir scheißegal!«, murmelte sie.

Es war windig geworden. Vielleicht würde es nun endlich Regen geben. Das wäre dringend nötig, denn alles dürstete nach Regen und Feuchtigkeit. Sie starrte zum Gewirr der Äste hinauf, die noch nicht vollständig begrünt waren. Eichen schlugen spät aus. Auf einmal war sie unruhig. Sie musste nach Hause. Im Laufschritt kehrte sie zu ihrem Fahrrad zurück und hatte Schmerzen im Kreuz.

Lieber Gott, mach bitte, dass Angelica bei ihrem Vater ist!

7. Daniel

Er blieb in der Wohnung. Sein erster und verzweifelter Gedanke war, dass er sich in Ulrikas riesiges Bett legen und sich weigern würde, aufzustehen. Sie war zwar kräftig gebaut, aber er war stärker als sie. Selbst wenn sie ihre Schwester holte und die beiden gemeinsam versuchen sollten, ihn herauszuzerren, würde es ihm gelingen, sich festzuklammern. Er legte sich breitbeinig auf den Bauch, griff nach den Bettkanten und hielt sich fest, als wären sie schon im Raum, zwei riesige Monsterfrauen, die mit vereinten Kräften versuchen würden, ihn unschädlich zu machen.

»Ulrika«, murmelte er und versuchte das zarte, stille Mädchen heraufzubeschwören, das sie trotz allem ab und an zu sein versuchte.

Nein, es ging nicht. Es war aus.

Und der Deutschunterricht?

Zum Teufel mit der deutschen Sprache.

Ihr Vater würde sich garantiert freuen. Dieser aufgeblasene Direktorenheini. Der Mann hatte sich ihm tatsächlich mit seinem Direktorentitel vorgestellt, als Ulrika ihn das erste Mal zu ihren Eltern mitgenommen hatte.

»Direktor Frölich.« Kein Vorname, nur Titel und Nachname.

»Daniel. Ja also, Daniel Magnusson.«

»Und was macht Herr Magnusson beruflich, wenn man fragen darf?«

»Er studiert, Papa.«

Wie ein Reptil war sie dazwischengefahren, hatte geantwortet und ihm kaum die Chance gelassen zu hören, was der alte Knacker überhaupt sagte.

»So so, aha. Und was?«

»Informatik. Etwas, wovon du sowieso nichts verstehst, Papi.«

Dass er Informatik studierte, stimmte natürlich überhaupt nicht. Sie schämte sich für ihn, das war alles.

Auch ihre Alte würde darüber, dass Daniel als Schwiegersohn abgeschrieben war, erleichtert aufseufzen.

»Die blöde Kuh!«, murmelte er ins Kissen, das schwach nach Ulrika roch, nach irgendeinem Shampoo, das sie häufig benutzte. Auch ihre Eltern waren kräftig gebaut, die Statur hatte sie von ihnen geerbt. Sogar ihre Schwester Karolina war groß wie eine Riesin. Heiligabend hatte er sich im Vergleich zu Ulrika und ihrer Familie wie ein Schneeglöckchen gefühlt. Ja wirklich, genau dieser Vergleich war ihm in den Sinn gekommen. Ein zartes und empfindliches Schneeglöckchen. Er hatte Marzipan für sie gekauft, in Schokolade getunkte Schweinchen. Vier Stück, deren Hintern so breit waren wie ihre. Erst hatte er gar nicht vorgehabt, ihnen etwas zu schenken, aber Ulrika hatte ihn darauf angesprochen, und daraufhin war er losgezogen und hatte die Schweinchen gekauft und für sie außerdem noch eine Geschenkpackung mit lila Schaumbad und einer Seife.

Sie hatte an der Schaumbadverpackung gerochen, und an ihrer Nasenwurzel hatten sich kleine, feine Falten gebildet.

»Ich bade ja eigentlich nie«, sagte sie. »Ich dusche meistens, aber trotzdem vielen Dank.«

Es war eine schöne Vorstellung, ihnen nicht mehr begegnen zu müssen. Ständig hatte er das Gefühl gehabt, mit ihm würde etwas nicht stimmen. Er war nicht gut genug. Aber als ihr Alter einen runden Geburtstag feierte, da war er gut genug gewesen, da hatte er wie ein Butler die Gäste in Empfang nehmen und ihre verdammten Mäntel aufhängen müssen, bis die Garderobe kurz davor war, zusammenzubrechen. Ulrika und ihre Schwester waren in der Küche beschäftigt gewesen, er hatte nichts von ihnen gesehen und sich auch nicht getraut, seinen Platz an der Tür zu verlassen. Er hatte zwischen den nassen Wollmänteln gestanden, und es schneite, und die Leute hatten Probleme, den steilen Hang hinaufzukommen. Aus dem Salon hatte man Lachen und Stimmengewirr gehört. Er war allmählich hungrig und schließlich wütend geworden. Wo war Ulrika?

Als mindestens eine Stunde lang kein neuer Gast eingetroffen war, hatte er auf die Toilette gemusst, war zum Badezimmer gegangen und hatte vorsichtig die Tür aufgezogen, sie augenblicklich aber wieder geschlossen, denn es war besetzt gewesen, zwei Personen hatten sich in dem Raum aufgehalten, ein Mann und eine Frau. Der Mann war einer der Gäste gewesen, soviel hatte er noch sehen können. Später war ihm der Gedanke gekommen, dass die Frau eventuell Ulrikas Mutter gewesen war. Obwohl er das nicht überprüfen konnte und im Übrigen auch gar nicht wollte, das Lotterleben der Oberschicht ging ihn nichts an. Sie wollten doch immer so vornehm sein. Und dann benahmen sie sich wie pubertierende Jugendliche auf einer Fete in einer sturmfreien Bude.

Es war ihm so vorgekommen, als wäre es der Alten seither schwer gefallen, seinem Blick zu begegnen. Aber das konnte er sich natürlich auch eingebildet haben. Er erwähnte die Sache Ulrika gegenüber nie.

Schließlich musste er doch noch eingedöst sein, denn plötzlich wachte er mit einem Ruck wieder auf. Er lag auf der Seite, und die Decke war auf den Boden gerutscht. Sie war zurück. Erst wurde er ganz ruhig, blieb liegen und wartete darauf, dass die Tür geöffnet wurde und sie in ihrem großen weißen Nachthemd im Türrahmen stand, mit leichten Schritten zum Bett schlich, sich zu ihm legte und alles wieder so war wie immer.

Doch dann hörte er die Stimme eines Mannes. Sie war nicht allein.

Dann wurde die Tür aufgerissen, und es wurde hell im Zimmer. Er saß im Bett, schlang die Decke um sich und versuchte etwas zu sehen. Ein fremder Mann stand an den Türrahmen gelehnt. In der Hand hielt er Ulrikas langschaftigen Metallschuhlöffel, mit dem er leicht auf seinen Handteller schlug.

»Hör mal, das Bett da wird gleich besetzt sein, würdest du also bitte die Güte haben und dich verziehen.«

Er sprach irgendeinen nordschwedischen Dialekt.

»Wer bist du und was zum Teufel hast du hier zu suchen?!«

»Frag nicht so viel, hau einfach ab.«

Jetzt sah Daniel ihn besser, fettige Haare, die in einer Locke in die Stirn fielen, die Andeutung eines Barts. Er trug eine Jeans und am Oberkörper nur ein Jackett, das nicht zugeknöpft war und eine nackte und unbehaarte Brust entblößte. In einem Ohr trug er einen Ohrring.

»Was zum Teufel redest du da? Ich wohne hier, verdammt noch mal!«

Irgendwo da draußen hörte er Ulrika, sie öffnete die Kühlschranktür und raschelte mit Plastik. Er wollte nach ihr rufen, aber sein Mund war wie ausgedörrt und blieb stumm.

Der fremde Mann betrat den Raum und ging bis zur Bettkante. Er lächelte ein wenig, seine Unterlippe war weich und voll.

»Ich glaube doch wohl eher, dass Ulrika Frölich hier wohnt. Jedenfalls steht ihr Name an der Tür.«

»Geh raus«, murmelte Daniel, »damit ich mich anziehen kann.«

Seine Kleider lagen in einem Haufen auf dem Fußboden, und er konnte sich zunächst nicht erinnern, wie sie dort gelandet waren, aber dann fiel es ihm wieder ein. Er sah den fremden Mann an und begriff, dass er wusste, was passiert war.

Als er in die Küche kam, hatte sich Ulrika an den Küchentisch gesetzt, auf dem Käse und Brot standen, aufgeschnittene Tomaten und zwei Flaschen Bier. Im Bad wurde die Spülung betätigt.

»Du«, sagte er mit belegter Stimme.

Sie sah ihn nicht an, spielte mit den Fransen der Tischdecke.

»Wen hast du denn da angeschleppt?«

»Angeschleppt!«, wiederholte Ulrika.

»Ja. Wer ist das? Kommt einfach so rein und weckt mich.«

»Ein guter Freund«, sagte sie kurz.

»Ja genau. Ein guter Freund.« Der Mann war von der Toilette gekommen und stand nun dicht hinter Daniel.

»Du wirst Ulrika nicht mehr belästigen. Sie will, dass du abhaust. Du hast acht Minuten, keine Sekunde länger.«

»Was zum Teufel verzapfst du da, du hast sie doch nicht mehr alle!«

»Acht Minuten. Ab jetzt!«

Der Mann zog seine Armbanduhr aus und legte sie auf den Tisch. Die Ärmel seines Jacketts waren hochgekrempelt, was lächerlich aussah, wie ein Relikt aus den Achtzigern. Der Mann musterte seine Fingernägel und schwang den Schuhlöffel.

Es war eine unmissverständliche Provokation. Sie hatte ihm versprochen, er dürfe zumindest über Nacht noch bleiben. Das konnte sie doch nicht machen, ihn schlechter behandeln als ein Tier. Er machte einen Schritt auf den Mann zu, um ihm einen Stoß zu versetzen, oder auch nur, um ihm zu zeigen, dass er sich nicht alles gefallen lassen würde. Dann ging alles sehr schnell. Es blitzte über seinen Augen auf, er spürte einen heftigen und stechenden Schmerz, seine Hände fuhren in die Höhe, suchten Halt und zogen etwas mit sich, als er fiel. Glas splitterte.

8. Magda

Er wartete vor dem Hauseingang auf sie. Anfangs tat sie, als hätte sie ihn nicht gesehen, und fummelte am Fahrradschloss herum, und ihre Hände zitterten so sehr, dass sie beinahe den Schlüssel verloren hätte. Dann trat er ins Licht und sie sah den gedrungenen Körper und seine zu Schlitzen verengten Augen.

»Magdalena.«

Sie schwieg.

»Ich wusste, dass du kommen würdest. Ich habe nach deinem Fahrrad gesucht.«

»Hast du?«

»Aber ich habe es nicht gesehen, also habe ich mir gedacht, sie wird kommen.«

Das Fahrrad war zwischen ihnen, als markierte es eine Grenze.

»Du bist hier?«, sagte sie heiser. »Das hätte ich nicht gedacht, ich hatte gehofft, dass du ... dass ihr ...«

Er sah sie an, sein Gesicht war starr und angespannt.

»Ich möchte mit dir reden. Ich will alles von dir hören.«

»Aha«, flüsterte sie und bekam immer größere Angst.

»Wir gehen rein.«

Sie holte die Schlüssel heraus und spürte ihn dicht neben sich, als sie das dunkle Treppenhaus betraten. Mama, dachte sie, das Wort tauchte einfach in ihr auf, ein ungewohntes und nie gebrauchtes Wort.

»Mach Licht«, sagte er.

»Geht nicht, die Lampe ist kaputt.«

Sie tasteten sich zu ihrer Tür hinab. Sie öffnete. Er war neben ihr, hinter ihr, fasste sie aber nicht an. Sie hatte Angst, empfand aber gleichzeitig auch Trauer.

»Ich dachte, dass du ...«, setzte sie an und ihre Stimme brach, und sie sank in die Hocke.

Als er die große Lampe eingeschaltet hatte, fiel kaltes, weißes Licht auf sie herab und blendete sie. Er stand über ihr, lehnte sich vor, da war etwas an seiner Körperhaltung, was sie noch nie gesehen hatte. Sie griff nach ihm, aber er wich zurück. Sie sah seine Füße in den braunen Stiefeln.

»Was ist?«, flüsterte sie. »Was ist passiert?«

Da zerrte er sie plötzlich hoch und presste sie an die Wand. Ein Kleiderbügel fiel klappernd auf den Boden. Sie kniff die Augen ganz fest zu.

»Bitte ... das tut weh.«

»Ich habe den ganzen Abend bei der Polizei gesessen. Ich weiß nicht, wo sie ist! Magdalena! Hängst du da mit drin? Wenn du und Eva was ausgeheckt habt, um mir etwas anzuhängen, dann ... dann weiß ich nicht, was ich mit dir mache.«

Sie antwortete nicht, hing wie eine Puppe in seinen Händen.

Dann schlag mich doch, bring mich um, wenn du willst, ich war es doch, die für dein Kind verantwortlich war.

Er ließ sie los und fuhr herum, ging in die Küche und steckte sich eine Zigarette an.

»Kann ich dir etwas anbieten?«, flüsterte sie. »Einen Tee oder was anderes?«

Er schüttelte gereizt den Kopf.

»Ich möchte, dass du mir haargenau erzählst, was passiert ist. Ich will alles wissen, jedes kleinste Detail.«

»Mach bitte das Licht aus«, bat sie ihn. »Man kann so gut hereinsehen, wenn es draußen dunkel ist. Man kann alles sehen.«

Er tat, worum sie ihn gebeten hatte. Sie zog die Schuhe aus, ging ins Zimmer und legte sich angekleidet ins Bett.

In der Dunkelheit fand sie die Worte.

»Ich dachte, du wärst es gewesen«, flüsterte sie. »Ich habe mir eingeredet, dass du es warst, aber ich habe nichts gesagt, ich habe kein Wort gesagt, das schwöre ich dir, nicht ein Wort.«

»Und warum nicht?«

»Ich weiß nicht.«

»Jedenfalls haben sie mich aufs Revier geholt. Und verhört!«

Sie schluckte. Es pochte in ihren Schläfen.

»Aber mich haben sie doch auch verhört ... und die Kinder.«

Er hörte ihr gar nicht zu.

»Als ob ich meine eigene Tochter kidnappen würde!«

»So abwegig ist das nun auch wieder nicht«, sagte sie. »Ich meine, wenn man bedenkt, wie es zwischen dir und Eva zu stehen scheint.«

»Weißt du, man löst keine Probleme, indem man sich wie ein Irrer benimmt.«

»Nein, aber ... du hast doch mal gesagt, es sei ungerecht, dass deine Eltern Angelica nie treffen dürfen und so. Ich dachte, dass ...«

Er stöhnte auf und sein Gesicht war angespannt und nackt.

»Ich denke so viel an sie. Wo ist sie, Jesus Christus, wo ist sie?« Er erhob die Stimme, schrie die letzten Worte fast. »Wie konntest du sie nur aus den Augen lassen, Magdalena, wie konntest du das tun!«

»Verzeih mir.«

»Oh, hier geht es nicht um Verzeihung. Das hier ist etwas viel Größeres, hier geht es um Leben und Tod.«

»Denkst du, das weiß ich nicht?! Aber es war doch nur für einen kurzen Moment, ich hatte sie in den Kinderwagen gelegt, sie lag auf dem Kissen und schlief, sie war doch krank, sie hatte sogar Fieber.«

Sie hörte an seiner Art zu atmen, dass ihn das noch mehr aufbrachte, und bereute, es gesagt zu haben. Er ging im Zimmer auf und ab, konnte keine Sekunde still sitzen.

»Bitte, Florian«, flüsterte sie. »Komm und leg dich ein wenig neben mich, ich werde dir genau erzählen, wie es war. Wir werden sie finden, natürlich werden wir sie finden. Aber leg dich zu mir, ruh dich ein wenig aus und halt mich fest, ich bin so schrecklich traurig.«

Er zündete sich eine neue Zigarette an, sie sah die leuchtende Glut.

»Ich kann nicht«, murmelte er. »Wie soll ich mich ausruhen können, wenn ich sie die ganze Zeit vor mir sehe? Wie sie ... es tut so weh, Magdalena. Sich vorzustellen, dass jemand einem Kind etwas antun will. All diese kranken Verrückten, die hinter Schloss und Riegel sitzen sollten, aber frei herumlaufen, weil diese Gesellschaft so schlaff ist, und alle anderen ... Pädophilen ... es gibt mittlerweile ja sogar Kinder, die andere Kinder umbringen.«

Sie konnte nichts erwidern, nichts zu ihrer Verteidigung vorbringen. Angelica war verschwunden und sie war schuld, sie allein.

9. Kennet

Ich will eine Tochter, Kennet. Und ich will, dass du mir dabei hilfst.«

Ihre Worte waren nachdrücklich und hellwach.

Er selber hatte noch halb geschlafen und versucht, das Zwitschern der Spatzen zu ignorieren, die draußen unter dem Dachfirst ein Heidenspektakel veranstalteten. Wie viel Uhr mochte es sein? Sechs?

Er drehte sich auf den Bauch und blinzelte in der Dunkelheit in ihre Richtung. Sie lag auf der Seite, hatte die Decke von sich geworfen. Sie trug nur einen Slip, und ihre Brüste waren groß wie Melonen. Sie leuchteten und schimmerten ihm entgegen, und er wurde von der primitiven Lust erfasst, zu ihr zu kriechen, ihr Kind sein zu dürfen.

Sie hatte schon des Öfteren davon gesprochen, hatte ihn gebeten: »Besorg mir ein kleines Mädchen, Kennet, ich bringe nur Jungen zur Welt, und wir brauchen frisches Blut.«

Langsam robbte er sich in ihr Bett, umarmte sie und streichelte ihren sonnengebräunten Bauch. Vormittags lag sie immer auf dem Balkon. An ihrem Körper gab es nicht einen weißen Fleck, nicht einmal unter den Brüsten.

Ihre Hände empfingen ihn sehnig und schnell, spielten auf seiner Haut, waren überall, liefen das Rückgrat hinab, waren hinter den Ohren und wölbten sich wie eine Hülle um seinen Hodensack. Es rauschte in seinen Ohren. Er hockte sich über sie, zog an ihren Beinen, damit sie die Beine anzog, er musste hinein. Aber ihre Schenkel waren unverrückbar.

»Willst du nicht? Was ist mit dir?« Seine Stimme war fast ein Schluchzen, und sie packte ihn an den Hüften und hielt ihn fest.

»Doch, Liebster, ich will. Aber erst musst du mir etwas versprechen, Kennet. Du musst versprechen, mir eine Tochter zu schenken!«

Er hörte ihrer Stimme an, dass sie es diesmal ernst meinte, und nickte, alles was du willst, verspreche ich dir, ich bin dein Sklave, du bist meine Herrin.

Da erschlaffte die stählerne Wand der Muskeln, und sie öffnete sich ihm und ließ ihn hinein.

Sobald die letzten, herrlichen Zuckungen abgeklungen waren, bereute er es. Seine Lust wich nagendem Unbehagen. Sie war schon aufgestanden, und er hörte das Rauschen der Dusche. Dann kehrte sie nackt ins Schlafzimmer zurück, zog ihm die Decke weg, lachte und war zu Späßen aufgelegt.

»Zeit zum Aufstehen, Schlafmütze!«

Sie kochte Kaffee, und er wusste, dass er keine Chance hatte, noch einmal davonzukommen, dies war das letzte Mal. Wie sollte er ohne diese Frau leben können, ohne die Schwere ihrer Brüste in seinen Händen fühlen, nie mehr in ihre engen Öffnungen eindringen zu dürfen? Sie hatte ihn unter ihre Fittiche genommen. Sie hatte ihn wirklich gemacht. Ohne sie war er nur ein simpler Fahrkartenkontrolleur in einer schlecht sitzenden Uniform. Ohne Freunde, ohne ein eigenes Leben.

Widerwillig zog er sich an, Jeans und Hemd, es sollte wieder ein heißer Tag werden. Er schaute auf die Dächer hinaus, sah eine Elster, die regungslos wie ein Pinguin dahockte. Wenn es regnete, sammelte sich Wasser in den kleinen Vertiefungen am Schornstein, es waren kleine Schalen, aus denen die Vögel trinken konnten. Er dachte an die Tochter, die sie so gerne haben wollte, stellte sich vor, dass er sie auf den Arm nahm und mit ihr aus dem Fenster schaute.

»Siehst du die Elster da, sie frühstückt, sie trinkt ihren Kaffee, oh, hoppla, jetzt ist sie weggeflogen.«

Doch. Natürlich wollte er eine Tochter haben. Die Jungen gehörten ja nur ihr. Sie waren nicht hier, sondern oben in Gällviken. Der Älteste war zehn Jahre alt. Sie waren von verschiedenen Vätern, aber das machte ihr anscheinend nichts aus, im Gegenteil, es schien vielmehr, als würde sie es geradezu als eine Ehre empfinden, so viele Männer wie möglich gekannt zu haben.

Im Moment war er der Mann.

Kennet.

Woher sollte er nur die zum Leben nötige Kraft schöpfen, wenn er nicht bei ihr sein durfte?!

Sie stand am Tisch und strich Butter auf ein Stück Knäckebrot. Sie trug ein T-Shirt und einen kurzen, schwarzen Rock. Ihre Haare lagen nass im Nacken. Seine Verzweiflung wuchs.

Du wirst mich doch niemals verlassen, dachte er und öffnete den Mund, um die Worte auszusprechen.

Im gleichen Moment drehte sie sich zu ihm um.

»Ich will, dass du es heute machst! Jetzt! Heute Vormittag!«

Ihr Gesicht veränderte sich, als er sie ansah, es kam ihm vor, als würde sich sogar die Farbe ihrer Augen ändern. Barfuß ging sie zu ihm und legte ihre Hände an seine Wangen.

»Du schaffst das. Ich weiß, dass du es schaffst.«

Er fuhr nach Hässelby hinaus. Es war nicht seine Entscheidung, die Hände am Lenkrad steuerten ihn auf den Drottningholmsvägen, über die Tranebergsbrücke, am Brommaplan-Kreisverkehr vorbei und weiter den langen Champs-Elysées-ähnlichen Bergslagsvägen hinab.

Er fühlte sich eigentümlich stark, in diesem Moment hatte er fast das Gefühl, unter Drogen zu stehen. Sie hatte ihm Kraft gegeben, aber er wusste, dass es damit jeden Moment vorbei sein konnte. Sie mochte es nicht, wenn man unschlüssig war, sie wollte einen schnellen und tatkräftigen Mann, das hatte sie immer wieder betont.

Manchmal, wenn sie ihn verhöhnte, wenn sie ihn auf diese spezielle Art ansah, zum Beispiel, wenn es ihm einfach nicht gelingen wollte, die Aufmerksamkeit des Kellners auf sich zu ziehen, nachdem sie gegessen hatten und zahlen wollten, saß sie ihm gegenüber und beobachtete ihn. Dann zuckte es um ihre Nasenflügel und er bereitete sich vor und wartete auf die Explosion und verstummte. Schließlich erschallte ihre mächtige, tiefe Stimme: »Wir wollen zahlen!«

Nachher brachte sie ihn dazu, Dinge zu tun, auf die er selber nie im Leben gekommen wäre. Und er tat alles, damit sie wieder gut gelaunt war. Das quälte ihn, aber gleichzeitig genoss er es auch fast.

Er hatte Hässelby erreicht. Die Straßen waren menschenleer. Als hätte die Erde aufgehört, sich zu drehen, als wäre er der letzte Mensch. Er sah die Einfamilienhäuser mit ihren kleinen Gärten, die gepflegten Rasenflächen und die proper blühenden Blumenbeete in Gelb und Rot und Weiß. Intensive Sehnsucht nach einem geborgenen und gesitteten Leben in einem dieser kleinen Häuser regte sich in ihm, nach einem eigenen Haus mit einem Gartenweg, in den man Streifen harkte, vielleicht auch mit einem Hund. Er wollte so gerne alles auslöschen, was sie erlebt hatte, bevor sie sich kennen lernten, und noch einmal ganz von vorne anfangen. Sie könnten beispielsweise dort hinten in dem weißen Haus mit dem hohen schwarzen Dach wohnen, das eine Garagenauffahrt hatte, in der er das Auto abstellen würde, wenn er nach Hause gekommen war. Es konnte über Nacht draußen stehen bleiben, wenn das Wetter so war wie im Moment, und im Morgengrauen würde es taufeucht sein, in der Früh, wenn er im Bademantel nur vor die Tür trat, um die Zeitung ins Haus zu holen.

Sein Gedankenspiel wurde jäh von Kinderstimmen unterbrochen. Es war eine ziemlich große Gruppe, vermutlich aus einem Kindergarten, die auf dem Bürgersteig ging. Zwei junge Frauen versuchten die Kinder zusammenzuhalten. Eine braunhaarige, etwas untersetzte Frau hielt zwei von ihnen an der Hand, und ein paar Jungen liefen einen Hügel hinauf und in den Wald. Die andere Frau, die blond war und etwas kindlich aussah, schob einen Kinderwagen, in dem ein schlafendes Mädchen lag.

»Wartet auf uns!«, rief die braunhaarige Frau den Jungen hinterher.

Sie bogen auf den Parkweg. Kennet blieb im Auto sitzen. Er beobachtete, wie sie sich dort oben verteilten, und sah sie in dem Wäldchen verschwinden. Sie waren zu ihm gekommen, es war so vorherbestimmt gewesen. Eine höhere Macht hatte dafür gesorgt, dass sie seinen Weg kreuzten.

Ja.

Er war jetzt stark, öffnete das Necessaire, das sie ihm gegeben hatte, und holte die Spritze heraus. Vorsichtig platzierte er es auf dem Beifahrersitz, bedeckte es mit einem Blatt Papier und atmete tief durch.

Dann öffnete er die Autotür und stieg aus.

10. Angelica

Wie ein Kokon oder eine Puppe, du weißt doch sicher, was das ist, man wird dann ein Schmetterling, ein Schmetterling, stell dir vor, es wäre so, du musst so tun, die ganze Zeit so tun! Erst musst du hier nur liegen und wachsen, denn deine Flügel sind noch dünn, viel zu dünn, um dich zu tragen, aber dann, wenn du fertig bist, wenn der Tag gekommen ist, ja, dann kannst du zwischen den Blumen hin und her flattern wie all die anderen Schmetterlinge, die du gesehen hast, das habt ihr doch bestimmt im Kindergarten gelernt, ihr lernt doch solche Sachen, oder etwa nicht? Und du kannst natürlich jederzeit wieder zurückgehen und das ganz normale Mädchen werden. Wie heißt du? Ich frage mich, wie du heißt.

Sie wurde getragen wie ein Paket. Es waren liebe, behutsame Hände, aber sie konnte die Arme nicht bewegen und hatte einen staubigen Geschmack im Mund. Sie wollte weinen, aber es ging nicht, sie war tief, ganz tief in sich selbst und reichte an keine Tränen heran, auch nicht an Angst. Sie schaukelte sanft und in den dichten Kokon eingeschlossen hin und her.

Du bekommst natürlich einen anderen Namen, wenn du wiedergeboren wirst, es wird ein schöner Name sein, das kann ich dir versprechen, das kann sie nämlich gut, sich Namen einfallen lassen, und dann wirst du vergessen, wie du heißt, ich würde es dich trotzdem gerne sagen hören, vielleicht später, wenn du geschlafen hast, vielleicht wenn ich mir dein kleines, feines Gesicht anschauen kann, aber du brauchst keine Angst zu haben, denn dir passiert nichts.

Einmal hörte sie einen Automotor. Da dachte sie, dass ihr Papa gekommen war, und die Erleichterung übermannte sie, und sie schlief ein, und als sie wieder aufwachte, war es nass und kalt zwischen ihren Beinen und sie begriff, dass sie in die Hose gemacht hatte. Da wollte sie von neuem weinen.

Sie wurde getragen und lag zusammengekauert. Da waren Laute, die sie nie zuvor gehört hatte, ein Knirschen, und sie zuckte mit dem Körper, um zu zeigen, dass sie wach war und sich bepinkelt hatte, aber nichts geschah, der Kokon umhüllte sie weiter und sie war eingeschlossen und stumm. Sie musste ruhen, ruhen, warten.

Als sie das nächste Mal aufwachte, war etwas passiert. Die Umhüllung war weicher, und sie versuchte die Augen zu öffnen, hatte aber nicht die Kraft dazu. Sie nahm einen fremden, seltsamen Geruch wahr. Da fiel es ihr ein: Rumänien. Hatte Papa sie mitgenommen? War sie in Omas und Opas Haus? Er hatte es ihr beschrieben, es gab dort Hühner, die jeden Morgen braune Eier legten, und sie würde mitgehen und sie holen dürfen. Und das Kaleidoskop, das ihre Oma gemacht hatte, es hieß tatsächlich so, es war ein kleines Rohr, eine Röhre mit Spiegeln. Papa sagte so viele komische Sachen, wenn er anfing zu erzählen, jedenfalls erschienen Sterne in der Röhre und Muster, immer neue Muster.

»Die Oma hat so ein Kaleidoskop für dich gemacht. Sie wird es dir schenken, wenn du sie besuchst. Sie hat Sehnsucht nach ihrem kleinen, schwedischen Mädchen.«

Sie dachte daran, und der Geruch stieg auf und war süß und warm und würzig.

Dann war jemand traurig. Es war ein Mann, und er war ganz in ihrer Nähe. Ja genau, es war die gleiche Stimme wie zuvor, aber sie klang jetzt anders und das störte sie.

Der Mann. Er hatte sie getragen, und sie hatte sich seltsam geborgen bei ihm gefühlt. Aber jetzt hörte sie seine heftigen Atemzüge, nahm den Geruch von Schweiß und Angst wahr, hörte sein immer verzweifelteres Schluchzen.

Dann hörte sie die Tantenstimme, zugleich leise und durchdringend, sie hatte etwas Kaltes und Heiseres, und plötzlich löste sich der Nebel auf und Angelica bekam Angst. Sie öffnete die Augen, aber ein Schleier aus Stoff oder Dunkelheit hinderte sie daran zu sehen, und sie versuchte die Arme zu heben, aber es ging nicht, sie lag auf ihnen, und sie waren eingeschlafen, ihr ganzer Körper war taub, und sie wimmerte ein wenig, aber das war nicht zu hören, sie hörte ihre eigenen Laute nicht, wer sonst sollte sie dann hören können?

11. Daniel

Er stand auf dem falschen Bahnsteig. Erst als er den Zug kommen hörte, erkannte er, dass er den anderen Aufgang hätte nehmen müssen, denn er musste doch in die Stadt, nicht nach Hässelby hinaus. Jetzt konnte er genauso gut hier einsteigen. Er wusste ja eh nicht, wo er hin sollte, also konnte er sich ebenso gut in den Zug setzen und für den Rest seines Lebens zwischen den Haltestellen hin und her pendeln.

Ihm brummte der Schädel, es war ein dumpfer und bohrender Schmerz, der von dem Schlag herrührte, den er versetzt bekommen hatte. Der Mann in dem Jackett hatte ihm eine verpasst, dass er kopfüber auf den Küchenfußboden gefallen war, und während er dort lag, hatte der Mann ihn weiter misshandelt. Er hatte Ulrikas nackte Füße gesehen und nach ihnen getastet. Sie hatte versucht, die Füße wegzuziehen, sie vom Boden zu heben, aber sie war fett und schwer, sodass er schließlich ihre Knöchel packen konnte, an die er sich geklammert hatte, bis sie einen Ruck machte und ihn zur Seite warf.

Er hatte ihr zugerufen. Flehend hatte er gerufen. »Sorg bitte dafür, dass er aufhört, Ulrikchen, sag ihm, er soll aufhören.« Das hatte den Mann nur noch wütender gemacht.

»Ist ja gut, ich geh ja schon«, hatte er schließlich geschluchzt, ja, er hatte geschluchzt, und die Stimme war nicht seine eigene, sondern verzerrt und verwandelt gewesen, hell und dünn wie bei einem Kastraten hatte sie geklungen. Er hatte sich mit den Fingern an den Mund gegriffen und hatte Blut auf den Fingernägeln, hatte auf dem Fußboden gekauert und sich leer gefühlt.

»Das wirst du noch bereuen, Ulrika, der Tag wird kommen, an dem du das bereuen wirst.«

Ein neuerlicher Tritt gegen den Brustkorb ließ ihn auf alle viere fallen wie ein Tier.

»Verschwinde jetzt, ehe ich dich zu Tode trample!«

»Ja, ja ... lass gut sein! Ich bin doch schon unterwegs, verdammt! Aber ich muss meine Sachen haben, meine Sachen, ich muss sie doch mitnehmen.«

Sie hatte alles in ein paar Plastiktüten gestopft, weiß der Teufel, wann sie das getan hatte. Vermutlich, als er schlief. Er dachte, dass die beiden im Raum gestanden und ihn angeglotzt hatten, und ihm wurde schlecht.

Er war allein in dem Wagon, jedenfalls fast. Schemenhaft sah er ein Paar mittleren Alters, das die Köpfe eng aneinander geschmiegt hatte.

Helft mir, dachte er, aber sie waren ganz eng zusammen, es gab keinen Spalt, in den er seine Worte hätte schieben können.

Wo soll ich nur hin?, schoss ihm durch den Kopf, aber er war noch zu benommen und geschockt, um sich wirklich Sorgen zu machen.

Der Zug fuhr ruckelnd, so als könnte er jeden Moment kaputtgehen. Plötzlich hielt er an. Daniel lehnte die Stirn gegen das Fenster und starrte hinaus. Eine einsame Frau fuhr unter ihm Fahrrad. Sie trat in die Pedale, als würde sie verfolgt. Sie wusste, wo sie hinwollte. Er nicht.

Er blieb im Wagon sitzen, während der Zug bis zur Endstation in Hässelby strand fuhr, um dort zu wenden und wieder Richtung Hagsätra zu fahren. Das ältere Paar stieg aus. Sie sahen weg, er machte ihnen Angst. Der Fahrer schaute zu ihm herein, während er auf dem Weg zum letzten Wagen war, der nun die Rolle der Lokomotive übernehmen würde. Er war Ausländer, die Augäpfel leuchteten weiß in seinem dunklen Gesicht.

»Du nicht aussteigen?«, fragte er.

»Ich will in die Stadt.« Daniel sprach undeutlich, seine Lippen waren geschwollen. Der Fahrer schien noch etwas sagen zu wollen, aber dann schüttelte er nur den Kopf und schlenderte weiter.

Daniel zog die Tüten an sich heran. Es lag alles kunterbunt durcheinander, sie hatte sich nicht die Mühe gemacht, seine Unterhosen und Strümpfe zusammenzufalten. Er besaß nicht besonders viel. Ein zweites Paar Schuhe. Die Winterjacke. Die Mütze, die er im Second-Hand-Laden der Ärztemission in Johannelund gekauft hatte, eine dicke Strickmütze, die anscheinend nagelneu war. Er hatte sie noch nicht benutzt, sie auf Vorrat für den nächsten Winter gekauft.

»Schlampe«, dachte er und die Trauer überwältigte ihn. Er fuhr sich mit der Hand über den Mund, er war alleine im Wagon. Dann setzte sich der Zug wieder in Bewegung und fuhr los.

Einen Moment lang kam ihm Jerry in den Sinn. Sein Bruder hatte eine Wohnung im Innenstadtbezirk Vasastan. Daniel hatte ihn dort ein einziges Mal besucht. Er schrumpfte, sobald er diese Wohnung betrat, fühlte sich gedemütigt.

Aber konnte er denn überhaupt noch mehr gedemütigt werden, als er es ohnehin schon war?

Guten Abend, mein Bruder. Oder wie auch immer es heißen mochte. *Darf ich bei dir schlafen?*

Nein. Das musste warten. Nur im äußersten Notfall würde er Kontakt zu seinem Bruder aufnehmen.

Der Zug sauste durch die Frühlingsnacht. Er hatte die Füße auf den gegenüberliegenden Sitz gelegt und den Kopf an die Wand gelehnt, aber das tat ihm weh. Vielleicht sollte er sogar zur Polizei gehen und das Schwein anzeigen.

Obwohl man doch nicht auf ihn hören würde. Die Polizei würde sagen, er sei selber schuld. Daniel Magnusson, wir haben dich nicht vergessen. Wir behalten dich im Auge.

Er hatte vor ein paar Jahren ein Auto geklaut und ein paar Einbrüche verübt. Nichts Ernstes. Er hatte diese Dinge längst aufgegeben, jeder junge Bursche stellte doch mal etwas an. Aber die Bullen würden sich bestimmt nicht für ihn einsetzen. Einmal Dieb, immer Dieb.

Er erinnerte sich vage an etwas, das dieser Typ gesagt hatte, der bei Ulrika war.

»Wenn du dich hier noch einmal blicken lässt, gehen wir zur Polizei und erzählen, was du mit Ulrika gemacht hast. Vergewaltigung, mein Lieber! So etwas wird hart bestraft.«

Daniel hatte Ulrikas Augen gesucht, und sie hatte seinen Blick erwidert und ihn angestarrt, aber ihre Augen waren schmal und kalt gewesen. Leblos.

Er hatte Durst. Sein Mund schmeckte salzig. Er sehnte sich nach Limonade und Himbeeren, es war eine Kombination aus grauer Vorzeit, eine Erinnerung aus dem Haus seiner Großeltern: »Geh in den Keller, mein Junge, und hol dir eine Limonade.« Es war wahrscheinlich an seinem Geburtstag gewesen, seine Großmutter hatte einen Kuchen gebacken. Sie machte immer solche harten Kuchen, aber es gab Himbeermarmelade und Sahne dazu, und er aß so viel davon, dass er am Ende auf die Toilette gehen und sich übergeben musste.

Er stieg am Fridhemsplan aus, weil ihm eine Idee gekommen war. Er würde zu einem der Häuser gehen können, in denen er das Treppenhaus putzte. Dort würde er sich waschen und umziehen und vielleicht sogar ein wenig schlafen können. Dann würde er weitersehen.

Die Rolltreppe lief nicht. Er stapfte sie vorgebeugt mit seinen beiden Tüten hinauf, hatte Schmerzen im ganzen Körper. Um in die Industrigatan zu kommen, musste er die *Klei-*

ne Platte überqueren, wie der Platz in der U-Bahn-Station genannt wurde.

Ich beachte sie gar nicht, ich gehe einfach weiter, dachte er.

Der Gedanke, jemand könnte ihn ansprechen, machte ihn nervös. Es kampierten Leute auf dem Steinfußboden, die aggressiv werden und sich einbilden konnten, das sei ihr Grund und Boden. Die Obdachlosen. Sie saßen und lagen entlang der Wände und glotzten ihn an. Er musste weitergehen, war aber plötzlich nicht mehr fähig, auch nur einen einzigen Schritt zu machen. Natürlich fiel er ihnen sofort ins Auge.

»Komm her, Kamerad«, rief jemand, es war die grölende Stimme einer Frau. »Willst du ein Bier?«

Das war keine Frage, es war ein Befehl. Er stellte seine Tüten ab.

»Nun komm schon her! Hab keine Angst, mein Junge.«

Mein Junge, dachte er.

Er spürte eine Hand auf seiner Schulter und zuckte zusammen. Hinter ihm stand ein Mann.

»Bist du etwa schüchtern?«, sagte der Mann lallend, und aus seinem Mund schlug ihm eine Schnapsfahne entgegen. Daniel hob seine Tüten auf. Der Mann führte ihn zu der kleinen Menschengruppe. Sie rückten zusammen, machten Platz für ihn. Er wurde auf die ausgelegten Zeitungen herabgedrückt. Auf einmal merkte er, dass er pinkeln musste.

Die Frau streckte ihm einen mageren Arm entgegen.

»Victoria! Wie die Prinzessin. Herzlich willkommen in der Säulenhalle.«

»Daniel«, sagte er reserviert.

»Oh verdammt. Schon wieder wie die Prinzessin.«

»Wie bitte?«

»Na, Victorias Freund heißt doch Daniel. Du, wir beide könnten ein Paar werden.«

»Ich bin unterwegs wohin«, murmelte er.

Neben ihr stand ein alter, klappriger Kinderwagen, in dem sich etwas bewegte.

Ein Kind, dachte er träge. Dann aber sah er, dass es ein Tier war, erblickte eine spitze Schnauze und zwei glänzende Augen. Er reckte den Hals und versuchte mehr zu sehen.

Die Frau öffnete eine Dose Bier, die überschäumte.

»Mein Baby«, sagte sie und schaukelte den Wagen ein wenig. Die Schnauze verschwand zwischen den Lumpen.

Sie reichte ihm die Dose, und er trank vorsichtig einen Schluck. Er hatte schrecklichen Durst. Dann musste er sich aufrappeln und ein wenig zur Seite gehen. Er pinkelte an die Wand. Vor ihm war schon jemand an dieser Stelle gewesen, er sah einen Haufen Kot und Papier.

Als er sich wieder umdrehte, sah er, dass die Frau aufgestanden war. Sie trug eine schwarze Jeans, die über den Knien aufgerissen war. Ihr Bauch stand vor, als wäre sie schwanger. Ein grober Strickpullover hing herab und verbarg ihre schmächtigen Schenkel. Mit zitternden Händen steckte sie sich eine Zigarettenkippe an und begann augenblicklich zu husten.

»Setz dich«, brummte einer der Männer, er hatte linkisch gestochene Tätowierungen auf den Händen. »Victoria, nun setz dich schon hin, verdammt, du wirst dich noch erkälten.«

Sie wandte sich ihm zu, stand schwankend in der Dunkelheit.

»Gib ihm mehr Bier«, sagte sie gellend. »Er kann es gebrauchen, er hat eine Tracht Prügel bekommen. Hast du eine Tracht Prügel bekommen, Daniel? Wer ist so gemein gewesen und hat dich derart vermöbelt? Einen so lieben und hübschen Jungen wie dich.«

»Ach, das ist halb so wild.«

Sie kam zu ihm, kam nahe heran, roch nach Fisch und Rauch.

»Wir setzen uns hin, verdammt, so ist es gemütlicher, gemütlicher für uns alle.«

Sie zog ihn zu sich herab, klopfte auf die Zeitungen. »Setz dich, du darfst bei mir bleiben.«

Eine seltsame Ruhe breitete sich sachte in ihm aus.

Der Mann mit den Tätowierungen zog eine Flasche heraus und reichte sie schweigend weiter. Daniel trank. Es brannte wie Pfeffer in seiner Kehle, und er musste sich etwas hinlegen. Ihm wurde erneut schwindlig, die bohrenden Kopfschmerzen meldeten sich wieder. Victoria ordnete ihre Haare. Er fror ein wenig, und ihm war schlecht, er kauerte sich zusammen, zog Arme und Beine an den Körper.

»Was ist das für ein Tier?«, flüsterte er.

»Was denn, meinst du die Ratten oder die Tauben? Oder vielleicht die Läuse, denkst du eher an sie?«

»Ich meine in dem Wagen.«

»Ach so, das ist Sally, sie ist mein Baby, mein Kind.«

»Ich habe euch manchmal gesehen«, flüsterte er, war aber nicht sicher, ob einer von ihnen es hörte. »Wohnt ihr hier?«

»Ja, wir wohnen hier in der Säulenhalle.«

Die Frau hatte angefangen zu singen. Sie hatte eine heisere und melodische Stimme, ihre Finger kraulten seine Haare.

Er musste eingeschlafen sein, hörte dann aber das Geräusch einer rollenden Büchse. Sein Kopf lag direkt auf dem Steinboden, neben seiner Wange war Stoff. Die Frau lag da wie tot.

»Hoch mit euch!«

Daniel öffnete die Augen und setzte sich auf.

»Ihr könnt hier nicht bleiben. Haut ab!«

Er hörte das Geräusch fließenden Wassers, das Flattern von Flügeln, ein knatterndes Donnern, das immer lauter wurde. Die Tauben.

Er musste wieder pinkeln und beugte sich über die Tüten, er fühlte sich schlapp. Die anderen blieben liegen, wie ein Haufen alter Stofffetzen. Langsam erwachten die Lumpen zum Leben und begannen, sich zu rühren.

Ich will nicht, dachte er, hätte aber nicht sagen können, was er damit eigentlich meinte. Vicoria wankte zur nächstgelegenen der breiten Säulen, die über den ganzen Platz verteilt waren, zog ihre Jeans herunter und ging in die Hocke. Er sah ein Stück ihres mageren, graubleichen Pos.

»Hör mal, verdammt!«, rief einer der Männer im Overall und richtete den Wasserschlauch in ihre Richtung. Sie blieb in der Hocke, bis sie fertig war, und kehrte anschließend mit einer Art stiller Würde zurück. Ihre Hände, ihr ganzer Körper zitterten vor Kälte.

Er dachte, dass er sich davonstehlen musste. Sie durften ihn nicht sehen, ihre Augen würden ihn festhalten und verhindern, dass er sie verließ. Er stand mit seinen beiden Tüten da und rührte sich nicht.

»Verdammt, was macht ihr hier nur für einen Dreck jede Nacht«, rief der Mann mit dem Wasserschlauch. Keiner von ihnen erwiderte etwas, an Vorhaltungen dieser Art waren sie sicher gewöhnt, hörten wahrscheinlich überhaupt nicht mehr hin.

»Aber das wird bald ein Ende haben«, fuhr der Mann fort. »Bald bleibt es uns erspart, eure verdammte Scheiße wegzuspülen, wisst ihr das eigentlich? Das Ganze hier wird zu einer Einkaufsgalerie umgebaut. Ich freue mich schon richtig darauf, wenn hier gründlich aufgeräumt wird. Das hätte man schon viel früher machen sollen.«

Der Mann mit den Tätowierungen hustete. Er schüttelte sich, vergrub die Hände in den Taschen, setzte sich in Bewegung. Widerwillig folgten ihm die anderen. Victoria öffnete den Mund, ihr fehlte ein Zahn, das war ihm vorher gar nicht aufgefallen. Sie gähnte ausgiebig und traurig und reckte sich nach dem Kinderwagen.

Plötzlich begann sie zu deklamieren:

»So treibt es uns, verlorene Seelen, von Lagerstatt zu Lagerstatt, nichts wissend von der nächsten Rast und von der Reise Ziel.«

»Gedichte kannst du woanders aufsagen! Haut jetzt endlich ab!« Das Wasser spritzte in kleinen harten Tropfen vom Boden auf. Victoria erhob die Stimme und breitete die Arme aus.

»Wisse, hier wechseln Nacht und Tag, schwerer Abend und mächt'ger Sonnenaufgang, und dass unsere Reise mal kurz erscheint, mal unbarmherzig lang.«

»Wenn ihr einen Sonnenaufgang sehen wollt, müsst ihr rausgehen«, sagte der Mann mit dem Schlauch. »Hier unten gibt es verdammt noch mal keine Sonne, nur jede Menge Dreck und Müll.«

Daniel blieb stehen und sah sie davongehen. Victoria schob den Kinderwagen, der Tätowierte zündete sich eine Zigarette an. Sie drehten sich nicht um, forderten ihn nicht auf, sie zu begleiten, schienen ihn vergessen zu haben. Er hob seine Tüten an, die eine war am Boden feucht geworden. Einer der Männer hob seinen Schlauch wie eine Waffe und zielte direkt auf Daniel.

»Das gilt auch für dich!«

»Okay, verdammt, ich habe schon begriffen«, sagte er leise. Die eine Tüte an die Brust gepresst schlich er zur Treppe.

12. Kennet

Es ging leichter, als er sich das jemals vorgestellt hätte. Das Schicksal meint es gut mit mir, schoss es ihm durch den Kopf, und der Gedanke stimmte ihn fast schon fröhlich. Das Mädchen lag in dem Kinderwagen, war allein und schlief.

Sie lag da wie bestellt.

Sie wollten ihr ja auch gar nichts antun. Im Gegenteil. Die Kleine würde es in Zukunft viel besser haben. Wie sie dort lag, glich sie einer Puppe mit dichten Wimpern. Ihre Wangen glühten wie auf einem billigen Druck, der ihm aus seiner Kindheit in Erinnerung geblieben war.

Sie war so feingliedrig.

Als er behutsam den Arm unter ihren Rücken schob, zuckte sie zusammen und wurde langsam wach. Er legte ihr die Hand auf den Mund und sah, wie sich ihre Augen vor Überraschung und Entsetzen weiteten.

Da nahm er sie in den Arm und lief los.

Sie wehrte sich kaum, was ihn im Nachhinein wunderte. Er öffnete die hintere Tür und legte sie auf die Rückbank, zog ihr Kleid ein wenig nach oben und presste die Nadel der Spritze kurz über dem Knie in ihr Fleisch. Daraufhin gab sie einen kurzen, krächzenden Schrei von sich, aber nicht laut, niemand außer ihr selbst konnte ihn hören. Ihr Bein zuckte ein wenig, aber nur schwach, sodass es ihm gelang, die Spritze festzuhalten, bis sie leer war.

Er hüllte sie in die karierte Decke, streichelte linkisch ihre

Füße, entschuldige, dass ich dir wehgetan habe, aber jetzt wird alles gut, alles gut. Saß er nicht sogar da und summte mit seiner dünnen Stimme ein Lied, das ihm gerade in den Sinn kam? Schmetterlinge taumeln trunken ...

Schmetterlinge, das würde sie verstehen.

Im Grunde hätte er es eilig haben müssen, aber daran dachte er überhaupt nicht.

Er hatte erwartet, dass sie zappeln und beißen würde, und der Gedanke, dass er sie hart anfassen, ja vielleicht sogar schlagen müsste, hatte ihn geängstigt. Er war das genaue Gegenteil von einem gewalttätigen Mann. Als er im Fernsehen einmal eine Reportage über Tiertransporte gesehen hatte, war er zusammengebrochen und in Ohnmacht gefallen.

Das Kind glitt in einen Dämmerzustand. Sie hatte es ihm beigebracht, so musst du die Spritze halten, er hatte an ihr üben müssen, bis er es schließlich beherrschte. Sie leide an Allergien, die jederzeit ausbrechen könnten, hatte sie erklärt, und dann müsse er ihr helfen können.

»Aber so ein kleines Kind ... was ist, wenn die Dosis zu hoch ist, wenn sie stirbt?«

»Du musst endlich lernen, mir zu vertrauen, Kennet.«

Richtig. Sie war Krankenschwester. Und sie wollte doch endlich ihre Tochter haben.

Ruhig ließ er den Wagen an und fuhr davon. Eine Frau kam ihm entgegen, aber sie ging mit zwei Hunden spazieren und war vollauf damit beschäftigt, darauf zu achten, dass die Leinen der Hunde sich nicht verhedderten. Sie hatte ihn überhaupt nicht bemerkt, würde sich nie im Leben erinnern können, ein Auto gesehen zu haben. Die Hunde sprangen um sie herum. Im Rückspiegel sah er sie immer kleiner werden.

Das Schwerste war vorbei. Das Zweitschwerste würde sein, das Mädchen in die Wohnung zu schaffen.

Kennet fuhr Richtung Lövsta und parkte auf einem Waldweg. Dort öffnete er den Kofferraum und holte die große Tasche mit den Sportabzeichen heraus. Auf ihrem Boden lag eine Bahn dünnen Vorhangstoffs, den er um Brust und Arme des Mädchens wickelte. Anschließend presste er sie vorsichtig in die Tasche. Sie sah so klein aus, so schutzlos. Ihr Körper war schlaff, gurgelnde Laute drangen aus ihrer Kehle.

Ich muss mich beeilen, dachte er verwirrt. Sie muss ordentlich Luft holen können.

Er wagte es nicht, den Reißverschluss komplett zu schließen, stellte die Tasche auf die Rückbank und kontrollierte ein weiteres Mal, dass das Mädchen atmete.

Während der Rückfahrt begann er zu zittern, was eigenartig war, denn schließlich hatte bis jetzt alles reibungslos geklappt. Am Ängbyplan hörte er Sirenen. Trocken und rau lag seine Zunge im Mund, er versuchte sich zu räuspern, verschluckte sich jedoch stattdessen. Er war den Tränen nahe und musste schlucken, um sie zu unterdrücken.

Im Rückspiegel sah er einen Streifenwagen, der sich in rasender Fahrt näherte, und sein Herz pochte so sehr, dass er es bis in die Handflächen spüren konnte. Er fuhr an den Straßenrand. Der Motor stockte und ging aus. Daraufhin legte er die Hände auf die Ohren, senkte den Kopf und wartete.

Aber es passierte nichts. Die Sirenen wurden lauter und kurze Zeit später wieder leiser, und als er es wagte aufzuschauen, war der Streifenwagen schon längst vorbei und weit entfernt. Er lachte auf. Aber seltsam war es schon, denn diese jungen Frauen mussten doch inzwischen gemerkt haben, dass der Kinderwagen leer war. Sie mussten doch Alarm geschlagen haben. Wie konnten sie ein kleines Kind überhaupt so alleine lassen! Das war einfach unverzeihlich. Es geschah ihnen fast recht.

Jetzt war alles gut, es würde gut gehen, alles würde gut werden. Von heute an würde sich alles um sie beide und das neue kleine Kind drehen, ihr gemeinsames Kind, er hatte ihr die Tochter beschafft, die sie sich so gewünscht hatte. Er drehte den Kopf, um sich die Tasche anzusehen. Sie stand da wie eine ganz normale Tasche und hätte alles Mögliche enthalten können. Wer sollte ihm schon folgen? Es war dem Auto doch nicht anzusehen, dass er ein Kind entführt hatte. Er war ein Autofahrer unter vielen.

Er näherte sich dem Fridhemsplan, und der Verkehr war im Laufe der Zeit dichter geworden, der Tag hatte endgültig begonnen.

Niemand würde ihn je finden.

13. Kennet

Die Tasche war unhandlich. Es wäre leichter gewesen, sie auf den Arm zu nehmen, wie man es normalerweise tut, wenn man ein Kind trägt. Es wäre darüber hinaus auch für sie bequemer gewesen, aber reiner Selbstmord für ihn.

Er drückte den Knopf, und der Aufzug kam herunter. Er war leer. Vorsichtig stellte er die Tasche an die Wand. Er hatte etwas über sie geworfen und den Reißverschluss zugezogen, für ihre Nase jedoch eine Öffnung gelassen. Wenn ihn jemand überraschte, konnte er immer noch sagen, er hätte einen Hund in der Tasche, einen Hund, mit dem er beim Tierarzt gewesen war. Er würde sich abweisend geben, um sie glauben zu machen, dass der Hund sehr krank war, vielleicht sogar im Sterben lag. Dann würden sie ihn nicht weiter belästigen, denn ein Mensch hatte das Recht, mit seiner Trauer in Ruhe gelassen zu werden.

Aber er begegnete niemandem und dachte mechanisch, dass er einmal mehr Glück hatte.

Sie war ausgegangen, was ihn eigenartigerweise erleichterte. Er stellte die Tasche im Flur ab und beeilte sich, das Mädchen herauszuheben. Der kleine Körper war glühend heiß. Die ganze Zeit über redete er beruhigend auf sie ein, was er nun bedenkenlos tun konnte, denn es gab ja niemanden, der ihn hörte. Er betrachtete ihr zierliches, wohlgeformtes Gesicht und hielt sie an seine Brust. Daraufhin öffnete sie schmatzend den Mund, und ein Zipfel seines Hemds glitt zwischen ihre Lippen, und sie begann daran zu saugen. Es war fast, als würde er ihr die Brust geben.

»Du kleines, liebes Kind«, flüsterte er. »Du wirst es so gut bei uns haben, du wirst durch dichtes, grünes Gras laufen dürfen, wo es keinerlei Verschmutzungen gibt – die Luft wird klar und taufrisch sein und nichts wird dir Schaden zufügen können. Aber du musst jetzt tapfer sein und noch eine Weile still liegen, du kannst ja so tun, als wärst du eine Schmetterlingspuppe, du hast doch bestimmt schon mal eine gesehen und weißt, was eines Tages aus den Puppen herauskommt, es sind die Schmetterlinge, bringt man euch so etwas im Kindergarten bei, erzählt man euch von den Schmetterlingen mit ihren glänzenden Flügeln?«

Dann sah er ihren Gesichtsausdruck, als sie ihn, die Tasche und den Vorhangstoff sah. Halblaut rief sie aus: »Ist das wahr, Kennet, ist das wirklich wahr?«

Sie war stundenlang fort gewesen, und in der Zwischenzeit hatten seine Gedanken ihn mehr und mehr gequält. So ein liebenswertes, kleines Kind musste doch Eltern haben. Wie sollten sie es nur mit ihrem Gewissen vereinbaren, diesen Eltern solchen Schmerz zuzufügen?

Nein. Es gab eine andere Lösung.

Er stand bereit, es ihr zu sagen, vermochte sie jedoch nicht daran zu hindern, in das Zimmer zu eilen, wo sie abrupt stehen blieb. Das Kind lag auf dem Rücken und schlief. »Sie ist bezaubernd, Kennet, sie ist besser, als ich es mir jemals hätte vorstellen können!«

Da ging er ihr nach und umarmte sie von hinten, und sie drehte sich zu ihm um und küsste ihn. Als er in ihr Gesicht sah, entdeckte er Tränen in ihren Augen.

Plötzlich wurde er unbezwinglich stark, und die Worte kamen wie von selbst.

»Hör mir bitte mal zu, ich habe nachgedacht. Das geht einfach nicht, wir müssen sie zurückgeben. Sie hat Eltern, man kann doch nicht einfach ein Kind stehlen, ganz gleich, wie gut man es meint. Es ist Sache der Eltern, sie vor Gefahren zu beschützen, nicht unsere. Wir machen stattdessen unser eigenes Kind, unser eigenes, kleines Mädchen, wir haben es heute Morgen gemacht, ich habe es gespürt.«

Ihr Lachen war kurz und metallisch.

»Sieh einer an, Mister Gewissen spricht!«

»Sag so was nicht! Ich liebe dich.«

Die Schwäche sickerte wieder in ihn hinein und ergriff Besitz von ihm. Sie hörte ihm nicht mehr zu, sondern ging zu dem Kind und begann, es zu untersuchen, strich über die verschwitzten Haare, hob ein Augenlid an.

»Gute Arbeit, Kennet! Aber sie wird bald aufwachen. Ich werde ihr etwas Beruhigendes geben müssen.«

Sie saßen in der Küche, und sie war jetzt nett zu ihm und kochte für sie. Kennet schwieg. Sie merkte es und sorgte sich um ihn.

»Du machst dir zu viele Gedanken, Liebling. Wir tun diesem kleinen Wesen einen Gefallen. Das haben wir doch von Anfang an gesagt, hast du das etwa vergessen? Wir ziehen einen Schlussstrich unter alles, was früher gewesen ist. Wir fangen jetzt von vorn an, du und ich und das Kind. Bei Null! Wir fahren nach Gällviken und werden eine große, gesunde Familie.«

Sie schenkte Cidre in ihre Gläser und prostete ihm zu, als wäre es Champagner.

»Da fällt mir ein, wir müssen ihr noch einen Namen geben, was meinst du, wie könnte sie ihrem Aussehen nach heißen?«

Er mühte sich redlich, aber es wollte ihm einfach nicht gelingen, Freude zu empfinden.

»Wir haben Mai!« Sie holte einen kleinen, roten Kalender heraus und blätterte in ihm. »Hier gibt es jede Menge schöner Namen, Vivan, Filippa oder Mona. Sieht sie aus, als könnte sie so heißen? Nee, eigentlich nicht. Warte, wie wäre es hiermit: Linnea, Sonja oder Hilma«, und sie summte und tanzte aufreizend durch die Küche.

Aber er fühlte sich innerlich leer.

»Nora«, sagte sie schließlich. »Ein Maikind. Der Namenstag wird gleichzeitig auch ihr Geburtstag sein. Nächste Woche hat die kleine Nora Geburtstag. Dann sind wir zu Hause und werden feiern.«

Er sah sie mit einem Glas zu dem Kind gehen. Sie hatte ein Pulver in das Wasser geschüttet.

»Sie kommt mir so heiß vor«, hörte er sich sagen. »Ich glaube, sie ist krank. Vielleicht sollten wir sie zum Arzt bringen.«

Sie wandte sich zu ihm um, und er sah einen Blick in ihren Augen, den er auch früher schon einmal gesehen hatte.

In seinen Eingeweiden brannte es wie Feuer.

»Vertrau mir, Kennet, ich kenne mich da aus.«

Sie saß bei dem Kind, und das Wasser lief ins Kissen. Er begann zu zittern, und seine Hände waren eiskalt und feucht.

»Du«, sagte er gepresst. »Ich glaube, wir müssen auf jeden Fall umdenken ...so geht es einfach nicht weiter.«

Sie fuhr herum wie ein Reptil.

»Wie bitte? Willst du jetzt etwa aussteigen!«

»Nein, aber ...«

Aus den Augenwinkeln ahnte er eine Bewegung, das Mädchen war offenbar dabei, wach zu werden.

»Denk doch mal an ihre Familie«, sagte er flehend, aber sie kam auf ihn zu und ihre Haare schienen Funken zu sprühen.

»Wir, wir sind ihre Familie, hast du das vergessen, hast du alles vergessen, was wir geplant haben?!«

Er war jetzt im Zimmer, griff nach ihr. »Liebling, natürlich habe ich das nicht vergessen.«

Sie war in der Küche beschäftigt. Er hörte ihre Geräusche, setzte sich neben dem Bett auf den Fußboden. Sie hatte dem

Kind die Augen verbunden, warum hatte sie das getan? Was durfte das Kind nicht sehen? Die Arme des Mädchens waren so klein und dünn, er sah die Adern wie Blattnerven in der Haut.

Ich habe sie gestochen, dachte er. Ich habe ihr Schmerz zugefügt. Oh, wir haben ihr ja so wehgetan.

Sein Gesicht näherte sich ihrem, atmete sie? Ja, ein kaum merklicher Lufthauch traf seine Oberlippe, das geht einfach nicht, schoss es ihm durch den Kopf, wir können das nicht tun. Daraufhin brach er in Tränen aus, presste die Handflächen an die Wangen, wo es nass und salzig war, ich liebe dich so sehr, komm und rette mich.

Sie war nicht mehr wütend. Das war schön. Sie brachte ihn dazu, sich auf dem Boden auszustrecken, strich ihm über den Kopf: »Nimm diese Tabletten hier, sie werden dich beruhigen, Kennet, du hast einen schweren und anstrengenden Tag hinter dir, aber es wird alles gut werden, und du hast mir das schönste Geschenk meines Lebens gemacht.«

Ihr Arm schob sich in seinen Nacken, und er schluckte die Tabletten, eine nach der anderen. Ruhe breitete sich in ihm aus und ließ seine Glieder schwer werden.

In deine guten Hände lege ich nun mein Leben.

Das wollte er ihr sagen, laut, damit sie es hörte, aber seine Zunge gehorchte ihm nicht mehr, er brachte nur ein unverständliches Lallen heraus.

Sie versteht auch so, was ich sagen will, dachte er, und während er in den Schlaf hinüberglitt, nahm er entfernt wahr, dass ihre Hände ihm etwas um den Hals schlangen, es war ein Halstuch, er sah noch für einen Moment die hellgrüne Farbe, und sie strich ihm über die Wangen und wischte sie mit den Enden des Halstuchs trocken, und kurz darauf, als er eingeschlafen war, zog sie zu, so fest sie konnte.

Doch da hatte er die Fähigkeit, etwas zu fühlen, bereits verloren.

14. Daniel

Der Morgen war klar und kühl. Es ging ein leichter Wind, das erste Morgenlicht zeigte sich in rosa Streifen am Himmel. Auf den Dächern hatten die Spatzen und eine lebensfrohe Amsel ihr Morgenkonzert begonnen.

Plötzlich glaubte er, seine Schlüssel nicht mehr zu haben, sie verloren oder in Ulrikas Wohnung liegen gelassen zu haben. Auf dem Bürgersteig vor dem Mietshaus musste er alles, was in den Tüten war, auspacken, und dort, auf dem Boden der einen Tüte, lag sein Schlüsselbund. Er sah die kleine, gelbe Hasenpfote, die er einmal im Vergnügungspark Gröna Lund gewonnen hatte, aber es fehlte ein Schlüssel. Ulrika hatte den Schlüssel zu ihrer Wohnung in der Vittangigatan entfernt.

Schlampe, dachte er erneut, und sein Unterleib schnürte sich zusammen. Jetzt lagen sie dort im Bett, der Typ im Jackett und sie, vielleicht hatten sie Sex, vielleicht schliefen sie mit schlaffen, weit aufgesperrten Mündern. Der Gedanke ließ ihn wimmern.

Er gelangte in den Keller, ohne entdeckt zu werden.

»Und wenn schon«, murmelte er, »ich arbeite doch hier, es ist mein Job, dafür zu sorgen, dass eure Treppen sauber sind, ich bin ein gewissenhafter Arbeiter, ich führe nur eine Kontrolle durch. Von zuvor ausgeführten Arbeiten.«

Die Kammer mit den Putzutensilien war nicht sonderlich groß. Außer dem Ausguss fand kaum mehr Platz als die Dinge, die er zum Putzen benötigte: ein Besen, ein Kehrblech, der Schrubber und der Wassereimer. Sowie ein paar Aufnehmer und Verpackungen mit Schmierseife und anderen Putzmitteln. Vorsichtig drehte er den Wasserhahn auf und wusch sich, so gut es eben ging. Er hatte Schmerzen, war voller Wunden und Beulen. Na ja, danach war er jedenfalls halbwegs sauber.

Anschließend legte er die beiden Einkaufstüten in die Kammer, sank auf sie herab, nahm den Eimer zwischen die Beine und saß mit angezogenen Knien.

Nach mehreren Versuchen gelang es ihm schließlich, sich nach vorn zu strecken und die Tür zuzuziehen. Die Luft in dem Verschlag war stickig, aber es war zumindest einigermaßen warm in dem Raum, er würde nicht frieren müssen und seine Ruhe haben.

Verschiedene Auswege aus seiner Lage schwirrten ihm durch den malträtierten Kopf. Von seinem spärlichen Lohn als Putzkraft würde er sich keine eigene Wohnung leisten können. Aber irgendwo musste er wohnen. Der Gedanke, umherzuziehen wie Victoria und ihre Freunde, schreckte ihn ab. Etwas Respekt vor sich selber sollte man sich schließlich bewahren.

Hatte er Verwandte? Freunde? Jerry wäre keine gute Lösung. Jerry und seine schnippische Freundin, nein, sie würde sich bestimmt sogar ausdrücklich widersetzen. »Du bist sein großer Bruder, du wirst weiß Gott alleine klarkommen müssen, komm bloß nicht zu uns und versau uns alles.« Er hatte ihre spitze Stimme im Ohr und sah sie mit ihren Reißzähnen vor sich, dünn und knochig war sie, die Haare trug sie kurz wie ein Mann. Sie war eine dieser Frauen, die ins Fitness-Studio gingen und ihre Möbel in teuren Designerläden kauften. Jerry und sie waren in der Computerbranche tätig und konnten sich so etwas leisten. Er dachte an den BMW, den Jerry eine Zeit lang gefahren hatte, es war ein Sportmodell gewesen, zwar gebraucht, aber immerhin.

»Willst du mitfahren, Bruderherz?«, und er war auf der rechten Seite eingestiegen, und es hatte neu nach Leder und Fabrik gerochen, obwohl der Wagen schon ein paar Jahre alt war. Man lag fast in den Sitzen.

Sie hatten eine Spritztour nach Sigtuna gemacht. Das Mädel wohnte dort, Jerry hatte sie erst kürzlich kennen gelernt, aber sie waren noch nicht zusammen. Sie hatten sich an dem Haus vorbeigeschoben, in dem sie wohnte, und Jerry hatte wahrscheinlich gehofft, sie würde aus dem Haus kommen, aber das tat sie nicht, und das war auch gut so, denn es wäre gar nicht so leicht gewesen, für eine weitere Person Platz zu finden.

»Es ist nicht gerade ein Familienauto«, hatte Jerry gegrinst. Er war angespannt und überdreht gewesen, hatte sich überallhin umgedreht. »Pass lieber auf, wo du hinfährst«, hatte Daniel gesagt und darum gebeten, auch mal fahren zu dürfen, aber das war nicht drin gewesen, Jerrys Blick war hart geworden wie früher, als sie noch klein waren, er war verwöhnt, dieser Junge, allseits beliebt, konnte sich verstellen und schmeicheln und kuscheln, in den Armen von Åse liegen, der neuen Frau ihres Vaters. Jerry hatte sie im Stich gelassen, das hatte er. Er hatte seine Mutter im Stich gelassen. Ihre Mutter hatte im Krankenhaus gelegen und war gestorben. Und ihr Vater hatte sich von Åse trösten lassen, der besten Freundin ihrer Mutter. Da sieht man mal wieder, wie wichtig gute Freunde sind. Sobald ihre Mutter ihren letzten Seufzer getan hatte, zog Åse bei ihnen ein. Die alten Betten im Schlafzimmer waren hinausgeflogen und von einem Doppelbett mit Kopf- und Fußenden aus Eisen und mit Messingknäufen ersetzt worden. Darin hatten sie fortan jeden Sonntagmorgen gelegen, sein Vater und Åse, und Toast gemampft und Marmelade verkleckert.

Seine Mutter war viele Jahre krank gewesen. Daniel konnte sich kaum noch an sie erinnern, am ehesten wohl an den kleinen, verschrumpelten Kopf auf dem Kissen, der wie eine

Indianertrophäe ausgesehen hatte, war sie da vielleicht schon tot gewesen? Ja, vermutlich. Denn er erinnerte sich an keine Worte wie »passt gut auf euch auf, Jungs, und haltet zusammen« oder etwas Ähnliches in der Art, Dinge, die man wohl so sagt, wenn man auf dem Sterbebett liegt. Er wusste nur noch, dass man sie in das Zimmer geschoben hatte, und erinnerte sich an den Kotgeruch, so als hätte sich seine Mutter unter der Decke in die Hose gemacht. Auf dem Tisch hatte eine Kerze gebrannt. Sie hatte mit ihren knochigen Händen und einer Gerbera auf der Brust im Bett gelegen, ja genau, er erinnerte sich noch an das Wort Gerbera: Jemand hatte wahrscheinlich eine Bemerkung über die schlaffe Blume fallen lassen und gesagt, dass eine Rose eventuell angebrachter gewesen wäre. Ihre Hände kamen im Traum manchmal zu ihm, heute zwar nicht mehr, aber früher, als er noch ein Kind war. Seine Mutter in einem weißen und wallenden Nachthemd wie eine Lucia mit ausgestreckten Händen, die ihm wehtun wollten, ihm an die Kehle gehen wollten, denn er sollte dorthin hinabgezogen werden, wo sie bereits war. Er entsann sich eines Traums, in dem die Erde zur Seite geschlagen war wie eine Decke und von kleinen Löchern durchsetzt war, die Würmer und Wurzeln hinterlassen hatten. Er war aufgewacht und hatte geschrien. Bei Tag hatte er dann erkannt, wie dumm das war, so etwas würde seine eigene Mutter doch niemals tun! Oder doch? Vielleicht schon. Weil er, ohne es zu wollen, das Kind ihrer Freundin Åse geworden war. »Ihr bekommt jetzt eine neue Mama.« Er hatte die flehende Stimme seines Vaters noch im Ohr: »Ihr kennt sie ja schon und sie kennt euch.« Kein Wort über die alte Mama, was sie dazu gesagt und gedacht hätte, kein Wort über den Verrat.

Sie hatten dann auch geheiratet. Jerry und Daniel wurden in Samtanzüge gesteckt und waren mit ins Rathaus gegangen, und die Rathausglocke hatte zwölf geschlagen.

»Mein kleiner Daniel«, hatte seine Großmutter väterlicherseits gesagt, »jetzt wird alles wieder gut bei euch zu Hause, ihr braucht eine weibliche Hand.« Großmutter und Großvater hatten Konfetti geworfen, keine Reiskörner. Die waren nicht gut für die Vögel, denn ihre Mägen blähten sich davon auf und platzten. Er sah es vor sich, reihenweise aufgeplatzte Tauben. Er hätte es gerne mit eigenen Augen gesehen, aber die Großmutter hatte seine Hand genommen und ihn in der Tüte mit Konfetti wühlen lassen und er hatte es herausgeholt und mit Schwung geworfen. Die kleinen, bunten Papierschnipsel hatten Åses festgesprayte Frisur getroffen und waren anschließend auf die Treppe gefallen.

Seine Knie schmerzten. Er hätte zu gerne die Beine ausgestreckt und geschlafen. In einem weichen, frisch bezogenen Bett. Er war verzweifelt und wurde immer hungriger. Er saß da und lauschte auf Geräusche, aber es war still im Haus.

Sein Vater und Åse bekamen dann noch ein Kind. Ein eigenes Kind, eine Halbschwester für Jerry und ihn. Sie wurde Martina getauft und war geistig zurückgeblieben, es hing irgendwie mit den Chromosomen zusammen. Manchmal dachte er, dass es die Rache seiner Mutter gewesen war.

Als er das letzte Mal von ihr gehört hatte, war sie gerade in eine Art Wohngemeinschaft gezogen. Sein Vater hatte erleichtert geklungen, als er es erwähnte. Sie war so anstrengend, ließ keinen anderen zu Wort kommen, schrie und bekam heftige Wutanfälle. Vielleicht war der Geist seiner Mutter in sie gefahren und strafte seinen Vater und seine neue Frau, indem er die beiden isolierte, denn niemand mochte sie mehr besuchen. Dieses Kind hatte allen Raum eingenommen.

Er döste ein, träumte von Ratten, die sich zu ihm vornagten und in seine Schuhe bissen, und erwachte von einer Bewegung an seiner Wange. Er stöhnte auf und konnte gerade noch einen Schrei unterdrücken, wusste augenblicklich wieder, wo er war, und dass er vorsichtig sein musste. Wie lange hatte er geschlafen? War es schon Morgen? Mühsam kam er auf die Beine. Seine Gelenke knackten und schmerzten, er presste das Ohr an die Tür, hörte jedoch nichts, also öffnete er und trat in den Flur hinaus und lauschte. Nein, es kam niemand. Er ließ Wasser in den Eimer laufen und nutzte die Gelegenheit, um in den Ausguss zu pinkeln.

Er putzte gerade den Fußboden, als die Kellertür aufgeschlossen wurde. Er holte tief Luft, hörte die leichten Schritte einer Frau. Sie hielt einen Helm in der Hand, den sie gerade abgenommen hatte. Ihre Haare hatten sich gelöst und hingen auf die Schultern herab.

Sie blieb stehen.

»Ach, sieh an, du bist das?«, sagte sie freundlich.

Da erkannte er sie. J. Bosch.

»Wie viel Uhr ist es?«, fragte er.

»Fünf vor sechs.«

Er starrte auf den Schrubber hinunter, die groben Troddeln erinnerten an Raupen.

»Du putzt schon wieder?«, fragte sie.

Daniel nickte.

Sie kam auf ihn zu, ein Geruch aus Parfüm und Frau schlug ihm entgegen, ihre Hand legte sich auf seine Augenbraue. »Was ist denn mit dir passiert? Was hat man mit dir gemacht?«

Er verbarg sich nicht vor ihr, wandte ihr vielmehr sein Gesicht zu und seine Unterlippe hing herab wie bei einem Kind. Er weinte lautlos, schluchzte ein wenig, aber sie bekam keine Angst, zog sich nicht zurück, nahm seine Hand und drückte sie. »Jetzt stell das Zeug weg, komm mit mir nach oben und lass mich mal hören, was los ist, was der arme Junge angestellt hat.«

15. Magda

Er blieb eine gute Stunde bei ihr. Während der gesamten Zeit seines Besuchs war er der fremde Florian, nicht der Florian, den sie liebte. Er hatte nicht die Kraft, sie zu trösten, die Sorge um seine Tochter wog zu schwer, verwandelte ihn und ließ ihn grausam werden.

Geh bitte, dachte sie, geh!

Aber gleichzeitig auch: Geh nicht!

Denn wenn er ginge, würde sie alleine zurückbleiben und sie würden sich unversöhnt getrennt haben. Wie sollte sie dann die Sehnsucht nach ihm ertragen?

So wie jetzt war er auch früher manchmal gewesen. Er konnte launisch sein. Etwas, das sie sagte oder tat, eine Geste, eine Miene, konnte er leicht falsch verstehen. Dann reagierte er verletzt. Da machte sich sein rumänisches Temperament bemerkbar. Floss in seinen Adern vielleicht sogar Zigeunerblut? Sie war dann stets gezwungen, ihr eigenes Ich auszulöschen und dafür zu sorgen, dass er wieder bessere Laune bekam. Ab und zu hatte sie das als einen gewaltsamen Übergriff empfunden, aber die anschließende Versöhnung hatte sie dies wieder vergessen lassen, wenn er sie an seine Brust zog, wenn sie sein Herz durch den dünnen Stoff schlagen hörte. Dieses sanfte Glücksgefühl. Halte meine Brüste, Florian, ich schenke sie dir. Mach mit mir, was du willst.

Und jetzt? Gab es für sie noch eine Chance auf Versöhnung? Was sie getan hatte, war unverzeihlich und nicht wieder gutzumachen. Er hatte sein einziges Kind in ihre Hände gegeben, und sie hatte zugelassen, dass Angelica verschwand.

Er stand an der Tür. Sie hatte sich angekleidet ins Bett gelegt und die Decke bis an die Stirn gezogen. Sie lag da und hörte seine Bewegungen, hörte, wie er sich eine neue Zigarette ansteckte, sich bereitmachte zu gehen.

»Florian«, sagte sie unter der Decke liegend, hielt die Luft an, wartete auf seine Reaktion. Er blies Rauch aus, das hörte sie. »Florian, ich bin so furchtbar unglücklich ... aber ich sage dir noch einmal, dass es zu schnell ging, und wir müssen uns doch um so viele Kinder kümmern, es sind einfach zu viele und wir waren nur zu zweit, ich sage das nicht, um eine Ausrede zu haben, sondern damit du weißt, wie es war. Ich möchte, dass wir diese Sache gemeinsam durchstehen, du und ich, nicht jeder für sich, denn wenn wir zusammen sind und uns gegenseitig stützen und nicht voneinander abwenden ...« An dieser Stelle konnte sie nicht mehr weitersprechen, denn ihr kamen wieder die Tränen.

Er hätte sich erweichen lassen können, als sie weinte, seine Hände um ihren Kopf legen, sachte ihre Haare berühren können. »Du bist auch nur ein kleines Mädchen, ich bin zu alt für dich, Magdalena, das ist doch verrückt, du bist ja kaum volljährig.«

»Ich bin dreiundzwanzig!«

Da war etwas an seinem Geruch und an seiner Art, sie anzusehen. Sie waren sich näher gekommen, als er eines Abends seine Tochter abgeholt hatte. Er hätte früher kommen sollen, hatte aber angerufen und Bescheid gesagt, dass es etwas später würde. Magda hatte an jenem Abend den Kindergarten geschlossen, sie war alleine gewesen, die anderen Kinder waren längst abgeholt worden. Er hatte an die Tür geklopft: »Hallo, gibt es da drinnen ein paar liebe Kinder?« Sie war zusammengezuckt, hatte ein Klingelzeichen erwartet. Angelica hatte wie üblich gemalt, ihre Sachen waren zusammengepackt, ihr Overall lag auf der Bank.

»Komme ich viel zu spät?«

Er hatte seinen gelben Schal um den Hals geworfen, wie südeuropäische Männer es tun, wenn der Winter vor der Tür steht. Daunenjacken kamen für sie nicht in Frage, stattdessen wurde nur ein Schal angezogen und der Kragen des Jacketts hochgeschlagen. Sein Gesicht war rosig gewesen, seine Augen waren braun und fröhlich. Angelica hatte sich in seine Arme geworfen. Er hatte Magda angesehen, als er zu dem Mädchen sprach.

»Bist du heute auch schön brav gewesen?« Der dunkle Kopf hatte genickt.

»Angelica ist immer brav.« Magda hatte den Overall aufgehoben.

»Das ist gut!« Er hatte mit dem Kind auf dem Schoß dagesessen und ein wenig über die niedrige Holzbank gestöhnt, hatte seine Beine ausstrecken müssen. Der Fußboden wurde feucht von seinen Sohlen. Als sie Angelicas Füße in den Overall stecken wollte, hatte sie sich hinknien müssen, und daraufhin hatte er nach ihrer Hand gegriffen und ein wenig daran gezogen.

»Huch, Entschuldigung, ich dachte, das wäre Angelicas Fuß!«

Zum ersten Mal hatten sie gemeinsam schallend lachen müssen, und das hatte sie alles vergessen lassen, womit sie gerade beschäftigt gewesen waren. Das Kind hatte auf dem Boden gelegen, gelacht und mit den Armen geschlagen.

Warum dieses unkontrollierte Lachen? War das überhaupt so lustig gewesen?

»Ich bin mit dem Auto hier«, hatte er gesagt und sich die Augen trocken gewischt. »Ich kann dich nach Hause fahren, es ist immerhin meine Schuld, dass du Überstunden machen musstest, ich hätte viel früher da sein müssen. Aber es kam ein Patient herein, der ausgerutscht war und sich den Fuß gebrochen hatte. Und der Kollege, der mich eigentlich ablösen sollte, ist krank geworden.«

Sie nahm sein Angebot an.

Auf dem Beifahrersitz, mit ihm neben sich, hatte sie ihn anstarren müssen, um zu begreifen, was in ihrem Inneren vorging. Es war so lange her. Sie hatte mal einen Freund gehabt, Patrik, aber sie hatten sich mit der Zeit auseinander gelebt. Er wäre sicher gerne mit ihr zusammen geblieben, hatte von einem gemeinsamen Haus und Auto gesprochen, es gab ein leer stehendes Reihenhaus in dem Viertel seiner Eltern auf dem Sandviksvägen in Hässelby.

Damals hatte sie die ersten Anfälle von Atemnot bekommen, die ausgesprochen quälend gewesen waren. Sie hatte die Knöpfe am Kragen aufreißen, das Fenster öffnen und nach Luft schnappen müssen. Jedes Mal, wenn Patrik über die Zukunft sprechen wollte, ihre gemeinsame Zukunft, bekam sie diese Anfälle, sah aber zunächst keinen Zusammenhang, erkannte ihn erst viel später. Da war sie schon beim Arzt gewesen und hatte Bricanyl bekommen, einen spulenförmigen Inhalator, der ihr das Atmen erleichtern sollte, ihr stattdessen jedoch noch mehr Angst einjagte, sodass sie Herzklopfen bekam. Und außerdem heiser wurde.

Sie machte Schluss mit Patrik, was hart war, da es ihr schon immer schwer gefallen war, anderen Menschen Kummer zu bereiten. Sie erinnerte sich an sein langes, trauriges Gesicht, an sein Erstaunen. Als hätte er nicht auch längst etwas merken müssen.

»Wir können uns ja eine Auszeit nehmen«, hatte er schließlich gesagt, und seine Stimme hatte sich verändert, war hell und dünn geworden, eine hässliche, schwache Frauenstimme hatte sich in ihm gebildet und entfremdete ihn ihr nur noch mehr. »Wir beschließen, uns einen Monat nicht mehr zu sehen, in der Zwischenzeit denken wir über uns nach, ich bin mir sicher, das hilft uns weiter, vielleicht brauchen wir einfach mal etwas Abstand voneinander. Oder besser gesagt, du von mir.«

Er hatte das Gesicht zu einer Grimasse verzogen, die wohl ironisch sein sollte.

Sie hatte sich darauf eingelassen, aber nur unter einer Bedingung: nicht der geringste Kontakt während dieses Monats, keine Telefonate, keine Mails.

Es war natürlich aus zwischen ihnen. Sie wollte, dass es ein Ende hatte, brachte ihn schließlich auch dazu, die Trennung zu akzeptieren. Manchmal dachte sie, dass sie sich darauf vorbereitet hatte, einen anderen Mann zu treffen, einen älteren und reiferen, und dann war plötzlich Florian da gewesen.

Jetzt lag sie in ihrer kleinen Wohnung zusammengekauert im Bett. Florian war in ihrem Zuhause, so nahe, dass sie ihn mit wenigen Schritten erreichen konnte.

Ihn erreichen?

Er rauchte, seine Hand lag auf der Türklinke. Jeden Moment konnte er die Tür öffnen, ein kurzer Luftzug und dann würde er fort sein.

»Ich liebe dich«, flüsterte sie ins Kissen. »Ich liebe dich so sehr und ich brauche dich.«

Er hörte sie nicht, kein Mensch konnte derart erstickte, halb unterdrückte Worte verstehen. Er sagte nichts. Er zog an seiner Zigarette, und als er den Rauch ausblies, meinte sie eine Veränderung zu erahnen. Langsam zog sie die Bettdecke nach unten, war bereit, zu ihm zu laufen, bereit, seine Verzweiflung anzunehmen.

Doch als sie die Augen öffnete, war er schon gegangen. So leise, dass sie nicht einmal das Klicken des Türschlosses gehört hatte.

16. Daniel

Ich heiße Janna«, sagte sie. Ihre Stimme war kräftig und klangvoll und erinnerte ihn ein wenig an die seiner Großmutter.

Er fragte: »Kommst du aus der Gegend um Sundsvall?«

»Ja, stimmt. Woher weißt du das?«

»Meine Großmutter spricht so ähnlich wie du, wir waren öfter bei ihr, als wir noch klein waren.«

Er saß an ihrem Küchentisch. Der Flur war leer, ein Stuhl nur, ein paar Kleider, die Türen zu den Zimmern waren geschlossen. Sie goss Sauermilch in eine weiße Schale mit einer Disneyfigur darauf.

»Möchtest du vielleicht was essen?«

»Wenn du was dahast.«

»Du siehst aus, als hättest du Hunger.«

Er schüttelte stumm den Kopf und sah ihre Hände Käse hobeln, sie waren braun und fest. Janna trug Shorts, stand breitbeinig und barfuß an der Arbeitsfläche, gab Kaffeepulver in den Melittafilter, das Rauschen von Wasser.

Sie setzte sich ihm gegenüber. Ihr Gesicht war rund und nah, ihre Augen sahen nicht weg. »Jetzt erzähl mal, Daniel«, sagte sie, als würde sie ihn gut kennen.

»Meine Freundin hat mich rausgeschmissen«, sagte er und biss gierig in sein Brot.

»So, wie dein Gesicht aussieht, scheinst du dich ganz schön gewehrt zu haben!«

»Jemand hat ihr geholfen«, sagte er undeutlich.

»Aha!« Janna nickte.

Der Kaffee lief warm und stärkend in seinen Magen. Er nahm sich noch ein Brot und betrachtete sie, während er kaute, sah, wie sie die Lippen um den Rand der Tasse legte, wie sie trank.

Er wurde mutiger.

»Bist du allein?«, fragte er.

Sie warf ihm einen verschmitzten Blick zu.

»Kommt ganz darauf an.«

»Wie meinst du das?«

»Ich werde weggehen. Ich habe vor, aufs Land zu ziehen, auf einen ganz wundervollen Bauernhof. Ein paar Freunde und ich wohnen dort zusammen.«

»Du ziehst um?«

»Yes.«

»Was! Aus so einer Wohnung?«

»Ach, das ist doch nur eine Mietwohnung.«

»Ja und?«

»Sie wird zu teuer, die Wohnungen sollen bald alle renoviert werden, und danach werden die Mieten bestimmt ordentlich in die Höhe schießen.«

Er erstarrte. Was würde aus seinem Putzjob werden, wenn das Haus umgebaut wurde?

»Davon habe ich noch gar nichts gehört«, sagte er wachsam.

»So ist es aber. Vor ein paar Tagen kam ein Rundschreiben. Aber das ist nicht alles. Ich habe auch noch andere Gründe, zum Beispiel den Stress und die Luftverschmutzung. Hier in der Stadt wird das alles immer schlimmer. Das ist nicht gesund.«

»Nein«, sagte er dümmlich.

»Ist dir das schon mal aufgefallen? Hier in der Stadt werden die Leute immer mehr wie Roboter. Sie leben nicht. Sie funktionieren wie Maschinen. Das Menschliche ist dabei, völlig zu verschwinden. Die Leute sehen einander nicht mehr, wenn jemand in der U-Bahn liegt, gehen sie einfach vorbei. Vor ein paar Jahren war das noch nicht so.«

»Da magst du Recht haben«, murmelte er.

»Die Leute reden nicht mehr miteinander. Sie reden – aber sie tun das mit ihren Handys, nicht wie früher, von Mensch zu Mensch.«

Sie war aufgestanden und atmete jetzt schnell.

»Meinst du nicht, du übertreibst ein bisschen?«, sagte er.

Sie sah ihn ernst an.

»Das glaube ich nicht. Ich sehe, in welche Richtung sich alles entwickelt. Jedenfalls will ich nicht mehr in der Großstadt wohnen. Ich empfinde dieses Leben als unwürdig.«

Er nickte.

»Wir sind ein paar Leute da oben, eine kleine Kommune, wenn man so will. Eine Hand voll Menschen, die den Stress und den technischen Fortschritt satt haben.«

»Aha?«

»Wenn du Lust hast, kannst du mitkommen und es dir anschauen.«

»Ich?«

»Ja.«

Er zuckte mit den Schultern.

»Es ist ziemlich weit zu fahren, es wäre schön, ein wenig Gesellschaft zu haben. Aber du hast vielleicht schon andere Pläne.«

Er dachte fieberhaft nach.

»Nicht unbedingt.«

»Nein, schon gut, du machst natürlich, was du willst. Es war nur so eine Idee.«

»Das kam jetzt nur ein bisschen plötzlich.«

»So ist das mit den günstigen Gelegenheiten im Leben.«

Er schnitt ein Stück Käse ab und schob es sich nachdenklich in den Mund.

»Wann fährst du denn?«

»Na ja, viel Zeit zum Nachdenken bleibt dir nicht, ich haue schon heute Abend ab. Ich muss vorher nur noch ein paar Dinge erledigen.«

»Aha.«

»Hast du einen Führerschein?«

»Doch, schon.«

Sie setzte sich wieder hin und ergriff über den Tisch hinweg seine Hände. Ihr Mund war weich und sanft.

»Irgendwie habe ich das Gefühl, es sollte so kommen«, sagte sie. »Ich weiß nicht ... aber du hast was, Daniel, ich habe eine gute Menschenkenntnis, ich spüre das Pendel in mir, und in diesem Moment schlägt es in die richtige Richtung aus. Das tut es nur bei Menschen, bei denen ich das Gefühl habe, ihnen trauen zu können.«

Er war jetzt völlig entspannt. Sie stand auf, ihr Po war weich und birnenförmig, sie stand auf den Zehen und öffnete einen Schrank. Sie machte ihn wahnsinnig geil.

Ganz ruhig, schoss es ihm durch den Kopf, vermassel es jetzt nicht.

Sie drehte sich um, griff sich in die Haare, löste sie und zog sie wieder zu einem Pferdeschwanz zusammen. Durch den Pullover sah er die Konturen ihrer Brustwarzen.

»Im Ernst, hättest du nicht vielleicht Lust, eine Zeit lang mitzukommen?«, sagte sie und ihre Zungenspitze strich über die Unterlippe. »Zumindest probehalber? Du könntest mir helfen, meinen alten Volvo hochzufahren. Vielleicht kannst du ja mein neuer Gehilfe werden?«

Er wollte schon antworten, als er plötzlich ein Geräusch hörte. Es kam aus einem der geschlossenen Zimmer, die an den Flur grenzten. Es klang wie ein Kind.

17. Angelica

Sie hatte Durst, und ihr taten die Kiefer weh. Sie weinte, aber lautlos und ohne Tränen. Die Tante war im Zimmer gewesen. Sie hatte ihr ein Glas an den Mund gesetzt, aber das Wasser war gegen die Zunge gelaufen, über das Kinn den Hals hinabgesickert und ihr in den Rücken gelaufen.

»Du musst trinken«, sagte die Tante, und ihre Stimme klang gepresst, wie bei Leuten, die es eigentlich eilig haben. Magda, dachte sie, Magda klang manchmal so, und Sehnsucht wallte in ihr auf. Dann erinnerte sie sich wieder an das Fest, aber nur ganz vage, so als würde es davontreiben, und hinter ihrer Stirn pochte es, sie war krank. Ich will zu Hause bleiben, ich will mich nicht anziehen und in den Kindergarten gehen. Aber Mama hatte mit dem neuen Kleid vor ihr gestanden, »und du darfst auch das Diadem anziehen, das Papa dir aus Bukarest mitgebracht hat«. Nach diesen Worten hatte sie es geschafft, den Kopf aus dem Kissen zu heben. Sie wollte es auf der Stelle anziehen, aber erst musste sie Pipi machen gehen, und ihre Mama meinte, sie müsste auch geduscht werden, aber als sie das sagte, hatte Angelica wie am Spieß geschrien, denn sie dachte an den kalten Wasserstrahl auf ihrem Bauch. Schon lange bevor sie in die Badewanne stieg, konnte sie ihn spüren. »Um Himmels willen, Kleines, dann eben nicht«, sagte Mama. »Aber du musst dich beeilen, beeil dich, Angelica, sitz nicht da und träum, du weißt, dass wir es eilig haben.«

Sie brachte an diesem Morgen keinen Bissen herunter. »Okay, dann frühstückst du eben im Kindergarten.« Aber sie hatte geweint, als sie an den runden Tisch und die Geräusche dachte, mit denen die Löffel über die Teller schabten. »Heulst du schon wieder, Kleines, was zum Teufel ist denn heute los mit dir?«

Mamas Hand hatte ihren Arm gepackt, sie waren durch den Keller und in die Garage gelaufen, es hatte nach Benzin gerochen, sie musste immer liegen, wenn sie Auto fuhren, denn sonst drehte sich alles und ihr wurde schwindlig und übel und sie musste sich übergeben. »Nimm die Tüte und halt sie dir vor den Mund, ich will nicht, dass du dein Kleid schmutzig machst, wo du doch heute so schick bist. Hast du das Diadem richtig angezogen? Er ist selber schuld, wenn etwas passiert.«

Sie war wütend gewesen, als sie ging, aber das wusste außer Angelica niemand. »Mama hat es eilig«, sagte Magda, »aber sie kommt ja nachher zu dem Fest, das wir feiern wollen.« »Mamas haben es immer eilig«, hatte Josefina gesagt und damit alle Erzieherinnen zum Lachen gebracht. Erst war es einen Moment lang ganz still geworden, und dann hatten sie lauthals losgelacht, sodass es ihr rot und heiß vor den Augen geworden war.

Sie wurde getragen, ein harter und schmutziger Geruch drang an ihre Nase. Ein Auto, das sich bewegte, sie lag auf kariertem Stoff. Sie wollte sich aufrichten und weglaufen, aber eine seltsame Trägheit hatte Besitz von ihr ergriffen, so als schaukle sie auf Wellen. Und der Mann sagte: »Du wirst jetzt ganz ruhig und still sein und an die Kokons denken. Am Ende werden daraus wunderhübsche Schmetterlinge.«

Sie lag auf dem Rücken, konnte ihre Arme aber nicht bewegen. Die Beine wurden ein wenig gespreizt, warm und nass lief Pipi durch die Hose, weshalb sie sich verkrampfte, jetzt würde er sicher wütend werden, der Mann würde sie an den Haaren ziehen und schlagen, große Mädchen machen nicht mehr in die Hose, und sie schluchzte, als würde sie wieder anfangen zu weinen, aber ihre Beine fielen zur Seite, und sie verlor das Bewusstsein.

Als sie aufwachte, war alles still. Ihre Augen waren verbunden gewesen, aber die Binde war ein wenig herabgerutscht, und sie sah die Konturen großer Möbelstücke. Mama, dachte sie. »Deine Mama hat uns gebeten, uns um dich zu kümmern«, Fragmente der Worte, die der Mann gesagt hatte, kamen ihr wieder in den Sinn. »Wenn du tust, was ich dir sage, wird alles gut, du vergisst doch nicht, was ich dir von den Schmetterlingen erzählt habe, oder?«

Und sie hatte ihren Körper angespannt, um zu schreien, aber es war nur das Zappeln eines sehr kleinen Fischs dabei herausgekommen, schlaff hatte sie in seinen Armen gehangen. »Ich trage dich und du kannst nichts sehen, aber verlass dich ruhig auf mich, und sei bitte still, deine Mama hat es so entschieden, du wirst sehen, es wird alles gut.«

Da war etwas an ihm, sie wurde ruhig und schwer, und ein Stück Stoff von seinem Hemd glitt in ihren Mund, sodass sie wie ein Baby daran nuckelte.

Aber dann war da die Tante gewesen, und sie erinnerte sich an Worte, die immer schneller geworden waren. Sie hatten sich wehgetan, oder waren das Mama und Papa gewesen? Ihr Kopf lag zur Seite gewandt, sie sah ein Stück vom Fußboden und etwas, das wie Eierschalen aussah.

Dann sah sie seine Hand. Er lag da und war still, so still, dass sie sofort wusste, er würde sie nicht hören können. Ganz gleich, wie laut sie schrie.

18. Daniel

Ich habe Kinder«, sagte Janna. »Das ist einer der Hauptgründe, warum ich nicht länger in der Stadt wohnen möchte. Hast du Kinder?«

»Nein.«

»Kinder reagieren extrem empfindlich auf Umwelteinflüsse, nicht zuletzt auf die Strahlung, die von den Handys ausgeht. Ihre Gehirne sind ja noch mitten in der Entwicklung. Ihre Schädel sind kleiner und dünner als die von Erwachsenen. Kinder sind so verletzlich.«

Er wusste nicht recht, was er sagen sollte, und lauschte erneut auf Geräusche aus dem geschlossenen Zimmer.

Janna hatte sich gesetzt, ihre Schenkel waren braun gebrannt und straff, sodass man sie gerne angefasst hätte. Er wünschte sich vage, sie würde aufhören zu sprechen.

»Weißt du, wie viele Handys in diesem kleinen Land namens Schweden verkauft worden sind? Weißt du das? Ich meine, seit 1994, als es mit den Handys richtig losging.«

»Ich habe nicht die geringste Ahnung.«

»Jetzt rat doch mal!«

»Wie viele verkauft worden sind?«

»Ja.«

»Vielleicht zwei Millionen?«

»Ha! Zwei Millionen. Oh nein, mein Lieber. Mehr als zehn Millionen sind verkauft worden, also mehr als es Einwohner gibt!«

»Ist das wahr?«, sagte er lahm.

»Allerdings.«

»Ich habe jedenfalls keins«, brummte er und dachte, ein Glück, sonst hätte sie mich sicher hinausgeworfen. Genau wie Ulrika es getan hatte, Ulrika und ihr neuer Typ.

Als er daran zurückdachte, was passiert war, taten ihm Kopf und Glieder wieder weh, als würde er Fieber bekommen.

Janna stellte sich neben ihn, und er roch ihre Haut, es war ein Duft von Seife und sauberen Kleidern. Er hob die Hand und fasste sie an. Sie entzog sich seinem Griff nicht.

»Wo liegt denn dieser Hof?«, fragte er.

»Man muss ein ganzes Stück fahren. Ein paar Stunden.«

»Und du meinst, ich sollte mitkommen?«

»Was heißt hier meinen. Es war nur ein Vorschlag. Du hast doch selber gesagt, dass du mit deinem Leben unzufrieden bist. Du könntest mitfahren und es dir anschauen, und wenn es dir bei uns gefällt, kannst du bleiben. Und wenn es dir nicht gefällt, schwirrst du einfach wieder ab.«

»Ja. Schon klar. Allerdings ...ich bringe nicht gerade viel Kapital mit, Geld meine ich. Falls du das gedacht haben solltest.«

»Geld ist das kleinste Problem. Wir arbeiten gemeinsam und sehen zu, dass wir halbwegs über die Runden kommen.«

»Das klingt irgendwie nach so einer Ökogeschichte.«

»Du meinst à la siebziger Jahre? Nein, die Zeiten sind vorbei. Das hier ist was auf einem ganz anderen Niveau.«

Erneut hörte man das Geräusch, ein Kind, das weinte und wimmerte. Es war nicht laut, nur ganz schwach, so als würde das Kind schlafen und vielleicht träumen. Daniel sah Janna an. Sie seufzte.

»Sie ist krank«, sagte sie. »Das ist Nora, eins meiner Kinder, ich werde mal nach ihr sehen, warte hier so lange.«

Sie nahm ein Glas Wasser und ein Medikament mit. Daniel versuchte einen Blick zu erhaschen, als sie die Tür öffnete, aber das Zimmer war verdunkelt, und sie schloss die Tür sofort hinter sich. Er merkte, dass er augenblicklich die Ohren spitzte.

So, so. Sie hatte Kinder. Aber hatte sie auch einen Mann? Es sah nicht danach aus. Das musste er unbedingt herausfinden. Aber warum sollte er sie eigentlich nicht für eine Weile aufs Land begleiten? Ihr Gelaber über die Umwelt und die Telefone konnte ihm doch egal sein. Es würde verdammt schön sein, sich eine Weile aus dem Staub zu machen. Dann konnte man lange nach ihm suchen.

Janna war schnell wieder zurück.

»Jetzt schläft sie wieder«, sagte sie ruhig. »Ich habe ihr ein Zäpfchen gegeben. Sie hat die Masern, verstehst du, oder besser gesagt eine Extremvariante der Masern, die ihr auf die Augen geschlagen ist und ihre Haut jucken lässt. Aber sie hat keinen Ausschlag. Sie braucht viel Ruhe. Hast du die Masern gehabt?«

»Ich erinnere mich nicht mehr. Ist das die Krankheit, die einem auf die Eier schlagen kann?«

»Nein, das ist Mumps. Aber die Masern sind auch eine gefährliche Kinderkrankheit, wenn auch nicht unbedingt in Schweden, aber in der Dritten Welt. Dort sterben jedes Jahr eine Menge Kinder daran.«

»Hast du viele Kinder?«, sagte er wachsam.

Janna lachte. Ihr Gesicht wurde so süß, bei Ulrika war es genauso gewesen. Warum konnten Frauen nicht immer gute Laune haben? Warum mussten sie nur solche Zicken sein?

»Tja«, sagte sie und strich sich provozierend über den gerundeten Bauch. »Sieht man das?«

»Ach was, so habe ich das nicht gemeint.«

»Nein, schon klar.«

»Und dein Mann?«

»Im Moment habe ich keinen Mann. Was nicht heißen soll, dass ich beschlossen hätte, für den Rest meiner Tage wie eine Nonne zu leben.«

Sie lachte auf und warf ihm einen Blick zu, den er nicht recht zu deuten wusste.

»Hunde und Kinder und Katzen. Und dann natürlich einen Mann. Und ein paar Hühner, die Frühstückseier legen. Im Grunde sollten wir ein Boot haben, ein großes und geräumiges Schiff. Dann würden wir an Bord gehen und auf und davon segeln, mit zwei von allem, ungefähr wie Noah und seine Frau. Eigentlich seltsam, den Namen von Noahs Frau hat man nie gehört. Die Namen ihrer ganzen Söhne dagegen schon, Sem und Ham und Japhet, und ihrer männlichen Enkel und Urenkel. Sie werden alle beim Namen genannt. Die Frauen der Söhne waren doch auch auf der Arche, aber ihre Namen werden genauso wenig genannt. Die Bibel wurde von Männern für Männer geschrieben. Es kann mich manchmal ganz schön aufregen, dass für uns Frauen irgendwie nie Platz ist. Wir scheinen es nicht wert zu sein, aufgenommen zu werden.«

Er dachte an die Jungfrau Maria, konnte sich aber nicht zu einer Erwiderung aufraffen. Diese Janna hatte eine ganz schön spitze Zunge.

»Sprichst du Deutsch?«, sagte er plötzlich.

»Ob ich Deutsch spreche?«

»Ja, du hast so einen komischen Nachnamen. Da dachte ich …«

»*Jawohl*«, sagte sie und lachte erneut. »Sicher kann ich ein bisschen Deutsch für den Hausgebrauch.«

Sie zeigte ihm, wo er sich ausruhen konnte. Im Wohnzimmer stand ein Bett, und er legte sich darauf, aber es dauerte eine ganze Weile, bis es ihm gelang einzuschlafen. Dabei war er todmüde und hatte Schmerzen im ganzen Körper. Es war einfach zu hell, und alle Geräusche waren neu und fremd. Janna war in der Küche, sie packte Koffer und füllte Kartons und ging dann hinaus.

»Ich bin bald wieder da«, sagte sie in den Raum hinein. Er

sah ihre Silhouette, sie stand im Flur und setzte einen Helm auf. Er konnte sie sich auf dem Fahrrad vorstellen, sah den Sattel vor sich, der sich unter ihren Po schob.

Als sie gegangen war, stand er auf und ging pinkeln. Das Badezimmer war leer und kahl, es gab keine Spur von all den Fläschchen und Döschen, die sonst immer überall herumstanden, wo Frauen wohnten. Aber sie wollte ja auch umziehen. Als er sich räusperte, hallte es. Er musterte sich im Spiegel. Seine kleinen, abstehenden Ohren waren rot und wund, um ein Auge herum war die Haut geschwollen und hatte sich verfärbt. Er hätte sich gerne die Haare gewaschen, die in wenig schmeichelhaften Zotteln abstanden, fand aber kein Shampoo. Vielleicht gab es welches in einem der Zimmer.

Beide Türen waren abgeschlossen. Das wunderte ihn ein wenig, aber er nahm an, es hatte mit dem Mädchen zu tun. Nora oder wie sie noch gleich hieß. Vielleicht hatte sie Fieberträume und schlafwandelte. Er kehrte ins Badezimmer zurück, ließ Wasser über seinen Kopf laufen und blieb unter dem Strahl stehen, bis ihm beinahe schwarz vor Augen wurde.

Anschließend legte er sich wieder hin, döste ein und träumte von dem Auto, dem alten Volvo, den er für sie fahren sollte. Sein Fuß brach durch den rostigen Boden und sein Knöchel wurde aufgeschürft. Im Schlaf spürte er den Schmerz.

Er wachte davon auf, dass Janna sein Gesicht berührte. Noch halb schlafend streckte er die Hand aus und berührte sie. Sie hockte neben der Bettkante. Ihre Haare waren zu einem lockeren Dutt hochgesteckt.

»Du hast gut geschlafen«, sagte sie sanft.

Er nickte.

»Okay«, sagte er mit belegter Stimme. »Ich habe mich entschieden. Ich fahr die Karre für dich dahin. Dann werden wir weitersehen.«

Er griff nach ihrem Arm und versuchte sie ins Bett zu ziehen. Da machte sie sich frei und richtete sich auf.

»Schön«, sagte sie. »Damit tust du mir einen großen Gefallen. Ich habe Kaffee aufgesetzt. Ich dachte, anschließend könnten wir fahren. Wenn du nichts dagegen hast.«

»Nein, natürlich nicht.«

»Oder musst du erst deinem Chef Bescheid sagen?«

»Ach was, das kann ich später erledigen. Ich kann ihm einen Brief schreiben oder so. Das ist mehr, als er getan hat. Von dieser Renovierung, von der du mir erzählt hast, hat mir keiner was gesagt.«

»Du hast Recht, das war nicht in Ordnung.«

Er hatte halbwegs einen Ständer, musste aber gleichzeitig auch auf die Toilette. Sie stand über ihm, er sah ihre schweren, aber festen Brüste, die so ganz anders waren als Ulrikas. Dabei hatte sie mehrere Kinder zur Welt gebracht. Jetzt ging sie in die Küche, und er roch den würzigen Duft frisch gekochten Kaffees.

Während sie Kaffee tranken, wollte sie von ihm wissen, warum er sich erkundigt hatte, ob sie Deutsch sprach. Er erklärte ihr, dass er dabei war, die Sprache zu lernen, und erzählte ihr von Jerry. Die Geschichte schien sie zu rühren.

»Du willst es also deinem Bruder eines Tages mal so richtig zeigen und fließend Deutsch sprechen!«

»Genau.« Er atmete tief durch.

»Na, du bist mir ja einer! Du bist richtig süß, Daniel. Wir können uns ja während der Fahrt auf Deutsch unterhalten, wenn du willst. Wir werden ein paar Stunden brauchen. Etwas bleibt immer hängen.«

19. Magda

Die meisten Eltern behielten ihre Kinder am nächsten Tag zu Hause.

»Wir genießen offenbar nicht mehr ihr Vertrauen«, stellte Carita fest und sah Magda bei ihren Worten so intensiv an, dass sie schließlich Caritas Blick ausweichen musste.

Sie ging auf die Toilette, stellte sich an den Fensterspalt und schnappte nach Luft. Schließlich holte sie den Inhalator heraus, setzte ihn an den Mund und atmete tief ein. Im nächsten Moment hatte sie Herzklopfen. Sie hatte das Gefühl, ihre Finger würden ganz taub.

»Verdammter Mist«, fluchte sie leise. Es gelang ihr, die Tränen zu unterdrücken. Die Kinder durften sie ebenso wenig weinen sehen wie Carita.

Kattis umarmte sie flüchtig, als sie herauskam.

»Gib nichts darauf, was diese alte Hexe erzählt«, zischte sie. »Die ist doch nicht ganz dicht!«

Ganze sechs Kinder waren in den Kindergarten gekommen. Drei von ihnen waren Kinder von Einwanderern. Ihre Eltern hatten vielleicht nicht einmal verstanden, dass Angelica verschwunden war. Zwei andere waren Kinder allein erziehender Mütter, die keine Chance hatten, sich ohne Vorwarnung einen Tag freizunehmen, ganz gleich, wie beunruhigt sie sein mochten.

Es schien nicht mehr ganz so heiß zu werden wie am Vortag. Graue Schleierwolken hingen am Himmel.

»Wir gehen heute nicht aus dem Haus«, entschied Carita. »Höchstens mal auf den Hof, aber wir bleiben auf jeden Fall auf dem umzäunten Gelände.«

Magda saß neben dem runden Tisch mit einem Zeichenblock und einem Stift auf dem Fußboden. Die Kinder scharten sich um sie.

»Was soll ich malen?«, fragte sie. Die Kleinen waren still und ruhig, keiner schrie, keiner schubste ein anderes Kind.

»Du sollst meine Mama malen!«, sagte Katina, die aus der Türkei stammte.

Magda zeichnete eine Frau mit dunklen, lockigen Haaren.

»Sieht deine Mama so aus?«

Katina lachte.

»Ja. Aber Mama ist auf der Arbeit.«

»Okay, dann zeichnen wir das.« Sie zeichnete einen Tisch mit einem Computer, musste sich jedoch eingestehen, dass sie nicht genau wusste, welchen Beruf Katinas Mutter hatte.

Johan fuhr einen kleinen Plastikwagen über den Boden.

»Du sollst die Polizisten malen!«, sagte er eifrig. »Du sollst das Polizeiauto und die Polizisten malen, die nach Angelica suchen.« Er sah sie ernst an, und ihr kam plötzlich der Verdacht, dass er vielleicht etwas von den Gesprächen am Vortag aufgeschnappt hatte und sich womöglich einbildete, Angelicas Verschwinden wäre sein Fehler. Immerhin hatte er mit seiner Gummischlange für einen ziemlichen Aufstand gesorgt.

»Die Polizisten sollen Angelica finden!«, sagte Dragan wütend.

»Ja, das werden sie bestimmt auch«, erwiderte Magda. Erneut fiel es ihr schwer zu atmen, und sie musste sich hinstellen und sich strecken.

Dragan sprang auf und ahmte sie nach.

»Du machst so!«, sagte er und breitete die Arme aus. »So machst du!«

Sie wusste nicht, was sie sagen sollte, und setzte sich wieder. Dann zeichnete sie einen weißblauen Streifenwagen, und Johan ahmte die Sirenen nach. Er tat es leise und ruhig, ohne dass einer der anderen mitgemacht hätte.

Jennifer lutschte am Daumen. Sie saß an die Wand gelehnt und hatte ihre Puppe im Arm, die immer noch etwas feucht war. Vor ein paar Tagen hatte das Mädchen die Puppe in die Toilette fallen lassen, und sie hatten den gepolsterten Puppenkörper waschen müssen und anschließend versucht, ihn wieder trocken zu bekommen. Jennifer hatte einen Wutanfall bekommen, als Kattis die Puppe in den Trockner legen wollte.

»Weißt du was, wir können doch so tun, als wäre das eine Sauna«, hatte Kattis sie zu beschwichtigen versucht.

Aber es hatte alles nichts geholfen. Am Ende hatten sie die Puppe ins Fenster legen und darauf hoffen müssen, dass die Sonne sie trocknen würde, ehe sie anfing, faulig zu riechen.

Jetzt nahm Jennifer den Daumen aus dem Mund und sagte mit ziemlich lauter Stimme: »Angelica ist tot.«

Magda zuckte zusammen.

»So etwas darfst du nicht sagen, Jennifer!«

»Doch!«, erwiderte das Mädchen trotzig.

»Wo hast du das her? Das ist nicht wahr.«

»Doch. Das hat nämlich mein Papa gesagt!«

»Dann irrt sich dein Papa! Die Polizisten suchen nach Angelica und werden sie bald finden.«

»Angelica ist entführt worden!«, sagte Katina.

»Sie hat sich wahrscheinlich nur ein bisschen verlaufen. Bald ist sie wieder hier.«

Ihr tat der Hals weh, wenn sie sprach, die ganze Brust schmerzte.

»Es gibt aber Mörder, und die haben Angelica ermordet, das hat mein Papa gesagt.«

Magda schlug den Malblock zu. Am liebsten hätte sie Jennifer geschlagen, sie direkt auf den Mund geschlagen. Sie hatte das Mädchen noch nie gemocht, man konnte nicht alle

Kinder gern haben, mit denen man arbeitete. Auch die Eltern mochte sie nicht. Der Vater war ein ewig nörgelnder gelackter Investmentbanker, der an allem etwas auszusetzen hatte.

Sie packte Jennifers Arme.

»Jetzt bist du still!«, sagte sie streng. »Ich will kein Wort mehr davon hören, verstanden?«

Im gleichen Moment betrat Carita den Raum.

»Na, na, na ... was ist denn hier los?«

»Nichts.«

»Ja sicher. Das sehe ich. Könntest du bitte kurz mitkommen, Magda? Da will dich jemand sprechen.«

Ihr erster Gedanke galt Florian. Er ist zu mir zurückgekommen, er will dieses Schweigen nicht mehr, er braucht mich. Dann dachte sie: die Polizei. Aber sie waren schon da gewesen und hatten nichts Neues zu berichten gehabt.

Sie folgte Caritas hagerer Gestalt, die Hosenbeine hingen schlotterig an ihr herab, sie war grau und langweilig. Trotzdem hatte sie Mann und Kinder. Wie muss der Mann beschaffen sein, der es mit ihr aushält, hatte sie oft gedacht, und sie und die anderen unterhielten sich häufig darüber, wenn die Leiterin des Kindergartens nicht dabei war. Keine der Angestellten mochte Carita sonderlich.

Carita betrat vor ihr das Büro, in dem Eva, Angelicas Mutter, sie erwartete. Sie sah unendlich müde aus. Nie zuvor hatte Magda sie ohne Make-up gesehen. Als sie Magda erblickte, trat sie einen Schritt vor, und die beiden Frauen umarmten sich unbeholfen und reserviert.

»Hallo«, sagte Magda.

Eva nickte nur, Tränen liefen ihr die Wangen herab. Gereizt holte sie ein Tempotaschentuch heraus.

»Ich muss immerzu weinen«, sagte sie erstickt.

»Ja«, flüsterte Magda und spürte, dass ihr selber Tränen in die Augen traten.

»Möchtest du eine Tasse Kaffee, Eva?«, fragte Carita.

»Nein danke, ich traue mich nicht, ich habe auch so schon Bauchschmerzen.«

Carita bat sie beide, Platz zu nehmen. Sie selbst setzte sich an ihren Schreibtisch, griff nach ein paar Büroklammern und begann, sie zu einer Kette aufzufädeln.

»Hast du diese Nacht schlafen können?«, erkundigte sie sich.

»Nein. Wie soll man denn schlafen können, wenn das eigene Kind ...?«

»Man muss aber schlafen, sonst hält man nicht durch. Ich habe hier ein Schlafmittel, wenn du es haben willst. Du musst es nur sagen. Es ist nicht besonders stark, es hilft einem nur beim Einschlafen.«

»Danke, das ist lieb. Aber jetzt möchte ich mit dir reden, Magdalena.« Eva benutzte wie Florian ihren vollen Namen. Das Blut schoss ihr in die Wangen, sie hatte das Gefühl zu brennen. Aber ihre Hände waren eiskalt.

Ich habe mit deinem Mann geschlafen, schoss ihr durch den Kopf. Ich weiß, wie er sich anfühlt, kenne seine schnellen und behutsamen Liebkosungen, ich habe gespürt, wie er sich in mir bewegt.

Sie hatte ein Gedicht über eine ihrer ersten Begegnungen geschrieben. Sie schielte zu Eva hinüber, sah das blasse, verquollene Gesicht, die Bluse, die über den Rock hing und nicht gebügelt zu sein schien. Wahrscheinlich hatte Eva sie direkt aus dem Korb mit der Bügelwäsche gezogen. Die strikte, kühle, adrette Eva mit ihren sorgfältig geschminkten Lippen, den sauberen, blonden Haaren, die immer hochgesteckt und straff gezogen waren, wodurch ihre Gesichtszüge hart wurden, wirkte ungepflegt. Ihre Haare fielen in Strähnen zum Hals herab, und Eva saß da und wickelte sie um ihre Finger. Unter der Nase war die Haut feucht und wund.

»Die Polizisten haben mir gesagt, du hättest nichts gesehen, ihr wärt auf einem Ausflug gewesen oder so.«

»Ja, das stimmt. Wir sind rausgegangen, weil wir Blumen für das Fest pflücken wollten, und ich habe Angelica in den Kinderwagen gelegt. Sie war so heiß. Sie schien Fieber zu haben.«

Die Erwiderung kam blitzschnell:

»Davon habe ich nichts gemerkt.«

»Schon möglich, dass ich mich irre, aber ... jedenfalls war sie sehr müde und ... wir dachten, sie könnte ruhig etwas in dem Wagen liegen und sich ausruhen und wenn es ihr wieder besser ginge, aufstehen und mitmachen, wir wollten hier doch schmücken und alles schön machen, wir haben doch das Jubiläumsfest vorbereitet.«

Eva wischte sich mit einem Zipfel ihres Taschentuchs die Tränen aus den Augenwinkeln.

»Jedenfalls sind wir dann zu dem kleinen Wäldchen oder dem Wald oder wie man es nennen soll gekommen, und in der Zwischenzeit war sie eingeschlafen, und ich habe ihr das Diadem abgenommen und unter das Kissen gelegt, denn es schien ein bisschen zu drücken, und ich wollte auch nicht, dass sie es verliert, und dann habe ich mich umgesehen, um zu schauen, ob ich ein paar Buschwindröschen finde, aber in dem Moment rief Kattis mir zu, es sei etwas passiert, und da musste ich doch hinlaufen, das musste ich doch tun, denn es klang, als wäre es etwas Schlimmes ...«

»Hättest du den Kinderwagen nicht mitnehmen können?«

»Doch. Sicher hätte ich ihn mitnehmen können. Aber ich wäre im Leben nicht darauf gekommen, dass dies nötig sein könnte. Die anderen waren ja nur ein paar Meter entfernt. Wir sind doch schon tausend Mal in dem Wald gewesen, es ist wirklich der sicherste Ort der Welt. Und dann auch noch mitten am Tag. Nein ...es ist einfach unfassbar und unerklärlich.«

»Wie lange ist Angelica unbeaufsichtigt gewesen? Kannst du mir das sagen?« In Evas Stimme schwang jetzt Feindseligkeit mit.

»Oh, ich weiß nicht, höchstens zehn Minuten, glaube ich, länger auf gar keinen Fall.«

»Aber ihr müsst doch irgendetwas gesehen oder gehört haben, ich kann das nicht begreifen.«

»Nein. Ich schwöre es dir. Nichts. Das ist ja das Eigenartige.«

»Und als du dann schließlich zu dem Kinderwagen zurückgegangen bist, war sie nicht mehr da?«

Magda senkte den Kopf.

»Wir haben überall gesucht«, sagte sie dumpf. »Wirklich überall. Die Kinder und Kattis und ich. Aber es war, als wäre sie ...«

Eva schlug die Hände vors Gesicht und wimmerte.

»Mein kleines Mädchen, mein armes, armes, kleines Kind.«

Carita schoss in die Höhe, ging zu ihr, streichelte ihren Arm und warf Magda einen vorwurfsvollen Blick zu.

»Liebe, liebe Eva, was soll ich sagen? Wenn so etwas passiert, ist man einfach sprachlos. Ich fühle mich so ... hilflos.«

»Was habt ihr dann gemacht?«, schluchzte Eva. »Als ihr aufgehört habt zu suchen. Wie viel Zeit war da vergangen?«

»Ihr seid so gegen halb zwölf wieder hier gewesen«, sagte Carita. Sie stand bei Eva, und ihre Hand lag noch immer auf Evas Arm.

Magda nickte.

»Ich dachte ...«, flüsterte sie.

»Was dachtest du?«

»Eine Zeit lang habe ich gedacht, Angelicas Vater hätte sie vielleicht geholt.«

»Florian? Warum sollte er das tun?«

»Mir ist nicht entgangen, dass ...«

»Er bräuchte doch nicht sein eigenes Kind stehlen«, sagte Eva und weinte nun nicht mehr. Sie zog den Arm weg und schüttelte sich. Carita ging zu ihrem Schreibtischstuhl zurück.

»Nein, aber ... es kann doch manchmal Streit geben, wenn man sich gerade trennt und so.«

»Florian ist Angelica ein sehr fürsorglicher Vater. Er würde sie niemals so etwas aussetzen. Und uns andere auch nicht.«

»Ich verstehe«, sagte Magda leise.

Sie stand am Fenster und sah die Frau gehen, die er einmal so anziehend gefunden hatte, dass er sie als Mutter seines Kindes auserwählt hatte. Sie musste einfach daran denken, sah die beiden durch den Mittelgang der Kirche zum Altar schreiten, sah die große, blonde Eva unter ihrem Schleier. Und ihn, Florian. Ein paar Tage vor der Hochzeit waren seine Eltern aus ihrem kleinen, rumänischen Dorf angereist, er hatte Magda davon erzählt. Von seiner Mutter, die sich von all dem Neuen und Ungewohnten geblendet fühlte, so geblendet, dass sie nahezu hasserfüllt reagiert hatte. Vom Vater in seinem altmodischen Anzug.

»Ich glaube, sie hat sich für ihn geschämt«, hatte er gesagt. »Es ist traurig, wenn eine Frau anfängt, sich für ihren Mann zu schämen.«

»Und Eva?«, hatte sie gefragt. »Was hielten sie von ihr?«

»Sie war wohl nicht die Schwiegertochter, die sie sich erhofft hatten«, antwortete er. »Sie war wie ein Schwan, verstehst du. Ja, genau. Wie ein Schwan! Und einen Schwan kann man niemals zur Angetrauten haben.«

Er hatte eine große Vorliebe für alte schwedische Wörter.

»Man muss die eigene Sprache sauber halten, wie sie es im Isländischen machen. Ihr Schweden, ihr müsst mehr Wert auf eure Sprache legen.«

20. Daniel

Es war schon eine Weile her, dass er Auto gefahren war, aber das sagte er Janna natürlich nicht. Ihr gegenüber deutete er vielmehr an, dass er einmal überlegt hatte, Taxifahrer zu werden, es sich dann jedoch anders überlegt hatte, weil man dabei zu viel sitzen musste.

»Das ist nicht gut fürs Sitzfleisch«, sagte er und sie lachten beide.

Janna gab ihm die Autoschlüssel. Sie standen auf der Straße, sie hatte den Wagen so nahe an den Hauseingang herangefahren, wie es eben ging. Gemeinsam hatten sie anschließend den Kofferraum mit ihren Kisten und Kartons gefüllt. Sie hatte ihm ein paar Kleider gegeben, eine Jeans, einen Pullover und ein Paar abgelaufene Turnschuhe.

»Eigentlich wollte ich die Sachen wegschmeißen, aber wenn du willst, kannst du sie haben, probier sie mal an.«

In dem Pullover hing noch der Geruch des Körpers eines anderen Menschen. Sie bemerkte seinen Gesichtsausdruck.

»Wir waschen die Sachen, wenn wir angekommen sind. Du brauchst sie nicht anziehen, wenn du nicht willst. Ich dachte nur, besser, als sie wegzuwerfen.«

Er presste die Kleider in eine Plastiktüte und stopfte sie zwischen die Kartons.

Es war Abend geworden. Auf einem der Dächer saß eine Amsel. Er hörte ihren wehmütigen Gesang und dachte: Ulrika. Du kannst mir jetzt gestohlen bleiben, aber ich komme wieder, eines Tages komme ich wieder, und dann wirst du schon sehen, wem du so übel mitgespielt hast.

Er setzte sich ans Steuer und verschaffte sich rasch einen Überblick darüber, wie die Gänge lagen. Einen Volvo war er noch nie gefahren, aber Autos funktionierten bestimmt alle nach dem gleichen Prinzip. Er sorgte sich ein wenig, die Karre könnte anfangs bocken und stottern, ehe er sich an sie gewöhnt hatte, denn das würde seine Position schwächen, sie noch schwächer machen, als sie ohnehin schon war. Er musste versuchen, eine Art Gleichgewicht zwischen sich und der Frau herzustellen, bevor sie vollends das Kommando übernahm.

Sie hatte die Tür aufgesperrt und kam jetzt mit dem Mädchen, Nora, das in eine Decke gewickelt war, sodass nicht einmal mehr ihr Kopf zu sehen war. Ihm wurde bewusst, dass er überhaupt nicht wusste, wie die Kleine aussah. Auf der Rückbank hatte Janna ein Kissen platziert und legte den kleinen Körper nun dort ab und schlug ein Stück der Decke zur Seite. Daniel sah einen Teil von einem sehr kleinen Gesicht. Die Augen waren verbunden. Janna legte die Decke wieder über das Gesicht.

»Bekommt sie da drunter auch genug Luft?«, fragte Daniel.

»Doch, sicher. Aber es ist wichtig, dass kein Licht an ihre Augen kommt. Sie könnte sonst erblinden.«

»Was? Ist es so schlimm?«

»Ja, das habe ich doch gesagt.«

»Schläft sie deshalb so viel?«

»Die Medikamente machen sie so müde. Aber das lässt sich nun einmal nicht ändern. Ich gebe sie ihr, um die Symptome zu lindern.«

Sie fuhren durch die Stadt, und der Verkehr war nicht so dicht, wie er befürchtet hatte. Es war von Anfang an gut gelaufen, er hatte sich nicht blamiert. Janna saß neben ihm und summte eine Melodie, die ihm vage bekannt vorkam. Sie hatte ein flaches und breites Gesicht, war nicht unbedingt schön, aber attraktiv und sexy. Ihre Art, sich zu bewegen, hatte etwas an sich, das ihn an den Dschungel denken ließ.

Er hatte wirklich Glück gehabt, als er sie kennen lernte.

Von dem Kind merkte man nichts. Genauso gut hätte ein Stoffballen auf der Rückbank liegen können.

Er tastete nach dem Radio, aber sie meinte, es gebe keins, und er dachte ein wenig säuerlich, dass sie womöglich auch noch Angst vor Radiowellen hatte, wenn sie sich schon vor Handys fürchtete, aber es war sicher nicht der richtige Moment für Kommentare dieser Art.

Janna hatte die Arme im Nacken verschränkt, ein zufriedenes Lächeln umspielte ihre Lippen. Ab und zu drehte sie sich um und sah nach dem Mädchen.

»Jetzt verlassen wir die Zivilisation«, sagte sie verträumt. »Ich sehnte mich nach großen Weiten, ich suchte und entdeckte.«

»Wie meinst du das, was hast du denn entdeckt?« Er merkte, dass er ihre Wortwahl übernahm.

»Ich habe ein Haus gefunden, das wie für mich geschaffen ist, einen Hof, auf dem ich Frieden finden werde. Dort bekommt man weder für Telia noch für die anderen Mobilfunkanbieter ein Netz. Ein guter Anfang, nicht wahr?«

Er begriff nicht wirklich, was sie meinte.

Inzwischen war es acht Uhr. Es war ein wolkenverhangener Abend, Nieselregen legte sich auf die Windschutzscheibe, aber es gelang ihm, die Scheibenwischer einzuschalten.

»Was ist denn eigentlich aus deinem Mann geworden?«, erkundigte er sich.

»Welchen meinst du?«

»Hast du so viele gehabt?«

Sie schüttelte sich.

»Wir müssen irgendwo Halt machen und essen, ich habe was mitgenommen.«

»Danach habe ich nicht gefragt.«

»Man sollte anfangs nicht so indiskret sein, aber ich kann dir von den Kindern erzählen. Da haben wir zum einen die kleine Nora auf der Rückbank. Ich kümmere mich um sie, denn eigentlich ist sie die Tochter meiner Schwester, aber meine Schwester ist ehrlich gesagt nicht in der Lage, Verantwortung für ein Kind zu übernehmen.«

»Tatsächlich, und wieso nicht?«

»Ach, sie betreibt so einen Begleitservice, ich finde, das ist nicht das richtige Umfeld für ein kleines Mädchen. Ehrlich gesagt, war sie mir ziemlich dankbar dafür, dass ich mich um Nora kümmern wollte. Sie betrachtet Nora als eine Art Arbeitsunfall, könnte man sagen.«

»Das kann nicht so toll sein.«

»Was?«

»Als ein Unglücksfall abgestempelt zu werden.«

»Es ist schrecklich, Daniel! Aber bei mir wird sie es gut haben. Bei uns. Hauptsache, sie wird wieder gesund.«

»Ich hoffe nur, es ist nicht ansteckend.«

»Wenn du als Kind die Masern gehabt hast, kannst du ganz beruhigt sein. Also. Dann hätten wir da noch die anderen. Ich habe drei eigene Kinder, drei Jungen im Alter von sieben bis zehn. Frans ist zehn. Leon ist acht und Urid sieben.«

»Urid? Er heißt Urid?«

»Als ich mit ihm schwanger war, hatte ich einen seltsamen Traum. Ich träumte, ich würde vor einer hohen Zypresse stehen und plötzlich hörte man einen Knall und dann brannte diese Zypresse mit einem trockenen und knisternden Laut. Ich konnte die Hitze richtig spüren, so nahe stand ich, und ich bekam natürlich Angst und wollte irgendwo Schutz suchen, aber dann hörte ich eine Stimme, die mir zurief, dein Kind soll Urid heißen, du wirst einen Sohn gebären.«

»Verdammt komischer Name.«

»Ja, aber der Traum hatte sicher eine Bedeutung. Und immerhin habe ich auch einen Sohn zur Welt gebracht. Meinen dritten. Träumst du oft?«

»Kommt schon mal vor.«

»Glaubst du an deine Träume?«

»Ich weiß nicht. Nein. Ich denke eher nicht. Übrigens erinnere ich mich nie an sie.«

Sie waren von der E 4 abgefahren und fuhren nun auf einer schmalen und einigermaßen kurvenreichen Landstraße. Er erkundigte sich, wie weit es noch war, und sie meinte, sie wisse es nicht genau, aber zwei Stunden würden sie mit Sicherheit noch brauchen.

»Wir werden an Gällviken vorbeikommen. Danach geht es geradewegs in die Wildnis.«

Daniel hatte noch nie etwas von Gällviken gehört, sagte aber nichts, denn aus ihrem Mund klang es, als wäre die Ortschaft eine Metropole von Weltrang.

»Können wir mal irgendwo anhalten, an einer Tankstelle oder so?«

»Ich habe so getankt, dass wir genug Sprit haben.«

»Aber ich würde mir gerne etwas kaufen, ich habe Hunger.«

»Reiseproviant habe ich genug dabei. Wenn du willst, kann ich dir einen Apfel geben.«

»Ich müsste aber auch mal auf die Toilette.«

Sie wirkte gereizt.

»Das wirst du im Wald erledigen müssen.«

»Im Wald?«

»Wenn wir an einer Tanke Halt machen, hält uns das zu lange auf.«

Er zuckte mit den Schultern.

Kurz darauf bog er in einen Waldweg und sprang aus dem Wagen. Er verschwand eine Weile im Unterholz, und als er zurückkam, hatte sich Janna ans Steuer gesetzt.

»Ich fahre den Rest der Strecke. Du kannst ruhig etwas schlafen, wenn du willst.«

Er warf einen Blick auf die Rückbank. Die Decke war herabgerutscht, und das Mädchen lag auf dem Rücken und sah ihn an. Die Binde lag jetzt um ihren Hals.

»Sie ist wach«, sagte er.

Janna drehte sich um. Blitzschnell sprang sie aus dem Auto und öffnete die hintere Tür. Das kleine Kindergesicht verzog sich zu einer Grimasse. Janna löste die Binde und verband anschließend von Neuem die Augen des Mädchens, das verhalten wimmerte. Janna hob die Kleine hoch und klopfte ihr auf den Rücken, als wäre sie ein Baby. Ihre Haare waren kurz und verfilzt, und ihr Kopf hing herab wie ein abgeknickter Blumenstiel. Er begriff nicht, warum ihm dieses Bild in den Sinn kam.

»Gib mir bitte mal die Tasche da vorne!«, sagte Janna. Eine große braune Tasche stand am Beifahrersitz auf dem Boden. Er hob sie zu ihr nach hinten. Sie ließ das Mädchen über der Schulter hängen und suchte eine längliche Pille heraus.

»Was hast du vor?«

»Es ist Zeit für ihre Medizin.«

Das Mädchen weinte jetzt lauter, rührte sich aber kaum, nur ihre Füße zuckten ein wenig. Janna legte sich Nora über die Knie. Sie zog die rosa Hose herab, und er sah eine Kinderunterhose mit Teddys. Schnell glitt die Hand mit der Pille in die Unterhose, und er sah, dass sich der Körper des Mädchens spannte. Dann folgte ein heiserer, gurgelnder Schrei. Die Kleine hatte Schmerzen, so viel stand fest.

»Was zum Teufel machst du mit ihr?«, flüsterte er.

»Zäpfchen«, sagte sie kurz. »Hast du noch nie ein Zäpfchen in den Po geschoben bekommen?«

Sie strich über den Scheitel des Mädchens, murmelte beruhigende Worte. Kurz darauf wurde der Körper des Kindes wieder schlaff und leblos. Behutsam legte Janna das Mädchen auf die Rückbank und deckte es zu.

Daniel schüttelte den Kopf, ihm war ein wenig schwindlig.

»Muss sie die wirklich bekommen?«

»Es ist oft einfacher, diesen Weg zu nehmen, falls es das ist, was du meinst. Kindern fällt es schwer, Medikamente zu schlucken. Und ich will ihr ersparen, während der Fahrt wach zu sein. Du hast ja gehört, wie sie geweint hat, als sie zu Bewusstsein gekommen ist. Sie hat Schmerzen, verstehst du. Ich will nicht, dass der kleine Krümel mehr leidet als unbedingt nötig.«

II

1. Daniel

Und es ward Abend und ward Morgen: ein erster Tag.«

»Was?«, schrie er auf und hatte das Gefühl, Sand in der Kehle zu haben. Janna lachte. Sie wiederholte ihre Worte.

»Und es ward Abend und ward Morgen und jetzt musst du wach werden, Daniel. Denn jetzt haben wir das Ende unseres Weges erreicht. Wir sind da.«

Da erinnerte er sich wieder an alles, und er öffnete die Augen, und es war Nacht.

Er war weit weg gewesen, tief in einem Traum, aber eigentlich war es gar kein Traum, sondern eine Erinnerung gewesen. Seine Mutter hatte mit dem Mathebuch vor ihm gestanden und wollte ihn prompt abhören. Sie war gesund, und er entsann sich der Freude, als er sie sah, sie ist gesund, sie ist geheilt worden! Aber dann bekam er Angst, denn er begriff, dass sie jeden Moment Åse entdecken würde, vielleicht, wenn sein Vater sie umarmte und ihre Brüste anfasste, wie er es gerne tat. Er musste verhindern, dass sie das erlebte, er musste ihre Augen verhüllen. Und er lief fort von ihr. »Ich komme gleich, Mama.« Er wühlte in ihren Kommodenschubladen und dachte, das Halstuch, das dünne, hellblaue Halstuch, damit kann ich ihr die Augen verbinden, dann bleibt ihr erspart, es zu sehen.

Aber in den Schubladen waren nur Åses Sachen, Jerry und er hatten nachgesehen und kleine, dünne Kleidungsstücke gefunden, in denen ihre Fingernägel festhingen, und einmal hatte er einen BH angezogen, die Arme unter die Träger geschoben und versucht, ihn zu schließen. Er hatte Jerry jede Menge Toilettenpapier holen lassen, die ganze Rolle hatte er genommen. Gemeinsam hatten sie den BH voll gestopft und einen Busen geformt. Dann war er herumgegangen, hatte die Brüste vorgeschoben, mit den Hüften gewackelt und die Arme um den Hals seines kleinen Bruders geschlungen.

Sie hatten auch Åses Lippenstift gefunden, und er hatte Jerry geschminkt, sodass seine Lippen doppelt so groß waren. Seine Mutter hatte sich zwar auch geschminkt, aber nie so kräftig wie Åse. Im Übrigen war sie ständig müde gewesen. Er erinnerte sich noch gut an einen Abend, an dem sie und sein Vater auf ein Fest gehen wollten. Sie hatte ein langes, grünes Kleid getragen. Ihre Stirn hatte sich vorgewölbt, und das hatte ihm nicht gefallen, sie hatte komisch ausgesehen. Du bist schön, Mama, hatte er hysterisch gedacht und den Mund geöffnet, um die Worte auszusprechen, aber in dem Moment hatte sie sich an die Nase gegriffen und an ihren Fingern war Blut gewesen.

»Wir sind da, Daniel.«

Er hörte Jannas Stimme und begriff, dass er aufgewacht war.

»Aha«, sagte er scheu.

Das Auto stand still, der Motor war verstummt. Es knackte leise in der Karosserie. Unmittelbar vor sich sah er ein Haus, ein großes, helles, zweistöckiges Haus mit einer Steintreppe, die zur Eingangstür hinaufführte. Es sah nobel aus, wie ein Gutshof.

Plötzlich wurde die Stille von Hundegebell durchschnitten. Er hörte sofort, dass das nicht gerade ein Schoßhündchen war.

»Bleib im Auto«, sagte Janna.

Er sah sie aussteigen und hörte sie die Tür hinter sich zuschlagen. Als Nächstes erblickte er schemenhaft einen riesigen, hellbraunen Hundekörper. Janna machte eine Bewegung mit den Fingern, und der Hund legte sich auf der Stelle hin.

»Platz!«, befahl sie.

Er vernahm ein gedämpftes Knurren. Seine Handteller wurden ganz schwitzig.

Janna ging um den Wagen herum, öffnete die Beifahrertür und lachte. »Ignorier sie einfach, dann gewöhnt sie sich an dich.«

»Wirklich?«

»Ich meine nur, dass du lieber nicht mit ihr schmusen solltest.«

»Das hatte ich beim besten Willen nicht vor.«

»Was denn! Magst du etwa keine Wauwaus?« Sie gluckste spöttisch.

»Nein«, sagte er leise.

»Okay. Sie heißt Guardie. Sie ist auf unserer Seite und hilft uns, Wache zu halten. Wir wollen nicht, dass irgendwer hierher kommt und sich in unsere Angelegenheiten einmischt. Verstehst du?«

Daniel setzte die Füße auf den Kies. Der Hund erhob sich halb und zog seine gewaltige Oberlippe hoch. Es funkelte bösartig in seinen Augen.

»Guardie!«, sagte Janna freundlich und der Hund legte sich sofort wieder hin.

»Keine Sorge, Daniel. Sie wird sich schnell an dich gewöhnen. Aber sieh ihr nicht in die Augen, das könnte sie als Kränkung auffassen.«

»Was ist das für eine Rasse? Ich habe noch nie einen so verdammt großen Hund gesehen.«

»Das ist ein Boerboel, in Schweden gibt es nur eine Hand voll von ihnen. Sie sind in Südafrika als Wachhunde gezüchtet worden. Ich habe sie schon, seit sie so klein war, unglaublich süß. Aber es ist wichtig, dass man ihr zeigt, wer das Sagen hat, und zwar von Anfang an. Aber das gilt natürlich nicht nur für Hunde, sondern auch in anderen Zusammenhängen.«

Sie gluckste ein wenig.

»Du hast sie aus Südafrika kommen lassen?«, fragte er.

»Nee«, sagte sie ausweichend. »Sie ist hier in Schweden geboren. Hilf mir doch bitte, die Sachen auszupacken, Nora holen wir ganz am Schluss.«

Der Hund blieb liegen, während sie die Koffer und Kartons ausluden und alles auf die Treppe stellten. Als Daniel den letzten Karton heraushob, trat jemand aus dem Haus. Er hörte eine Frauenstimme, die hell und zwitschernd war wie die einer Lerche.

»Ihr seid zurück, hat alles geklappt?«

Der Hund hatte sich erhoben, trottete zu der Frau und schnüffelte an ihrem zeltartigen Nachthemd.

»Es hat besser geklappt als gedacht«, sagte Janna. »Sie liegt auf der Rückbank, sie ist wirklich zauberhaft.«

»Oh, lass mich mal sehen!«

Die Frau tapste die Treppe hinab und stieg in den Wagen. Daniel blieb stehen.

»Sie heißt Nora!«, rief Janna. »Ich trag sie gleich ins Haus. Wie geht es den Jungen?«

»Die haben dich vergessen.«

»Wie bitte!«

»War nur ein Scherz.«

Janna starrte ihn plötzlich an, als würde ihr erst jetzt wieder einfallen, dass er auch noch da war.

»Daniel ist auch hier«, sagte sie. »Komm und begrüß Daniel.«

Die Frau schob sich rückwärts aus dem Wagen. Sie war groß und untersetzt und erinnerte ihn ein wenig an Ulrika. Ihr Kinn war breit und vorstehend, ihre Augen waren farblos.

»Hallo«, sagte sie herzlich. »Willkommen. Bist du Jannas neuer Mann?«

Er zuckte steif mit den Schultern.

»Du solltest den Ereignissen nicht vorgreifen«, lachte Janna. »Immer mit der Ruhe.«

Die Frau reichte ihm die Hand und drückte sie.

»Ich heiße Lillemor, kleine Mutter. Weil ich auch Hebamme bin.«

»Aha«, sagte er verwirrt.

»Habt ihr Hunger? Soll ich was zu essen auf den Tisch stellen?«

»Ja«, sagte Janna. »Aber mach mir bitte erst noch die Tür auf, ich will mein kleines Baby ins Haus tragen.«

Sie hatte eine eigene Wohnung in dem Haus, die im ersten Stock lag und zu der zwei Zimmer und eine Küche sowie ein möblierter Flur gehörten, der voller Betten stand. Sie schlichen über die Teppiche, und er sah, dass in den Betten Kinder lagen und schliefen.

»Meine Jungen«, hauchte sie ihm zu.

Sie durchquerten ein Schlafzimmer und gelangten in die geräumige Küche. Dort stand eine Holzbank, und er hörte sie ein wenig murren, bevor sie das Mädchen in das Schlafzimmer zurücktrug.

»Ich hatte gehofft, sie hätten ihr ein Bett bezogen«, murmelte sie. »Sie wird fürs Erste in der Bank schlafen müssen.«

Daniel ging zum Fenster und versuchte hinauszuschauen, aber es war zu dunkel. Sein Körper war steif gesessen und wund. In der Ferne meinte er Wasser rauschen zu hören. Er half Janna, den Deckel der Bank abzuheben, den sie hochkant an die Wand lehnten. Darunter lagen eine Matratze und ein paar verknitterte Laken. Janna besorgte eine Decke, zog die Laken gerade und holte anschließend das Mädchen.

»Wie geht es ihr?«, fragte Daniel.

»Ich glaube, sie ist nicht mehr ganz so heiß. Es wird ihr gut tun, endlich zur Ruhe kommen zu dürfen. Das wird uns allen gut tun.«

»Und wo schlafe ich?«

Sie machte eine Geste in Richtung Schlafzimmer.

»Du und ich, wir schlafen da. Ich hoffe nur, du schnarchst nicht.«

2. Angelica

Da lag etwas auf ihren Beinen. Sie bewegte sich, um das Gewicht loszuwerden, und hörte daraufhin ein Flüstern:

»Schlaf nicht mehr, schlaf nicht mehr!«

Sie hob die Hände ans Gesicht, es war jetzt nackt und kühl, aber ihre Kopfhaut juckte. Sie griff sich an den Kopf und stöhnte auf. Ihre Haare waren weg, ganz kurz geschnitten. Sie dachte, ihr Herz würde nicht mehr weiterschlagen.

Sie hatte sich noch nicht getraut, die Augen zu öffnen.

»Nora!«, sagte eine Stimme aufmunternd und emsig, und man konnte ihr anhören, dass sie sich erst zufrieden geben würde, wenn sie die Augen geöffnet und sich gezeigt hatte.

Nora, dachte sie, und ihr wurde ganz kalt. Sie hatte den Namen schon einmal gehört, erinnerte sich aber nicht mehr, wann und wo, kniff die Augen noch fester zu und zog sich hoch, bis sie aufrecht saß.

»Jetzt guck doch mal!«, sagte die Stimme, die nun nicht mehr flüsterte. Es war eine klare und schnelle Kinderstimme.

Da sprach sie zum ersten Mal.

»Ist Oma hier?« Ihre Stimme war belegt, sie erkannte sie kaum wieder.

»Nee! Nur ich und die anderen, aber die schlafen. Ich will, dass du wach wirst, Nora.«

»Ich heiße Angelica«, sagte sie leise und öffnete anschließend die Augen.

Es war ein Junge. Er saß in ihrem Bett. Eingetrockneter Rotz hing unter seiner Nase. Er ähnelte Johan aus ihrem Kindergarten.

»Angelica!« Er ahmte ihre Art nach, den Namen auszusprechen. Sie musste sich wieder hinlegen, es blitzte wie Feuer in ihrer Stirn. Durst hatte sie auch. Das konnte sie ihm sagen.

»Ich will was trinken.«

»Was denn?«

»Ich will Saft haben.«

»Ich gehe Mama holen.«

»Nein.«

Sie wusste nicht, warum sie Nein sagte. Ihr Kopf kam ihr ganz leicht vor, so als hätte sie eine Mütze abgenommen. Es juckte. Sie kratzte sich, bis es unter den Nägeln nass wurde.

»Wie heißt du?«, fragte sie nach einer Weile.

»Urid.«

»Ist mein Papa hier?«

»Ja.«

»Wo ist mein Papa, ich will zu meinem Papa!«

»Er schläft. Sie werden wütend, wenn man sie weckt!«

Jetzt merkte sie, dass sie auf die Toilette musste. Sie sagte es ihm.

»Ich muss Pipi machen.«

Er sah sie mit kalten, blauen Puppenaugen an. Sie hatte mal vor langer Zeit gegen solche Augen gedrückt, sie in den Kopf der Puppe hineingedrückt. Sie erinnerte sich noch an das Geräusch, als sie hineinfielen. Mama war wütend auf sie geworden.

»Ich will Pipi machen!«, sagte sie wieder, diesmal jedoch lauter.

»Dann tu's doch!«, zischte er.

»Wo denn?«

Er zeigte auf eine Tür. Erst jetzt wurde ihr bewusst, dass sie in einer Küche lag. Es gab einen Herd und eine Spüle. Neben der Bank, in der sie lag, stand ein Tisch mit einer geblümten Decke. Die Sonne schien herein. Entlang der Fußleiste krabbelte eine Spinne, das Sonnenlicht ließ sie größer wirken, als sie war.

Sie streckte die Arme nach ihm aus.

»Ich will aufstehen«, sagte sie.

»Na, dann steh doch auf!«

»Du sollst mir helfen, ich will, dass du mir hilfst!«

Urid sprang aus der Bank und begann, an ihr zu ziehen. Sie schaffte es, die Beine über die Kante zu werfen, und das harte Holz schnitt in ihre Schenkel. Schnell stellte sie sich hin.

»Da ist es!«, sagte Urid wieder und seine Augen waren rund und verblüfft, als könnte er gar nicht fassen, dass sie nicht wusste, wo die Toilette war.

Sie machte ein paar vorsichtige Schritte, aber der ganze Raum drehte sich um sie, wenn sie ging. Ich falle, dachte sie und musste sich auf den Boden legen. Als sie lag, tauchte ein Bild vor ihr auf, ein Mann, der auf dem Fußboden lag. Aber das war nicht hier gewesen. Es war schon lange her, irgendwo weit weg.

Sie starrte an die Decke. Urid stand über ihr. Seine blassen Wangen schienen herabzuhängen.

»Was tust du da?«, fragte er.

»Liegen.«

»Warum liegst du da?«

Sie drehte sich auf den Bauch. Ihr war kalt, sie hatte nur ihre Unterhose an.

»Ich werde krabbeln«, flüsterte sie.

Er gesellte sich zu ihr, und gemeinsam krabbelten sie über die harten Streifen des Flickenteppichs. Das tat ihr an den Knien und Händen weh. Endlich erreichten sie die Toilettentür. Jetzt musste sie nur noch aufstehen und nach der Türklinke greifen.

Doch dazu fehlte ihr die Kraft.

Sie saß zusammengekauert an die Tür gelehnt, als eine Tante die Küche betrat, deren Stimme ihr vage bekannt vorkam, und sie begann, am ganzen Leib zu zittern.

Sie sah, dass Urid zu der Tante ging und sie ihn hochhob und auf den Mund küsste.

»Mama ist zurück«, sagte sie. »Hast du mich ein bisschen vermisst?«

Der Junge nickte.

»Nora muss auf die Toilette«, sagte er dann mit spitzer, leiser Stimme.

»Sieh an, unsere Nora ist zu neuem Leben erwacht!«

Die Tante kam näher, ihre Haare hingen auf die Wangen herab.

»Du wirst dich eine Weile ruhig verhalten müssen, du bist sehr krank gewesen.«

Die Hände der Tante hoben sie hoch. Sie machte sich ganz lang, aber es nützte nichts. Die Toilettentür wurde geöffnet.

»Setz dich und mach Pipi!«, sagte die Tante.

Sie saß auf dem kühlen Porzellan. Ihre Unterhose roch stechend, das würde Mama nicht gefallen. Angelica war kein Mädchen, das noch in die Hose machte, nicht wie Mimmi oder Joakim.

An der gegenüberliegenden Wand gab es jede Menge Handtücher. Sie waren weiß und rot und hingen übereinander. Außerdem sah sie Pantoffeln. Zwei von ihnen hatten flache Troddeln.

Ihr tat der Popo weh. Eigentlich musste sie auch groß, aber es tat weh.

Nach einer Weile öffnete die Tante die Tür und schaute sie an. Ihre Augen ähnelten Urids.

»Du legst dich am besten wieder hin. Du darfst dich die nächsten Tage nicht zu viel bewegen.«

Die Tante trug sie zu der Bank zurück. Sie trug einen anders als Mama. Oder Papa oder Magda.

Die Tante stand am Herd. Sie rührte in einem Topf.

»Daniel!«, rief sie.

Wenn Angelica ihre Stimme hörte, tat ihr der Bauch weh.

Dann kam ein Mann herein. Er kratzte sich in den Haaren, hatte sich in ein Laken gewickelt. Er war schmal, und seine Ohren leuchteten rot, als er sich ans Fenster stellte.

»Wo ist der Hund?«, fragte er.

»Sie ist irgendwo da draußen. Sie kommt nie ins Haus.«

»Kann man es wagen, ins Freie zu gehen? Oder beißt sie einem dann den Arsch ab?«

»Ich habe dir doch schon gesagt, du musst sie einfach ignorieren. Du darfst sie nie herausfordern.«

»Ha! Ich käme nicht im Traum darauf, eine solche Bestie herauszufordern!«

»Am besten bleibst du anfangs in meiner Nähe. Dann gewöhnt sie sich an dich.«

Der Mann, der Daniel hieß, gähnte.

»Verdammt!«, sagte er.

Die Tante stellte ein paar Teller auf den Tisch und goss Milch in eine Kanne. »Du wirst ein paar Stühle an den Tisch stellen müssen, Daniel. Die Bank ist ja im Moment besetzt.«

Erst da wandte er sich ihr zu.

»Wie geht es ihr?«, fragte er.

»Schon viel besser«, sagte die Tante. »Oder etwa nicht, Nora?«

Sie wollte nichts mehr hören, zog das Laken über sich und schloss die Augen.

Nora, dachte sie. Das bin ich doch gar nicht.

3. Daniel

Es war die Stille, die ihn weckte, eine nahezu kompakte Stille. Erst begriff er nicht, was es war. Er konnte sich nicht erinnern, je zuvor solch eine völlige Abwesenheit von Geräuschen erlebt zu haben. Aber sobald er aufwachte, wusste er, dass er in einem Doppelbett in einem fremden Schlafzimmer lag und an seiner rechten Seite eine Frau namens Janna Bosch schlief.

Mit der Zeit hörte er, dass es doch einige Geräusche gab, es waren Vögel, aber andere als die Singvögel, an die sein Ohr aus der Stadt gewöhnt war. Die Vögel auf dem Lande. In der Natur. Zu Hause hörte er immer nur Tauben und Spatzen und irgendeine verrückte Amsel, die auf den Dächern von Vällingby flötete. Die Vögel hier klangen, als trainierten sie intensiv für irgendein Naturprogramm im Fernsehen.

Als er endlich eingeschlafen war, hatte er tief und fest geschlafen, fast so, als stünde er unter Drogen. Jetzt wagte er es kaum, sich zu rühren, weil er fürchtete, Janna könnte wach werden. Er brauchte ein wenig Zeit. Zeit, um sich selbst zu finden, Zeit, um alles zu durchdenken, was passiert war, und das war einiges. Innerhalb von vierundzwanzig Stunden war in seinem Leben mehr passiert als in den Monaten zuvor.

Janna atmete lautlos. Sie lag ihm zugewandt, aber nicht so nah, dass er sie riechen konnte. Er war auf der Fahrt eingeschlafen und aus ihrer Idee, im Auto Deutsch zu sprechen, war nichts geworden, erinnerte er sich jetzt.

Scheiße das selbe oder wie auch immer man auf Deutsch sagen würde.

Jetzt war er jedenfalls hier.

»Du wirst die anderen morgen kennen lernen«, hatte Janna gesagt. »Wir sind alle müde, jetzt wird erst einmal geschlafen.«

Er war erleichtert gewesen.

Die andere Frau, die Lillemor hieß, war ihm ziemlich auf die Pelle gerückt. Er war fasziniert von ihren Zähnen, die beiden Eckzähne im Oberkiefer sahen aus wie bei einem Raubtier. Ihr Atem roch nach Stroh, und ihre Haare hin-gen in einem schmalen, bouillonfarbenen Zopf über die eine Schulter herab.

»Ich hoffe, dass es dir bei uns gefällt«, sagte sie und strich sich mit dem Zopfende über den Hals.

»Ja«, antwortete er. »Das hoffe ich auch.«

Während sie die Taschen und Tüten hineintrugen, fragte er Janna, wie viele hier eigentlich wohnten.

»Das erzähle ich dir alles morgen«, hatte sie gemurmelt. »Ich bin so müde, dass ich schon anfange zu schielen.«

Sie war ins Badezimmer gegangen, hatte sich ausgezogen und war anschließend in einem Nachthemd zurückgekehrt, das gestreift war und vornehm wirkte. Es hatte ausgesehen wie ein altmodischer Schlafrock.

»Hier kannst du dich waschen«, hatte sie gesagt und ihm das Badezimmer gezeigt. Er war durch die Küche gegangen und hatte bei der Gelegenheit einen Blick auf die Bank geworfen, in der das Mädchen auf dem Rücken lag und mit offenem Mund schlief. Für einen Moment war es ihm vorgekommen, als wäre sie tot.

Er hatte sich gewaschen, so gut es ging, und mit einem der vielen Handtücher abgetrocknet, die alle benutzt zu sein schienen. Aber mit dem Luxus eines frischen Handtuchs konnte man in dieser Pension vielleicht auch nicht rechnen. Seine Zahnbürste hatte noch in einer seiner Tüten gelegen, aber er hatte keine Lust gehabt, sie zu holen und sich deshalb damit begnügt, sich den Mund auszuspülen und mit dem Zeigefinger über die Zähne zu reiben.

Würde sie etwas von ihm erwarten?

Er war sehr müde. Vor dem Badezimmerspiegel hatte er sich auf einmal unwohl gefühlt. Er würde nicht die Kraft haben, mit ihr zu schlafen, wenn sie das wünschte. Nicht an diesem Abend. Und was würde sie dann von ihm denken? Sie würde ihn von sich stoßen, sodass er in Ungnade fiel.

Nein. Es galt, schnellstmöglich eine Art Gleichgewicht zwischen Janna und ihm herzustellen. Er wusste nicht, woran er bei ihr war, und das beunruhigte ihn.

Als er sich dem Bett näherte, hatte sie seiner Seite den Rücken zugewandt und schien zu schlafen. Es war Nacht. Sie war lange gefahren.

Dennoch war es ihm schwer gefallen, sich zu entspannen.

Doch nun, im Morgengrauen, erwachte in ihm allmählich die Lust. Er betrachtete ihre Gesichtszüge, die jetzt ganz gelöst waren, nicht angespannt und effektiv, dünner Speichel glitzerte im Mundwinkel. Sie hatte kräftige Augenbrauen, zwischen denen es eine beinahe unsichtbare Falte gab, die ihm im Tageslicht aufgefallen war. Sie konnte ziemlich schroff aussehen.

Sie hat Haare auf den Zähnen, kam ihm in den Sinn, eine Redensart, die ihn unangenehm berührte. Er sah es regelrecht vor sich.

»Man muss Haare auf den Zähnen haben. Sonst kommt man in dieser Gesellschaft nicht weiter.«

Ulrikas Vater hatte regelmäßig Parolen dieser Art ausgegeben.

»Man muss Chuzpe haben und vorausschauend sein. Welche Pläne haben Sie für Ihr Leben, junger Mann? Diese Computerstudien, führen die auch zu etwas?«

Der alte Knacker hatte sich einen Computer gekauft und erwartet, dass man ihm bei der Installation half. Daniel, der nicht das Geringste von Computern verstand, hatte sich ständig herausreden müssen. Diese verdammte Ulrika, schoss ihm durch den Kopf, und er empfand eine Abscheu, die seine Lust jedoch seltsamerweise noch verstärkte.

Denn jetzt war er bei Janna. Sie war älter als er, eine reife Frau. Er schätzte sie auf 35. Im Schlaf hatte sie die Decke von sich gewälzt. Das Nachthemd war ein wenig verrutscht und im Halsausschnitt sah er ansatzweise eine Brust. Sie hatte Kinder geboren. Drei Stück hatten an ihr genuckelt, ihre Nahrung in sich hineingesaugt.

Sie hatte ihn mitnehmen wollen, was bedeuten musste, dass sie nicht gänzlich uninteressiert war. Sie hatte sogar gewollt, dass sie sich das Bett teilten. Sie mochte ihn, fühlte sich zu ihm hingezogen!

Unendlich langsam schob er sich näher an sie heran. Sie war warm, das Nachthemd fühlte sich feucht an. Er tastete mit den Fingerspitzen und berührte ihre Haut, die weiche, schimmernde Innenseite ihrer Schenkel, und wurde von einem eigentümlichen Glücksgefühl erfüllt.

Er hatte gerade sein angewinkeltes Bein auf sie gelegt, als er ein Geräusch hörte. Es war die Tür zum Flur, es stand jemand auf der Türschwelle. Durch die Wimpern hindurch sah er, dass es ein Kind war, ein Junge, barfuß, fast kahlköpfig. Der Kleine stand da und glotzte herüber und bewegte sich gleichzeitig zögernd Richtung Küchentür, schielte zum Bett herüber, kam aber nicht näher. Es war einer von Jannas Söhnen. Er hatte einen lustigen Körperbau, erinnerte ihn an einen Liliputaner. Als Daniel sich im Bett bewegte, öffnete er die Küchentür und schob sich aus dem Zimmer.

Kurz darauf hörte man in der Küche Kinderstimmen.

Verdammt, dachte er.

Jetzt war es zu spät, bald würde die ganze Bruchbude aufwachen.

Er zog ein wenig an seiner Vorhaut und überlegte, ob er die Sache selber in die Hand nehmen sollte, wie es so schön heißt, aber in dem Moment erwachte Janna. Ein Schleier lag auf ihren Augen, sie sahen ihn nicht, schauten gleichsam an ihm vorbei.

»Guten Morgen!«, flüsterte er.

Sie sah ihn mit einem Ausdruck heftigen Widerwillens an, so als wäre er kein Mensch, sondern etwas widerwärtig Stinkendes, ein Kadaver. Das machte ihm Angst.

Er griff ihr leicht in die Haare, zog ihren Kopf nach hinten und entblößte den langen, braunen Hals.

Da kam sie zu sich und benahm sich wieder normal.

»Lass los«, murmelte sie. »Das tut weh.«

»Du warst so seltsam«, stammelte er. »Stimmt was nicht?«

»Nein, ich habe nur geträumt.« Sie zog das Nachthemd zurecht und schüttelte derart heftig den Kopf, dass ihre Haare nur so herumwirbelten. »Ich träume viel und intensiv, verstehst du. Gerade habe ich geträumt, jemand wolle uns etwas antun. Ich habe geträumt, du wärst dieser Jemand.«

Daniel schluckte.

»Ach was, entschuldige.« Sie gab ihm einen Kuss auf die Stirn. »Du darfst das nicht persönlich nehmen.«

Dann schwang sie die Beine über die Bettkante und war im Nu in der Küche. Daniel hörte sie mit den Kindern sprechen. Er hörte die gellende, schnelle Stimme des Jungen.

Er musste noch einen Moment liegen bleiben. Es drehte sich alles, ja wirklich, ihm war, als würde er in einer Wäscheschleuder stecken. Jemand, der uns etwas antun wollte, dachte er, schlang das Laken um sich und sah sich in dem hellen Schlafzimmer um. Den größten Raum nahmen das Bett und ein weißer Kachelofen ein. Über dem Bett hing ein

Stickbild mit dem Text: Die Liebe wird geboren, wo du sie suchst. Auf dem Fries des Kachelofens stand eine ganze Reihe von Fotos in Messingrahmen. Janna war auf allen Bildern zu sehen, zusammen mit verschiedenen Kindern. Sie sah zufrieden aus und war wirklich verdammt hübsch.

Im gleichen Moment kehrte sie zurück und hatte ein Glas Orangensaft in der Hand.

»Möchtest du?«

Er nickte missmutig.

»Was ist los?«

»Nichts.«

»Bist du wegen etwas enttäuscht?«

»Schon möglich.«

Sie stellte das Glas auf dem Nachttisch ab und sprang mit einem Satz zu ihm ins Bett.

»Ich will dich«, flüsterte sie. »Aber nicht jetzt, es ist zu viel los.«

Er nickte.

»Sicher, dass du nicht mehr sauer bist?«

Er musste einfach grinsen.

»Ich muss für so viele da sein«, hauchte sie ihm ins Ohr. »Aber wer auf etwas Gutes warten kann *und so weiter. Mein Liebling.* Nun komm schon, gleich gibt es Frühstück.«

Er ging zum Fenster und zog die Jalousie hoch. Das Sonnenlicht war so grell, dass seine Augen tränten. Ihm fiel seine Sonnenbrille ein, wo war sie hingekommen? Lag sie etwa noch bei Ulrika?

Wenn er an Ulrika dachte, empfand er eine Art bitterer Befriedigung darüber, wie gut er trotz allem ohne sie zurechtkam.

»Dieser gefühlskalte Speckberg!«

Er sagte es laut und wiederholte es.

Das hätte sie bestimmt nicht gedacht. Sie hatte gedacht, sie würde ihm eins auswischen, als sie ihn mit Hilfe ihres

Rowdys hinauswarf. Aber das genaue Gegenteil war der Fall. Sie hatte ihn geradewegs in ein neues und spannendes Leben mit einer Frau katapultiert, die unglaublich viel zu geben hatte. Eines Tages würde Ulrika schon sehen! Eines Tages würde er zurückkehren. Der Gedanke machte ihm Freude, und sein Unterleib beruhigte sich wieder.

Vorsichtig lehnte er sich zum Fenster hinaus. Die Sonne schien auf das Fensterblech, das so heiß war, dass er sich fast verbrannt hätte. Wie viel Uhr war es eigentlich? Er hatte keine Ahnung. Direkt unter ihm lag ein Hof, der mit Kies bedeckt war, den jemand säuberlich geharkt hatte. Hinter den Wegen sah er Bäume und Rasen. Es war grün und schattig da draußen, und er hörte das Rauschen eines Flusses. Es war gänzlich anders als alles, woran er sonst gewöhnt war.

Das Paradies, schoss es ihm durch den Kopf.

Plötzlich hatte er Hunger. Das Laken um den Körper geschlungen betrat er die Küche, wo Janna Frühstück machte. Der glatzköpfige Junge unterhielt sich mit ihr, verstummte jedoch, als Daniel hereinkam. Daniel schenkte dem Jungen ein Lächeln und nickte ihm grüßend zu.

In der Bank lag das Mädchen. Es war jetzt wach und beobachtete ihn aufmerksam.

Daniel ging zum Fenster und machte an Janna gewandt eine Bemerkung über den Hund. Das Tier machte ihm Angst, das musste er zugeben.

Sie ließ ein gurrendes Lachen hören.

»Bleib die erste Zeit in meiner Nähe«, sagte sie. »Dann gewöhnt er sich an dich.«

Er dachte an die Kinder. Ihre Jungen und das kleine Mädchen. Wie verhielt sich der Hund ihnen gegenüber? Er hatte noch nie etwas für Hunde übrig gehabt. Die Tiere spürten das. Wenn man sich vor ihnen fürchtet, strahlt man eine Art Adrenalin aus, und dann spüren sie sofort ihre Überlegenheit.

»Verdammt«, murmelte er.

Janna lachte erneut.

»Mein Kleiner, du wirst dich schon daran gewöhnen. Stell doch bitte ein paar Stühle an den Tisch. Die Bank ist ja leider besetzt.«

Er wandte sich dem Mädchen zu, das ihn nicht aus den Augen ließ.

»Wie geht es ihr?«, fragte er.

»Schon viel besser. Oder etwa nicht, Nora?«

Das Gesicht des Mädchens verzerrte sich. Es zog sich das Laken über den Kopf und blieb regungslos liegen.

»Sie braucht noch ein paar Tage Ruhe. Aber dann ist sie wieder fit wie ein Turnschuh.«

Eine Phrase aus seiner deutschen Grammatik kam ihm in den Sinn.

»*Solch ein niedliches Mädchen*!«

»Was hast du gesagt?« Der Junge kam auf ihn zu, schob seinen kurz geschorenen Kopf vor.

»*Solch ein niedliches Mädchen.* Das habe ich gesagt.«

»Was ist das denn?«

Daniel setzte sich.

»Was?«

»Na das, was du gesagt hast. Was bedeutet das?«

»Tja, was für ein anmutiges Mädchen oder so ähnlich.«

»Was bedeutet anmutig?«

»Na ja, süß oder so.«

»Woher willst du das wissen, du kannst sie ja gar nicht sehen.«

»Die meisten kleinen Mädchen sind doch süß, oder etwa nicht?«

»Mein kleiner Urid«, sagte Janna. »Daniel, du erinnerst dich doch sicher, ich habe dir erzählt, dass sein Name mir im Traum eingefallen ist. Er ist mein kleiner Traumjunge.«

Sie beugte sich über ihn und presste seine Nase zwischen ihre Brüste. Er schnaubte und drehte sich weg.

Daniel streckte die Hand aus.

»Hallo, Urid. Wir sollten uns vielleicht begrüßen. Ich heiße Daniel.«

Die Hand des Jungen war trocken und knochig. Er zog die Nase hoch.

»Wirst du hier wohnen?«

»Ich glaube schon. Wenn deine Mama nichts dagegen hat.«

»Und wo ist Kennet?«

»Welcher Kennet?«

»Der Mann, der ...«

»Kennet wird nicht mehr herkommen«, unterbrach Janna ihn. »Er wollte in der Stadt bleiben. Und das kann er natürlich machen, wenn er will. Uns kann das egal sein. Nicht jeder ist für ein Leben auf dem Lande geschaffen, so ist es nun einmal. Gehst du bitte Frans und Leon holen? Dann essen wir.«

Sie hatte alle im Griff, stellte er fest. Sowohl Kinder als auch Hunde. Urid trabte los. Kurz darauf kehrte er mit seinen Brüdern zurück. Die beiden sahen Urid ähnlich, waren aber älter. Misstrauisch nickten sie ihm zu.

Das Gesicht haben sie von ihr geerbt, dachte Daniel. Von ihren Vätern ist in den Gesichtern nichts zu sehen.

Ihm fiel ein, dass sie ihm gesagt hatte, ihre Söhne seien von verschiedenen Vätern.

Und dieser Kennet? Wer war er?

Schweigend ließen sie sich am Tisch nieder und beobachteten ihn mit ihren ungewöhnlich runden Augen. Janna stellte Haferbrei auf den Tisch. Haferbrei hatte er seit seiner Kindheit nicht mehr gegessen. Åse hatte ihn gekocht, er war grau und schleimig gewesen.

»Nimm dir auch von dem Apfelmus«, sagte Janna, als hätte sie seine Gedanken lesen können.

Er sehnte sich nach einem kalten Bier.

»Was machen wir heute?«, fragte er.

»Oh, wir haben einiges vor. Ich werde dir die nähere Umgebung zeigen. Und du wirst die anderen kennen lernen.«

»Sind es viele?«

»Wir sind zehn Erwachsene und eine ganze Reihe kleiner Rotzlöffel. Lillemor hast du ja gestern schon kennen gelernt. Sie wohnt in der anderen Wohnung hier oben, gegenüber der Galerie. Es ist eine Einzimmerwohnung, perfekt für eine allein stehende Frau.«

»Was sind das eigentlich für Leute?«

»Wie meinst du das?«

»Wie kommt es, dass ihr hier zusammen wohnt?«

Sie stand auf und holte die Kaffeekanne.

»Wie soll ich mich ausdrücken?«, sagte sie und ihre kräftigen Augenbrauen zogen sich zusammen. »Man könnte vielleicht sagen, dass wir zu den Erweckten gehören. Wenn du verstehst, was ich meine. Obwohl das zugegeben vielleicht ein wenig schwammig klingt. Aber wir, die wir hier wohnen, wir haben die normale Gesellschaft satt. Ich habe es dir ja schon erklärt ...«

Ein dumpfes Hundebellen vor dem Haus unterbrach sie. Janna ging zum Fenster, öffnete es und stieß einen Pfiff aus.

»Diese dumme Guardie«, sagte der älteste der drei Jungen. Er hatte eine heisere und nuschelige Stimme, was teilweise daran liegen mochte, dass er gerade ein Stück Brot abgebissen hatte. »Seit du weg warst, hat sie genervt.«

»Was heißt denn genervt?«

»Gebellt und so. Bert musste sie anbinden.«

»Was sagst du da?« Janna packte den Jungen. Er wand sich, um sich aus ihrem Griff zu lösen.

»Hör auf, ich kann doch nichts dafür.«

Sie ließ ihn los und ging mit harten Schritten durch das Zimmer.

»Wer ist Bert?«, fragte Daniel.

»Sie wohnen unter uns«, antwortete der mittlere Junge wie aus der Pistole geschossen. »Bert und Harriet.«

Janna atmete schwer. Ihre Brüste hoben sich unter dem Nachthemd.

»Was hast du denn?«, erkundigte sich Daniel.

»Ich werde einfach so … er versteht nichts von Hunden. Er soll die Finger von ihr lassen!«

Man hörte Geräusche von der Bank, in der das Mädchen lag. Urid rückte zu ihr und versuchte das Laken wegzuziehen.

»Lass sie in Ruhe!«, sagte Janna.

»Wer ist das?«, fragte der mittlere Junge, als wäre ihm erst jetzt bewusst geworden, dass jemand in der Bank lag.

»Eure neue kleine Kusine.«

»Die will ich sehen!«

»Ich habe sie schon gesehen«, verkündete Urid triumphierend. »Ich habe sogar mit ihr gesprochen. Aber sie kann nicht gehen, nur krabbeln.«

»Sie ist krank«, erklärte Janna und ein mitleidiger Zug legte sich um ihren Mund. »Die arme, kleine Nora musste so lange mitten in der Strahlungszone bleiben, dass sie krank geworden ist. Aber jetzt wird sie bald wieder gesund sein. Nicht wahr, Nora?«

Janna beugte sich über das Mädchen, richtete es auf und schälte es langsam aus dem Laken. Das Kind saß mit gesenktem Kopf. Es wirkte apathisch und abgestumpft.

»Das ist Leon«, sagte Janna. »Er ist acht Jahre alt. Und da hinten sitzt Frans. Er ist zehn. Urid hast du ja schon kennen gelernt, er ist sieben. Und du, kleines Mädchen, wie alt magst du sein, drei oder vier, ich habe fast vergessen, wie alt du bist.«

Daraufhin brach das Mädchen in Tränen aus und drehte sich weg.

»Mein Papa, ich will zu meinem Papa!«, schrie sie.

Janna wiegte sie, tröstete und streichelte.

»Ist ja gut, ist ja gut, du bleibst jetzt bei uns, das haben dein Papa und deine Mama beschlossen. Ich habe selber mit ihnen gesprochen, verstehst du. Es wird alles gut.«

4. Magda

Am Samstagnachmittag nahm sie das Fahrrad und fuhr zu dem Haus, in dem Florian wohnte. Drei Mal war sie bei ihm gewesen. Einmal hatte sie bei ihm übernachtet. Es war eine Samstagnacht gewesen, und sie hatten Flötenmusik gehört, und sie hatte in seinen Armen gelegen, bis die Zeitung im Flur auf den Fußboden plumpste.

Sie waren im Bett geblieben und hatten die verschiedenen Teile der Zeitung gelesen und sich anschließend geliebt, ehe er aufstand und das Radio einschaltete, in dem die Nachrichtensendung *Guten Morgen, Welt* lief. Sie hatte bis dahin nie das 1. Programm gehört, aber seither tat sie es. Jeden Sonntagmorgen um neun schaltete sie *Guten Morgen, Welt* ein, denn er sollte sich mit ihr unterhalten und vernünftige Antworten bekommen können, es ging um Innen- und Außenpolitik und im Grunde um nichts, was sie ... aber wenn sie irgendwann doch noch Journalistin werden wollte, musste sie ja ohnehin auf dem Laufenden sein.

Er hatte sich in seiner schmucklosen Küche bewegt, ihnen Eier gekocht und Wasser in die Kaffeemaschine gegossen. Sie hatte sich so geborgen bei ihm gefühlt, so ruhig. Es sei denn, er hatte schlechte Laune. Aus heiterem Himmel konnte er dann die Beherrschung verlieren, Kleinigkeiten machten ihn rasend wütend. Am Abend waren sie ins Kino gegangen. Sie waren zum Medborgarplatsen im Stadtteil Södermalm gefahren, und sie hatte gedacht, wenn uns nun jemand sieht, aber es war niemand dort, den sie kannten, und der Film, welchen Film hatten sie sich eigentlich angesehen? Sie konnte sich kaum noch daran erinnern.

Er war umgezogen, als er und Eva erkannt hatten, dass sie nicht mehr zusammenleben konnten. Sie hatten das Haus verkauft und mehr dafür bekommen, als sie sich jemals erträumt hätten. Er hatte sich die Dreizimmerwohnung auf dem Hemslöjdsvägen in Abrahamsberg gekauft und Eva war in Hässelby geblieben.

»Vielleicht wäre es besser, wenn wir nicht so weit auseinander wohnen würden«, hatte er manchmal gegrübelt. »Ich meine, Angelica zuliebe. Andererseits ist sie sowieso noch zu klein, um alleine vom einen zum anderen zu gehen. Also müssen wir sie ohnehin fahren, näher zueinander ziehen können wir ja immer noch.«

Sie war nicht besonders oft bei ihm, wie Magda wusste. Eva war dagegen. Sie fand, dass es für ein kleines Kind nicht gut war, an zwei Adressen wohnen zu müssen. Trotzdem war bei Florian ein romantisches Mädchenzimmer für sie eingerichtet, mit Volants und schönen Möbeln und einem kleinen Herd mit Kochplatten und Töpfen.

Es regnete. Magda hatte den Regenmantel angezogen, aber der Fahrtwind hatte die Kapuze herabgeweht, und ihre Haare wurden strähnig und nass. War es eine gute Idee, einfach so zu ihm zu fahren? Sie hatte vorher nicht angerufen, weil sie den Gedanken nicht ertrug, er könnte einfach auflegen. Aber sie ertrug es ebenso wenig, allein in Blackeberg zu bleiben.

Als sie an einem Kiosk vorbeifuhr, sah sie die Schlagzeilen, die schwarzen, fett gedruckten Worte schrien in die ganze Welt hinaus, dass Angelica verschwunden war. Schrieben die Zeitungen auch etwas über sie? »*Verantwortungslose Erzieherin ließ zu, dass eine Vierjährige verschwand.*« Sie wagte es nicht, Zeitung zu lesen, ertrug es einfach nicht, genauso wenig, wie sie es ertragen hatte, sich die Fernsehnachrichten anzusehen oder Radio zu hören.

Sie hatte Angst. Vor Müdigkeit fühlte sie sich mittlerweile ganz ausgehöhlt, konnte aber trotzdem nicht schlafen. Carita schien es bemerkt zu haben. Sie hatte Freitagabend bei ihr angerufen, was noch nie vorgekommen war.

»Hallo, hier ist Carita.«

»Ach, hallo.«

»Ich dachte nur ... für den Fall, dass du allein bist.«

»Das bin ich nicht«, log sie.

»Nein, schon gut, aber Benny und ich sitzen hier jedenfalls bei Krabben und einer Flasche Wein ... also, wenn du Lust hast. Die Sache ist wirklich schwer. Für uns alle.«

»Das ist wirklich sehr lieb von dir, Carita. Aber mein ... Freund ist hier.«

Mein Liebhaber. Er hätte jetzt bei mir sein sollen. Von ihm kann ich niemandem erzählen. Florian, mein Geliebter und Liebhaber.

Sie hatte sich ins Bett gelegt, und es war warm und verknittert und voller Krümel gewesen. Wein, hatte sie gedacht, oder ein großer Whisky, aber Schnaps bekam sie nur schlecht hinunter. In ihrem letzten Jahr auf dem Gymnasium hatten sie wie die Weltmeister gezecht, und irgendwann hatte sie es dann übergehabt, der Geschmack hing ihr noch immer im Hals, er hatte sich regelrecht eingebrannt, aber ein Glas Wein zu Krabben? Dann saß Carita also jetzt in ihrem Haus. Sie hatte Kinder, die Teenager waren. Bei der Arbeit wussten sie alles voneinander, oder doch fast alles.

Aber von ihm wirst du nie etwas erfahren, von dem, was wir haben, von all dem Schönen.

Haben oder hatten, dachte sie im Bett liegend.

Sie hatte wieder aufstehen und den Computer einschalten müssen, Worte für ein Gedicht waren ihr in den Sinn gekommen.

Oh, schenk mir
mehr von dir
Küsse deine Spuren
auf meine Haut
Stemple
mit deinem Signum
das, was dein ist
Und schleuse mich
zurück
zur Freude

Signum, hatte sie gedacht. Ein Wort, das ihr einfach zugeflogen war, Signum, was war ein Signum eigentlich? Und zurück zur Freude? Würde sie jemals wieder zur Freude zurückfinden?

Schließlich war sie dann doch eingedöst, in einen flimmernden Halbschlaf versunken, Angelicas Stimme und ihre Arme, die sich um sie legten, ich hab dich lieb, Magda, du sollst mitkommen. Das fein geschnittene, kleine Gesicht, winzig kleine Nasenflügel, Wimpern, die so lang waren, dass sie fast schon künstlich wirkten, sie ähnelte ihm, hatte seine Farben. Wenn sie Angelicas Locken kämmte, spürte sie seine Haare, seine Locken glitten durch ihre Finger, seine Haut. Sie hatte geschrien, war aufgewacht und hatte einen Wadenkrampf gehabt. Sie hatte sich hinstellen und das Gewicht auf ihr linkes Bein verlagern müssen. Im Traum hatte sie eine Vision gehabt, die sie so erschreckt hatte, dass sie Licht machen musste. Sie hatte nach dem Schalter gesucht, während Regentropfen gegen das Fenster schlugen. Sie hatte das Mädchen gesehen, seinen nackten und verdrehten Körper auf dem Grund einer Schlucht, wie weggeworfen und notdürftig mit altem Herbstlaub bedeckt, aber sie hatte den Körper trotzdem gesehen und war im Gras zusammengebrochen und hatte gescharrt, an den dünnen Beinchen waren Blutspuren gewesen, und das Mädchen hatte sich nicht mehr gerührt.

Schwankend hatte sie neben dem Bett gestanden, mit schmerzverzerrtem Gesicht. Schweißtropfen waren ihr den Rücken hinabgelaufen, und es hatte wie Chorgesang in ihr gehallt: Florian, du musst mich zurücknehmen!

Das war der Moment gewesen, in dem sie ihre Entscheidung getroffen hatte.

Aber was würde geschehen, wenn der Augenblick der Wahrheit gekommen war?

Sie wusch sich in ihrem kleinen Bad, beugte sich unter den Wasserhahn und wusch sich die Haare. Sie trank eine Tasse Tee, hatte keinen Hunger, hielt den Hörer in der Hand und dachte seine Nummer.

Aber sie war nicht in der Lage, sie zu wählen.

Er würde ihre Nummer im Display sehen und erst gar nicht an den Apparat gehen, denn sie war schuld an dem Schrecklichen, das Angelica zugestoßen war, er würde sie schmachten und sich quälen lassen. Und das hatte sie auch verdient! Jede einzelne Minute der Angst geschah ihr recht!

Sie trug Regenmantel und Gummistiefel, aber nach einer Weile rutschten immer die Socken herunter, sodass der halbe Fuß in der Gummihülle nackt war, was sich unangenehm anfühlte. Sie trat in die Pedale und fuhr durch Blackeberg und Ängby zum Campingplatz hinab, auf dem Zelte in einer Reihe standen, aber kein Mensch zu sehen war, die Leute waren wahrscheinlich im Einkaufszentrum oder in die Stadt gefahren, um ins Kino zu gehen. Die Räder rutschten auf dem lehmigen Untergrund, und dann fuhr sie durch den ganzen Judarnwald, bis sie schließlich das Fahrrad abschloss und hinlegte und in ihren wegrutschenden Stiefeln zwischen die Bäume lief. Alles war feucht, und es wurde ihr kalt unter den Kleidern. Sollte Angelica tatsächlich hier liegen? Wie in ihrem Traum? Würde sie plötzlich ein Stück von ihrem Körper sehen? Sie wollte das Mädchen suchen, aber gleichzeitig wollte sie das auch nicht. Die Hunde waren hier gewesen und die Polizei, sie hörte das Geräusch eines Hubschraubers, aber der Regen legte sich wie ein pochender Schirm davor, sie ging mit gesenktem Kopf.

Dort war der kleine Waldsee, nein, sie konnte nicht, zwang sich dann aber doch, da draußen schwammen Blätter und Enten. Hatte man hier gesucht? Waren die Polizisten über den See gerudert und hatten den schlammigen Grund mit ihren Stangen abgesucht, an deren Enden Haken saßen?

Was sollte sie, die Erzieherin Magdalena Enberg, tun können, um ihren Beitrag zu leisten? *Was getan werden muss, ist bereits getan worden, Ihr Ständevertreter, übereilet euch nicht*. Eine Phrase aus der Schule kam ihr in den Sinn, etwas, das sich trotz allem in ihrem trägen, schlappen Hirn festgesetzt hatte.

Schließlich gab sie auf.

5. Daniel

Die Treppe, die ins Erdgeschoss hinabführte, war mit hellgrauem Linoleum bedeckt. Es sah aus wie in einem Krankenhaus und roch auch fast so. Alles war glänzend sauber und gewienert. Janna ging vor ihm. Sie trug einen kurzärmligen, tief ausgeschnittenen Pullover und knielange, weiße Shorts, die sich eng um ihren Po schmiegten. Um den Hals trug sie eine Lederschnur, an der zwischen den Brüsten etwas herabhing, das wie ein Zahn aussah.

»Du solltest auch Shorts haben«, sagte sie und betrachtete kritisch seine Jeans. »Hast du nichts Leichteres zum Anziehen? Es ist heute ganz schön heiß.«

»Ich habe nicht so viel mitnehmen können. Das meiste ist bei ... du weißt schon geblieben.«

»Okay. Das kriegen wir hin. Wir werden nachher mit Lillemor sprechen. Sie kann sehr gut nähen. Als ich Urid zur Welt brachte, war sie übrigens meine Hebamme und hat mich mit neun Stichen genäht. Ich bin aufgerissen, verstehst du. Er war zu groß.«

Er wusste nicht, was er erwidern sollte.

Die Haustür stand offen. Sonnenlicht flutete herein. Ein paar Kieskörnchen schnitten in seine nackten Fußsohlen. An einer Tür hing ein Kranz aus vergilbten Butterblumen. Janna klopfte an. Unmittelbar darauf wurde die Tür geöffnet, und eine Frau schlug die Hände zusammen, als hätte sie auf der anderen Seite gestanden und gewartet.

»Aber Janna, du bist zurück! Wir haben dich gar nicht kommen hören!«

»Red keinen Unsinn! Der Wagen steht doch vor der Tür.«

Die Frau errötete. In dem Versuch, jugendlich zu wirken, hatte sie die Haare zu einem Pferdeschwanz gebunden. Sie trug eine altmodische Brille, die ihre hellblauen, wässrigen Augen vergrößerte. Ihr Kleid war bis zum Hals zugeknöpft und hatte die Form eines weiten und verknitterten Rocks, der sich bauschte, als sie ein paar nervöse Tanzschritte machte.

»Ach was, das war doch nur ein Witz«, murmelte sie. »Hat alles geklappt?«

»Yes. Das hier ist Daniel, er hat mich begleitet. Daniel, darf ich dir Harriet vorstellen? Sie ist mit Bert verheiratet. Die beiden sind Lehrer, sie unterrichten unsere Kinder.«

Er streckte der Frau die Hand entgegen, die sie in beide Hände nahm und festhielt.

»Daniel«, kicherte sie. »In der Löwengrube.«

»Na, das will ich doch nicht hoffen. Aber wenn man an den Hund denkt, den ihr hier draußen ...«

»Die Jungen haben gesagt, Guardie habe genervt«, unterbrach Janna ihn.

»Halb so wild. Aber sie ist immer etwas schwierig, wenn du nicht hier bist.«

»Wo ist Bert?«

»Unten, denke ich.«

»Okay, bis später.«

»Nun warte doch! Wie ist es gelaufen?«

»Alles okay, wir haben sie mitgebracht. Sie heißt Nora, du wirst sie später kennen lernen.«

Auf der Eingangstreppe schlug ihnen die Hitze wie eine Wand entgegen. Lillemor saß an einen Pfeiler gelehnt, ihre langen Haare fielen offen und in Wellen herab. Sie trug einen blauen Badeanzug und war gerade dabei, sich mit einer intensiv riechenden Lotion einzucremen.

»Sieh an, guten Morgen«, platzte sie heraus. »Ist die Nacht gut verlaufen?«

»Sicher«, antwortete er verwirrt.

»Der arme Kerl benötigt Kleider. Kannst du ihm eine Kollektion schneidern?«

»Nichts lieber als das.« Sie lächelte, und er sah erneut ihre auffälligen Eckzähne. Fasziniert starrte er sie an.

»Du kannst in einer Stunde vorbeischauen. Dann nehme ich Maß. Im Moment arbeite ich noch im Gemüsegarten. Ich will nur noch mit dem Unkrautjäten fertig werden.«

Der Garten wurde von einer dichten und hohen Weißdornhecke umschlossen. Die Einfahrt säumten zwei plump geformte steinerne Löwen auf Sockeln. Ein rostiges Eisentor hatte sich aus seiner Verankerung gelöst, war auf den Rasen gefallen und schien schon eine ganze Weile dort zu liegen, denn Gras und Butterblumen bahnten sich zwischen den Stangen ihren Weg.

Hinter der Hecke lagen ein paar gepflegte Holzhäuser. Janna führte ihn herum und stellte ihn allen vor, die dort wohnten. Es waren Männer und Frauen in seinem Alter, die alle mit verschiedenen Tätigkeiten beschäftigt waren. Janna erklärte und zeigte ihm alles. »In manchen Bereichen sind wir praktisch Selbstversorger. Siehst du die Felder da hinten? Das ganze Land bis zum Wald gehört uns.«

Er fühlte sich um Jahrzehnte zurückversetzt.

Ein Stück unterhalb des Hauses floss ein Fluss, der breit war und in der Sonne glitzerte, er starrte in das klare Wasser hinab. Kinder saßen auf einem Steg und angelten.

Es war alles so unwirklich, erinnerte ihn an damals, vor furchtbar langer Zeit. Er und Jerry hatten Sommerferien gehabt und seine Mutter war noch am Leben gewesen und musste sich um die Barsche kümmern, die sie aus dem kleinen Tümpel gezogen hatten. Sie hatten sie in eine alte Milchkanne gelegt, in der sie sich glatt und schleimig wanden.

Sie hatte gemeint, die Fische wären etwas zu klein.

»Wenn man sie ausgenommen hat, bleibt praktisch nichts mehr übrig, versteht ihr.«

Sie hatte ihre beiden Söhne zum Steg zurückbegleitet und die Fische wieder ins Wasser geschüttet. Aber sie waren schon zu mitgenommen gewesen und trieben kurz darauf mit dem weißen Bauch nach oben im Wasser.

Er erinnerte sich noch gut daran, wie leer er sich gefühlt hatte.

Janna und er gingen zum Haus zurück. Auf einmal war der Hund bei ihnen, ohne dass Daniel ihn hätte kommen hören. Auf einmal war da eine Bewegung an seinem Bein, und er zuckte zusammen und blieb stehen.

Dieser verdammte Hund versperrte ihm den Weg. Ohne etwas dagegen tun zu können, begann er zu zittern und roch förmlich den eigenen, säuerlichen Angstgeruch.

»Janna«, sagte er schwer.

Sie schnippte mit den Fingern, und der Hund zuckte ein wenig zurück, rührte sich jedoch nicht von der Stelle.

»Guardie!« Ihre Stimme traf sein Trommelfell wie ein Peitschenhieb, der Hund gab Laute von sich und machte einen geschmeidigen Satz zur Seite.

»Man kann aber auch keinen Tag weg sein«, seufzte sie. »Man muss die ganze Zeit jedes kleine Detail unter Kontrolle haben.«

Er zitterte immer noch und schluckte. Die Hündin glotzte ihn mit ihrer hässlichen schwarzen Schnauze an. Sie war groß und hellbraun, die Ohren hingen herab. Wenn sie das Maul öffnete, setzte sich der Schlund rot leuchtend von den schwarzen Lippen ab.

»Braver Wauwau«, sagte Janna und warf dem Hund etwas zu, das sie in der Tasche hatte. Der Hund schnappte es sich, behielt Janna erwartungsvoll im Auge und wedelte mit seinem verstümmelten Schwanzende. Das ganze Hinterteil war in Bewegung.

»Darf man ihnen die Schwänze so abschneiden?«, murmelte Daniel. »Ist das nicht verboten?«

Janna strich ihre Haare hinter die Ohren.

»Du wirst es kaum glauben, aber ich habe Vater Staat nicht angerufen und um Erlaubnis gefragt.«

Er wollte ihre Hand nehmen, wurde von der heftigen Sehnsucht ergriffen, wieder ein Kind zu sein, das hochgehoben und aus der Gefahrenzone getragen werden konnte.

Sie schien es ihm anzusehen.

»Daniel«, sagte sie zärtlich, »sie hat dich jetzt begrüßt, sie weiß, dass du zu mir gehörst. Entspann dich!«

Dann nahm sie ihn tatsächlich an der Hand, und sie gingen gemeinsam über den Rasen. Mitten in dem säuberlich geschnittenen Rondell legte sie die Arme um ihn und küsste ihn. Es war ein eindeutig erotischer Kuss, nicht zu vergleichen mit dem, was bisher gewesen war.

»Ich möchte dir etwas zeigen«, flüsterte sie. Schweiß glitzerte auf ihren Nasenflügeln. Sie strich sich mit den Knöcheln über die Stirn.

»Ist dir heiß?«, murmelte sie. »Mir ist jedenfalls heiß. Wir besorgen uns gleich etwas zu trinken.«

An der rechten Seite des Hauptgebäudes war ein Kellerabgang. Zwei schräg stehende Blechtüren schlossen einen flachen Vorbau. Janna bückte sich und zog eine von ihnen auf. Ein trockener Hauch von Erde schlug ihnen entgegen, er dachte an Kartoffeln und Zwiebeln.

Abgetretene Treppenstufen führten in die Dunkelheit hinab. Da sie aus dem grellen Sonnenlicht kamen, konnten sie hier unten nicht besonders gut sehen. Er wartete darauf, dass sie sprach und ihm von den ganzen verdammten Gemüsesorten erzählte, die sie anbauten und ernteten und hier unten lagerten, aber sie sagte nichts. Stattdessen stellte sie sich auf die Zehen, griff nach seinen Ohrläppchen und zog sein Gesicht zu ihrem eigenen herab. Anschließend öffneten ihre Hände schnell und zielstrebig den Knopf seiner Jeans. Er hörte das Geräusch des Reißverschlusses, das bin ich, fuhr ihm durch den Kopf, ich bin es, der das tun wird, aber herrlich matt und träge ließ er sich auf den hartgetretenen Erdboden sinken, und sie streifte ihm die Kleider ab, die wie Schalen von ihm abfielen, und dann war sie selbst da, Janna, im fahlen Licht glänzte ihr Körper, der gerundete Samtbauch, die Schenkel, und er schnitt in sie hinein, schnitt sie in Scheiben, wie ein Messer Fleisch zerschneidet, und dann kam er, und es flammte weiß unter seinen Lidern.

Ausgelaugt lag er auf dem Erdboden.

»Ergibst du dich?«, flüsterte sie.

Er nickte träge.

»Ergibst du dich mir?«

»Janna, ich ...«

Ihre Wangen waren nass. Sie weinte. Die kleine Janna weinte. Sie hockte neben seinen Schenkeln, und ihr Mund war an seinem Hals, sie weinte, war aber gleichzeitig froh. Er sah ihre Augen in der Dunkelheit.

»Hättest du gedacht, dass es das war, was ich dir zeigen wollte?«, sagte sie leise.

»Nein.«

»Das war es eigentlich auch gar nicht. Aber ich wurde so ... du warst so süß, als du da draußen gestanden hast, ich wurde ganz ...«

Er hatte nicht die Kraft zu denken, das schöne Zittern verebbte allmählich. Mit der Zungenspitze berührte er ihr Gesicht und ihren Hals.

»Du schmeckst so gut, ich ...«

Er wurde von einem Geräusch unterbrochen, einem dumpfen und scharrenden Laut, der aus der Tiefe zu kommen schien, und er erstarrte.

»Zieh dich an«, sagte Janna hastig.

Sie selbst stieg in ihre Shorts und zog den Pullover über den Kopf. Das Geräusch wurde lauter, kam aus dem Inneren des Kellers.

Er stand da und zog linkisch an seinem Reißverschluss, als er sah, wie sich etwas aus der Erde in die Höhe schob, etwas Graues, eine Bewegung. Sein erster, primitiver Gedanke war, kehrtzumachen und davonzulaufen, die schrägen Türen aufzureißen und in den Sommertag hinauszufliehen, denn es war ein Körper, die Kontur von etwas Lebendigem, das ihnen dort entgegen kam.

Janna stand ganz ruhig neben ihm. Dann trat sie zu der kauernden Gestalt, stieß sie um und begann, sie mit ihren harten, erdigen Fersen zu treten.

6. Angelica

Alle waren fortgegangen, und sie lag allein in der fremden Küche. Die Tante hatte ihr Milch in den Mund gegossen, sie mit einem Löffel gefüttert.

Ich bin doch kein Baby mehr.

Ihr Mund war seltsam steif, sie hatte nicht richtig schlucken können. Mehrmals hatte sie sich an der Milch verschluckt, sie in den falschen Hals bekommen, wie Magda immer sagte. Sie wollte gar keine Milch haben, hatte versucht, die Lippen zusammenzukneifen, aber es war, als gehorchten sie ihr nicht richtig.

Sie war sehr krank gewesen, und während ihrer Krankheit waren Dinge passiert.

Ihre Arme zitterten, führten ein Eigenleben. Sie hielt einen Arm hoch und musterte ihn, als gehöre er jemand anderem, beugte ihn und ließ die Hand herabbaumeln. Dann berührte sie ihre Haare, die sich rau und klebrig anfühlten, ihre Ohren lagen frei. Das waren nicht ihre Haare. Sie suchte tastend nach dem Diadem, Papas Diadem, es war fort, sie hatten ihr Papas Diadem weggenommen.

Die Tränen liefen ihr herab, sie schnappte nach Luft, versuchte die richtigen Worte zu finden.

Ich will, dass mein Papa kommt!

Der Junge hatte gesagt, dass ihr Papa hier sei.

Der Junge, der Urid hieß.

Urid, Plurid, Furid.

Ich hasse euch!

Ich will, dass auch meine Mama kommt, ich will zu ihr, sie soll jetzt hier sein!!!

Ihr Papa hatte ihr eine Telefonnummer gegeben und sie hatte gelernt, alle zehn Zahlen herunterzuleiern. Er hatte ihr auch gezeigt, wo die Tasten auf dem Telefon saßen, die sie drücken musste. Sie hatten so lange geübt, bis sie es konnte.

»Solltest du mal Sehnsucht nach mir haben und schrecklich gerne mit mir sprechen wollen, dann tippst du die Nummer. Und wenn ich mich mal nicht melde, liegt es nicht daran, dass ich nicht will, sondern dass ich mit etwas anderem beschäftigt bin. Dann musst du es später noch einmal versuchen.«

Er fand, dass sie es ganz toll machte, und hatte sie gelobt.

»Du bist erst vier. Das ist fantastisch.«

Sie hatte in einem Auto gelegen, daran erinnerte sie sich. Ihr war furchtbar schlecht gewesen, aber sie hatte sich nicht übergeben wie sonst immer, obwohl es gammelig und eklig gerochen hatte.

Deine Mama und dein Papa haben beschlossen, dass du hier bleiben sollst, ich habe selber mit ihnen gesprochen.

Die Tante. Und wenn die Tante eine Hexe war? Die sie in einen Stein verwandeln würde?

Sie drehte sich auf die Seite, griff nach den Sprossen der Bank und zog sich langsam hoch. Diese Jungen, Urid und die anderen, waren alle ganz hässlich. Ich bleibe nicht bei euch, ich gehe nach Haus, und meine Mama wird mich wecken, und wir werden ganz schnell zum Kindergarten gehen.

Vage und entfernt fiel ihr das Fest wieder ein, Magdas liebes Gesicht, Angelica wusste Bescheid, würde aber nichts verraten. Sie hatte die Augen ihres Papas gesehen, wenn er mit Magda sprach, sie bekamen dann irgendwie eine andere Farbe, aber ihre Mama würde furchtbar wütend werden, und das durfte sie nicht, sie durfte nicht auf Magda wütend werden.

Sie ließ die Sprossen los, fiel auf die Matratze zurück und hatte ein einschläferndes Säuseln im Ohr. Schlief sie ein wenig?

Ja, sie schlief. Irgendwo in ihrem Inneren tat etwas weh, im Rücken. Dann war da ein Kind, das direkt an ihrem Kopf sprach. Sie spürte die kitzelnden Worte, kauerte sich zusammen und holte Schwung, um zu treten, aber dann wachte sie auf und Urid saß in ihrem Bett. Seine Beine waren nackt und piekten. Am Knie hatte er eine verschorfte Wunde, er kratzte am Schorf, zog ihn ab.

»Steh auf, dann gehen wir raus!« Seine schnelle, gellende Stimme brannte in ihrem Kopf.

»Nee!«, sagte sie kurz.

»Willst du etwa hier liegen bleiben, bis die Würmer aus dir herauskriechen!«

»Es gibt keine Würmer!«

»Doch! Gibt es wohl.«

Sie schaute seinen fast kahlen Schädel an.

»Nee!«, sagte sie noch einmal.

Sie musste sich die anderen vom Leib halten, alles hier musste sie sich vom Leib halten. Die anderen würden sie nicht bekommen, sie würde wieder nach Hause gehen.

»Ich habe sie gesehen. Sie kriechen in den Därmen von allen Menschen, von allen, die es gibt. Sie sind weiß und sehen aus wie kleine Fäden.«

»Nee!«

Seine Lippen wurden schmal.

»Man kann sie mit einer Pinzette herausholen und ins Licht halten. So!«

Sie konnte nicht mehr dagegen ankämpfen. Von dem Schrei blieb ihr die Luft weg, und sie musste husten.

Als sie sich wieder traute hinzusehen, war Urid aufgestanden.

»Komm, lass uns rausgehen!«, sagte er bestimmt und zog ihr die Decke weg. Sie lag still, ließ es geschehen und schaute auf ihre Kleider herab. Sie trug nicht mehr das Kleid, sondern ein rotes Dress aus Hose und Pullover. Wie war sie da hineingekommen?

»Wir feiern in unserem Kindergarten ein Fest«, sagte sie wütend.

Er hörte sie nicht, seine Ohren standen wie Spitztüten ab, aber er hörte sie trotzdem nicht.

»Ich ziehe mein schönes, gelbes Kleid an, ich will es haben, wo ist es?«

Wieder zog er träge die Nase hoch. Und das Diadem, es ist weg, ich will es haben!

»Hör auf zu schmollen«, sagte er, jetzt hörte er sie also. »Komm mit nach draußen, dann zeige ich dir das kleine Haus mit den Enten. Man kann reinklettern, wenn man will, und spielen, man wäre eine Miniatur.«

Sie konnte sich die Frage nicht verkneifen:

»Was ist das, was ist eine Miniatur?«

»Du wirst schon sehen. Wie Nils Karlsson Däumling.«

Magda, dachte sie. Das Märchen las Magda immer im Erzählkreis vor, und dann durften sie Bilder dazu malen.

Sie trug keine Schuhe, schlich in ihren Norakleidern.

Sie war jetzt Nora.

Angelica musste sie für sich behalten.

Angelica würde sich ausruhen, und dann würde Nora Angelica helfen, zu Mama und Papa zurückzufinden. Und zu Magda.

Sie gingen die Treppe hinunter, breite, glänzende Treppenstufen, und die Sonne schien hell. Die Stufen blendeten sie. Sie bekam wieder Lust zu krabbeln, aber Urid sprang von Stufe zu Stufe, und sie musste es ihm nachtun. Ihre Beine waren so weich wie Fäden. Vielleicht waren Würmer in ihnen, wie Urid gesagt hatte. Sie zitterte am ganzen Leib.

Die Haustür stand offen. Im Freien gab es eine weitere Treppe, die weiß war und leuchtete. Sie beeilten sich. Urid ging vor, sie sah seinen schmalen, braunen Nacken. Dann folgte sie, die jetzt Nora war. Sie vermied es, auf den Kies zu treten, denn das tat weh an den Füßen, ging stattdessen an den Rändern entlang, auf der staubigen Erde. Urid lief, musste aber immer wieder stehen bleiben und auf sie warten. Er gab ihr ein Zeichen, sich hinzuhocken, zog sie an einem Strauch neben sich.

»Leise«, zischte er. Sein Mund roch nach Nüssen, solchen, wie man sie Weihnachten aß. Er schob ein paar Zweige zur Seite und zeigte auf etwas. Unmittelbar vor sich sahen sie den Popo einer Tante, die einen Badeanzug anhatte. Sie hörten die Tante leise und traurig singen.

Es waren zwei Königskinder,
die hatten einander so lieb,
sie konnten zusammen nicht kommen,
das Wasser war viel zu tief,
das Wasser war viel zu tief.

»Lil-le-mor«, flüsterte Urid jede Silbe betonend. »Sie wohnt oben bei uns.«

»Lillebror?«, wiederholte Angelica.

Urid stieß sie an.

»Schnauze! Sie darf uns nicht sehen.«

»Wird sie dann böse?«

»Manchmal.«

Er packte sie am Arm und zog sie hoch. Gemeinsam schlichen sie durch das Gras davon. Kleine Blumen steckten zwischen ihren Zehen, und sie dachte an das Fest und die Buschwindröschen. Aber jetzt zu weinen ging nicht, das Weinen musste warten, er zog sie mit sich, und sie lief, bis sie Nasenbluten bekam.

Daraufhin durfte sie sich endlich ausruhen und saß an einen kühlen und rauen Stein gelehnt, keuchte und wollte Saft haben.

Der Junge lehnte an einem Pfeiler. Hoch über ihnen sah sie ein Tier. Es war ein Löwe, und er wandte ihr den Kopf zu und brüllte so laut, dass die Erde bebte.

»Die Löwen gehören mir.« Urid blickte auf, und sie schielte nach oben und stellte fest, dass es über ihr einen zweiten Löwen gab, der genauso aussah wie der über ihm.

»Das sind keine richtigen Löwen«, sagte sie mit dünner Stimme.

»Ach wirklich! Nicht?«

»Die sind nur aus Stein.«

»Das glaubst aber auch nur du!«, sagte Urid.

Angelica zupfte einen Grashalm ab und begann, ihn zwischen den Fingern zu drehen. Dann fiel ihr die Hexentante wieder ein.

»Ich will auch so einen Löwen haben«, sagte sie mit belegter Stimme.

»Aha. Und was bekomme ich dafür?«

Sie zog die Mundwinkel nach unten.

»Fang jetzt bloß nicht an zu flennen, versprich es!«

Angelica bewegte den Kopf.

»Fang nicht an zu flennen, du kannst ja einen Löwen haben.«

Sie legte den Kopf in den Nacken und sah direkt in das weiße Löwenauge. Die Schnurrhaare zitterten leicht. Das Tier zwinkerte ihr zu, sie sah es ganz deutlich.

»Der da?«, fragte sie. »Darf der meiner sein?«

Urid nickte.

»Dann soll er Leopold heißen.«

»Er hat schon einen Namen, er heißt Simba.«

»Simba«, wiederholte sie. Ja, das war besser, Simba war ein richtiger Löwenname.

»Und wie heißt deiner?«

»Er heißt Samba.«

»Simba und Samba.«

»Ja.«

»Ich will meinen Löwen streicheln.«

Sie stand auf und versuchte an ihn heranzukommen. Wenn sie sich auf die Zehenspitzen stellte, konnte sie gerade so seine Tatze berühren.

»Weißt du was?«, sagte Urid. »Also, es ist nämlich so, wenn man ein bestimmtes Wort sagt, kommen sie von den Steinen herunter und spielen mit uns.«

»Was für ein Wort?«

Er beugte sich zu ihr vor und hauchte ihr etwas ins Ohr. Es klang wie Schwuppdiwupp.

Ich will nicht, dachte sie.

»Sollen wir es laut sagen, damit sie es hören?«

Sie griff sich mit einem Finger an die Nase, aus der sie immer noch ein bisschen blutete.

»Ja«, flüsterte sie, und ihre Arme und der Bauch und die Knie zitterten.

Urid hüpfte auf einem Bein im Kreis.

»Es klappt natürlich nicht immer. Manchmal funktioniert es, manchmal funktioniert es nicht. Das hat mit der Anziehungskraft der Erde zu tun.«

»Sind sie lieb?«

»Zu uns sind sie lieb. Sie gehören uns ja. Aber wenn ein Eindringling kommt, dann kannst du vielleicht was erleben.«

»Was ist ein Eindringling?«

»Jemand, der nicht hierher gehört. Jemand, der herumschnüffeln will.«

Sie dachte an Mama und Papa.

»Aber uns erkennen sie doch immer, oder?«, fragte sie.

Er stand mit verschränkten Armen vor ihr.

»Jaa«, sagte er mit Nachdruck. »Natürlich kennen sie uns.«

Sie hörten Schritte auf dem Kies. Urid verstummte, zeigte hastig auf die Hecke und schob sich vor ihr zwischen die groben, stechenden Zweige. Sie folgte ihm mit etwas Mühe.

»Wir müssen uns verstecken«, zischte er.

»Warum denn?«

»Vor Bert und Harriet.«

»Sind sie gefährlich?«

»Nee, gefährlich eigentlich nicht. Aber wenn sie uns sehen, müssen wir vielleicht in die Schule. Und ich will nicht in die Schule gehen.«

Angelica schob ein paar Blätter zur Seite und schaute hinaus. Sie sah einen Mann die Treppe zum Haus hinaufgehen. Die Lichttreppe, dachte sie, sie war weiß und glänzend und erinnerte sie schwach an ein Bild, das sie einmal gesehen hatte, zu Hause bei Oma in einem Buch. Eine Treppe mit Engeln und einer weiten und goldenen Pforte.

Dann kam die Tante in dem Badeanzug und anschließend eine andere Tante mit einem Pferdeschwanz. Sie standen eine Weile zusammen und unterhielten sich. Der Mann fuchtelte mit den Armen und schien wütend zu sein.

Es kribbelte in ihrem Bauch, denn die Erwachsenen waren sicher wütend auf sie. Sie war ohne Erlaubnis aus dem Haus gegangen, obwohl die Hexentante ihr gesagt hatte, sie solle sich ausruhen. Krank war sie, das merkte sie, sie hatte Durst, und vor Müdigkeit war ihr ganz schwindlig.

Urid sagte etwas zu ihr, aber sie hörte es nicht, und er musste es wiederholen:

»Obwohl du bestimmt noch gar nicht in die Schule gehst, dazu bist du noch zu klein.«

»Ich bin nicht zu klein.«

»Du gehst schon in die Schule?«

»Ich gehe in die Maltesholmsschule«, log sie.

»Und in welche Klasse?«

»Eine B.«

»Aha, und wie heißt deine Lehrerin?«

»Sie heißt Magda Enberg!«

»Aber eben hast du doch noch gesagt, du würdest in den Kindergarten gehen.«

»Das habe ich nur so gesagt. Das war nur Spaß.«

Sie war in die Hocke gegangen. Als sie ihre Position veränderte, trat sie mit der Ferse in einen Stachel, der groß und hart war wie ein Nagel. Sie verzerrte das Gesicht, aber im gleichen Moment fiel ihr wieder ein, was sie Urid versprochen hatte. Er würde Simba bestimmt zurückhaben wollen, wenn sie jetzt weinte. Oben auf dem Steinpfeiler saß ihr Simbalöwe. Er würde über sie wachen und dafür sorgen, dass sie bald wieder nach Hause kam. Er würde sie den ganzen Weg begleiten.

»Lass uns abhauen«, sagte Urid und gab ihr ein Zeichen, sich rückwärts zwischen den Zweigen hinauszuschieben. Dann richteten sie sich auf und bürsteten sich ab. Das rosa Dress war schmutzig geworden und quer über dem Knie eingerissen, aber das machte nichts. Es gehörte ihr sowieso nicht.

Sie liefen den steinigen Pfad hinab, und sie sah ein paar Häuser und hörte in der Ferne Kinder rufen. Es tat weh, wo der Stachel in der Ferse saß, aber es war, als würde sie es gar nicht richtig spüren. Dann gelangten sie zu einem Hang, den er mit ein paar Sätzen hinablief, aber für sie war er zu steil. »Setz dich auf den Po«, rief er, und sie befolgte seinen Rat und rutschte auf den glatten, grünen Pflanzen hinunter.

Die Luft war hier unten feuchter. In der Ferne hörte sie einen Wasserfall. Sie rührte sich nicht. Eine Libelle tanzte ebenso an ihr vorbei wie eine wollige, brummende Hummel.

Sie hatte das Gefühl, in einem Saal aus Höhlen zu sein. Der blaue Himmel war die Decke, und hier unten waren eine Menge kleiner Löcher und Öffnungen. Ringsherum rieselte Wasser, an das sie näher herantrat. Es spritzte bis zu ihrem Gesicht hinauf.

»Pass auf, dass du nicht hineinfällst«, sagte Urid. »Man

kann von der Strömung mitgerissen werden. Bis zu dem Wasserfall.«

»Aha.«

»Und dann wird man in tausend Millionen Stücke zerschmettert.«

Angelica hielt die Luft an.

»Eigentlich dürfen wir hier nicht hin. Aber ich spiele hier unten immer mit den Löwen. Außerdem gibt es hier Blumen, die Löwenmäulchen heißen.«

»Die will ich sehen.«

»Da musst du noch ein bisschen warten, sie sind noch nicht aus der Erde gekommen.«

Sie setzte sich an das Flussufer, zog die Hosenbeine hoch und tauchte ihre Füße ins Wasser. Es war so kalt, dass sie eine Gänsehaut bekam. Jetzt spürte sie auch, wie heftig es in ihrer Ferse pochte und stach.

Urid stand neben ihr und spielte mit einem Stock.

»Nimm dich vor den Blutegeln in Acht«, sagte er plötzlich.

»Was?«

»Du weißt ja echt gar nichts!«

»Weiß ich wohl.«

»Dann würdest du nicht die Beine genau da ins Wasser halten, wo die Blutegel wohnen.«

Sie zog die Füße wieder heraus. Die Kälte brannte in den Zehen.

»Hier ist was reingekommen«, flüsterte sie und zeigte auf den Stachel.

»Wo?« Er schaute genauer hin. »Stimmt, ein Stachel, ich sehe ihn.«

»Das tut weh.«

»Ich hole ihn heraus.«

Sie legte sich auf den Bauch und schloss die Augen.

»Aber dazu muss ich eine Nadel oder so was holen.«

Daraufhin zog sie das Bein weg und stand wieder auf.

»Ich will nicht!«

»Dann musst du Mama bitten, Stachel herausholen kann sie echt gut. Frans hatte einmal einen Stachel in der Hand, der auf der anderen Seite wieder herauskam.«

Sie konnte sich das Blut vorstellen, das herabtropfte. Ein roter Schleier legte sich vor ihre Augen.

»Du wolltest mir doch das Haus zeigen«, sagte sie leise. »Wir wollten Nils Karlsson Däumling spielen.«

»Okay. Warte hier. Ich schleich mal los und guck nach, ob die Luft rein ist.«

Sie war allein. Ihre Stirn war heiß und verklebt. Sie stand mit den Füßen in den Blättern, die weich und feucht waren, verlagerte das Gewicht von einer Seite auf die andere, sodass der Lehm zwischen ihren Zehen schmatzte. Sie legte ihr ganzes Körpergewicht auf die Ferse, und es stach und schmerzte bohrend, das geschah dieser Nora nur recht. Sie sollte mit einem Stachel im Fuß bestraft werden.

Langsam ließ sie sich auf die Knie fallen, und ihre Finger schlossen sich um einen scharfen, kleinen Stein. Sie zog ihn prüfend über den Arm und drückte dabei immer fester zu, bis rote Striemen auftauchten.

»Nora«, murmelte sie vor sich hin und begann, über die Steine zu krabbeln. Urid würde bald zurückkommen und sie zu dem kleinen Haus mitnehmen. Deshalb musste sie jetzt Nora sein und krabbeln und sich zwingen, den Schmerz in den Knien zu ertragen.

Sie musste stark sein, denn sonst würde sie Angelica nicht helfen können.

Sie sah nicht, was mit ihr geschah. Aber plötzlich fiel sie auf die Erde, und ihre Zahnreihen krachten gegeneinander. Da war etwas Wildes und Lebendiges, sie nahm einen stechenden Tiergeruch wahr, und das Tier knurrte und brüllte, denn es war der Löwe.

Sie holte Luft und setzte zu einem Schrei an, aber das Tier

hatte sie schon umgekippt, schob und stieß, sodass sie mit dem Nacken auf der Erde aufschlug.

Sein Schlund war riesig, und sie sah die Zähne in dem knurrenden und feuchten Maul,

sie wollte zu ihrer Mama,

Mama,

aber die Worte versiegten, und von der Zunge des wilden Tiers tropfte es direkt auf ihr Kinn herab,

und sie hatte das Ohr ins Gras gepresst,

und das braune Fell fiel auf sie herab,

und es wurde dunkel.

7. Magda

Sie kannte den Zahlencode der Eingangstür, 43-18, und betete zu Gott, dass man ihn nicht geändert hatte. Nein. Das Schloss klackte, und sie schob sich ins Haus und blieb eine Zeit lang fröstelnd stehen. Sie war schnell gefahren, aber ihr war trotzdem nicht warm geworden. Sie stand im Hauseingang und las die Namen der Mieter auf einer Tafel, irgendwo im Haus schrie ein Kind. Es war ein Baby, das Geräusch wurde lauter und kurz darauf wieder leiser.

Sie zog den nassen Regenmantel aus und schüttelte ihn aus, sodass der Boden von Wassertropfen übersät war. Anschließend legte sie die Hände auf einen Heizkörper, aber der war kalt. Schließlich stieg sie in den Aufzug und fuhr hinauf.

F. Nachi. Seine Tür. Den Regenmantel hatte sie zusammengefaltet, und die Gummistiefel hinterließen feuchte Spuren. Sie hielt die Luft an, lauschte.

Da. Er sprach hinter der Tür, er war nicht allein.

Dann erkannte sie, dass er telefonierte.

Sie fror. Sie stieg die nächste Treppe hinauf, als hätte sie dort etwas zu erledigen. All diese Türen. »Herzlich willkommen« stand umrahmt von ein paar gemalten Enten auf einem Schild. Ein Kinderwagen. In den Ecken sammelten sich Staub und Schmutz. Dritter Stock, sie wartete auf ihn. Dann ging sie wieder hinunter, aber langsam, denn jeder Schritt gab ihm die Chance, das Gespräch zu beenden, aufzulegen und bereit zu sein, ihr zu begegnen.

Sie presste das Ohr an die Tür. Sollte er sie jetzt öffnen, würde sie sich mit Sicherheit wehtun.

Jetzt war es still in seiner Wohnung. Sie hörte entfernt Wasser laufen.

Dann öffnete sich unten die Haustür, und schnelle Schritte kamen die Treppe hinauf. Ein Junge lief mit einem Stapel Reklamezeitungen die Treppen hoch und steckte in jeden Briefschlitz eine. Als er zu ihr kam, zögerte er kurz und reichte ihr dann eine Zeitung.

»Können Sie die nehmen?«

»Ja, sicher.« Sie nickte.

Dann klingelte sie.

Er öffnete praktisch sofort. Sie hatte sich so viel zurechtgelegt, aber sie schwieg und trat über die Schwelle auf den Teppich im Flur. Er war blass und ausgezehrt, sie fand, dass er gealtert war.

Sie reichte ihm die Zeitung, »die ist gerade gekommen«, und er nahm sie ihr mit einem abwesenden Gesichtsausdruck aus der Hand.

»Florian, ich muss ...«

Er wandte sich um und ging vor ihr in die Küche. Sie legte den zusammengefalteten Regenmantel ab und streifte die Stiefel von den Füßen, die Socken saßen wie kleine, harte Rollen unter dem Fuß. Magda zog sie auch aus, hängte sie über die Stiefelschäfte und ging barfuß in die Wohnung.

Er saß am Tisch. Auf der Spüle lagen Zeitungen, und sie sah Fotos von Angelica und schwarze Überschriften.

»Steht in der auch etwas über sie?«, sagte er und blätterte in der Reklamezeitung.

Sie ging zum Fenster. Der Regen war stärker geworden und trommelte auf das Fensterblech.

»Wie geht es dir?«, sagte sie dumpf.

»Was denkst du?«

»Schon gut, ich wollte nur ...«

»Ich habe gerade mit einem Polizeibeamten gesprochen. Sie tappen im Dunkeln, haben nicht die kleinste Spur gefunden.«

»Aber ist das nicht eigentlich positiv!«, rief sie aus.

Er drehte sich zu ihr um und sah sie zum ersten Mal an.

»Du bist nass.«

Sie nickte.

»Leg dein Regenzeug ins Badezimmer. Ich werde uns etwas Heißes zu trinken machen.«

»Ich bin draußen gewesen und habe nach ihr gesucht«, murmelte sie.

Er stand auf, holte einen Topf heraus, füllte ihn mit Wasser und hielt ein paar Teebeutel hoch.

»Kamillentee, ist das okay?«

»Ja, klar.«

»Gesucht. Das habe ich auch getan. Obwohl, man hat ja keine Ahnung. Ich bin am Seeufer entlanggegangen und durch die Schrebergartensiedlung, ich bin in die einzelnen Gärten gegangen und habe überall angeklopft, aber es waren natürlich nicht viele da, es ist ja nicht das richtige Wetter dafür. Aber ein alter Mann hat seinen Garten umgegraben. Er war schwerhörig, hat kaum verstanden, was ich gesagt habe, hier laufen so viele Kinder herum, hat er gemeint, als wäre das ...«

»Ich finde jedenfalls, dass es ein gutes Zeichen ist, wenn wir ...«

»Lebend, Magdalena. Es geht darum, sie lebend zu finden.«

Sie schwieg. Er schüttelte eine Marlboro aus der Zigarettenschachtel, zündete sie an und presste das Streichholz in den überfüllten Aschenbecher.

»Und dann dieser Regen. Er verwischt garantiert die wenigen Spuren, die man vielleicht noch hätte finden können. Dieser Polizist, er heißt Greger. Sie sagen, es sei ein Mysterium. Offenbar hat niemand etwas gesehen. Sie haben in der ganzen näheren Umgebung mit den Leuten gesprochen, unter anderem mit einer Frau, die gerade mit ein paar Hunden unterwegs war, als es passiert ist. Was auch immer passiert ist.«

Er verstummte.

»Stimmt, ich habe auch mit ihr gesprochen, ich habe sie gefragt, ob sie Angelica gesehen hat. Das war, als wir gemerkt hatten, dass der Kinderwagen leer war, ich bin wie eine Verrückte zur Straße hinuntergelaufen.«

»Aber sie hatte nichts gesehen?«

»Nein. Sie hat mir nur versprochen, die Augen offen zu halten.«

»Sie wirkte ein wenig zerstreut, hat dieser Greger gesagt. Er hat eben angerufen, wir haben fast eine Stunde lang telefoniert.«

»Sie hatte diese Hunde, der eine war ein kleiner Welpe.«

»Ja, anscheinend hatte sie Probleme, sie unter Kontrolle zu halten. Man sollte nicht mit Hunden herumlaufen, wenn man nicht mit ihnen umgehen kann.«

Das Wasser kochte. Mit schroffen Bewegungen stellte er zwei Tassen auf den Tisch und legte in jede einen Teebeutel. Es war eine schmucklose und wenig gastfreundliche Küche, als ginge er davon aus, in dieser Wohnung nur für kurze Zeit zu bleiben. Magda fror. Sie wünschte sich, er würde es ihr ansehen und ihr sagen, sie solle sich ausziehen und seinen Bademantel anziehen. Aber das ging nicht mehr, die Positionen in ihrer Beziehung hatten sich verschoben. Sie war jetzt nur ein Gast, irgendwer, musste selber die Verantwortung für ihren Körper und ihre Kleider übernehmen.

»Hast du Kontakt zu Eva?«, sagte sie im Konversationston eines Gastes.

»Ja, sicher.«

»Sie ist im Kindergarten gewesen, wir haben uns ein wenig unterhalten. Ich glaube, sie fand, dass ich ...«

»Kein Mensch macht dir Vorwürfe, Magdalena!«, schrie er plötzlich und stellte die Tasse auf den Tisch. »Wir stehen alle unter Schock, da sagt man eben manchmal Dinge, die man später bereut.«

Sie starrte ihn an.

»Kleine, bezaubernde Magdalena, die Sache ist für keinen von uns leicht. Und du, du musst ja ...«

Nimm mich in den Arm, dachte sie. Er saß in seiner Jeans und dem karierten Hemd vor und zurück schaukelnd auf dem Stuhl und hatte den Kopf in den Nacken gelegt. Er sah aus, als würde er jeden Moment in Tränen ausbrechen und als wollte er nicht, dass sie es merkte.

Sie legte ihren Arm auf den Tisch und streckte die Hand aus, sodass er sie nur ergreifen musste, was er tatsächlich machte. Er sog Rauch ein und atmete und ließ seine schwere Handfläche fallen und bedeckte ihre Hand mit seiner.

»Es ist leichter, wenn wir nicht auseinander gehen«, flüsterte sie.

Er drückte seine Zigarette aus, nahm ihre Hand in seine beiden.

»Es hat mir vorgeschwebt«, sagte er und schluckte und hustete ein wenig, es war dieser ständige Raucherhusten. »In meinen düstersten Momenten hat mir vorgeschwebt ...diese Sache hätte etwas mit uns zu tun, uns beiden, dass es eine Strafe dafür ist, dass wir uns sehen.«

»Was soll das denn heißen? Wir tun doch nichts Verbotenes!«, sagte sie, fühlte sich stark und wusste, was sie zu sagen hatte.

Er erwiderte nichts.

»Was denn, Florian, ist es etwa verboten, dass zwei Menschen so füreinander empfinden, wie wir es tun? Wir lieben uns doch, wem soll das schaden!«

»Es sitzt jemand da oben und will uns bestrafen!«

»Das glaubst du doch selber nicht.«

»Ich weiß es nicht. Trink deinen Tee, solange er noch heiß ist.«

Sie hockte sich auf die hässliche abgewetzte Couch. Er

hatte sie von einem Kollegen geschenkt bekommen, und es lag eine Decke auf ihr, unter der sie sich zusammenkauerte, um sich aufzuwärmen. Sie sah ihn an, er ging auf und ab und war ruhelos.

Eva rief an. Er stand im Zimmer, sprach mit ihr und ließ Magda mithören, und sie hörte zu.

»Ja. Nein. Ja. Nein. Nicht doch. Überhaupt nicht. Ja, sicher.«

Und dann:

»Findest du, dass jetzt der richtige Zeitpunkt ist, über so etwas zu sprechen?«

»Eva, hör auf! Nein. Ich gehe vielleicht später noch weg, aber du kannst mich jederzeit auf dem Handy erreichen, ich habe es immer dabei.«

Er legte auf und war wieder gereizt, schlug mit der flachen Hand gegen die Wand und schrie. Er machte ihr Angst.

Aber letzten Endes auch wieder nicht.

Sie versuchte hinter ihn zu kommen, ihre Arme um seinen Bauch zu legen.

»Wir werden nicht auseinander gehen«, flüsterte sie.

»Nein.«

»Ich bleibe bei dir.«

»Wenn es doch endlich aufhören würde zu regnen!«

Kurz darauf meinte er, sie müssten etwas essen. Er holte zwei Portionen eines Fertiggerichts aus dem Gefrierschrank, das man nur im Ofen erwärmen musste. Magda wurde bewusst, dass sie seit dem gestrigen Morgen nichts mehr gegessen hatte, und auch da hatte sie nur eine halbe Scheibe Brot hinunterbekommen. Vor Hunger war ihr schon ganz übel.

»Deckst du den Tisch?«, sagte er.

Sie hatte gerade zwei Teller auf den Küchentisch gestellt und die Besteckschublade aufgezogen, als sie sah, dass Florian den Müllbeutel zuband und hinausgehen wollte, um ihn in den Müllschlucker zu werfen.

Da packte sie die Angst, so als müsste sie ihn festhalten und bitten, bei ihr zu bleiben, aber das machte sie natürlich nicht.

Stattdessen stand sie barfuß in seiner Küche und hörte ihn die Wohnungstür öffnen, hörte ihn plötzlich sprechen, da draußen war eine Frau, ihre Stimme war laut, und man hörte ihr an, dass sie sich nicht abspeisen lassen würde: »Ich will reinkommen, ich friere, könntest du jetzt bitte so nett sein und mir Platz machen, damit ich hereinkommen kann!«

Es war Eva.

8. Daniel

Etwas war seltsam an dem kauernden Mann auf der Erde. Er wehrte sich nicht, hockte nur da und steckte ein. Janna stand mit dem Rücken zu ihm und trat nach hinten aus, ihre Fersen trafen seinen Rücken und seine Arme. Er gab keinen Laut von sich, schützte nur mit den Händen seinen Kopf.

Schließlich beendete sie die Züchtigung. Daniel hörte ihre heftigen Atemzüge, sie räusperte sich und zog die Nase hoch.

»Steh auf!«, befahl sie.

Der Mann grunzte, kam auf die Beine und stand, den Kopf zur Seite gedreht, vor ihr.

»Du weißt, warum ich wütend bin?«, sagte Janna und in ihrer Stimme schwang plötzlich etwas mit, das ihn an Ulrika erinnerte.

»Es geht um den Hund«, lautete die tonlose Antwort.

»Ich habe dir gesagt, dass du ihn nicht anbinden darfst! Du machst alles kaputt, was ich bei Guardie aufgebaut habe, sie gehört zu einer ganz besonderen Rasse, und man muss sie extrem konsequent behandeln, sonst geht alles zum Teufel.«

»Sie hat mir nicht gehorcht.«

»Glaubst du wirklich, sie kann zu dem Schluss kommen, wenn ich Bert nicht gehorche, dann bindet er mich an, nein, mein Lieber, sie ist klug, das ist sie, aber so verdammt klug ist sie nun auch wieder nicht.«

»Ich glaube, sie ist scheinträchtig«, sagte der Mann namens Bert. »Du weißt doch selber, wie sie dann ist.«

»Du bindest sie jedenfalls nicht noch einmal an, wenn ich dich nicht ausdrücklich anweise, es zu tun.«

»Ich höre, was du sagst.«

Er strich sich mit der Hand über den Kopf, seine schütteren Haare lagen platt am Kopf an. Der ganze Mann wirkte grau und verschrumpelt.

»Ist das Projekt weibliches Kind erfolgreich gewesen?«, fragte er.

»Sicher, es gab keine Probleme. Ich habe mir gedacht, wir könnten uns heute Abend alle treffen. Dann dürft ihr sie in Augenschein nehmen, sie ist ein richtiges Goldstück, vier Jahre alt und unglaublich süß.«

Das Projekt weibliches Kind, was zum Teufel sollte das jetzt wieder heißen? Daniel ging zu dem Mann. »Hallo«, sagte er und lächelte ein wenig verlegen, da er nicht wusste, ob der andere sich bewusst war, dass Daniel gesehen hatte, wie er vermöbelt wurde.

Der Mann mochte vielleicht fünfzig Jahre alt sein. Er war voller Erde und hatte ein schmutziges, längliches Gesicht, was ihn schwermütig und traurig aussehen ließ. Er war klein und grobschlächtig, war zwar nicht dick, hatte aber eine ungesund schlaffe Haut.

»Ach ja, das ist Daniel, er ist hergekommen, um sich anzusehen, wie wir hier leben«, erklärte Janna. »Das ist Bert. Er ist mit Harriet verheiratet, die wir schon getroffen haben, wenn du dich erinnerst, die beiden wohnen wie wir im großen Haus, im Erdgeschoss.«

Berts Hand war rau und verschwitzt.

»Hi«, sagte er. »Und Kennet? Was hast du mit ihm gemacht?«

»Darauf wollte ich auch heute Abend eingehen. Er ist jedenfalls nicht mitgekommen. Wie läuft es da unten, bist du vorangekommen?«

»Einen halben Meter vielleicht. Es wird allmählich schwieriger, es gibt jede Menge Steine und Wurzeln.«

»Benötigen wir neues Werkzeug?«

»Ein paar neue kleine Spaten wären nicht verkehrt. Sie werden mit der Zeit stumpf, aber vielleicht kann man sie auch wieder scharf wetzen.«

»Ich werde es Daniel zeigen. Ich werde ihn in unser Geheimnis einweihen.«

Sie schenkte ihm ein eifriges Lächeln. Auch Bert lächelte. Ihr Wutanfall schien vergeben und vergessen.

»Tja, du wirst da unten dann wohl auch deine Schichten schieben«, gluckste Bert.

Janna griff nach Daniels Arm, fühlte seine Muskeln.

»Es kann gar nicht schaden, wenn die ein bisschen wachsen, nicht wahr, das wäre bestimmt nicht verkehrt, oder?«

»Darf ich fragen, wovon ihr redet?«

»Schau es dir an.«

Sie zog ihn zu der Luke, durch die der Mann in den Keller hinaufgekommen war. Im Boden des Kellers befand sich eine schmale, viereckige Öffnung. Es war schier unfassbar, dass es jemandem gelingen konnte, daraus hochzuklettern. Daniel lief der Schweiß den Rücken herab.

Neben der Öffnung im Boden lag ein Deckel. Ehe Daniel es sich versah, war Janna hinabgestiegen, drehte sich und hob die Arme, griff nach dem Deckel für die Luke, streckte die Arme und verschwand in dem dunklen Viereck, während sich der Lukendeckel gleichzeitig an seinen Platz legte. Von der Öffnung im Kellerboden war nichts mehr zu sehen.

Im nächsten Moment kam sie wieder hoch.

»Was sagst du dazu?«, prustete sie.

»Wie meinst du das, was soll ich denn sagen?«

»Wir haben die Idee aus Vietnam übernommen. Du weißt schon, während des Vietnamkriegs haben die Truppen des Vietcong eine ganze, kleine, unterirdische Stadt in mehreren

Etagen unter der Erdoberfläche gebaut. Ein 200 Kilometer großes System aus Gängen, das musst du dir mal vorstellen. Dort unten lebten Menschen, während der Krieg über ihren Köpfen weiterging, sie hatten dort Krankenhäuser und Schulen und sogar eine Waffenindustrie. Es gab dort alles, was man zum Leben benötigte.«

Er starrte sie an.

»Da fällt dir nichts mehr ein, was!«, sagte sie begeistert.

»Aber ...was hat denn Vietnam mit euch zu tun?«

»Daniel, du kapierst nicht. Es ist für den Fall, dass das Ordnungsamt oder irgendeine andere, freche, kleine Behörde auf die Idee kommt, uns zu finden.«

»Was soll das heißen, ihr macht hier doch hoffentlich nichts Kriminelles?«

»Nein, aber der Gesellschaft passt es nicht immer, dass man nicht mehr zu ihr gehören will.«

»Willst du mir etwa sagen, ihr hättet da unten eine ganze, verdammte Stadt!«

Er zeigte auf das Loch im Boden.

»Noch nicht! Aber wir sind dabei, eine zu bauen. Besonders groß muss sie natürlich nicht werden, wir kommen mit ziemlich wenig Platz aus. Wir werden halt ein wenig zusammenrücken müssen.«

»Und was ist mit Lebensmitteln und so? Und Wasser?«

»All diese Fragen werden wir eine nach der anderen klären. Erinnerst du dich an Erland, den wir auf dem Feld getroffen haben, der mit Beata verheiratet ist, dem hochschwangeren Mädel, an die erinnerst du dich doch bestimmt, oder?«

Er nickte und erinnerte sich an einen Bart, der allmählich ergraute, an ein sonnengebräuntes, wettergegerbtes Gesicht. Der Mann hatte einen festen Händedruck gehabt, so fest, dass es beinahe wehtat.

»Erland ist Architekt. Er plant alles für uns, er ist verdammt gut. Aber jetzt komm herunter und schau es dir an!«

Er hatte sich in engen Räumen immer unwohl gefühlt. Manchmal träumte er, in einer Zementröhre festzusitzen, in der ihm Ratten entgegenkamen, eine ganze Horde von Ratten in panischer Flucht, und er musste zurückweichen und ihnen Platz machen, aber das ging nicht, denn er saß festgeklemmt in dieser Röhre, und die Adern in seiner Stirn schwollen an, bis er spürte, dass in seinem Schädel etwas platzte.

»Ich kann nicht, ich bin zu dick«, murmelte er.

»Du! Zu dick! Groß bist du, aber mit Sicherheit nicht zu dick. Wenn sogar dieser kleine Fettknubbel Bert durchpasst!«

Er maß mit den Händen.

»Dieses kleine Loch!«

Sie machte ihm Platz und zog den Deckel zur Seite.

»Höchstens die Ohren könnten ein Problem sein«, kicherte sie. »Nein, entschuldige, das war nur ein Witz.«

»Ich weiß nicht«, sagte er mit belegter Stimme.

»Es ist eine Frage der Technik. Du schaffst das schon, ich helfe dir. Ich bin hier oben und sage dir genau, wie du es anstellen musst.«

Er hatte die Vision, dass sie über ihm den Deckel auf die Öffnung pressen und ihn allein lassen würde. Er würde dann nicht mehr hinaufkommen können, wie ein lebendig Begrabener würde er unter der Erdoberfläche warten müssen.

»Das Ganze ist noch nicht besonders groß, erst kommt ein Gang von ungefähr zwanzig Metern, der etwa einen Meter hoch ist. Du musst auf den Knien robben, aber das geht ganz gut, und dann kommst du in einen Raum, in dem du aufrecht stehen kannst und in dem es auch Belüftungsrohre gibt, ich werde sie dir zeigen.«

Er hatte keine Chance, sich herauszureden.

Das Schwierigste war der Brustkorb. Aber als er einmal begriffen hatte, dass er die Arme über den Kopf heben und zum Schluss herabziehen musste, ging es.

»Im Grunde ist es, als würde man geboren«, sagte Janna. Sie hatte sich nach ihm hinabgleiten lassen, und er spürte sie hinter sich, während er durch den Gang kroch.

Er versuchte tunlichst nicht daran zu denken, wie eng es hier unten war. Zwanzig Meter, hatte sie gesagt, das war nicht besonders weit, man durfte nur nicht in Panik geraten, sondern musste langsam und zielstrebig kriechen, die ganze Zeit ruhig und gleichmäßig atmen und daran denken, dass der Gang jeden Moment breiter werden und er in den Raum gelangen würde, von dem sie gesprochen hatte, um dort endlich aufstehen und durchatmen zu können.

Um ihn herum war es stockfinster. Sie hatte ihm eine Taschenlampe gegeben, die jedoch nicht funktionierte, und für einen Moment geriet er in Panik, aber dann hatte er plötzlich das Ende des Gangs erreicht.

»Hier muss es irgendwo eine bessere Taschenlampe geben«, murmelte Janna und er hörte, dass sie den Boden abtastete. Er hockte sich hin und richtete sich anschließend auf. Von einer Stelle an der Wand sickerte schwaches Licht herein. Er sah etwas, das sich bewegte, vermutlich war es ein Wurm, woraufhin ihm ein Schauer über den Rücken lief. Er dachte an die Würmer, die kamen, wenn man nicht mehr lebte, wenn man in einem Sarg in der Erde verscharrt worden war wie seine Mutter, obwohl sie verbrannt worden war. Jerry war hysterisch geworden, als er begriffen hatte, was passieren würde, und Daniels Vater hatte daraufhin in dem unbeholfenen Versuch zu trösten die Sache mit den Würmern erzählt. »Ist es etwa besser, wenn einen die Würmer auffressen?«

Janna hatte die Taschenlampe gefunden und ließ den Lichtkegel über die Decke und die festgeklopften Wände schweifen, über den Anfang zu einem neuen Gang und einen Erdhaufen, dort hatte offenbar Bert gearbeitet.

»Und?« Janna richtete den Lichtstrahl direkt in seine Augen.

»Und was ist, wenn die Wände einstürzen?«

»Das wird nicht passieren. Fühl mal!«

Sie klopfte gegen die Wand, sie war glatt und hart.

»Sollte der Boden weiter vorne loser werden, müssen wir den Gang eben mit Balken abstützen.«

»Aha.«

»Hat doch geklappt, herunterzukommen, oder nicht?«

Und sie sagte es noch einmal:

»Es ist ein wenig, als würde man geboren, meinst du nicht?«

»Ja, obwohl man bei der Geburt eigentlich aus etwas herauskommt.«

»Hier kommt man in etwas hinein, etwas, das mindestens so gut ist wie das Leben.«

»Hm.«

»Es würde mich wahnsinnig freuen, wenn du Lust hättest, uns zu helfen und ein wenig zu graben. Alle, die hier wohnen, müssen mithelfen. Jeder von uns kann irgendetwas besonders gut, nimm Erland zum Beispiel, er zeichnet und plant alles, eigentlich ist er ja Architekt, aber an manchen Tagen greift selbst er zum Spaten. Und Lillemor schneidert, und wenn ein Kind zur Welt kommt, ist sie dabei und spielt den Storch. Besser gesagt, sie ist Hebamme. Bei Beata ist es bald so weit, und wir hoffen alle, dass es ein kleines Mädchen wird. Was seltsam genug ist. In China schaffen sie sich die kleinen, neugeborenen Mädchen vom Hals. Nicht so bei uns. Wir haben einen Überschuss an Jungen, verstehst du. Wenn wir hier bleiben und auf unsere Art leben können wollen, müssen mehr Mädchen geboren werden.«

»Das Projekt weibliches Kind«, flüsterte er und war auf einmal unendlich müde.

Sie lachte.

»Du denkst daran, was Bert eben gesagt hat. Wir haben Witze darüber gemacht, bevor ich gefahren bin, es war ja nicht gesagt, dass meine liebe Schwester Nora freigeben würde, sie bildet sich nämlich manchmal ein, ich würde zu viel bestimmen, auch wenn ihr Nora vor allem lästig gewesen ist. Aber ich kam zu einem ausgesprochen günstigen Zeitpunkt. Nora war krank, und meine Schwester musste arbeiten. Auf die Art haben wir zwei Fliegen mit einer Klappe geschlagen. Sollen wir wieder ans Licht krabbeln?«

9. Angelica

Nein. Sie war nicht tot, sie starb nicht.

Der Löwe fraß sie nicht auf.

Er lag da und schnappte mit den Zähnen nach ihren Haaren, und der Geruch aus seinem Schlund war erstickend.

Der Löwenschlund!

Schlaff und still lag sie da, dicht am Löwenbauch, in dem es gurgelte und knurrte, und nun bewegte sich der Löwe, stieß sie mit seiner Tatze an und drehte sie auf die Seite. Seine nasse Zunge war an ihrem Ohr, es brannte in der Haut. Starr und atemlos blieb sie liegen und wartete.

Simba, dachte sie, dann war es also wahr.

In der Ferne hörte sie Urids verängstigt klingende Stimme.

»He, he, aus!«

Daraufhin wurde es hell, denn das Tier hob seinen riesigen Kopf und wandte sich dem Jungen zu. Angelica sah ihn dort stehen. Seine Beine waren so mager, und er fuchtelte wild mit den Armen und sprang hin und her.

»Aus! Aus!«

Es grollte in der Löwenkehle, weshalb sie ein bisschen weinen und schwache Laute von sich geben musste. Im nächsten Moment baumelte sie ein Stück über der Erde, ihre Beine lagen zwar noch im Gras, aber Nacken und Haare waren in dem nassen Löwenschlund. Sie sah Grashalme und kleine Steine. Der Saum des Pullovers schnitt ihr in den Hals, schnürte ihr die Luft ab.

Urid schrie erneut.

Sie tastete nach dem Halssaum, versuchte das Gummiband zu dehnen.

Simba ging jetzt. Er schleppte sie mit, lief nicht, schlich und trottete eher, wahrscheinlich zu einer der Grotten, in der er sein Lager hatte.

Jetzt frisst er mich auf, schoss ihr durch den Kopf, jetzt werde ich das Essen des Löwen.

Seltsamerweise hatte sie keine Angst. Es war nur unangenehm und unbequem. Der Stoff des Pullovers riss, er ging kaputt, und sie konnte wieder leichter atmen.

In der Ferne ertönten Urids Rufe.

Dann wuchs ein Schatten aus der Erde, und der Schatten bückte sich.

»Ist gut, Guardie. Das reicht jetzt. Aus.«

Die Tante war wütend.

»Wer hat dir erlaubt, das Haus zu verlassen?«

Die Tante ging mit harten Schritten die Treppe hinauf. Angelica hing wie ein Kleiderbündel in ihrem Arm. Sie sah ein Stück von Urid, der dicht hinter ihr lief, und sein Mund sah so klein aus, als wäre er von sich selber aufgegessen worden.

»Was hast du da nur angestellt, nun sieh dir mal deine Kleider an, das schöne Dress, das Lillemor für dich genäht hat.«

Die Tante setzte sie auf dem Küchentisch ab und zog sie fest an den Haaren. Tränen traten ihr aus den Augen und flossen wie heiße Striche die Wangen herab.

Das schöne gelbe Elfenkleid, du bist doch Papas kleiner Engel, bist du das?

»Hier bestimme ich, hast du verstanden? Ich heiße Janna. Vergiss das nie. Und du wirst mir gehorchen. Hörst du, was ich sage?«

Mama, dachte sie.

Das Mamawort.

Sie nickte stumm, konnte nichts anderes tun.

Jetzt saß sie ausgezogen auf dem Tisch. Unter ihr, auf dem Fußboden, kauerte Urid. Er sah weg, sein vorgewölbte Stirn glänzte.

Rauschen von Wasser, Seifengeruch. Das Wasser lief auf ihren Bauch, und sie holte Luft, um zu schreien. Aber sie war jetzt Nora, musste alle anderen Namen und Gedanken vergessen, Nora, und der Waschlappen war auf ihr, sodass die Augen brannten und sie die Gelegenheit nutzen konnte, um leise zu weinen, es war nur Wasser, gewöhnliches Wasser, und dann kam das Badehandtuch, und ihr Kopf wurde hin und her geruckt.

In das rote Handtuch gehüllt saß sie mitten im Zimmer auf dem Fußboden. Janna machte etwas mit ihren Haaren. Es stank, da war eine hellbraune, klebrige Flüssigkeit. »Ich gieße dir Brei in den Schädel, so geht es einem, wenn man böse gewesen ist, du bleibst jetzt hier sitzen und wartest. Nein, das war nur ein Scherz, du wirst ganz toll aussehen. Ich werde dir ein Märchen vorlesen. Und wenn ich damit fertig bin, spüle ich das klebrige Zeug wieder heraus.«

»Sie hat auch noch einen Stachel im Fuß«, hörte sie Urids gedämpfte Stimme sagen. »Ich wollte ihn rausziehen, sie war zu den Höhlen abgehauen, und dann ist sie in einen Stachel getreten.«

»Sie war zu den Höhlen abgehauen«, äffte Janna ihn nach. »Sicher, sicher, dieses Ammenmärchen glauben wir doch gern. Sie hatte bestimmt einen kleinen Wegweiser dabei, nicht wahr?«

Janna hielt ihren Fuß hoch und drückte leicht gegen die Ferse. Ihr Gesicht verzerrte sich vor Schmerz.

»Da hast du dir ja einen ordentlichen Stachel eingehandelt. So ergeht es einem, wenn man nicht gehorcht. Ich werde ihn gleich rausholen. So was kann ich gut, das habe ich schon tausend Mal gemacht. Aber jetzt müsst ihr mir erst einmal gut zuhören, ihr beiden, ich werde euch etwas erzählen, was vor sehr langer Zeit passiert ist.«

Sie senkte die Stimme und begann zu erzählen.

»Zu jener Zeit war die Erde so schön, wie sie heute ist, aber fast alle Menschen auf ihr waren böse. So ist es auch heute noch, wie ihr wisst, es gibt Leute, die Krieg führen, und es gibt Leute, die schlampig und gedankenlos sind und unsere Luft und unsere Meere und Seen zerstören. Ihr braucht nur an die Strahlung von den ganzen Handys zu denken.«

»Man ka-ka-kann Verletzungen im Gehirn bekommen«, unterbrach Urid sie, und er stotterte und schlug die Arme um den Körper.

Janna gab Angelica einen Klaps auf den Oberschenkel.

»Wie sieht es aus, du frierst doch nicht, oder? Wenn doch, musst du es nur sagen. Aber hier drinnen ist es ja schön warm. Jedenfalls gab es damals, vor langer Zeit, eine Frau, die gut und lieb und mit allen Tieren befreundet war. Sie kamen zu ihr und wurden von ihr gefüttert. Und seltsamerweise konnte sie auch ihre Sprache verstehen und mit den Tieren sprechen. Aber die Menschen waren neidisch auf sie, und sie wusste, dass es unter ihnen so manch einen gab, der ihr übel mitspielen wollte. Eines Tages kam ein kleiner Zaunkönig zu ihr und setzte sich auf ihre Schulter. Wisst ihr, was ein Zaunkönig ist?«

»Ein Vogel«, sagte Urid. Er war aufgestanden, sah Angelica an und zeigte auf ihre Haare: »Sie sieht so komisch aus, Mama, warum sieht sie so komisch aus?«

»Das ist gleich wieder gut, das werden wir bald wieder herauswaschen. Hört jetzt gut zu! Der kleine Zaunkönig erzählte der Frau, es werde eine große Überschwemmung kommen und die ganze Erde mit Wasser bedeckt sein und alle ertrinken. Aber du kannst uns retten, sagte der Zaunkönig. Wenn du ein riesengroßes Boot baust, dann können wir, alle Tiere, darin Platz finden und du und dein Mann und eure

Kinder natürlich auch. Und daraufhin begann die Frau, Bäume zu fällen, und sie und ihr Mann bauten und schufteten, und eines Tages war das Boot fertig. Und das war auch ein Glück, denn noch am Abend des gleichen Tages fing es an zu regnen. Die Frau sagte zu ihren Freunden, den Tieren, dass sie an Bord gehen sollten, und immer zu zweit kamen sie zu ihr, zwei Bären, zwei Katzen, zwei Hunde, zwei Pferde ... könnt ihr noch mehr Tiere sagen?«

»Schweine und Schwäne!«, rief Urid.

»Und du, kleine Nora!«

Gegen ihren Willen versuchte sie nachzudenken, Schlangen, brachte sie schließlich über die Lippen.

»Ja, sogar Schlangen! Und alle waren nett zueinander und keiner fraß den anderen auf. Es regnete immer weiter, es regnete vierzig Tage und vierzig Nächte, und das Wasser stieg höher als alle Häuser und Städte und ertränkte alle, die dort wohnten.«

»Sie sind ertrunken?«, fragte Urid.

»Ja.«

»Aber konnten sie denn nicht schwimmen?«

»Nicht so lange Zeit, verstehst du, so lange schafft es kein Mensch zu schwimmen. Und das Wasser war ja überall, so dass man nirgendwo an Land klettern und sich ausruhen konnte.«

»Aber sie waren bestimmt böse, oder?«

»Oh ja. Also haben sie in gewisser Weise ihre gerechte Strafe bekommen. Wenn sie nicht so unachtsam gewesen wären mit dem, was uns anvertraut worden ist ...«

»Und dann?«

»Eines Morgens hörte es auf zu regnen. Danach sank das Wasser langsam wieder. Da setzte das große Boot auf einem Berg auf, und dieser Berg hieß Ararat.«

»Hieß der nicht Arafat?« Der Mann, der Daniel hieß, war plötzlich in die Küche gekommen.

Janna lachte.

»Nein, Ararat hieß er. Hat es geklappt? Bist du bei Lillemor gewesen?«

»Ja, verdammt. Sie meinte, die Shorts wären heute Abend schon fertig.«

»Sie ist schnell und geschickt. Hat sie die Gelegenheit genutzt, dir einen zu blasen?«

»Wie bitte?«

»War nur ein Scherz.«

»Ist das so angebracht, wenn ...?« Er zeigte auf sie und Urid.

»Ach was, das verstehen die doch nicht.«

»Was macht ihr? Was machst du denn mit der Kleinen?«

Janna hielt die Hand vor den Mund und flüsterte, aber Angelica hörte trotzdem, was sie sagte.

»Läuse!«

»Oh, verdammt.«

»Das kann den Besten passieren. Aber dagegen gibt es Mittel und Wege. Bald werden wir das Zeug aus den Haaren herauswaschen, wir wollen nur noch das Märchen zu Ende erzählen. Das Boot stieß also gegen den großen Berg A-rarat. Und die Frau bat den Zaunkönig loszufliegen und sich umzuschauen, ob es irgendwo möglich wäre, an Land zu gehen. Okay, sagte der Zaunkönig, und dann flog er los, kam aber schon bald wieder zurück, denn das Wasser war immer noch überall. Etwas später machten sie einen neuen Versuch. Diesmal kehrte der Zaunkönig mit einem grünen Zweig im Schnabel zurück. Drei Tage später flog der Zaunkönig von Neuem los, und diesmal kehrte er nicht mehr zurück. Da begriff die Frau, dass die Erde frei von Wasser war und sie alle an Land konnten.«

»Konnten sie das denn nicht selber sehen?«, wollte Urid wissen.

»Doch, schon ... aber sie waren sich wohl trotzdem nicht ganz sicher. Jedenfalls gingen dann alle von Bord, die Frau und ihr Mann, ihre Töchter und die Männer der Töchter, alle

Tiere und deren Junge, und die Erde war sauber und schön, und das Gras spross aus dem Boden, und am Himmel erblickte man den schönsten Regenbogen der Welt. Da verstanden sie, dass sie ein neues Leben beginnen konnten.«

»Haben sie den Zaunkönig gefunden?«, fragte Urid.

»Was denkt ihr? Was glaubst du, Nora?«

Angelica nickte.

»Ich habe auch schon einmal einen Regenbogen gesehen«, flüsterte sie.

»Hast du das, Krümelchen!«

Janna strich ihr über die Wange. »Dann wollen wir dieses Zeug mal wieder herauswaschen. Kannst du die Augen jetzt ganz, ganz fest zukneifen?«

Sie bekam neue Kleider, einen dunkelblauen Trägerrock, eine Unterhose mit Rosenknospen darauf, eine Bluse mit Volants, eine Strickjacke und ein Paar Sandalen. Die Sandalen waren rot, die Farbe war etwas verblichen. Sie waren ein bisschen zu groß, und Janna meinte zu ihr, sie müsse aufpassen, damit sie nicht auf den Po falle.

»Deine Füße wachsen sicher bald in sie hinein. Bis dahin kannst du zwei Paar Socken übereinander ziehen.«

Anschließend zog Janna auch noch den Stachel heraus, und dabei schrie und trat sie dermaßen um sich, dass Daniel sie am Ende festhalten musste. Seine Kleider rochen nach Rauch. Sie dachte an ihren Papa, und daraufhin schrie sie noch mehr, aber dann war der Stachel heraus, und Janna zeigte ihn ihr.

»Sieh mal! Was für ein dummer und gemeiner Stachel. Wir werfen ihn in den Mülleimer!«

Ihre Schluchzer durchzuckten den ganzen Körper. Janna schob ihr ein Karamellbonbon zwischen die Lippen. Sie saß auf Jannas Schoß, und der Karamellgeschmack breitete sich in ihrem Mund aus. Sie wurde warm und schläfrig. Janna unterhielt sich mit Daniel.

»Siehst du. Im tiefsten Inneren dieses großen Hundekörpers sitzt ein Herz aus Gold.«

»Das sah echt schrecklich aus, ich habe gedacht, die Kleine wäre tot.«

»Verstehst du etwas von Hunden? Guardie ist scheinträchtig, verstehst du, man kann es an ihren Zitzen fühlen, daran, wie geschwollen sie sind. Sie sehnt sich nach Welpen und hat sich eingebildet, Nora wäre ein kleiner Welpe, und daraufhin wollte sie sich um das Mädchen kümmern. Ich finde das richtig süß.«

Sie griff nach Angelicas Wangen und zwackte sie so, dass Spucke aus den Mundwinkeln trat.

»Stell dir das mal vor! Unsere Hündin hat gedacht, du wärst ihr kleines Hundebaby.«

Angelica schloss die Augen. Das würde sie später Mimmi und den anderen im Kindergarten erzählen. Sie würde es malen, so groß war das Maul des Löwen, denn es war ein richtiger Löwe, und erst war er aus Stein, aber dann hat er mich angesehen und ist lebendig geworden.

Sie steckte sich zwei Finger in den Mund, die von dem Bonbon ganz klebrig und süß wurden. Sie erinnerte sich vage, dass man nicht an den Fingern lutschen durfte, Papa hatte es verboten, ihre Zähne würden schief werden oder vorstehen, wenn sie älter wurde.

Janna sah, dass sie an den Fingern lutschte.

Sie sagte kein Wort.

10. Magda

Sie kam sich vor wie in einer billigen Schmierenkomödie. Ihr war klar, dass sie sich verstecken musste, denn sonst würde etwas passieren, wofür keiner von ihnen im Moment die nötige Kraft hatte. Magda stand in der Küche und hatte kaum Alternativen. Auf den Balkon konnte sie nicht, dort würde sie erfrieren. Sie entschied sich für die Kleiderkammer. Die klassische Konstellation. Die Liebhaberin im Kleiderschrank. Obwohl es in der Regel der Liebhaber war, der sich versteckte, und der Ehemann, der nach Hause kam.

Sie schob sich in den kleinen Verschlag, der voller Kartons stand, in denen Sachen lagerten, die Florian noch nicht ausgepackt hatte. Sie presste sich dicht an die Wand, schloss die Tür aber nicht ganz. Sie traute sich nicht. Eva würde es hören können.

Ich hasse das, dachte sie. Wir tun doch nichts Verbotenes. Sie sind nicht mehr verheiratet.

Im nächsten Moment fiel ihr ein, dass das nicht ganz stimmte, denn auf dem Papier waren Eva und Florian noch immer verheiratet. Aber welche Rolle spielte das schon? Jedenfalls liebten sie sich nicht mehr.

Ich hätte stehen bleiben sollen, dachte sie gereizt. Ich hätte mich besser an den Küchentisch gesetzt, warum können wir uns nicht einfach unterhalten haben. Er hat doch genauso viele Fragen an mich wie sie.

Doch dazu war es jetzt zu spät. Sie waren bereits ins

Wohnzimmer gegangen, die Lüge nahm ihren Lauf. Hauptsache, Eva kam nicht auf die Idee, ins Badezimmer zu gehen, wo Magdas Regenmantel ausgebreitet in der Badewanne lag und ihre Gummistiefel mit den Socken standen.

Wenn Eva etwas entdeckte, würde ihr alles schmutzig vorkommen.

Jetzt hörte sie Eva im Wohnzimmer weinen. Es war ein gedämpftes Weinen, wahrscheinlich umarmte er sie oder aber sie hatte den Kopf gegen die Couch gelegt. Jedenfalls weinte sie hysterisch, und Magda hörte ihn gedämpft murmeln.

»Sie ist tot, Florian!«

Plötzlich weinte sie nicht mehr, sondern ging nervös auf und ab.

»Sie ist tot, mein Körper spürt es, ich will es nicht aussprechen, aber ich muss, wo soll sie sonst sein.«

»Eva, hör auf damit, verdammt noch mal, sie lebt, sie suchen überall nach ihr.«

»Ich kann nicht mehr schlafen, kannst du schlafen, Florian? Sobald ich die Augen schließe, sehe ich diese schrecklichen Bilder vor mir, ihren kleinen Körper ... und es krabbeln Ameisen und Tiere auf ihr herum, was haben wir nur getan, Florian, was haben wir getan ... wenn wir doch nur die Kraft gehabt hätten, zusammen zu bleiben, es ist unsere Schuld.«

»Du denkst zu destruktiv. Hör auf damit! Warum sollte es unsere Schuld sein?«

»Doch, das ist es, denn wenn ... wenn wir getan hätten, was du damals wolltest, wenn wir nach Bukarest gezogen wären oder in das kleine Dorf, wenn wir das getan hätten.«

»Warum sagst du das jetzt?«

»Du hättest nicht so stur sein dürfen, du hättest mir etwas Zeit geben müssen. Gut möglich, dass ich irgendwann einverstanden gewesen wäre, dorthin zu ziehen. Aber du hättest mir mehr Zeit geben müssen, am Ende hätte ich es vielleicht gewollt, vielleicht sogar gedacht, dass es Spaß macht.

Ich hätte Rumänisch lernen können, ich hätte ... Es hätte ja auch nicht für immer sein müssen.«

Florian zündete sich eine Zigarette an.

»Rauchst du immer noch im Haus?«

Er antwortete nicht.

»Zigarettenrauch ist nicht gut für Kinder.«

»Im Moment ist hier aber kein Kind.«

Sie bewegte sich in der Wohnung, war jetzt in Angelicas Zimmer.

»Diese Vorhänge!«, rief sie. »Wer hat die Vorhänge aufgehängt?«

»Wie bitte?«

»Diese Vorhänge hast du nie im Leben selber aufgehängt, die hat eine Frau für dich aufgehängt.«

»Was geht dich das an?«

»Oh Florian, lass uns nicht streiten, lass uns nicht alles noch schlimmer machen!«

»Ich bin es doch verdammt noch mal nicht, der Streit anfängt!«

Sie hörte, dass Eva sich schnäuzte, und unmittelbar darauf Florians Stimme:

»Hast du mit diesem Greger gesprochen?«

»Du meinst, mit dem Polizisten? Ja, habe ich. Es gibt auch noch eine ziemlich nette Polizistin, sanft und nicht so ... Sie heißt Marianne, sie hat auch Kinder, ein Mädchen, das ein Jahr älter ist als Angelica, also weiß sie Bescheid, sie versteht, wie wir uns fühlen, und Carita hat angerufen, im Kindergarten würden sie am liebsten vor Scham im Erdboden versinken, dass sie aber auch nicht ...«

Magda erstarrte. Ihre Nackenhaare sträubten sich, und ihr blieb die Luft weg. Ein Anfall bahnte sich an, und sie musste den Mund aufreißen und so nach Luft schnappen, dass sie fast in Panik geraten wäre.

»Sie haben nicht genug Personal«, hörte sie Florian sagen. »Wir können ihnen nicht die Schuld geben.«

»Wem zum Teufel sollen wir denn dann die Schuld geben!«

Sie schrie jetzt, ihre Stimme war schrill und gebrochen.

»Eva, Eva, Eva ... beruhige dich!«

»Darf ich bei dir bleiben? Ich habe solche Angst und fühle mich so allein, ich will nicht nach Hause fahren, ich ertrage das nicht, ich bringe mich um.«

Er schwieg.

»Meine Mutter ruft dauernd an, habt ihr was gehört, hat man sie gefunden. Ich ertrage sie nicht mehr, aber ich muss ja an den Apparat gehen, und jedes Mal ist es nur sie, immer wieder sie, und ich begreife ja, dass sie sich große Sorgen macht, ich begreife ja, dass sie auch jemanden haben muss, mit dem sie reden kann, aber ich schaffe es einfach nicht, ruhig zu bleiben und zu versuchen, sie zu trösten.«

»Das erwartet sie vielleicht auch gar nicht von dir.«

»Du weißt doch, wie ihr Nervenkostüm aussieht!«

Das Telefon klingelte. Es stand auf einem Tisch vor der Kleiderkammer, und die Klingelzeichen veranlassten Magda, sich so weit zwischen die Kisten zu klemmen, wie es eben ging.

Florian ging an den Apparat.

»Hallo.«

Er schob die Tür etwas zu, aber sie ging wieder auf, Gott sei Dank, dachte sie, ich ersticke hier drinnen sonst noch, die Luft wird knapp, dann doch lieber von Eva entdeckt werden.

»Ja natürlich, sie ist hier.« Und dann:

»Eva!«

Schritte auf dem Fußboden, gefolgt von einem Flüstern:

»Wer ist dran?«

»Wenn man vom Teufel spricht, es ist deine Mutter.«

Es wurde einen Moment lang still, dann hörte man Evas Stimme, die ganz nah und klar und beherrscht war.

»Hallo, Mama. Nein. Es hat sich nichts getan. Ja. Wenn du willst. Aber vielleicht erst etwas später. Zum Abend hin.«

Eva legte auf. Florian stand neben ihr, Magda hörte, dass sie einander anfassten, bis in die stickige Dunkelheit der Kleiderkammer hinein hörte sie es.

Dann erklang Florians Stimme.

»Bist du mit dem Auto gekommen?«

»Ich traue mich nicht ... Auto zu fahren, ich bin so müde und dann nehme ich auch noch Sobril.«

»Fährst du zu deiner Mutter?«

»Sie redet immer nur davon, dass ihr einziges Enkelkind ...«

»Liebes, ich fahre dich zu ihr. Ich muss ohnehin ein paar Dinge erledigen. Sie ist stärker, als du glaubst, du musst ihr erlauben, sich um dich zu kümmern, gib ihr eine Chance.«

In diesem Moment klingelte es erneut, aber diesmal war es die Küchenuhr, Florian hatte sie auf dreißig Minuten gestellt. Der Essensgeruch drang bis zu Magda hinein. Sie hörte, dass Eva in die Küche ging.

»Es steht was zu essen im Ofen.«

»Stimmt, ich hatte etwas essen wollen.«

»Hast du Besuch?«

»Nein, wieso?«

»Es stehen zwei Teller auf dem Tisch und zwei Portionen im Ofen, warum solltest du zwei erwärmen, wenn du keinen ...«

»Ich habe keinen Besuch.«

»Es ist jemand hier, ich weiß es, ich habe es die ganze Zeit gespürt. Wer ist es? Wo ist sie?«

Harte Schritte auf dem Fußboden, die Tür zum Badezimmer wurde aufgerissen. Das Geräusch von Schlägen. Florian und Eva schlugen sich dort im Badezimmer, zwei erwachsene Menschen, und sie hörte Eva mit ihrer schrillen, gebrochenen Stimme schreien:

»Ich hasse dich, ich wünschte, du wärst tot!«

11. Daniel

Janna hatte Charakterzüge, die ihn verstörten, das wurde ihm immer klarer, aber es wunderte ihn im Grunde nicht weiter. Sie hatte zwei Seiten, waren alle Frauen so oder hatte er nur das Pech, zufällig immer an diese Sorte zu geraten?

Wie ein verdammter Lagerkommandant konnte sie sein, *jawohl, Frau Obersturmbannführer.*

Wie sie sich im Keller auf diesen armen Teufel Bert gestürzt hatte, ihn getreten und erniedrigt hatte, als wäre er ihr Sklave. Sein unterwürfiger Blick, dabei hatte er doch nur getan, was er für das Beste hielt, und versucht, mit diesem Hund klarzukommen.

Ihn hätte fast der Schlag getroffen, als der Junge sie holte, leichenblass war der Kleine gewesen, und sie waren ihm zum Fluss hinterhergerannt, und erst hatten sie nur den Hundekörper gesehen, aber dann hatte ein kleiner Fuß herausgelugt.

Jetzt ist es passiert, war Daniel durch den Kopf geschossen, als sie hinliefen, er selbst zwei Meter hinter Janna. Ihre Haare hatten im Wind geweht, und der Junge hatte eine Heidenangst gehabt, sein Hosenbein war nass, er hatte sich in die Hose gemacht.

Mit dem Hund konnte sie wirklich umgehen, das ließ sich nicht leugnen. Brauchte nur den Arm ausstrecken und Aus rufen! Der Köter war sofort aufgestanden und zur Seite getrottet. Dann war er zu ihr gekommen und hatte ihr die Beine geleckt.

Man sollte selber so einen Kampfhund haben, dachte er, man sollte ihn mit in die Stadt nehmen, dann würden die Leute einen Bogen um einen machen, man würde mit der U-Bahn nach Vällingby hinausfahren und bei Ulrika klingeln können.

»Was sagst du jetzt, du kleine Hure! Willst du keinen rufen, der dir hilft, willst du keinen bitten, herzukommen und mir ein paar zu langen, wie du es sonst immer tust!? Was?«

Der Hund würde daraufhin seine Oberlippe hochziehen, sodass die scharfen Zähne zum Vorschein kamen, mit knurrend verzerrtem, schäumendem Maul vor ihr stehen, und Ulrika würde einen Schritt zurückweichen und die Tür zu schließen versuchen. Oh nein, meine Liebe, mich hast du zum letzten Mal ausgesperrt.

Aber andererseits war da ja auch noch Janna.

Was hatte er schon zu verlieren, wenn er noch etwas blieb? Hübsch war sie, verdammt hübsch, die attraktivste Braut, mit der er je zusammen gewesen war. Wieder musste er daran denken. Warum fühlte er sich immer zu dieser Art von Frauen hingezogen, die wie Panzer waren, die alles niederwalzten, was sich ihnen in den Weg stellte.

Aber sie war kinderlieb, was vermutlich ein gutes Zeichen war. Er hatte nie viel über Kinder nachgedacht, war praktisch nie welchen begegnet. Die arme Nora. Janna war es gelungen, sie zu beruhigen, die Kleine musste doch vor Angst wie von Sinnen gewesen sein, sie war noch so klein, hatte einen so zierlichen Körper, als er sie festhielt, hatte er die kleinen, zerbrechlichen Knochen unter ihrer Haut gespürt, und aus Angst, in ihr könnte etwas zerbrechen, hatte er sich kaum getraut, sie zu halten. Aber der Stachel musste natürlich heraus, und am Ende war es Janna ja auch gelungen, ihn herauszuziehen.

»Ich bin OP-Schwester«, hatte sie gesagt. »Ich habe schlimmere Dinge gesehen als das hier.«

Sie hatte dem Mädchen die Haare gewaschen, und der kleine, nasse Kopf, der sich zu seinem Bauch hin drehte, sah seltsam aus, als die Haare trockneten, irgendwie verändert.

»Was zum Teufel hast du gemacht, hast du der Kleinen etwa die Haare blond gefärbt?«

»Ach Quatsch, das liegt an dem Mittel. Es bleicht die Haare, aber nach ein paar Haarwäschen geht die Farbe wieder heraus. Die Läuse sind jedenfalls weg, jetzt ist sie hübsch und sauber. Wie gut das riecht.«

Er hatte sich ein wenig hingelegt, um sich auszuruhen. Die vielen neuen Eindrücke überwältigten ihn, er war müde. Diese Frau, Lillemor, ihre Finger waren so aufdringlich gewesen. »Ich muss Maß nehmen, verstehst du, entschuldige, wenn ich indiskret bin.«

Er hatte gemerkt, dass er rot wurde.

»Das kitzelt«, hatte er gemurmelt.

»Welchen Stoff soll ich nehmen, ist der hier in Ordnung?«

Es war eine Art Jeansstoff, ja sicher, verdammt.

Die Haare hatte sie zu einem harten und straffen Dutt gebunden. Die runden Wangen waren gerötet.

»Ich bin zu lange in der Sonne gewesen«, sagte sie. »Dass man aber auch nie schlau wird.«

Sie waren in Lillemors Küche gewesen. Es war eine kleine Wohnung, ein einziges Zimmer, in dem ein Bett und ein Webstuhl standen.

Sie bemerkte seinen Blick.

»Es ist ein bisschen eng, aber ich muss nun mal einen Platz zum Weben haben.«

»Aha.«

»Ich kann dir auch Hemden nähen, wenn du willst.«

»Ist es nicht billiger, welche zu kaufen?«

»Wenn du nach Thailand fährst, vielleicht schon, in Schweden jedenfalls nicht. Ich habe jede Menge Stoff angesammelt, ich nähe ziemlich viel und verkaufe die Sachen. Wir haben ja den Laden, du weißt schon.«

Nein. Davon hatte er nichts gewusst. Aber sie hatten jedenfalls ein Geschäft in der Gegend von Gällviken. Dort verkauften sie Kräuter und Öle und eine Salbe, die aus Ringelblumen und Bienenwachs hergestellt wurde. Lillemor zeigte ihm eine Dose davon.

»Die hilft perfekt bei rauer und harter Haut und Rissen, wie man sie im Winter bekommt. Hast du nicht auch raue Haut? Darf ich mal deine Füße anfassen?«

Ehe er wusste, wie ihm geschah, hatte sie sich gebückt und ihre Finger unter seine Fersen geschoben.

»Du pflegst sie nicht richtig«, hatte sie gesagt und die Stirn gerunzelt. »Ich kann dir helfen, wenn du willst.«

Er brummte etwas Unverständliches.

»Wohnst du schon lange hier?«, sagte er dann.

»Ziemlich. Es ist schön hier. Man ist so ungestört. Früher habe ich in Stockholm gearbeitet. Ich war Hebamme. Aber hier oben, hier bin ich sozusagen eine weise Frau. Wenn du verstehst, was ich meine?«

Sie ließ das Maßband um seine Taille laufen, drehte sich zum Tisch um und schrieb etwas in einen Notizblock.

»Nee, ehrlich gesagt, nicht«, sagte er.

»Wir leben hier oben in einem ganz anderen Rhythmus. Du wirst es schon noch verstehen.«

»Meinst du?«

»Absolut. Woher kennst du Janna?«

»Na ja, wir ... wir sind uns rein zufällig begegnet. Sie hat gefragt, ob ich mitkommen will, und das passte mir gut in den Kram. Mit meiner Freundin war gerade Schluss und so.«

»Janna ist in Ordnung. Weißt du eigentlich, dass ich ihr beigestanden habe, als Urid zur Welt kam? Ein richtiger Brocken war er. Das kann man heute gar nicht mehr glauben.«

Er dachte an die Nadel und die neun Stiche in Jannas Unterleib.

»Dieser Kennet«, sagte er. »Ist er der Vater von dem Jungen gewesen?«

Lillemor lachte und entblößte dabei ihre langen Eckzähne.

»Das weiß man nie. Man weiß nie, wie der Hase läuft.«

Er döste im Bett ein. Die Luft war hier so einschläfernd, draußen sang ein Vogel mit kräftiger und perlender Stimme. Er wurde davon geweckt, dass Janna sich neben ihn legte, ihr Zeigefinger umspielte seine Nasenflügel. Schläfrig presste er sie an sich.

»Wir wollen etwas essen«, flüsterte sie. »Essen hat seine Zeit und anderes hat seine Zeit.«

Er wollte sie haben. Sie merkte es und biss ihn leicht ins Ohr.

»Komm jetzt, die anderen warten auf uns.«

Vor einem der kleineren Häuser waren einige große Tische gedeckt. Daniel war hungrig. Geraucht hatte er auch nicht, die ganze Zeit nicht, er hatte es schlichtweg vergessen. Die anderen saßen im Gras auf Decken und bunten Stoffbahnen und aßen. Ein paar Jungen liefen herum und rauften, der Hund war nirgends zu sehen.

Janna hatte Nora dabei. Sie hielt das Mädchen an der Hand und schob es zu den Tischen. Es schien die Masern inzwischen endgültig überstanden zu haben, scheute jedoch ein wenig vor dem grellen Sonnenlicht zurück. Als sie näher kamen, wurden sie mit Applaus empfangen, und eine Frau schoss in die Höhe und machte ein paar Tanzschritte. Er sah, dass es die Frau war, die unter ihnen wohnte, Harriet oder wie sie noch gleich hieß.

»Liebe Freunde«, sagte Janna und hob das Mädchen auf ihren Schoß. »Man kann mit Fug und Recht behaupten, dass unser Projekt erfolgreich gewesen ist! Darf ich euch die kleine Nora vorstellen.«

Das Essen schmeckte überraschend gut. Es gab Eintöpfe mit Bohnen und Linsen und frisch gebackenes Nussbrot. Daniel verschlug es in die Nähe von Erland und der Frau, die in Kürze ein Kind bekommen würde. Sie war unglaublich dick und trug etwas Zeltähnliches mit einem grellbunten Muster aus Sonnenblumen. Er konnte es sich nicht verkneifen, sie gelegentlich aus den Augenwinkeln zu beobachten. Sie saß mit gespreizten Beinen und fasste sich immer wieder in den Rücken, als könnten jeden Moment die Wehen einsetzen. Zwischen ihren Schenkeln würde also bald ein fertiges und lebendiges Kind herauskommen. Es war unfassbar. Jeder Mensch, auch er selbst, war auf die Art zur Welt gekommen. Aus unerfindlichen Gründen fühlte er sich bei dem Gedanken nicht ganz wohl in seiner Haut.

Es war ihm schon immer schwer gefallen, sich in der Gesellschaft fremder Leute ungezwungen zu benehmen. Er hatte Probleme, die richtigen Worte zu finden, und oft begannen seine Hände zu zittern, als wäre er so ein verdammter Alki. Er saß tief über seinen Teller gebeugt, weil ihm so erspart blieb, dem Blick eines anderen zu begegnen. Mit langsamen Bewegungen ließ er die Brotscheibe über den Teller gleiten und die letzten Saucenreste aufsaugen.

Es wurde Abend. Die Sonne wärmte zwar noch, aber die Luft wurde allmählich kühl. Janna war in ihrem Element. Sie ging von einer Decke zur nächsten und ließ jeden Nora anfassen. Die Kleine wirkte abwesend, der Blick ihrer braunen Augen war starr und in die Ferne gerichtet.

Nach einer Weile setzten sich die beiden zu ihm.

»Es wird langsam kühl«, sagte sie und zerzauste ihm die Haare. Er mochte das nicht, sie wurden in letzter Zeit immer dünner. Bei seinem Vater war es genauso gewesen, er hatte noch vor seinem dreißigsten Geburtstag eine Glatze bekommen. Jerry hatte dagegen die Haare ihrer Mutter geerbt und konnte eine dichte, rotbraune Haarpracht sein Eigen nennen.

»Es ist eben doch erst Mai«, fuhr sie gut gelaunt fort. »Das dürfen wir nicht vergessen. Schmeckt dir das Essen, es ist ziemlich viel Knoblauch drin. Das ist gut gegen Erkältungen.«

Das Mädchen saß auf ihrem Schoß. Janna legte ihm einen Schal um. »Meine kleine Zuckerschnute«, lachte sie.

»Ist sie jetzt wieder gesund?«, sagte Daniel. »Es ging ihr doch noch so schlecht, als wir losfuhren.«

»Das Medikament hat wahre Wunder gewirkt. Und dann die Luft hier oben, die so sauber ist. Aber jetzt wollen wir zuhören, es ist Zeit für die Nachrichten.«

Ein Mann in einem leuchtend grünen Hemd erhob sich und schien eine Rede halten zu wollen.

»Ja, Mats?«, fragte Janna. »Hast du uns etwas zu berichten?«

»Das habe ich in der Tat, es gibt da ein paar Dinge, die für uns sprechen. Ich habe gestern im Radio ein Wissenschaftsmagazin gehört. Es sieht ganz so aus, als würde der Markt für Mobiltelefone kleiner werden. Sowohl Ericsson als auch Nokia glauben, dass sie in ein paar Jahren nicht mehr so viele Telefone verkaufen werden wie heute, dass die Leute genug davon bekommen werden. Dieses und nächstes Jahr ist die Spitze erreicht. Zweieinhalb Millionen, vielleicht auch drei oder vier, dann beruhigt sich der Markt wieder.«

»Allein das bedeutet aber doch schon eine Steigerung von ungefähr vierzig Prozent«, meckerte Janna.

»Ja, das stimmt natürlich.«

»Auch wenn die Firmen nicht mehr so wahnsinnig viele Handys verkaufen, verschwinden sie deshalb noch lange nicht. Sie sind immer noch da. Und man wird sie mehr denn je benutzen, da kannst du Gift drauf nehmen. Die Leute hören doch nicht auf, ihre Handys zu benutzen, nur weil die Zuwachsrate geringer ausfällt.«

»So habe ich das auch nicht gemeint«, sagte Mats.

»Mats ist unser Nachrichtenberichterstatter«, erläuterte Janna. »Er hört für uns Radio und übermittelt uns Neuigkeiten, die für uns von Nutzen sein können.«

»Habt ihr denn keinen Fernseher?«, erkundigte sich Daniel.

Die schwangere Frau stöhnte auf, er wusste nicht, ob sie lachte oder Schmerzen hatte.

»Wir versuchen auf solche Dinge möglichst zu verzichten«, antwortete Janna. »Du musst schauen, was du davon hältst, wenn dir der Verzicht zu schwer fällt, wirst du die entsprechenden Konsequenzen ziehen müssen.«

»Aber werdet ihr nicht verdammt isoliert, wenn ihr nicht mitbekommt, was in der Welt los ist? Man könnte doch zumindest die Nachrichten gucken, oder?«

»Wir sind zu der Einschätzung gelangt, dass es reicht, wenn einer von uns, will sagen Mats, Radio hört und uns anderen eine Zusammenfassung gibt. Das spart Zeit und Energie. Gibt es denn etwas, woran du besonders interessiert bist? Die Lage im Nahen Osten? Oder die aktuellen Umfrageergebnisse der Parteien?«

»Du brauchst gar nicht so einen spöttischen Ton anschlagen«, sagte Mats. »Solche Taliban sind wir doch überhaupt nicht. Daniel, du darfst natürlich gerne mal zu uns kommen und Radio hören, wenn du möchtest. Du brauchst nur Bescheid zu sagen.«

Seine Frau hieß Jennifer. Sie war süß, hatte kleine Grübchen in den Wangen und ihre Haare mit Haarnadeln hinter die Ohren gesteckt. Sie hatte eine Katze auf dem Schoß, die sie streichelte. Die Katze hatte die Augen geschlossen, aber manchmal fauchte sie und biss Jennifer verspielt in den Daumen.

»Janna, du meintest doch, dass du uns von Kennet erzählen würdest«, sagte sie vermittelnd. »Kommt er nicht mehr zurück?«

»Nach reiflicher Überlegung hat er beschlossen, dort unten im Dreck zu bleiben. Nein, das stimmt nicht ganz. Aber es ist etwas mit seiner Mutter passiert.« Janna verstummte und zeigte an den Kopf.

»Wie meinst du das ... etwa Rinderwahnsinn?«, fragte Jennifer.

Janna senkte die Stimme.

»Gehirntumor. Inoperabel. Ich kann mir schon denken, wie sie an den gekommen ist. Sie hat jahrelang bei Ericsson gearbeitet.«

»Mein Gott, die Ärmsten. Kennet war so ein netter Kerl, ich mochte ihn wirklich.«

»Ja, er war ein feiner Kerl. Er hat mich gebeten, euch alle zu grüßen, es tut ihm Leid, es war eine schwere Entscheidung. Er hat sich bei uns wirklich wohl gefühlt.«

Später, als sie ins Bett gegangen waren, als Janna in seinen Armen lag, konnte er sich überwinden, sie zu fragen.

»Dieser Kennet. Ihr wart zusammen, nicht?«

Sie lachte leise.

»Oh, bist du eifersüchtig?«

»Antworte mir«, sagte er und kniff sie in die linke Brustwarze.

»Was immer da war, es ist vorbei. Das verspreche ich dir.«

»Wie kannst du so sicher sein?«

»Ich weiß es einfach.«

»Ja aber, was ist, wenn er hier eines Tages wieder auftaucht und seinen Platz zurückfordert?«

»Ich habe vorhin nicht die ganze Wahrheit gesagt.«

»Wie meinst du das?«

»Ich habe etwas über ihn herausbekommen.«

»Tatsächlich? Hat er dich betrogen?«

»Nein, jedenfalls nicht auf die Art, die du meinst. Aber wir hatten eine Diskussion, und in ihrem Verlauf wurde mir klar, dass er nicht mehr zu uns passt.«

»Und warum nicht?«

»Es stellte sich heraus, dass er unsere Wertvorstellungen nicht teilt. Ich will nicht mehr darüber sprechen. Aber du musst dir keine Sorgen machen, deine Stellung könnte bedroht sein. Er kommt nicht mehr zurück.«

»Geht es um die Handys? Sind die denn wirklich so verdammt gefährlich?«

»Es ist nicht ganz so simpel, wie es vielleicht klingen mag. Mir gefällt nicht, dass sie überall sind, ohne dass wir die Chance haben, dagegen zu protestieren. Darüber hinaus ist da auch noch das Strahlungsrisiko, das wird wirklich massiv unterschätzt. Jeder Mensch hat heutzutage ein Handy, oder sagen wir mal achtzig Prozent der Bevölkerung in einer Großstadt. Hast du es in der U-Bahn gesehen, hast du gesehen und gehört, wie sie ständig reden, wie es um dich herum klingelt, wie sie dasitzen und auf ihren kleinen Tasten herumtippen, wie es die ganze Zeit piept und tickt und dann die Strahlung, die man nicht sehen kann, die aber trotzdem in dein Gehirn eindringt und dir Schaden zufügt? Wir sind zu dem Schluss gekommen, dass es unsere Pflicht ist zu reagieren und zumindest den Versuch zu machen, die nächste Generation zu schützen. Der Tag wird mit Sicherheit kommen, an dem die Gesellschaft erkennt, dass all diese Dinge zu weit gegangen sind, aber bis es so weit ist ...oh Daniel, du findest, dass ich mich wie eine Verrückte anhöre, ich merke es dir an.«

»Nein, nicht wie eine Verrückte. Aber ich denke, dass du eventuell ein wenig übertreibst.«

»Ja, schon möglich. Aber eines Tages wirst du erkennen, dass ich Recht habe.«

»Und das mit seiner Mutter?«, sagte er schnell. »Kennets Mutter. Stimmte das mit dem Gehirntumor?«

»So etwas denkt man sich nicht aus. Aber vergiss das jetzt. Er kommt nicht mehr hierher. Es würde nicht funktionieren. Es ist aus zwischen uns, endgültig aus. In alle Ewigkeit, Amen.«

12. Angelica

Die Müdigkeit wich immer mehr aus ihren Gliedern. Als sie am nächsten Morgen aufwachte, hatte sie keine Kopfschmerzen mehr. Sie lag da und kratzte mit den Fingernägeln über die Sprossen der Rückenlehne.

»Deine Mama und dein Papa haben darum gebeten, dass du bei uns sein darfst. Sie müssen ein paar Probleme lösen.«

Janna hatte sie ganz ernst angesehen.

»Meinst du, dass du dich bei uns eine Zeit lang wohl fühlen kannst? Bis bei deiner Mama und deinem Papa wieder alles in Ordnung ist?«

Sie wollen mich nicht mehr bei sich haben.

Sonst hätte sie ja ein Telefon suchen und ihn anrufen können. Sie kannte die Nummer, hatte sie auswendig gelernt. Wenn du Sehnsucht nach mir hast, hatte er gesagt und sie angeschaut und irgendwie traurig ausgesehen. Das war, als er bei ihr und Mama auszog und sie alleine wohnen sollten.

Sie war ein schlaues Mädchen, es war ganz toll, dass sie sich so eine lange Nummer merken konnte. Das hatte er gesagt.

»Sie ist zwar leicht zu merken, aber eigentlich viel zu lang für eine kleine Vierjährige. Du bist ein schlaues Mädchen, Angelica. Du bist Papas kleiner, schlauer Schatz.«

Papas Stimme klang so anders, seit er ausgezogen war.

»Ich habe dir einen kleinen Herd mit echten kleinen Töpfen gekauft und sogar einen kleinen Mixer. Du kannst Papa bedienen und ihn zu einer Suppe einladen.«

Er hatte ein Lied mit Worten gesungen, die sie nicht verstand, und dabei knallend in die Hände geklatscht.

Papas kleine Prinzessin.

Er hatte über Dinge gesprochen, die passieren würden.

Wenn wir zur Oma fahren.

Sie hatte geglaubt, dass sie jetzt bei ihrer Oma war.

Aber so war es nicht.

Die Tür wurde geöffnet. Es war wieder einmal Urid, er wurde immer als Erster wach. Diesmal waren die größeren Jungen bei ihm. Leon und Frans. Leon krabbelte über den Boden und spielte Hund. Er schnitt Grimassen und leckte mit der Zunge in der Luft.

»Nora ist ein Hund«, sagte er.

Sie mochte ihn nicht. Seine Augen ähnelten zwar Urids, waren aber nicht nett.

Frans war der Älteste.

Er kam zu ihrer Bank und zog ihr das Kissen weg.

»Schau mal, mein Kopf!«, sagte er.

»Was?«

»Du bist ein Topf.«

Die Worte bewegten sich in ihrem Gehirn.

»Schau mal, meine Hose!«, prustete Leon vom Fußboden zu ihr herauf. »Du bist eine Dose!«

Urid versetzte ihr einen Knuff. Er war in die Bank geklettert und hatte seine spindeldürren Beine ans Kinn angezogen.

»Schau mal, mein Ohr, du bist ein Mohr!«

Er lachte so sehr, dass er sich auf den Boden legen musste.

»Schau mal, mein Pfötchen ...«, flüsterte Angelica.

»Ja weiter, weiter?«

»Du bist ein Brötchen.«

Janna kam mit wirren Haaren in die Küche. Ihr Mund war ein gähnendes Loch.

»Was macht ihr denn für einen Lärm? Spielt draußen, heute ist wieder schönes Wetter.«

»Darf Nora auch raus?«

»Nur, wenn ihr auf sie aufpasst.«

Sie dachte an den Hund, und ihr wurde schlecht.

»Sollen wir Hund spielen, Nora?«, rief Leon. Janna gab ihm einen Klaps aufs Ohr und fing an, sie anzuziehen.

»Schluss mit dem Unsinn! Du brauchst keine Angst zu haben, Nora, Guardie wird dich nicht mehr anrühren.«

Sie gingen mit ihr zu den Truthähnen. So etwas hatte sie noch nie gesehen. Die großen Vögel stolzierten umher und wackelten mit ihren kahlen Köpfen. Die Füße scharrten im Staub. Sie waren in einem Gehege, ihre Federn schimmerten in der Sonne.

Regenbogenvögel, dachte sie.

»Einmal haben sie sich rausgeschlichen«, erzählte Urid. »Sie sind uns hinterhergelaufen, sie wollten unsere Äpfel haben.«

»Was ist das Rote, das da herunterhängt?«

»Das haben die eben.«

»Aber was ist es, sieht es nicht eklig aus?«

»Schau mal, dein Schuh!«, rief Frans und sie fiel darauf herein und starrte auf ihre etwas zu großen Sandalen herab.

»Du bist eine Kuh!«

»Dann können wir dich melken«, grölte Leon und seine Augen tränten im Sonnenlicht.

»Nee«, sagte sie schüchtern.

»Deshalb bist du doch hergekommen, oder hast du gedacht, du dürftest sonst bei uns wohnen? Zu irgendwas musst du doch nützlich sein.«

Er griff nach Angelica und tat, als wollte er sie melken.

»Kümmer dich gar nicht um ihn, er hat sie nicht alle«, meinte Frans.

Sie riss sich los und stellte sich neben Frans. Vorsichtig fasste er ihr in die Haare.

»Das sieht ja total bescheuert aus.«

»Was denn?«

»Irgendwas ist mit deinen Haaren. Du hattest braune Haare, als du gekommen bist. Jetzt sind sie ganz gelb.«

»Das war Läusekacke«, zischte Urid. »Deshalb waren sie braun.«

Leon hielt sich die Nase zu und tat, als müsste er sich übergeben.

Sie musste daran denken, wie es im Kindergarten war, wenn die Kinder Läuse hatten. Ihre Mama war dann immer wahnsinnig wütend geworden und hatte geschimpft.

Es war nicht Magdas Schuld, dass die Läuse kamen. Keiner konnte etwas dafür. Die Läuse kamen ganz von selbst. Sie hatte geglaubt, dass Papa sie dreckig finden würde, wenn er es erfuhr. Aber er hatte nur gelacht und einen Kamm durch ihre Locken gezogen, einen seltsamen, platten, kleinen Kamm, in dem die Haarbüschel hängen blieben.

»Papas kleiner Engel, dann wollen wir mal sehen, so ein kleiner Engel hat doch keine Läuse, oder?«

»Alle hatten Läuse, sogar Mimmi«, sagte sie trotzig. »Und Johan.«

»Wer sind die?«, sagte Urid.

»Sie gehen in meine Klasse. Wir hatten alle Läuse, sogar die Lehrerinnen, aber dann hatten wir keine mehr, denn wir haben ein Spray bekommen, und danach waren sie weg.«

»Sollen wir Verstecken spielen?«, sagte Leon. »Nora muss stehen bleiben und die anderen laufen weg und verstecken sich.«

»Nein«, flüsterte sie und dachte an den Hund.

Leon führte sie zu einem Baum und zwang ihre Hände in die Höhe.

»Du darfst nicht gucken, du bleibst hier stehen und zählst bis hundert.«

Das konnte sie nicht. Bis zehn konnte sie schon zählen, aber weiter nicht. Die Nase gegen den Stamm gepresst stand sie da und die Jungen waren fort, sie verschwanden, ohne dass sie es gehört hätte. Sie musste Pipi machen. Sie legte die Beine übereinander und tat, als würde sie zählen.

»Hundert!«, brachte sie mit leiser, krächzender Stimme heraus.

Dann fuhr sie herum.

Es war heute kühler. Sie zog an den Ärmeln ihrer Strickjacke, schaute sich um und ging mit schleichenden Schritten zum nächstgelegenen, dichten Strauch, schob die Zweige auseinander und versuchte in das Gestrüpp zu schauen. Nein. Keiner da. Wo sollte sie suchen? Hinten an dem roten Haus vielleicht? Aber dazu musste sie an den Löwen vorbei.

Sie lehnte sich zurück und schaute an den beiden Sockeln vorbei. Da oben saßen Simba und Samba. Ihre weißen Augen beobachteten sie. Jetzt bewegte Simba das hinterste Ende seines Schwanzes.

Angelica atmete tief durch, schloss die Augen und lief los.

Auf dem Hof vor dem Haus stand eine Tante mit einer Wanne voller Wäsche und nasser Kleider.

»Hallo«, sagte Angelica leise.

»Hallo, Kleines«, sagte die Tante. »Bist du schon wach? Was machst du?«

»Wir spielen Verstecken.«

Die Tante zwinkerte ihr zu.

»Aha ... also ich glaube ja, sie sind in der Hecke.«

Im gleichen Moment hörte man wildes Rufen von dem Baum, an dem Angelica gestanden und gezählt hatte. Alle drei Jungen rannten den Hang hinab.

»Wir haben uns frei geschlagen, du hast gar nicht gesucht.«

»Doch, habe ich.«

»Aber du hast an den falschen Stellen gesucht. Jetzt musst du wieder suchen.«

Ihr Hals schnürte sich zu, als würde sie jeden Moment losheulen, aber das durfte sie nicht, so lange Leon es sehen konnte.

Die Tante wischte ihre großen, roten Hände an ihrer Schürze ab.

»Aber ihr müsst auch mal ein bisschen überlegen, ihr Dummköpfe«, sagte sie. »Nora ist neu hier. Da ist es doch kein Wunder, dass sie euch nicht finden kann. Ihr müsst auch mal versuchen, euch wie Gentlemen zu benehmen, jetzt, wo wir endlich eine kleine Dame bei uns haben. Einer von euch muss jetzt suchen und Nora darf sich verstecken!«

Sie liefen zu dem Baum zurück. Diesmal sollte Leon suchen. Sie wartete mit den Jungen, bis er ihnen den Rücken zukehrte, und zählte. Dann lief sie los, und Urid war neben ihr, sie lief und hatte nur das Eine im Kopf, Leon durfte sie nicht finden. Sie drehte sich um, wollte sehen, wo Urid sich versteckte, aber er war verschwunden. Ohne dass sie wusste, wie es dazu gekommen war, hatte er sich in Luft aufgelöst. Ihr kam Speichel in die falsche Röhre, und sie musste husten, rannte aber weiter. Sie lief zu den roten Häusern, wo die Tante jetzt Kleider aufhängte, es roch nach Waschwasser. Sie bog um das Haus der Tante und rannte weiter zum nächsten, das direkt daneben stand. Die Tür stand einen Spaltbreit offen, sie schob sich hinein.

In dem kleinen Flur blieb sie abrupt stehen. Durchs Fenster sah sie für einen Moment etwas Blaues, Leons blauen Pullover. Sie machte sich klein und huschte geduckt ins nächstbeste Zimmer.

Ein fader und säuerlicher Geruch schlug ihr entgegen, wie von alten Äpfeln, die weich und braun geworden waren. An der Wand stand ein Bett, in dem vor kurzem noch jemand gelegen zu haben schien.

Sie wollte weiterlaufen, aber auf der Treppe klapperten Schritte, Leon kam näher. Sie kniete sich hin und schob sich so schnell sie konnte unter das Bett.

Um sie herum war es dunkel und staubig. Sie hatte Angst vor Staub, er konnte sich in Mäuse verwandeln. Mucksmäuschenstill lag sie da und musste niesen, aber der Niesreiz klang ab und wurde zu wässriger Rotze.

Dann hörte sie eine verzerrte und gequälte Stimme:

»Was tust du hier, willst du etwas Bestimmtes?«

Nackt und weiß standen zwei Füße auf dem Fußboden. Hinter ihnen sah sie Leons kleinere Füße. Sie traten auf der Stelle, konnten nicht stillstehen.

»Wir spielen Verstecken, hat Nora sich hier versteckt?«

»Hier hat sich keiner versteckt.«

Es war eine der Tanten. Plötzlich jammerte sie kläglich und lang gezogen. Angelica hielt die Luft an. Sie bekam hier unten keine Luft, sie musste raus. Ihre halb geöffneten Augen sahen Leons Füße. Ihr Körper lag auf den Boden gepresst, Arme und Beine wurden schwer.

Mama hatte so geklungen, es war das gleiche lang gezogene Jammern gewesen, und dann hatte es gekracht, als eine Kommode umkippte, und überall waren die kleinen Schubladen mit ihren Halsketten und ihrem Schmuck gewesen. Papas Schuh war auf sie zugeflogen, er hatte ihn weggetreten. Sein glänzender, schwarzer Schuh.

Sie erinnerte sich, dass sie die Fußleisten entlanggekrochen und es sehr still gewesen war. An der Wand hatte ein Ohrring gelegen. Sie hatte ihn in den Mund genommen und verschluckt. Sie war zwischen braunen Blutspritzern über den Teppich gerobbt. Zwischen ihren Schenkeln wurde es jetzt heiß. Sie machte in die Hose. Sie lag in dem fremden Zimmer unter dem Bett und machte sich in die Hose wie ein

Baby, lag stumm da und lauschte dem plätschernden Geräusch.

Leon würde sich bestimmt über sie lustig machen.

Er war anders als Urid und Frans.

Dann vergaß sie das alles, denn die Tante schrie.

»Lauf«, rief sie Leon zu, »beeil dich, hol Lillemor.«

Sie sah Kleider auf den Fußboden fallen, eine riesige Unterhose und ein Kleid. Sie erkannte den geblümten Stoff, eine der Tanten hatte am Vortag ein solches Kleid getragen. Die Füße hoben und senkten sich, kamen jetzt zum Bett. Die Tante schluchzte und stöhnte, und manchmal keuchte sie, als wäre sie gerade gerannt.

Sie musste hier raus. Sie musste sich klein machen und kriechen, ein paar schnelle, kurze Züge, dann würde sie draußen sein. Der Fußboden war nass, aber das würde keiner merken, und ihre Hose würde rechtzeitig wieder trocken sein.

Ich mache nicht in die Hose, schoss ihr durch den Kopf, nicht wie ... Aber sie erinnerte sich nicht mehr daran, was sie denken wollte. Von draußen näherten sich klappernde Schritte. Leon war schon wieder zurück. Sie presste sich an die Wand, aber wenn er sich auf den Boden legte und unter das Bett guckte, würde er sie sofort entdecken. Seine hellen Ballonaugen würden sie anstarren und sein Blick gemein werden. Sie schloss die Augen. Über ihr knarrte und quietschte die Sprungfedermatratze, die Tante hatte sich hingelegt, und die Matratze wurde herabgedrückt.

Dann schlurften neue Füße über den Boden, Füße in weißen Turnschuhen, und eine Tasche wurde auf dem Teppich abgestellt. Die Tante im Bett schluchzte und weinte. Die Frau, die Lillemor hieß, versuchte sie zu trösten.

»Ich bin bei dir, Beata, wir werden das gemeinsam durchstehen.«

»Oh, Lillemor!«

Ein Stück von den weißen Schuhen kam unter das Bett, sie hätte die Schuhe anfassen können, wenn sie es gewollt hätte. Ganz vorne auf den Zehen sah sie grasgrüne Farbstriemen.

»Ich habe Leon gesagt, dass er Erland holen soll. Er muss dabei sein, wir können seine Hilfe gut gebrauchen, und immerhin ist er ja auch der Vater. Es schadet nicht, wenn er sieht, dass Kinder nicht so leicht herauskommen, wie sie hineinkommen.«

»Erland«, rief die Frau im Bett.

Beata, was für ein harter und komischer Name.

»Sei froh, dass du dir nicht einen freien Platz auf einer Entbindungsstation suchen musstest«, sagte Lillemor. »So läuft das nämlich in Stockholm, das hat uns doch Mats letzte Woche in seiner Zusammenfassung erzählt. Die Frauen werden mittlerweile aufgefordert, möglichst an ihren Urlaubsorten zu entbinden. Hast du so was Dämliches schon einmal gehört! Die großen Krankenhäuser sind alle überfüllt. Aber bei uns ist das anders, hier haben wir den nötigen Sachverstand direkt vor Ort. Jetzt, meine Liebe, möchte ich nur mal die Hand hineinstecken, um zu fühlen, wie weit sich der Muttermund schon geöffnet hat, könntest du bitte die Beine ein wenig spreizen? Schaffst du das?«

13. Magda

Kleiderbügel klapperten, Regenjacken raschelten. Sie hörte das Klirren eines Schlüsselbunds und dann die Wohnungstür, die geöffnet und unmittelbar darauf wieder geschlossen wurde. Der Schlüssel drehte sich im Schloss. Schritte hasteten die Treppe hinab, danach herrschte völlige Stille.

Sie war allein in Florians Wohnung.

Vorsichtig schob sie die Tür der Kleiderkammer auf und ging leise in die Küche. Die beiden Essensportionen standen unberührt auf der Spüle, aber Magda war der Hunger vergangen, und als ihr die Essensgerüche in die Nase stiegen, drehte sich ihr der Magen um. Sie ging zum Fenster und blickte auf den Hof hinaus. Regenwasser plätscherte aus dem Fallrohr. Sie sah eine Frau mit einem Kinderwagen vorbeilaufen und für ein paar Sekunden dachte sie, es wäre der Wagen, in dem Angelica gelegen hatte. Dann fiel ihr wieder ein, dass die Polizei ihn mitgenommen hatte.

Erneut bekam sie kaum Luft und musste sich strecken und versuchen, so die Atemwege zu weiten.

Was sollte sie jetzt tun?

Warten.

Sie konnte nichts anderes tun als warten.

Sie ging in den Flur und drückte die Türklinke herab. Wie sie sich schon gedacht hatte, hatte Florian abgeschlossen. Um aus der Wohnung zu kommen, benötigte man einen Schlüssel, den sie nicht hatte.

Sie stand in Angelicas kleinem Zimmer und betrachtete das Bett mit der rosa Tagesdecke. Kleine Mädchen mochten rosa Sachen, das war bei ihr nicht anders gewesen, aber in Tante Gunillas Augen waren solche Dinge Humbug. Ihre Tante war Mitbegründerin einer feministischen Gruppe und Redakteurin der Zeitschrift *Frauenbulletin* gewesen. Magda hatte eine sehr emanzipierte Erziehung genossen.

Es gab bereits ein Kind in der Familie, als ihre Tante und ihr Onkel beschlossen, sich um das kleine, elternlose Mädchen zu kümmern. Es war ein Junge namens Magnus, der gerade ein Jahr alt geworden war.

Als Erwachsene und Angestellte in einem Kindergarten konnte Magda sich heute vorstellen, welch ein Gefühl es gewesen sein musste, ein weiteres Kleinkind im Haus zu haben. Gunilla und Olle waren nicht mehr die Jüngsten gewesen, als sie Eltern wurden. Mehr Kinder bekamen sie nicht, aber vielleicht hätten sie noch ein eigenes gewollt, wenn sie nicht gekommen wäre. Sie hatte es niemals über sich gebracht, die beiden danach zu fragen.

Olle war der große Bruder von Magdas Vater. Sie hatte begriffen, dass die beiden sich trotz des Altersunterschieds ziemlich ähnlich waren. Das gleiche stille, etwas grüblerische Gesicht, abwesend, in die eigenen Gedanken versunken.

»Du bist genau wie dein Bruder«, pflegte ihre Tante zu sagen, wenn sie schlechte Laune hatte, und bei diesen Gelegenheiten wurde Magda bewusst, dass es offenbar nichts Positives bedeutete, ihrem Vater zu ähneln. Tante Gunilla war dagegen energisch, tatkräftig und flink.

Magda hatte sich oft gewünscht, ihr Onkel wäre etwas mitteilsamer. Zwei, drei Mal hatte er ein altes Fotoalbum hervorgeholt und ihr die Bilder gezeigt, siehst du den da, das ist Jörgen, und sie hatte ein junges und schlankes Gesicht mit markanten Zügen gesehen.

»Wie war er denn so?«, hatte sie dann stets gefragt.

Ihr Onkel hatte jedes Mal gleich überrumpelt gewirkt, so

als wäre ihm erst in diesem Moment aufgegangen, dass er darauf keine rechte Antwort wusste.

»Nun ja, er war wohl wie die meisten Leute so sind«, hatte er schließlich erwidert.

Was sollte das heißen? Wie war man denn dann?

Es war leichter, sich mit Tante Gunilla zu unterhalten, aber leider hatte sie nur selten Zeit.

»Du ähnelst eher deiner Mutter, du hast ihren hellen Teint und ihre vollen Lippen, sie war auch so blond, vor allem im Sommer, dann wurden ihre Haare fast weiß.«

»War sie ... nett?«

»Du darfst nicht vergessen, dass wir nie Gelegenheit hatten, deine Mutter näher kennen zu lernen. Die beiden waren dauernd mit diesem Boot auf See, weißt du, das Boot war ihr Leben – und ihr Fluch, hätte ich fast gesagt. Im Grunde konnte nämlich keiner der beiden richtig segeln. Sie scherten sich nicht darum, mal einen Segelschein zu machen oder so, dachten anscheinend, sie wären unsterblich. Sie waren ja auch noch so jung. Ziemlich viel gefeiert haben sie, obwohl man das natürlich eigentlich nicht sagen darf.«

Magnus und Magda waren wie Geschwister aufgewachsen. Mittlerweile sahen sie sich jedoch nicht mehr besonders oft. Magnus spielte in einer Rockband, The Butcher's Balls, die recht erfolgreich und oft auf Tournee war.

Die etwas älteren Kinder im Hort baten sie manchmal, ihnen Autogramme zu besorgen, aber Magnus dachte nur selten daran, weshalb sie seine Unterschrift eingeübt hatte.

Regentropfen liefen die Scheiben herab und trommelten auf das Fensterblech. Es herrschte eine Art Halbdämmerung, als wäre es Herbst oder Winter. Magda ging ins Wohnzimmer. Auf dem Tisch lag ein Apfel, ein einziger Apfel, gelb und schon ein wenig verschrumpelt. Sie nahm ihn und führte ihn an die Zähne, die Schale platzte mit einem Knirschen auf, das Fruchtfleisch leuchtete hervor.

Sie bewegte sich durch Florians Wohnung und bildete sich plötzlich ein, er habe sie vergessen.

Über der Couch hing ein Bild, das zwei rote Pferde zeigte, die miteinander kämpften. Sie erinnerte sich nicht, es schon einmal gesehen zu haben. Das Motiv war hässlich und zerstörerisch.

Das Bücherregal gähnte ihr halb leer entgegen. Sie war dabei gewesen, als er es zusammengebaut hatte. Er hatte auf dem Fußboden gesessen und die Montageanleitung von IKEA zu verstehen versucht. Am Ende hatte ihn die Wut gepackt, und er hatte das Gerüst umgeworfen, sodass es wieder auseinander brach.

»Diese Hände, Magdalena, sind für ganz andere Tätigkeiten bestimmt. Jetzt taugen sie nicht einmal mehr für so etwas.«

Er war ausgebildeter Chirurg, aber aus irgendeinem Grund, den sie nicht richtig verstanden hatte, durfte er nicht operieren und musste stattdessen als eine Art Mädchen für alles in der Orthopädie des Krankenhauses von Huddinge arbeiten.

»Als Laufbursche! Bei meiner Ausbildung und meinem Talent. So geht das großartige Land Schweden mit seinen eingewanderten Bürgern um. Ich könnte ebenso gut als Würstchenverkäufer arbeiten oder in Büros die Papierkörbe leeren.«

Wenn er sich so aufregte, wusste sie nie, was sie erwidern sollte. Es kam ihr dann immer vor, als müsste sie sich, nur weil sie Schwedin war, ganz allein für alles Negative rechtfertigen, was ihm in seinem neuen Heimatland widerfuhr.

Auch das Pendeln zur Arbeit zehrte an seinen Kräften. Es ärgerte ihn, dass er mit dem Auto nach Huddinge fahren musste, aber mit öffentlichen Verkehrsmitteln dauerte es seiner Meinung nach zu lange.

Auf dem Bücherregal lagen ein paar Tageszeitungen, ein

Stapel Bücher und eine Taschenuhr mit einer abgewetzten Kette. Die Uhr hatte seinem Großvater gehört. Sie ließ sich mit einem kleinen Knopf öffnen, und in den Deckel war eine Jahreszahl eingraviert. Auf dem obersten Regalbrett standen Porträtaufnahmen von Florians Eltern, einem Mann mit strengem Blick und einer Frau mit einem strengen und fast schon höhnischen Zug um den Mund. Sie sah seine Züge in ihren Gesichtern, die etwas grobe Schädelform des Vaters, die Lippen der Mutter.

Ich brauche dich, dachte sie. Ich brauche dich so sehr.

»Du grübelst über etwas nach, Magdalena. Es scheint dich etwas zu bedrücken.«

Er hatte Sushi mitgebracht und war zu ihr nach Hause gekommen, es war ganz zu Anfang ihrer Beziehung gewesen. An seinen Schuhen hatte Schneematsch gehangen, und er hatte sich erkältet.

Sie hatte versucht, es mit einem Lachen zu überspielen.

»Ach wo, was sollte das denn sein?«

»Nun, die Frage kann ich natürlich nicht beantworten, aber ich sehe es dir an. Ich bin kein Psychologe, aber du hast etwas, das merke ich. Du strahlst eine Wehmut aus, die du nicht verbergen kannst, ganz gleich, wie oft du lachst.«

Sie erinnerte sich noch an Details dieses Abends. Er hatte seinen grauen Strickpullover angehabt, der jetzt säuberlich zusammengefaltet auf dem Stuhl in seinem Schlafzimmer lag. Das Bett war gemacht, die Tagesdecke glatt gestrichen.

Sie hob den Pullover auf, hielt ihn an ihr Gesicht, sein Geruch hing noch darin. Am liebsten hätte sie geweint, als sie sich an seine Geduld erinnerte, daran, wie es ihm damals gelungen war, ihr Schritt für Schritt Dinge zu entlocken, über die sie nie zuvor mit einem anderen Menschen gesprochen hatte.

»Es fällt einem schon schwer zu verstehen, dass man mit

einem Neugeborenen einfach so in See sticht. Und du sagst, sie hatten keinen Segelschein?«

»Das hat Gunilla gesagt, aber es ist bestimmt nichts Ungewöhnliches, es gibt sicher viele, die mit Booten unterwegs sind, ohne einen Segelschein zu haben.«

Ihr war kalt gewesen, und sie hätte lieber etwas Warmes gegessen als das Sushi.

Er beobachtete sie.

»Darf ich dich mal fragen, Magdalena, was du denkst, wenn du so etwas hörst?«

»Was meinst du?«

»Na, dass sie einfach losgesegelt sind.«

»Ich ... ich sehne mich nach ihnen. Ich hätte sie gerne kennen gelernt. Ich habe es wirklich gut gehabt bei Gunilla und Olle, das ist es nicht. Aber ...«

»Du sehnst dich nach ihnen?«

»Das ist doch wohl selbstverständlich, dass ich mich nach meinen Eltern sehne!«

»Bist du denn nicht auch wütend auf sie?«

Sie bekam den Bissen in ihrem Mund nicht hinunter und musste zum Ausguss laufen und ihn ausspucken.

»Doch!«, schrie sie. »Natürlich bin ich wütend. Wie kann man nur so verantwortungslos sein, ich habe das Gefühl, ich war ihnen völlig egal, als hätte ich genauso gut ... Sie hätten mit diesem verdammten Boot wenigstens so lange warten können, bis ich ein bisschen größer war ... und sie hätten gefälligst Schwimmwesten tragen können und nicht so hochmütig zu sein brauchen. Es kommt mir vor, als hätte ihnen dieses Boot mehr bedeutet als ihr eigenes Kind.«

Florian war der Einzige, dem sie jemals ihre Gedichte gezeigt hatte. Er nahm in seiner Kritik an ihren Texten kein Blatt vor den Mund.

»Das da ist gut, das hier auch, jedenfalls der Schluss. Aber dann das hier, Magdalena. *Wenn der Nacht schweres Dun-*

kel sich senkt, das kannst du besser, selbst ich als simpler Einwanderer merke, dass das eine geliehene und abgedroschene Sprache ist.«

Seine Kritik hatte sie verletzt. Aber gleichzeitig hatte sie Magda auch sehen gelehrt. Das Schreiben fiel ihr leicht, aber es war deshalb nicht gesagt, dass auch immer etwas Gutes herauskam.

»Es gibt Schreibkurse«, hatte er erklärt, sogar so etwas bekam er mit. »Es gibt da eine Schule, die heißt Biskops Arnö, da kann man sich bewerben, vergeude dein Leben nicht damit, dich um die Kinder anderer Leute zu kümmern, versuch lieber, etwas Eigenes zu werden, das Potenzial zu nutzen, das in dir steckt.«

»Ich hatte mal überlegt, Journalistin zu werden«, sagte sie.

»Du *hattest* überlegt?«

»Ja, später. Ich muss erst noch das Abitur nachmachen.«

»Und wann wird das sein?«

»In ein, zwei Jahren vielleicht, ich habe nicht vor, mein Leben lang im Kindergarten zu arbeiten.«

»Magst du Kinder?«

»Natürlich mag ich Kinder.«

»So selbstverständlich ist das nicht. Mir ist eine deiner Kolleginnen aufgefallen, ich weiß nicht, wie sie heißt, ein großes, dunkelhaariges Mädchen, dick geschminkt, dieses Mädel ist definitiv im falschen Job gelandet.«

»Linda. Du denkst an Linda.«

»Ja, genau. So heißt sie, glaube ich. Ihr eigenes Kind geht auch in den Kindergarten.«

»Ja. Sie hat es ein bisschen – wie soll ich mich ausdrücken – satt, ständig mit Kindern zusammen zu sein. Das kann man fast verstehen.«

»Man sollte sich mit Leib und Seele in seine Arbeit stürzen. Die Arbeit darf nicht darunter leiden, dass man lieber woanders wäre.«

Sie wagte, ihm zu widersprechen.

»Und was ist mit dir? Dir gefällt es doch auch nicht da draußen in dem Gipsstaub, das sagst du doch selber immer.«

»Es gefällt mir nicht. Aber das ist nicht der Fehler meines Arbeitgebers. Ich führe die Aufgaben aus, die man mir zuweist.«

Sie war immer abhängiger von ihm geworden, von seiner Haut, seinem Duft, seiner Art sie anzusehen und plötzlich einfach aufzulachen und sich auf sie zu werfen, sie aufs Bett zu legen und auszuziehen. Seine Finger strichen über ihren Körper, hatten ihn ausgekundschaftet und jede Stelle gefunden, an der eine Berührung sie weich werden ließ und bewirkte, dass sie sich hingab.

Aber es nach außen dringen zu lassen und der ganzen Welt zu zeigen, was sie füreinander empfanden, dazu war er nicht bereit gewesen.

14. Daniel

Diese ganzen Kinder waren irritierend. Sie wachten so früh auf und wollten dann prompt in die Küche, und um dorthin zu gelangen, mussten sie durch das Zimmer, in dem er und Janna lagen. Er hätte gerne länger geschlafen oder in aller Ruhe bei Janna gelegen, sodass er jederzeit die Hand ausstrecken und sie berühren konnte. Er hatte das Gefühl, sie schon lange zu kennen, zumindest in einer Beziehung. Sie strahlte eine solche Sorglosigkeit aus, er war so entspannt und bekam Lust, grundlos zu lachen.

Obwohl die anderen Seiten ihrer Persönlichkeit auch noch da waren.

Die Obersturmbannführerseiten.

Lag es daran, dass sie in ihrem Leben etwas vermisste?

Einen Mann, zu dem sie wirklich passte? Einen Mann, der nicht nur etwas von ihr haben wollte, sondern auch für sie da war, der das Kindliche und Schutzlose hervorlockte, das es tief in ihr auch geben musste. Er hatte es manchmal aufblitzen sehen.

Oder war es so, dass sie eine total beschissene Kindheit hinter sich hatte? Ihm wurde bewusst, dass er nichts über ihre Herkunft wusste und mehr über sie erfahren wollte. Sie interessierte ihn, und das war ein neues und ungewohntes Gefühl.

Sie war vor kurzem aufgestanden und hatte die Kinder aus dem Haus gescheucht. Sie klangen wie eine Herde kleiner

Elefanten, als sie schreiend und johlend die Treppe hinunterstampften. Warum können Kinder niemals leise sprechen wie andere Menschen auch? Er selbst und Jerry waren nie so laut gewesen. Andererseits gab es damals auch jede Menge dämpfender Faktoren, zum Beispiel seine Mutter. Man hatte beim besten Willen keine Lust, zu johlen und zu schreien, wenn die eigene Mutter dabei war, sich in eine gelbe und vertrocknete Haut zu verwandeln.

Manchmal kam sie aus dem Krankenhaus nach Hause und saß im Wohnzimmer, konnte aber schon nicht mehr gehen. Sein Vater hatte sie hochgehoben und in den Rollstuhl gesetzt. Daniel hatte das nicht sehen wollen und wehrte sich gegen den Anblick, gegen die langen, hageren Beine der Mutter, man hatte das Skelett sehen können, das in ihr war, das in allen Menschen war, auch in ihm.

»Hilf mir!«, hatte sein Vater gesagt. Nein, es war anders gewesen, er hatte gebrüllt, und Daniel hatte ins Schlafzimmer gehen und dort die Decke seiner Mutter holen müssen, und in dem Zimmer hatte ein Geruch gehangen, von dem ihm speiübel geworden war, nach Kot und Apfelsinen.

Die Hand seiner Mutter war glühend heiß gewesen. Wozu brauchte sie da eine Decke? Als er versuchte, die Decke um sie zu legen, hatte sie ihn festgehalten und ihre Augen hatten ihn so angestarrt, dass sein Rücken ganz schwitzig und kalt geworden war. Ihre eiserne Hand, sie war auf dem Weg ins Grab und wollte ihn mitnehmen.

Er hatte sich mit Jerry in der Küche gestritten. Jerry hatte ihm seinen Kuli abgenommen, den mit allen Farben. Er erinnerte sich noch genau an ihn, er war silberfarben gewesen und hatte kleine Hebel gehabt, die man herabdrückte. Dann kamen die Minen heraus und schrieben blau, rot, grün oder wie ein gewöhnlicher Kugelschreiber. Er hatte ihn nur zurückhaben wollen.

Auf einmal hatte ihr Vater in der Tür gestanden und sie angefaucht:

»Zum Teufel, Kinder, wie oft habe ich euch eigentlich schon gesagt, dass ihr leise sein sollt. Sie ist krank! Kapiert ihr das nicht?!«

Es war ein Sonntag gewesen, und später an dem Tag war Åse gekommen. Sie hatte ein neues Monopoly-Spiel mitgebracht, und sie hatten zusammengesessen und versucht, ein wenig Spaß zu haben. Seine Mutter hatte nicht einmal mehr die Kraft gehabt zu würfeln. Trotzdem hatte sie kräftige Hände, sie hatte den Griff des Todes in ihren knochigen Fingern, und er hatte nicht verstanden, wie beides gleichzeitig möglich sein konnte.

Ein Erinnerungsbild: Er lief an einem der niedrigen Wälle entlang zu dem Platz, wo sie immer Fußball spielten. Es war Winter, der Platz war vereist und glatt. Ein paar Jungen spielten auf dem Eis und liefen mit ihren Bandyschlägern herum, sahen ihn aber nicht, und nach einer Weile zogen sie ihre Schlittschuhe aus und gingen nach Hause, wo das Abendessen auf sie wartete. Daniel blieb alleine zurück. Wie ein Irrer hastete er rund um den Wall, bis ganz oben auf die Kuppe des Hügels, und er rannte und riss den Mund auf und schrie. Luft und kleine, harte Schneekörner flogen ihm in den Mund, aber er bemerkte es gar nicht, es hatten sich so viele Schreie in ihm aufgestaut, dass er übervoll war und sie hinaus mussten.

Plötzlich rutschte er auf einer vereisten Stelle aus, fiel hin und schlug mit dem Kinn auf. Es tat höllisch weh, und er verlor einen Schneidezahn und musste ihn vor Schmerzen schluchzend auf dem Eis suchen. Schließlich fand er ihn, und als er nach Hause kam, fuhr sein Vater mit ihm auf der Stelle zum zahnärztlichen Notdienst. Aber es war schon zu spät.

»Er hätte ihn unter die Zunge legen müssen«, meinte der Zahnarzt. »Jetzt ist er so lange aus dem Mund gewesen, dass man ihn nicht mehr einsetzen kann.«

Er döste, konnte aber nicht mehr einschlafen. Janna war zu nahe. Sie lag auf dem Rücken und starrte an die Decke. Zärtliche Worte kamen ihm in den Sinn, und er bekam Lust, sie auszusprechen. Er sehnte sich danach, ihr Gesicht seinetwegen weich werden zu sehen. Weil er sie berührte.

Sein rechter Arm fiel in ihr Bett.

»Hallöchen!«, sagte er mit belegter Stimme.

Sie legte sich auf die Seite, und das Licht, das zwischen den Vorhängen hereinfiel, ließ ihre Augen grün aufleuchten.

Wie schön sie war!

Ihr Zeigefinger strich über sein Kinn. Ihm lief ein Schauer über den Rücken, er konnte nicht mehr richtig sehen, die Konturen verschwammen, die samtene Haut, ihre Brüste, seine Handfläche:

»Janna, ich ...«

»Komm«, murmelte sie und zog ihn auf sich, sein Becken stieß gegen ihres, alles war weich und gleitend, er lag auf ihr und stieß zu, rhythmisch, aber beherrscht, wollte nicht zu schnell sein, ihr Zeit lassen und sich zurückhalten, den Genuss in die Länge ziehen und steigern. Ihr Mund war süß, und seine Zunge glitt über die glänzenden, glatten Zähne, die nach Nacht und Schlaf schmeckten, aber nicht unangenehm, und auf den Schultern hatte sie eine Gänsehaut und klebrigen Schweiß.

Er lag mit dem Ohr an ihrem Hals, in dem es pochte. Das bin ich, dachte er, ich bringe sie dazu, sich nach mir zu sehnen. »Komm«, flüsterte sie erneut, und daraufhin wälzte er sich auf den Rücken und sie kam auf ihn, ihr runder, fester Po, seine Fingernägel hinterließen Striemen in ihrer Haut, und er wollte sie noch ein wenig hinhalten, aber nun übernahm sie das Kommando, ihre Kraft wuchs, sie richtete sich mehr und mehr auf und zog das Nachthemd aus, warf es hinter sich, und er dachte, die Kinder, aber sie waren draußen, und selbst wenn sie auftauchten, was würde das schon für eine Rolle spielen, es brachte ihn nicht aus dem Konzept, an sie zu denken, ich bin stark, schoss es ihm durch den Kopf, ich bin stark und ausgeruht, ich bin sauber, und seine Hände umfassten ihre Taille, auf der bleiche Streifen die Kinder markierten, die sie in sich getragen hatte, doch sonst war davon nichts zu merken, sie war perfekt und auch unten nicht weit, sondern eng und straff, das spürte er, als sie sich auf ihn herabsenkte und ihn mit Hilfe ihrer Hand in den Tunnel aus saugenden Muskeln lotste. Ihm blieb die Luft weg, wie eine ganz leichte, flüchtige Übelkeit breitete sich der Orgasmus vom Steißbein kommend in Bauch und Rücken aus, lähmte ihn und laugte ihn aus. Vielleicht gab er Laute von sich, vielleicht schrie er sogar, er wusste es nicht, fühlte nur, wie sie sich nach hinten bog, sich ihm hingab, und als sie kam, warf sie den Kopf nach hinten und stöhnte so laut, dass er ihr eine Hand auf den Mund legen musste.

Sie saßen in der Küche, Janna hatte Tee gekocht. Sie trug ihren Frotteebademantel, unter dem sie nackt war, die Schenkel mit ihren Grübchen schauten heraus, als sie sich breitbeinig hinsetzte. Ihre Zehennägel waren kurz geschnitten und weiß.

Sie lächelte ihn an und trank schlürfend etwas Tee.

»Du bist toll«, flüsterte er.

»Du bist aber auch nicht übel.«

»Unglaublich, dass ich dich gefunden habe. Ich frage mich, was ich sonst in diesem Moment tun würde.«

»Hm. War es nicht eher so, dass ich dich gefunden habe?«

»Aber wäre ich nicht in dem Haus gewesen, hätte keiner von uns den anderen gefunden.«

»Vielleicht wärst du ja wieder bei Ulrika gewesen«, sagte sie. »Ich will damit nur sagen, wie kann sie jemanden wie dich einfach gehen lassen.«

Ulrika. Er erkannte, dass er schon fast vergessen hatte, wie sie aussah. Nein. Zurück in die Vittangigatan wäre er mit Sicherheit nicht. Er hätte wahrscheinlich weiter Treppenhäuser geputzt, den Dreck anderer Leute weggewischt. Er hätte schon was gefunden, wo er pennen konnte.

Die Erleichterung darüber, dass er hier war, bei Janna, ließ ihn vergnügt vor sich hin pfeifen. Er trug eine saubere Unterhose, die Janna ihm gegeben hatte. Sie war zwar nicht neu, aber das war ihm egal. Vermutlich hatte sie einem ihrer früheren Männer gehört, vielleicht sogar diesem Kennet. Jetzt gehörte sie ihm.

»*Das hätte ich fast vergessen*«, platzte er plötzlich auf Deutsch heraus.

»Was sagst du da?«

»Ach, das war nur ein Satz auf Deutsch, der mir eben einfiel. Das hätte ich fast vergessen.«

»Was denn?«

»Nichts. Nun ja, ich habe ein bisschen darüber nachgedacht, wie mein Leben vorher war, hier oben ist alles irgendwie anders, ich kann es gar nicht richtig erklären. Zum Beispiel habe ich die ganze Zeit noch keine Zigarette geraucht und auch kein Bier getrunken. Ich komme mir fast vor, als wäre ich in so einer Wellness-Anlage, oder wie man das nennt.«

»Und wie gefällt dir das?«

»Es ist völlig okay.«

»Dann hast du also kein Heimweh?«

»Sieht nicht so aus.«

»Ich denke oft, hier ist es wie im Paradies. Die saubere Luft, die Stille, und im Wald gibt es Wölfe und Bären, das ist irgendwie so ursprünglich. Ich bin froh, dass es dir gefällt.«

»Wölfe und Bären?«

»Keine Angst, sie greifen einen nicht an. Aber vor einiger Zeit habe ich gehört, dass ein Wolf eine Kuh und ihr Kalb gerissen hat.«

»Tatsächlich!«

»So ist das nun einmal in der Natur. Die Tiere müssen auch leben dürfen, die wilden Tiere, meine ich. Ich könnte mir allerdings vorstellen, dass der Bauer ziemlich sauer war.«

»Wie lange bist du schon hier?«

»Zwei, drei Jahre.«

»Und bist du die Besitzerin von dem Ganzen?«

»Mats und ich sind die Besitzer. Anfangs gehörte ihm alles hier, ich habe mich eingekauft. Aber ich hatte die Idee, und Mats war sofort Feuer und Flamme. Du ahnst ja gar nicht, wie viele Menschen es gibt, die ihr Leben ändern wollen, die den ungesunden Stress und das Klima dieser Gesellschaft hinter sich lassen wollen. Wir haben sie sorgfältig ausgewählt, das kannst du mir glauben.«

»Dieser Mats ... Seid ihr mal zusammen gewesen?«

Sie lachte.

»Er ist für mich wie ein Zwillingsbruder. Ehrlich gesagt habe ich Jennifer und ihn verkuppelt. Ich spürte, dass sie zusammenpassen würden.«

»Aber was ist mit mir – was weißt du denn schon über mich? Ich könnte doch ein Meuchelmörder und Vergewaltiger sein, du weißt nur das, was ich dir gesagt habe.«

Sie sah ihm unverwandt in die Augen, am Ende musste er ihrem Blick ausweichen.

»Mehr weiß ich nicht?«

»Nee ...?«

»Es ist so, verstehst du, dass ich mit einer speziellen Intuition geboren wurde. Das habe ich dir ja schon erzählt. Ich habe im Gefühl, wer hierher passt und wer nicht. Es klingt vielleicht absurd, aber als ich dir auf der Treppe begegnet bin, habe ich sofort gespürt, dass das Pendel in die richtige Richtung ausschlug.«

Er ging zur Spüle und schnitt mehr Brot auf.

»Ich habe nachgedacht«, sagte sie und gähnte. »Was willst du bei uns tun? Ich meine, wo liegen deine Stärken?«

»Na, das weißt du doch ... In dem, was wir gerade gemacht haben!«

Sie warf ihm eine Kusshand zu.

»Ja, aber abgesehen davon. Du weißt doch, was getan werden muss, teilen wir unter allen auf, die hier wohnen, der eine kann dies besonders gut, der andere etwas anderes. Lillemor zum Beispiel ist ein bisschen die weise Frau, sie hat viele Talente. Sie kann nähen, weben, bei Geburten helfen, und was sie nicht über Heilpflanzen weiß, braucht man auch nicht zu wissen. Wenn wir noch im 17. Jahrhundert leben würden, hätte man sie längst als Hexe verbrannt.«

Sie senkte die Stimme.

»Das hätten sie im Übrigen bestimmt auch mit mir gemacht. Ja, und dann ... Bert und Harriet sind Lehrer, sie sorgen dafür, dass unsere Kinder das nötige Wissen bekommen.«

»Gehen sie denn nicht in die Schule?«

»Doch, sicher. In unsere eigene Schule.«

»Und was sagt das Jugendamt dazu?«, lachte er.

»Sollte das Jugendamt Ansichten zum Schulgang unserer Kinder haben, wird es sich die eine oder andere bittere Wahrheit anhören müssen. Die besten Schulen der ganzen Welt, dass ich nicht lache! Eine Schule, in der die Kinder im neunten Schuljahr noch nicht ordentlich lesen und schreiben können, in der sie sich gegenseitig mobben und die Lehrer von aufmüpfigen Schülern verprügelt werden. Das ist doch kein Umfeld für Kinder!«

»So schlimm ist es doch sicher nicht überall, oder?«

»Ich bin jedenfalls nicht bereit, unsere Kinder die Rolle von Versuchskaninchen spielen zu lassen! Gut, dann haben wir noch Erland, das habe ich dir schon erzählt, er ist Architekt, und Beata kümmert sich um die Hühner und Truthähne, obwohl sich das bald ändern wird, sie bekommt gerade ihr Kind.«

»Stimmt, sie hatte eine ganz schöne Wampe.«

»Vielleicht werden es ja Zwillinge. Wir werden sehen. Habe ich jemanden vergessen? Ach ja, Jennifer und Mats, sie arbeiten beide auf dem Feld, obwohl Mats von Haus aus Journalist ist. Das ist auch der Grund, warum wir fanden, dass er der Richtige ist, um für uns die Nachrichten zu hören, und zu guter Letzt haben wir noch Claudia und Hans. Er ist gelernter Koch, sie ist Zahnarzthelferin. Wenn es hart auf hart kommt, darf sie uns auch die Zähne ziehen.«

»Wie bitte, ihr müsst doch wohl zu einem richtigen Zahnarzt fahren, wenn euch die Beißerchen wehtun?«

»Sicher. Aber nur, wenn es gar nicht mehr anders geht. Wir wollen versuchen, möglichst ohne fremde Hilfe zurechtzukommen. In Gällviken haben wir auch noch unseren kleinen Laden, du hast vielleicht schon von ihm gehört. Samstags fährt einer von uns hin, denn dann ist Markt, und unser Laden liegt direkt am Marktplatz. Wir verkaufen unsere verschiedenen Produkte, zum Beispiel einen Holunderblütenessig, nach dem die Leute richtig verrückt sind. Also, wie du siehst, gibt es hier einiges zu tun, hier braucht sich keiner über mangelnde Beschäftigung zu beklagen. Deshalb frage ich dich noch einmal, was würdest du sagen, wo liegen deine Stärken?«

»Ich kann gut putzen«, sagte er und räusperte sich ironisch.

»Sicher, aber den Putzdienst übernehmen wir alle gemeinsam. Du wirst doch wohl noch etwas anderes anzubieten haben, oder etwa nicht?«

Jetzt ist es aus, dachte er. Jetzt falle ich durch.

»Dieser Kennet«, murmelte er. »Was hatte der denn vorzuweisen?«

Sie strich sich die Haare hinters Ohr.

»Schlimm, wie empfindlich du bist.«

»Ach was, ich frag doch nur.«

»Weißt du, er war nur ganz kurz hier. Aber da unten im Großstadtdschungel war er Fahrkartenkontrolleur. Oder ist es immer noch, nehme ich an.«

»Das hat ihm hier oben nicht viel genützt, was?«

Sie kicherte.

»Da hast du allerdings vollkommen Recht. Aber er konnte graben wie kein Zweiter. Auf dem Gebiet benötigen wir also dringend einen Nachfolger.«

»Graben? Du meinst, da unten im Keller?«

»Ja.«

»Aha.«

»Außerdem kannst du den Kindern Deutsch beibringen, wenn du willst. Es ist nie verkehrt, Fremdsprachen zu beherrschen. *Ich bin, du bist und so weiter.*«

Er zuckte mit den Schultern.

Man hörte Schritte auf der Treppe, schnelle, fiebrige Schritte, es war ein Kind, er dachte: der Hund. Doch dann klopfte es heftig an die gegenüberliegende Tür, und sie hörten Leon nach Lillemor rufen.

»Komm schnell, es geht um Beata, sie ist krank, sie hat Wehen!«

»Es ist so weit!«, sagte Janna. »Drück uns die Daumen, dass es ein Mädchen wird!«

15. Angelica

Erland war gekommen. Sein Name klang wie elend.

Und es war wirklich ein Elend.

Angelica hatte mit dem Gesicht zur Wand gelegen, es aber nach einer Weile gewagt, sich wieder umzudrehen, und betrachtete nun die vielen Füße. Die Tante im Bett hatte unüberhörbar schreckliche Schmerzen. Sie schrie lautstark nach Erland, aber er konnte ihr anscheinend nicht helfen, saß die meiste Zeit nur da und murmelte irgendetwas.

Lillemor ging in leisen, weichen Schuhen auf und ab. Sie war in der Küche, man hörte typische Küchengeräusche. Kurz darauf drang ein neuer und bekannter Geruch zu ihr unter das Bett. Es roch nach Weihnachten.

Lillemor goss etwas in ein Glas, sie hörte es plätschern.

»Ich habe dir Zimtwasser gekocht«, sagte sie. »Versuch es herunterzubekommen, davon werden die Wehen stärker.«

Beata weinte.

»Ich schaffe das nicht. Möge dieser Kelch an mir vorübergehen.«

»Na, na, na! So darfst du nicht denken! Natürlich schaffst du das. Du wirst sehen, schon bald kommt ein richtig großes und prächtiges Mädchen aus deinem Bauch. Wir werden jetzt ein paar Decken erwärmen und dir auf den Bauch legen. Ich habe sie mit Fenchel und Kümmel gekocht. Es ist ein altes Hausmittel, das mir meine Großmutter beigebracht hat, nichts anderes beschleunigt das Ganze so wie diese Decken. Du wirst sehen, bald hast du es geschafft.«

Beata schrie. Sie klang nicht nett.

»Du musst es ja wissen ... du hast doch noch nie ... ahhh, ich steeerbe ...«

Es war warm unter dem Bett, die Luft war stickig. Beata war leiser geworden, jetzt hörte man vor allem Lillemors Stimme. Sie erzählte von einer Frau, der sie geholfen hatte, einer Frau, die ein Kind bekommen hatte.

»Ich erzähle das nicht, um euch Angst zu machen, sondern damit ihr mir vertraut, sie war meine Schwester und sie wollte, dass ich ... ich war damals noch recht unerfahren, hatte nicht besonders viele Entbindungen durchgeführt, aber sie wollte das Kind nun einmal zu Hause bekommen, nicht im Krankenhaus, sie hatte kein Vertrauen zu den Hebammen dort, sie war so dünn und mager, die ganze Zeit war ihr schlecht gewesen, neun Monate lang, stellt euch mal vor, es ist einem über einen so langen Zeitraum hinweg schlecht ... was das angeht, hast du es richtig gut gehabt, Beata. Sie war so schwach, dass ich es mir fast anders überlegt hätte, aber sie weigerte sich, ins Krankenhaus zu fahren, es ist so eine Art Phobie bei ihr. Sie hat mir vertraut, was sollte ich machen, aber dann stellte sich heraus, dass das Kind quer lag, also falsch, denn sie sollen ja mit dem Kopf nach unten liegen wie das hier ... deshalb musste ich die Hand hineinstecken und das Kind umzudrehen versuchen, und das war weiß Gott nicht leicht, ich bekam es einfach nicht richtig zu packen und hätte fast schon aufgegeben und einen Krankenwagen gerufen, aber dann fühlte ich doch noch ein kleines Bein und konnte das Baby drehen, die kleine Liv, ein schöner Name, nicht wahr? Aber, mein Gott, was waren wir drei hinterher müde.«

Angelica hörte zu, verstand aber nicht sonderlich viel von dem, was da geredet wurde.

Im Kindergarten spielten Isabelle und sie immer, sie wären Mamas. Sie stopften sich eine Menge Puppenkleider unter die Pullover und schoben den Bauch vor. Isabelle hatte vor kurzem eine kleine Schwester bekommen. Sie hieß Sandra, und ihre Mama war einmal mit dem Kinderwagen vorbeigekommen, und Sandra hatte geschrien und war ganz rot gewesen. Hässlich war sie gewesen. Ihre Augen waren kleine nasse Schlitze. Isabelle hatte den Kinderwagen geschoben. Sie war so komisch geworden, auf einmal war sie das Mädchen, das mehr wusste als alle anderen. Nachmittags saß sie mit gestreckten Beinen in der Kissenecke und zog ihren Pullover bis zum Kinn hoch.

»Jetzt stille ich mein Baby. Denn Babys bekommen ihr Essen aus Mamas Busen, so machen sie«, und dann tat sie so, als würde sie saugen und schmatzen und presste eine der Puppen an ihre platte Brust.

»Habt ihr schon einmal darüber gesprochen, wie Babys entstehen?«, hatte die neue Erzieherin wissen wollen, Angelica hatte ihren Namen vergessen.

»Ja, haben wir«, schrie Axel, »sie bumsen, die Mama und der Papa bumsen, das steht hier, guck selbst.« Er lief los und holte ein Buch, das sie sich ab und zu anschauten, es waren Bilder von Mamas und Papas und es gab kleine Luken, die man aufklappen konnte.

Es gab auch noch ein anderes Buch mit einer Mama, die in einem Bett lag. Ihre Beine waren ganz blutig, und es kam etwas eklig Großes aus ihrem Popo.

Das war es, was in diesem Moment in dem Bett über ihr passierte. Angelica musste würgen, wenn sie daran dachte. Nie, nie, nie würde sie selber ein Kind zur Welt bringen wollen. Sie würde welche adoptieren. Amanda im Kindergarten war ein Adoptivkind aus Korea. So würde Angelica es auch machen, ihre Kinder adoptieren, bloß nicht so bekommen.

Jemand klopfte an die Tür. Lillemor ging hin und öffnete sie.

»Wie läuft es?« Es war Janna, sie klang gut gelaunt.

Beata jammerte und ächzte wieder so komisch.

»Es läuft – beschissen.«

Lillemor und Janna tuschelten miteinander.

Ich krieche heraus, dachte Angelica. Mama, Mama, ich muss hier heraus kriechen!

»Halt durch!«, hörte man Jannas Stimme. »Wir denken alle an dich, wir denken Kraft in dich hinein. Du schaffst das!«

Nein. Sie konnte es nicht. Im Grunde musste sie nur unter dem Bett hervorkriechen, sich hinstellen und hinausgehen. Lillemor würde bestimmt wütend sein auf sie, vielleicht sogar an ihren Haaren ziehen, wie ihre Mama es manchmal tat, wenn sie richtig böse wurde. Aber danach würde sie draußen sein. Schlimmer konnte es doch wohl nicht werden.

Trotzdem war es einfach unmöglich.

Sie veränderte ihre Lage, hoffte fast ein wenig, dass sie es hören und die Decke anheben würden, die vom Bett herabhing. »Du liebe Güte, liegst du hier unter dem Bett, das darfst du nicht, jetzt aber raus mit dir, geh spielen.« Sie fasste die Decke an, sie war dünn und hatte ein Muster mit hellgrünen Blättern.

Erlands Strumpfsocken waren so nah, dass sie die Füße anstupsen konnte, was sie auch tat, aber nur ganz leicht, damit er es nicht merkte.

Obwohl sie eigentlich hoffte, er würde es merken.

Sie musste schon wieder Pipi machen.

Wenn sie einmal Pipi gemacht hatte, konnte sie es ruhig noch einmal tun. Es wurde warm und feucht zwischen ihren Beinen, etwas später fing es an zu brennen.

Erland saß da oben und war lieb. Aber Beata schrie ihn nur an und sagte hässliche Dinge. Sie war nie still, wenn sie nicht schrie oder stöhnte, leierte sie einen seltsamen kurzen Vers herunter: Eiter, heiter, Buhle, Kuhle, Dreck und Speck und bohren.

»Was redet sie da?«, fragte Lillemor.

Erland gab ihr keine Antwort, vielleicht schüttelte er den Kopf. Sie sah, dass einer der dunkelblauen Strümpfe ein Loch hatte. Ein gelblich weißer, rauer Zehennagel lugte hervor.

Angelica weinte, aber ganz still, das konnte sie. Sie steckte die Finger in den Mund. Jetzt sah sie ja keiner, sie konnte lutschen, so viel sie wollte.

Dumme Mama und dummer Papa, es geschah ihnen nur recht, dass die beiden sie jetzt nicht sehen konnten, sie lutschte und drückte mit der Zunge, bis sie jegliches Gefühl in den Fingerspitzen verloren hatte. Nass wurden sie. Und aufgeweicht. Sie würde sie später abbeißen und in die Ecke spucken.

Eine unerwartete Bewegung an ihrem Knie machte ihr Angst, und sie musste die Luft anhalten. Da, jetzt spürte sie es wieder. Hastig zog sie die Beine an und schaute hin. Mama, Mama, etwas Graues saß da unten, wo ihre Füße gewesen waren, bewegte sich und kam auf sie zu. Jetzt konnte sie es richtig sehen, es war eine graue Maus mit dichtem Fell, und ihre Augen glänzten hässlich, vor und zurück fuhr das Maul, und die spitzen Zähne schauten heraus.

Sie musste schreien und tat es auch wirklich, öffnete den Mund und schrie.

Aber ihr Schrei ging in einem viel lauteren Schrei unter, dem Schrei, den Beata im gleichen Moment ausstieß. Sie sah Lillemors Turnschuhe, sie stand auf den Fersen und drückte sich ab.

»Pressen, pressen, es kommt!«

Beata stöhnte auf und schrie erneut. Anschließend wurde es für einen Moment ganz still. Doch dann ertönte ein weiterer, heiserer und gurgelnder Schrei, der genauso klang wie die Schreie von Sandra, Isabelles Schwester.

16. Daniel

Er zog die Shorts an und ging hinaus, erkannte jedoch sofort, dass es viel zu kalt für sie war. Er musste zurückgehen und seine Jeans heraussuchen, die an einem Haken an der Tür hing, genau wie Jannas Bademantel. Rasch warf er ihn sich über und fuhr in die Ärmel. Er nahm ihren Geruch wahr, der Stoff war auf ihrer nackten Haut gewesen. Er wurde ein bisschen geil, als er daran dachte, und musste sich eine Zeit lang ins Badezimmer zurückziehen. Dort stand er in Jannas Bademantel vor dem Spiegel und wichste sich zu einem Erguss, dem zweiten an diesem Tag innerhalb von zwei Stunden.

Der Hof war menschenleer. Er schielte zu den kleinen roten Häusern hinüber. In eins von ihnen war Janna gegangen, um zu schauen, wie die Geburt lief.

Er hatte einmal eine Sau Ferkel werfen gesehen, auf dem Land, als seine Eltern ihn und Jerry in ein Ferienlager geschickt hatten. Kleine, warme, lebendige Körper, er hatte eines der Ferkel halten dürfen. Da war es schon trocken und ganz weich gewesen, und man hatte ihn gefragt, ob er es haben wolle. Als er mit Ja antwortete, hatten sie gelacht.

Irgendwer hatte einmal ein Hängebauchschwein besessen, einer seiner Bekannten, aber er konnte sich nicht mehr erinnern, wer es gewesen war. Es war ein kleines, unfreundliches Tier gewesen, das eigentlich niemand gemocht hatte.

Doch, jetzt fiel es ihm wieder ein, es waren Freunde von Ulrika gewesen, die draußen auf Ekerö ein Haus gekauft hatten. Dort war das Schwein herumgelaufen und hatte nach seinen Fersen geschnappt, wenn sie zu Besuch gewesen waren. Ulrika hatte gegrinst.

»Entschuldige bitte, aber es sieht zu komisch aus, wenn ein kleines Schwein einen erwachsenen Mann jagt.«

Felicia. So hieß das Schwein, jetzt erinnerte er sich wieder.

»Felicia verschwand, kann jemand sagen, wie, wie ein Vogel aus seinem Bauer ...« Leise sang er ein altes Lied von Cornelis Vreswijk vor sich hin, dieses Schwein war auch verschwunden, wahrscheinlich hatte es irgendwer abgestochen. Es musste doch Grenzen dafür geben, was ein Tier sich erlauben konnte.

Er ging über den Kies, der unter seinen Schuhen knirschte. Alles war leer und verlassen, nicht einmal die Kinder ließen sich blicken. Und der Hund? Wo zum Teufel war der? Jetzt, ohne Janna in seiner Nähe, würde das Tier sich anschleichen und sich an seiner Kehle festbeißen können. Er war nicht klein genug, um für einen Welpen gehalten zu werden, glich eher einem Eindringling. Sein Mund wurde ganz trocken, wenn er daran zurückdachte, wie der kleine Mädchenfuß unter dem Hundekörper hervorgelugt hatte.

Die Kleine war zäh, obwohl sie vor kurzem noch krank gewesen war.

Widerwillig führten seine Schritte ihn zu den Kellertüren. Vielleicht grub ja schon jemand da unten, Janna hatte einen Arbeitsplan erwähnt. Ihm tat der Rücken weh, was manchmal vorkam, aber würde sie darauf Rücksicht nehmen? Wohl kaum. Sie würde sich von ihm zurückziehen und ihm alles vorhalten, was er nicht konnte, ihn mit den anderen vergleichen, zum Beispiel mit diesem Bert mit seinem fettigen Scheitel, dünn und bucklig hatte er da unten in den Gängen gegraben wie ein Maulwurf. Verdammter Mist, dachte er, ich will da nicht runter, mir kommt es so vor, als würde der ganze Dreck über mir einstürzen. Und wenn er dort unten tatsächlich verschüttet wurde? Wenn wirklich alles einstürzte? Es gab nichts, was den Gang abstützte, nur festgedrückte Erde.

Er hatte die Kellertüren erreicht, die geschlossen waren. Im Moment war also vermutlich niemand dort unten, was bedeutete, dass er die Türen öffnen und hinabsteigen musste. Aber gab es dort einen Spaten? Er musste sich erst einen suchen, die Spaten standen wahrscheinlich in irgendeinem Schuppen. Er schaute sich um. Ja genau, am hinteren Ende des Gartens stand eine kleine, grüne Bude. Er wollte gerade hingehen, als er die Jungen auf dem Hof sah. Es waren Jannas drei und noch ein paar andere. Er machte kehrt und ging in ihre Richtung.

Anfangs bemerkten sie ihn nicht. Sie hockten im Kreis, und Jannas ältester Sohn schien eine Art Anführer zu sein. Der Apfel fällt nicht weit vom Stamm, dachte Daniel und blieb stehen. Wie hieß er noch gleich, Frans, er war blass und wirkte ernst. Neben ihm saß Urid und seine teigigen Wangen hingen herab wie Tüten.

Einer der anderen Jungen blickte auf und bemerkte ihn.

»Hallo«, sagte Daniel.

Keiner erwiderte seinen Gruß.

»Was macht ihr denn da?«

Frans fixierte ihn. Alle Söhne von Janna hatten große, etwas vorstehende Augen, die rund und blau waren, sie hatten ihre Augen geerbt und nicht die ihrer Väter.

Frans winkte ihn zu sich. Er sah sich nervös um.

»Hast du Nora gesehen?«

»Nein.«

Ein gequälter Zug legte sich auf das Gesicht des Jungen.

»Mist«, flüsterte er.

Jetzt richtete sich der kleine Urid auf und stellte sich zu Daniel.

»Wir haben Verstecken gespielt. Und wir können sie nicht finden.«

»Sie wird schon irgendwo sein«, sagte er lahm.

»Wir haben aber überall gesucht.«

»Wo ist der Hund, wisst ihr, was mit ihm ist?«

»Er ist im Zwinger.«

»Dann müssen wir Janna fragen ...«, begann er, aber Frans schreckte auf und schüttelte den Kopf.

»Nein. Sag ihr nichts, du musst uns versprechen, nichts zu sagen! Wir werden sie finden, wir haben versprochen, auf sie aufzupassen.«

Die anderen drei Jungen schienen im gleichen Alter zu sein wie Frans.

»Und wie heißt ihr?«, fragte Daniel.

Frans riss sich zusammen und brachte eine kleine Vorstellung zu Stande.

»Die beiden sind Kinder von Hans und Claudia, sie heißen Nils-Emil und Lalle, und der hier mit dem Pflaster ist ein Kind von Mats und Jennifer, er heißt Artur, aber wir nennen ihn Erbse.«

»Erbse? Warum das?«

»Weil er aussieht wie eine Erbse«, warf Urid ein.

»Tu ich nicht!«

»Maul halten! Wir müssen – uns organisieren.«

Schon jetzt ein kleiner Stratege, dachte Daniel.

»Wann habt ihr sie zuletzt gesehen?«, fragte er.

»Wir haben hier gespielt, und am Anfang lief sie mit uns, aber dann hab ich sie nicht mehr gesehen, und sie kennt sich hier doch nicht aus ...vielleicht hat sie sich verlaufen.«

»Vielleicht ist sie den Wasserfall runtergefallen«, meinte der Junge, der Nils-Emil hieß. Seine Art, das zu sagen, hatte etwas Lüsternes.

Sie hörten, wie eine Tür geschlossen wurde, und die Jungen erstarrten. Janna kam über den Rasen auf sie zu.

»Hallo!«, rief sie.

»Ist das Baby schon da?«, sagte Daniel.

»Noch nicht, aber es dauert nicht mehr lange. Wir werden eine Torte backen, Nils-Emil, lauf los und hol Hasse. Der Vater dieses Jungen ist nämlich Koch, er macht fantastische Torten. Hol ihn her, damit ich ihm beschreiben kann, wie sie aussehen soll. Massenhaft rosa gefärbte Sahne, was haltet ihr davon, Jungs, klingt das nicht lecker?«

Nils-Emil machte sich unverzüglich auf den Weg. Er wirkte erleichtert. Sein jüngerer Bruder Kalle kam auf die Beine und lief ihm hinterher. Janna legte den Arm um Daniels Taille und zog ihn an sich.

»Oh, ist das spannend, ich kann überhaupt nichts Sinnvolles mehr tun, bis es vorbei ist.«

Auf einmal erstarrte sie.

»Wo ist Nora?«

Niemand antwortete ihr.

Ihre Augen verengten sich zu Schlitzen, und sie packte Frans an den Ohren und drehte sie um. Das Gesicht des Jungen lief feuerrot an.

»Frans, du weißt doch noch, was ich euch heute Morgen gesagt habe. Behaltet sie im Auge, habe ich gesagt. Wo ist sie?«

Er krächzte und versuchte, sich ihrem Griff zu entwinden.

»Wir haben gespielt!«, rief Urid. »Wir waren hier und haben Verstecken gespielt, aber wir können sie nicht finden.«

»Ihr werdet sehen, sie hat sich bestimmt nur besonders gut versteckt«, erklärte Daniel.

Es klatschte, als Jannas Hand das Gesicht von Frans traf. Blut lief auf seine Lippe.

»Bitte, Mama«, rief Urid.

»Und was ist mit Leon?«, sagte Erbse. »Leon ist auch weg.«

Janna schlug weiter. Sie schlug jetzt mit den Armen, mit dem ganzen Körper zu.

»Leon ist bei uns gewesen!«, sagte sie verbissen. Dann ließ sie Frans los und stieß ihn so heftig, dass er ins Gras fiel. Anschließend streckte sie sich nach Urid und schlug ihn auf die gleiche Art, erst ins Gesicht, danach seinen Körper.

Daniel versuchte dazwischen zu gehen.

»Hör auf, Janna. Sie können doch nichts dafür.«

Sie sah ihn nicht an.

»Du hältst dich da raus«, zischte sie.

Die beiden Jungen weinten lauthals. Sie stieß Urid zu seinem Bruder.

»Heulsusen!«, brüllte sie. »Geht rein und legt euch ins Bett. Keinen Mucks will ich hören, ich will euch heute nicht mehr sehen. Dabei hatte ich so gute Laune, und dann passiert so etwas.«

Die Jungen standen ungelenk auf und liefen zum Haus. Janna streckte sich, die Haut an ihrem Hals war voller roter Flecken.

»Soll man denn Kinder wirklich so schlagen?«, murmelte Daniel.

»Nein, das soll man sicher nicht, aber ich bin so verdammt wütend geworden. Nora darf nichts zustoßen, sie ist immer noch ein wenig kränklich und mitgenommen. Ich hätte sie nicht aus dem Haus lassen dürfen, sie kennt sich hier nicht aus. Was, wenn sie sich verlaufen hat? Dieser Wasserfall ist nicht ganz ungefährlich, ganz zu schweigen vom Wald. Darin kann jeder spurlos verschwinden.«

»So schlimm muss es doch gar nicht sein«, sagte er in dem Versuch zu trösten.

»Das sagst du so!«

»Was sollen wir tun?«

»Wir müssen sie suchen, alle Erwachsenen zusammentrommeln. Ich werde Guardie holen gehen, sie ist zwar eigentlich kein Spürhund, aber eine Hundenase ist auf jeden Fall besser als ein menschliches Auge.«

17. Magda

Es wollte einfach nicht aufhören zu regnen. Die Erde hatte unermesslichen Durst, und der Himmel gab sein Bestes in dem Versuch, ihn zu stillen.

Das klang wie ein Auszug aus einem unausgegorenen Gedicht.

Magda zog einen Küchenstuhl ans Fenster und starrte in den strömenden Regen hinaus. Aus dem Rucksack hatte sie ihren Stift und das kleine Buch geholt, in dem sie alles notierte, was ihr in den Sinn kam. Im Moment versuchte sie sich an einem Gedicht, war dabei aber wenig erfolgreich. In ihrem Bewusstsein gab es nicht den Hauch einer poetischen Inspiration.

Stattdessen ging ihr anderes durch den Kopf.

Florian.

Angelica.

Der Gedanke an Angelica quälte sie. Hatte sie ein Dach über dem Kopf, hatte sie es trocken und warm und war bei jemandem, der sie gut behandelte? Aber konnten Menschen, die kleine Kinder raubten, denn überhaupt gut sein?

Oder war sie gar nicht geraubt worden, sondern im Kinderwagen aufgewacht und weggelaufen? Nein. Unmöglich! Dann hätte man sie längst gefunden. Das Schreckliche und Unerklärliche war die Tatsache, dass es nicht die geringste Spur gab.

Und dann dieser Regen.

Sie hatte geglaubt, Florian würde zurückkommen, sobald er Eva zu ihrer Mutter gefahren hatte, aber es war schon fast halb neun, als sie endlich hörte, dass die Tür geöffnet wurde. Er war verschlossen und sah sie nicht an, sondern ging direkt in die Küche und warf die beiden Essensportionen in den Müll.

Sie stand da und sah ihn an.

»Was ist los?«, sagte sie leise.

Er schüttelte den Kopf.

»Hat Eva begriffen, dass ich hier war?«

»Nein.«

»Aber sie hat begriffen, dass jemand hier war, dass es eine Frau war? Ich habe gehört, was sie gesagt hat.«

»Ich will nicht darüber sprechen.«

»Florian! Wir hätten ... wir sollten ...«

Er zwängte sich an ihr vorbei und ging ins Wohnzimmer, setzte sich in den Sessel, nicht auf die Couch, und schaltete den Fernseher ein. Es lief eine amerikanische Sitcom.

»Florian?«, rief sie. »Können wir uns nicht stattdessen unterhalten?«

Erneut schüttelte er ohne sie anzusehen den Kopf. Sein Blick war auf den Bildschirm gerichtet. Mit bedächtigen Bewegungen holte er eine Zigarette heraus.

»Ich ertrage heute keine weiteren Szenen mehr. Du wirst das wohl oder übel akzeptieren müssen.«

Sie hatte das Gefühl abzuheben, und es kribbelte in ihrer Haut.

»Und was ist mit mir?«

Er reagierte nicht.

»Möchtest du, dass ich gehe?«

Immer noch keine Reaktion.

»Möchtest du das, Florian, möchtest du, dass ich gehe? Du willst vielleicht deine Ruhe haben, es war dumm von mir, herzukommen, ich bereue, dass ich das getan habe, ich gehe jetzt.«

Er rauchte mit tiefen Zügen. Dann drehte er sich zu ihr um, und in seinen Augen lag ein Ausdruck, den sie nie zuvor gesehen hatte.

»Du kannst das nicht verstehen. Ich weiß, dass du es versuchst, ich weiß, dass du es gut meinst. Aber wenn das einzige Kind, das man hat, spurlos verschwindet, dann gibt es auf der ganzen Welt keinen Trost.«

Am Montagmorgen meldete sie sich krank. Sie hoffte, Kattis oder eine der anderen würde an den Apparat gehen, aber es war Carita.

»Kindergarten Buschwindröschen, Carita!«, meldete sich ihre ratternde, trockene Stimme.

»Hallo, hier ist Magda ... Ich bleibe heute zu Hause, mir geht es nicht gut.«

Caritas Stimme bekam einen fast schon drohenden Klang.

»Jetzt hör mir mal gut zu, Magda! Ich finde nicht, dass du zu Hause bleiben solltest!«

»Mir geht es wirklich nicht gut, ich schaffe es nicht, mich mit den Kindern zu beschäftigen, wenn ich mich so fühle.«

»Dadurch, dass du zu Hause hockst und grübelst, wird es bestimmt nicht besser. Wenn man mit seinen Gedanken allein bleibt, werden die Probleme nur immer größer.«

»Carita, mir ist schwindlig, die Wände drehen sich, wenn ich aufstehe, ich muss mich festhalten, um nicht umzukippen.«

»Schön, dann setz dich in ein Taxi und komm her! Das ist eine dienstliche Anweisung!«

»Aber ich habe einen Termin beim Arzt«, log sie. »Um Viertel nach elf soll ich da sein, anschließend komme ich vielleicht, je nachdem, was er sagt.«

Sie rief ihre Tante Gunilla an, aber es ging niemand an den Apparat. Nach dem vierten Klingelzeichen fiel ihr ein, dass Gunilla und Bosse Urlaub hatten und in die Provence geflogen waren. Gunilla hatte angefangen, Aquarelle zu malen, einen ganzen Abend hatte sie über das besondere Licht der Provence gesprochen und dass sie es einfach erleben musste, ehe es dort unten zu heiß wurde.

Magda lag auf dem Rücken in ihrem Bett. Aus ihren Augen liefen immer neue Tränen.

»Ich ertrage das nicht«, sagte sie in den Raum hinein. »Hilf mir, wer auch immer, guter Gott, hilf mir.«

Ihr kam eine Idee, eine völlig verrückte Idee. Wie wäre es, wenn sie bei einem Nachbarn klingeln würde, sie konnte sich bestens vorstellen, wie ihnen die Sprache wegblieb. Wenn ihr denn überhaupt jemand öffnete, beispielsweise der große und fette Besitzer von Kater Bruno. Manchmal hatte er Besuch von seinen Freunden, und dann hockten sie zusammen und soffen und grölten zu später Stunde.

Und wenn sie es wirklich machte, klingelte und dann einfach dastand und weinte? Wäre sie in einem Film oder Buch gewesen, hätte Brunos Besitzer sich verwandelt und wäre nett geworden und hätte sie getröstet und alles für sie geregelt.

Aber das hier war weder ein Film noch ein Buch. Es war ihr Leben und sehr real.

Sie erinnerte sich an den Zettel mit der Telefonnummer, den sie von der Polizistin bekommen hatte. Wie war noch ihr Name gewesen, Marianne? Sie hatte ihn in die Tasche ihrer Jeans gesteckt, aber als sie sich schließlich dazu durchrang, aufzustehen, um ihn zu holen, war er nicht mehr da. Sie musste ihn verloren haben.

Mit Mühe schaffte sie es zur Toilette, und auf einmal war es tatsächlich so, wie sie es Carita geschildert hatte, es drehte sich alles. Sie stützte sich auf das Waschbecken und starrte ihr verquollenes, rot verheultes Gesicht an.

»Florian«, flüsterte sie. »Ach, Florian.«

Es hätte ihr sicher nicht geschadet, eine Dusche zu nehmen und sich die Haare zu waschen, aber sie hatte keine Dusche, und ihr fehlte die nötige Energie, jetzt ins Schwimmbad zu fahren. Ihr Spiegelbild verschwamm, die Konturen wurden unscharf, plötzlich war ihr, als sähe sie nicht sich, sondern Angelicas Gesichtszüge im Spiegel, die Augen geschlossen, der Mund zu einem Schrei aufgerissen. Ihr wurde übel, und sie musste sich über die Toilette beugen, aber es kam nichts, sie musste nur aufstoßen.

Sie begriff, dass sie möglicherweise tatsächlich krank war.

Sie döste ein, und im Halbschlaf kam ihr ein Gedanke. Es war ein schwaches Aufleuchten von etwas, das vielleicht zu einem Anhaltspunkt werden konnte, obwohl es eigentlich völlig verrückt war.

In ihrem letzten Schuljahr hatten sie und ihre Freundinnen sich mit Tarotkarten beschäftigt. Ein Mädchen war besonders gut darin gewesen, die Zukunft vorherzusagen. Ihr Name war Frida, und sie hatten in ihrem Keller regelrechte Séancen abgehalten. Magda hatte relativ lange gezögert, ehe sie sich einverstanden erklärte, sich die Zukunft weissagen zu lassen. Sie war hin und her gerissen gewesen. Im Grunde hatte sie nicht daran geglaubt, aber dennoch Angst gehabt, etwas über ihre Zukunft zu hören, was sie lieber nicht erfahren wollte.

Andererseits hatte sie das Gefühl gehabt, feige zu sein und die anderen im Stich zu lassen, und so war sie schließlich doch einverstanden gewesen, als Versuchsperson herzuhalten. Die anderen hatten sich ja auch darauf eingelassen. Frida hatte Kerzen und Räucherstäbchen angezündet und einen hohen und spitzen Hut getragen, ihre Haare wie einen Schal auf die Schultern gezogen und die Karten umgedreht.

»Ich bin die Hexe Gretel«, hatte sie das Wort ergriffen. »Ich werde nun in deine Zukunft schauen.«

Etwas später war sie sehr ernst geworden.

»Ich sehe Trauer, große und schmerzliche Trauer. Es gibt da etwas, das dir sehr fehlt, es hat mit deiner Kindheit zu tun.«

Ihre Worte waren so furchtbar zutreffend gewesen. Andererseits hatte Frida natürlich auch gewusst, was mit Magdas Eltern passiert war. Seltsam war wohl eher gewesen, dass auch die Karten es gewusst hatten.

Einige Tage später hatte Frida vorgeschlagen, den Versuch zu machen, Kontakt zu Magdas verstorbenen Eltern aufzunehmen, aber darauf hatte Magda sich nicht eingelassen. Stattdessen hatte sie erklärt, sie glaube an so etwas nicht, es sei nur eine lächerliche Idee, die sie peinlich und dumm fände. Aber insgeheim hatte der Gedanke an eine solche Séance ihr vor allem Angst gemacht.

In einer Schublade fand sie das Jahrbuch ihrer alten Schule. Frida Benner, da stand ihr Name, Blåmesgatan 118. Sie wohnte zwar bestimmt nicht mehr zu Hause, aber vielleicht konnten die Eltern ihr weiterhelfen.

Sie ließ es lange klingeln und wollte schon wieder auflegen, als am anderen Ende der Leitung der Hörer abgehoben wurde.

»Benner«, meldete sich eine Frau, und Magda erkannte die Stimme von Fridas Mutter. Sie klang etwas schläfrig.

»Ja, entschuldigen Sie bitte die Störung, hier spricht Magda Enberg, Frida und ich sind in die gleiche Klasse gegangen, ich weiß nicht, ob ...«

»Magda! Mein Gott, das ist ja wirklich eine Ewigkeit her.«

»Das stimmt.«

»Wie geht es dir denn so?«

»Gut«, antwortete sie mechanisch. »Aber ich würde gerne mit Frida sprechen.«

»Okay. Ich gebe dir ihre Telefonnummer. Sie studiert, will Psychologin werden. Ist etwas Besonderes? Wollt ihr eine Reunion veranstalten oder wie man das heutzutage nennt?«

»Nein, ich wollte sie nur etwas fragen.«

»Am besten rufst du sie sofort an. Mit etwas Glück ist sie noch nicht aus dem Haus.«

Das Gespräch mit Fridas Mutter hatte sie aufgemuntert, aber gleichzeitig erkannte sie verblüfft und schonungslos, dass sie keine Freundinnen mehr hatte. Wohin waren sie verschwunden? Während ihrer Schulzeit waren sie eine richtige Clique gewesen, die zusammenhielt und viel Spaß hatte. Mittlerweile hatte sie keinen Kontakt mehr zu den anderen. Wie hatte es dazu kommen können? Die meisten von ihnen hatten wahrscheinlich ein Studium begonnen. So lebte man sich wohl auseinander. Die Spreu trennte sich vom Weizen, wie man so sagte.

Sie kochte sich eine Tasse Tee und rief anschließend Frida an, aber es war schon zu spät, der Anrufbeantworter sprang an. Sie war enttäuscht, hinterließ eine Nachricht auf Band und bat Frida, sich möglichst bald bei ihr zu melden.

Als das Telefon klingelte, putzte sie sich gerade die Zähne.

Florian, war ihr erster Gedanke, aber er war es nicht, und das hatte sie im Grunde auch nicht angenommen. Er hatte sie gestern Abend nicht gebeten, bei ihm zu bleiben, sondern war vor dem Fernsehapparat sitzen geblieben. Sie hatte ihre Regenjacke geholt und anschließend im Türrahmen gestanden.

»Ich gehe dann mal«, hatte sie mit heiserer Stimme gemurmelt. Sag doch was, hatte sie gedacht, komm zu mir und nimm mich in die Arme.

Er war aufgestanden und auf sie zugegangen, hatte sie jedoch nicht berührt, sondern war mit hochgezogenen Schultern vor ihr stehen geblieben.

»Fahr vorsichtig«, hatte er gesagt. »Es regnet immer noch, es könnte glatt sein.«

Sie hatte sich umgedreht und war davongelaufen, hatte die Tür nicht hinter sich geschlossen und die ganze Zeit nach oben gelauscht, um zu hören, ob er ihr folgte, ob er sie zurückrief.

Aber das hatte er nicht getan.

Frida war am Apparat. Ihre Stimme hatte sich nicht verändert, sodass sie sich um Jahre in die Vergangenheit zurückversetzt fühlte, in eine Zeit, in der sie einander angerufen hatten, kaum dass sie sich getrennt hatten, in eine Zeit, als sie sich nie genug unterhalten konnten.

»Magda! Ich habe meinen Ohren kaum getraut, als ich hörte, dass du angerufen hast! Wie schön! Geht es dir gut? Wir sollten uns mal treffen, ich habe dich wirklich vermisst.«

»Ich brauche deine Hilfe, Frida.«

»Selbstverständlich. Für eine alte Freundin tue ich doch alles.«

»Beschäftigst du dich immer noch mit Tarotkarten und solchen Dingen?«

Es wurde einen Moment lang still, ehe Frida ihr antwortete.

»Steckst du in der Klemme, Magda?«

Sie musste wieder weinen, konnte nicht sprechen, blieb stumm.

»Ich komme zu dir. Wo wohnst du?«

Auch wenn Frida immer noch ihre Mädchenstimme hatte, war sie äußerlich doch sehr verändert. Sie wirkte erwachsen, war eine fremde und reife Frau. Sie hatte kurze, gelockte Haare und eine kleine Brille mit einer rechteckigen Fassung. Sie trug ein beiges Kostüm und glänzende Nylonstrümpfe.

Vorsichtig setzte sie sich auf Magdas einzigen Stuhl.

»Meinst du, man darf hier draußen parken? Ich habe jedenfalls keine Verbotsschilder gesehen.«

»Keine Ahnung, ich fahre so selten Auto.«

»Ach egal, was soll's. Jetzt will ich aber hören, was los ist, erzähl mir alles. Und entschuldige bitte, wenn ich das sage, aber du siehst grauenhaft aus.«

»Vielen Dank.«

»Dir geht es wirklich miserabel, das kann jeder sehen, der Augen im Kopf hat.«

Anfangs zögernd, so als würde sie den Worten nicht recht trauen, mit der Zeit jedoch immer zusammenhängender, erzählte sie alles. Frida saß stumm und aufrecht vor ihr.

Als Magda schwieg, stand sie auf und streckte die Arme zur Decke, sodass der kurze, eng sitzende Jumper hochrutschte und ein Stück ihres flachen Bauchs entblößte, und stieß einen hohen und pumpenden Laut aus, der Magda erschreckt zuammenzucken ließ.

»Ich muss das herauslassen. Ich mache da gerade so einen Kurs, in dem wir lernen, belastende Dinge zu bewältigen. Ich weiß natürlich auch, dass man keine Probleme löst, indem man schreit, aber es erleichtert ungemein, man schöpft neue Kraft, glaub mir.«

»Lernt ihr so etwas an der Uni?«

»Na ja, das nun gerade nicht. Es ist eher ein kleiner, privater Nebenkurs, ein Ableger von Janov, falls du schon einmal von ihm gehört haben solltest. Aber das, was du mir da erzählt hast, ist wirklich das Schrecklichste, was ich seit langem gehört habe. Ich habe natürlich in der Zeitung von dem kleinen Mädchen gelesen, aber ich konnte doch nicht ahnen, dass du was mit der Sache zu tun hast.«

»Es ist so eigenartig, verstehst du, es ging alles so schnell. Im einen Moment liegt sie noch im Kinderwagen und schläft, im nächsten ist sie verschwunden.«

»Aber ihr müsst doch irgendwelche Spuren gefunden haben?«

»Nein. Und das Diadem lag auch noch unter dem Kissen. Ihr Vater hatte ihr ein ganz tolles Diadem zum Geburtstag geschenkt.«

»Ein Diadem?«

»Ja, so eines, wie Prinzessinnen es tragen. Er nennt sie immer seine kleine Prinzessin.«

»Geben die Eltern dir die Schuld an dem, was passiert ist?«

»Sie sprechen es nicht offen aus, aber ...« Magda riss ein Stück Küchenpapier ab und schnäuzte sich. »Ich habe so viel geweint, dass mein Schädel sich wie ein Pushball anfühlt.«

»Hm ... das ist jetzt vielleicht doch etwas übertrieben. Aber du hast schon hübscher ausgesehen, könnte man sagen.«

»Es ist einfach, ich fühle mich so ... Ich habe irgendwie niemanden, mit dem ich reden kann. Ich habe hier gelegen und nachgedacht. Ich weiß, dass es verzweifelt klingt, aber du konntest das mit den Karten doch so gut. Es kann jedenfalls nicht schaden.«

»Du meinst die Tarotkarten? Wenn ich mich recht erinnere, hast du damals nicht daran geglaubt. Du fandest es bescheuert.«

»Ich weiß nicht mehr, was ich tun soll, Frida. Ich weiß, es ist Wahnsinn, ich weiß, dass es Sache der Polizei ist, sie zu finden, aber sie tun ja nichts. Oder sie tun vielleicht schon etwas, aber sie haben Angelica bis jetzt nicht gefunden.« Sie schluckte. »Da ist noch etwas. Außer dir weiß das kein Mensch, vergiss das bitte nicht, Frida, versprich mir, keinem Menschen etwas davon zu sagen.«

»Sogar werdende Psychologen unterliegen bereits der Schweigepflicht.«

»Es geht um Angelicas Vater ... ich liebe ihn. Ich habe noch nie in meinem Leben einen Menschen so sehr geliebt.«

Frida stieß einen Pfiff aus.

»Oh, verdammt! Wie alt ist er?«

»Es spielt keine Rolle, wie alt er ist. Was ich für ihn empfinde ...«

»Und wie lange läuft das schon?«

»Seit dem letzten Winter.«

»Liebt er dich auch?«

»Ja. Zumindest hat er es getan. Aber jetzt ... er hat sich so verändert, die Sache mit Angelica ist das Einzige, woran er – und ich verstehe das, es geht mir ja genauso, es zerreißt mich innerlich.«

»Darf ich fragen, warum es ein Geheimnis ist?«

»Ich will gar nicht, dass es eines ist. Ich möchte es am liebsten allen erzählen. Ich will ihn jedem zeigen können und dass die Leute uns zusammen sehen und verstehen, dass wir zusammen gehören. Denn das tun wir.«

»Aber das will er nicht?«

»Noch nicht.«

»Hast du eine Ahnung, warum das so ist? Bist du nicht gut genug für ihn, oder was?«

»Er und Angelicas Mutter trennen sich gerade. Wahrscheinlich will er warten, bis die Scheidung durch ist.«

»Die ganze Sache klingt zweifellos ein wenig kompliziert.« Frida stand auf, strich ihren engen Rock glatt und ging in die Küche.

»Hör mal, ich nehme mir einen Schluck Wasser, sind die Gläser hier im Schrank?«

»Oh, entschuldige, ich hätte vielleicht Kaffee aufsetzen sollen oder so.«

»Vergiss es. Das machen wir ein anderes Mal, ich muss ohnehin gleich los, ich habe eine Vorlesung. Also. Ich beschäftige mich nicht mehr mit – sagen wir – medialen Aktivitäten. Aber das heißt noch lange nicht, dass ich keine Kontakte habe. Ich werde dir einen Namen geben. Sie nennt sich Madame Claire. Du findest sie in der Altstadt. Ruf sie an und beruf dich auf mich. Du wirst natürlich ein paar hundert Kronen abdrücken müssen, aber das ist es vielleicht wert.«

18. Angelica

Der Schrei löste den Knoten, ganz so, als hätte ihr Körper bis zu diesem Moment verknotet dagelegen. Sie hatte sich danach gesehnt, unter dem Bett hervorzukriechen und aus dem Haus zu schleichen, aber es war einfach nicht gegangen.

Doch dann kam der Schrei, und sie trat gegen die Maus, die gegen die Wand flog. Ihr Fell zitterte, aber sie tat nichts, um sich zu verteidigen.

Das Erste, was sie sah, war Erland, der am Kopfende des Betts saß und sie anstarrte. Seine Augen waren blind und leer. »Ich bin es nur«, schluchzte sie, aber er rührte sich nicht. Aus der Küche hörte man das Plätschern von Wasser und die wütenden Schreie des Babys, mit dem Lillemor beschäftigt zu sein schien. Sie konnte jeden Moment zurückkommen.

Angelica ging rasch zur Tür und drehte sich dort noch einmal um. Beata lag im Bett, und auf dem Bettlaken war Blut, und ihr Bauch erinnerte an einen aufgehenden Teig. Sie war jetzt still. Ihre Zähne stachen von der Unterlippe ab. Sie starrte Angelica an, beide starrten sie an, aber ohne ein Wort zu sagen.

Der ganze Fußboden geriet ins Wanken.

Erst bekam sie die Tür nicht auf, was sie in Panik versetzte, denn die Maus würde sie womöglich verfolgen, aber dann dachte sie, dass das Tier sicher Angst vor dem Licht hatte.

Mit beiden Händen packte sie die Klinke und hängte sich mit ihrem ganzen Gewicht daran. Daraufhin knirschte die Tür und schwang auf.

Draußen war es windig geworden und der Himmel hing voller großer, dunkler Wolken. Sie rannte zu dem Baum und schlug so fest gegen den Stamm, dass ihr die Hand wehtat, aber die Jungen waren nicht da.

»Frei!«, brüllte sie, fühlte sich leer und rief gleich nochmal. Ihre Stimme verwandelte sich in ein Piepsen. Gleichzeitig wurde sie wütend und stampfte mit dem Fuß auf: »Ihr dummen Jungen, ich habe mich freigeschlagen!«

Sie hatte die Wunde von dem Stachel vergessen. Es stach im Fuß und sie schrie auf.

Eine Hand legte sich auf sie. Sie hing fest.

»Nora! Wo zum Teufel bist du gewesen? Weißt du eigentlich, dass alle nach dir suchen?«

Es war dieser Daniel.

»Wir spielen«, sagte sie undeutlich.

»Die Jungen haben dich nicht gefunden.«

»Nee!«

»Janna macht sich Sorgen um dich. Sie dachte, du hättest dich verirrt.«

»Wir haben Verstecken gespielt. Aber jetzt sind sie nicht hier.«

»Ihr geht doch nicht etwa in den Wald? Da draußen gibt es Bären, verstehst du. Und Wölfe.«

»Nee?«, sagte sie unsicher.

»Doch, das ist wahr. Vor ein paar Tagen ist ein kleines Mädchen wie du von den Bären aufgefressen worden. Sie wohnt jetzt im Bauch der Bären.«

»Nee!«

»Du glaubst mir nicht, aber es stimmt. Jemand hat einen Brief gefunden, den das Mädchen rauswerfen konnte. Sie hatte ihn im Bauch des Bären geschrieben. Holt mich raus, stand auf dem Blatt.«

»Stimmt gar nicht! In Bärenbäuchen gibt es keine Stifte.«

»So, so. Und woher willst du das wissen?«

»Du bist dumm.«

»Ach, so ist das. Meinst du. Und wenn der Bär auch einen Stift verschluckt hat? Und ein Blatt Papier? Was ist, wenn er das getan hat?«

»Wie ... wie hieß das Mädchen?«

»Ich weiß nicht. Karin vielleicht.«

»Karin?«

»Ja. Lass uns jetzt gehen.«

Er bückte sich, um sie hochzuheben, aber das wollte sie nicht und machte sich lang.

»Ich habe Durst«, flüsterte sie.

»Wir gehen zu Janna. Darf ich dich denn an die Hand nehmen?«

Sie riss sich los und lief Richtung Haus. Der nasse Hosenboden brannte. Daniel folgte ihr und lief auch. An der Treppe hatte er sie eingeholt, packte sie an der Taille und warf sie sich über die Schulter.

Sie dachte an ihre Unterhose und erstarrte.

Oben im Flur setzte er sie wieder ab.

»Du hast in die Hose gemacht!«, sagte er und in seinen Augen funkelte es kurz.

»Nein!«, sagte sie bockig.

»Aber du hast doch einen ganz nassen Po.«

»Das ist Wasser, ich habe in einer Pfütze gesessen. Obwohl ich das nicht wusste.«

»Na schön, na schön.«

Sie schlichen durch das Zimmer der Jungen, die alle drei in ihren Betten lagen und sie wütend anglotzten.

»Ihr habt mich nicht gefunden! Ätsch bätsch!«, rief sie.

Keiner von ihnen erwiderte etwas.

»Warum liegen sie im Bett?«, wollte sie von Daniel wissen.

»Janna war wütend auf sie, weil sie nicht auf dich aufgepasst haben. Zur Strafe mussten sie sich hinlegen.«

»Wir haben Verstecken gespielt«, sagte sie erneut.

Er gab ihr ein Glas Milch.

»Hast du noch eine trockene Hose?«, fragte er.

Sie wusste es nicht. Plötzlich bekam sie Angst, er könnte sie auffordern, die nasse auszuziehen.

»Sie ist schon wieder trocken«, sagte sie deshalb.

»Wir warten, bis Janna kommt.«

Sie ging zum Fenster. Draußen hüpfte ein Vogel umher. Ob es wohl dieser Weglaufvogel war, von dem Janna erzählt hatte? Der von dem Boot weggeflogen war, als die Überschwemmung vorbei war?

»Ist mein Papa hier?«, entfuhr es ihr.

»Nein, ich glaube nicht.«

»Wo ist er denn?«

»Tja, das weiß ich leider auch nicht.«

»Ich will mein Diadem haben!«

»Dein Diadem?«

»Ja, mein Diadem, ich will es haben!«

»Was zum Teufel ist ein Diadem?«

»Man darf nicht fluchen. Obwohl meine Mama manchmal auch flucht.«

Die Farbe am Fensterrahmen war lose. Sie kratzte sie mit dem Fingernagel ab.

»Ich will, dass Papa kommt«, murmelte sie, aber dann fiel ihr wieder ein, dass ihre Eltern sie nicht mehr bei sich haben wollten.

Draußen knirschten Schritte auf dem Kies. Sie riefen nach ihr. Nora, riefen sie. Sie kroch unter die Decke, zog sich in der Dunkelheit darunter die nasse Unterhose aus, zerknüllte sie und presste sie zwischen Küchenbank und Wand.

Daniel lehnte sich aus dem Fenster.

»Sie ist hier, ich habe sie gefunden!«

Janna stürzte die Treppe hinauf.

»Mein kleines Igelbaby, wo bist du denn gewesen, ich habe mir ganz furchtbare Sorgen gemacht!«

Janna setzte sich auf die Kante der Bank und streichelte ihre Wange.

Angelica schluckte.

»Wir haben nur gespielt«, sagte sie leise.

»Wie geht es dir, es ist doch hoffentlich nichts passiert?«

Sie schüttelte den Kopf. Janna roch gut. Nach Parfüm, aber nicht nach so einem, von dem man Kopfschmerzen bekam, sondern nach einem guten.

»Du musst dich jetzt hinlegen und ein bisschen ausruhen, Nora. Ich glaube, das ist alles zu viel für dich gewesen. Leg dich hin und schlaf ein wenig. Die Jungen ruhen sich auch aus. Heute herrscht hier so viel Unruhe. Es passiert so viel.«

19. Angelica

Nora. Der neue Name scheuerte in ihrem Mund, es war ein trockener und beinahe raschelnder Name, und hässlich war er auch. Er erinnerte sie an etwas anderes, etwas Hässliches, das man nicht sagen durfte. Hure. Filip im Kindergarten sagte es trotzdem und grinste, wenn er das Wort aussprach, seine Lippen zuckten dabei.

Carita wurde jedes Mal wütend, wenn sie es hörte, und drohte, sie würde mit seinen Eltern sprechen.

»In unserem Kindergarten *tolerieren* wir so eine Sprache nicht.«

Sie lag da und rollte den Namen gegen die Zunge, und ihr Mund wurde rund, ein richtiger Kussmund.

Angelica. Wenn man so hieß, war man ein kleiner Engel. Sie hatte jetzt Engelhaare, das hatte sie am Morgen gesehen, als sie im Badezimmer auf den Hocker geklettert war. Ihre Haare waren kurz, sahen aus wie Zuckerwatte und fühlten sich ganz spröde an, so als würde man sie abbrechen können.

Die braunen, glänzenden Locken gehörten zu Angelica, und sie musste mehr mit ihr reden, ihr etwas zuflüstern und sie trösten, denn manchmal war Angelica ganz traurig, sie war nur ein kleiner Krümel, noch nicht so stark. »Vertrau mir, Angelica, ich bin jetzt bei dir, um dir zu helfen.«

Genau wie Lillemor zu Beata gesagt hatte.

Dort war sie Angelica gewesen, hatte unter dem Bett gelegen und sich die Ohren zugehalten. Beatas Schrei hatte ihr Angst gemacht, und dann war die Maus gekommen, sie war grau und wollig gewesen und hatte mit ihrem kahlen Schwanz geschlagen. Sie hatte die schnüffelnde Nase des Tiers gespürt.

Die dumme Angelica hatte nicht begriffen, dass sie unter dem Bett hervorkriechen musste und es immer schwerer sein würde, je länger sie zögerte.

Wenn Nora in das Zimmer geschlichen wäre und sich versteckt hätte, wäre es etwas ganz anderes gewesen.

Sie fiel in einen unruhigen Halbschlaf, in dem ihre Kopfschmerzen nach und nach immer stärker wurden. Sie dachte an das kleine Baby und sein Geschrei. Oder war es vielleicht gar kein Baby? War ein Welpe oder eine kleine Katze aus Beata gekommen? Wie konnte man denn überhaupt sicher sein, dass es ein Baby wurde? Sie hatte Geräusche aus der Küche gehört, und es hatte wie ein kleines Menschenkind geklungen, aber jetzt war sie sich da nicht mehr so sicher. Sie hatte Angst gehabt und nur daran gedacht, wie sie aus dem Haus kommen konnte.

Wie kam es eigentlich, dass Menschenmamas Menschenkinder auf die Welt brachten? Und was war mit ihr selbst? War sie vielleicht gar kein Menschenmädchen, sondern ein Hund? Guardie hatte sie für einen Welpen gehalten. Vielleicht war Guardie ja die Einzige, die Recht hatte. Man stelle sich nur vor, sie wäre wirklich ein Hund, obwohl es sonst niemand sehen konnte. Wollten ihre Mama und ihr Papa sie vielleicht deshalb nicht mehr bei sich haben?

Bis die Probleme gelöst sind. Das hatte Janna gesagt.

Die Probleme. Das hieß, dass sie sich anschrien und Papa nicht mehr bei ihnen wohnen durfte. Ihr Papa, den sie doch so lieb hatte. Sie bekam Bauchschmerzen, wenn sie an ihn dachte und daran, dass er allein in dem neuen Haus wohnte, in dem sie nicht gerne blieb, weil es dort so still war, denn es gab keine Kinder, mit denen sie spielen konnte, aber das konnte sie ihm nicht sagen, sie konnte ihn nicht so traurig machen.

Aber er wollte nicht mehr bei ihnen wohnen.

Sie war ein Hund, und er wollte keinen Hund als Kind haben.

Vor lauter Müdigkeit ganz benommen hob sie ihre zur Faust geballte Hand und betrachtete sie in dem Licht, das hereinsickerte. Sie sah kurze, rosa Fingernägel, keine Krallen. Aber vielleicht war nicht einmal sie selbst in der Lage zu sehen, ob sie ein Tier oder ein ganz normales Kind war.

Sie wurde traurig und wartete auf die Tränen, aber stattdessen tauchten Bilder von den Gesichtern ihrer Eltern auf, Papa mit seinem fröhlichen Mund: »Wir fahren nach Rumänien, und dort wirst du jemanden treffen, der sich wirklich nach dir sehnt, deine Oma, sie ist Papas Mama, kannst du dir das vorstellen?«

Und Mama. Sie hatte sich die Haare gewaschen, ihr Kopf war so klein gewesen. Sie hatte vor dem Spiegel gestanden und Grimassen geschnitten, an den Mundwinkeln gezogen, bis sie ausgesehen hatte wie ein Clown.

»Mach das nicht, Mama, du sollst aussehen wie immer!«

Aber manchmal ließ sie sich nicht aufhalten. Erst wenn Angelica aus dem Zimmer rannte und sich versteckte, besann ihre Mama sich und lief ihr nach.

»Du albernes, kleines Ding, begreifst du denn nicht, dass ich nur Spaß mache?«

20. Daniel

Er kehrte zur Kellertür zurück. Es war kühler geworden, vielleicht würde es sogar Regen geben. Er hob die Tür an und hakte sie an der Wand fest, damit der Wind sie nicht wieder zuschlug. Janna kam zu ihm. Sie hatte einen Pullover angezogen, auf dem eine geballte Faust zu sehen war, das Symbol der Frauenbewegung.

»Oh, Daniel, was bin ich froh, dass du sie gefunden hast. Wenn du wüsstest, wie erleichtert ich bin!«

»Das war ja im Grunde gar nicht mein Verdienst. Sie ist von alleine gekommen.«

»Hat sie etwas gesagt?«

»Sie hat von einem Diadem gesprochen. Weiß der Teufel, was sie damit gemeint hat.«

»Sonst nichts?«

»Sie hat gefragt, ob ich wüsste, wo ihr Vater ist.«

»Und was hast du gesagt?«

»Nein, habe ich gesagt. Denn das weiß ich ja auch nicht.«

»Du ... ich glaube, es ist besser, wenn wir mit ihr nicht zu viel über ihre Eltern reden. Das ist ein heikles Thema. Es könnte ihr schwer fallen, sich bei uns einzuleben, wenn sie zu viel an die Vergangenheit denkt.«

»Okay.«

»Du ahnst ja gar nicht, was diese Kleine alles durchmachen musste.«

»Doch, ich kann es mir schon denken.«

»Ansonsten scheint sie sich bei uns ganz wohl zu fühlen, meinst du nicht?«

»Doch.«

»Ein kleines Stadtkind, das aufs Land kommt und frische Luft atmen darf.«

»Was macht ihr Vater denn beruflich?«

»Wieso?«

»Ach, das habe ich mich nur gefragt.«

»Ehrlich gesagt, weiß leider keiner so genau, wer ihr Vater ist. Ich habe dir ja vom so genannten Beruf meiner Schwester erzählt. Ich glaube nicht, dass in dieser Branche Platz für Väter ist.«

»Das mag durchaus sein, aber sie hat jedenfalls nach ihrem Vater gefragt.«

»Jedes Kind will einen Papa haben.«

»Da hast du sicher Recht.«

»Du musst mir etwas versprechen, Daniel! Es ist wichtig! Sprich mit ihr nicht über Dinge, die gewesen sind, das verwirrt sie nur. Wir müssen alles tun, was in unserer Macht steht, um ihr zu helfen, sich bei uns zu akklimatisieren.«

»Okay, ich verspreche es.«

Sie ließ ihn allein. Er hatte gehofft, sie würde etwas dazu sagen, dass er offensichtlich die Absicht hatte zu graben, dass es sie freuen würde, aber dazu schien sie nicht in der rechten Stimmung zu sein.

Daniel stieg die steile Kellertreppe hinab und entdeckte unmittelbar darauf ein paar Spaten, große und kleine, und einen alten, verbeulten Emailleeimer.

Es war gar nicht so einfach, die Luke zu finden. Er musste sich hinknien und den Boden mit den Fingern abtasten, denn es war dunkel. Schließlich sah er sich gezwungen, zurückzugehen und die Taschenlampe zu holen. Es war nur eine kleine, läppische Taschenlampe, die noch dazu flackerte. Er klemmte sie sich in den Hosenbund. Dann hob er den Deckel von der Luke und glitt hinab.

Er geriet sofort in Panik, Schweiß trat ihm auf die Stirn. Er musste versuchen, möglichst schnell die etwa zwanzig Meter bis zu dem ausgeschachteten Raum zu kriechen. Dort würde er sich aufrichten und durchatmen können.

Bei seinem Wehrdienst war es ihm genauso gegangen. Manche Übungen hatte er gehasst, was ihm zum Glück niemand angemerkt hatte, denn sonst hätten sie bestimmt angefangen, sich über ihn lustig zu machen. Es kam alles darauf an, ruhig zu bleiben, gar nicht erst daran zu denken, wie eng es hier war und wie nahe ihm die Erde und die Wurzeln kamen und dass er sich nicht aufrichten konnte, so als wäre er bei lebendigem Leib begraben.

Er hatte einmal in *Das Beste* von einem Grab gelesen, das man nach relativ kurzer Zeit wieder geöffnet hatte. Als der Sargdeckel abgeschraubt wurde, fand man Büschel loser Haare. Der Beerdigte war scheintot gewesen und in seinem dunklen Gefängnis wieder zum Leben erwacht. Natürlich hatte kein Mensch seine Schreie gehört und in seiner Verzweiflung hatte er sich die Haare ausgerissen.

Ihm fiel auch noch eine zweite Geschichte ein, und obwohl er sich große Mühe gab, nicht daran zu denken, während er durch den Gang kroch, wollte es ihm nicht gelingen, die Erinnerung an sie zu verdrängen. Es ging darin um einen Großwildjäger. Einer seiner Schulkameraden hatte die Geschichte mal in einer Pause erzählt. Ein Jäger war im Dschungel unterwegs gewesen, als plötzlich ein rasender Elefant auf ihn zustürzte. Der Jäger hatte es gerade so noch geschafft, das Gewehr hochzureißen und abzudrücken. Gleichzeitig war er ein paar Schritte zurückgewichen, hatte jedoch leider nicht gewusst, dass unmittelbar hinter ihm eine tiefe Grube war, in die er nun rücklings hinabstürzte. Das Schlimmste aber war, dass der Elefant, der tödlich getroffen war, über der Grube zusammenbrach und sie somit verschloss. Der Mann war zwar unverletzt geblieben, konnte aber nicht mehr heraus. Die Tage vergingen. Der Jäger lag dort unten und wurde immer schwächer. Dann spürte er, dass etwas auf ihn herabfiel, etwas, das sich bewegte, etwas Kaltes und Lebendiges. Es waren Würmer.

»Verdammt«, murmelte Daniel verbissen. »Jetzt reiß dich zusammen!«

Dichte Nebelschleier schienen an seinen Augen vorbeizuziehen, und er spürte, dass er kurz davor stand, in Ohnmacht zu fallen, aber im gleichen Moment weitete sich vor ihm der Gang, und er war da. Zitternd kam er auf die Beine.

»Als würde man geboren«, hatte Janna gesagt.

»Ja, verdammt.«

Er hatte schrecklichen Durst. Dass er aber auch nicht daran gedacht hatte, etwas zu trinken mitzunehmen. Er tastete sich in dem Raum vor und strich mit den Händen über die Wände. Nein, es bestand tatsächlich keine Gefahr, dass sie einstürzten. Etwas über ihm saßen die Belüftungsrohre. Er stellte sich unter sie und atmete tief durch. Als er dort stand, fiel sein Blick auf einen alten, verkratzten Holzschrank. Er öffnete ihn. Er war voller Flaschen, die mit irgendeiner Flüssigkeit gefüllt waren, und Dosen und Pakete, die Lebensmittel zu enthalten schienen. Er schraubte den Deckel von einer der Flaschen. Der Inhalt roch wie Saft. Vorsichtig nahm er ein paar Schlucke, aber die Flüssigkeit schmeckte extrem intensiv und stechend und würde seinen Durst ganz bestimmt nicht löschen. Er begriff, dass die Flüssigkeit ein Konzentrat war, das mit Wasser verdünnt werden musste.

Sie hatten hier unten einen Lebensmittelvorrat angelegt, damit sie sich verstecken konnten, falls Vater Staat ihnen überraschend einen Besuch abstattete. Er musste leise in sich hineinlachen. Die Sozialbehörden als eine verdammte Stalinfigur mit drohendem Zeigefinger.

Gegen so etwas musste man sich natürlich wehren.

Es war ihm gelungen, einen der kleinen Spaten mitzunehmen, den Emailleeimer hatte er dagegen zurücklassen müssen, aber das war nicht weiter schlimm. Er konnte graben, so lange seine Kräfte reichten, und die Erde in den großen Raum schaffen. Dann würde sich später eben einer der anderen darum kümmern müssen. Er atmete mehrmals tief durch, schob sich in den angefangenen Gang und begann, mit dem Spaten das Erdreich zu bearbeiten.

Die Erde war nicht überall gleich. An manchen Stellen war sie locker und körnig, und er kratzte sie zu einem kleinen Haufen zusammen und schob ihn mit der Spatenkante mit sich, während er rückwärts in den Raum zurückkroch. An anderen Stellen bestand sie aus fest gepresstem Lehm, in dem zudem oft Steine oder Wurzeln hingen, und er fragte sich, was für Bäume über ihm wuchsen, Obstbäume vielleicht, immerhin war es ein Garten. Die Arbeit war anstrengend und wurde fortwährend von seiner Angst überschattet, verschüttet zu werden. Es konnte auch jemand die Luke verschließen und mit Gewichten beschweren, sodass er nicht mehr in der Lage wäre, sie zu öffnen.

Aber warum sollte das jemand tun wollen? Mit ihm hatten sie doch plötzlich eine zusätzliche kostenlose Arbeitskraft bekommen, auch wenn er freie Kost und Logis beanspruchte und ihre Anführerin vögelte.

Janna. Er sah vor sich, wie sie sich auf Bert gestürzt und ihn misshandelt hatte, als er vom Graben erschöpft in den Keller hinaufkletterte. Bei ihr in Ungnade zu fallen war nicht erstrebenswert. Sie verlor leicht die Beherrschung, und wenn ihr etwas gegen den Strich ging, schlug sie zu. Er dachte an die armen Jungen, die sie windelweich geprügelt hatte, nachdem sie Nora aus den Augen gelassen hatten. Und daran, wie sie diese Bestie von einem Hund im Griff hatte. Wie war ihr das gelungen? Sie musste dem Tier von Anfang an gezeigt haben, was passieren würde, wenn es nicht gehorchte.

Schweiß lief ihm in die Augen und brannte höllisch. Er hackte ein paar Spaten Erde um einen fast runden Stein los und schob die Erde mit sich in den großen Raum hinaus. Der Erdhaufen dort sah ziemlich mickrig aus. Er schätzte, dass er mittlerweile mindestens eine Stunde lang gearbeitet hatte. Konnte man mehr von ihm verlangen? Wohl kaum. Jedenfalls nicht an den ersten Tagen.

Er beschloss, wieder nach oben zu kriechen, er musste etwas trinken, für ein eiskaltes Bier würde er jetzt alles geben.

Auf einmal fand er, dass der Gang, der in den Keller zurückführte, schrecklich eng aussah. So war es in seinen Träumen, seinen schlimmsten Albträumen: Er war eingeschlossen und konnte nicht mehr raus.

»Jetzt beruhige dich, verdammt noch mal!«, sagte er laut und versuchte autoritär zu klingen. »Du bist hereingekommen, dann wirst du auch wieder herauskommen. Du hast schon Schlimmeres durchgemacht. Denk nur mal an den Putzmittelraum, in dem du geschlafen hast, der war auch nicht viel größer. Oder etwa doch? Reiß dich zusammen, Magnusson, versau jetzt nicht alles, was du erreicht hast.«

Er ging zu einem der Lüftungsrohre und sog Luft in die Lungen. Sein Herz pochte so heftig, dass man es fast schon durch den Pullover sehen musste. Er blieb eine Weile stehen und sammelte sich, atmete dann noch einmal tief durch, ließ sich auf die Knie fallen und kroch schnell in den Gang hinein.

Er schaffte es! Seine Erleichterung war unbeschreiblich. In der Ferne sah er das schwache Licht von der Öffnung im Kellerboden, die quadratisch und so schmal war, dass er nicht glaubte, durch sie nach oben steigen zu können. Aber er hatte es doch schon einmal geschafft, dann musste es auch jetzt gehen. Er streckte die Arme über den Kopf, stellte die eine Schulter schräg und ließ die andere in einer Art schraubenden Bewegung nachfolgen. Dann schob er den Oberkörper in die Höhe, woraufhin er sich auf die Hände stützte und hinaufhievte, zuerst das eine Bein, danach das zweite. Anschließend musste er erst einmal liegen bleiben und sich ausruhen.

Als er regungslos auf dem Kellerboden lag, spürte er ganz deutlich, dass unter seinen Kleidern etwas krabbelte, Würmer, durchzuckte es ihn, oder diese widerlichen kleinen Käfer mit den glänzenden Körpern, die immer unter Kuhfladen waren. In Panik schoss er in die Höhe, riss sich Jeans, Pullover und Unterhose vom Leib, hielt sie mit ausgestreckten Armen von sich und schüttelte sie aus. Erde und Steinchen fielen zu Boden. Er musste sich vorbeugen und mit den Fingern darin suchen, nein, es war zu dunkel, um etwas entdecken zu können, das möglicherweise auf ihm umhergekrabbelt war und ihn gebissen hatte. Auf seinen Armen hatte sich eine Gänsehaut gebildet. Er schob sich zur Kellertreppe, und in dem fahlen Licht dort glättete er die Kleidungsstücke und zog sie wieder an.

Als er die Treppe hinaufstieg, sah er, dass es in der Zwischenzeit angefangen hatte zu regnen.

21. Magda

Madame Claires kleines Kabinett lag eingeklemmt zwischen einem Lampengeschäft und einem Laden, in dem samisches Kunsthandwerk und norwegische Strickjacken verkauft wurden. Es dauerte eine ganze Weile, bis sie die Wahrsagerin fand. Plötzlich stand sie direkt davor und wäre beinahe über die Schilder gestolpert, die zur Tür zeigten und die Passanten aufforderten, einzutreten und sich die Zukunft weissagen zu lassen. Die Fenster waren vergittert, und im Schaufenster sah sie verschiedenfarbige Steine, Bücher und eine mottenzerfressene, ausgestopfte Ziege, die sie mit ihren trüben Augen gedankenvoll betrachtete.

Widerwillig öffnete sie die Tür und trat ein. Kleine Glöckchen klingelten, sobald die Tür aufging.

Es roch intensiv nach Räucherstäbchen. An den Wänden hingen Bilder von gehörnten Frauenköpfen. »Begleitet uns zum Blocksberg«, las sie auf einem handgemalten Schild. Sie fühlte sich nicht wohl in ihrer Haut. Blocksberg. Das erinnerte sie an ihre Kindheit, als sie am Gründonnerstag stets als Hexen verkleidet von Haus zu Haus gelaufen waren und Süßigkeiten und Geld erbettelt hatten.

»Herzlich willkommen«, ertönte eine dunkle und freundliche Frauenstimme aus dem Zimmer.

Mitten im Raum stand ein riesiger Schreibtisch mit einer Marmorplatte, hinter dem Madame Claire saß. Magda hatte eine hexenartigere Gestalt erwartet, eine uralte Greisin mit einer Warze auf der Nase und vielleicht auch einer fauchenden Katze auf der Schulter. Die Frau vor ihr sah so wohlmeinend aus. Sie hätte ebenso gut im Supermarkt an der Kasse sitzen können, hatte freundliche, graue Augen und unauffällige, aschfarbene Haare. Ihr T-Shirt war verwaschen.

»Herzlich willkommen«, wiederholte sie und machte eine Geste. »Legen Sie die Jacke ab, wenn Sie möchten, und setzen Sie sich mir gegenüber.«

Sobald Magda auf den Stuhl gesunken war, kamen die verhassten Tränen.

Madame Claire ließ ihr Zeit.

»Ich sehe, dass Sie verzweifelt sind«, sagte sie ruhig. »Möchten Sie mir erzählen, worum es geht?«

»Ein kleines Mädchen ist verschwunden, sie ist vier Jahre alt, alleine kommt sie nicht zurecht und bei dem ständigen Regen ...«

»In welcher Beziehung stehen Sie zu diesem Mädchen?«

»Wie meinen Sie das, Beziehung?«

»Ist das Mädchen Ihre Tochter?«

»Nein, nein! Ich bin erst dreiundzwanzig. Ich arbeite in einem Kindergarten, Sie haben bestimmt von ihr gelesen, sie ist verschwunden, als wir im Wald unterwegs waren, ich bin für einen kurzen Moment weggegangen und dann – war sie verschwunden. Niemand weiß, wo sie ist, aber Sie müssen mir helfen, können Sie mir nicht helfen, sie zu finden, bitte, sagen Sie, dass Sie das können!«

Madame Claire schwieg einen Moment.

»Ich kann Ihnen leider nicht helfen, sie zu finden. Solche Aufträge sind in aller Regel nur sehr schwer zu erfüllen. Aber die Karten können dennoch ein Wegweiser sein. Wie heißt das kleine Mädchen?«

»Angelica.«

»Hat Angelica Sie gern?«

»Ja. Jedenfalls glaube ich das. Doch. Sie sucht meine Nähe. Ihre Eltern ... Sie sind gerade dabei, sich scheiden zu lassen. Sie sieht in mir ein Stück Geborgenheit. Oder – sah.«

Die Frau legte ein abgegriffenes Kartenspiel auf den Tisch.

»Wir machen einen Versuch«, sagte sie still. »Wenn Sie bitte Ihre Hand auf die Karten legen und die Augen schließen würden. Versuchen Sie, sich zu konzentrieren, ich werde das Gleiche tun.«

Es brannte wie Sand unter den Lidern. Von der Straße drangen schwach die Stimmen von Passanten herein, viele von ihnen waren wahrscheinlich mit der Fähre aus Finnland gekommen und würden am Nachmittag wieder zurückfahren, nachdem sie sich die Stadt angesehen und einen Einkaufsbummel gemacht hatten. Welch ein sorgloses Dasein, wie sehr sie diese Menschen doch beneidete.

»So«, hörte sie die Stimme der Frau. Sie öffnete die Augen, war auf einmal ganz schläfrig. Madame Claire verteilte die Karten in einem Kreis und bat sie, die Karten mit der linken Hand abzutasten und eine Einzige von ihnen auszuwählen.

»Sie merken vielleicht, ob Ihnen eine wärmer erscheint als die anderen oder ob an einer der Karten etwas Besonderes ist.«

Magdas Hand irrte umher und entschied sich schließlich für eine Karte. Die Frau nahm sie entgegen und drehte sie um. Eine nackte Frau und ein Löwe waren darauf abgebildet. Am unteren Rand stand Lust. Sie spürte, dass sie errötete.

»Ich sehe Leben«, erklärte Madame Claire. »Lust steht für Leben.«

Sie mischte die Karten erneut, bat Magda, zwei neue zu ziehen und ließ sie die ganze Zeit nicht aus den Augen.

»Sie haben es im Moment nicht leicht. Sie sehen blass aus.«

Magda nickte.

»Ich habe mich heute krank gemeldet. Aber meine Chefin

besteht darauf, dass ich arbeiten komme. Sie hat es mir mehr oder weniger befohlen.«

»Sie sollten jetzt nicht arbeiten. Sie sollten sich krankschreiben lassen. Aber Sie brauchen jemand, mit dem Sie reden können. Hm, ich sehe hier einen Mann. Ich sehe, dass Sie zusammenarbeiten.«

»Florian!«, platzte sie heraus.

»Florian? Möchten Sie mir von ihm erzählen?«

»Das ist so ... kompliziert. Ich ... liebe ihn, er ist der Vater des Mädchens.«

Madame Claire war mit den Karten beschäftigt. Ihre Hände waren schnell, sie machte das offensichtlich nicht erst seit gestern. Mehrere Karten waren so abgewetzt, dass man kaum noch erkennen konnte, was auf ihnen abgebildet war.

»Ich sehe Probleme«, murmelte sie. »Diese Karte hier, man sieht, dass sie für Probleme steht, schauen Sie, wie dunkel und schwarz sie ist. Das ist der Mann, von dem Sie mir erzählt haben. Das ist Florian. Er hat genug mit sich selber zu tun, er kann Ihnen nichts geben. Das sollten Sie nicht vergessen.«

»Sicher kann er mir etwas geben. Er ist nur einfach müde und besorgt. Ich will ihm helfen, ich will ihn auf gar keinen Fall im Stich lassen.«

»Es will mir scheinen, dass er nicht im Stande ist, von Ihnen etwas anzunehmen. Das ist es jedenfalls, was die Karten sagen. Aber ich sehe auch, dass Sie dieses Verhältnis mit der Zeit hinter sich lassen werden. Ich sehe einen anderen Mann.«

»Was denn für ein Mann?«, sagte Magda müde.

»Er ist nicht sehr weit weg. Mehr kann ich nicht sehen.«

»Und Angelica?«, flüsterte sie. »Sehen Sie, wo sie ist, sehen Sie, wo ich sie suchen kann?«

»Ich sehe einen Wald«, sagte Madame Claire. »Einen Wald mit vielen Bäumen. Großen, hohen Bäumen, Nadelbäumen. Ich glaube, er liegt im Norden. Ich sehe auch ein Haus, ein gelbes und recht schönes Haus, aber ich sehe keine Menschen.«

»Ist sie dort allein?«

»Ich kann nur sagen, was die Karten zeigen.«

»Können Sie mir sagen ... ob sie lebt? Können Sie mir das beantworten?«

Die Lippen der Frau zuckten.

»Das ist schwer, sehr, sehr schwer. Ich muss mich gut konzentrieren. Könnten Sie bitte zwei neue Karten ziehen?«

Magda streckte die linke Hand aus und zitterte so sehr, dass sie die eine der beiden Karten fallen ließ. Die Frau hob sie auf, drehte sie um und legte die beiden Karten nebeneinander.

»Nein«, sagte sie nach längerem Schweigen. »Diese beiden Karten sind gleichwertig. Sie geben keine Antwort auf die Frage, die Sie gestellt haben.«

Es klopfte leise an der Tür. Die Zeit war wie im Flug vergangen. Jemand stand auf der Straße, es war die nächste Kundin. Magda begriff, dass die Séance beendet war.

»Was bin ich Ihnen schuldig?«, murmelte sie.

Madame Claire schenkte ihr ein trauriges Lächeln.

»Dreihundert Kronen.«

Sie nahm das Geld entgegen und legte es in eine reich verzierte Schatulle.

»Passen Sie gut auf sich auf«, sagte die Frau und stand auf. »Sie sind noch so jung. Lassen Sie nicht zu, dass das Leben Sie schlecht behandelt.«

22. Daniel

Er blieb eine Weile im Regen stehen. Es war ein tüchtiger Schauer, und er stellte fest, dass er schon sehr lange nicht mehr gehört hatte, wie Regen klingt, der auf Äste und Blätter fällt. Das leichte Prasseln, das sich schrittweise steigert, die Tropfen, die schließlich ins Erdreich eindringen, sodass der Boden matschig wird. Und dann dieser ganz spezielle Geruch, der zu einem Sommerregen gehört.

Das hier kann man in einer Wüste niemals erleben, dachte er zufrieden.

Er legte den Kopf in den Nacken und ließ die Tropfen an sich herablaufen, starrte mit aufgerissenen Augen in den Regen. Plötzlich fiel ihm das Märchen wieder ein, das Janna den Kindern erzählt hatte. Die Geschichte vom Regen, der niemals aufhörte, und von dem Boot, das deshalb gebaut wurde.

Zum Teufel, was hieß hier eigentlich Märchen?

Das war doch aus der Bibel, allerdings in einer ultrafeministischen Version, bei Janna ging es nicht mehr um den guten alten Noah, oh nein.

Na ja.

Er bekam Lust, sich erneut die Kleider vom Leib zu reißen und umherzulaufen, sich ins Gras zu werfen und sich in ihm zu wälzen, etwas Primitives und Ursprüngliches hatte Besitz von ihm ergriffen, und er war voller Lebensfreude.

»Janna«, wollte er schreien. »Öffne alle Fenster und hör mir zu! Ich liebe dich! Janna plus Daniel gleich wahr!«

Sicher, er kannte sie erst seit knapp einer Woche. Aber gab es nicht Liebe auf den ersten Blick? So starke, unglaubliche Gefühle hatte er nie zuvor erlebt. Ulrika war etwas ganz anderes gewesen. Und davor, Sussi oder Carola, oh nein, er hatte sich von ihnen eher gestört und belästigt gefühlt. Zum Fummeln und zu ähnlichen Dingen hatten sie getaugt, aber das war auch schon alles gewesen. Sie hatten dauernd Forderungen und Fragen gestellt, hatten sich ständig mit einem unterhalten und ihn zu einer Menge Schwachsinn mitschleppen wollen. Eine der beiden, verdammt, er erinnerte sich schon nicht mehr, welche, doch, es war Sussi gewesen, sie hatte gewollt, dass er einen Tanzkurs besuchte. Das war für ihn nicht in Frage gekommen. Daraufhin hatte sie beschlossen, selber den Tanzlehrer zu spielen, und ihn in ihrer Einzimmerwohnung aus vierter Hand hin und her geschoben, bis er ins Schwitzen gekommen und wütend geworden war.

Zum Tanzen war er nicht geschaffen.

Aber wozu war er dann geschaffen?

Zu etwas anderem, das sich schon noch zeigen würde. Eines Tages würde es ihm wie Schuppen von den Augen fallen. Dieser Sache, Daniel Magnusson, wirst du dich für den Rest deines Lebens widmen. Es brauchte überhaupt nichts Großartiges oder Besonderes sein. Es würde ihm schon reichen, wenn er das Gefühl hatte, dass es das Richtige war.

Aber so weit war er in seinem Leben bisher noch nicht gekommen.

Ob es hier so weit war, bei Janna? Ja, so musste es sein, das war seine große Berufung. Biblisch und feierlich erschien es ihm, als er daran dachte, wie sie ihn aufgegabelt und veranlasst hatte, sie zu begleiten, als hätte sie nur auf diese Gelegenheit gewartet. Und dann das Pendel, von dem sie gesprochen hatte. Diese Frau war etwas Besonderes, man konnte sich ihr nicht entziehen.

Lillemor eilte über den Kies. Sie trug ihre braune Tasche und lief mit ungelenken, steifen Schritten. Dann war das Ganze wohl überstanden, das neue Kind auf die Welt gekommen. Sie blieb auf der Treppe stehen und versuchte etwas von dem Regenwasser abzustreifen. Daniel folgte ihr mit ein paar großen Sätzen.

»Hallo«, rief er. »Hallo, Storch!«

Sie sah ihn mit schlafwandlerischer Miene an.

»Es ist geschafft, nicht? Was ist es denn geworden?«

Lillemor verzog das Gesicht zu einer Grimasse und griff nach der Tasche, um ins Haus zu gehen.

»Was hast du?«, sagte er enttäuscht.

Sie schüttelte den Kopf.

»Was ist denn los? Ist etwas schief gelaufen?«

»Ich kann jetzt nicht reden«, murmelte sie und zwängte sich an ihm vorbei. Verblüfft blieb er stehen. Seine ganze Freude sank in sich zusammen, entwich wie Gas aus einem Ballon.

Auf der Treppe waren Regenspuren, die Lillemor hinterlassen hatte. Sie hatte die Tür hinter sich geschlossen, wollte in Ruhe gelassen werden.

Okay, verdammt. Er würde sie nicht belästigen.

Er öffnete die Tür zu Jannas Wohnung und merkte, wie bedrückend still es war. Sicher, da war das Prasseln des Regens, aber das war auch schon alles.

Als er am Zimmer der Jungen vorbeikam, sah er, dass sie noch immer im Bett lagen. Sie bildeten graue Erhebungen in ihren Betten, und einen Moment lang hatte er die Vision, dass sie tot waren. Dann erahnte er jedoch eine Bewegung, aber keiner von ihnen sagte etwas, keiner setzte sich auf, um zu schauen, wer hereinkam.

Das Schlafzimmer war leer. Er zog die Jeans und den alten Pullover an, den er auf der Fahrt getragen hatte. Er war gewaschen und gefaltet worden. Er streifte ihn über den Kopf, betrachtete sich im Spiegel und sehnte sich wieder nach einem Bier.

Vorsichtig drückte er die Klinke der Küchentür herab. Janna saß am Tisch. Ihr Kopf lag auf der Tischdecke, es sah aus, als würde sie schlafen.

»Janna«, sagte er leise.

Sie reagierte nicht.

»Weißt du, dass ... Ich glaube fast, ich habe mich ein bisschen in dich verliebt.«

Er lief rot an, als er die Worte aussprach, spürte die Hitze aus dem Halsausschnitt aufsteigen und sich bis zum Haaransatz ausbreiten. Er trank einen Schluck Wasser direkt aus dem Hahn und ließ sich ihr gegenüber auf einen Stuhl fallen. In der Bank lag Nora und hatte sich die Decke über den Kopf gezogen. Wahrscheinlich schlief sie, genau wie die Jungen. Das machten Kinder wahrscheinlich so, sie hielten einen Mittagsschlaf, sonst wurden sie quengelig und unerträglich.

Er war hungrig. Es war schon Nachmittag, und ein Mittagessen hatte es nicht gegeben. Er fragte sich, ob er dies Janna gegenüber ansprechen konnte oder ob sie es als Kritik auffassen würde.

Auf dem Tisch stand eine Schüssel mit Zwieback. Er griff sich einen und biss mit einem krachenden Laut hinein. Janna hob den Kopf und warf ihm einen unzufriedenen Blick zu.

»Du machst vielleicht einen Lärm.«

Er legte den Zwieback zurück.

»Entschuldige.«

»Ach was, ist schon okay.«

»Was ist los mit dir? Hast du Kopfschmerzen? Die bekommt man schnell bei so einem Wetter.«

»Nein.«

»Du, ich bin eben Lillemor begegnet. Sie wollte nicht mit mir reden. Ist was schief gegangen mit ...?«

Sie knallte die Faust mit solcher Wucht auf den Tisch, dass die Schüssel hochsprang und fast heruntergefallen wäre.

»Ja!«, sagte sie verbissen. »Es ist etwas schief gegangen!«

»Wie jetzt ... was ist denn passiert?«

»Was passiert ist? Nun, das werde ich dir sagen. Beata hat zwei Kinder bekommen. Zwillinge, hörst du, Zwillinge. Erst ist ein großes und gesundes Baby von 3,4 Kilo gekommen, ein richtiger Wonneproppen und jetzt rat mal, welches Geschlecht es hat?«

Er wand sich nervös auf seinem Stuhl.

»Es ist natürlich ein Junge. Ein großer, fetter Junge mit einem Schwänzchen, das hochstand wie ein Finger.«

»Aha ...«, flüsterte er.

»Und dann, eine ganze Zeit später, hat sie noch ein kleines, mickriges Mädchen rausgerückt, das nur ein paar Minuten gelebt hat, obwohl Lillemor alles getan hat, was in ihrer Macht stand, um es zu retten. Es war für die Kleine einfach zu eng da drinnen. Sie hat nicht genug Nahrung bekommen, er hat sich alles genommen, alles an sich gerafft, genau wie im richtigen Leben. Die Männer bedienen sich und breiten sich aus, die Frauen müssen immer zurückstehen. Es sind die Männer, die für das Destruktive in der Welt stehen, immer und überall ist das so, in allen Ländern und allen Gesellschaftsschichten. Oder glaubst du beispielsweise, es waren Frauen, die das Handy erfunden haben, glaubst du das? Glaubst du, es waren Frauen, die für all die Kriege verantwortlich gewesen sind, glaubst du, es sind die Frauen, die für das Böse in der Welt stehen? Oh nein, mein Lieber! Denk mal nach, greif nur ein paar Namen heraus aus dem riesigen Haufen grausamer und gedankenloser männlicher Teufel: Hitler, Mussolini, Caesar, Nero, Tito, Franco, Stalin, Lenin, Pinochet, Saddam, Milosevic, Goebbels, Himmler, Pol Pot, Ceauçescu, Khomeini, Honecker, Radovan – wie heißt er noch gleich – Karadžić ... Findest du auch nur einen einzigen Frauennamen in dieser Liste? Die Antwort lautet Nein!«

Sie stand auf, und die Haare hingen wirr um ihren Kopf, waren frisch gewaschen und elektrisiert. Sie atmete heftig und bei jedem Namen, den sie ausspuckte, schlug sie mit der geballten Faust gegen die andere Hand, hämmerte, als wünschte sie sich, auf diese Art den Kopf eines Mannes zu bearbeiten.

Er wusste nicht, was er sagen sollte. Insgeheim wollte er protestieren und suchte nach Frauennamen, aber ihm wollten einfach keine einfallen. Im Übrigen würde sie sicher erst recht explodieren, wenn er ihr jetzt widersprach, sich vielleicht sogar auf ihn stürzen und ihn treten, wie sie es mit Bert und ihren Söhnen getan hatte. Und dann würde er zurückschlagen und sie in ihre Schranken weisen müssen. In eine solche Situation wollte er keinesfalls geraten, erst recht nicht jetzt, da er so voller Gefühle für sie war.

Unter der Decke rührte sich etwas, das Gesicht des kleinen Mädchens lugte heraus. Seine braunen Augen starrten Janna verängstigt an, die es bemerkte und sich wieder beruhigte. Sie ging zu der Bank und hob den schlafwarmen Körper heraus, hielt die Kleine im Arm, wiegte sie.

»Habe ich unsere kleine Nora geweckt?«, sagte sie sanft. »Das wollte ich nicht, du kannst hier auf meinem Schoß sitzen und wieder einschlafen.«

Sie strich über die kurzen, gelblich weißen Haare des Mädchens. Daniel fielen die Läuse ein. Waren sie jetzt weg? Wahrscheinlich. Er starrte die Kleine an, sie glotzte zurück, und er sah glitzernde Tränen auf ihren Wangen.

»Hast du Angst bekommen?«, flüsterte Janna. »Fürchtest du dich? Das brauchst du nicht. Es gibt sie nicht mehr, die bösen Onkel, die meisten von ihnen sind tot und weg und unschädlich gemacht. Jetzt bauen wir uns hier oben ein neues Leben auf, ein viel besseres und gesünderes Leben, und wohnen in Harmonie und Eintracht zusammen. Meine kleine, süße, bezaubernde Nora, vergiss diese dummen Namen, wir streichen sie durch und dann gibt es sie schwuppdiwupp überhaupt nicht mehr. Ene, mene, muh und weg sind sie! Ist jetzt alles wieder gut? Weine nicht mehr, ich habe hier etwas Leckeres für dich in der Tasche, hast du gesehen, ein Honigbonbon, soll ich dir von den Bienen erzählen und wie sie ihren Honig sammeln? Weißt du, was sie im Winter machen, wenn Schnee liegt und die Blumen erfroren sind? Also, dann pressen sie sich zu einem kleinen Ball zusammen und liegen da und schlafen, während die Schneestürme um den Bienenstock heulen, bis die Sonne sie wieder wärmt. Klingt das nicht gemütlich?«

Am Abend fand eine Versammlung statt. Sie liefen durch den Regen zu dem Haus, in dem Beata und Erland wohnten. Alle waren gekommen, auch die Kinder. Daniel hatte mittlerweile einen Bärenhunger. Er hatte zwar ein paar Zwieback geknabbert, aber das war doch kein Essen für einen Mann, der außerdem noch Schwerstarbeit geleistet hatte! Er hatte begriffen, dass der Zeitpunkt ungünstig war, um mit Janna über Essen zu sprechen. Erleichtert stellte er jetzt fest, dass es nach Bratfett roch, als sie den kleinen Hausflur betraten.

Beata lag an ein paar große Kissen gelehnt im Bett. Ihr Gesicht war gefleckt, um den Mund hing eingetrockneter Schleim, kurzum, sie sah unappetitlich aus. Sah man so aus, wenn man ein Kind zur Welt gebracht hatte?

Neben ihr lag das lebende Kind in eine Decke gewickelt und wimmerte schwach. Beata steckte ihren kleinen Finger in das Deckenknäuel, und man hörte ein schmatzendes Geräusch.

Erland trug einen altmodischen dunklen Anzug und ein weißes Hemd. Er schleuste sie alle in die Küche, wo ein Topf auf dem Herd stand. Er reichte ihnen Teller mit Kartoffeln, Brot und einer sämigen Masse, die sie Gewürzkäse nannten.

Erland schien völlig erschöpft zu sein. Die Haut unter seinen Augen war blassgelb und aufgequollen und erinnerte Daniel an die Truthähne. Nur das Rote unter dem Kinn fehlte. Oder vielleicht sollte man sagen, der Schnabel. Ansonsten glich der frisch gebackene Vater einem großen, zerzausten Federvieh.

Lillemor war auch gekommen und hatte eine wenig kleidsame, eng anliegende Hose angezogen. Erland stellte sich neben sie und legte den Arm um ihre Schultern. Ein betrübtes Lächeln umspielte seine Lippen.

»Hört mal alle her, ich möchte euch herzlich willkommen heißen in diesem Haus, in dem heute zwei neue Erdenbürger das Licht der Welt erblickt haben«, begann er. Man hörte ein Schluchzen vom Bett. Er machte eine Pause, strich sich mit dem Handrücken über die Stirn, räusperte sich und fuhr mühevoll fort:

»Ich möchte mich bei Lillemor bedanken, die großartige Arbeit geleistet hat. Möge kein Schatten auf sie fallen, weil nicht alles so gelaufen ist, wie wir alle es uns erhofft hatten. Ich möchte auch Beata danken, möge auch auf sie kein Schatten fallen. Vorgänge wie Geburt und Tod entziehen sich nun einmal unserer Kontrolle. Für uns gilt es jetzt, nach vorne zu schauen und nicht die Köpfe hängen zu lassen. Das Kind, das dort bei Beata liegt, ist ein Junge. Es ist unser erstes Kind und es ist unser Sohn. Er kann nichts dafür, was passiert ist. Niemand kann etwas dafür.«

Wieder machte er eine Pause und sah Janna mit trotzig wirkender Miene an.

»Es ist ein hübscher kleiner Junge, und wir haben beschlossen, ihn Jonathan zu nennen.«

Janna stellte ihren Teller auf dem Fußboden ab und verließ den Raum. Der kleine Jonathan quiekte, und es klang wie ein altes, rostiges Gartentor. Seine Mutter hatte den Kopf abgewandt. Lillemor beugte sich über sie und murmelte etwas, das Daniel nicht verstand.

Die Wolken hingen tief, es war so dunkel wie im Herbst. Sie hatten ein paar Kerzen angemacht, und Erland zündete auch noch die Kerzen eines hohen, dreiarmigen Kerzenleuchters an. Die Hand mit dem Streichholz zitterte.

»Bitte sehr, nehmt euch noch etwas zu essen«, forderte er seine Gäste auf. »Ihr müsst doch alle hungrig sein. Das leibliche Wohl ist heute ein wenig in Vergessenheit geraten und das bedaure ich, aber jetzt gibt es reichlich zu essen auf dem Herd.«

Daniel schaute sich um, betrachtete die müden, traurigen Gesichter, sogar die Kinder waren still. Nora saß mit den Jungen zusammen, hielt ein Butterbrot in der Hand und biss gelegentlich davon ab, vergaß jedoch immer wieder zu kauen und saß mit halb geöffnetem Mund da. Erland schaute nervös zu der Tür, durch die Janna verschwunden war. Nach einer Weile wurde sie geöffnet, und Janna betrat wieder den Raum. Sie trug etwas auf dem Arm, es war ein Kind, ein Kind mit einem schweren und wackeligen Kopf, einem geäderten Schädel und glänzenden, geschlossenen Lidern. Die Zungenspitze lugte aus dem Mund hervor, es hatte kleine, starre, gummibleiche Arme.

»Dies, meine Freunde, ist das Kind, auf das wir alle gewartet hatten«, sagte Janna und hielt den kleinen nackten Körper hoch. »Wie ihr seht, ist es ein Mädchen.«

Der Anblick tat weh. Man sah geschwollene Genitalien und einen Klumpen Blut, der auf dem Bauch hing. War das die Nabelschnur oder der Mutterkuchen? Daniel wurde schwindlig, und er musste den Blick senken.

»Dieses Mädchen ist ein Symbol dafür, wie es in unserer Welt aussieht und seit jeher ausgesehen hat. Sie ist eine kleine Heilige. Wir werden sie nun taufen und für ihre erste und letzte Ruhe vorbereiten.«

Sie nickte Lillemor zu, die eine blaue Porzellanschüssel mit Wasser holte. Janna legte sich das tote Kind auf den linken Arm, tauchte die rechte Hand ins Wasser und strich anschließend murmelnd über den Scheitel des Kindes.

»Dein Name sei Magnolie. Du wirst uns als das Kind in Erinnerung bleiben, das unterging, weil es zurückgehalten und unterdrückt wurde, obwohl du es mehr als irgendwer sonst verdient gehabt hättest zu leben und obwohl wir uns nach dir sehnten und mit solch ungeheurer Vorfreude auf dich warteten.«

Bei diesen Worten begann Beata lauthals zu weinen.

»Ja! Weinet!«, rief Janna. »Vergießt eure Tränen über dieses Leben, das vor der Zeit erloschen ist, vergießt eure lindernden Tränen.«

Inzwischen weinten mehrere der versammelten Frauen, und auch Erland heulte dumpf brummend. Daniel schluckte und blickte auf seine Füße. Er hatte das Gefühl, dringend auf die Toilette zu müssen, und schielte zu den Kindern hinüber. Nora war aufgestanden und zu Janna gegangen. Plötzlich streckte sie die Hand aus, berührte das tote Kind und schaute dabei scheu und fragend Janna an.

Im gleichen Moment kam Lillemor mit einer kleinen Kiste aus frisch geschlagenem Holz herein, die innen mit einem glänzenden, fliederfarbenen Stoff gefüttert war. Sie nahm Janna das tote Kind aus dem Arm und ging im Raum umher, damit alle es sehen und anfassen konnten.

»Lebe wohl, Magnolie«, murmelten die Erwachsenen. »Wir werden dich nicht vergessen.«

»Und du, Daniel?«

Lillemor war vor ihm stehen geblieben, und er nahm den Geruch des Todes wahr. Seine Mutter hatte so gerochen, er hatte sich damals gebückt, um sie zu küssen, und dann war der Geruch da gewesen. Jahre später war ihm ein Buch über die Biologie des Todes in die Hände gefallen, in dem er mit wachsendem Ekel gelesen hatte, dass die Verwesung schon wenige Stunden nach dem Eintreten des Todes einsetzt. Dass befruchtete, weibliche Fliegen ihre Eier ablegen können, unmittelbar nachdem man sein Leben ausgehaucht hatte.

»Ja«, murmelte er und strich mit dem Finger über das kalte, blau schimmernde Bein, das direkt vor seiner Nase herabbaumelte.

»Lebe wohl«, hörte er sich lallen.

23. Angelica

Im Kindergarten gab es eine Puppe, die sie oft schlugen. Sie war hart und verdreht, hatte Augen wie Eis, die man nicht schließen konnte, sodass die Puppe einen immer anstarrte.

»Aber die arme, kleine Puppe, sie friert doch«, sagten die Erzieherinnen oft. »Soll sie denn hier auf der Erde liegen müssen, soll sie denn gar keine Kleider bekommen?«

Angelica hatte versucht, ihren Arm kaputtzutreten, aber er war glatt gewesen und weggerutscht.

Es war eben so eine Puppe, auf die man trat, die man schlug und in die man spitze Sachen stechen wollte. Aber der Puppenkörper war zäh und widerstand, und das machte einen nur noch wütender.

Das Baby auf Jannas Schoß hatte so einen komischen Namen.

Magnolie.

Sie dachte an Magda, deren Name genauso begann.

Ma.

Ma.

Und Mama.

Das Baby hatte geschrien, aber jetzt schrie es nicht mehr. Es konnte den Mund nicht aufmachen, nur eines seiner Augen guckte Angelica an, oh doch, ich sehe dich, ich erkenne dich.

Sie hatte unter dem Bett gelegen, und das Baby war herausgekommen und hatte eine Zeit lang geschrien, war dann jedoch verstummt und hatte aufgehört zu atmen und war tot.

Angelica hatte sich unter dem Bett versteckt, in dem Beata lag, und das Baby war herausgekommen, aber es hatte gewusst, dass sie unter ihm lag. Was man nicht tun darf, denn Babys können sterben, wenn fremde Kinder unter den Betten liegen.

Das Kind konnte ihnen das Leben nehmen.

Sie schaute zu Janna auf. Nein. Sie war nicht mehr wütend. Janna war traurig. Aber sie nickte Angelica zu.

»Fass sie ruhig an, fass ihren hübschen, kleinen Körper an, so sieht ein Mädchen aus.«

Das Baby sah eklig aus, ganz groß, wo der Popo war, so sah sie selber nicht aus, und Mama auch nicht, denn Mama hatte dort Haare, gekräuselte, pechschwarze Haare, die man bekam, wenn man groß war, die würde sie eines Tages auch bekommen, das Baby aber nicht.

Denn das Baby war tot.

In gewisser Weise fand sie das schön.

Ihr Opa war auch tot. Sie hatten ihn in einen Krug gesteckt und anschließend hinter einer Platte in einen unterirdischen Raum gestellt.

Es gefiel ihr, das zu sagen:

»Unterirdischer Raum.«

Mama hatte ihr Opas Namen gezeigt. Der unterirdische Raum war voller kleiner Platten gewesen. Hinter jeder einzelnen lag jemand, der tot war.

Es konnte nie auf sie regnen, denn sie waren hinter den Platten.

Es gab auch Friedhöfe im Freien, sie war schon auf welchen gewesen, auf denen es große Eisenkreuze oder Steine gab, und manchmal, wenn es dunkel war, brannten dort Kerzen und kleine Lämpchen.

Wenn man tot war, konnte man nicht mehr herumlaufen und spielen.

Das konnte man allerdings auch nicht, wenn man ein Baby war.

Isabelles kleine Schwester, die im Kinderwagen gelegen hatte und hässlich und rot und verschrumpelt gewesen war, konnte auch nicht laufen. Aber sie hatte geschrien, als ihre Mama ihr eine Mütze anzog.

Lillemor kam mit einer Kiste herein. Sie traute sich nicht, Lillemor anzusehen. Was würde passieren, wenn Lillemor etwas dazu sagte, dass sie unter dem Bett gelegen hatte? Sie traute sich auch nicht, Beata oder Erland anzusehen. Erland hatte eben, als sie aßen, seine Hand auf ihren Kopf gelegt. Schwer hatte sie dort gelegen, und sie hatte große Angst bekommen, aber er hatte nichts gesagt.

Sie legten Magnolie in die Kiste, die hübsch und innen lila war, es war die gleiche Farbe wie die von Mamas neuer Jacke. Papa hatte ihr versprochen, dass sie auch so eine Jacke bekommen würde. Sie war aus Plastik, sah aber aus wie eine Lederjacke.

Papa, dachte sie, musste aber nicht mehr weinen. Ganz schnell dachte sie das Wort, es war kurz und schmetternd.

Magnolies Arme ähnelten Puppenärmchen.

Plötzlich hätte sie gerne eine Nadel oder eine Gabel gehabt.

Das eine Auge glotzte sie an. Sie konnte seine Farbe nicht erkennen.

Schrei doch, dachte sie. Schrei, wie Babys so schreien.

Sie drückte mit einem Finger gegen den Oberschenkel des Babys, aber es fühlte sich eklig an. Wie ein Hähnchen, das ihre Mama in den Ofen schob, fühlte es sich an.

Lillemor schob sie jetzt zur Seite, hob die kleine Kiste an und stellte sie in Beatas Bett. Von der Ecke aus, in der sie stand, konnte sie Beatas hässliches Gesicht sehen. Und wie sie dann weinte. Diese Beata war eine richtige Heulsuse, alle weinten jetzt, man muss versuchen, auch mal etwas auszuhalten, man darf nicht wegen allem und jedem gleich flennen, das tun große Mädchen nicht.

Dann gingen alle los, einer nach dem anderen gingen sie zu dem Bett, auf dem die Kiste stand, und legten etwas zu dem Baby hinein, eine Blume, eine Perle, ein kleines Garnknäuel.

Was sollte sie hineinlegen?

»Komm!«, sagte Janna und nahm sie an der Hand. Etwas Hartes war an ihren Fingern, es war ein kleines Goldherz. »Eigentlich hatte ich gedacht, dass du es bekommen solltest, aber wir schenken es Magnolie, du bekommst später ein anderes.«

Angelicas Finger schlossen sich um das Herz in ihrer Hand, es war warm und klein, ein Herz war Liebe und Leben. Sie hielt es sich vor die Augen und entdeckte einen kleinen Kratzer, so als hätte jemand mit etwas Scharfem geritzt.

»So, und jetzt legst du es hinein!«

Janna führte ihren Arm zu der Kiste und ließ sie das Herz auf Magnolies magere Brust legen. Das Auge glotzte sie gemein an. Magnolie lag da und grinste mit ihrem zahnlosen Mund.

»Ich habe das Herz bekommen, das du eigentlich haben solltest. Das geschieht dir nur recht.«

Speichel sammelte sich in ihrem Mund, und sie musste schlucken, während sie dort stand und Magnolie ansah, musste sie die ganze Zeit schlucken. Am Ende verschluckte sie sich, und Janna zog sie fort. Ihre Stirn legte sich in Falten.

Jetzt begann das andere Baby zu schreien. Der Junge, der wirklich lebte. Sie wollte ihn sehen und anfassen. Magnolie machte ihr Angst, sie war gemein und kalt.

Janna war mit der Kiste beschäftigt. Sie und Erland verschlossen sie mit einem Deckel, sodass man Magnolie nicht mehr sah, aber sie lag in der Kiste wie ein Geschenk, man benötigte nur noch ein bisschen Papier, dann konnte man sie jemandem schenken, der eine gemeine Gummipuppe haben wollte. Einem dummen und schmutzigen Mädchen, das eigentlich überhaupt keine Geschenke verdient hat, obwohl es Geburtstag hat. Weil es böse und ungehorsam gewesen ist. Dann bekommt man nämlich keine Geschenke.

Es regnete nicht mehr. Jemand hatte ihr ein Paar Gummistiefel hingestellt. Sie ging in den grünen Stiefeln, die glänzten und zu groß waren, sodass ihre Füße rutschten. Ihr Papa hatte solche Stiefel.

Papa?

Sie bekam Lust, gegen einen Stein zu treten und zu sehen, wie er davonflog und vielleicht jemanden im Nacken traf. Vielleicht Daniel. Er würde sich umdrehen und Ausschau halten, und dann würde sie ihm ins Auge fallen, und er würde begreifen, dass sie das gewesen war, und er würde wütend werden und ihr hinterherlaufen, aber sie würde unter die nassen Sträucher robben, wo er sie nicht finden konnte.

Alle waren um sie herum, sie sah ihre Rücken und Beine. Janna trug die gleichen grünen Stiefel wie sie. Vor ihr gingen Urid und Leon und Frans. Ihre Köpfe sahen aus wie Bälle. Sie versuchte schneller zu gehen, um sie einzuholen.

Sie gingen zu den Höhlen hinab. Es regnete nicht mehr, aber man wurde trotzdem nass, auf den Ästen und Blättern war Wasser. Erland ging vor und trug die Kiste, in der Magnolie lag. Mit etwas Abstand folgten ihm die anderen.

In der Erde war ein Loch gegraben worden. In der Ferne hörte man das Rauschen des Wasserfalls. Sie dachte an den Hund. Wo war er jetzt? Sie hatte ihn nicht gesehen. Sie bekam ein bisschen Angst, aber alle waren um sie herum und blieben jetzt stehen. Janna drehte sich zu ihr um und fasste sie an, stellte sie vor sich und legte die Hände auf ihre Schultern. So stand sie und sah zu, wie Erland mit einem komischen und verzerrten Gesicht die Kiste mit Magnolie in die Erde legte.

Im Kindergarten hatte Magda ihnen einmal Sonnenblumensamen gegeben. Sie hatten die Samenkörner in Gläser gelegt und anschließend verfolgt, wie die weißen Wurzeln mit der Zeit ihren Weg durch die Erde zu den Wänden der Gläser fanden. Nach einer Weile kamen kleine, zarte Keimlinge heraus. Ein Teil der Keimlinge hatte ausgesehen, als hätten sie Mützen an.

»Lasst uns singen«, sagte Janna.

Sie kannte den Text nicht und konnte deshalb nicht mitsingen. Janna stieß sie an, sie sollte es versuchen, aber da sie die Worte nicht wusste, konnte sie doch nicht mitmachen. Dann riss Erland jede Menge Blätter ab und verteilte sie auf der Kiste, und als er das getan hatte, griff er nach dem Spaten.

Seltsam, dass er so viel weinen konnte.

Mamas weinten.

Aber Papas nicht.

Sie hatte ihren Papa niemals weinen gehört. Wütend konnte er werden. Seine Hände konnten sie ganz fest packen oder auf ihren Popo klatschen. Aber geweint hatte er noch nie.

Heulsusen, dachte sie. Die gibt es.

Ihre Mama war so eine. Sie schimpfte mit Papa, als er sie an den Haaren gezogen hatte.

»In unserem Land werden keine Kinder geschlagen, es ist verboten.«

Dann hatte sie geweint.

Aber Mama hatte sie manchmal auch an den Haaren gezogen.

Die Erde war schwer und nass. Sie sah, dass sie sich bewegte, und bekam große Angst. Magnolie würde zwischen den Würmern sein.

Am nächsten Tag schien wieder die Sonne. Sie ging mit Urid durchs Gras, und es war schon fast wieder trocken.

Leon kam auf sie zu, sie sah seine nackten, schmutzigen Füße, er trat einen Ball, der auf sie zuflog und ihr wehtat. Erwartungsvoll starrte er sie an, denn er hoffte, sie würde jetzt losheulen.

Sie hob den Ball auf und warf ihn in die Sträucher.

»Wisst ihr, was eine Magnolie ist?«, erkundigte sich Urid.

»Ein Kind, das tot ist«, sagte Leon.

»Es ist eine Blume. Ich habe Mama gefragt, sie hat gesagt, es ist der Name einer Blume.«

»Okay, dann wächst sie nach oben«, meinte Leon. »Bald wächst da hinten eine Leiche aus der Erde.«

Er grinste und zeigte in Richtung der Höhlen.

»Das stimmt nicht«, murmelte sie.

»Nein«, sagte Leon. »Ich habe nur einen Witz gemacht. Es werden Bäume und Sträucher und so. Die ganzen Bäume hier sind früher Menschen gewesen.«

Das war so dumm, dass sie es sich nicht verkneifen konnte, ihn auszulachen.

»Ja, lach du nur. Aber sie stehen da und behalten dich im Auge. Sie sehen, was du tust, und hören können sie dich auch. Wenn du über sie lachst, werden sie wütend. Dann schieben sie einen Ast vor, und zwar so …« Er legte seinen Arm um ihren Hals und drückte zu.

»Lass los!«, jammerte sie.

Frans und Nils-Emil kamen zu ihnen.

»Was macht ihr da?«

Leon ließ sie los. Sie rieb sich vorsichtig den Hals.

»Ich will mir das andere Baby ansehen«, murmelte sie.

»Das geht nicht«, sagte Leon.

»Warum nicht?«

»Sie wollen es im Wald aussetzen.«

»Was?«

»Doch, das hat Mama gesagt. Es wäre das Beste, wenn wir ihn im Wald aussetzen würden.«

»Nee!«, rief sie aus. »Du lügst!«

Das hübsche, kleine Baby. Sie hatte die winzig kleinen Fingernägel und die Nase gesehen, die wie ein Knopf war.

Die Wölfe und die Bären.

»Du bist blöd!«, schrie sie und rannte zu Leon und fing an, ihn zu hauen, aber er war stärker als sie. Er schlug sie auf die Oberlippe, es schmeckte nach Salz in ihrem Mund.

»Hört auf!«, brüllte Urid.

Leon warf sie ins Gras. Er saß auf ihrer Brust, sie konnte kaum atmen. Er presste ihre Arme auf die Erde.

»Mama hat noch etwas gesagt. Weißt du, was sie gesagt hat, kannst du es erraten?«

Angelica stöhnte.

»Wir werden stattdessen das andere Kind aussetzen. Diese Nora. Wir tun es, wenn sie schläft, dann tragen wir sie in den Wald hinaus, und dann kommen die grauen Wölfe und fressen sie auf.«

Sie wimmerte, weinte aber nicht. Sie fauchte, und Spucke spritzte an seine Wange. Als er sie losließ, um sie abzuwischen, kam sie frei, sprang auf und lief davon.

Janna war nicht im Haus. Angelica hatte gehofft, sie zu finden, aber weder im Schlafzimmer noch in der Küche war jemand. Sie hätte jetzt gerne ein Honigbonbon bekommen.

Sie ging auf die Toilette, und im Spiegel sah sie, dass aus einem Nasenloch Blut tropfte. Wütend riss sie ein Stück Papier ab, das sie zu einem Ball rollte und sich in die Nase presste. Daraufhin blutete es noch mehr. Sie riss so viel Papier ab, dass am Ende nur noch die leere Rolle übrig war. Sie nahm die Rolle vom Halter und streifte sie über die Finger.

Dann sah sie ihren Mund im Spiegel, und die Rolle wurde zu einer Trompete.

»Verdammt«, sagte der Mund in der Trompete. »Verdammter, blöder Leon.«

Sie stand in der Küche und betrachtete die Bank, in der sie immer lag.

Ob das wirklich stimmte?

Ob sie wirklich vorhatten, sie im Wald auszusetzen? Sich anzuschleichen, wenn sie schlief, und einfach mitzunehmen, sodass sie draußen im Moos aufwachen würde? Und die Wölfe würden dann in einem Kreis um sie herumsitzen. Sie bekam Bauchschmerzen, wenn sie sich das vorstellte.

Es gab ein Buch über Wölfe, sie hatte die Tiere gesehen, sie waren grau und hatten schmale, gelbe Augen.

Papa, dachte sie.

Sie setzte sich auf die Treppe, saß da und drehte die Papprolle zwischen den Fingern.

Die Rolle war ein Telefon.

Sie würde ihren Papa anrufen, sie kannte doch seine Nummer, sie hatte die Zahlen nicht vergessen. Mit dem Zeigefinger drückte sie auf die unsichtbaren Tasten, er hatte eine leichte Nummer, du kannst immer anrufen, wenn du Sehnsucht nach mir hast, hatte er gesagt.

Jetzt sehnte sie sich mehr denn je nach ihm.

Sie saß mit dem Hörer am Ohr und glaubte beinahe, die Stimme ihres Papas zu hören. Sie saß da und sprach, als Janna kam.

Die Telefonrolle fiel ihr aus der Hand.

Unmittelbar darauf explodierte die Luft.

24. Magda

Eine Ansichtskarte mit lila Lavendelfeldern war mit der Post gekommen. Ein Gruß aus der Provence. »Wir haben es wunderbar getroffen«, las sie. »Ich male den ganzen Tag und genieße den guten Wein und das frische Gemüse. Pass auf dich auf. Grüße von Gunilla und Olle.«

Sie bekam Lust, nach Hause zu fahren. Ihr altes Zimmer gab es nicht mehr, sie hatten ein Arbeitszimmer für Olle daraus gemacht, der eine Vertragsrente bezog, was bedeutete, dass er nur noch halbtags und zu Hause arbeitete. Aber abgesehen davon war ihr Zuhause noch dort, wo es immer schon gewesen war. Das Haus lag in Äppelviken. Dort war sie aufgewachsen. Es war eine geborgene Kindheit ohne wüste Abenteuer gewesen.

Wenn das Auto in der Garage stand, würde sie es sich ausleihen und eine Spritztour machen, einfach davonfahren und unauffindbar sein. Sollte Florian dann versuchen, sie zu erreichen, würde er kein Glück haben.

Der Regen schien kein Ende nehmen zu wollen. Die Kälte ging ihr durch Mark und Bein. Laut Kalender war es fast Sommer, was bedeutete, dass die Heizung abgestellt war, und hier im Souterrain, wo sie ihre Wohnung hatte, war es besonders kalt. Sie suchte den Islandpullover heraus, den Gunilla ihr gekauft hatte, als sie vor ein paar Jahren auf einer nordischen Frauenkonferenz in Reykjavík gewesen war.

Er war schön, hatte ein Islandpferd als Motiv, kratzte aber, weshalb sie ihn nur selten anzog. Jetzt war ihr das egal, sollte er doch kratzen, das spielte nun auch keine Rolle mehr. Sie würde nach Hause fahren, sich ein Bad einlassen und im Wasser liegen, bis sie sich in ihre Atome auflöste.

Dann konnten sie lange nach ihr suchen.

Das Fahrrad zu nehmen war ihr zu anstrengend. Stattdessen würde sie die U-Bahn nehmen und von Alvik aus zu Fuß gehen. Es war nicht weit.

Das Haus war rot und zweistöckig. Sie fragte sich, wer wohl nach dem Rechten sah, während Olle und Gunilla im Ausland waren, vermutlich irgendein Nachbar. Wahrscheinlich Tante Elsy, die gegenüber wohnte. Tante Elsy war für sie ein Mensch, den es immer schon gegeben hatte und der immer schon alt gewesen war. Magda kam der Gedanke, dass sie vielleicht gar nicht mehr lebte. Doch. Sonst hätte sie es ja wohl erfahren.

In dem schattigen Garten voller Obstbäume hatten sie und Magnus wüst getobt. Einer der Bäume war ein hohler Pippi-Langstrumpf-Baum, in dem wie bei Pippi manchmal Limonade wuchs.

Weit weg kam ihr das jetzt alles vor. Es war viel Zeit vergangen, seit sie ein Kind gewesen war.

Die Obstbäume blühten, aber alles war triefend nass. Keiner hatte die Post ins Haus geholt. Sie leerte den Briefkasten und öffnete die Tür mit ihrem Schlüssel. Man merkte es am Geruch, ob das Haus eine Zeit lang unbewohnt gewesen war. Die Luft war dann abgestanden.

Sie stand in dem grünen Flur, dessen Wände Gunillas Aquarelle schmückten. Auf den Kleiderbügeln hingen noch die Winterkleider, und die Hutablage war voller Schals, Handschuhe und Mützen. Der Fußboden war mit Splitt übersät, sodass es knirschte, als sie eintrat.

Das ist mein Zuhause, ging es ihr durch den Kopf. Mein Zuhause, aber letzten Endes ist es das doch nicht mehr.

Sie verteilte ihre nassen Sachen in der Waschküche und ging barfuß über die dicken, indischen Teppiche. Gunilla hatte eine Vorliebe für Tiermotive, fast alles, was sie besaß, wurde von kleinen stilisierten Pferden oder Giraffen geziert.

Der Kühlschrank gab nicht viel her. Zwei Dosen Tunfisch, ein altes, klebriges Marmeladenglas, eine Packung Margarine, zwei Flaschen Leichtbier und ein verschimmeltes Stück Käse in einer Plastiktüte, aber das machte nichts, sie hatte ohnehin keinen Hunger.

Sie stellte sich in ihr früheres Zimmer und blickte auf die regenglänzende Straße hinaus. Das Zimmer war komplett renoviert worden. Eine neue, dunkelblaue Tapete, glatte Vorhänge, ein abschließbarer Archivschrank und ein Faxgerät. Sie sah die Fassade des gegenüberliegenden Hauses, in dem Tante Elsy wohnte, und dachte, dass es dumm wäre, wenn sie ausgerechnet jetzt hereinkäme. Wenn sie hörte, dass sich jemand im Haus bewegte, würde sie vor lauter Angst womöglich noch der Schlag treffen. Am besten rief sie die Nachbarin an und sagte ihr Bescheid. Das Telefonbuch lag auf Olles Schreibtisch, einem geschwungenen Designermöbel, und der Computer schien neu zu sein.

Und ihr Vater? Welchen Beruf hätte er ergriffen? Ihre Eltern waren noch so jung gewesen, als sie geboren wurde, sie hatten beide noch studiert. Was hatten sie werden wollen? Lehrer vielleicht? Sie hatte Gunilla danach gefragt, aber nur sehr vage Antworten bekommen.

Es war noch das gleiche, geblümte Telefonbuch, das sie schon immer gehabt hatten und das mittlerweile fast auseinander fiel. Namen und Telefonnummern waren durchgestrichen, an manchen Stellen Zettel mit neuen Adressen eingeklebt worden. Ich werde ihnen zu Weihnachten ein neues schenken, dachte sie und blätterte auf der Suche nach Tante Elsys Nummer vorsichtig darin. Ihr fiel ein, dass sie nicht wusste, wie die Nachbarin mit Nachnamen hieß.

Schließlich fand sie die Nummer unter »E«. Elsy stand dort, gefolgt von einer Nummer. Das musste sie sein.

Hauptsache, sie ist nicht in Erzähllaune, dachte Magda, Hauptsache, sie fragt mich nicht aus, wie alte Tanten es gerne mal tun. Alte Klatschtanten, dachte sie. Neugierige, alte Klatschtanten, die überall herumtratschen. Jetzt hat diese Magda sich aber ganz schön in die Bredouille gebracht, sie hatte die Verantwortung für diese Vierjährige, die verschwunden ist, aber sie war ja immer schon wankelmütig, hatte kein Rückgrat, was will man auch erwarten bei den Eltern, die sie hatte, erst haben sie gesoffen wie ein Loch, und anschließend sind sie mit ihrer kleinen Nussschale auf große Fahrt gegangen.

Tante Elsy ging beim dritten Klingelzeichen an den Apparat. Sie klang gut gelaunt und gesund.

»Ach, du bist es, Magda? Nutzt du die Gelegenheit für einen Hausbesuch?«

Magda zwang sich zu einem Lachen.

»Ja, stimmt. Wie geht es dir?«, hörte sie sich mit dieser gekünstelten Antistimme fragen, die nicht ihre Stimme, nicht sie war.

»Großartig. Es ist mir niemals besser gegangen.«

Magda verlor beinahe die Fassung. Sie hatte mit einer Litanei gerechnet, ältere Menschen hatten sonst immer irgendwelche Wehwehchen, und sie hätte es in diesem Moment nicht ertragen können, sich so etwas anzuhören. Tante Elsy fuhr fort:

»Ich habe Besuch von einem guten Freund, er ... Eigentlich wollten wir rausgehen, aber es regnet ja so fürchterlich, ich glaube, wir machen stattdessen den Kamin an und lassen es uns hier gut gehen. Für morgen haben wir uns eine Kreuzfahrt ins finnische Turku vorgenommen.«

Ein Freund? Ein männlicher Freund? Tante Elsy hatte einen Liebhaber. Wie alt mochte sie sein, bestimmt über achtzig.

»Ja, es regnet wirklich Bindfäden«, sagte Magda. »Ich wollte dir nur Bescheid sagen, dass ich heute die Post aus dem Briefkasten geholt habe. Ich schaue auch noch nach den Blumen, aber ich glaube nicht, dass sie gegossen werden müssen, sie scheinen noch feucht zu sein. Ich werde hier heute übernachten und kann dann auch morgen die Post reinholen. Viel Spaß bei deiner Schiffstour.«

»Ich wünsche dir auch viel Spaß, kleine Magdalena. Und carpe diem, oder was ihr jungen Leute heute so sagt.«

Carpe diem, nutze den Tag. Was für eine Floskel.

Aber zu ihrer Überraschung fühlte sie sich abgefertigt. Sie wollte allein sein, wollte ihre Ruhe haben, das stimmte schon.

Aber so allein nun auch wieder nicht.

Langsam ging sie in die obere Etage, schaute in das Schlafzimmer, in dem Kleider und Decken wüst durcheinander lagen, öffnete die Tür zum Badezimmer und trat ein. Es würde unbeschreiblich schön sein, ein Bad zu nehmen und ihre durchgefrorenen Glieder aufzuwärmen. Sie fand ein Schaumbad, das sie in der Wanne verteilte, zog sich aus und stieg in das Wasser, das so heiß war, dass sie sich kaum zu rühren wagte. Stück für Stück ließ sie den Körper weiter hinabgleiten, bis sie schließlich lag. Dampf stieg auf, der Spiegel beschlug. Sie hätte das Radio ins Bad tragen sollen, etwas düstere Musik auf Kanal P 2 hätte jetzt gut gepasst, schwermütige und einschläfernde Musik, sodass sie in der heißen Wanne einschlief und unter die Oberfläche sank. Man konnte durchaus in einer Badewanne ertrinken. Sie hatte einmal von dem Fall einer todmüden und verzweifelten Frau gehört, der das passiert war.

Es gab ein kleines, blaugrünes Plastikkissen mit Saugnäpfen, das man auf dem Badewannenrand festdrücken konnte.

Sie hatte es Gunilla einmal zum Geburtstag geschenkt. Es lag zwischen Shampoo und Cremes auf dem Regal. Sie feuchtete die Saugnäpfe ein wenig an und befestigte es, lehnte den Nacken gegen das kühle Emaille, ließ die Schultern herabsinken, schauderte.

Sie lag im Wasser, bis es allmählich kühl wurde, und wollte sich gerade aufrichten und heißes Wasser nachlaufen lassen, als sie ein Geräusch hörte, das klang, als fiele die Haustür ins Schloss.

Anfangs glaubte sie, sich verhört zu haben, rührte sich nicht und lauschte. Nach einer Weile hörte sie deutlich, dass jemand im Erdgeschoss war.

Sie war nicht mehr allein im Haus.

Schritte kamen die Treppe herauf.

Vor Angst wäre ihr fast das Herz stehen geblieben.

Wer konnte das sein? Gunilla und Olle jedenfalls nicht, sie würden erst in einer Woche zurückkommen. Ein Einbrecher? Jemand, der wusste, dass das Haus leer stand? Die Polizei hatte erst kürzlich vor Einbrüchen in Einfamilienhäusern gewarnt, deren Zahl zuletzt sprunghaft angestiegen war. Oft waren die Täter Drogensüchtige, die dringend Geld benötigten, Menschen, die nicht davor zurückschrecken würden, Gewalt anzuwenden.

Oh Gott! Großer Gott, was sollte sie nur tun?!

25. Daniel

Am nächsten Tag war das Schlimmste überstanden. Als sie wach wurden, schien die Sonne zwischen den Lücken in der Jalousie herein. Janna lag schlafend auf dem Bauch, ihr Hintern stand unter dem Bettzeug hoch, und er wurde schon vom bloßen Hinsehen geil. Ohne sie zu wecken zog er die Decke weg. Sie trug einen Slip und ein kindliches Nachthemd, auf dem Spielzeugautos waren, was ihn rührte. Er trommelte mit den Fingerspitzen ihr Rückgrat herab, und sie stöhnte und wand sich vor Lust.

Ganz offensichtlich war sie wach.

»Ich glaube tatsächlich, dass ich mich ein bisschen in dich verliebt habe«, murmelte er, und sie wandte ihm ihr Gesicht zu und sah froh aus.

»Ach wirklich. Glaubst du?«

»*Jawohl, das glaube ich. Ich glaube, dass ich liebe dich*.«

Ihre Arme waren stark und braun. Sie zog das Nachthemd und den Slip aus und ihn zu sich herüber. Sie lag auf dem Rücken ausgebreitet. Langsam drang er in sie ein.

»Ich werde dir ein Kind schenken«, sagte er mit belegter Stimme an ihrem Ohr. »Ich werde dir eine Tochter schenken, Janna, die hübscheste kleine Tochter auf der ganzen Welt. Mehr als eine sollst du bekommen, eine pro Jahr, wenn du willst. Und sie werden dir alle ähnlich sehen, sie werden blond und klein sein, und die erste wird Anna heißen und die zweite Manna und die dritte …«

»Manna!«, prustete sie. »Man kann doch nicht Manna heißen. Anna, Manna, Mannamana.«

Als er kam, wusste er genau, dass er sie geschwängert hatte.

An diesem Tag wurde nicht gegraben, jedenfalls nicht im Keller. Die Erde hatte jetzt die richtige Wärme, um Kartoffeln zu setzen. Er ging mit Janna zu dem großen Feld am Waldrand. Claudia war schon da und trieb ein großes, schwarzes Pferd an, das sie vor einen Pflug gespannt hatte. Es roch durchdringend nach Mutterboden.

Daniel näherte sich dem Pferd.

»Ist das ein braves Pferdchen?«, sagte er abwartend.

Claudia lachte.

»Aha, du willst wohl mal versuchen zu pflügen?«

»Ich weiß nicht ...«

»Das kannst du später gerne mal machen. Aber erst werden wir Erdäpfel setzen.«

Janna zeigte ihm, wie er die Kartoffeln in die Furche legen sollte.

Er war so eigentümlich frohen Mutes an diesem Morgen. Der gestrige Tag war lang und deprimierend gewesen. Das tote Kind und diese ganzen seltsamen Zeremonien. Janna hatte wie ein Erweckungsprediger geklungen, er hatte sich fremd und ausgeschlossen gefühlt.

Heute war alles so anders.

Er unterhielt sich ein wenig mit Hans, der die benachbarte Furche bearbeitete und Koch war.

»Ich kann nicht einmal ein Ei kochen«, prustete Daniel.

Hans sah nett aus. Er hatte kurz geschorenes Haar und einen kleinen Kinnbart. Schweiß lief ihm den Schädel herab.

»Dann werde ich dich wohl in die Lehre nehmen müssen«, sagte er. »Es ist nie verkehrt, ein gutes Essen auf den Tisch zaubern zu können. Es gibt nichts, was der Damenwelt mehr imponiert.«

Seine Art, die Augenbrauen hochzuziehen, ließ ihn ständig überrascht aussehen.

Daniel wurde es warm ums Herz. Sie wollten ihn bei sich aufnehmen. Sie mochten ihn.

Alle waren auf dem Feld, sogar Erland. Beata natürlich nicht. Aber Mats und Jennifer und Harriet und Bert. Nach einer Weile kam auch Lillemor hinzu. Sie hatte ihre Haare geflochten und auf dem Kopf zu einer losen Krone hochgesteckt. Sie umarmte ihn.

»Ich habe mir überlegt, dir noch ein paar Kleider zu nähen, schau heute Nachmittag vorbei, damit ich Maß nehmen kann.«

»Okay.«

Sie ging neben ihm, und er schielte zu ihren Händen hinüber und dachte daran, dass sie im Unterleib einer anderen Frau gewesen waren. Jetzt hielten sie Kartoffeln.

»Wie geht es Beata und dem Jungen?«, fragte er.

»Ach, denen geht es gut.«

»Ich habe da über etwas nachgedacht ... irgendwie hat keiner den Jungen gefeiert oder ihm Geschenke gemacht oder so. Es war alles irgendwie so auf das tote Baby konzentriert ...«

Lillemor sah sich nervös um, Janna stand bei dem Pferd.

»Der Kleine brauchte doch keine Geschenke«, meinte sie hastig. »Sein Geschenk war das Leben.«

Während der Mittagspause saßen sie unter den Bäumen. Hans hatte Quiches und einen Salat aus Löwenzahnblättern zubereitet. Über ihren Köpfen zwitscherte eine Lerche. Daniel konnte sich nicht erinnern, wann er zuletzt diesen Gesang gehört hatte. Er fühlte sich in seine Kindheit zurückversetzt. Auf dem Land. Die Stimme seiner Mutter.

»Das ist der letzte Frühling, in dem ich die Lerche singen hören darf.«

Das Brummen seines Vaters.

Die Lerche klang so jubelnd. Er würde hier mit Janna und diesen Menschen zusammenleben, sie würde seine Kinder zur Welt bringen, und es würden Töchter sein, aber auch Söhne, nie zuvor hatte er an Kinder gedacht, jedenfalls nicht so.

Mats schenkte sich ein Glas Wasser ein und leerte es in großen Zügen. Sein Adamsapfel hüpfte unter dem Bart auf und ab.

»Ich habe neue Forschungsberichte zu vermelden«, sagte er und sah Janna an. »Können wir das erledigen, während wir essen?«

»Ja sicher, von mir aus gern.«

»Also, es geht um Folgendes, es gibt da ein Team von Forschern an der Universitätsklinik in Lund. Sie haben das eine oder andere herausgefunden, was ganz interessant sein könnte. Unter anderem haben sie Versuche an Ratten durchgeführt, bei denen sich herausgestellt hat, dass die Mikrowellen von den Handys die Schutzbarriere aufbrechen, die wir alle haben und die uns davor bewahren soll, dass giftige Stoffe in unser Gehirn eindringen. Es gibt da ein Protein, das Albumin heißt. Bei den Versuchen haben sie Albumin in das Gehirn der Ratten einsickern lassen. Und Proteine, die einfach ins Gehirn gelangen, sind nicht gut, sie können schwere Erkrankungen auslösen, zum Beispiel multiple Sklerose, vielleicht auch Alzheimer.«

»Die Strahlung verändert die Körperzellen«, meinte Janna, den Mund voller Quiche.

Mats nickte.

»Dann ist noch die Rede davon, eine Art Handy mit Umweltzertifikat zu entwickeln, das irgendwann nächsten Sommer vorgestellt werden soll. Das ist immerhin mal ein Schritt in die richtige Richtung, auch wenn ich persönlich nicht glaube, dass es viel nützen wird. Die Strahlung ist trotzdem noch da. Man kann ihr nicht entgehen.«

»Nee«, lachte Jennifer. »Es sei denn, man macht es so wie wir.«

Janna füllte ihren Teller mit Salat.

»Ich meine, gut und schön, hier in Schweden können wir ja verdammt noch mal für alles und jedes ein Zertifikat verleihen«, ergriff sie das Wort. »Aber denkt nur mal an all die Handyfabrikanten, die in Ländern sitzen, in denen man es mit solchen Dingen nicht so genau nimmt, Korea und Taiwan zum Beispiel. Ich kann mir nicht vorstellen, dass die sich sonderlich für Fragen der Gesundheit interessieren. Die wollen in erster Linie verkaufen. Ganz zu schweigen von China ... Man rechnet damit, dass noch vor Jahresende zwischen achtzig und hundert Millionen Chinesen ein Handy haben werden. Das ist doch verrückt! Hundert Millionen ...«

Sie verstummte und starrte zum Waldsaum.

»Was ist los?«, fragte Claudia.

»Ich weiß nicht, aber ich dachte ...«

Claudia stand auf und ging zu dem Pferd, das an einen Baum gebunden war. Es schüttelte den Kopf und stampfte unruhig mit seinen großen, haarigen Hufen. Daniel hatte noch nie ein Pferd mit derart großen Hufen gesehen.

Jetzt stand auch Janna auf, und der Quiche glitt von ihrem Schoß ins Gras. Sie steckte die Finger in den Mund und stieß einen leisen, aber durchdringenden Pfiff aus. Man hörte ein Bellen, und dann tauchte wie aus dem Nichts der Hund auf. Er lief zu Janna, die rosa Zunge hing ihm aus dem Maul. Janna zeigte zum Wald.

»Such!«, sagte sie.

Das Tier schoss los wie ein gelber und zotteliger Strich.

»Was ist denn?«, erkundigte sich Daniel.

»Das genau soll Guardie für uns herausfinden.«

Inzwischen hatten sich alle aufgerichtet. Das Pferd warf seine Mähne, die weißen Augäpfel leuchteten. Claudia strich ihm über den Hals und sprach beruhigend auf das Tier ein. In der Ferne hörte man dumpfes Bellen. Janna lief los. Daniel wollte erst stehen bleiben, beschloss dann aber, ihr zu folgen. Er lief, so schnell er konnte, doch es war schwer, mit ihr Schritt zu halten. Sie war durchtrainiert und geschmeidig wie ein Panther.

Auf einer Lichtung holte er sie schließlich ein. Sie stand an einen Baumstamm gelehnt und betrachtete den Hund, der mit den Pfoten auf einem liegenden Mann stand. Der Mann trug einen Trainingsanzug und lehmverschmierte Turnschuhe. Er lag auf dem Bauch, hielt sich die Arme schützend um den Kopf und zitterte am ganzen Leib.

»Aus!«, befahl Janna.

Der Hund gehorchte nicht, zog stattdessen die Oberlippe hoch und knurrte. Daraufhin schnippte Janna mit den Fingern und sagte:

»Aus, habe ich gesagt!«

Erst jetzt gehorchte das Tier und legte sich neben den Mann, aber als dieser sich bewegte, drang ein gedämpftes Knurren aus der kräftigen Kehle des Hundes.

»Steh auf«, sagte Janna.

Der Mann zog die Nase hoch.

»Dann sieh zu, dass du mir diesen Köter vom Leib hältst.«

»In Ordnung.«

Langsam setzte sich der Mann auf. Er war in Daniels Alter, sein Gesicht war blass und zerkratzt.

»Darf man fragen, was du hier zu suchen hast?«, sagte Janna.

»Was soll das heißen, wir haben doch nur einen kleinen Ausflug gemacht ... Ich habe die anderen verloren.«

»Das ist ein Privatgrundstück.«

Der Mann hockte sich hin und zupfte nervös an seinen Kleidern. Er warf einen Blick auf den Hund und räusperte sich.

»Und was ist mit dem Jedermannsrecht?«, sagte er, und in seiner Stimme schwang Trotz mit. »Habt ihr schon mal was vom Jedermannsrecht gehört?«

Es war, als hätte die Hündin ihn verstanden. Sie fuhr hoch und bellte, ihre gelblich weißen Zähne blitzten im Sonnenlicht.

»Was hast du gesagt?«, fragte Janna. »Ich habe leider nicht richtig verstanden, was du gerade gesagt hast.«

Der Mann schwieg.

»Hau gefälligst ab. Und wenn du hier noch einmal herumschnüffeln solltest, könnte es sein, dass ich den Hund nicht mehr zurückhalten kann.«

Der Mann nickte schnell.

»Okay, okay«, murmelte er. »Ich geh ja schon.«

»War das wirklich angemessen?«, sagte Daniel, während sie zu den anderen zurückgingen. »Jetzt hetzt er uns bestimmt die Polizei auf den Hals.«

Sie erstarrte.

»Wie kommst du denn darauf?«

»Na ja ... der Hund. Man trägt doch die Verantwortung dafür, was Hunde so anstellen.«

»Der Hund hat etwas angestellt?«

»Nein, aber ... Er hat diesem armen Kerl jedenfalls eine Heidenangst eingejagt.«

»Angst eingejagt, stimmt. Aber Guardie hat ihn nicht verletzt.«

»Nein, das nicht.«

»Wir wollen nicht, dass hier jeder herumläuft und spioniert. Wir wollen, dass es hier sauber bleibt. Man kann nie wissen, was Typen wie der in den Taschen haben. Mit Sicherheit ein Handy, das hat ja heutzutage jeder. Wir wollen solche Leute hier nicht sehen.«

»Okay.«

Janna blieb stehen. Sie legte ihm die Arme um den Hals und küsste ihn unter das Ohr.

»Das ist ein Privatgrundstück«, sagte sie ruhig. »Das müssen die Leute einfach respektieren.«

Claudia half ihm, sich mit dem Pferd vertraut zu machen. Sie war hübsch, diese Claudia, verdammt hübsch. Er hatte bislang keinen Gedanken an ihr Aussehen verschwendet, aber als er nun neben ihr stand, konnte er es sich nicht verkneifen, sie ein wenig in Augenschein zu nehmen. Ihre Augen waren hellblau und saßen weit auseinander, sie hatte volle Lippen, auf die sie des Öfteren biss. Sie trug eine dünne Bluse, und wenn sie sich drehte, konnte er an der Seite ihrer einen Brust ein Tattoo erahnen. Sie war schlank und hatte eine gute Figur. Es war kaum zu glauben, dass sie zwei Kinder geboren hatte.

»Ist das dein Pferd?«, fragte er.

»Nicht direkt, es gehört uns allen. Aber ich kümmere mich die meiste Zeit darum. Ich bin mit Pferden groß geworden. Mein Vater hatte ein Gestüt.«

Das Pferd schnaubte.

»Wie groß der ist, was für ein Prachtbursche.«

»Ehrlich gesagt ist es eine Stute.«

»Tatsächlich? Tja, das ist nicht immer leicht zu erkennen.«

Claudia lachte.

»Sie heißt Molly. Sie ist ein Shirepferd. Ein Meter achtzig Risthöhe. Sie ist schön.«

Sie strich über den glänzenden Hals des Tiers.

»Ist sie lieb?«

»Ganz lieb. Sogar Nora würde auf ihr reiten können. Meine Jungen sind schon des Öfteren auf ihr geritten, es macht ihnen viel Spaß. Du kannst ihr ja später sagen, dass sie mal reiten darf. Sie kann ein wenig Aufmunterung gebrauchen, wo sie doch in Ungnade gefallen ist.«

Er hatte nicht gefragt, was sie mit ihren letzten Worten gemeint hatte, aber am Nachmittag, als sie die Kartoffeln gesetzt hatten, fiel ihm auf, dass er das Mädchen seit dem frühen Morgen nicht mehr gesehen hatte. Die Jungen waren in der Gegend herumgerannt und hatten getobt, wie Jungen es eben so machten. Aber Nora war nicht bei ihnen gewesen.

Als er geduscht hatte, fiel ihm wieder ein, dass Lillemor bei ihm Maß nehmen wollte. Also würde er wohl auf einen Sprung bei ihr vorbeischauen müssen. Sie öffnete ihm praktisch sofort, so als hätte sie nur auf ihn gewartet. Sie war in ein leuchtend rotes Badehandtuch gehüllt, ihre Schultern glänzten feucht.

»Komm rein!«

»Ja aber, du hast doch gerade geduscht, ich kann später wiederkommen.«

»Sei nicht albern. Setz dich und warte kurz, ich werde mir nur schnell etwas Gesellschaftsfähiges überziehen.«

Sie ging in das Zimmer und ließ die Tür einen Spaltbreit offen stehen. Er konnte es nicht lassen, in ihre Richtung zu schielen. Sie hatte sich so gestellt, dass er alles sehen konnte, was sie tat. Groß und nackt stand sie da und rieb ihre Beine mit einer Creme ein, wobei sie erst das eine, dann das andere auf den Webstuhl stützte.

Ich gehe wieder, dachte er.

Aber noch ehe er seinen Vorsatz in die Tat umsetzen konnte, war sie auch schon zurück und hatte sich ein Kleid über den Kopf gestreift. Ihre Haare hingen nass und lang herab.

»Möchtest du was trinken?«

»Tja, was denn?«

»Ein Glas Löwenzahnwein, vielleicht? Wir haben letztes Jahr Löwenzahnwein gemacht. Ich habe ihn gelagert, er sollte mittlerweile trinkbar sein.«

»Wenn das so ist, sage ich nicht Nein.«

Sie ging in die Küche, und er hörte, dass ein Korken aus einer Flasche gezogen wurde.

Kurz darauf kehrte sie zurück und reichte ihm ein Glas mit einer trüben gelblichen Flüssigkeit.

»Prost!«

Er nippte an dem Wein, der süß und stark war.

»Aus Löwenzahn kann man offenbar so einiges machen«, sagte er. »Ich dachte eigentlich immer, das wäre nur Unkraut, aber wir haben ihn ja auch im Salat gegessen.«

»Ja, sicher. Die Natur birgt unerschöpfliche Reichtümer. Es ist ein Jammer, dass die gestressten Menschen von heute sich nicht mehr die Zeit nehmen, das herauszufinden.«

»Aber du tust das?«, sagte er spöttisch.

Sie schien seinen Tonfall nicht bemerkt zu haben.

»Ja, ich finde es interessant. Meine Urgroßmutter war Apothekerin, ich habe das Interesse an diesen Dingen von ihr geerbt, es hat mir immer Spaß gemacht, mich mit Hexengebräu und Ähnlichem zu beschäftigen.«

Er nippte an dem Wein.

»Hexengebräu?«

»Ach was, das war nur ein Witz. Aber schläfst du schlecht?«

»Warum fragst du mich das?«

»Wenn es nämlich so wäre, hätte ich dir sagen können, was du dagegen tun kannst. Hopfen heißt das Zauberwort, aber nicht in Form von Bier. Man trocknet vielmehr die Fruchtzapfen und zerstößt sie anschließend zu einem feinen Pulver. Dann nimmt man täglich mehrmals eine Messerspitze davon. Abends schläft man dann wie ein Stein, das garantiere ich dir.«

»Tatsächlich?«

Sie schenkte ihnen noch etwas Wein nach, saß da und zog an ihren nassen, langen Haarsträhnen.

»Kannst du noch mehr?«, fragte er.

Sie summte vor sich hin und sah zur Decke.

»Kommt ganz darauf an.«

»Als ich klein war, hatte ich häufig Ohrenschmerzen. Man hat mir Penicillin gegeben, aber am Ende hat es nicht mehr geholfen. Hättest du etwas Besseres auf Lager gehabt?«

»Bilsenkraut.« Sie lächelte ihn an.

»Wie bitte, das ist doch giftig, willst du mich etwa umbringen?«

»Kommt ganz darauf an«, sagte sie erneut. »Wenn du ein braver Junge bist, nehme ich vielleicht nur ein klein wenig Bilsenkrautöl und träufle es dir in die Ohren. Aber wenn du nicht brav bist ... dann gibt es den Giftbecher.«

Er fühlte sich seltsam erregt, wenn sie so redete. Sie stand auf.

»Na, es wird vielleicht das Beste sein, wir nehmen mal Maß«, murmelte sie. »Ehe Janna ihren Liebling vermisst.«

Ihre Hände waren auf seinem Körper, auf seinen geheimsten Teilen. Zu seiner Verblüffung merkte er, dass es nicht unangenehm war.

Sie merkte es auch.

Er wurde rot.

»Du«, sagte er. »Das geht aber nicht.«

»Was denn?«

Er wusste nicht, was er antworten sollte.

»Was geht nicht?«, sagte sie sanft.

»Ich will nicht ... Janna und ich, wir ...«

Sie stand so nah, dass er ihren Atem roch, leichte Ströme durch die Nasenlöcher, sie kaute auf etwas, es roch nach Minze und Eukalyptus.

»Was heißt hier Janna. Ich habe seit mehr als acht Monaten keinen Mann mehr gehabt ... und dann kommst du und bist so süß, du kannst nicht einfach ... das ist ungerecht ...«

Unter dem Kleid war sie nackt. Sie war weicher, als er gedacht hätte. Sie packte ihn an der Taille und schob ihn in ihr Zimmer.

»Hör auf«, sagte er vage, leistete aber keinen Widerstand, das Blut stieg ihm in die Ohren, und sein Kopf war benebelt.

»Mach dir keine Sorgen, sie wird es niemals erfahren«, murmelte sie und ging in die Hocke, und ihre Hände waren an seinem Reißverschluss, sie zog ihn auf und die Shorts herunter, und dann waren ihre feuchten, festen Lippen da.

26. Angelica

Alles war dunkel.

Sie hatte ein wenig von dem Keller gesehen, als Janna sie trug, sie hatte über Jannas Schulter gehangen und die Kellertür wurde aufgezogen. Dort unten war es still und dunkel geworden, aber es sollte noch dunkler werden.

Janna hatte sie auf dem Kellerboden abgelegt. Sie hatte es nicht gewagt, sich zu bewegen oder zu schreien, hatte sich in die Zunge gebissen, bis es wehtat und dann gesehen, dass Janna auf dem Fußboden kniete und den Deckel von einer Öffnung abhob.

Nein, hatte sie gedacht. Nicht da hinunter.

»Komm!«, hatte Janna mit gekrümmtem Zeigefinger gesagt. »Komm!«

Sie war aufgestanden, und ihre Knie hatten gezittert, und sie hatte gehört, dass sie dort, wo das Skelett war, jämmerlich zitterte. Jannas Augen hatten sie noch nie so angesehen wie in diesem Moment.

Es war nass und heiß zwischen ihren Beinen geworden, sie hatte in die Hose gemacht und war stehen geblieben, so lange das Pipi an ihr herablief. Janna hatte kein Wort gesagt. Breitbeinig war sie schließlich zu der Öffnung gegangen, neben der Janna hockte, die sie unter den Armen gepackt und in das Loch hinabgesenkt hatte.

Dann war es dunkel und schwarz geworden.

Anfangs hatte sie einfach dagestanden und darauf gewartet, dass die Luke wieder geöffnet und Janna etwas sagen würde wie »jetzt habe ich dich aber erschreckt«. Aber nichts dergleichen geschah, und daraufhin bekam sie wirklich Angst.

Janna musste erfahren haben, dass Angelica unter dem Bett gelegen hatte und es ihre Schuld gewesen war, dass dieses Mädchenbaby nicht leben konnte.

Deshalb musste Angelica jetzt genauso unten in der Erde sein wie das Baby.

Sie bekam zu große Angst, um zu schreien. Stattdessen presste sie die Arme an den Körper und keuchte, als wäre sie gerannt.

Sie war jetzt Nora. Das musste sein. Ihre Hände tasteten und fühlten raue und erdige Wände. Dann war auf einmal vor ihr eine Öffnung, ein Gang. Es war sicher so gedacht, dass sie diesen Gang nehmen sollte. Das begriff sie.

Angelica wimmerte in ihrem Hals, aber sie schüttelte Angelica ab, halt's Maul, du Heulsuse, hör auf, mir alles zu versauen. Jetzt kriechen wir in den Gang.

Sie war in der Dunkelheit, und sie kroch. Die Erde drückte gegen Handteller und Knie, war kühl, uneben und von Steinchen übersät. Ja, kühl und weich war es, fast schon seiden, Samt, denk an Stoff. Es war so still hier unten, es gab keine Geräusche, nicht das Rascheln des Winds im Gras, keinen Vogelgesang, nichts von alldem drang zu jenen hinab, die in der Erde waren.

Wenn du richtig leise bist, kannst du die Würmer hören, wenn sie ihre Enden durch die Erdscholle pressen, sie rascheln leise wie Papier, aber ist es das vordere oder das hintere Ende, das weiß man bei Würmern nicht, denn sie haben weder einen Anfang noch ein Ende.

War das Nora, die so sprach?

Ja. Nora.

Sonst wäre sie ohnmächtig geworden, denn sie hatte Angst vor Dingen, die sich bewegten, vor allem Kleinen und Krabbelnden wie den Ameisen und den Fruchtfliegen, die aus faulendem Obst aufflogen.

Angelica hatte Angst.

Aber Nora war ruhig und wie betäubt und machte einfach weiter, das würde schon klappen, Nora war in ihr und zwang ihre Glieder, sich zu bewegen. Schritt für Schritt. Vorwärts.

Sie hatte einen Fehler gemacht.

Aber das hatte sie doch nicht gewusst.

Nora wusste es, aber als sie auf der Treppe saß und anrief, war sie nicht Nora gewesen. In dem Moment war sie Angelica gewesen.

Ich möchte meinen Papa sprechen, ach so, du bist schon dran, Papa, ich habe jetzt die Nummer gewählt, die du mir gesagt hast, und ich habe mich an sie erinnert, bin ich nicht schlau, dass ich mich an so eine lange Nummer erinnern kann, ich will, dass du herkommst.

Wo bist du denn?

Hast du mich lieb, Papa? Ich hab dich lieb. Und die Mama. Ich will, dass du kommst und mich holst, denn der Leon ist so gemein, er mag mich nicht, er haut mich und sagt gemeine Sachen. Warum soll ich hier sein, ich kenne die doch gar nicht, wie ich euch kenne, ihr fehlt mir, ich will bei euch sein.

Entfernt hatte sie gehört, dass die Tür geöffnet wurde. Entfernt hatte sie Schritte gehört. Sie hatte Jannas Schritte auf der Treppe gehört und gewusst, dass sie kam. Sie hatte weitergesprochen, aber die Stimme gesenkt und nur noch gemurmelt, denn was sie ihrem Papa sagen wollte, sollte kein anderer hören. Kommst du mich holen, Papa?

Janna war deswegen wütend geworden. Sie wollte so etwas nicht hören.

Etwas Hartes hatte ihre Hand weggeschlagen. Durch das Flimmern des Schmerzes hatte sie die Telefonrolle von Treppenstufe zu Treppenstufe hinabholpern gesehen.

Ein dünner und wabernder Laut drang jetzt an ihre Ohren. Magnolie. Sie war hier unten in der Erde. Magnolie wartete auf sie. Sie kroch in die Richtung, aus der das Geräusch zu hören war.

»Nora kommt«, flüsterte sie und schluchzte ein bisschen, konnte die Tränen nicht mehr zurückhalten. »Nora kommt und tröstet dich.«

Der nackte Körper wie eine Puppe, aber nicht glänzend, sondern matt und bläulich schimmernd. Er hatte in der Kiste gelegen, die kleinen Geschenke auf ihrem schmalen Brustkorb verteilt.

Ich komme, Magnolie, ich werde dich in meinen Pullover wickeln. Soll die arme Puppe so auf dem Boden liegen, wollt ihr der Puppe denn keine Kleider anziehen? Doch. Kleider. Und geht ja nicht an die Nadeln, ihr dürft keine Nadeln haben, dafür seid ihr noch zu klein, ihr sollt nette Sachen spielen.

Plötzlich griffen ihre Hände ins Leere, denn der Gang weitete sich und wurde zu einem Raum, und sie hüpfte in ihn hinein wie ein Frosch. Von der Decke sickerte Licht auf sie herab, woraufhin sie ihre Finger betrachtete und in den Mund steckte. Sie schmeckten nach Erde.

Es standen ein paar Betten an der Wand, niedrige Betten mit kleinen kurzen Pfosten. Sie legte sich in eines von ihnen, das in der Mitte einsank wie eine Hängematte.

Janna hatte ihre Hände genommen und mit einem Kochlöffel geschlagen. Jetzt taten sie weh. Sie hatte sie auch an den Ohren gezogen und sie umgedreht und sie dann auf den Mund geschlagen. Dabei hatte sie sich auf die Zunge gebissen.

»So etwas darfst du nie wieder tun! Das darfst du niemals spielen, du darfst nicht einmal so tun, als würdest du in so ein Ding sprechen!«

Es war kein Spiel gewesen, das hätte sie Janna gerne sagen wollen, aber gleichzeitig war es das natürlich doch gewesen.

Eine Telefonrolle kann doch niemals wirklich werden.

Als sie in dem Bett saß, fiel der Lichtstreifen auf ihre Hände. Es fiel ihr schwer, die Finger zu krümmen. Sie waren angeschwollen.

Jetzt hörte sie Geräusche über sich, aber nicht Magnolies Laute, die waren verstummt, sondern den Hund oder den Löwen, Brüllen und Bellen.

Eine Jungenstimme schrie etwas, vielleicht war es auch nur ein Vogel.

Sie kauerte sich zusammen und schlief ein. Im Traum trat ihr Vater aus der Wand heraus. Er trug weiße Kleider und sah aus wie ein Engel. Seine Haare waren lockig und braun.

»Hör zu, Angelica«, sagte er. »Ich werde Magda heiraten. Du wirst zwei Mamas haben, eine heißt Magda und eine heißt Eva. Es ist ein großes Glück für ein Kind, mehrere Mamas haben zu dürfen.«

Im Traum lief sie, und ihre Beine trieben wie in Sirup.

Mama Eva darf nichts davon wissen, ich will, dass die beiden sich mögen, denn Magda ist so lieb.

Ein Luftzug weckte sie auf. Sie hatte nur leicht geschlafen und wusste gleich wieder, wo sie war.

Ich habe Durst, schoss ihr durch den Kopf, aber dann war da auf einmal ein Geräusch. Da bewegte sich etwas in dem

Gang, krabbelte und ächzte. Sie saß im Bett und umarmte sich mit beiden Armen.

Es war der Hund, der dort näher kam.

Oder der Löwe.

27. Daniel

Hinterher empfand er Ekel. Sie saß mit einem leisen Lächeln da, und er bekam große Lust, sie zu schlagen.

»Ich gehe«, sagte er gepresst.

Sie öffnete ihre geäderten Lider.

»Was denn, hat es dir etwa nicht gefallen?«

»Du hast sie doch nicht mehr alle.«

»Aber was ist denn auf einmal los, du warst doch einverstanden, du wolltest es doch auch. Sonst wärst du ja wohl nicht hergekommen. Du bist doch ein erwachsener Mann, Daniel, oder etwa nicht? Du bestimmst doch selber über dein Leben.«

Sie zog das Kleid an und zwirbelte ihre Haare.

»Du hast mir was in den Wein getan, du mit deinen verdammten Hexenkünsten.«

Sie ließ ein perlendes Lachen hören.

»Ich wünschte, es wäre so leicht, mein Lieber. Aber komm jetzt nicht und erzähl mir, dass du es nicht wolltest. Dann bist du simpler gestrickt, als ich dachte.«

»Verdammt, du wolltest doch Maß nehmen ...«, sagte er ausweichend.

»Maß nehmen! Das habe ich doch schon getan, als ich dir die Shorts genäht habe. Was glaubst du eigentlich, wie oft eine Schneiderin Maß nehmen muss? So schnell verändert sich der Körper eines Mannes nun auch wieder nicht.« Sie lachte erneut.

Daniel ging sich mit kaltem Wasser und Seife zwischen den Beinen waschen. Eine Hure war sie. Ihm war schlecht, er wollte so schnell wie möglich fort. Diese verdammte Lillemor, sie hatte ihm jede Freude genommen, ihm die Laune verdorben. Etwas in dem Wein hatte ihn dazu gebracht, sie anders zu sehen, normalerweise würde eine Frau wie sie ihn doch niemals anmachen, so unappetitlich und unattraktiv, wie sie war. Wenn er an ihren Mund dachte, lief ihm ein Schauer über den Rücken.

Vielleicht ahnte Janna etwas, denn sie war kurz angebunden, las in einem dicken Roman, warf ihm nur einen flüchtigen Blick zu und nickte.

Er ging auf und ab und dachte nach.

»Gibt es hier irgendwo Papier und Stifte?«, sagte er nach einer Weile.

»In der Schublade da drüben.«

Sie fragte ihn nicht, was er vorhatte. Aber er wusste, was er tun würde, denn er hatte seine Entscheidung getroffen.

Deutsch. Er würde Unterrichtsstunden vorbereiten. Er würde ihr zeigen, dass es für ihn einen Platz in ihrer Gruppe gab. Die Kinder würden bei ihm Deutsch lernen, er würde ihr Lehrer werden.

Aber wie unterrichtete man eigentlich Kinder? Er hatte natürlich seine Grammatik. Er holte sie und blätterte wahllos in ihr. Es war schon etwas her, dass er darin gelesen hatte, er war aus der Übung.

Ja, genau. Übung!

Ich muss mit etwas Einfachem anfangen, dachte er.

Ich liebe dich.

Nein, das war zu gefühlsbetont. Es musste etwas Einfacheres sein. Ein paar von ihnen konnten sicher nicht einmal lesen. Nora zum Beispiel, was konnte eine Vierjährige schon?

Mit ein paar grundlegenden Phrasen würde er auf jeden Fall anfangen können, zum Beispiel damit, wie sie hießen.

Ich heiße Daniel. Was heißt du?

Als Nächstes würde er ihnen ein paar lustige Worte beibringen, es durfte ihnen vor allem nicht langweilig werden, er würde ihnen bestimmt ein paar Vokabeln eintrichtern können, die deutschen Bezeichnungen für Dinge aus ihrer unmittelbaren Umgebung. Dummerweise hatte er sich kein Wörterbuch gekauft. Er blätterte in der Grammatik und stieß auf einen Abschnitt, in dem es um die zweite Deklination ging. Was immer das sein mochte, er hatte es schon wieder vergessen. Aber in den Beispielen gab es einige Worte, die er ihnen beibringen konnte, *das Kind, das Kleid, der Wald, das Haus, das Grab*. Das Grab?

Nein, verdammt. Das nun lieber nicht.

»Wo sind die Kinder?«, rief er zu Janna hinein. »Ich habe gedacht, ich könnte ihnen ein bisschen Deutsch beibringen. Du erinnerst dich doch, dass wir darüber gesprochen haben, ich habe jetzt etwas vorbereitet.«

»Sie sind sicher draußen.«

»Dann rufe ich sie mal herein.«

»Ja, ja.«

»Können wir uns in die Küche setzen?«

»Ja.« Sie klang wenig begeistert, weshalb er zu ihr ging und ihr den dicken Roman aus der Hand nahm.

»Was liest du denn da Spannendes?«

Da schlug sie die Hände vors Gesicht.

»Aber kleine, süße Janna, was ist denn nur los?«

»Es ist so furchtbar ... Ich bin so wütend geworden.«

Sie weiß etwas, schoss es ihm durch den Kopf. Sie weiß etwas, und jetzt will sie nicht mehr, dass ich hier bleibe.

»Es war keine Absicht!«, flüsterte er.

»Absicht!« Sie nahm die Hände vom Gesicht. »Nein, das begreife ich doch auch. Ich war zu grob zu ihr, das ist mir klar. Wir könnten stattdessen eigentlich ihren Geburtstag feiern. Wir machen es direkt heute Abend. Du musst hinuntergehen und sie holen.«

Er traute seinen Ohren nicht. Sie hatte die Kleine in die Kellergänge geworfen. Ein so kleines, armes Mädchen, und das nur, weil sie etwas gespielt hatte, das Janna verabscheute.

Sie hatte Charakterzüge, die ihn beunruhigten. Er musste ihr helfen, sich von ihnen zu befreien und nicht mehr so gewalttätig zu sein. Er musste ihr deutlich machen, dass man sie nicht mochte, wenn sie so war.

Er hob den Deckel von der Luke und schob sich durch die Öffnung. Ich darf nicht dick werden, sonst komme ich weder rauf noch runter, dachte er. Er fand die Taschenlampe, aber sie funktionierte nicht mehr. Er wusste ungefähr, wie weit er kriechen musste und dass er nach einer Weile in den Raum gelangen würde. Nora war bestimmt dorthin gekrabbelt, wenn sie nicht schon vorher abgekratzt war.

Kein Mensch hatte ihn jemals so behandelt. Er hatte eine schöne und harmonische Kindheit gehabt, es war das reinste Paradies gewesen. Bis seine Mutter krank geworden war. Aber nicht einmal nach ihrem Tod war er jemals in ein dunkles Zimmer eingeschlossen worden, hatte er nicht einmal eine Ohrfeige bekommen, obwohl sie ihren Vater manchmal bis zur Weißglut gereizt hatten – ganz zu schweigen von Åse. Geschimpft hatten Åse und sein Vater oft genug, aber etwas Schlimmeres hatten sie niemals getan.

Janna war so anders. Sie konnte so warmherzig und wunderbar sein, sowohl zu ihm als auch zu den Kindern. Das Wort liebenswert kam ihm in den Sinn. Aber dann hatte sie auch noch diese anderen Seiten, die Wutanfälle, die Tritte, die Grausamkeit.

Er dachte das Wort, während er sich langsam in der Dunkelheit vorantastete.

Grausamkeit.

Die Frau, die er liebte, war grausam.

Er musste ihr das austreiben und ihr zeigen, dass es Dinge gab, die so viel wichtiger waren, und dass man keine Gewalt anwenden musste.

Ich passe in diese Gemeinschaft hinein, dachte er. So soll es hier sein, eine Gesellschaft ohne Gewalt, Hass und Kämpfe.

Liebe. Darum ging es doch bei dem Ganzen, und er spürte jede Menge davon in sich.

Er näherte sich dem unterirdischen Raum. Der Geschmack des verdammten Löwenzahnweins klebte an seinem Gaumen und machte ihn durstig. Er hatte befürchtet, seine Finger könnten in dem Gang auf den leblosen Körper eines Kindes stoßen, aber das war nicht passiert.

Er blieb auf allen vieren und versuchte sich an das schwache Licht zu gewöhnen. Der Raum hatte sich verändert, es war etwas Neues hinzugekommen. Er sah jetzt ein paar Betten, flache Pritschen. Erwartete Janna einen Sturmangriff der Behörden? Würde Vater Staat kommen und das Gelände belagern?

»Nora«, sagte er gedämpft.

Dann nahm er eine Bewegung in einem der Betten wahr.

»Nora, bist du hier?«

»Ja«, antwortete eine klare und metallisch leise Kinderstimme.

»Ich bin es, Daniel. Janna hat gesagt, dass ich dich holen soll.«

Er hielt sie im Arm. Mitten in dem Raum stand er, und sie war zu ihm gekommen, und er hatte sie hochgehoben.

Nie zuvor hatte er einen so kleinen Menschen getragen.

»Bist du okay?«, sagte er heiser.

Sie antwortete nicht. Ihre Nase lag an seinem Hals.

»Wir müssen den ganzen Weg zurückkriechen. Willst du vor mir oder hinter mir kriechen?«

»Vor dir.«

»Ist es nicht besser, wenn ich als Erster krieche? Du könntest dich dann an meinem Fuß festhalten.«

Er spürte, dass sie den Kopf schüttelte.

»Und warum nicht?«

»Dann kann einer kommen, Magnolie kann kommen und mich zurückziehen.«

»Magnolie?«

Nora setzte den Mund an sein Ohr und flüsterte:

»Leise, nicht so laut, sie ist irgendwo hier unten.«

Plötzlich wurde er wahnsinnig wütend, weil er erkannte, was Janna dem Mädchen angetan hatte! Dieses Erlebnis würde ihr für den Rest ihres Lebens Albträume bereiten.

»Nein«, murmelte er. »Hier ist sonst keiner, hier sind nur du und ich, und jetzt krabbeln wir zwei wieder nach oben.«

Janna stand im Keller und nahm sie in Empfang. Sie griff nach Noras Händen und zog sie hinauf, sah die Kleine einen Moment lang an und fing an zu lachen.

»Meine kleine Zuckerschnute, wie siehst du denn aus. Wo du doch so ein süßes, kleines Mädchen sein kannst. Aber jetzt vertragen wir zwei uns wieder. Jetzt ziehen wir einen dicken, schwarzen Schlussstrich unter die Sache und vergessen sie. Komm und umarme Janna ganz fest! Nun mach schon.«

Daniel sah, wie Nora ohne zu zögern zu Janna ging und auf ihren Schoß kletterte. Er verstand das nicht.

Janna sagte:

»Ich habe eine Überraschung für dich. Heute ist dein Geburtstag. Wir werden dich feiern, und gleich kommen alle mit Geschenken für dich zu uns. Hans hat eine Geburtstagstorte gebacken. Macht das nicht Spaß, Geburtstag zu haben und Geschenke zu bekommen?«

Nora nickte, ihr zerzauster, kleiner Kopf hüpfte auf und ab. Er begegnete Jannas Blick. Sie zwinkerte ihm zu.

28. Magda

Nein. Das waren keine von zu wenig Schlaf und Essen und Liebe ausgelösten Halluzinationen. Die Schritte auf der Treppe waren real!

Vor Angst zog sich ihre Kopfhaut zusammen. Wenn sie doch wenigstens die Badezimmertür abgeschlossen hätte, aber das hatte sie nicht getan. Für den Eindringling würde es das einfachste auf der Welt sein, die Klinke herabzudrücken und hineinzukommen. Dann würde er Angst bekommen und gleichzeitig wütend werden, weil er geglaubt hatte, allein zu sein, und geleitet von diesen Gefühlen würde er handeln, sich auf sie stürzen, während sie in der Wanne lag. Der Schaum war inzwischen verschwunden, kleine Schmutzflocken trieben auf dem Wasser.

Sie spitzte die Ohren, konnte aber keine Schritte mehr hören, der Unbekannte im Flur war stehen geblieben und schaute sich vermutlich um und versuchte festzustellen, ob es etwas Lohnenswertes zu ergattern gab, und das gab es natürlich, zum Beispiel die Stereoanlage, wenn sie nicht schon zu alt war. Im Schlafzimmer stand die Schatulle mit Gunillas Schmuck, den sie mit Sicherheit nicht in die Provence mitgenommen hatte, und im Schließfach einer Bank bewahrte sie ihn bestimmt nicht auf, das war nicht Gunillas Art. Sie rechnete stets damit, dass alles gut ging.

Die Zeit reicht, dachte sie, die Zeit reicht, um aus der Badewanne zu steigen und mir ein Handtuch zu nehmen, aber sie war wie gelähmt, sah ihren knochigen Körper unter der Wasseroberfläche, Florian, schoss es ihr durch den Kopf, Florian.

Sie hatte sich aufgesetzt und bedeckte die Brüste mit ihren verschränkten Armen. Dann hörte sie erneut Schritte im Flur, der Eindringling war für einen Moment stehen geblieben, bewegte sich nun aber wieder. Seine Schritte näherten sich der Badezimmertür, und dann sah sie, obwohl sie es eigentlich gar nicht sehen wollte, dass die Klinke sachte herabgedrückt wurde.

Sie schrie auf, nicht bewusst, sondern automatisch, aus dem Bauch heraus. Ohne zu wissen wie, war sie aus der Badewanne gestiegen, das Wasser lief an ihr herab. Sie griff sich ein Badetuch und schlang es um sich. Dann nahm sie die Badebürste und erhob sie, um sich mit ihr zu verteidigen.

Die Tür hatte sich ein wenig geöffnet, aber es war niemand hereingekommen.

Sie schäumte vor Wut.

»Hallo!«, schrie sie. »Komm her, wenn du dich traust, komm her und zeig dich!«

Die Tür bewegte sich, wurde noch etwas mehr geöffnet. Dann sprach eine Männerstimme.

»Es passiert nichts Schlimmes, bitte hab keine Angst.«

»Wer zum Teufel bist du?«, brüllte sie.

»Ich heiße Seb, ich bin ein Freund von Mange, er hat gesagt, ich könnte schon mal vorgehen ... er meinte, das Haus wäre leer.«

Er war groß und trug schwarze Kleider. Er ähnelte Chepe von den Latin Kings und war kurz geschoren wie ein Skinhead, seine Haare waren nur ein Schatten auf dem Schädel. Auf einmal erkannte sie ihn. Er war Sebastian Krag und saß bei The Butcher's Balls am Schlagzeug. Sie hatte ihn auf einem Plakat gesehen, war ihm aber nie begegnet. In Wirklichkeit sah er anders aus, kindlicher, hatte rundere Wangen.

»Entschuldige bitte, wenn ich dich erschreckt habe«, murmelte er.

»Ob du mich erschreckt hast? Was glaubst du wohl!«

»Ich hatte doch keine Ahnung ...«

»Du hättest klingeln können, bevor du einfach so reintrampelst! Und im Übrigen ist es allgemein üblich, dass man seine Schuhe auszieht.«

»Entschuldigung«, sagte er wieder.

»Ich habe dermaßen Angst bekommen, dass ich dachte, mich trifft der Schlag!«

»Mange hat gesagt, die Hütte wäre leer, sie wären nach Frankreich gereist ... Er kommt jetzt gleich, die anderen vielleicht auch.«

»Was soll das heißen, wollt ihr hier eine verdammte Releaseparty feiern, oder was?«

Jetzt lachte er und wandte sich von ihr ab.

»Ich mach die Augen zu, wenn du vorbeigehen willst, ich meine, wenn du dich anziehen willst oder so.«

»Wie rücksichtsvoll.«

Sie hatte vorgehabt, sich nach dem Baden Zeit zu lassen, sich abzutrocknen und aus Gunillas Schrank eine Bodylotion zu leihen. Das hatte sich nun erledigt. Stattdessen ging sie schnell an ihm vorbei, schnappte sich ihre Kleider und zog sie hastig an. Jedenfalls war ihr jetzt warm, sie fror nicht mehr, den Islandpullover band sie sich um die Taille.

Er war in die Küche gegangen und hatte sich hingesetzt. Sie sah seine großen Schuhe, die nun ordentlich an der Tür standen.

»Hallo«, sagte er, als sie herunterkam. »Nochmals Entschuldigung, dass ich dir Angst eingejagt habe.«

»Ist schon okay«, sagte sie gereizt.

Sie kochte Tee, und sie saßen am Küchentisch und tranken ihn. Im Gefrierschrank fand sie ein paar Zimtschnecken, die sie in der Mikrowelle auftaute. Er aß sie mit gutem Appetit und erzählte ihr, dass sie auf Tournee gehen würden. Schon am nächsten Abend sollten sie in Norby spielen und am Abend darauf in Gävle.

»Ich durfte mir Manges Schlüssel leihen. Ich bin nämlich gerade aus meiner Wohnung hinausgeworfen worden.«

»Was heißt denn hinausgeworfen? Hast du die Miete nicht gezahlt?«

Er schüttelte den Kopf.

»Ich war nur Untermieter. Jetzt wollte der eigentliche Mieter wieder einziehen. Seine Freundin erwartet ein Kind.«

Sie spülte gerade die Tassen, als Magnus kam. Sie hatte ihn seit Weihnachten nicht mehr gesehen. Er war so cool geworden, so wahnsinnig selbstsicher. Schwarze Kappe, Ringe in den Ohren, schwarze Lederhose. Er umarmte sie fest und herzlich.

»Du bist aber schmal geworden, bist du etwa bei den Weightwatchers?«

»Ach Quatsch!«

»Ich habe sie gerade so erschreckt, dass sie bestimmt ein paar Kilo verloren hat«, lachte Seb, »und anschließend habe ich mir eine ordentliche Standpauke anhören müssen.«

»Von Magda! Die sonst immer so lieb ist, da musst du sie aber wirklich zu Tode erschreckt haben.«

Seb und Magnus wollten im Haus übernachten. Sie hatte zunächst gezögert, dann aber beschlossen, ebenfalls zu bleiben. Die Jungen konnten das Schlafzimmer nehmen, sie würde für sich das Bett im Gästezimmer beziehen. Sie öffneten eine Flasche Wein. Unten gab es einen regelrechten Weinkeller, auch das war ungewöhnlich sorglos von den Eltern. Das ganze Haus war voller Dinge, die Einbrecher anziehen konnten.

Es war lange her, dass sie Wein getrunken hatte. Er tat ihr

gut. Sie saß da und lauschte Seb und Magnus, die ihr die unglaublichsten Geschichten von ihren Tourneen erzählten, von kleinen Mädchen, die nicht von den Türen zu den Garderoben fortzubewegen waren, davon, dass zwei vierzehnjährige Mädchen sich einmal in den Tourneebus geschlichen und dort versteckt hatten.

»Und was habt ihr dann mit ihnen gemacht?«, fragte sie. »Vergewaltigt und auf die Straße geworfen?«

»Aber Magda!«, sagte Magnus.

Gegen Mitternacht erzählte sie es ihnen. Erst da zeigte sie sich.

29. Angelica

Sie hatte doch schon Geburtstag gehabt. Vier war sie geworden. An dem Tag hatte Papa ihr das Diadem geschenkt.

Jetzt erklärte Janna, sie würde noch einmal vier Jahre alt werden.

Es war hell und warm in der Küche. Janna badete sie und pustete auf ihre Knöchel. Setzte die Finger an ihren Mund und leckte an ihnen.

»Jetzt tut es nicht mehr weh, oder?«

Nein. Das tat es nicht.

»Schau mal, was für ein wunderhübsches Kleid Lillemor dir genäht hat. Ist es nicht toll?«

Sie brachte ein weißes Kleid mit Puffärmeln und einer Schleife am Rücken. Am unteren Rand waren kleine Schmetterlinge aufgestickt.

Wortfragmente schossen ihr durch den Kopf, in denen es irgendwie um Schmetterlinge ging, »du wirst dann zu einem schönen Schmetterling«, an mehr erinnerte sie sich nicht mehr.

Janna drehte sie um, knöpfte die kleinen Glasknöpfe am Rücken zu, band eine große Schleife und strich ein wenig Rot auf ihre Wangen.

»Du bist so blass, Nora. Du musst mehr draußen an der frischen Luft sein.«

Dann kamen sie alle in Jannas Küche. Man hörte Gesang

auf der Treppe, und es war das gleiche Lied, das sie auch immer im Kindergarten sangen.

Hoch soll sie leben
Hoch soll sie leben
Drei Mal hoch

Die Jungen waren auch dabei. Frans und Urid, die Erbse, Nils-Emil und Lalle. Und Leon natürlich.

Nils-Emils und Lalles Papa hatte eine Torte dabei. Sie war aus Schokolade und voller runder Bonbons.

Sie hatte keinen Appetit, sie war müde. Sie wollte sich in der Bank unter der Decke verkriechen und schlafen, aber der Deckel war geschlossen, und Leute saßen darauf und tranken Tee.

Janna nahm sie in den Arm.

»Hier, probier mal die Torte.«

Sie drehte den Kopf zur Seite, aber der Löffel folgte der Bewegung und zwang ihre Lippen auf, sodass sie von dem Kuchen essen musste. Leon glotzte sie an. Er kaute und seine Wangen standen heraus wie harte Beulen. Sie dachte daran, was er gesagt hatte. Dass man sie im Wald aussetzen würde.

Einige hatten Geschenke dabei. Sie bekam ein kleines Buch mit fröhlichen Bildern. Lillemor schenkte ihr ein Stoffpferd. Eine Tante, die Claudia hieß, umarmte sie und meinte, am nächsten Tag dürfe sie auf einem richtigen Pferd reiten. Dann ließ Urid etwas Warmes in ihre Hand plumpsen, und sie bekam erst Angst, weil sie glaubte, es wäre ein Käfer. Doch dann sah sie, dass es ein Stein war. Er hielt ihn zum Fenster hin hoch und zeigte ihr, dass er in der Sonne funkelte wie Gold.

»Das ist ein Goldstein«, sagte er leise. »Ich habe ihn für dich gefunden, und du darfst ihn niemals verlieren. Versprichst du mir das?«

Sie nickte ernst.

Leon schenkte ihr nichts.

Das hatte sie auch nicht erwartet.

Von Janna bekam sie eine sehr kleine Schachtel. Sie versuchte die Schnüre zu lösen, bis Janna ihr schließlich doch dabei helfen musste. In der Schachtel lag ein Herz. Es lag auf einem rosa Wattebausch und es gab auch eine Kette dazu.

Sie hielt es in der Hand und betrachtete es, und ihr Kopf wurde schwer und ganz matt.

»Ich werde es dir anziehen«, sagte Janna, und ihre Finger legten sich um ihren Hals und schlossen die Öse.

»Schaut, wie schön sie geworden ist. Das muss über dem Kleid hängen, damit man es auch sieht. Jetzt musst du dich bei allen bedanken. Du siehst ganz schön kaputt aus. Es ist schon spät.«

Endlich lag sie richtig. Sie hatte die Kette ausziehen wollen, aber Janna hatte erklärt, von diesem Tag an sollte Nora sie immer tragen.

Sie hatte kein gutes Gefühl dabei. Es war Magnolies Kette. Sie hatte den kleinen Kratzer auf der einen Seite des Goldherzens gesehen. Magnolie würde zu ihr kommen und es zurückhaben wollen.

»Ich will nicht«, hatte sie geflüstert, aber daraufhin hatte Janna die Stirn gerunzelt, und sie hatte geschwiegen und sich gefügt. Sie trug ein neues, langes Nachthemd, das Lillemor auch noch genäht hatte, kleine Spielzeugautos waren darauf, und Janna hatte das Gleiche. Janna bürstete ihre Haare. Sie hatte Schmerzen in der Stirn und fror, war aber trotzdem verschwitzt.

»Gute Nacht, mein Schatz«, sagte Janna und deckte sie zu. »Hast du es schwer mit den gemeinen Jungen? Ist Leon gemein zu dir?«

Sie schüttelte schnell den Kopf.

»Oh doch, ich weiß schon, wie er sein kann. Aber wir werden uns darum kümmern, dass du bald eine Schwester bekommst. Dann wird dir alles viel mehr Spaß machen.«

30. Daniel

Er erwachte von Geräuschen in der Küche. Das Bett neben ihm war leer. Sein ganzer Körper sehnte sich nach ihr. Vielleicht war sie nur auf die Toilette gegangen und würde gleich zurückkehren und sich zu ihm legen. Seine Hände würden ihren Körper fühlen, die Brüste, die Hüften, die Schenkel. Oh, Janna, Janna!

Es war Samstag, und es war früher Morgen. Ein ganzer, langer Tag, den sie gemeinsam verbringen konnten, lag vor ihnen, denn an einem solchen Tag würden sie doch sicher nicht so verdammt viel arbeiten und graben. Er würde ihr vorschlagen, etwas zu unternehmen, vielleicht mit dem Auto nach Gällviken zu fahren, ein bisschen Kautabak oder eine Packung Marlboro Lights wären nicht verkehrt. Einfach ein Ausflug, um für etwas Abwechslung zu sorgen. Sie musste Rücksicht darauf nehmen, dass er ein Stadtmensch war und Zeit brauchte, um sich an das Landleben zu gewöhnen.

Jetzt kam sie ins Zimmer. Sie war angezogen.

Seine Lust verging, als hätte man ihn mit einem Eimer Wasser übergossen.

»Was machst du?«, sagte er heiser.

»Wir müssen wegfahren.«

»Was heißt denn wegfahren?«

»Mats und ich müssen ein paar Dinge erledigen.«

»Was denn für Dinge?«

»Da platzt ja einer fast vor Neugierde.«

Sie stand vor dem Spiegel und kämmte sich, trug eine weite lange Hose und eine abgewetzte, dunkelbraune Lederjacke, die er bis jetzt noch nicht gesehen hatte. Auf dem Bett stand eine gepackte Tasche.

»Willst du verreisen?«, sagte er kläglich.

Sie warf ihm eine Kusshand zu.

»Aber nein. Wenn alles wie geplant klappt, sind wir heute Nachmittag wieder da.«

»Ich komme mit!«, sagte er und schlug die Decke zurück. »Ehrlich gesagt hatte ich auch schon überlegt, dass ich gerne irgendwohin fahren würde, ich muss mir Kautabak besorgen.«

Sie setzte sich neben ihn und zupfte einen losen Faden ab, der auf dem Futter der Jacke hing.

»Heute nicht, Liebling. Das geht nicht.«

»Was?«

»Du musst zu Hause bleiben und die Stellung halten.«

Sie fasste ihn nicht an. Das beunruhigte ihn.

»Warum geht das denn nicht?«, wollte er wissen.

»Du hörst doch, was ich sage. Jetzt müssen wir los. Mach's gut.«

Er stand am Fenster und sah den Wagen davonfahren. Es war ein anderes Auto, ein grünes, nicht der Volvo, mit dem er und Janna hergekommen waren.

Mist, dachte er.

Er stand im Zimmer der Jungen, die aufgewacht waren, die Mäuler aufrissen und sich schlugen.

»Könntet ihr mal ein bisschen leiser sein?«, versuchte er sie zu beruhigen, aber sie wollten nicht auf ihn hören, schrien und bewarfen sich gegenseitig mit Kissen. Daraufhin ging er in die Küche. Die Kaffeemaschine war an, er goss sich eine Tasse ein und sehnte sich mehr denn je nach einer Prise Kautabak.

Nora lag in der Bank und betrachtete ihn stumm.

»Sie sind weggefahren«, sagte er missmutig.

Sie antwortete nicht.

»Hast du geschlafen?«

»Ja«, flüsterte sie.

»Und, ist alles gut gegangen, ich meine, du hast nicht geträumt ...?«

In dem Moment ging die Tür auf und Lillemor kam in die Küche.

»Guten Morgen, Morgenstund hat Gold im Mund!«, zwitscherte sie.

Daniel trank einen Schluck von dem heißen Kaffee und verbrannte sich die Zunge.

»Was tust du denn hier?«, sagte er kurz angebunden.

»Was ist das denn für ein Empfang!«

Sie ging zum Schrank, holte eine Kaffeetasse heraus, füllte sie und setzte sich an den Tisch.

»Und wie geht es unserer kleinen Vierjährigen heute Morgen? Ich habe Janna versprochen, mich um dich zu kümmern, so lange sie weg ist. Dich nicht allein zu lassen mit den großen, bösen Onkels.«

Er merkte, dass er rot wurde.

»Was sind das eigentlich für wichtige Dinge, die sie und Mats erledigen müssen?«, fragte er und versuchte neutral zu klingen.

»Ich habe nicht die geringste Ahnung.«

»Ich hatte gehofft, mitfahren zu können, aber sie meinte, das ginge nicht.« Gegen seinen Willen war er auf dem besten Weg, Lillemor zu seiner Vertrauten zu machen.

»Bist du etwa in Ungnade gefallen?«

»Wie meinst du das?«

»Psst«, flüsterte sie und machte eine Geste in Richtung Bank. »Das ist nicht für Kinderohren bestimmt.«

Die Tür flog auf, und die drei Jungen platzten herein.

»Wir wollen frühstücken, wo ist das Frühstück?«

»Setzt euch und beruhigt euch!«, sagte Lillemor gereizt.

»Alle drehen immer gleich durch, sobald Janna mal nicht da ist. Ich werde euch Haferbrei kochen. Ihr könnt euch in der Zwischenzeit waschen und anziehen. Heute ist es etwas kühler, zieht lange Hosen und warme Pullover an. Das schafft ihr doch schon alleine, oder?«

Als Daniel auf den Hof hinauskam, stand dort Claudia mit dem Pferd und winkte ihm zu.

»Du kommst gerade recht. Ich wollte die kleine Nora abholen und zu einer Reittour mitnehmen. Willst du es auch mal probieren?«

»Ach, weißt du, ich glaube eher nicht.«

»Sei doch so lieb und geh sie bitte holen. Du kannst ja trotzdem mit in den Wald kommen.«

Sie sah gut aus, trug eine weite Reithose und einen flauschigen Pullover und ähnelte einem Kaninchen. Daniel ging zur Treppe und rief nach Nora. Kurz darauf kam Lillemor mit ihr herunter.

Als das Mädchen das Pferd erblickte, schreckte es zunächst zurück und schien dann mit sich selbst zu sprechen. Seine Lippen bewegten sich, aber man hörte nicht, was es sagte.

»Hallo, Nora«, rief Claudia. »Ich habe dir doch gestern versprochen, dass du heute reiten darfst. Ich habe mein Pferd Molly für dich mitgebracht. Sie ist das liebste Pferd auf der ganzen Welt.«

Daraufhin hievte sie sich blitzschnell auf den riesigen Pferdekörper, und er konnte überhaupt nicht begreifen, wie sie das geschafft hatte.

»Hebt Nora zu mir hoch«, sagte sie. »Sie kann vor mir sitzen.«

Er hielt den zierlichen, kleinen Körper, die Kleine wog fast nichts. Er sah ihr an, dass sie Angst hatte, und hätte sie gerne getröstet, aber ihm fiel nichts ein. Claudia presste sie an ihren Bauch.

»So, du brauchst keine Angst zu haben, ich halte dich fest.«

Anfangs trottete das Pferd ganz ruhig daher, und Daniel folgte ihm. Er betrachtete Claudia, ihr Po setzte sich hübsch von dem schwarzen Pferdekörper ab.

»Wir drehen eine Runde durch den Wald«, sagte Claudia. »Du kannst uns ja hinterher spazieren, dann sehen wir uns wieder, wenn wir zurückkommen.«

»Okay. Hauptsache, der Hund kommt nicht angerannt.«

»Guardie? Nein, Janna hat sie in den Zwinger gesperrt, aber ich kann ihn öffnen, falls es nötig sein sollte.«

»Wieso nötig?«

»Wenn ein Eindringling kommt oder so.«

»Dann besteht also kein Risiko, dass der Hund glaubt, wir wären Eindringlinge?«

»Nein, nein.«

Sie gab dem Pferd die Sporen, und das große Tier begann zu traben. Nora lachte spröde und piepsend.

»Es gefällt ihr!«, rief Claudia. »Bis gleich.«

Das Pferd machte ein paar Sätze und galoppierte auf dem Weg davon.

Zum ersten Mal seit langer Zeit war er allein. Es war ein seltsames Gefühl, aber er stellte fest, dass es ihm gut tat.

Es war ein kühler Tag. In einem Kleiderschrank hatte er eine Herrenstrickjacke gefunden, die vermutlich einem von Jannas verflossenen Liebhabern gehört hatte, aber das war ihm egal. Jetzt gehörte sie ihm.

Eigentlich war es ganz nett, alleine unterwegs zu sein und seine Ruhe zu haben, von niemand beobachtet zu werden und gesagt zu bekommen, was man tun sollte. Ganz besonders schön war es, auf die Art Lillemor aus dem Weg gehen zu können. Sie hatte in einem großen Topf Haferbrei gekocht, den die Kinder gelöffelt hatten, während sie ihn angegrinst hatte.

»Jetzt könnte man glatt so tun, als wären das unsere Kinder«, hatte sie gesagt. Ihre Unterlippe war aufgesprungen, ihre ganze Erscheinung ekelte ihn an. »Will sagen, deine und meine«, ergänzte sie, als er nichts erwiderte. »Ich stehe in unserer Küche, und wir sind nach einer wunderbaren gemeinsamen Nacht aufgewacht.«

»Gott bewahre«, hatte er gemurrt und schlürfend seinen Kaffee getrunken.

Er hätte eigentlich auf die Toilette gemusst, wollte aber nicht gehen, so lange sie sich in der Wohnung aufhielt. Jetzt duldete die Sache keinen Aufschub mehr. Er lauschte auf die Hufe des Pferds, hörte aber nichts, und verschwand daraufhin hinter ein paar Büschen und tat, was er tun musste.

Er hatte sich gerade mit Moos abgewischt, als ihm ein Korb ins Auge stach, der auf der Seite lag, so als hätte ihn jemand unfreiwillig zurückgelassen und sich überhastet entfernt.

Er zog die Jeans hoch und ging zu ihm. Es war tatsächlich ein Korb, neben dem Butterbrotpapier und ein weißer Plastikbecher lagen. In dem Becher war Kaffee gewesen, ein kleiner Rest war noch übrig. Er stellte den Korb ins Moos. Auf seinem Boden lag eine Zeitung, ein paar Seiten einer Abendzeitung. Wind und Wetter hatten das Papier gelblich werden lassen. Dabei war sie noch gar nicht so alt, Samstag, 6. Mai, las er oben auf der Seite.

Vorsichtig hob er die Zeitung aus dem Korb und breitete sie vor sich aus. Zuoberst sah er ein Foto von einem Kind. Es war ein Mädchen, das dunkle, lockige Haare und dunkle Augen hatte. Es erinnerte ihn an jemanden, kam ihm bekannt vor.

Er las die Überschrift:

»Noch keine Spur von der entführten Angelica.«

Dann las er den ganzen Artikel.

Er war so geschockt, dass ihm übel wurde und er sich übergeben musste. Er stand an den Sträuchern und würgte und spuckte, und aus seinem Mund kamen Brotstücke und Kaffee und fielen auf Vorjahreslaub.

Angelica.

Es passte alles zusammen. Von einer Vierjährigen, die aus einem Kindergarten entführt worden war, fehlte jede Spur. Die Eltern waren verzweifelt. Ein großes Aufgebot an Polizei und Hubschraubern suchte überall.

Aber hier oben würde keiner nach ihr suchen.

Sie hatte ihn angelogen. Das Kind ihrer Schwester. Das war nicht die Wahrheit, sondern eine faustdicke Lüge gewesen, und er war auf sie hereingefallen. Mein Gott, was hatte sie ihn hinters Licht geführt.

»Mist, Mist, Mist!«

Er würde sie zur Rede stellen. Er würde sie vertrimmen und um den Verstand prügeln. Er würde ...

Dann packten ihn die große Verzweiflung und die Leere.

Er faltete die Zeitungsseite zusammen und steckte sie in die Tasche. Jetzt hieß es, nicht übereilt zu handeln. Er musste versuchen, das Foto möglichst unauffällig mit der richtigen Nora zu vergleichen. Vielleicht hatte er sich ja auch geirrt. So musste es sein, er hatte sich einfach vertan.

Er trat auf den Weg hinaus und ging zum Haus zurück. Kurz darauf hörte er hinter sich das Trommeln von Hufen und musste zur Seite springen, denn das Pferd sauste in vollem Galopp heran. Das Mädchen lachte.

Aber würde sie denn wirklich lachen, wenn sie entführt worden wäre? Würde sie das tun? Wirre Gedanken schossen ihm durch den Kopf.

Er musste sich ganz normal benehmen, durfte sich nichts anmerken lassen, keine Fragen stellen. Er musste sich ganz genau überlegen, wie er vorgehen wollte. Er war inzwischen am Haus, wo Lillemor damit beschäftigt war, Wäsche aufzuhängen. Das Pferd war an einen Baum angebunden. Von Claudia und Nora war nichts zu sehen.

»Ah, sieh einer an, ist die Reittour beendet?«, sagte er und ging zu Lillemor, die eine Wäscheklammer in der Hand hielt.

»Ja, scheint so.«

»Weißt du, wann Janna zurückkommt?«

»Du armer Kerl, du vermisst sie ja wirklich so sehr, dass du dich alleine gar nicht zurechtfindest.«

»Das stimmt nicht, es war nur eine Frage.«

»Sollen wir ins Haus gehen und ein bisschen Maß nehmen, Daniel? Sollen wir Jannas Abwesenheit nicht ausnutzen? Du brauchst bestimmt noch ein paar Sachen zum Anziehen, und ich nähe doch so gern.«

Er hatte große Lust, sie zu treten, wandte sich ab und ging zu dem Pferd. Dann entdeckte er Claudia. Sie lag im Gras und atmete keuchend, er sah ihre runden Brüste.

»Ihr wart ja verdammt schnell«, sagte er.

»Es hat ihr richtig Spaß gemacht.«

»Das habe ich gesehen. Wo ist sie hin?«

»Ich glaube, sie ist reingelaufen. Du hast immer noch keine Lust, dein Glück zu versuchen?«

»Wenn du hinter mir sitzt?«, sagte er in dem Versuch, eine scherzhafte Bemerkung zu machen. Aber seine Stimme war verändert, er hörte es selbst, gellend und hohl klang sie, verzerrt und nervös.

Er fand sie in der Küche. Sie hatte einen Stuhl zur Spüle gezogen, auf dem sie kniete und Wasser in ein Glas füllte.

»Hallo«, sagte er tastend.

Sie nickte ihm zu und trank Wasser.

»Hat das Reiten Spaß gemacht?«

»Mmmm.«

»War das Pferd lieb?«

»Ja«, flüsterte sie.

Während sie trank, holte er die Zeitungsseite heraus, hielt sie hoch und verglich das Mädchen mit dem Foto. Und ob sie das war. Die Gesichtsform war identisch, obwohl Janna ihr die Haare abgeschnitten und sie blond gefärbt hatte. Auch das war eine Lüge gewesen. Läuse. Er schnaubte innerlich, steckte die Zeitungsseite weg, trat zu ihr und wischte ihr Kinn mit dem Ärmel seines Pullovers trocken.

»Hallo, Angelica«, sagte er leise. »So heißt du doch, oder nicht?«

31. Magda

Komm doch ein paar Tage mit«, sagte Magnus. »Du bist doch krankgeschrieben und ein Tapetenwechsel täte dir bestimmt gut.«

»Nach Norby?«

»Ja. Das ist nicht weit, die Stadt liegt gleich nördlich von Enköping. Von da aus fahren wir noch in der Nacht weiter nach Gävle, und in ein paar Tagen sind wir wieder zurück.«

»Ich weiß nicht.«

»Hast du uns überhaupt schon einmal live gesehen? Ist es zuviel verlangt, dass du ein einziges Mal dabei bist, wenn dein Bruder auf der Bühne steht?!«

Es war Vormittag, und es regnete noch immer. Sie hatte Kopfschmerzen, solche Mengen Wein war sie nicht gewöhnt.

»Nimm eine Kopfschmerztablette«, meinte Seb. »Dann fühlst du dich gleich besser.«

Die beiden waren so lieb zu ihr. Es war lange her, dass jemand so um sie bemüht gewesen war. Sich in einen Bus setzen und mitfahren, nicht nachdenken und nichts entscheiden müssen, sondern abhauen. Konnte sie sich das nicht einfach gönnen?

Das Radio lief, Radio Stockholm. Sie lauschte gespannt, aber es kam nichts über Angelica, weder dass man sie gefunden hatte, noch dass man weiter nach ihr suchte. No news are good news. Dagegen hatte man in einer Wohnung im

Stadtteil Kungsholmen die Leiche eines Mannes entdeckt. Er war mit einem Halstuch erdrosselt worden, und die Mieterin der Wohnung war wie vom Erdboden verschluckt. Ganz offensichtlich musste die Polizei auch noch nach anderen Menschen suchen.

»Ach, verdammt!«, sagte Seb und schaltete das Radio aus. »Jetzt verduften wir aus diesem Großstadtdschungel und verziehen uns aufs platte Land. Und du machst dich fertig und kommst mit.«

Sie holten die beiden anderen am Fridhemsplan ab, Tobbe und Stick hießen sie, und sie erkannte die beiden von den Bildern, die sie von ihnen gesehen hatte. Alle vier waren sich ähnlich, und es erfüllte sie mit Stolz, ihren Bruder am Lenkrad des Tourneebusses zu sehen. The Butcher's Balls. Sie gehörte jetzt zu ihnen, stand unter ihrem Schutz.

Als sie Halt machten, um zu tanken, fiel ihr Blick auf die Zeitungsschlagzeilen.

»Zweite Kindesentführung«, stand dort mit großen, schwarzen Buchstaben. Ihr Herz schlug schneller, dann begann sie zu zittern und musste die eine Hand mit der anderen festhalten und sich dazu zwingen, wieder ruhig zu werden.

Sie ging hinein und kaufte die beiden großen Abendzeitungen. Ein zweijähriges Mädchen war am helllichten Tag in einem Ort namens Gällviken verschwunden. Das Mädchen hatte in seinem Kindersitz im Auto gesessen, während seine Mutter das Fahrzeug für einen Moment verlassen hatte, um in einem Geschäft einzukaufen. Als sie herauskam und das Mädchen angeschnallt hatte, entdeckte sie, dass sie ihr Portmonee im Geschäft vergessen hatte, schloss die Autotür bis auf einen Spaltbreit und lief noch einmal zurück, um es zu holen. Als sie wieder auf die Straße hinauskam, sah sie mit quietschenden Reifen ein grünes Auto davonfahren. Der Kindersitz, in dem ihre Tochter Sofia gesessen hatte, war leer. Es dauerte eine ganze Weile, bis sie sich so weit im Griff hatte, dass sie die Verfolgung des grünen Autos aufnehmen konnte. Aber da war es schon zu spät gewesen. Der Wagen blieb verschwunden, und geschockt, wie sie war, hatte sie sich die Nummer nicht gemerkt.

Ein Kriminalpolizist namens Gordon Persson äußerte sich zu dem Fall, es gab ein Bild von ihm und ein Bild des Geschäfts, aus dem die Mutter gekommen war.

»Das Verschwinden des Kindes erinnert an den Fall der vierjährigen Angelica Nachi, die vor gut einer Woche aus einem Kindergarten in einem der westlichen Vororte von Stockholm verschwunden ist«, stellte Gordon Persson fest. Er deutete zudem an, dass es sich möglicherweise um die gleichen Täter handeln könnte.

Die zweijährige Sofia hatte schwarze, gewellte Haare. Auf dem Foto in der Zeitung lächelte sie. Das Bild war in einem Fotoatelier aufgenommen worden, und sie hielt darauf einen kleinen Stoffhund im Arm.

Magdas erster Gedanke war, dass sie zurückfahren musste. Sie fühlte sich seltsam, hatte ständig das Gefühl, gähnen zu müssen, konnte sich auf nichts anderes konzentrieren. Aber Magnus widersprach ihr.

»Nein, das ist keine gute Idee, wir werden dich doch jetzt nicht allein lassen, du kommst mit. Allerdings solltest du vielleicht eine Kollegin anrufen und Bescheid sagen, wo du bist, sonst kommt die Polizei noch auf die Idee, dich zu verdächtigen.«

»Wie meinst du das?«

»Wenn zwei Kinder und eine Erzieherin verschwinden, könnte einem unter Umständen der Gedanke kommen, dass da eine Verbindung besteht.«

»Oh Gott ...«

Sie lieh sich sein Handy und rief Kattis an, die glücklicherweise zu Hause war.

»Hallo, ich bin es, Magda. Habe ich dich geweckt?«

»Nein, überhaupt nicht. Ich sitze hier zusammen mit meiner Mutter. Wie geht es dir?«

»Ich bin okay. Aber hast du schon davon gehört? Es ist wieder passiert, ein anderes kleines Mädchen ist verschwunden.«

»Ja, wir haben uns gerade darüber unterhalten. Dieses Gällviken, wo liegt das eigentlich?«

»Ich weiß nicht genau, irgendwo im Norden, ich erinnere mich nicht, ich habe den Artikel nur schnell überflogen. Ihr passt doch gut auf die Kleinen auf? Ihr lasst sie doch nicht aus den Augen?«

»Keine Sorge. Wann kommst du zurück?«

»Nächste Woche vielleicht. Kommt darauf an. Bestell Carita bitte Grüße von mir. Dann weiß sie, wo ich bin.«

Das Konzert fand in einem ehemaligen Kino im Zentrum von Norby statt. Es kamen weniger Zuhörer als erwartet. Schuld war das Wetter, die Leute hatten keine Lust, aus dem Haus zu gehen, wenn es die ganze Zeit goss. Magda taten die Jungen ein bisschen Leid, aber sie meinten, man könne nie wissen, wie viele Leute kämen. Es sei wie eine Lotterie.

»Warte nur, bis wir in Amerika groß herauskommen«, grinste Stick. »Dann, meine Liebe, spielen wir nicht mehr in so einem kleinen Kaff wie Norby.«

Magda saß in einem Raum hinter der Bühne. Sie hatte keine Lust, sich unter die kreischenden Jugendlichen zu mischen, in der Mehrzahl Mädchen, die glänzende Lippen hatten und an Nasen und Augenbrauen gepierct waren. Sie machten ihr Angst. Ich bin alt, dachte sie, ich gehöre nicht mehr dazu.

Es waren jedenfalls genug Zuschauer gekommen, dass auch die Polizei vor Ort war. Als sie den blauweißen Streifenwagen entdeckte, fühlte sie sich nicht wohl in ihrer Haut.

Sie dachte daran, was Magnus gesagt hatte: »Sonst kommen sie noch auf die Idee, dich zu verdächtigen.«

Sie fühlte sich merkwürdig aufgekratzt. Angelica war vermutlich tot, davon war sie mehr und mehr überzeugt, aber es war, als machte es ihr nichts mehr aus.

Sie musste den Satz leise aussprechen:

»Angelica ist tot, man hat sie ermordet, es ist deine Schuld.«

Ihr Gesicht war bleich und starr, ihre Augen waren weit aufgerissen. Sie saß auf einem Stuhl in einer Garderobe und musterte sich im Spiegel.

Draußen dröhnte die Musik. Sie hörte vor allem den Bass und gelegentlich auch, wie Seb sich auf die Trommeln stürzte, aber die Nuancen der Musik drangen nicht bis hinter die Bühne. Der Raum war länglich und schmucklos und wurde von Neonröhren in grelles Licht getaucht; entlang der Wände hingen Spiegel. Ein einziges Plakat klebte an der Tür und warb für ein Theaterstück von Tschechow. Auf der Ablage lag eine Schere, und ihr kam auf einmal der Gedanke, sich etwas anzutun.

Nachher war sie wenn möglich noch angespannter als vorher. Sie hatte sich den Arm aufgeritzt, zwar nicht tief, aber es würde dennoch eine verschorfte Wunde zurückbleiben. Sie hatte ein Säuseln im Kopf, das Konzert rauschte noch in ihren Gehörgängen. Linkisch versuchte sie den anderen zu helfen, die Ausrüstung im Bus zu verstauen, während Seb und Tobbe die Fans in Schach hielten.

»Ihr wart richtig gut«, sagte sie, weil die Band das sicher von ihr erwartete, aber sie war zu alt für so etwas, es war nicht ihr Leben. Ihr Leben war vorbei.

»Super«, sagte Magnus. »Echt super, dass es dir gefallen hat. Das letzte Lied, *Come and Go*, habe ich geschrieben, die meisten anderen Seb. Er ärgert mich und singt immer Wash and Go.«

»Mir hat es gefallen«, sagte sie mechanisch. »Du bist gut, Magnus, du bist echt gut.«

Es regnete immer noch. Sie saß ganz hinten im Bus, Tobbe und Stick hatten sich auf den Sitzen ausgestreckt und aßen Baguettes, die sie in einem Seven-Eleven-Geschäft gekauft hatten. Sie waren unterwegs nach Gävle. Magda lehnte den Kopf an das beschlagene Fenster.

Nach Norden, dachte sie, und Madame Claires Stimme kam ihr wieder in den Sinn:

»Ich sehe ein gelbes und recht schönes Haus, ich sehe Nadelwald.«

Das war es, was sie selbst im Moment sah, dunklen, dichten Nadelwald. All diese Baumstämme, der endlos scheinende Wald hatte etwas Beängstigendes, Deprimierendes. Und dann war da auch noch dieser Dauerregen.

Und wenn irgendwo da draußen Angelica lag? Geschändet und nackt?

Was mochte Florian in diesem Moment tun? Hatte er sie angerufen? Sich Sorgen gemacht?

Sie malte sich aus, wie er zu ihr fuhr und klingelte und um das lang gestreckte Mietshaus herumging, als sie nicht öffnete, um zu versuchen, durch das Fenster an der Rückseite des Gebäudes in die Wohnung zu schauen. Sie hatte die Vorhänge zugezogen, bevor sie gefahren war. Er konnte unmöglich etwas sehen, und das würde ihm Angst machen. Würde er die Polizei alarmieren? Dann würde unweigerlich herauskommen, was sie füreinander empfanden. Was konnte es sonst für einen Grund für den Vater eines Kindergartenkindes geben, die Erzieherin seines Kindes aufzusuchen?

Nein. Er würde sich nicht um sie sorgen, hatte genug mit sich selbst zu tun, er würde sie nicht anrufen, keinen Kontakt zu ihr aufnehmen. Sie sank ein wenig in sich zusammen.

»Verdammt, diese Brote waren echt nicht toll«, sagte Seb, der direkt vor ihr saß. Er öffnete eine Büchse Bier und trank ein paar große Schlucke.

»Ah, das schmeckt! Möchtest du auch einen Schluck?« Er rülpste.

»Ja, gerne.«

Sie nahm die Dose entgegen und trank aus der gleichen Öffnung, aus der er getrunken hatte. Aids, dachte sie. Was weiß ich eigentlich über ihn, er könnte sowohl Aids als auch BSE oder andere grauenvolle, ansteckende Krankheiten haben.

Na und?

Er rülpste wieder.

»Entschuldige, aber wir sind es nicht gewohnt, in Begleitung von Damen zu reisen.«

Sie lächelte matt.

»Ach was, es ist doch euer Bus.«

»Ja, das stimmt schon.«

»Da kann ich ja wohl nicht ankommen und Forderungen stellen.«

»Nee.«

Er schwieg eine Weile. Sie sah sein Profil mit dem rund gewölbten Hinterkopf. Dann drehte er sich zu ihr um.

»Bist du okay?«, erkundigte er sich.

»Na ja.«

»Du wirkst nicht gerade überglücklich, oder?«

Sie zuckte mit den Schultern.

Seine Hand legte sich unbeholfen auf ihre.

Da wurde sie innerlich wieder weich.

32. Daniel

Er versuchte sich darüber klar zu werden, wie er mit der Situation umgehen sollte. Verzweifelt ging er verschiedene Lösungen durch. Eine Möglichkeit wäre, sich ins Auto zu setzen und Gas zu geben. Ihr nach Gällviken zu folgen oder wo immer sie war, das konnte nicht schwer sein. Um sie zur Rede zu stellen und zu fragen, was sie da verdammt noch mal abzog.

Dann wurde ihm klar, dass sie einen Wutanfall bekommen würde. Sie würde sich auf ihn stürzen, und sie würden sich schlagen, aber er wollte sie nicht verletzen, ihr keine Gewalt antun, sondern sie mit ruhiger und beherrschter Stimme erzählen hören, dass er alles falsch verstanden hatte.

Es musste eine vernünftige Erklärung geben. Er liebte sie doch, sie war die Frau, mit der er den Rest seines Lebens verbringen wollte. Das war ihm mittlerweile klar geworden. Er konnte jetzt nicht einfach alles hinschmeißen, musste äußerst behutsam vorgehen.

Er hätte gerne mit dem Mädchen gesprochen und versucht, ihr eine Erklärung zu entlocken. Bei dem Namen Angelica war sie zusammengezuckt und hatte ihn anschließend mit diesem Blick angesehen, den Kopf geschüttelt und ihren kleinen Mund zu einem Strich zusammengekniffen.

Aber sie war Angelica. Natürlich war sie es.

In dem Moment war Lillemor hereingekommen.

Ihm missfiel ihre Art, plötzlich im Raum zu stehen, ohne

dass er sie kommen gehört hatte. Wie viel hatte sie gehört? Und was wusste sie?

»Ich dachte, ich koche uns ein Mittagessen«, sagte sie. »Wie wäre es mit Spiegeleiern und Kartoffeln?«

Wenn er an Essen dachte, wurde ihm schlecht. Er musste das Haus verlassen und ging mit großen Schritten über den Hof. Ihm dröhnte der Schädel.

Als er an Beatas und Erlands Haus vorbeikam, hörte er das Baby schreien. Beata stand auf der Veranda und hielt den Jungen im Arm, der eingewickelt war wie eine kleine Kohlroulade.

Daniel musste zu ihr gehen und mit ihr sprechen.

Sie sah mitgenommen aus. Ihr Gesicht war aufgedunsen.

»Alles klar?«, sagte er.

»Ist schon okay. Er schreit nur so viel, ich glaube, er hat Blähungen. Ich werde Lillemor bitten müssen, sich etwas einfallen zu lassen, sie kennt sich da aus.«

»Ich weiß«, sagte er kurz.

»Und du, hast du dich eingelebt?«

Daniel nickte.

»Darf ich dich etwas fragen?«, hörte er sich sagen und bekam Angst bei den eigenen Worten, denn sie waren ihm nur so herausgerutscht.

Sie warf ihm einen fragenden Blick zu.

»Ja ... Sicher.«

»Was weißt du über Noras Mutter?«

»Wie meinst du das?«

»Ach, ich habe nur überlegt, ob du sie mal getroffen hast oder so.«

Beata schüttelte den Kopf.

»Nein, habe ich nicht. Ich bin ihr nie begegnet. Ich muss jetzt hineingehen, Jonathan muss gestillt werden.«

Er kehrte zum Haus zurück. Claudia kam ihm entgegen, das Pferd trottete ihr hinterher.

»Du machst ein Gesicht wie sieben Tage Regen.«

»Ach, ich würde nur gerne eine rauchen«, log er. »Ab und zu bekomme ich einfach Lust auf eine Zigarette.«

»Wenn du magst, könnte ich dir etwas Kautabak anbieten.«

»Hast du welchen?«

»Ja, ich habe ihn im Stall versteckt. Hasse sieht es nicht gerne, deshalb habe ich mir einen kleinen Geheimvorrat angelegt. Eigentlich sollte er ja möglichst kalt verwahrt werden, aber Not kennt kein Gebot. Versprich mir, dass du es keinem verrätst.«

»Selbstverständlich nicht.«

Der Stall lag auf einem Teil des Geländes, den er noch nie betreten hatte. Der Weg dorthin führte am Zwinger vorbei. Als sie ihn erreichten, erhob sich Guardie und lief zum Zaun. Sie bellte nicht, glotzte sie nur mit erhobenem Schwanzstummel an.

»Ein verdammt unangenehmer Köter ist das«, sagte Daniel.

»Nicht, wenn man sie richtig behandelt.«

»Und wie behandelt man sie richtig?«

Sie zuckte mit den Schultern.

»Diesen armen Schlucker neulich hat sie regelrecht angefallen, dabei hat er doch nur ein unschuldiges Picknick gemacht, die Leute bekommen ja Angst.«

»Wir wollen hier eben unsere Ruhe haben, verstehst du«, sagte sie. Inzwischen hatten sie den Stall erreicht, und sie bat ihn, die Tür zu öffnen. Die riesigen Hufe klapperten über den Betonboden. Claudia führte das Pferd in eine Box und ging eine Bürste holen. Er schaute ihr zu, während sie das schwarze Fell bearbeitete.

»Was ist denn so schlimm daran, wenn jemand vorbeikommt?«, sagte er in den Raum hinein.

Sie dachte kurz nach.

»Die Leute mischen sich in alles ein«, sagte sie dann. »Erzählen einem was von Schulpflicht und so. Wir wollen so weit wie irgend möglich unser eigenes Leben führen. Und dann ist da natürlich auch noch die Sache mit der Strahlung. Ich persönlich mache mir deshalb zwar nicht so große Sorgen wie andere, vor allem Janna ... Du musst entschuldigen, wenn ich das sage, aber sie kann manchmal ein wenig fanatisch werden, doch das muss man in Kauf nehmen. Denn es gefällt mir hier draußen. Ich möchte hier mit diesen Menschen zusammenleben. Und wenn man das will, muss man sich eben mit manchen Dingen abfinden, wenn du verstehst, was ich meine. Man kann sich halt nicht nur die Rosinen herauspicken.«

»Wohnst du schon lange hier?«, fragte er.

»Ziemlich. Früher haben wir in Göteborg gelebt, aber die Kinder haben sich dort nicht wohl gefühlt, in unserem Viertel herrschten raue Sitten, es gab Schlägereien und Mobbing. Ich will nicht, dass meine Kinder in einer solchen Atmosphäre aufwachsen.«

»Dann ist es hier also besser?«

»Machst du Witze?« Sie sah ihn unter dem Hals des Pferdes hinweg an. »Wir haben hier doch die reinste Idylle.«

»Wie lange kennst du Janna schon?«

»Oh, schon lange. Wir sind eine Zeit lang in die gleiche Klasse gegangen und haben in den Jahren danach sporadisch Kontakt zueinander gehalten. Als sie uns von diesem Projekt erzählte, sind Hasse und ich sofort dabei gewesen.«

Einem spontanen Einfall folgend hätte er ihr fast den Zeitungsartikel gezeigt, aber irgendetwas hielt ihn dann doch zurück.

»Und du? Wie lange kennst du sie schon?«

»Ehrlich gesagt, noch nicht sehr lange«, erwiderte er leise.

»Du hast dich ganz schön in sie verguckt, was?«

»Ich bin ein bisschen verwirrt. Im einen Moment ...«

»Ich weiß, was du meinst«, unterbrach sie ihn. »Abrupte Stimmungsschwankungen, nicht wahr? Mit Janna zusammen zu sein ist eine Achterbahn der Gefühle. Aber sie hat ein goldenes Herz. Sie hat mir schon oft aus der Patsche geholfen, ich würde alles für sie tun, sie ist meine beste Freundin.«

»Und was ist mit diesem Kennet?«, murmelte er. »Wie lange war der hier?«

»Oh, ich erinnere mich nicht mehr. Besonders lange jedenfalls nicht. So, Molly, jetzt glänzt du wieder schön. Man muss sie hegen und pflegen, dann fühlen sie sich wohl. Das ist zum Beispiel auch so toll daran, hier draußen zu wohnen, man kann Tiere halten. Ich liebe Tiere, vor allem dieses süße, kleine Pferdchen.«

Sie griff nach dem langen Kopf des Pferdes und küsste es aufs Maul. Das Tier blieb regungslos stehen.

Anschließend rückte sie eine Kiste mit Kardätschen und Kratzeisen von der Wand ab, hinter der sie ihren Kautabakvorrat verwahrte.

»Hier. Viel Spaß damit.«

Sie drückte ihm eine Dose der Marke *Tre Ankare* in die Hand.

»Entschuldige, aber ich muss jetzt nach Hause, ich habe Hasse versprochen, das Essen vorzubereiten.«

Der Portionsbeutel mit Kautabak lag am Zahnfleisch, und er spürte regelrecht, wie das Nikotin in seine Adern strömte. Es schoss direkt ins Gehirn, sodass ihm ein wenig schwindlig war, aber es verlieh ihm auch Kraft. Es schärfte den Verstand und seine Ratlosigkeit schwand.

Er stellte sich an die Wand, wandte sein Gesicht der Sonne zu, presste die Oberlippe fest gegen den Portionsbeutel und molk den leicht süßlichen Geschmack des Kautabaks heraus.

Bert kam entlang der Hecke auf ihn zu, gebeugt und hinkend. Zunächst wollte er vorbeigehen, doch als er Daniel entdeckte, nahm er Kurs auf das Haus. Daniel hob hastig die Hand, fischte den Kautabak heraus und presste ihn mit dem Absatz in die Erde. Irgendetwas sagte ihm, Bert würde es nicht gutheißen, dass er Kautabak konsumierte.

»Sieh einer an, hier stehst du also herum und lässt es dir gut gehen«, sagte Bert und klang beim Sprechen, als wäre er außer Atem. Sollten er und seine Frau nicht die Kinder unterrichten? Daniel hatte nicht einmal ansatzweise so etwas wie Unterricht mitbekommen.

»Allerdings.«

»Heute kommt der Wind aus nördlicher Richtung. Nachdem der Frühling so früh gekommen ist, scheint es jetzt wieder kälter zu werden. Ein früher Frühling bedeutet nicht selten, dass es ein kalter und verregneter Sommer wird.«

»Ja, mag sein.«

»Und wie gefällt es dir hier in unserem Paradies?«

»Paradies?«

»Ja, meine Frau und ich nennen diesen Ort ein wenig scherzhaft so. Vielleicht auch leicht ironisch, denn in den meisten Paradiesen gibt es auch Schlangen.«

»Und wer soll hier die Schlange sein?«

»Darüber kannst du ja mal nachdenken«, gluckste Bert, und der Wind fuhr in seine fettigen Haarsträhnen und ließ sie zu Berge stehen.

»Janna und Mats sind mit dem Auto weggefahren«, sagte Daniel.

»Das habe ich gesehen.«

»Janna hat so geheimnisvoll getan.«

Das gelblich bleiche Gesicht des Mannes bekam etwas Fuchsartiges. Seine Hand schoss vor und packte Daniels Pullover.

»Darf ich dir etwas sagen? Wie war noch mal dein Name, Daniel?«

»Ja.«

»Hast du dich entschieden, hier zu bleiben?«

»Ja ...?«

»Ich würde dich gerne warnen, mein Junge. Aber ich weiß nicht recht, wie ich mich ausdrücken soll.«

»Was zum Teufel soll das heißen?«

»Diese Frau, mit der du zusammen bist. Diese Janna ...«

Der Kies knirschte, jemand näherte sich, es war Erland. Bert verstummte, wirkte verängstigt.

»Sieh einer an!«, sagte Erland. »Hier steht ja eine richtige kleine Versammlung faul herum.«

»Es ist immerhin Samstag«, murrte Bert.

»Das war doch nur ein Witz.«

Bert rieb seine knochigen Hände.

»Wie geht es deinem Sohn?«, sagte er.

»Dem geht es gut.«

Erland wandte sich an Daniel.

»Ich könnte ein wenig Hilfe gebrauchen. Wir wollen ein paar Sachen in den Schutzraum bringen. Du warst ja schon mal da unten. Wir wollen bald eine Übung durchführen und müssen runterschaffen, was wir dafür benötigen.«

Auf dem Boden des Kellers lagen fest zusammengerollte Decken, Stofftaschen mit Lebensmitteln und Medikamenten, Flaschen mit Wasser und Kleidung. Erland und Daniel ließen alles in den Gang hinab und krochen damit in den Erdsaal. Während sie arbeiteten, versuchte Daniel immer wieder, ein Gespräch in Gang zu bringen, aber Erland blieb einsilbig.

»Spar deine Kräfte«, riet er. »Je mehr du redest, desto weniger schaffst du körperlich.«

Er fühlte sich abgespeist. Erland taugte offenkundig nicht als Verbündeter. Bert hätte da schon eher einer sein können. Wenn Erland nicht genau in dem Moment aufgetaucht wäre, hätte er etwas über Janna erzählt. Er mochte sie nicht, so viel hatte Daniel immerhin verstanden, und er begriff nur zu gut, warum es so war. Mit grausamer Deutlichkeit erinnerte er sich an die Szene im Keller, als Janna sich auf den erschöpften Bert gestürzt und ihn getreten und geschlagen hatte.

In gewisser Weise war er jedoch auch froh, dass Erland dazugekommen war. Er konnte es im Moment einfach nicht ertragen, etwas Negatives über sie zu hören. Vielleicht hatte er sich ja tatsächlich geirrt, was das verschwundene Mädchen betraf. Kinder konnten sich unheimlich ähnlich sehen. Immerhin hatte sie nicht reagiert, als er sie Angelica genannt hatte. Sie hätte ihm doch antworten müssen, wenn sie es wirklich war. Vermisste sie denn ihre Eltern gar nicht? Wenn sie wirklich entführt worden war, müsste sie doch eigentlich jede Chance ergreifen, von hier zu verschwinden.

Es war schon fast sechs, als Janna und Mats zurückkehrten. Daniel wartete angespannt und besorgt auf der Eingangstreppe, lauschte und hörte schließlich das Motorengeräusch eines Autos.

»Jetzt sind sie wieder da«, sagte eine Stimme hinter ihm. Es war Jennifer, die mit Claudia und Hans zusammenstand. Hinter ihnen waren die Jungen, und er sah auch Lillemor, die Nora an der Hand hielt und lautstark in einen großen, roten Apfel biss.

Sein Hals schnürte sich zusammen, als das Auto auf den Hof bog. Mats saß am Steuer, Janna auf der Rückbank. Sie winkte lebhaft und triumphierend.

Sobald das Auto stehen geblieben war, öffnete sie die Autotür und sprang hinaus. Sie trug etwas im Arm. Es war ein Kind, ein kleines Mädchen hing schlaff in Jannas Armen.

Janna überreichte es Jennifer.

»Bitte sehr«, sagte sie. »Ein Geschenk! Aber jetzt wird es Zeit für die Übung. Runter in den Schutzraum mit euch, Beeilung!«

33. Angelica

Sie war zurück in der Unterwelt, aber diesmal war sie nicht allein. Mehrere Erwachsene waren bei ihr, Janna zwar nicht, aber Lillemor und Claudia und Mats und die Frau, mit der er verheiratet war und die Jennifer hieß. Wie die Jennifer im Kindergarten. Sie saßen auf den Betten in dem großen Erdraum, und Daniel war auch da, sie saß in seiner Nähe.

»Du wirst eine kleine Schwester bekommen«, hatte Janna gesagt.

Jennifer hielt ein Kind im Arm, das kleiner war als Angelica. Das Mädchen hatte glatte, schwarze Haare und schlief schnorchelnd. Jennifer tätschelte seine Wangen.

»Freust du dich?«, flüsterte Mats Jennifer zu.

Jennifer nickte, aber sie sah nicht fröhlich aus, ihr Gesicht war nass.

»Hauptsache, sie wacht bald auf«, sagte sie mit komischer Stimme.

»Ja, klar«, flüsterte Mats. »Natürlich wacht sie auf.«

Alle flüsterten hier unten. Warum durfte man nicht laut reden?

Jetzt sagte Daniel etwas und flüsterte nicht. Er zeigte auf das neue Mädchen und sagte etwas von einer Erklärung.

»Still«, flüsterte Mats. »Wir führen hier eine ausgesprochen realistische Übung durch.«

Jennifer wiegte das neue Mädchen in den Armen.

»Ich werde es dir erklären«, flüsterte sie. »Ich kann durchaus verstehen, dass du ein wenig verwirrt bist.«

Über ihren Köpfen hörten sie plötzlich Guardie bellen.

Mats legte den Arm um Jennifer, sah auf das schlafende Mädchen herab und wirkte ganz ruhig.

»Das hier ist Petronella«, flüsterte Jennifer. »Sie ist meine kleine Tochter. Ich habe sie schrecklich vermisst.«

Jetzt war sie wieder so traurig, und Mats sah auch traurig aus.

»Das da ist deine Tochter?«, fragte Daniel. Es fiel ihm schwer, still sitzen zu bleiben. Er ging auf und ab, stellte sich manchmal unter die Lüftungsrohre und schien zu horchen.

»Janna und ich haben sie heute zurückgeholt«, sagte Mats. »Ihr Vater ist – nun ja, wie soll man ihn nennen? Jennifers Exmann ist ein Psychopath, eine sehr gefährliche und labile Person. Er wollte ihr nicht erlauben, ihre eigene Tochter zu treffen. Manchmal muss man das Gesetz eben selbst in die Hand nehmen.«

»Was denn, hat er etwa das Sorgerecht für sie?«

»Psst, sprich nicht so laut. Es besteht das Risiko, dass sie uns auf die Schliche gekommen sind.«

»Wir haben das gemeinsame Sorgerecht«, flüsterte Jennifer. »Aber was nützt das schon, wenn er sie die ganze Zeit vor mir versteckt.«

»Du kannst doch das Jugendamt einschalten, das hier kommt mir jedenfalls total bescheuert vor«, sagte Daniel und war jetzt auch traurig, das hörte Angelica.

»Meinst du, das hätte sie nicht versucht«, zischte Mats. »Aber denkst du, die hätten sich darum gekümmert? Oh nein, mein Lieber. Dieser Bursche ist Abschaum, er hat Jennifer misshandelt und sie beinahe erschlagen. Sie hat um Aufnahme in ein Zeugenschutzprogramm gebeten, aber meinst du, man hätte ihr geholfen? Nein, mein Lieber! Du wirst verstehen, dass wir die Kleine nicht länger bei ihm wissen wollen.«

»Soll man denn wirklich seine eigenen Kinder kidnappen müssen?«

»Du hast nicht viel Ahnung, was?«, sagte Lillemor und gluckste bei dem Versuch, sich ein Lachen zu verkneifen. Angelica saß auf ihrem Schoß. Lillemor war nett.

Sie war netter als Janna.

Guardie bellte weiter über ihnen, und einmal hörten sie auch Jannas Stimme, aber nach einer Weile wurde es still. Angelica musste Pipi machen, traute sich aber nicht, es zu sagen, solange alle dabei waren. Als sie hier unten allein gewesen war, hatte sie einfach auf den Boden Pipi gemacht. Erst war da eine Pfütze gewesen, aber nach einer Weile war sie verschwunden.

Sie schielte zu Daniel hinüber. Seine Jeans war kaputt, und sie sah ein Stück von seinem blassen Bein. Sie glaubte Blut zu sehen. Sie streckte die Hand aus und fasste den zerrissenen Stoff an.

»Ist kaputtgegangen«, sagte sie.

Da schaute er sie an und konnte kaum sprechen.

»Vieles ist kaputtgegangen«, murmelte er.

34. Daniel

In dieser Nacht erkannte er die Wahrheit und konnte nicht länger die Augen vor ihr verschließen oder sich Entschuldigungen zurechtlegen. Es war, wie er befürchtet hatte. Die beiden Mädchen waren entführt worden.

Jennifer und Mats hatten versucht, ihm eine Geschichte über einen Streit um das Sorgerecht aufzutischen. Für wie dumm hielten sie ihn eigentlich?! Die Kleine war entführt worden, Mats und Janna waren irgendwo in einer Stadt gewesen, hatten sie einfach an sich genommen und das Kind anschließend betäubt, damit es ruhig blieb. Genau, wie Janna es schon mit Nora gemacht hatte.

Das war die bittere Wahrheit.

Er empfand eine Trauer, die so stark war, dass er nicht sitzen bleiben konnte, er musste auf und ab laufen, bis einer von ihnen ihm die Meinung sagte: »Setz dich jetzt bitte hin, du machst uns nervös!«

Er konnte nicht länger in diesem Kollektiv bleiben, es war unmöglich. Das Paradies, dachte er und kniff die Augen so fest zusammen, dass es beinahe wehtat.

Aber wie, wie sollte er von hier verschwinden können, ohne selbst zum Opfer zu werden? Ohne dass jemand ahnte, was er vorhatte und es zu vereiteln versuchte. Denn sie würden ihn natürlich nicht einfach gehen lassen, wieso sollten sie darauf vertrauen, dass er sie nicht verriet? Das konnten sie nicht. Also musste er sich eine Strategie zurechtlegen und eine günstige Gelegenheit abwarten, um sich klammheimlich abzusetzen.

Bis dahin galt es mitzuspielen und sie in dem Glauben zu wiegen, dass er ihnen ihre Lügen abgekauft hatte.

Janna. Er erkannte, dass er Angst vor ihr hatte. Er musste alles daransetzen, wie immer zu wirken, aber das würde nicht leicht werden. Sie verfügte über eine unglaubliche Intuition. Manchmal kam es ihm vor, als könnte sie seine geheimsten Gedanken lesen.

Es wurde schon hell, als sie Geräusche im Gang hörten und Janna zu ihnen hereinkroch. Er sah ihren kompakten Schatten in der Dunkelheit, roch ihren Duft, als sie näher kam, und bekam einen Kloß im Hals.

»Kommt heraus, Freunde, die Gefahr ist vorbei«, sagte sie mit ihrer kräftigen, schönen Stimme und ließ ihr tiefes Lachen hören. Er atmete durch und setzte alles daran, wieder der sorglose, fröhliche Mann zu werden, der sie geliebt hatte.

Sie tastete sich zu ihm vor und umarmte ihn. Ihre Finger waren auf seinem Gesicht.

»Bist du das, Daniel?«

»Ja«, antwortete er heiser.

»Komm, wir gehen ins Bett. Es ist ein schrecklich langer Tag gewesen.«

Er stand in der Dunkelheit und nickte.

Er hätte nie geglaubt, dass er einschlafen können würde, aber es ging dann doch. Er legte sich mit dem Rücken zu ihr auf die Seite und schlief praktisch sofort ein. Sie streichelte noch ein wenig seine Schultern, aber dann musste auch sie eingeschlafen sein.

Als er wach wurde, war sie zu ihm gerückt. Er spürte ihre Fingernägel, die über seinen Rücken strichen.

»Guten Morgen, Liebling«, sagte sie in sein Ohr.

»Guten Morgen ...«

»Daniel? Was ist los, hast du mich nicht mehr lieb?«

»Doch ...«

»Bist du wütend auf mich, weil ich dich gestern nicht mitnehmen wollte? Jetzt verstehst du vielleicht, warum ich Nein gesagt habe.«

Er nickte. Dann zog er sie auf sich und liebkoste sie so, wie er glaubte, sie auch sonst immer zu streicheln.

Nach einer Weile rollte sie von ihm herab in ihr eigenes Bett.

»Keine Lust?«, fragte sie.

»Es ist so lächerlich ... mir tut das Bein weh. Ich bin an der Kellertür an etwas Scharfem hängen geblieben, als wir gestern in den Schutzraum gehen sollten. Es ist bestimmt nichts Schlimmes, aber es tut die ganze Zeit ein bisschen weh.«

»Oje, mit so etwas sollte man nicht spaßen, man hat sich schnell eine Blutvergiftung geholt.«

Sie schlug die Decke zurück und tastete die lange, oberflächliche Kratzwunde an seiner Wade ab.

»Tut das weh?«

»Es zieht irgendwie.«

»Ich glaube nicht, dass du daran sterben wirst«, sagte sie langsam. »Aber du musst darauf achten, es sauber zu halten, damit es sich nicht entzündet.«

Er schwitzte. Es war schon Vormittag. Die Jungen waren durch das Schlafzimmer gerannt, hatten gefrühstückt und waren wieder hinausgerannt. Er lag im Bett und klebte vor Angst und Schweiß.

Schließlich hüllte er sich in das Betttuch und ging in die Dusche. Janna war schon vorher aufgestanden. Sie hatte ihn mit einem seltsamen Ausdruck in den Augen angesehen.

»Schlaf ruhig noch etwas«, hatte sie gesagt. »Ich denke, das wird das Beste sein.«

In der Dusche begann er zu weinen.

Ich bleibe, dachte er. Ich habe gar keine andere Wahl.

Er schrubbte sich von Kopf bis Fuß, so als wollte er alle Gewissheit fortschrubben. Er würde noch einmal von vorn anfangen, mit Janna, und später, wenn sie ihre eigenen Töchter geboren hatte, würden sie die entführten Mädchen vielleicht zurückgeben können. Es war ihm unverständlich, dass sie es nicht hatte abwarten können, eigene Töchter zu bekommen. Er war doch hier und bereit, sie ihr zu schenken.

Wasser und Seife brannten in der Wunde. Er hatte sich an dem rostigen Nagel auch die Jeans aufgerissen, hatte das Reißen des Stoffs gehört und den brennenden Schmerz gespürt. Sie hatten es so verdammt eilig gehabt.

Eine realistische Übung. Oh mein Gott.

Als er aus der Dusche kam, war seine Hose verschwunden. Er hatte sie neben der Tür auf den Stuhl gelegt. Er suchte in der Küche und im Schlafzimmer, konnte seine Jeans jedoch nirgendwo finden, nur die Shorts, aber es war zu kalt für Shorts, denn es war windig und würde sicher bald regnen.

Fröstelnd ging er in das Zimmer der Jungen.

Nora und Urid saßen auf dem Fußboden.

»Habt ihr zufällig meine Jeans gesehen?«, fragte er.

»Lillemor hat sie mitgenommen«, antwortete Urid abwesend. Er spielte mit einem Stapel Spielkarten, verteilte sie in langen Reihen.

»Lillemor? Warum denn das?«

»Sie hat gesagt, sie wird die Hose flicken.«

Er stand in Shorts und Wollpullover vor Lillemors Tür und klopfte an. Er fror und hatte eine Gänsehaut auf den Beinen. Seine Haare lagen nasskalt am Kopf. Ihm war ein grauenvoller Gedanke gekommen: die Zeitungsseite mit dem Bild von Angelica. Was würde geschehen, wenn sie es rascheln hörte und ihre Hand in die Tasche steckte?

Kurze Zeit später öffnete sie ihm. Sie wirkte angespannt.

»Komm herein!«, sagte sie schnell.

»Hast du meine Jeans?«

Sie nickte.

»Ich habe sie dir geflickt. Mir war diese Nacht im Schutzraum der Riss aufgefallen.«

»Danke.«

Die Jeans hing über einem Stuhlrücken. Auf dem Tisch lagen eine Garnrolle und eine Nadel mit einem eingefädelten Faden und daneben eine Schere und ein Fingerhut. Hervorragend. Sie schien nichts entdeckt zu haben.

Er zog die Hose an und wollte schon gehen, aber sie hatte sich an die Tür gestellt.

»Daniel!«, sagte sie mit belegter Stimme. »Du weißt jetzt Bescheid, nicht? Du weißt, was mit Nora los ist?«

Er stand vor ihr und musste schlucken.

»Ich habe das hier gefunden.« Lillemor zog etwas hervor, das sie sich in den BH geschoben hatte, es war die zusammengefaltete Zeitungsseite.

»Wie bist du an diese Zeitung gekommen? Oh, Daniel, Daniel.« Sie gab einen klagenden Laut von sich.

»Du hast meine Taschen durchwühlt«, sagte er gellend.

»Hör auf, lass uns jetzt nicht über Lappalien streiten!«

Er riss sich zusammen.

»Ich habe im Wald einen Korb gefunden, er muss den Ausflüglern gehört haben, die der Hund verjagt hat. Die Zeitung lag in dem Korb.«

Sie nickte.

»Ich verstehe.«

»Sie ist es, nicht wahr? Ist sie Angelica?«

»Ja«, antwortete sie leise.

»Aber warum, Lillemor, warum?«

»Wir brauchten ein paar Mädchen, es gibt hier doch nur Jungen ... Außerdem will sie möglichst viele retten, du weißt ja, wie verstört sie wegen dieser Strahlung ist.«

Sie kauerte sich auf dem Fußboden zusammen, legte die Hände um den Kopf und wiegte sich vor und zurück.

»Das ist doch krank ... So etwas kann man doch nicht machen, begreifst du das nicht? Du scheinst mir doch eigentlich ganz vernünftig zu sein, hättest du nicht versuchen können, sie davon abzuhalten, hätte denn keiner ...«

»Armer, armer Daniel«, murmelte sie. »Kein Mensch in der Welt kann Janna aufhalten, wenn sie sich erst einmal etwas vorgenommen hat.«

Er musste zurückgehen. Er konnte nicht noch länger bei Lillemor bleiben, denn sonst würde Janna Verdacht schöpfen, vielleicht sogar eifersüchtig werden.

Lillemor stand noch immer an der Tür.

»Was wirst du jetzt tun?«, sagte sie.

»Mit ihr reden.«

»Tu das nicht! Sie könnte gefährlich werden, wenn ihr bewusst wird, dass du Bescheid weißt.«

»Aber ihr muss doch klar gewesen sein, dass ich früher oder später kapieren würde, was hier gespielt wird?«

»Sicher. Aber sie wollte den Zeitpunkt selber bestimmen. Sie wollte, dass du ganz natürlich in die Gemeinschaft hineinwächst und es akzeptierst. So wie wir anderen das getan haben. Um später mitzuhelfen und vielleicht noch mehr Kinder zu holen.«

»Aber das ist doch krank, Lillemor. Völlig verrückt! Denkt ihr denn gar nicht an ihre Eltern?«

»Krank oder nicht, wenn ihr klar wird, dass du Bescheid weißt und nicht einverstanden bist, bringt sie dich um.«

Er stöhnte auf. Seine Handflächen stachen, sein ganzer Körper wurde schwer.

»Mich um?«

»Ja. Wie sie es mit Kennet gemacht hat. Er war viel zu weich, er war den Anforderungen nicht gewachsen.«

»Sie hat Kennet umgebracht? Woher weißt du das?«

»Sie hat es mir erzählt. Sie hat ihn gezwungen, Nora zu entführen. Oder Angelica, wenn dir das lieber ist. Anschließend hat sie ihn erschossen.«

»Wie bitte ...? Hat sie etwa eine Pistole?«

»Ja.«

»Ich muss hier weg«, flüsterte er. »Und ich muss versuchen, das Mädchen mitzunehmen.«

Lillemor hatte die Arme vor der Brust verschränkt. Ihr Hals war rot gefleckt.

»Wirst du etwas sagen?«, flüsterte er, und vor seinen Augen drehte sich alles im Kreis, Nebel schien im Raum zu hängen. Er legte sich auf den Fußboden und kratzte mit den Nägeln über die Dielen.

Vage merkte er, dass sie zu ihm kam.

»Armer, armer Daniel«, sagte sie erneut.

35. Daniel

Wasser lief seinen Hals herab. Er spürte es sickern und murmeln. Plötzlich war er klein und krank und seine Mutter versuchte ihm den schlimmsten Fieberschweiß abzuwischen. Mit klebrigen Fingern tastete er nach ihren Händen. »Halt mich fest, Mama, ich habe ganz schlimm geträumt, ich habe geträumt, du würdest leben, solltest aber trotzdem in der Erde vergraben werden.«

Aus weiter Ferne drang die Stimme einer Frau in sein Bewusstsein.

»Aber was ist denn passiert, ist er ohnmächtig geworden?«

Es war Jannas klangvolle Stimme.

Anschließend sprach Lillemor:

»Er wollte seine Hose holen – und dann ist er einfach zusammengebrochen.«

Da musste er die Augen öffnen. Er war in Lillemors Zimmer und lag auf dem Fußboden. Lillemor kniete neben ihm. Er versuchte sich nach Janna umzusehen. Aber sie waren nur zu zweit.

»Bleib liegen!«, sagte Lillemor. »Warte noch einen Moment, bis du wieder richtig bei Sinnen bist.«

Sie hielt ihm ein Glas Wasser an den Mund. Er spürte ihren Arm in seinem Nacken.

»Ich habe Jannas Stimme gehört«, murmelte er.

»Sie ist draußen auf dem Hof.«

Er trank in kleinen Schlucken. Lillemor umfasste seinen Mund.

»Ich bin auf deiner Seite«, flüsterte sie. »Du musst hier weg. Ich habe beschlossen, dir zu helfen.«

Er lag mit dem Kopf an ihrer Brust. Als er aufblickte, sah er ihr Kinn. Es war flaumig, er sah helle, dünne Härchen.

»Aber wie …?«

»Wir machen Folgendes. Ich habe mich entschieden, ich verlasse dieses Haus. Du hast Recht, es ist völlig inakzeptabel, die Kinder anderer Leute zu kidnappen. Wir machen Folgendes. Wir nehmen Nora mit und hauen ab. Das andere Mädchen … das wird zu kompliziert, sie ist bei Jennifer und Mats. Aber Nora können wir mitnehmen. Es ist nicht gut für sie, hier zu sein, ich sehe es ihr an, sie ist alt genug, um sich zu erinnern … Wir werden sie mitnehmen.«

»Aber wie sollen wir das schaffen … Ich meine, wenn sie eine Pistole hat und so, könnte sie uns doch erschießen, oder? Und dann dieses Monster von einem Hund …«

Ein Schleier legte sich vor seine Augen, er sah sie so undeutlich, die großen schaukelnden Brüste. Ihm war übel, er musste sich zusammenreißen.

»Du wirst zu ihr gehen und dich ganz normal verhalten. Sollte sie etwas merken, sagst du, dir geht es nicht gut. Du hättest dir eine Sommergrippe eingefangen oder was auch immer. Sobald sie die Wohnung verlässt, wirst du die Autoschlüssel suchen.«

Er lag in ihrem Schoß und wimmerte.

»Die Autoschlüssel … Wo sind die denn?«

»Ich weiß es nicht, Daniel. Es wird deine Aufgabe sein herauszufinden, wohin sie die Schlüssel gelegt hat.«

Er nickte träge.

»Und dann … Ja, dann werden wir eine günstige Gelegenheit abwarten müssen, bei der wir uns davonschleichen und wegfahren können. Ich hoffe jedenfalls, du kannst Auto fahren. Ich habe nämlich keinen Führerschein.«

36. Angelica

Sie hockten auf dem Fußboden und spielten, Urid hatte ihr die Karten gezeigt und wie man mit ihnen baute und Straßen machte. Es war ein Spiel, das er selber erfunden hatte. Sie fuhren mit Autos auf den Straßen. Solche kleinen, niedlichen Autos hatte sie noch nie gesehen, sie waren rot und grün und gelb.

»Kennet hat sie mir geschenkt«, sagte Urid.

»Wer ist Kennet?«

»Ein Mann, der einmal hier gewesen ist.«

Sie sagte, dass sie auch solche Autos haben wollte.

»Das geht nicht, er kommt nicht mehr her, hat Mama gesagt.«

Leon und Frans lagen in ihren Betten und lasen Donald Duck. In einem der Schränke gab es einen ganzen Stapel alter, zerfledderter Comics. Janna hatte sie angewiesen, an diesem Tag im Haus zu bleiben.

»Es ist nicht gut, aus dem Haus zu gehen, es wehen ungesunde Winde«, hatte Janna gesagt und ihr geholfen, eine lange Hose und einen weißen Strickpullover anzuziehen. Der Pullover war am Hals zu eng, es tat weh, als sie ihn über den Kopf zog. Danach waren ihre Ohren ganz rot.

»Mein kleines Liebchen«, hatte Janna gesagt und an der Halskette gezogen, bis sie wieder so hing, wie sie sollte. Aber da war etwas mit ihren Händen gewesen, sie hatten so fest zugepackt, das taten sie sonst nicht.

Sie hatte gehofft, zu Beata gehen und sich das Baby ansehen zu dürfen, aber Janna hatte nichts davon gesagt. Und das neue Mädchen, das Petronella hieß. Obwohl sie natürlich noch zu klein war, um mit ihr zu spielen.

Leon sprang aus seinem Bett, ging zu den Karten, trat auf sie und brachte sie durcheinander. Sie sah seinen nackten Fuß, er war direkt neben ihr.

»Hör auf!«, sagte Urid. »Hör auf, immer alles kaputtzumachen.«

Leon hatte so hässliche Füße. Er war hässlich und gemein. Jetzt hob er den Fuß so, dass sein großer Zeh senkrecht nach unten zeigte, und trat die Karten weg.

Sie wusste nicht, wie ihr geschah, aber plötzlich hatte sie sich vorgebeugt und biss in Leons Fuß, der vor Schmerzen aufjaulte. Rasend vor Wut versuchte er sie wegzutreten, aber es ging nicht, sie hatte sich festgebissen.

Die Tür schlug, es war Janna, sie war wütend.

Angelica ließ los.

Janna ging vor ihr in die Hocke. Ihre Augenbrauen waren schwarz.

»Warum beißt du Leon? Ich nehme an, du hast dafür gute Gründe?«

Ihre Zähne taten weh, sie wackelte vorsichtig an ihnen.

Da lachte Janna:

»Pass auf, dass sie nicht herausfallen, das wäre noch ein bisschen früh.«

Es war kein richtiges Lachen, sondern klang hart und wütend. Es war kein schöner Tag. Janna nahm Leon mit in die Küche, und sie hörten ihn schreien und weinen. Nora sammelte die Karten ein und hatte gerade angefangen, so ein Haus zu bauen, wie Urid es gebaut hatte, als Daniel zurückkam. Als er die Tür öffnete, fiel das Kartenhaus in sich zusammen.

Sie hatte Durst. Sie hatten Hering gegessen, obwohl sie Heringe gar nicht mochte, sie sahen aus wie Würmerfleisch. Urid versuchte ihr Mau-Mau beizubringen, aber sie konnte die normalen Karten nicht unterscheiden, nur die Könige, die Damen und die Buben. Die Herzdame war schön. Sie sah aus wie eine Königin. Sie wollte die Herzdame sein.

Als sie durch das Schlafzimmer ging, um Wasser zu trinken, entdeckte sie, dass Daniel im Bett lag. Janna stand vor ihm und sah ihn an.

»Ihr werdet heute ein bisschen leise sein müssen«, sagte Janna. »Daniel fühlt sich nicht richtig wohl. Er braucht Ruhe.«

»Wo ist Leon?«, fragte sie.

»Er ist unten in den Gängen und gräbt. Und das werdet ihr auch tun müssen, wenn ihr nicht brav seid.«

Es wurde ganz still in ihrer Brust.

Daniel benahm sich komisch. Er schlich umher und zog Schubladen auf. Jetzt war er im Zimmer der Jungen, wühlte in ihren Sachen und sah dabei seltsam aus.

»Was machst du da, wir spielen hier«, sagte Urid bockig.

Daniel schien ihn gar nicht zu hören.

Angelica schoss in die Höhe und wedelte vor ihm mit den Armen.

»Du bist krank, du musst im Bett liegen, das hat Janna gesagt.«

Daniel nickte.

»Gleich«, murmelte er. »Gleich.«

»Wenn du nicht tust, was Janna sagt, musst du unten graben«, meckerte Urid. »Hier bestimmt Janna.«

Daniel starrte ihn an.

»Warum sagst du Janna, ist sie etwa nicht deine Mama?«

»Doch, natürlich!«

»Na also.«

Er fiel auf die Knie und guckte unter die Betten. Frans legte den Comic weg.

»Was machst du da?«

»Ich suche nach einer verschwundenen Katze. Sie hat vier Schwänze und ist gestreift wie ein Schwein.«

»Nee!!!«, rief Angelica. »Denn Schweine sind überhaupt nicht gestreift.«

»Sind sie wohl«, sagte Frans. »Wenn es Wildschweine sind, dann sind sie gestreift.«

Es machte ihr keinen Spaß mehr, mit den Karten zu spielen. Sie versuchte ein Haus zu bauen, wie Urid das eben getan hatte, aber ihre Finger waren zu unruhig, sie konnte sie nicht so gut kontrollieren wie er.

Sie schaute zum Fenster hinaus. Es hatte angefangen zu regnen.

Sie entschied sich.

»Ich werde zu Petronella gehen«, sagte sie und trat auf den Flur hinaus, wo die grünen Stiefel standen. Verglichen mit Jannas, die daneben standen, waren sie klein.

»Wir dürfen aber nicht rausgehen«, sagte Urid.

»Das ist mir egal.«

Der Regenmantel hing an einem Haken. Sie kam nur an ihn heran, wenn sie hochsprang, und sie musste mehrere Male springen, ehe sie ihn packen und vom Haken ziehen konnte. Der Aufhänger ging kaputt und ein Stück vom Regenmantel auch.

Angelica lachte. Der Riss erinnerte sie an einen Schlund. Sie schob den Arm hinein und tat, als würde sie nach etwas schnappen.

»Das zeige ich der Petronella«, sagte sie. »Ich bin ein Krokodil.«

Eine Melodie wollte ihr nicht mehr aus dem Sinn, und dann erinnerte sie sich auf einmal an die Worte eines Liedes, das sie vor langer Zeit mit anderen gesungen hatte. Sie summte es vor sich hin, konnte sich aber nicht mehr richtig erinnern.

Hei, sagte Petronella
aus Plaskeby,
hm, hm, Zeit aufzuspannen
seinen Parapluie.

Das Gras war hoch und nass. Sie ging in den grünen Stiefeln am Rand entlang. Ihre Zehen in den Stiefeln waren nackt, und sie spürte Tannennadeln und kleine Steinchen, und die ganze Zeit hämmerten die Regentropfen auf ihren Kopf herab. Sie pieksten wie kleine, schwere Nadeln.

Sie dachte an den Hund. Er war in seinem Zwinger, aber wenn er käme, würde er sehen, dass sie ein Kind war, denn Welpen hatten keinen Regenmantel und keine Stiefel. Er war so ein schlauer Hund, hatte Janna gesagt. Gestern hatte er gebellt, als sie in der Unterwelt waren, er hatte gebellt, damit keine gemeinen Onkel dorthin kamen. Sie hatten nach Petronella gesucht, sie aber nicht gefunden. Ihr Papa war nicht ganz richtig im Kopf.

Papa, dachte sie verwirrt.

Ich soll hier bei Janna und den anderen sein.

37. Daniel

Er suchte und versuchte dabei systematisch vorzugehen, begann im Schlafzimmer und ging alle Schubladen und Schränke durch. Die ganze Zeit lauschte er, denn sie konnte sich so leise bewegen, dass man sie nicht hörte, bis sie direkt neben einem stand. Plötzlich würde er nur noch das Klicken hören, das einen Schuss ankündigte. Und dann ...

Es gab nicht viel in den Schubladen, was ihn erstaunte. Die Leute verwahrten im Allgemeinen tausend kleine Sachen in ihren Schubladen: Streichholzschachteln, Heftzwecke, Muscheln, Glasperlen, Bleistiftspitzer, kleine Schraubenzieher, Sonnenbrillen, Büroklammern, Scheren, Fotos, Visitenkarten.

Hier lagen nur ein paar Haarspangen und ein Bleistift ohne Spitze herum.

Verzweifelt versuchte er, sich in ihre Denkweise hineinzuversetzen. Wenn man einen Autoschlüssel verstecken wollte, wo würde man ihn dann hinlegen? Aber warum sollte sie ihn überhaupt verstecken wollen? Traute sie ihm etwa nicht?

Sein Kopf war schwer, er hatte das Gefühl, sich in Wasser zu bewegen, im Wasser zu laufen und gejagt zu werden. Die Beine sind wie gelähmt, und der Jäger kommt immer näher.

Mörderin, dachte er. Janna ist eine Mörderin, ich bin in den Händen einer Mörderin.

Wenn es stimmte, was Lillemor gesagt hatte, dass sie diesen Kennet erschossen hatte, würde sie sicher nicht zögern, wieder zu schießen. Wie war es bloß dazu gekommen? Möglicherweise waren ihm Zweifel gekommen, vielleicht hatte er ihr mitgeteilt, dass er mit Kindesentführungen nichts zu tun haben wollte. Aber davon hatte sie nichts hören wollen. Man sollte ihr bis ins letzte Detail gehorchen, sie war eine Despotin und verdammt noch mal keinen Deut besser als die männlichen Despoten, über die sie so gewettert hatte.

Die Pistole. Sie musste auch irgendwo versteckt sein, es sei denn, sie trug die Waffe bei sich. Aber Pistolen waren schwer, sie hätte ihm auffallen müssen, als er sie umarmte und küsste, als er sie entkleidete und sie sich liebten.

Vor lauter Verzweiflung tat ihm der Hals weh, aber er musste den Schmerz hinunterschlucken und stark sein. Es ging um sein Leben und auch um das des Mädchens, aber in erster Linie um sein eigenes, denn wenn die Sache mit dem Mädchen schief ging, ließ sich das eben nicht ändern. Dann würde es Aufgabe der Polizei sein, das ganze Gelände zu stürmen und die Kinder zu retten. Aber bis es so weit war, würde er längst über alle Berge sein.

Er dachte an die anderen, an Claudia und Mats und Erland. Wenn sie wüssten ... Wenn sie wüssten, was er vorhatte.

Und was war mit Lillemor? Wagte er es wirklich, ihr zu trauen? Und wenn sie ihn verpfiff? Sein Unterleib krampfte sich zusammen, wenn er daran dachte, an Jannas Augen dachte. Sie würde ihn mit ihrem Blick festnageln, die Hand heben und auf sein Herz zielen.

Er musste ein wenig schluchzen. »Jetzt reiß dich verdammt noch mal zusammen«, murmelte er, ging in die Küche, durchsuchte die Besteckschublade, verschob Teller und Gläser.

Im Erdgeschoss fiel eine Tür ins Schloss.

Er erstarrte, ihm brach der kalte Schweiß aus.

Die Toilette.

Er stand über das Waschbecken gebeugt und erzeugte Laute, als würde er sich übergeben, was ihm nicht weiter schwer fiel, da ihm tatsächlich übel war.

»Daniel!«, rief Janna hinter der Tür. »Wie geht es dir?«

Daraufhin übergab er sich und Schleim und verfärbtes Wasser schlugen gegen das saubere Porzellan.

Er atmete keuchend.

»Mach auf«, rief sie.

Seine Hand tastete zitternd, fand das Schloss und drehte den Schlüssel herum. Sie stand in ihrem gelben Regenmantel vor ihm, ihre Augen waren vor Sorge geweitet.

»Du Ärmster, du scheinst dir eine Magen-Darm-Grippe eingefangen zu haben, ich werde mit Lillemor sprechen, sie kennt bestimmt etwas, das dir hilft.«

Er nickte matt.

»Wisch dir den Mund ab«, sagte sie und ein kaum merkliches Naserümpfen zeigte an, dass sie den Geruch in der Toilette wahrgenommen hatte.

Nachdem er sich das Gesicht gewaschen hatte, stützte sie ihn und führte ihn ins Schlafzimmer. Er fror.

»Kann ich dir etwas bringen?«, sagte sie und strich ihm die Haare aus der Stirn.

»Nein.«

»Ich habe gesehen, dass du in der Küche warst, hast du etwas Bestimmtes gesucht?«

»Ich dachte, vielleicht finde ich Aspirin oder etwas in der Art«, brachte er heraus. Er erkannte seine eigene Stimme nicht wieder, sie war dünn und heiser, trug seine Worte und Gedanken nicht mehr.

Sie schüttelte sanft den Kopf.

»Aspirin für einen, der es am Magen hat. Du bist schon verrückt.«

Er lag im Bett und schloss die Augen. Plötzlich kam ihm Jerry in den Sinn, und er sah ihn vor sich, seine dichten, braunen Haare, deren Haaransatz sich wie eine Spitze in die Stirn hineinschob. Würde er seinen Bruder jemals wiedersehen? Ihr Verhältnis war wie ein Kampf gewesen, ein Zwang, sich zu behaupten und dem anderen zu zeigen, wer cleverer war. Total idiotisch. Hätte ihre Mutter etwa gewollt, dass ihre beiden Söhne nicht zusammenhielten? Saß sie jetzt im Himmel, blickte auf ihn herab, jammerte und schüttelte den Kopf?

»Du hast dich auch früher schon immer in Schwierigkeiten gebracht, Daniel. Du bist ein Pechvogel.«

Wenn er lebend aus dieser Sache herauskam, würde er Jerry aufsuchen und ihm alles erzählen. Wem sollte er es auch sonst erzählen? Er hatte doch nur ihn. Sie würden von nun an in Kontakt bleiben, sich nicht noch weiter auseinander leben. Ich höre auf, Deutsch zu lernen, ich werde mein Leben in den Griff bekommen. Wenn ich nur aus dieser Hölle herauskomme!

»Hier liegt er!«, sagte eine Stimme. Er musste eingedöst sein, denn er hatte nicht gehört, dass jemand hereingekommen war.

Lillemor und Janna standen im Raum.

»Hallo, Daniel«, sagte Lillemor. Sie hatte ihre Lippen geschminkt, sie glühten wie reife Tomaten.

»Ich habe dir etwas mitgebracht, das dich wieder auf die Beine bringen wird.«

Sie hielt ihm eine Tasse hin.

»Du nimmst alle zwei Stunden einen Esslöffel. Aber verbrenn dir nicht die Zunge, es ist heiß!«

Ihm kam auf einmal der Verdacht, dass sie ihm an den Kragen wollte.

»Was ist das für ein Zeug?«, flüsterte er.

»Ein Pulver, das man aus den Wurzelknollen einer Orchideenart herstellt, die Geflecktes Knabenkraut heißt, vermischt mit Schlüsselblumenextrakt.«

Sie betonte die letzten Worte und zwinkerte ihm kaum merklich zu.

Janna nahm ihr die Tasse ab.

»Er hat Angst, er denkt, du hättest vor, ihn zu vergiften. Man weiß ja nie. Bitte sehr, Lillemor, spiel die Vorkosterin, zeig ihm, dass du nicht die Absicht hast, ihm etwas Tödliches anzubieten.«

»Aber Janna«, platzte Lillemor heraus. »Soll das ein Witz sein?«

»Du traust dich nicht?«

Lillemor nahm die Tasse zurück, schnitt eine Grimasse und nippte anschließend an dem Gebräu.

»Seid ihr jetzt zufrieden?«, sagte sie eingeschnappt.

Daniel blickte in die schleimige Flüssigkeit.

»Ich fühle mich schon viel besser«, flüsterte er.

Daraufhin brach Janna in ihr lautstarkes, kraftvolles Lachen aus, und plötzlich war alles wieder wie gehabt, er musste all die schlimmen Dinge geträumt oder sich eingebildet haben. Er liebte sie.

»Mach den Mund auf!«, sagte Lillemor. Sie führte den Löffel an seine Lippen und ließ ihn schlucken.

Das Zeug schmeckte widerwärtig.

Sie ging neben dem Bett in die Hocke und legte ihre Hand auf seine Stirn.

»Schlüsselblumenextrakt«, murmelte sie und er merkte, dass sie bei dem Wort etwas unter sein Kissen schob. »Du wirst jede zweite Stunde einen Löffel davon nehmen, und wenn du es nicht freiwillig tust, kommen Janna und ich und zwingen dich.«

Janna stand am Fenster und fluchte plötzlich.

»Diese verdammte Göre!«

»Was ist los?« Lillemor richtete sich halb auf.

»Ich habe ihnen gesagt, sie sollen nicht aus dem Haus gehen. Jetzt ist Nora doch draußen. Bei dem Regen.«

Sie hastete aus dem Zimmer, und man hörte sie die Treppe hinunterlaufen. Daniel saß kerzengerade im Bett. Lillemor eilte zu ihm, ihre Stimme war heiser und schnell:

»Ich habe den Schlüssel gefunden, er lag in ihrer Jackentasche, er ist jetzt unter deinem Kissen. Ich habe versucht, es dir zu sagen ... das mit dem Schlüsselblumenextrakt ... aber was ich über das Getränk gesagt habe, stimmt ansonsten, es hilft bei Übelkeit und Durchfall, aber du musst nichts mehr davon nehmen, warte bis zum Abendessen. Wir werden heute Abend bei Jennifer und Mats essen, aber du kommst nicht mit. Ich lasse mir irgendetwas einfallen, nehme Nora mit, und wir treffen uns am Auto. Du musst nach mir Ausschau halten, Daniel, wir schaffen das schon, wir müssen einander helfen.«

38. Angelica

Dort, wo die Hecke einen Bogen beschrieb und dichter wurde, holte Janna sie ein. Anfangs war sie wütend und versetzte ihr einen Stoß, sodass sie im Gras ausrutschte und auf den Popo fiel. Aber noch ehe sie wirklich nass werden konnte, riss Janna sie wieder hoch. Ihr Gesicht kam Angelica ganz nah. Sie ähnelte einer Katze, es fehlten nur noch die Schnurrhaare.

»Ich habe euch gesagt, dass ihr nicht aus dem Haus gehen dürft! Hast du etwa keine Ohren?«

»Leon war gemein«, versuchte sie sich zu rechtfertigen.

»Leon! Der ist doch unten in den Gängen.«

Sie wusste nicht, was sie sagen sollte, bekam aber immer größere Angst. Würde Janna sie jetzt zu Leon hinunterbringen?

»Lass uns gehen!«, sagte Janna und hob sie auf den Arm. »Es regnet, und ich habe dir gesagt, dass du im Haus bleiben sollst. Du musst mir gehorchen, sonst gibt es Ärger. Aber du hast Glück, die ungesunden Winde haben sich gelegt, deshalb können wir die Gelegenheit nutzen, um unsere Gesichter mit dem milden, lauen Wasser zu befeuchten, das vom Himmel herabfällt. Weißt du, dass die Engel weinen, wenn ein Kind ungezogen gewesen ist, und ihre Tränen als Regentropfen auf uns herabfallen?«

Sie lachte und senkte die Stimme.

»Nein, weißt du was, das ist Gott, unser Herr, der pinkelt.«

Am Abend durfte sie wieder das weiße Kleid anziehen, das mit den kleinen Glasknöpfen und einer flauschigen Schleife am Rücken. Janna kämmte ihre Haare und steckte eine kleine, wie ein Schmetterling geformte Spange hinein. Sie passte gut zu dem Schmetterlingsmuster auf dem Kleid, obwohl ihre Haare eigentlich zu kurz waren für die Spange. Sie durfte nicht vergessen, vorsichtig zu gehen und den Kopf nicht zu heftig zu bewegen, denn sonst würde die Spange herausfallen.

Leon war zurückgekommen, glotzte sie an und streckte ihr ein paar Mal die Zunge heraus. Sie begriff, dass er ihr wehtun würde, sobald sich eine Gelegenheit dazu ergab. Also blieb sie in Jannas Nähe.

Auch Janna hatte sich schick gemacht. Sie hatte ein rotes, eng anliegendes Kleid angezogen, das so ausgeschnitten war, dass man einen Teil ihrer Brüste sah.

»Wir gehen zum Willkommensessen für Petronella«, sagte sie zum Bett gewandt, in dem Daniel lag. »Wir lassen dich eine Weile allein, aber ich werde zwischendurch mal nach dir sehen, du brauchst dich nicht verlassen zu fühlen.«

»Das tue ich auch nicht«, murmelte Daniel.

Janna stand auf dem Teppich und drehte sich.

»Bin ich schön?«

»Du siehst super aus«, lautete die Antwort aus Daniels Bett.

»Sehe ich sexy aus, bekommst du Lust auf mich?«

»Ja.«

Seltsamerweise schien Janna mit dieser Antwort nicht zufrieden zu sein. Aber Angelica musste kichern, konnte es einfach nicht bleiben lassen.

Petronella war aufgewacht und saß auf Jennifers Schoß. Als sie hereinkamen, schrie sie auf und drehte ihr Gesicht weg.

»Sie ist so empfindsam«, murmelte Jennifer. »Sie braucht Zeit, um sich bei uns einzugewöhnen.«

»Geh zu ihr, Nora«, sagte Janna. »Vielleicht tröstet es sie, wenn sie ein anderes kleines Mädchen sieht.«

Hände schoben sie zu dem neuen Mädchen, auf einmal war sie schüchtern.

Dann vergaß sie das alles, denn Claudia gab ihr einen Teller mit Eis, auf dem Streusel waren, und sie begann zu essen. Das Stimmengewirr der Erwachsenen wogte durch den Raum. Etwas abseits saß Beata mit dem Baby im Arm, sie saß in einer Zimmerecke, möglicherweise stillte sie das Baby und wollte den anderen nicht zeigen, was sie tat, möglicherweise wollte sie aber auch nicht, dass Angelica zu ihr kam, weil sie unter dem Bett gelegen hatte, als das zweite Baby geboren wurde. Sie ließ einen Löffel Eis in ihren Mund gleiten. Und wenn sie sich jetzt übergeben musste wie Daniel?

Dann passierte etwas. Lillemor lief mit ihr über den Rasen, und sie hing unter Lillemors Arm. »Was ist los, ich will mein Eis essen«, aber Lillemor hörte ihr gar nicht zu und lief so, dass die Erde zu wanken schien, sie wälzte sich voran wie ein Flusspferd. Können Flusspferde eigentlich wiehern?

Kurz bevor sie das Auto erreichten, fielen sie hin. Das Gras war nass und glitschig.

Sie dachte, das Kleid, jetzt bekommt es Flecken, das war das Einzige, woran sie dachte, die Flecken, die das schöne, weiße Kleid ganz schmutzig machen würden, deshalb würde zwar niemand böse werden, aber sie selbst wollte, dass es keine Flecken bekam. Sie war eine Herzdame in ihrem feinen, weißen Kleid, sie war wütend auf Lillemor, die lief und dann hinfiel.

Lillemor schubste sie auf die Rückbank. Sie stieß sich an, und es tat weh. Sie wollte schreien und weinen, tastete mit den Händen in ihren Haaren und merkte, dass sie die Schmetterlingsspange verloren hatte.

Plötzlich saß Daniel am Steuer.

Er weinte und schluchzte und sagte eine Menge hässlicher Dinge. Er saß am Lenkrad und drehte den Zündschlüssel.

Daniel war krank, er sollte im Bett liegen bleiben, das hatte Janna gesagt. Lillemor saß neben ihm.

Angelica öffnete den Mund und schrie.

»Meine Haarspange, meine Schmetterlingsspange!«

»Sei still!« Lillemors Gesicht war kreideweiß, aber ihr Mund leuchtete rot, nie zuvor hatte sie so rote Lippen gesehen, doch, vielleicht einmal vor langer, langer Zeit, wer hatte sie noch –

Mama?

Ich bin jetzt bei Janna.

Sie sollte bei Janna sein.

Sie beugte sich vor, und der Wagen setzte sich mit einem Satz nach vorn in Bewegung, sodass sie mit dem Kinn aufschlug und sich in die Wange biss. »Ich will wieder zurück, ich will mein Eis essen.«

Sie wimmerte ein bisschen, aber nur schwach. Denn der Wagen fuhr eine Kurve, setzte zurück, wechselte die Richtung und fuhr weiter. Es war kalt auf der Rückbank. Sie würde sicher bald frieren, ihr war kalt geworden, es regnete, und ihr Kleid war voller Flecken. Jetzt drehte Daniel sich zu ihr um und war nichts als eine Heulsuse.

39. Daniel

Sie waren unterwegs. Es war alles nach Lillemors Plan verlaufen, nicht seinem, denn er hatte keine Pläne geschmiedet, sondern im Bett gelegen und zugesehen, als Janna das rote Kleid anzog. Sie hatte für ihn posiert, die Haare ins Gesicht gezogen und sich gespreizt.

Ganz sachte war seine Lust zu neuem Leben erwacht.

Sie hatte es gemerkt und sich davon beruhigen lassen.

»Dir geht es ja offenbar schon wieder besser«, hatte sie geflüstert. »Wart's ab, wenn ich zurück bin, bist du wieder gesund, dann werde ich dich auffressen.«

»Ich liebe dich«, hatte er gesagt und seine Hände so fest zu Fäusten geballt, dass die Fingernägel Abdrücke in seinen Handtellern hinterließen.

Als die anderen gegangen waren, stand er auf und zog sich an. Der Schlüssel lag unter seinem Kissen. Er steckte ihn in die Hosentasche. Gleichzeitig fiel ihm die Zeitungsseite wieder ein, aber die Taschen waren leer, Lillemor hatte sie behalten. Hoffentlich hatte sie die Seite vernichtet.

Oder hatte sie das etwa nicht? Was würde geschehen, wenn sie die Seite stattdessen Janna gegeben hatte?

»Schau mal, was ich bei deinem Süßen gefunden habe, er ist ein Spion, er ist auch nicht besser als Kennet.«

Sie würde ihn umschlingen wie eine Schlange.

»Schlaf mit mir, Daniel.«

Wenn er in sie eindrang und sie auf ihm lag und ihn umschloss, würde sie sich nach der Pistole unter dem Bett strecken und die Mündung des Laufs auf seine Stirn setzen: »Still jetzt, *Liebling,* schrei nicht, so ergeht es einem, wenn man einen Menschen verrät, der einen liebt.«

Dann würde alles aus sein.

Er musste drei große Gläser Wasser in sich hineinkippen.

Anschließend stellte er sich hinter den Vorhang und spähte zu Jennifers und Hasses Haus hinüber. Obwohl es Mai war, war es so dunkel, dass sie eine Menge Kerzen und Lampen angemacht hatten.

Der Wagen stand unter den Kastanienbäumen. Er wusste, dass es Kastanien waren, weil Lillemor ihm gesagt hatte: »Das Auto steht unter den Kastanienbäumen.« Er dachte: Was ist, wenn er nicht anspringt?! Oder der Hund auftaucht.

Dann sah er sie kommen, und es sah aus, als würden sie tanzen. Sie hatte die Kleine dabei, deren weißes Kleid flatterte.

Da öffnete er die Tür und lief los.

Lillemor sagte ihm, wie er fahren musste.

»Fahr da hinten links und dann geradeaus, bis ich dir Bescheid sage.«

Ständig drehte sie sich um und hielt Ausschau, aber es schien ihnen keiner zu folgen.

Sie mussten ihre Flucht auf jeden Fall bemerkt haben. Man kann auf dem Land kein Auto anlassen, ohne dass es gehört wird. Der Gedanke, dass sie jeden Moment einen Wagen erblicken konnten, der ihnen in rasendem Tempo folgte, machte ihn nervös, und zwei, drei Mal hätte er beim Schalten fast den Motor abgewürgt.

»Wir schaffen das«, murmelte Lillemor. »Lass dich nicht stressen, versuch einfach dir vorzustellen, wir würden nur kurz einkaufen fahren.«

Es gelang ihr nicht, ihn zu beruhigen.

Die Kleine begann auf der Rückbank zu weinen. »Sei still, wir machen das Ganze doch nur deinetwegen.« Sie fror vielleicht, hatte doch nur das Kleid an. Lillemor hatte eine Jacke angezogen. Er selbst trug den Pullover, seine Sachen hatte er zurückgelassen. Er hatte sie völlig vergessen.

Der Regen lief über die Windschutzscheibe, und man konnte kaum etwas sehen. Ein bisschen leichter wurde es, als sie auf die Landstraße kamen. Endlich lief der Motor ruhig und gleichmäßig. Er trat ordentlich auf die Tube und wurde ziemlich schnell, aber dann geriet Lillemor in Panik.

»Sie müssen es gemerkt haben, ich fühle es, bieg da vorne ab, bieg ab! Wir nehmen Seitenstraßen, ich will mich nicht einfach darauf verlassen, dass sie uns nicht einholen, das andere Auto ist schneller, es ist viel leichter, sich hier zu verstecken.«

Er tat, was sie sagte, bog jedoch in die falsche Richtung ab, fuhr nach links statt nach rechts. Sie schrie jammernd auf.

»Neeein! Halt an! Du musst wenden und zurückfahren. Du hättest rechts abbiegen müssen, hier fahren wir in die falsche Richtung!«

»Verdammt, warum hast du das nicht gleich gesagt!«, fauchte er, und seine Hand rutschte vom Schaltknüppel ab. »Kannst du dich nicht so ausdrücken, dass man kapiert, wie man fahren soll!«

»Das habe ich doch, du musst nur richtig zuhören!«

Es gelang ihm mit etwas Mühe, auf der schmalen Straße zu wenden. Er kam wieder zur Landstraße, überquerte sie und bog rechts ab. Das Herz pochte ihm bis zum Hals. Das schaffen wir nicht, wir werden sterben ...

Auf einmal stand auf der schmalen Straße vor ihnen ein Auto, und er musste eine Vollbremsung hinlegen, um es nicht zu rammen. Der Motor jaulte auf, ging aber nicht aus, er hielt den Fuß auf der Kupplung.

Eine Frau stellte sich vor den Wagen, und er sah den Regen an ihrem roten Kleid herablaufen.

Es war Janna.

Sie hob die Hand, und ein Licht flammte auf, Janna zielte auf sie.

»Sie schießt!«, schrie Lillemor. »Überfahr sie, fahr!«

Ohne nachzudenken trat er das Gaspedal durch.

III

1. Daniel

Die ersten Tage hatten sie im Hotel übernachtet. Dann war es Lillemor gelungen, ihre Untermieterin loszuwerden. Eine ihrer Kusinen hatte unter der Bedingung in ihrer Wohnung gewohnt, dass Lillemor sie jederzeit zurückfordern konnte. Es war eine Zweizimmerwohnung im Stockholmer Vorort Bagarmossen. Er hatte von der näheren Umgebung nicht viel wahrgenommen, da er kaum den Kopf bewegen konnte. Sie musste ihn auf dem Weg zum Hauseingang stützen.

»Ein Muskelfaserriss«, meinte Lillemor. »Es wird mit der Zeit besser werden. Möglich, dass es nie mehr so sein wird wie früher, aber immer noch besser so als andersherum.«

Er grübelte viel, für Lillemors Geschmack zu viel, und sie flößte ihm ein Getränk ein, das seine Angst eindämmen und die düsteren Erinnerungen auslöschen sollte.

Sie ließ ihn nur selten allein, und seltsamerweise fand er das schön, er fühlte sich geborgen, wenn sie in seiner Nähe war. Sie kochte und war gut zu ihm. Nachts lag sie in einem alten Reisebett, das sie vom Dachboden heruntergeschleppt und neben seins geschoben hatte, oder genauer gesagt ihres, denn das bessere Bett hatte sie ihm überlassen.

Sie schlief auf dem Rücken und schnarchte. Er hatte sich auch daran gewöhnt.

Sie sprach davon, im Zentrum von Bagarmossen ein Reformhaus zu eröffnen. Es gab dort leer stehende Ladenlokale, sie hatte sich umgeschaut. Aus dem Keller trug sie kleine Kartons und Flaschen herauf, in denen Pulver und Samen und Blumenzwiebeln lagerten, die sie im Laufe mehrerer Jahre gesammelt hatte. Gemeinsam saßen sie an ihrem Küchentisch, und sie las ihm aus einem alten, fleckigen Buch mit Ledereinband vor. Es hatte ihrer Urgroßmutter gehört, die Apothekerin gewesen war und ihre Rezepte in einer feinen und verschnörkelten Schrift notiert hatte. Daniel machte es Spaß, in dem Buch zu blättern, es erschien ihm unfassbar, dass es so lange existiert hatte und man noch heute Worte lesen konnte, die eine Frau Mitte des 19. Jahrhunderts geschrieben hatte.

»Du könntest ja mein Mitarbeiter werden!«, sagte Lillemor. »Ich könnte in dem Geschäft einen Assistenten gebrauchen, ich werde uns ein paar weiße Kittel nähen, dann sehen wir richtig professionell aus.«

Es tat gut, sie an seiner Seite zu haben.

Aber manchmal tauchten die Bilder wieder auf, Janna in dem roten Kleid. »Sie schießt«, hatte Lillemor geschrien, und er hatte sich unwillkürlich geduckt und Vollgas gegeben. Dann folgten ein dumpfes, knirschendes Geräusch und das Blut, das auf Motorhaube und Windschutzscheibe spritzte.

Sie hätte eigentlich noch zur Seite springen können, aber sie war ausgerutscht.

Als es still geworden war und sie sich aus dem Auto wagten, hing sie zwischen den beiden Fahrzeugen fest. Vor allem Brustkorb und Bauch waren getroffen worden. Ihr Kopf hing schräg zur Seite und sah beinahe aus wie immer. Mit zitternden Händen richtete er ihn auf, sah jedoch sofort, dass sie nicht mehr lebte.

Die stolze, schöne Janna war tot.

Er hatte am Straßenrand gestanden und sich übergeben. Lillemor hatte an ihm gezerrt und das Kommando übernommen. Sie hatte ihm den Mund abgewischt, ihn zum Auto zurückgebracht und seine Wange so lange getätschelt, bis er nicht mehr zitterte. Sie hatte ihm gesagt, was er zu tun hatte.

Sie hatte ihn ein paar Meter zurücksetzen lassen. Als sich das Auto in Bewegung setzte, war Jannas Leichnam zu Boden gesunken. Er war erneut ausgestiegen. Es war eine kleine Waldstraße, es würde unter Umständen dauern, bis man sie fand. Als sie dort tot vor ihm lag, war sie so schön, ihre Arme waren so weich, der Kopf hing willenlos, kraftlos. Er hob ihn an und strich über ihr Gesicht, als wollte er sichergehen, dass die Finger sich erinnerten, wie sie sich anfühlte, ihr Mund und ihre Lider, so seltsam unversehrt, ihre kleinen Ohren und die Nasenflügel. Er hatte ihre langen hellen Haare aus dem Gesicht gestrichen, sie an seine Brust gepresst und dabei gemerkt, dass Blut auf seinen Pullover tropfte.

Lillemor hatte an ihm gezogen.

»Wir müssen los, ehe jemand kommt, wir müssen fahren, Daniel, sie ist tot.«

Sie hatten nicht über Janna gesprochen, ohnehin die meiste Zeit geschwiegen. Er hatte dem Brummen des Motors gelauscht. Ab und zu hatte die Maschine gestottert, und er hatte sich Sorgen gemacht, der Wagen könnte liegen bleiben. Was sollten sie dann tun? In den Wald und den Regen hinauslaufen? Sich hoffnungslos verirren?

Lillemor hatte sich auf die Rückbank gesetzt, saß nun dicht neben dem Mädchen und wärmte es mit ihrer Jacke. Die Kleine war bei dem Zusammenprall gegen den Beifahrersitz geschleudert worden und wimmerte ein wenig, verstummte jedoch nach einer Weile.

Erst nach etlichen Kilometern fiel ihm die Pistole wieder ein.

»Wir hätten sie mitnehmen sollen«, sagte er.

»Warum denn das?«

»Warum nicht? Obwohl ich sie gar nicht gesehen habe,

hast du? Sie muss sie in den Blaubeersträuchern verloren haben.«

Gegen Mitternacht hatten sie Enköping erreicht. Dort setzten sie Angelica ab. Es regnete immer noch, allerdings nicht mehr so heftig wie zuvor. Lillemor hatte das Mädchen kurz vor der Stadt geweckt und ihm etwas Heißes zu trinken eingeflößt. Sie hatte eine Thermoskanne mitgenommen. Sie war so vorausschauend, hatte an alles gedacht.

Anschließend waren sie zu einem See gefahren, an dem sie die Fahrzeugfront abgewaschen hatten, die gar nicht so viel abbekommen hatte. Danach hatten sie ins Stadtzentrum von Enköping fahren können, ohne Aufsehen zu erregen, und Daniel hatte den Wagen in der Nähe des örtlichen Krankenhauses geparkt.

Lillemor hatte ihm den Zündschlüssel abgenommen.

»Damit du mir nicht abhaust«, hatte sie gelächelt. »Warte hier, ich bin gleich wieder da.«

Das kleine Mädchen hatte in seinem verknitterten Kleid neben dem Auto gestanden. Ihr Blick war glasig gewesen, sie war müde und geschockt, aber bald würde sie ihre Eltern wiedersehen. Es war ihm ganz warm ums Herz geworden, als er daran dachte, und am liebsten hätte er aus einem sicheren Versteck beobachtet, wie sie einander wiederfanden, hätte gerne ihre Freudentränen gesehen und Anteil daran genommen, dass sie nun endlich wieder nach Hause konnte. Immerhin war es sein Verdienst gewesen.

Lillemor hatte sie unmittelbar vor dem Eingang abgesetzt. Als sie das Krankenhausgelände verließen, hatten sie gesehen, dass sie noch dastand und eine Krankenschwester gerade die Tür öffnete und ins Freie trat.

Erst Wochen später, als sie längst in die Wohnung in Bagarmossen gezogen waren, beichtete Lillemor ihm, dass sie sich das Ganze ausgedacht hatte.

»Sie besaß gar keine Pistole. Das habe ich nur so gesagt.«

»Was?«

»Ich habe es einfach so gesagt.«

»Dann hat sie ... diesen Kennet gar nicht erschossen?«

»Nicht dass ich wüsste.«

»Aber sie stand da und hat auf uns gezielt, ich habe es doch mit eigenen Augen gesehen, sie wollte auf uns schießen.«

»Das war keine Pistole, es war eine Taschenlampe.«

Eigentlich hätte er wütend werden müssen, aber seltsamerweise wurde er in letzter Zeit nie wütend, freute sich aber auch über nichts mehr.

Er existierte einfach.

Er ging Lillemor zur Hand. Das tat er gern, schnitt kleine Etiketten zurecht und übte sich darin, sie altmodisch verschnörkelt zu beschriften. Sie hatte ihm einen Füllfederhalter geschenkt, so etwas hatte er noch nie zum Schreiben benutzt.

Augentrost, schrieb er. *Euphrasia officinalis.* »Gegen Augenkrankheiten und Magenverstimmung.« *Frauenmantel. Alchemilla vulgaris.* »Hilft gegen hängende Brüste und Menstruationsbeschwerden.«

Sobald er gelernt hatte, schön zu schreiben, würden sie die Etiketten auf braune Gläser kleben, er würde ihr helfen und ihr Assistent sein.

Zeitweise quälten ihn Schmerzen im Nacken und in der Schulter. Das waren Spätfolgen der Kollision. Lillemor massierte ihn dann stets mit Tigerbalsam, bis seine Haut regelrecht brannte. Daraufhin ebbte der bohrende Schmerz ab.

Jeden Morgen stellte sie ihm eine Tasse mit einem beruhigenden Mittel hin, die er in einem Zug leerte.

»Das tut dir gut«, pflegte sie zu sagen. »Es hilft dir, über all das Schreckliche hinwegzukommen, das du durchgemacht hast. Es beruhigt deine Nerven.«

Eines Morgens trank er das Mittel nicht. Es war eine spontane Entscheidung. Als sie auf der Toilette war, nutzte er die

Gelegenheit, es in den Ausguss zu gießen, ohne zu wissen, warum er es tat, es ergab sich einfach so.

Eine Woche lang tat er, als würde er trinken, was in der Tasse war.

Dann geschah etwas in seinem Inneren. Er hatte schon sehr lange nicht mehr gelacht, nicht geweint, nicht gedacht. Er stand vor dem Spiegel und betrachtete sein Gesicht, seine Wangen waren rundlicher geworden, er sah sich nicht mehr ähnlich. Er stand da und glotzte in sein neues Gesicht und sah plötzlich Janna vor sich und erinnerte sich an sie.

Die Sehnsucht nach ihr traf ihn mit voller Wucht.

Er würde nie wieder lieben können!

Lillemor hatte es versucht, sie hatte sich ausgezogen und zu ihm ins Bett gelegt, aber es ging nicht, sein Schwanz lag da wie eine schlaffe Schnecke und blieb leblos.

»Das macht nichts«, hatte sie geflüstert. »Wir können uns umarmen und streicheln, das reicht. Ich habe dich sehr lieb, Daniel, das weißt du ja. Ich würde dir nie im Leben Vorwürfe machen oder etwas von dir verlangen, was nicht in deiner Macht steht.«

Er war träge und ruhig geworden, als sie das sagte. Sie stellte keine Forderungen. Und es gab nichts, was er vermissen konnte.

Sie hatte versucht, ihn zu verbiegen, ihn zu zähmen, ihn zu etwas zu machen, das sie besitzen konnte. Irgendetwas in dem verdammten Gebräu, das sie ihm jeden Morgen eintrichterte, verwandelte ihn in einen Zombie. An den ersten Abenden nach ihrer Flucht, als sie noch im Hotel wohnten, hatte er geweint. Er hatte Angst gehabt und unter Albträumen gelitten.

Sie hatte versprochen, ihm zu helfen.

»Trink das«, hatte sie gesagt, als sie in der Wohnung waren und sie begonnen hatte, die Flaschen und Dosen aus dem Keller zu holen, die in ihrem Reformhaus stehen sollten.

Sie hatte ihm eine Tasse mit einer gelben, sämigen Flüssigkeit gereicht.

Sie wusste alles darüber, wie man die Trauer um einen Menschen heilt, den man geliebt hat.

Die Balkontür stand offen. Er fror. Es nieselte, und es kam ihm vor, als wäre es Herbst, da es ständig geregnet hatte, seit sie aus Gällviken geflohen waren. Schwerfällig stand er auf und schloss die Balkontür. Der Hof vor dem Haus war menschenleer. Ab und zu hatte er das Geräusch eines Balls gehört, der auf Asphalt prallte, aber im Moment war niemand zu sehen. Was war heute eigentlich für ein Tag? Hatte die Schule schon wieder begonnen?

Da draußen standen Bäume, ein paar gestutzte Parkbäume mit fleckigen Blättern. Irgendeine Krankheit, dachte er. Sie werden verschimmeln. Eine durchnässte Elster war auf einen der Äste geflattert, verlor jedoch das Gleichgewicht und flog davon.

Er las in dem Rezeptbuch. Lillemor war nicht da. Sie hatte gesagt: »Ich gehe nur mal kurz in die Stadt. Ich werde den Vertrag für das Ladenlokal unterschreiben, dann können wir im September eröffnen, sobald wir renoviert haben.«

Sie hatte vor sich hin gesummt, als sie die Treppe hinunterging.

Herbstzeitlose, las er. Unmittelbar daneben hatte Lillemors Urgroßmutter einen Totenschädel gezeichnet. In Klammern hatte sie notiert: *Pflanzliches Arsen.*

Er suchte zwischen Lillemors Dosen, die in langen Reihen nebeneinander standen. Sie hatte alle Bücher aus dem Regal verbannt und es stattdessen mit ihren alphabetisch geordneten Dosen gefüllt.

»Ordnung muss sein, wenn man ein Geschäft führen will«, hatte sie erklärt und ein zufriedenes Gesicht gemacht. Sie freute sich darauf, den weißen Hosenanzug anziehen, hinter der Ladentheke stehen und gute Ratschläge erteilen zu dürfen.

Erst fand er sie nicht. Er suchte in der Mitte, unter »H« wie Herbstzeitlose. Missmutig begann er, die Reihen systematisch durchzusehen, erkannte jedoch nach einer Weile, dass etwas nicht stimmte. Sie waren nicht nach ihren schwedischen, sondern nach den lateinischen Namen geordnet.

Er kehrte an den Tisch zurück. Ja. Da stand er:

Colchicum autumnale.

Er kochte eine Kanne Tee.

Lillemor war überrascht, als sie nach Hause kam. In der Regel war sie es, die sich um ihn kümmerte.

»Wie lieb von dir!«, platzte sie heraus.

Er half ihr aus der Jacke.

»Aber du arbeitest doch so viel. Du musst aufpassen, dass du dich nicht übernimmst. Setz dich und erzähl. Wie ist es mit dem Vertrag gelaufen, hast du ihn unterschrieben?«

Sie sah ihn mit einem Ausdruck der Verwunderung in den wässrigen Augen an.

»Ich bringe dir eine Tasse Kräutertee, möchtest du einen?«, fragte er.

Da lächelte sie, und für einen Moment fand er, dass sie richtig süß aussah.

»Wie lieb von dir, Daniel«, sagte sie. »Eine Tasse Kräutertee ist jetzt genau das Richtige.«

2. Angelica

Ein Band flacher Nadeln breitete sich hinter ihren Augen aus und nahm die seltsamsten Formen an, sodass sie ganz und gar mit den entstehenden Mustern beschäftigt war. Vielleicht war das ja so ein Kaleidoskop, vielleicht konnte man selber solche Bilder in seinem Kopf sehen und benötigte gar nicht so ein Rohr, wie ihre Oma es hatte.

Die Muster tauchten nach dem Knall auf. Ihre Körper war gegen den Sitz geschleudert worden, und für einen Moment war ihr ganz schwarz vor Augen geworden.

Als sie sich wieder aufsetzte, waren die Stäbe da.

Und vorher? Sie hatte so schrecklich gefroren, war einfach nicht mehr warm geworden. Von Eis wurde man kalt, tief im Bauch kalt, aber sie war doch gar nicht mehr dazu gekommen, ihre Portion aufzuessen. Lillemor hatte ihr einfach den Löffel aus der Hand genommen, dabei waren noch ganz viele Streusel übrig gewesen. Sie liebte Streusel, sie hatte sie an den Tellerrand geschoben, um sie aufzusparen, bis sich das Eis in Sauce verwandelt hatte.

Sie hatte aufgeschrien, als Lillemor sie hochhob, zunächst vor allem überrascht, dann aber auch vor Wut. Schnurstracks waren sie in den Regen hinausgelaufen, und schon da hatte sie gefroren, aber dennoch nicht vergessen, den Kopf still zu halten, damit die Schmetterlingsspange nicht aus den Haaren fiel.

»Lass mich runter!«, hatte sie wutentbrannt geschrien, aber Lillemor hatte ihr eine Hand auf Mund und Nase gelegt, und dabei war ihre Spange bestimmt heruntergefallen.

Kurz bevor sie zum Auto kamen, war Lillemor hingefallen. Es war glatt in dem nassen Gras, vielleicht war sie hart gefallen. Angelica war weich auf Lillemors speckigem Bauch gelandet. Aber sie hatte sich danach wehgetan, als Lillemor wieder auf die Beine gekommen war und sie gepackt und auf die Rückbank des Autos geworfen hatte. Sie hatte sich den Ellbogen und das Ohr gestoßen.

Sie erinnerte sich an das Auto, erinnerte sich an seinen Geruch und sah schwarze Figuren, wie aus Papier geschnitten, die auf der Rückbank umherflatterten und Erinnerungen ähnelten.

»Meine Spange«, hatte sie gejammert, »ich will meine Spange haben!«

Am Steuer hatte Daniel gesessen, geflucht und viele hässliche Worte gesagt. Er hatte geweint, und das Auto hatte gehoppelt und gebockt.

Dann waren sie unterwegs gewesen, und Daniel hatte sich zu ihr umgedreht und gesagt, sie solle still sein. »Halt's Maul, verdammte Göre, wir machen das hier dir zuliebe!«

Ihr zuliebe?

Seine Worte hatten sie verstummen lassen.

Sie hatte sich auf der Rückbank zusammengekauert, und es war kalt gewesen, und die Fenster waren beschlagen. Sie hatte keine Strümpfe angehabt, nur das Kleid und die Sandalen, die sie von Janna bekommen hatte, und sie hatte sich den Ellbogen gerieben, an dem sie sich die Haut aufgeschürft hatte.

Die Erwachsenen hatten sich gar nicht darum gekümmert.

»Halt's Maul. Wir machen das hier dir zuliebe.«

Sie waren ziemlich lange gefahren, und sie hatte die ganze Zeit über gefroren. Schließlich waren sie auf eine große Straße gebogen. Keiner hatte etwas gesagt. Doch, Lillemor sagte einmal, es wird schon klappen, beruhige dich. Daniel hatte am Schaltknüppel gezerrt, und sie hatte gedacht, dass es dem Auto bestimmt wehtat, wenn er das machte.

Sie erkannte die beiden gar nicht mehr wieder.

Wohin fahren wir, hätte sie zu gerne gefragt, aber sie war wütend auf die beiden gewesen. Sie hatte an ihr Eis und an die Streusel gedacht, die in der Sauce aus Eis schwammen, und daran, dass Leon sie vielleicht aß oder dem Hund zu fressen gab, denn das machten sie manchmal. Janna schob Essen, das übrig war, in eine rostfreie Schale, die Guardie gehörte, und ging mit der Metallschale zum Hundezwinger. Sie hatte mehrmals gefragt, ob sie Lust habe mitzukommen, doch dann war ihr immer der haarige Hundebauch eingefallen, und sie hatte sich geweigert.

Es hatte dermaßen gegossen, dass die Scheibenwischer über die Scheibe tanzen mussten, und wo sie gerade gewesen waren, sah es aus wie weite Röcke, die ineinander übergingen. Ihre Finger hatten in den Haaren getastet, aber ihre Spange war immer noch weg, und das hatte sie wieder wütend gemacht. Sie hatte gegen die Vordersitze getreten, aber Daniel und Lillemor schienen es gar nicht zu bemerken. Sie wirkten ängstlich und drehten sich andauernd um, so als würden sie von einem Monster gejagt, und mit der Zeit war Angelica still geworden und hatte auch Angst bekommen.

Plötzlich war das Auto abgebogen und hatte abrupt gebremst. Sie war nach vorn geflogen und hatte sich erneut gestoßen, diesmal aber nicht geschrien, sondern nach vorne gestarrt. Irgendwo vor ihnen hatte es geleuchtet, und der Regen prasselte herab wie kleine Nägel. Auf der Straße hatte jemand gestanden, und Daniel war losgefahren, und es hatte gekracht und geknirscht, als wäre etwas Weiches und Fleischiges zermatscht worden.

Es hatte in ihrem Kopf und Nacken gebrannt.

Dann waren die Stäbe aufgetaucht.

Als sie wieder klar sehen konnte, erkannte sie, dass Daniel draußen hockte und Janna in seinen Armen hing. Sie sah sein weißes Gesicht, und seine Ohren standen ab, als wollte er jeden Moment davonfliegen. Mit der toten Janna im Arm durch den Regen davonfliegen, denn sie war ganz bestimmt tot, und es floss auch Blut, obwohl man das nicht so gut sehen konnte, denn sie trug das rote Kleid, aber Lillemors Lippen waren rot von Blut, und sie zerrte an Daniel. »Du musst jetzt kommen, sie bewegt sich nicht mehr, sie ist tot, verstehst du, sie ist tot.«

Es roch in dem Auto nach nassem Hund, und ihr wurde schlecht. Lillemor musste Daniel sagen, was er tun sollte. Er hatte vergessen, wie es ging, ein Auto zu fahren. »Leg den Rückwärtsgang ein, nein, langsam kommen lassen, jetzt zurücksetzen, ich drehe mich um, ganz langsam und vorsichtig.« Sie hatte sich auf die Rückbank gesetzt, und Angelica presste sich ganz an die Seite, denn es konnte doch sein, dass an Lillemors Fingern Blut klebte, und sie wollte Jannas Blut nicht an sich haben. Denn nun war Janna unterwegs in die Erde zu der toten Magnolie, bei der sie bestimmt sein wollte. Sie hatte Magnolie gemocht und bestimmt nicht gewollt, dass das Mädchenbaby in seiner Kiste allein war. Es war gut, dass sie zu Magnolie gegangen war.

»Frierst du?«, flüsterte Lillemor und roch so schlecht aus dem Mund, dass Angelica ihre Nase wegdrehen musste. »Nein«, antwortete sie, »ich friere nicht«, aber das stimmte natürlich nicht, sodass Lillemor sie unter ihre Jacke zog, und nach einer Weile war das trotz allem ziemlich schön.

Darüber hinaus erinnerte sie sich an eine Thermoskanne, die silbrig und rund gewesen war. Und dass sie getrunken und sich den Hals verbrannt hatte. Sie war so müde, vielleicht hatte sie geschlafen.

»Ja, dann tschüss«, sagte Daniel und fluchte jetzt nicht mehr, sondern sah lieb und ziemlich traurig aus. Der Motor war verstummt. Lillemor stand im Regen, beugte sich in den Wagen hinein und zog die Autoschlüssel aus dem Zündschloss.

»Damit du mir nicht abhaust«, sagte sie fast lachend.

Wo wollen wir hin?

Nein, sie fragte nicht, ging einfach mit schleppenden Schritten neben Lillemor her. Der Asphalt glänzte, und sie sah lange, bleiche Regenwürmer, die aus der Erde gekommen waren, aber sie waren ihr egal.

Sie gingen zu einem riesengroßen Haus, dessen Fenster alle hell erleuchtet waren.

Lillemor versetzte ihr einen leichten Stoß in den Rücken.

»Warte hier! Aber dreh dich nicht um. Sonst verwandelst du dich in Salz und schmilzt.«

Sie wartete eine Weile und hörte, wie in der Ferne der Wagen ansprang. Daraufhin ging sie auf die große, erleuchtete Tür zu.

Eine Tante in weißen Kleidern kam heraus. Sie hatte eine Zigarettenschachtel in der Hand, solche, wie ihr Papa sie immer rauchte. Als sie Angelica erblickte, steckte sie die Schachtel in die Tasche zurück.

»Oh mein Gott«, rief sie. »Hier steht ein kleines Kind im Regen!«

Angelica fror so sehr, dass ihre Zähne klapperten. Die kleinen Stäbe wuchsen in ihrem Kopf und flossen in einem wogenden Muster zusammen. Erst jetzt spürte sie, wie sehr ihr Körper schmerzte.

Aber sie weinte nicht.

Dann wurde alles Wärme und Licht. Eifrige Hände zogen ihr das Kleid aus und wickelten sie in gelbe Decken. Sie bekam noch mehr Heißes zu trinken, es war Kakao, heißer Kakao. Das Kalte in ihr versickerte und verschwand, und ihr wurde heiß, und sie schwitzte, sie wollte sich die Decken vom Leib reißen, aber ihr fehlte die Kraft dazu. Von Müdigkeit übermannt schlief sie ein.

Als sie wieder wach wurde, kamen Papa und Mama ins Zimmer. Sie sah ihre Augen, die beiden sahen sie auch an, aber nicht in sie hinein. Mama fasste ihre Haare an. Dann schluchzte sie auf.

Sie hatten nicht gewollt, dass sie bei ihnen war.

Sie hatten sie weggeschickt.

Sie saß auf Papas Schoß. Er sah alt aus.

»Meine kleine Prinzessin, was haben sie nur mit dir gemacht?«, flüsterte er.

Daraufhin verdichtete sich das Stabmuster wieder, und sie schwieg.

3. Magda

Im Nachhinein kam es ihr vor, als hätten Madame Claires Worte sie veranlasst, die anderen trotz allem im Tourneebus zu begleiten.

»Ich sehe einen Wald, ich glaube, er liegt im Norden.«

Tief in ihr waren diese Worte gewesen.

Seb saß bei ihr und hielt ihre Hand, aber sie dachte in diesem Moment nicht so sehr an ihn, sondern intensiv an Angelica, so als würde sie instinktiv spüren, dass das kleine Mädchen irgendwo in der Nähe war.

Sie mussten dem Auto begegnet, an ihm vorbeigefahren sein.

Sie erfuhr es am Vormittag des Tages, an dem die Band in Gävle spielen sollte. Sie hatten bei Tobbes Mutter übernachtet. Magda hatte auf der Couch im Wohnzimmer und die Jungen auf Luftmatratzen geschlafen.

»Immer noch besser, als im Bus zu pennen«, hatte Magnus ihr erklärt. »Das Tourleben ist ganz schön hart, wie du siehst. Kann gar nicht schaden, dass du mal einen Eindruck davon bekommst, wie anstrengend das Dasein von uns wahnsinnig populären Idolen ist.«

Es war schon weit nach Mitternacht gewesen, als sie Gävle erreichten. Tobbes Mutter war noch wach gewesen, hatte sich eine Schürze umgebunden und ihnen Hamburger gebraten. Sie war klein und mager, und die ganze Wohnung stank nach altem Zigarettenrauch.

»Bist du die Sängerin der Band?«, hatte sie Magda gefragt.

»Magda!«, hatte Magnus gerufen. »Die singt so falsch, dass sich die Balken biegen.«

Seb hatte sie angelächelt.

»Du solltest mal ein bisschen nett zu deinem Schwesterherz sein, Magnus!«

Seb war es auch, der ihr am nächsten Morgen die Zeitung zeigte. Auf der Titelseite war das Foto von Angelica abgedruckt, das alle Zeitungen veröffentlicht hatten. »Angelica gefunden«, lautete die Schlagzeile.

Magda war nicht in der Lage, den Artikel zu lesen, ihre Hände zitterten, sie drehte sich zur Wand und presste das Laken gegen die Augen. Er stieß leicht ihre Schulter an.

»Was ist mit dir, freust du dich denn nicht?«

»Doch«, antwortete sie mit belegter Stimme.

»Hör zu! ›Die vierjährige Angelica Nachi, die am 4. Mai aus einem Kindergarten in Hässelby in der Nähe von Stockholm verschwand, wurde gegen Mitternacht in Enköping gefunden. Eine Krankenschwester entdeckte das Mädchen vor dem Eingang des Krankenhauses, wo es offenbar jemand zurückgelassen hatte. Das Mädchen ist den Umständen entsprechend in relativ guter Verfassung, hat aber noch keine Aussage dazu machen können, was es durchgemacht hat. Die Vierjährige ist zur weiteren Beobachtung in ein Krankenhaus in Stockholm verlegt worden.‹«

Mehr stand nicht in dem Artikel.

»Die Nachricht kam bestimmt erst kurz vor Redaktionsschluss«, meinte Seb. »Sie hatten sicher keine Zeit, noch mehr zu schreiben. Aber jetzt ist das alles vorbei, Magda, jetzt brauchst du dir keine Sorgen mehr machen.«

Später an diesem Tag sah sie es auch noch im Fernsehen. Es gab Interviews mit Polizeibeamten, Bilder aus dem Kindergarten und am Ende auch die Rücken von Florian und Eva, die im Astrid-Lindgren-Kinderkrankenhaus in Stockholm verschwanden.

Sie rief im Kindergarten an. Carita ging sofort an den Apparat.

»Ich sollte dir eigentlich eine Standpauke halten, weil du einfach so verschwunden bist. Die Polizei hat auch nach dir gefragt. Ich bin wirklich wütend. Aber gleichzeitig – unheimlich erleichtert. Sie ist zurück, Magda. Angelica ist zurück.«

»Welchen Eindruck macht sie?«, flüsterte sie.

»Ich hatte noch nicht das Vergnügen, sie zu treffen.«

»Nein, aber du hast doch sicher etwas gehört, oder?«

»Sie hat bestimmt einiges durchgemacht. Sie steht unter Schock und erzählt nichts, schweigt wie ein Grab. Die Kidnapper haben ihr die Haare abgeschnitten und sie blond gefärbt, aber ansonsten scheinen sie ihr nichts getan zu haben. Ein paar blaue Flecken und so, aber keiner hat ... sich an ihr vergriffen. Sexuell, meine ich.«

»Aber wer war es, wissen sie schon, wer es getan hat? Sind es die gleichen Täter, die auch das andere kleine Mädchen entführt haben?«

»Na ja, das wissen sie wohl noch nicht. Warum sollten sie eins gehen lassen und stattdessen ein anderes holen? Irgendeiner meinte, ein solcher Fall von Kidnapping könnte Nachahmungstäter auf den Plan rufen. Es gibt heutzutage so viele Irre. Wir können nur hoffen, dass man Angelica dazu bringen kann, etwas zu erzählen. Und dass sie über das Ganze hinwegkommt und wieder ein normales Leben führen kann.«

»Hast du mit ... mit ihren Eltern gesprochen?«

»Nein, habe ich nicht, sie sind die ganze Zeit bei ihr. Ich weiß nicht, wie lange sie im Krankenhaus bleiben muss, aber ich nehme an, dass sie die Kleine so schnell wie möglich mit nach Hause nehmen wollen.«

Nach Hause, dachte sie. Zu wem von beiden?

Magda beschloss, nicht in den Kindergarten zurückzukehren. Es gelang ihr, sich mit Carita darauf zu einigen, den gesamten Resturlaub zu nehmen und ihn als Kündigungsfrist zu nutzen. Sie würde verreisen, die freie Zeit nutzen, ehe sie eine Ausbildung begann, ganz gleich, ob sie nun Journalistik studieren oder etwas anderes machen würde. Sie benötigte eine Auszeit.

Seb meinte, er könne sich gut vorstellen, sie zu begleiten, und dass sie gemeinsam nach Südostasien fahren könnten, in Thailand kenne er jemanden, bei dem sie unterkommen konnten.

Sie antwortete ihm, sie wisse es noch nicht, müsse noch darüber nachdenken.

Wenige Tage nachdem Angelica wieder aufgetaucht war, klingelte es an ihrer Tür. Es war Florian.

»Darf ich hereinkommen, Magdalena?«

Sie war gerade dabei gewesen, eine Packliste zu schreiben. Ihr Rucksack stand auf dem Bett, er hob ihn auf den Fußboden herab und setzte sich auf die Bettkante.

»Du willst fort?«

Sie nickte.

»Carita hat mir erzählt, dass du kündigen willst.«

»Ich bin schon nicht mehr da«, sagte sie steif.

»Aha. Und jetzt willst du eine Zeit lang Backpackerin spielen.«

»So ist es.«

»Allein, oder?«

Sie antwortete nicht, faltete Socken zusammen und stopfte sie in eine Plastiktüte.

»Und wie geht es dir?«, sagte sie nach einer Weile.

»Was soll ich sagen? In vielerlei Hinsicht gut. Angelica ist Gott sei Dank zurück und scheint okay zu sein. Wenn die blonden Haare erst einmal herausgewachsen sind, wird man auch nicht mehr ständig daran erinnert.«

»Ich verstehe. Ist sie ansonsten verändert?«

»Sie ist schweigsam und irgendwie reserviert, kommt aber mehr und mehr aus sich heraus. Unsere Aufgabe ist es jetzt, ihr so viel Geborgenheit wie möglich zu geben.«

»Hat sie immer noch nichts erzählt?«

»Wir haben einen guten Psychologen eingeschaltet. Man darf sie nicht drängen, sie nicht unter Druck setzen.«

»Es ist seltsam. Ich frage mich, ob man jemals ...«

Er erhob sich und stand vor ihr.

»Ich habe so oft an dich gedacht, Magdalena.«

»Das hast du nicht!«

»Du begreifst nicht.«

»Oh doch.«

»Es war wie eine Prüfung. Eva und ich ... Wir sollten weiter zusammen bleiben. In gewisser Weise war es Schicksal. Also werden wir ... Wir suchen nach einem Haus, in dem wir zu dritt wohnen können. Das sind wir unserem kleinen Mädchen schuldig. Aber eins sollst du wissen. Ich möchte unsere gemeinsame Zeit nicht missen, und es schmerzt mich, daran zu denken, welche Wendungen das Leben nehmen kann. Du hast mir so viel gegeben, Magdalena, aber ich weiß nicht, ob du es so sehen kannst.«

Bevor er ging, zog er sie an sich und küsste sie leicht auf die Stirn.

»Denk bitte nicht schlecht von mir«, flüsterte er.

Sie schüttelte den Kopf.

»Das tue ich nicht.«

Sie weinte ein wenig, als er gegangen war, aber nicht sehr lange. Sie musste noch ihre Packliste vervollständigen und die Wäsche aus der Waschküche holen. Der Trockner hatte sich schon vor über einer Stunde ausgeschaltet.

Neunzehn Jahre später

Sie kannte die Richtung, hatte sie verinnerlicht, weshalb es auch keine Rolle spielte, dass sie den genauen Weg nicht wusste.

Sie fühlte sich wie ein Kompass.

Silva, dachte sie. Man würde es Silva nennen können.

Sie war den ganzen Tag gefahren und hatte nur einmal an einer Raststätte Halt gemacht, in der sie eine Tasse bitteren, angebrannten Kaffee getrunken hatte. Sie hatte keinen Hunger, hatte schon seit Tagen keinen mehr gehabt, und fühlte sich, als stände sie unter Drogen.

Es war März und das Wetter ganz anders als damals, vor langer Zeit. Damals war Gras gewachsen, und die Bäume waren voller Blätter gewesen. Aber an die Häuser erinnerte sie sich noch, insbesondere an das große Haus. Sie wusste noch, wie die Zimmer lagen und wie sie gewohnt hatten. Und sie erinnerte sich an die Höhlen und die Löwen, die auf ihren Pfeilern saßen und von denen sie geglaubt hatte, sie wären lebendig.

Sie war damals ein Kind gewesen, nichts als ein Kind.

Er hatte gesagt, dass er auf sie warten würde.

»Die Gänge sind noch da, die können wir also benutzen, sie sind kaum eingestürzt. Die Leute, die hier wohnten, haben sich mächtig ins Zeug gelegt. Ein paar von den kleineren Häusern könnten eine Renovierung gebrauchen, einige Bretter sind morsch geworden, aber es dürfte kein Problem sein, sie auszutauschen. Und wir haben ja Zeit.«

Obwohl er mittlerweile erwachsen war, gab es doch Dinge an ihm, die sie wiedererkannte. Sie war ihm in der Universitätskneipe begegnet. Ein Mann in einem Polohemd, der an einem Tisch saß und sie beobachtete, bis sie einfach aufstehen und zu ihm gehen musste.

»Du weißt, wer ich bin, oder?«, fragte er.

Er war schlank und hatte dunkle Haare, sie erinnerte sich an hellere Farben. Aber seine Augen waren noch die gleichen wie damals.

»Urid«, sagte sie, und als sie sich seinen Namen sagen hörte, wurde ihr ganz heiß, und sie senkte die Stimme.

»Du bist Urid, einer von Jannas Söhnen.«

Er berührte ihre Haare. Er lachte.

»Die Farbe steht dir besser«, sagte er. »Das muss deine eigene sein.«

Daraufhin lachte sie auch.

Ja. Man würde das ganze Projekt Silva nennen können. Das konnte man auch symbolisch deuten, wie die Richtung, die das eigene Leben nimmt. Kuranstalt klang so altmodisch, ihre Einrichtung sollte so viel mehr sein, denn die Gäste, die zu ihnen kommen würden, suchten in vielerlei Hinsicht Reinigung. Und die richtig Fanatischen konnten unten in den Gängen wohnen. Man würde sie noch vergrößern und weitere Erdräume ausheben können.

Wie es früher einmal geplant gewesen war.

Sie bog in eine schmale, kurvenreiche Straße. Allmählich wurde sie müde. Es lag noch ziemlich viel Schnee im Wald, aber glatt war es nicht. Der Schnee erschwerte es ihr, sich zu erinnern. Im Winter sah alles so anders aus.

Doch als sie noch ein paar Kilometer gefahren war, sagte der Körper ihr, dass sie fast da war. Sie bekam einen trockenen Mund, musste immer wieder schlucken. Und tatsächlich, da drüben begann die lange Hecke, in die sie hineingekrochen war, um sich zu verstecken, obwohl sie im Moment ganz zerzaust wirkte und noch keine Blätter hatte, und ein Stück dahinter lagen die Häuser, sie sah das gelbe Haupthaus, aber es kam ihr kleiner vor als damals. Es hatte die Größe eines ganz normalen Hauses. Sie sah, dass die Farbe abblätterte und mehrere Dachziegel auf die Erde gefallen waren.

Er hatte den Weg zwischen den steinernen Pfeilern geräumt, sodass sie bis zum Hof vor dem Haus fahren konnte. Die Löwen saßen noch da, schienen jedoch geschrumpft zu sein. Sonne und Wind hatten ihre Gesichter fast vollständig verwittern lassen.

Sie parkte unter zwei großen Kastanienbäumen.

Er kam durch den Schnee auf sie zu. Sie stieg aus dem Wagen und ging ihm entgegen.

»Nora«, sagte er. »Willkommen.«

Dank

Mein besonderer Dank gilt einigen Experten, die mir bei der Arbeit an diesem Buch mit Rat und Tat zur Seite gestanden haben: Kriminalinspektorin Helena Haag, Oberärztin Berit Astridsdotter Svensson am Rechtsmedizinischen Institut in Solna, die Wahrsagerin Nada in der Stockholmer Altstadt, Professor Olle Mattson am Chemischen Institut der Universität von Uppsala, Christina Lindahl, Spezialistin auf dem Gebiet der Anästhesie und Intensivpflege, sowie Krankenschwester Helena Librand, die zugleich meine Tochter ist. Außerdem möchte ich meinem Mann Jan für seine konstruktive Kritik danken.